Ihr MANZ Buch

Dieses Buch wurde speziell für Lernende in Vorbereitungslehrgängen für die Berufsreifeprüfung entwickelt. Die Inhalte wurden in Hinblick auf das **kompetenzbasierte Curriculum zum Fachbereich** zusammengestellt und sind auf von **Expertinnen und Experten erarbeitete Prüfungsrichtlinien** abgestimmt. „Maturawissen Rechnungswesen" bietet den Stoff in kompakter Form und gibt konkrete Orientierung für die Prüfungsvorbereitung.

Wien 2016

Autoren und Autorinnen:

LSI OStR Mag. Klaus-Peter Haberl
Landesschulrat für Kärnten

Dipl.-Vw. Mag. Hans Mayr
Wirtschaftstreuhänder

Prof. Mag. Helmut Bauer
BHAK/BHAS I Salzburg
Prüfer bei der Berufsreifeprüfung und der Reife- und Diplomprüfung für Externisten

Dir. Mag. Dr. Gerhard Veidl
BHAK/BHAS Wolfsberg

unter Mitarbeit von
Prof. Mag. Hannes Nitschinger
Dir. Mag. Alois Pack
Prof. Mag. Sandra Maria Kuchling, MSc.

Printed in the EU, ISBN 978-3-7068-5040-7

Das vorliegende Buch wurde auf chlorfrei gebleichtem Papier gedruckt.

Umschlaggestaltung: buero8, Wien

MANZ

Einige Erläuterungen zur Benutzung des Buches!

Das innovative MANZ Lernpaket

Als führender Verlag im berufsbildenden Schulwesen wissen wir, dass Sie Lernpakete benötigen, die Sie zielgerecht zum Lernerfolg – zu Wissen und Kompetenz – führen. Wir wollen, dass Sie nach Abschluss Ihrer Ausbildung Ihre persönlichen Chancen am Arbeitsmarkt bestmöglich wahrnehmen können. Deshalb arbeiten wir täglich mit erfahrenen Schulbuchautorinnen und Schulbuchautoren sowie Wissenschaftlerinnen und Wissenschaftlern an der Produktion zeitgemäßer Lernpakete.

Ihr **Lernpaket** besteht aus

- einem übersichtlich gegliederten **Buch** und
- abwechslungsreichen **digitalen Ergänzungen** im Rahmen von SbX.

Alle Teile des Lernpakets sind aufeinander abgestimmt und folgen dem **MANZ 4-Schritte-Lernmodell.**

Das MANZ 4-Schritte-Lernmodell

Dieses Buch ist ein speziell für Sie gestaltetes, modernes Lern- und Arbeitsbuch. Der Lernstoff ist in diesem Buch in Kapitel bzw. Abschnitte und innerhalb dieser in Lerneinheiten gegliedert. Die Lerneinheiten sind nach dem MANZ 4-Schritte-Lernmodell aufgebaut und ein spezielles Leitsystem erleichtert die „Navigation“ im Buch.

LERNEN **(Input)**
Information aufnehmen, Zusammenhänge erkennen, Theorie erfassen

ÜBEN **(Anwendung)**
Routine erwerben, Zusammenhänge verstehen, Erfahrung sammeln

SICHERN **(Festigung)**
Gelerntes zusammenfassen, Übersicht gewinnen, Inhalte wiederholen

WISSEN **(Kontrolle)**
Wissen testen, Kompetenz überprüfen, Können beweisen

SbX

Zu diesem Lern- und Arbeitsbuch gibt es im Rahmen von SbX vielfältige Online-Ergänzungen sowie **Lösungen** zu den Aufgaben im Buch. Auch die Online-Ergänzungen sind nach dem MANZ 4-Schritte-Lernmodell aufgebaut und ermöglichen Ihnen zusammen mit dem Buch abwechslungsreiches und nachhaltiges Lernen.

Wichtige Aktualisierungen zu den im Buch wiedergegebenen Inhalten finden Sie kurzfristig unter der **SbX-ID 1111.**

H$_2$Ö MUSTERUNTERNEHMEN

Dieses Symbol kennzeichnet Aufgabenstellungen, die sich auf das **fächerübergreifende virtuelle Musterunternehmen H2Ö GmbH** beziehen. Durch die Bearbeitung der H2Ö-Beispiele können Sie innerhalb des Unternehmens H2Ö GmbH in verschiedene Rollen schlüpfen und so Wirtschaft hautnah erleben und verstehen lernen.

Dem Verlag MANZ ist es ein grundlegendes Anliegen, ...

... Chancengleichheit wo immer möglich zu fördern. Frauen und Männer werden in den Texten und Beispielen dieses Buches gleichberechtigt behandelt. Um den Lesefluss nicht zu stören, wird aber – wo nötig – auf das Nebeneinander weiblicher und männlicher Formen verzichtet.

Das Buch

Lerneinheiten
führen Sie Schritt für Schritt durch den Lernstoff.

Übersichtliche Grafiken
erleichtern das Lernen.

Marginalspalte
enthält Zusatzinformationen und Beispiele.

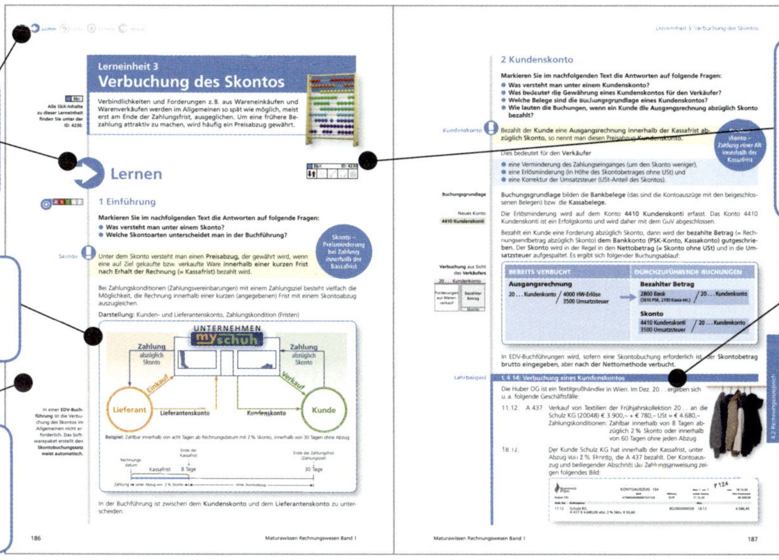

SbX-Leiste und SbX-ID
verweisen auf die SbX-Inhalte zu jedem Arbeitsschritt.

Beispiele
stellen die Verbindung zur Praxis her.

SbX – Digitale Inhalte

ID-Eingabe
führt direkt zu den passenden Online-Inhalten.

Inhaltsverzeichnis
übersichtliche Darstellung der Inhalte

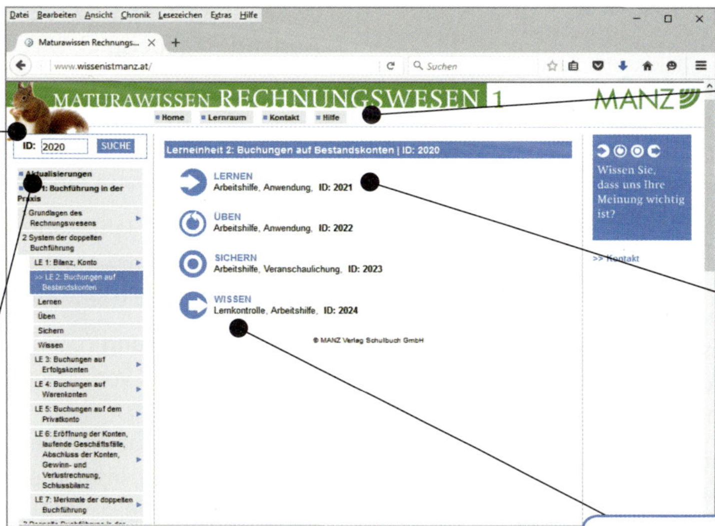

Aufbau
SbX und Buch folgen demselben Aufbau.

SbX-Ergänzungen
abwechslungsreiche Übungsmöglichkeiten, zusätzliche Informationen, Dateien zur weiteren Bearbeitung

Lösungen

Aktivieren Sie kostenlos Ihr SbX:

→ **www.wissenistmanz.at**

→ **Startcode: 00255040**

Inhaltsverzeichnis

Maturawissen Rechnungswesen Band 1

Teil 1: Buchführung in der Praxis ... 1

Kapitel 1: Grundlagen des Rechnungswesens ... 1

Kapitel 2: System der doppelten Buchführung ... 9
- 1 Bilanz, Konto ... 10
- 2 Buchungen auf Bestandskonten ... 20
- 3 Buchungen auf Erfolgskonten ... 34
- 4 Buchungen auf Warenkonten ... 44
- 5 Buchungen auf dem Privatkonto ... 57
- 6 Eröffnung der Konten, laufende Geschäftsfälle, Abschluss der Konten, Gewinn- und Verlustrechnung, Schlussbilanz ... 62
- 7 Merkmale der doppelten Buchführung ... 76

Kapitel 3: Die doppelte Buchführung in der Praxis ... 81
- 1 Verwendung von Kontennummern ... 82
- 2 Belege als Grundlage der Verbuchung ... 88
- 3 Verbuchung von Geschäftsfällen unter Berücksichtigung der Umsatzsteuer ... 99
- 4 Korrektur von Fehlern ... 121

Kapitel 4: Verbuchung laufender Geschäftsfälle 123

4.1 Buchungen im Zusammenhang mit Einkäufen und Verkäufen ... 125
- 1 Verbuchung von Wareneinkäufen, Warenverkäufen und Warenrücksendungen ... 126
- 2 Verbuchung von Bezugs- und Versandkosten ... 135
- 3 Verbuchung von Rabatten ... 144
- 4 Verbuchung von sonstigem Material ... 155
- 5 Verbuchung laufender Geschäftsfälle in Erzeugungsbetrieben ... 162

4.2 Verbuchung des Rechnungsausgleiches ... 167
- 1 Allgemeine Möglichkeiten des Rechnungsausgleiches, Mahnspesen und Verzugszinsen ... 168
- 2 Verbuchung von Zahlungen mit Kredit- und Bankomatkarten ... 178
- 3 Verbuchung des Skontos ... 186
- 4 Besondere Buchungen im Zusammenhang mit dem Bankkonto ... 196

4.3 Verbuchung weiterer Geschäftsfälle ... 203
- 1 Verbuchung von Kraftfahrzeug-Betriebskosten ... 204
- 2 Verbuchung von Steuern und der Kammerumlage ... 213
- 3 Verbuchung von Löhnen und Gehältern sowie der lohn- und gehaltsabhängigen Abgaben ... 221

Kapitel 5: Zusammenhängende Geschäftsfälle anhand von Belegen, Summen- und Saldenbilanz, Gewinn- und Verlustrechnung, Bilanz SbX ... 231
- 1 Fallbeispiele ... 231/1
- 2 Erstellung der Summen- und Saldenbilanz, Gewinn- und Verlustrechnung, Bilanz ... 231/30

Teil 2: Waren- und Zahlungsverkehr mit dem Ausland ... 233

Kapitel 6: Waren- und Zahlungsverkehr mit dem Ausland ... 233

6.1 Abrechnung von Valuten und Devisen ... 235

6.2 Verbuchung von Auslandsgeschäften ... 247
- 1 Einführung ... 248
- 2 Innergemeinschaftliche Lieferungen und Exporte ... 250
- 3 Innergemeinschaftliche Erwerbe und Importe ... 258

6.3 Waren- und Zahlungsverkehr mit dem Ausland – Fallbeispiel ... 267

Teil 3: Jahresabschluss ... 271

Kapitel 7: Abschluss von Einzelunternehmen ... 271

7.1 Grundlagen des Jahresabschlusses ... 273
- 1 Abschluss-(Bilanzierungs-)Arbeiten ... 274
- 2 Einführung in die Bewertung ... 286

7.2 Anlagenbewertung ... 299
- 1 Ermittlung und Verbuchung der Abschreibung ... 300
- 2 Weitere Zugänge im Anlagevermögen ... 318
- 3 Instandhaltung, Instandsetzung, Umbau und Erweiterung von Gegenständen des Anlagevermögens ... 332
- 4 Ausscheiden von Gegenständen des Anlagevermögens ... 338

7.3 Waren- und Materialbewertung ... 353
- 1 Methoden der Verbrauchsermittlung ... 354
- 2 Bewertung des Vorrates an Handelswaren, Roh-, Hilfs- und Betriebsstoffen ... 358

Anhang ... 369
- Grundzüge des Umsatzsteuerrechts SbX
- Zusätzliche Übungsbeispiele SbX
- Formulare – Kopiervorlagen SbX
- Verzeichnis der verwendeten Konten – Kontenplan ... 370
- Bildnachweis ... 372

Teil 1: Buchführung in der Praxis

1 GRUNDLAGEN DES RECHNUNGSWESENS

Worum geht's in diesem Kapitel?

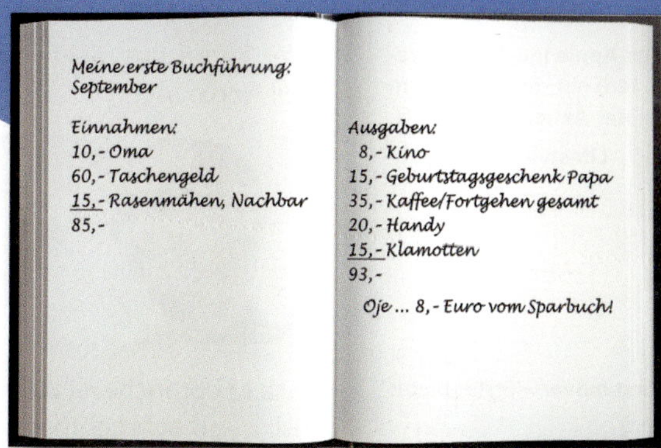

SbX
Alle SbX-Inhalte zu diesem Kapitel finden Sie unter der ID: 1000.

Betriebs- und Unternehmensführung sowie das Rechnungswesen stehen in enger Verbindung zueinander. Das Rechnungswesen zeigt u. a., wie hoch der Umsatz ist, welche Geldmittel zur Verfügung stehen, ob ein Gewinn oder ein Verlust erwirtschaftet wird und wie hoch die Schulden sind.

Grundkenntnisse des Rechnungswesens sind daher unerlässlich für jeden, der verantwortlich in einem Unternehmen arbeitet, ob als Führungskraft oder als Mitarbeiter. Das vorliegende Kapitel gibt einen ersten Überblick über das Rechnungswesen.

Kompetenzen, die Sie erwerben

Mit der Bearbeitung dieses Kapitels erwerben Sie die **Kompetenzen** für den **Bereich Grundlagen des Rechnungswesens** zur **Beurteilung der Buchführungspflicht,** der **Wahl der Buchführungs- und Aufzeichnungssysteme** sowie zur Anwendung der geltenden **Formvorschriften.** Sie können

- die Gliederung und Aufgaben des Rechnungswesens erläutern sowie die rechtlichen Grundlagen der Buchführung nennen,
- die Buchführungs- und Aufzeichnungsvorschriften nennen sowie deren Folgen für einzelne Unternehmen abschätzen.

A B C D E

In diesem Kapitel finden Sie Übungsbeispiele und Aufgaben zum Kompetenzerwerb und zur Kompetenzüberprüfung auf den Handlungsebenen A **Wiedergeben,** B **Verstehen,** C **Anwenden** und D **Analysieren & Interpretieren.**

Dieses Kapitel umfasst folgende Inhalte:

1 Aufgabe und Gliederung des Rechnungswesens
2 Gesetzliche Bestimmungen für das Rechnungswesen
3 Buchführungs- und Aufzeichnungssysteme
4 Formvorschriften

Lernen

1 Aufgabe und Gliederung des Rechnungswesens

Markieren Sie im nachfolgenden Text die Antworten auf folgende Fragen:

- **Mit welchen Produkten hat sich Apple zu einem Lifestyle-Anbieter entwickelt?**
- **Was ist ein „first mover"?**
- **Wovon hängt das Ansehen eines Unternehmens ab?**
- **Welche vier Funktionen (Aufgaben) hat das Rechnungswesen?**
- **In welche Teilbereiche wird das Rechnungswesen unterteilt?**
- **Welche Stellung nimmt die Buchführung im Rechnungswesen ein?**

Die **Apple Inc.** (Incorporated) hat die Rechtsform einer Aktiengesellschaft.

Lifestyle = Lebensstil

Wer kennt ihn nicht? **Steve Jobs** (24. 2. 1955–5. 10. 2011), er war Mitbegründer und Visionär der Apple Inc.

Jobs hat mit den Produkten **iPhone, iPad, iPod** und **iTunes** Apple zum führenden Lifestyle-Anbieter am IT-Markt entwickelt. Die Produktpalette wurde dazu in Richtung Kommunikation und Entertainment ausgerichtet. Durch Innovation, schickes Design und Nutzerfreundlichkeit ist Apple einfach „in". Apple ist eine Kultmarke, Lebensstil der jetzigen Generation.

first mover = Erstanbieter

In der IT-Branche ist Apple einer der sogenannten **„first mover".** Dies sind Unternehmen, die das Risiko auf sich nehmen, regelmäßig innovative Techniken und Produkte am Markt zu platzieren.

Das **Ansehen eines Unternehmens** hängt nicht nur von seinen Produkten, sondern vielmehr von seinem **wirtschaftlichen Erfolg** ab. Um diesen darstellen zu können, müssen die **betrieblichen Vorgänge zahlenmäßig im Rechnungswesen erfasst** werden. Darauf aufbauend erfolgt die **Steuerung des Unternehmens** durch **Planung, Kontrolle** sowie ein **Berichtswesen.**

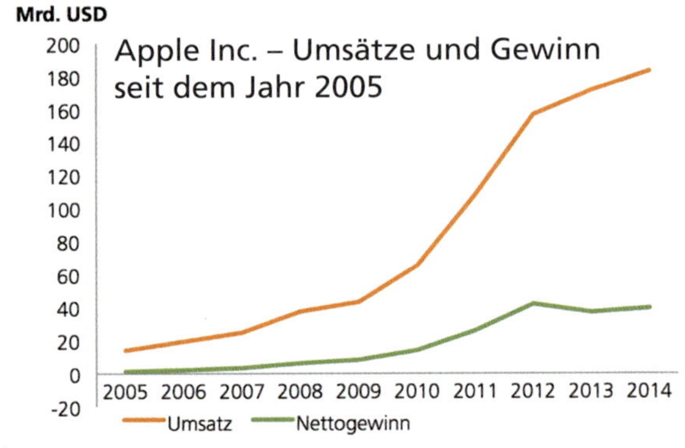

Quellen:
http://de.statista.com/statistik/daten/studie/12799/umfrage/weltweiter-umsatz-von-apple-inc-nach-quartalen-seit-2005/
http://de.statista.com/statistik/daten/studie/12803/umfrage/nettogewinn-von-apple-inc-nach-quartalen-seit-2005/

Funktionen (Aufgaben) des Rechnungswesens

Das Rechnungswesen hat daher folgende **Funktionen (Aufgaben):**

Dokumentations- und Informationsfunktion	Die **betrieblichen Vorgänge** (z. B. Einkäufe, Verkäufe, Kauf von Anlagen) werden **zahlenmäßig erfasst.** Eigentümer, Geschäftsführer, Kreditgeber, Beschäftigte usw. werden über die sich daraus ergebenden **Entwicklungen** (z. B. Umsatz- und Gewinnentwicklung) **informiert.**
Planungs- und Entscheidungsfunktion	Das Rechnungswesen liefert Unterlagen zur **Planung des Betriebsablaufes** sowie für **Unternehmensentscheidungen.**
Kontrollfunktion	Mithilfe des Rechnungswesens wird **kontrolliert**, ob das Unternehmen **wirtschaftlich** und **rentabel** geführt wird.
Berichtsfunktion	Der Unternehmensleitung werden **aktuelle Informationen** über das Unternehmen in Form von **Berichten (Berichtswesen)** zur Verfügung gestellt.

Wirtschaftlichkeit ist dann gegeben, wenn ein **bestimmtes Ziel** mit dem **geringstmöglichen Einsatz an Mitteln erreicht** oder mit **gegebenen Mitteln die bestmögliche Leistung** erzielt wird.

Rentabilität ist das **prozentuelle Verhältnis** des **Gewinnes zum eingesetzten Kapital.**

Aus der Fülle der Aufgaben wird das Rechnungswesen in der Regel in folgende **vier Teilbereiche** unterteilt:

• **Buchführung (Finanzbuchführung, Buchhaltung), Einnahmen-Ausgaben-Rechnung**	Aus der Buchführung und der Einnahmen-Ausgaben-Rechnung sind der **wirtschaftliche Erfolg** (Gewinn oder Verlust) des Unternehmens, aus der Buchführung ist zusätzlich dessen **Vermögenslage** ersichtlich. **Die Buchführung und die Einnahmen-Ausgaben-Rechnung nehmen im Rechnungswesen eine zentrale Stellung ein.**
• **Kostenrechnung**	Die Kostenrechnung hat unter anderem die Aufgabe, Grundlagen für die **Berechnung (Kalkulation) der Preise** zu liefern.
• **Betriebliche Statistik**	Mithilfe der betrieblichen Statistik werden die **Zahlen des Rechnungswesens** übersichtlich **dargestellt und ausgewertet.**
• **Planungsrechnung**	Die Planungsrechnung **ist in die Zukunft gerichtet** und zeigt die **zahlenmäßige Auswirkung geplanter Maßnahmen.** Sie bildet eine wichtige **Grundlage für betriebliche Entscheidungen.**

2 Gesetzliche Bestimmungen für das Rechnungswesen

Markieren Sie im nachfolgenden Text die Antworten auf folgende Fragen:

- **In welchen Gesetzen sind die Bestimmungen über die Buchführungs- und Aufzeichnungspflicht enthalten?**
- **Wann sind Unternehmer gemäß Unternehmensgesetzbuch (UGB) verpflichtet Bücher zu führen?**
- **Wie ist vorzugehen, wenn keine Buchführungspflicht gemäß Unternehmensgesetzbuch besteht?**
- **Wie lauten die Buchführungsgrenzen nach der Bundesabgabenordnung (BAO)?**
- **Welche Möglichkeiten bestehen, wenn die Buchführungsgrenzen der Bundesabgabenordnung nicht überschritten werden?**

Zu Details und Neuerungen in den rechtlichen Bestimmungen siehe **www.usp.gv.at.**

Die Bestimmungen über die **Buchführungs- und Aufzeichnungspflicht** (Rechnungslegungspflicht) sind in einer Anzahl von Gesetzen enthalten. Die wichtigsten davon sind:

- **Unternehmensgesetzbuch (UGB)**
- **Bundesabgabenordnung (BAO)**
- **Einkommensteuergesetz (EStG)**
- **Umsatzsteuergesetz (UStG)**

Für die Beurteilung, ob Bücher oder Aufzeichnungen zu führen sind, ist zu prüfen, ob eine Buchführungspflicht gemäß dem **Unternehmensgesetzbuch (UGB)** besteht. Für Land- und Forstwirte ist die in der **Bundesabgabenordnung (BAO)** festgelegte Wertgrenze (Buchführungsgrenze) maßgebend.

Buchführungspflicht nach UGB

Unternehmen mit mehr als € 700.000 Umsatz führen eine doppelte Buchhaltung.

Ein **Unternehmer** ist, wer **ein Unternehmen betreibt.** Ein Unternehmen ist **jede auf Dauer angelegte Organisation selbständiger wirtschaftlicher Tätigkeit,** auch wenn sie nicht auf Gewinn ausgerichtet ist.

Betragen die **Umsatzerlöse** in einem Geschäftsjahr **mehr als € 1.000.000,–,** so entsteht die **Buchführungspflicht** bereits **im Folgejahr.**

Zur **Buchführung** und **Aufstellung eines Jahresabschlusses** gemäß UGB sind verpflichtet:

- **Kapitalgesellschaften** (GmbH und AG) unabhängig von ihrer Größe und ihrer ausgeübten Tätigkeit
- Unternehmerisch tätige **Personengesellschaften ohne eine natürliche Person als unbeschränkt haftenden Gesellschafter** (GmbH & Co KG)
- Alle anderen gewerblichen **Unternehmer** (Einzelunternehmer und Personengesellschaften), wenn sie in zwei aufeinanderfolgenden Geschäftsjahren **Umsatzerlöse von mehr als € 700.000,–** im Geschäftsjahr erzielen. Die Buchführungspflicht tritt nach dem zweitfolgenden Geschäftsjahr ein.

Beispiel

Die Umsatzerlöse der Geschäftsjahre 2016 und 2017 betragen € 790.000,– bzw. € 850.000,–. Die Buchführungspflicht entsteht ab dem Geschäftsjahr 2019.

Angehörige der freien Berufe (z. B. Rechtsanwälte, Steuerberater) sowie Land- und Forstwirte fallen nicht unter diese Bestimmungen!

Zusammenfassende Darstellung

Kapitalgesellschaften (AG, GmbH), unternehmerisch tätige **Personengesellschaften ohne natürliche Person als unbeschränkt haftenden Gesellschafter** (GmbH & Co KG)	Alle anderen Unternehmen (Einzelunternehmen, Personengesellschaften)		
	Gewerbliche Unternehmen		Angehörige der freien Berufe, Land- und Forstwirte
unabhängig von Größe und Tätigkeit	**Umsatzerlöse > € 700.000,–**	Umsatzerlöse ≤ € 700.000,–	unabhängig von der Größe
➜ Buchführungspflicht nach UGB		➜ keine Buchführungspflicht nach UGB	

Besteht eine Buchführungspflicht, so ist eine **doppelte Buchführung** einzurichten.

Eine Buchführung ist **ordnungsgemäß,** wenn die Geschäftsfälle vollständig, wahr, klar, ordentlich, zeitgerecht und leicht nachprüfbar erfasst sind.

Bücher führen bedeutet, dass in diesen die **unternehmensbezogenen Geschäfte** und die **Lage des Vermögens** nach den **Grundsätzen ordnungsmäßiger Buchführung** ersichtlich zu machen sind.

Besteht eine **Buchführungspflicht nach** den Bestimmungen des **UGB,** so hat der Unternehmer diese Verpflichtung **auch im Interesse der steuerlichen Abgabenerhebung** zu erfüllen.

Keine Buchführungspflicht nach UGB

Unternehmen mit einem Umsatz bis € 700.000 sowie Freiberufler führen eine Einnahmen-Ausgaben-Rechnung.

Gewerbliche Unternehmen ohne Buchführungspflicht nach den Bestimmungen des UGB haben Aufzeichnungen in Form der **Einnahmen-Ausgaben-Rechnung** bzw. der **steuerlichen Pauschalierung** zu führen oder sie führen **freiwillig** eine **doppelte Buchhaltung.**

Besteht aufgrund der Bestimmungen des UGB keine Buchführungspflicht, ist die Verpflichtung zur Führung von Büchern bzw. Aufzeichnungen im **Steuerrecht (BAO, EStG)** festgelegt.

Buchführungspflicht der Land- und Forstwirte

Bei **Land- und Forstwirten** ist zu unterscheiden:

- **Die Buchführungsgrenze des § 125 BAO wird überschritten:**
  Land- und forstwirtschaftlichen Betriebe,
  - deren **Umsatz** in zwei aufeinanderfolgenden Kalenderjahren jeweils **€ 550.000,–** überstiegen hat, oder
  - deren **Einheitswert** zum 1. Jänner eines Jahres **€ 150.000,–** überstiegen hat,

  sind verpflichtet, Bücher zu führen und aufgrund jährlicher Bestandsaufnahmen regelmäßig Abschlüsse zu machen. Es ist eine **doppelte Buchführung** einzurichten.

- **Die Buchführungsgrenze des § 125 BAO wird nicht überschritten:**
  Hier gibt es drei Möglichkeiten, und zwar:
  - Der Unternehmer führt **freiwillig eine doppelte Buchhaltung.**
  - Es wird eine **Einnahmen-Ausgaben-Rechnung** erstellt.
  - Das Unternehmen führt **Aufzeichnungen** im Rahmen der **steuerlichen Pauschalierung.**

3 Buchführungs- und Aufzeichnungssysteme

Markieren Sie im nachfolgenden Text die Antwort auf folgende Frage:

- **Welche Systeme der Führung von Büchern und Aufzeichnungen werden in der Praxis eingesetzt?**

Man unterscheidet in der Praxis folgende Systeme der Führung von Büchern bzw. Aufzeichnungen:

Doppelte Buchführung

In Unternehmen kommt vor allem die **doppelte Buchführung** zum Einsatz. Diese wird ab dem Kapitel 2 dargestellt.

Einnahmen-Ausgaben-Rechnung

Die Einnahmen-Ausgaben-Rechnung ist ein **sehr wichtiges Aufzeichnungssystem.** Neben kleinen Gewerbetreibenden ermitteln auch die meisten freiberuflich Tätigen (z. B. Ärzte, Rechtsanwälte, Steuerberater) ihren Gewinn auf diese Weise. Eine ähnliche Methode der Gewinnermittlung wird auch in vielen anderen Fällen, z. B. bei Einkünften aus Vermietung und Verpachtung, angewendet.

Die Einnahmen-Ausgaben-Rechnung wird in Band 2, Kapitel 8, ausführlich dargestellt.

Steuerliche Pauschalierung

Die **steuerlichen Pauschalierungsmöglichkeiten** (z. B. Pauschalierung der Betriebsausgaben) haben das Ziel, dem Steuerpflichtigen die Führung von Aufzeichnungen zu erleichtern.

4 Formvorschriften

Markieren Sie im nachfolgenden Text die Antworten auf folgende Fragen:

- **Was versteht man unter dem Grundsatz „Keine Buchung ohne Beleg!“?**
- **Wie sind Eintragungen in Bücher und Aufzeichnungen vorzunehmen?**
- **Was ist generell beim Führen von Büchern und Aufzeichnungen zu beachten?**
- **Wie ist die Bezeichnung der Konten vorzunehmen?**
- **Wie wird der Zusammenhang von Buchungen und Belegen hergestellt?**

Die für das Rechnungswesen geltenden **Formvorschriften** sind im **Unternehmensgesetzbuch (UGB)** und in der **Bundesabgabenordnung (BAO)** festgelegt. Die wesentlichen Vorschriften sind auf der nachfolgenden Seite angeführt:

Belege sind z. B. Rechnungen über Wareneinkäufe (Eingangsrechnungen) und Warenverkäufe (Ausgangsrechnungen), Zahlungsbestätigungen und Bankbelege (siehe dazu Kapitel 3).

In **Büchern** (z. B. Kassabuch) **und Aufzeichnungen** werden die **betrieblichen Vorgänge** (z. B. der Einkauf und Verkauf von Waren, der Kauf von Kopierpapier, die Rechnung über das Betanken des Firmen-Pkw) **eingetragen.** Das Eintragen wird auch als **„verbuchen"** bezeichnet.

KEINE BUCHUNG OHNE BELEG!

Die Verbuchung eines Geschäftsfalles (z. B. Wareneinkauf) darf nur auf Grundlage eines zum Geschäftsfall gehörenden Beleges vorgenommen werden.

EINTRAGUNGEN IN BÜCHER UND AUFZEICHNUNGEN

1. **fortlaufend, vollständig und zeitgerecht**
   Die Eintragungen müssen fortlaufend (d. h. der Zeitfolge nach geordnet), **vollständig**, richtig und **zeitgerecht** vorgenommen werden.
2. **Barbewegungen – täglich aufzeichnen**
   Alle **Bareingänge** und **Barausgänge** sind **täglich einzeln festzuhalten.**
3. **nicht löschbar**
   Die Eintragungen dürfen **nicht mit leicht entfernbaren Schreibmitteln** (z. B. Bleistift) vorgenommen werden.
4. **nicht unleserlich zu machen**
   Der **ursprüngliche Inhalt einer Eintragung** darf **nicht unleserlich** gemacht werden (z. B. durch Radieren oder Durchstreichen).
5. **keine Zwischenräume**
   An Stellen, die in der Regel zu beschreiben sind, sollen **keine leeren Zwischenräume** gelassen werden.

FÜHREN VON BÜCHERN UND AUFZEICHNUNGEN

1. **Überblick über die Geschäftsfälle**
   Die Bücher und Aufzeichnungen sind so zu führen, dass sie einen **Überblick über die Geschäftsfälle** vermitteln können.
2. **Nachvollziehbarkeit**
   Die einzelnen Geschäftsfälle sollen in ihrer **Entstehung und Abwicklung nachvollziehbar** sein.
3. **lebende Sprache**
   Die Bücher und Aufzeichnungen sind in einer **lebenden Sprache** zu führen.
4. **Verwendung von Datenträgern**
   Zur Führung von Büchern und Aufzeichnungen bzw. zur Erfassung der Geschäftsfälle können **Datenträger** (z. B. Festplatten) verwendet werden.
5. **elektronisches Radierverbot**
   Eintragungen sollen **nicht** in einer Weise **verändert werden können,** dass der **ursprüngliche Inhalt nicht mehr ersichtlich** ist.
6. **Protokollierung der Erfassung und Änderung von Daten**
   Eine entsprechende **Protokollierung der Datenerfassung,** insbesondere die Ermittlung der Tageslosung, und **nachträglicher Änderungen** ist vorzunehmen. **Summenbildungen** sollen nachvollziehbar sein.
7. **Aufbewahrungsfrist**
   Die Bücher und Aufzeichnungen sowie die zugehörigen Belege sind **sieben Jahre aufzubewahren** und müssen **bis zum Ende dieser Frist vorlegbar sein.** Die Frist beginnt mit Ende des Jahres, in dem die letzte Eintragung in die Bücher bzw. Aufzeichnungen vorgenommen wurde.

BEZEICHNUNG DER KONTEN

Geschäftsfälle erkennbar
Die **Bezeichnung der Konten** soll erkennen lassen, welche Geschäftsfälle auf dem betreffenden Konto verbucht werden.

BUCHUNGEN UND BELEGE

Zusammenhang, Verweise
Der **Zusammenhang** zwischen den einzelnen **Buchungen** sowie der Zusammenhang zwischen **Buchung und Beleg** sollen durch **gegenseitige Verweise** erkennbar sein.

Auf **Konten** werden die **betrieblichen Vorgänge,** auch als **Geschäftsfälle** bezeichnet, wie der Einkauf von Waren gegen Barzahlung, **erfasst** (siehe dazu Kapitel 2, Konto).

Bücher und Aufzeichnungen, die den oben angeführten Vorschriften entsprechen, gelten im Allgemeinen als **ordnungsgemäß.**

Üben

A B C D E

Das Unternehmen Steininger wird als Fachgeschäft mit Weltmarken aus den Bereichen Schi, Bike, Tennis, Golf und Fitness auf dem Markt tätig werden. Neben den Markenprodukten sind eine angenehme Einkaufsatmosphäre durch eine speziell geschaffene architektonische Umgebung, individuelle Beratung und persönlicher Kundenservice sowie ein Kundenparkplatz und nahe öffentliche Verkehrsmittel die weiteren Erfolgsfaktoren des Unternehmens.

Ü 1.01: **Rechnungswesen – Grundlagen der Unternehmensführung**

Robert Steininger und seine Gattin Brigitte möchten in Innsbruck ein Sportfachgeschäft gründen. Sie wollen das Geschäftslokal noch rechtzeitig vor der Wintersaison eröffnen. Beide waren bereits einige Jahre in der Sportartikelbranche tätig und haben gute Fachkenntnis im Einkauf von Waren und bei der Kundenberatung.

Im kaufmännischen Bereich haben sie wenig Erfahrung und bitten Sie daher, ihnen bei der Klärung nachstehender Fragen zu helfen.

Aufgabe: Beantworten Sie die nachstehenden Fragen am Beispiel des angeführten Sportfachgeschäftes. C

a) Welche Aufgaben wird das Rechnungswesen im Sportfachgeschäft erfüllen?
b) Welche Teilbereiche des Rechnungswesens können zum Einsatz gelangen?
c) In den ersten beiden Geschäftsjahren sind Umsatzerlöse von € 300.000,– bzw. € 650.000,– geplant. Ab dem dritten Geschäftsjahr werden Umsatzerlöse von mehr als € 700.000,– pro Geschäftsjahr erwartet. Wann tritt die Buchführungspflicht ein?
d) Was bedeutet der Grundsatz „Keine Buchung ohne Beleg!"?
e) Wie sollen die Eintragungen vorgenommen werden?
f) Darf Brigitte Steininger die Eintragungen mit Bleistift vornehmen?
g) In welcher Sprache wird die Buchführung des Sportfachgeschäftes im Allgemeinen geführt werden?
h) Kann Robert Steininger zur Führung der Bücher und Aufzeichnungen auch Datenträger verwenden?
i) Wie lange müssen die Belege (z. B. Rechnungen) und Aufzeichnungen des Sportfachgeschäftes aufbewahrt werden?

Sichern

SbX ID: 1003

SbX
ID: 1003

Im SbX finden Sie eine Sammelmappe mit Zusammenfassungen zu allen Kapiteln und Lerneinheiten sowie eine Bildschirmpräsentation.

Wissen

SbX ID: 1004

A B C D E

SbX
ID: 1004

Möglichkeiten zur Kompetenzüberprüfung im SbX

Wiederholungsfragen | Aufgaben mit automatischer Aufgabenkontrolle | MUSTERUNTERNEHMEN

Ein kurzer Kompetenz-Check, bevor's weitergeht!

Kompetenz-Check

	☺	😐	☹
Ich kann die Aufgaben des Rechnungswesens beschreiben.			
Ich kann die Teilbereiche des Rechnungswesens unterscheiden.			
Ich kann die Gesetze nennen, welche die Bestimmungen über die Buchführungs- und Aufzeichnungspflicht beinhalten.			
Ich kann die Buchführungspflicht nach dem Unternehmensgesetzbuch (UGB) erklären.			
Ich kann die Buchführungs- und Aufzeichnungssysteme nennen.			
Ich kann das wichtigste Buchführungssystem nennen.			
Ich kann den Grundsatz „Keine Buchung ohne Beleg!" erläutern.			
Ich kann wesentliche Formvorschriften nennen und erklären.			

2 SYSTEM DER DOPPELTEN BUCHFÜHRUNG

Worum geht's in diesem Kapitel?

In der chinesischen Kultur sind das Begriffspaar Yin und Yang tief verankert. Darin spiegelt sich, dass das Geschehen in Natur und Gesellschaft (Medizin, Ernährung usw.) aus gegensätzlichen und doch zusammengehörenden Kräften besteht, die wechselweise in den Vordergrund treten. Yin und Yang wirken gegen- und miteinander. Sie symbolisieren in der chinesischen Philosophie das Prinzip der Bilanz, des natürlichen Gleichgewichtes.

Auch Unternehmen müssen ein Gleichgewicht schaffen – das Gleichgewicht von Vermögenswerten (Gebäude, EDV-Anlagen, Bankguthaben usw.) und eingesetztem Kapital (Kapital des Unternehmers, Schulden gegenüber Lieferanten, Kreditinstituten usw.). Dies aufzuzeichnen ist Aufgabe der Buchführung. Dazu werden alle Geschäftsfälle eines Geschäftsjahres, die eine Veränderung des Vermögens bzw. des Kapitals und damit des wirtschaftlichen Erfolges (Gewinn oder Verlust) verursachen, in der Buchführung erfasst (verbucht).

Kompetenzen, die Sie erwerben

Mit der Bearbeitung dieses Kapitels erwerben Sie die **Kompetenzen** für den **Bereich Doppelte Buchführung in der Praxis.** Sie können

- die Systematik der Doppelten Buchführung anwenden.

A B C D E

In diesem Kapitel finden Sie Übungsbeispiele und Aufgaben zum Kompetenzerwerb und zur Kompetenzüberprüfung auf den Handlungsebenen A **Wiedergeben,** B **Verstehen,** C **Anwenden** und D **Analysieren & Interpretieren.**

Dieses Kapitel umfasst folgende Lerneinheiten:

1 Bilanz, Konto
2 Buchungen auf Bestandskonten
3 Buchungen auf Erfolgskonten
4 Buchungen auf Warenkonten
5 Buchungen auf dem Privatkonto
6 Eröffnung der Konten, laufende Geschäftsfälle, Abschluss der Konten, Gewinn- und Verlustrechnung, Schlussbilanz
7 Merkmale der doppelten Buchführung

SbX
Alle SbX-Inhalte zu dieser Lerneinheit finden Sie unter der ID: 2010.

Lerneinheit 1
Bilanz, Konto

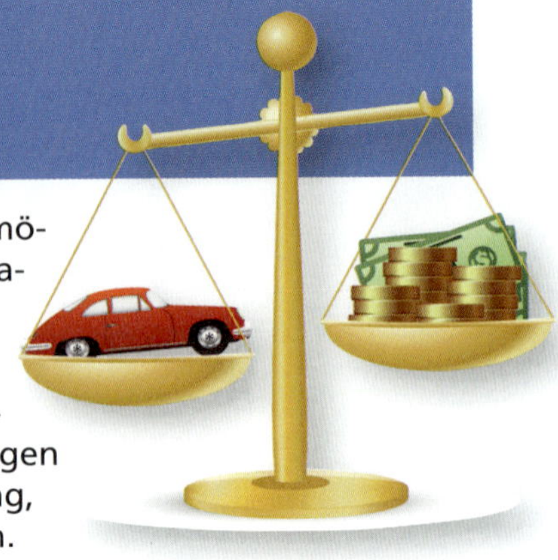

Als Symbol für die Bilanz, dem Gleichgewicht von Vermögenswerten und eingesetztem Kapital, gilt die zweischalige Waage.

Spricht man als Unternehmerin bzw. Unternehmer davon, eine „Bilanz zu ziehen", so meint man – vereinfacht ausgedrückt – eine Gegenüberstellung von Vermögen und Kapital in Kontenform. Ein Konto ist eine Aufstellung, in der die einzelnen Geschäftsfälle aufgezeichnet werden.

Lernen

A B C D E

1 Rechnungswesen, Geschäftsfälle, Kassabuch, doppelte Buchführung ... wozu?

Markieren Sie im nachfolgenden Text die Antwort auf folgende Frage:

- **Worin unterscheiden sich die Aufzeichnungen in einfacher Form in der Einnahmen-Ausgaben-Rechnung von der doppelten Buchführung?**

Im Rechnungswesen geht es u. a. darum, **alle Geschäftsfälle** wie den Einkauf und Verkauf von Waren, die Auszahlung der Löhne und Gehälter, die Bezahlung der Miete, der Stromrechnung **aufzuzeichnen (zu verbuchen),** um feststellen zu können, **ob das Unternehmen erfolgreich war.**

Der Unternehmer hat mehrere Möglichkeiten, diese Aufzeichnungen vorzunehmen. Sie reichen von der Führung der **Aufzeichnungen in einer einfachen Form,** z. B. als Kassabuch in der **Einnahmen-Ausgaben-Rechnung,** bis hin zur **doppelten Buchführung.**

Mit dieser Einführung soll ein **Einblick in die Buchführung** gegeben werden. Es wird gezeigt,

Zu den **Buchführungs- und Aufzeichnungssystemen** siehe Seite 5.

- wo die **Unterschiede** zwischen dem Führen von **Aufzeichnungen in einfacher Form** in der **Einnahmen-Ausgaben-Rechnung** und einer **doppelten Buchführung** liegen und
- warum die **doppelte Buchführung in der Praxis häufig bevorzugt** wird.

Beispiel

Irene Maier führt erfolgreich einen Handelsbetrieb. Ihr Geschäftsfreund Max Huber will ebenfalls in dieser Branche ein Unternehmen gründen und erkundigt sich bei Irene über ihre Erfahrungen zum Rechnungswesen:

Warum ist es so wichtig, alle betrieblichen Vorgänge (Geschäftsfälle), die in einem Unternehmen vorkommen, aufzuzeichnen?

Am Ende des Jahres (Geschäftsjahres) will man wissen,

- wie hoch das **Vermögen** ist,
- ob die **Schulden gestiegen oder gesunken** sind und vor allem
- ob das **Unternehmen erfolgreich war oder nicht** (Gewinn oder Verlust).

Warum wird zur Aufzeichnung der Geschäftsfälle in der Praxis häufig die doppelte Buchführung gewählt? Reicht dazu nicht ein einfaches Kassabuch?

Anhand eines kurzen Beispiels möchte ich die wesentlichen Unterschiede zwischen dem **Führen der Aufzeichnungen mithilfe eines Kassabuches** in der **Einnahmen-Ausgaben-Rechnung** bzw. mit einer **doppelten Buchführung** zeigen. Daraus ist zu erkennen, warum in der Praxis die doppelte Buchführung häufig bevorzugt wird.

Ein **Unternehmen** wird **mit 1. Jänner 20 . . gegründet.** Es sind die folgenden **Geschäftsfälle** aufzuzeichnen:

- Einlage von € 2.500,– aus der privaten Brieftasche (Eigenmittel) in die Geschäftskasse
- Aufnahme eines Kredites in der Höhe von € 5.000,– bei einer Bank; das Geld wird in die Geschäftskasse gegeben.
- Kauf von Einrichtungsgegenständen um € 3.500,– bei einem Büroausstatter; die Bezahlung erfolgt bar aus der Geschäftskasse.
- Zahlung der ersten Kreditrate (Rückzahlung des Kredites) in der Höhe von € 250,– bar aus der Geschäftskasse
- Kauf von Waren im Wert von € 2.250,–, die aus der Geschäftskasse bezahlt werden

Die sich aus der Gründung ergebenden Geschäftsfälle werden in einem **Kassabuch** erfasst:

Ein **Kassabuch** ist eine Tabelle, in der die Bargeldbewegungen in zwei Spalten aufgezeichnet werden. Kassaeingänge werden in der Spalte Einnahmen, Kassaausgänge in der Spalte Ausgaben eingetragen (siehe dazu Band 2, Kapitel 8).

Kassabuch vom *1. Jänner* **bis .... 20. .** **Seite** *1*

Tag	Text	Beleg-Nr.	Einnahmen (€)	Ausgaben (€)
1	*Einlage aus Eigenmitteln*	*1*	*2.500,00*	
	Einlage aus Kreditaufnahme	*2*	*5.000,00*	
	Kauf Einrichtungsgegenstände	*3*		*3.500,00*
	Zahlung Kreditrate	*4*		*250,00*
	Kauf Handelswaren	*5*		*2.250,00*
	Summe der Einnahmen	+	*7.500,00*	
	Summe der Ausgaben	–		*6.000,00*
	Stand (Saldo) Kassa	+		*1.500,00*

Das Kassabuch zeigt nur das **Vermögen in der Geschäftskasse;** es liegen € 1.500,– in der Kassa. Aber wie **hoch die Schulden sind** bzw. **wie erfolgreich das Unternehmen war,** kann man **aus dem Kassabuch nicht erkennen.**

Aus diesem Grund gibt es die **doppelte Buchführung,** bei der jeder Geschäftsfall auf der Vermögens- und der Kapitalseite erfasst wird.

Unter Berücksichtigung der angeführten Geschäftsfälle sieht die **Bilanz** (Eröffnungsbilanz) so aus:

Woher stammen die Werte in der Bilanz?
- **Einrichtungsgegenstände** → Kauf der Einrichtungsgegenstände
- **Handelswaren** → Kauf der Handelswaren
- **Kassa** → laut Saldo des Kassabuches
- **Eigenkapital** → Einlage von Eigenmittel
- **Kredit (Schulden)** → Aufnahme eines Kredites abzüglich Zahlung der Kreditrate

Aktiva (Vermögen)	Bilanz per 1. Jan. 20 . .	Passiva (Kapital)	
Einrichtungsgegenstände	3.500,00	Eigenkapital	2.500,00
Handelswaren	2.250,00	Kredit (Schulden)	4.750,00
Kassa	1.500,00		
	7.250,00		7.250,00

Die Bilanz zeigt das **Vermögen** auf der **linken Seite** und das **Kapital** auf der **rechten Seite.** Die **Höhe der Schulden** ist auf der **Kapitalseite** ersichtlich.

Veränderung des Eigenkapitals (EK):

EK laufendes Jahr
– EK Vorjahr

EK steigt → Gewinn
EK sinkt → Verlust

Aus der **Veränderung des Eigenkapitals** (Eigenkapital laufendes Jahr abzüglich Eigenkapital Vorjahr) lässt sich der **Erfolg** ableiten. **Steigt das Eigenkapital,** liegt ein **Gewinn** vor, umgekehrt, wenn das **Eigenkapital sinkt,** ein **Verlust.**

Durch die Erfassung der Geschäftsfälle im Rahmen der doppelten Buchführung erhält man wesentlich **mehr Informationen** über das Vermögen, die Schulden, den Gewinn oder den Verlust als bei Führung eines Kassabuches. Aus diesem Grund wird in der Praxis die doppelte Buchführung häufig bevorzugt.

Danke für die Erläuterungen! Wenn ich also Informationen über das Unternehmen haben möchte, muss im Rechnungswesen eine **doppelte Buchführung** eingesetzt werden.

Ich bin schon gespannt, was ich in den nächsten Kapiteln darüber lernen werde!

2 Die Bilanz als Ausgangspunkt

Markieren Sie im nachfolgenden Text die Antworten auf folgende Fragen:

- **Was versteht man unter einer Bilanz?**
- **Was umfasst das Vermögen?**
- **Was versteht man unter dem Kapital?**
- **Was ist ein Geschäftsfall?**
- **Was versteht man unter dem Eigenkapital und dem Fremdkapital?**
- **Was umfasst das Anlagevermögen?**
- **Was umfasst das Umlaufvermögen?**
- **Wie lauten die Bilanzgleichungen?**
- **Welcher Zusammenhang besteht zwischen Geschäftsfall, Konto und Bilanz?**

Bilanz und Geschäftsfälle

Bilanz

Unter einer Bilanz versteht man die **Gegenüberstellung des Vermögens** und des **Eigen- und des Fremdkapitals** (Schulden) in **Kontenform.**

Bilanz → Gegenüberstellung von Vermögen sowie Eigen- und Fremdkapital

Vermögen

Das **Vermögen** umfasst alle **Güter und Rechte,** die dem **Unternehmen zur Verfügung stehen** (z. B. Maschinen, EDV-Anlagen, Geschäftsausstattung, Bargeld, Bankguthaben, Patente, Markenrechte).

Kapital

Unter **Kapital** versteht man die Gesamtheit der **in einem Unternehmen eingesetzten Mittel.** Stammt das Kapital vom Unternehmer bzw. von den Unternehmern, nennt man es **Eigenkapital.** Das **Fremdkapital** wird dem Unternehmen von **Lieferanten, Banken** usw. zur Verfügung gestellt (z. B. Kredite).

Vermögen (Mittelverwendung)
Kapital (Mittelherkunft)

Auf der linken Seite der Bilanz werden die **Vermögenswerte** eingetragen **(Mittelverwendung).** Die Summe der Vermögenswerte wird auch als **Aktiva** bezeichnet. Die rechte Seite der Bilanz zeigt, woher das **Kapital** stammt **(Mittelherkunft).** Die Summe aus Eigen- und Fremdkapital nennt man **Passiva.**

Zum **Konto** siehe die Ausführungen auf der Seite 17.

Darstellung: Bilanz

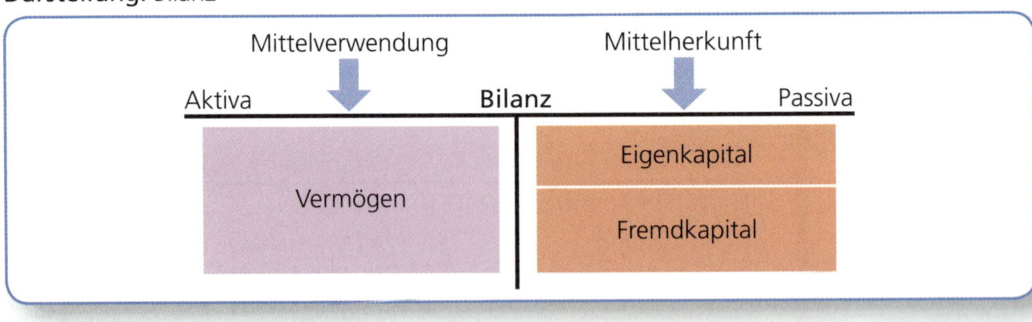

Geschäftsfälle

Alle wirtschaftlichen Vorgänge (z. B. Einkauf von T-Shirts, Abhebung vom Bankkonto), welche die **Zusammensetzung der Bilanz** laufend **verändern,** bezeichnet man als **Geschäftsfälle.**

Geschäftsfälle → alle wirtschaftlichen Vorgänge, die die Zusammensetzung der Bilanz ändern

Lehrbeispiel

Im **Businessplan** (Geschäftsplan) werden u. a. die Unternehmensidee, das Marktpotenzial, der Kapitalbedarf, die Unternehmensstrategie sowie die Erfolgs- und Finanzplanungen der nächsten Jahre dargestellt.

L 2.01: Einführendes Beispiel – Aufstellung der Bilanz

Nach dem Abschluss ihrer Schulausbildung erhält Claudia Sommer von ihren Eltern € 45.000,–. Sie will – davon hat sie schon lange geträumt – damit in der Fußgängerzone ihrer Heimatstadt eine Modeboutique eröffnen. Als Geschäftslokal sind Räumlichkeiten im Erdgeschoß des elterlichen Wohnhauses vorgesehen, für die vorerst keine Miete zu zahlen ist.

Zur Ausstattung des Geschäftes sind Regale, Kleiderständer, Verkaufspulte usw. im Wert von € 23.000,– erforderlich. Für den Unternehmensstart werden außerdem Waren (Jeans, Röcke, Blusen usw.) im Wert von € 25.000,– benötigt. An Bargeld sollen € 2.000,– in der Geschäftskasse vorhanden sein.

Ein **Fehlbetrag** liegt vor, wenn das Eigenkapital nicht ausreicht, um das gesamte Vermögen zu finanzieren.

Eigenkapital	€ 45.000,00
– Geschäftsausst.	€ 23.000,00
– Handelswaren	€ 25.000,00
– Bargeld	€ 2.000,00
Fehlbetrag	**– € 5.000,00**

Claudia Sommer fasst dies in einem **Businessplan** zusammen und errechnet einen Fehlbetrag von € 5.000,–. Zur Abdeckung dieses Fehlbetrages wird bei der Bank ein Darlehen in Höhe von € 15.000,– aufgenommen. Der nicht verwendete Darlehensbetrag in Höhe von € 10.000,– wird auf ein neu eröffnetes Bankkonto (Bankguthaben) eingelegt.

Als Absolventin einer kaufmännischen Schule weiß Claudia Sommer, dass jeder Unternehmer bzw. jede Unternehmerin zu Beginn der Geschäftstätigkeit eine **Eröffnungsbilanz** aufzustellen hat. Für den Tag der Geschäftseröffnung, das ist der 1. Oktober 20 . . , fasst sie die Vermögenswerte und das Kapital in übersichtlicher Form zusammen.

Eröffnungsbilanz

Aktiva (Vermögen)	Eröffnungsbilanz zum 1. Oktober 20 . .		Passiva (Kapital)
Geschäftsausstattung	23.000,00	Eigenkapital	45.000,00
Handelswaren	25.000,00	Darlehen	15.000,00
Kassa (Bargeld)	2.000,00		
Bankguthaben	10.000,00		
	60.000,00		60.000,00

In der Folge wird gezeigt, wie sich die von Claudia Sommer aufgestellte Eröffnungsbilanz durch **Geschäftsfälle** verändert.

Geschäftsfälle

1. Geschäftsfall: Claudia Sommer benötigt für Handelswareneinkäufe weiteres Bargeld. Sie hebt von ihrem Bankguthaben € 1.000,– ab und legt das Geld in die Geschäftskasse. D

Durch das Einlegen des Bargeldes in die Geschäftskasse **erhöht sich der Kassastand** von € 2.000,– auf € 3.000,–, dafür **verringert sich das Bankguthaben** von € 10.000,– auf € 9.000,–. Die Bilanz zeigt nach diesem Geschäftsfall folgendes Bild:

Zu **Beginn des Geschäftsbetriebes** hat Claudia Sommer eine **Eröffnungsbilanz** aufgestellt. Alle weiteren Bilanzen werden nur als **Bilanz** bezeichnet.

	Aktiva (Vermögen)	Bilanz		Passiva (Kapital)
	Geschäftsausstattung	23.000,00	Eigenkapital	45.000,00
	Handelswaren	25.000,00	Darlehen	15.000,00
+	Kassa (Bargeld)	3.000,00		
–	Bankguthaben	9.000,00		
		60.000,00		60.000,00

Einkäufe und Verkäufe gegen spätere Bezahlung werden in diesem Kapitel auf den Konten **Lieferverbindlichkeiten** (bei Einkäufen) bzw. **Lieferforderungen** (bei Verkäufen) erfasst. Zur Verbuchung auf Personenkonten siehe Kapitel 3 Die doppelte Buchführung in der Praxis.

2. Geschäftsfall: Für die Textverarbeitung, Buchführung und Prospekterstellung usw. werden ein Computer, ein Farbdrucker, ein Scanner und die entsprechende Software benötigt. Claudia Sommer kauft die erforderliche Hard- und Software um € 5.000,–. Die Bezahlung erfolgt später. D

Durch die Anschaffung **erhöht** sich einerseits **der Bestand der Geschäftsausstattung** von € 23.000,– auf € 28.000,–, andererseits **entstehen** durch die spätere Bezahlung **Schulden gegenüber dem Lieferanten** in der Höhe von € 5.000,–. Diese Schulden werden **„Lieferverbindlichkeiten"** genannt und sind auf der Passivseite der Bilanz einzutragen.

Aktiva (Vermögen)	Bilanz		Passiva (Kapital)
+ Geschäftsausstattung	28.000,00	Eigenkapital	45.000,00
Handelswaren	25.000,00	Darlehen	15.000,00
Kassa (Bargeld)	3.000,00	Lieferverbindlichkeiten	5.000,00 +
Bankguthaben	9.000,00		
	65.000,00		65.000,00

begleichen = bezahlen

3. Geschäftsfall: Die Lieferverbindlichkeiten von € 5.000,–, aus der Anschaffung des Computers, Druckers, Scanners und der Software werden durch Überweisung vom Bankkonto beglichen. D

Durch die Banküberweisung **verringert** sich einerseits **das Bankguthaben** von € 9.000,– auf € 4.000,–. Andererseits hat Claudia Sommer **keine Schulden** mehr **gegenüber dem Lieferanten** (Lieferverbindlichkeiten); diese scheinen somit in der Bilanz nicht mehr auf. Die Bilanz zeigt folgendes Bild:

Aktiva (Vermögen)	Bilanz		Passiva (Kapital)
Geschäftsausstattung	28.000,00	Eigenkapital	45.000,00
Handelswaren	25.000,00	Darlehen	15.000,00
Kassa (Bargeld)	3.000,00		
– Bankguthaben	4.000,00		
	60.000,00		60.000,00

Übungsbeispiel

Ü 2.01: Aufstellung der Bilanz

Kurt Glück hat im Lotto einen Betrag von € 50.000,– gewonnen. Da er schon immer ein Unternehmer werden wollte, eröffnet er jetzt einen Handy-Shop. Er kauft Handys (Handelswaren) von verschiedenen Anbietern im Wert von € 8.000,–. Ein befreundeter Glaser liefert ihm mehrere Glasvitrinen (Geschäftsausstattung) zur Präsentation der Handys; Kurt Glück bezahlt dafür € 10.000,–. Mit den restlichen € 32.000,– eröffnet er ein Bankkonto bei der Raiffeisenbank.

Aufgabe: a) Erstellen Sie für den Handy-Shop die Eröffnungsbilanz. Anschließend stellen Sie die folgenden Bilanzen unter Berücksichtigung der angeführten Geschäftsfälle auf. C

b) Markieren Sie die Bilanzpositionen, bei denen es zu Erhöhungen (+) bzw. Verringerungen (–) gegenüber der Vorbilanz gekommen ist. D

Aktiva	Eröffnungsbilanz		Passiva
Geschäftsausstattung		Eigenkapital	
Handelswaren			
Bankguthaben			

1. Geschäftsfall: Kurt Glück benötigt für den Geschäftsbetrieb Wechselgeld in Höhe von € 1.000,–. Zu diesem Zweck hebt er diesen Betrag von seinem Bankkonto ab und legt das Geld in die Geschäftskasse.

Aktiva	Bilanz		Passiva
Geschäftsausstattung		Eigenkapital	
Handelswaren			
Kassa			
Bankguthaben			

2. Geschäftsfall: Kurt Glück kauft einen PC mit Internetanschluss (Geschäftsausstattung) und einen Drucker für Online-Bestellungen und Online-Anmeldungen der Handys im Wert von € 1.500,–. Die Bezahlung an den Lieferanten erfolgt später (Lieferverbindlichkeiten).

Aktiva	Bilanz	Passiva

3. Geschäftsfall: Kurt Glück bezahlt seine Schulden an den Lieferanten (Lieferverbindlichkeiten) in Höhe von € 1.500,–, aus dem Kauf der EDV-Hardware, durch Überweisung von seinem Bankkonto.

Aktiva	Bilanz	Passiva

Ein weiteres Übungsbeispiel ab Seite 17

Finanzierung = Mittelherkunft

Aufgrund der aufgestellten Bilanzen können wir ersehen:

Die rechte Seite der Bilanz **(Passivseite)** zeigt, woher die erforderlichen Mittel stammen; sie zeigt die **Mittelherkunft** oder **Finanzierung.**

Eigenkapital, Fremdkapital

Das **Eigenkapital** ist die Summe aller vom Unternehmer (von den Unternehmern) selbst zur Verfügung gestellten Mittel. Die von Dritten (Lieferanten, Banken usw.) dem Unternehmen überlassenen Mittel bezeichnet man als **Fremdkapital.**

Eigenkapital → Mittel des Unternehmers

Fremdkapital → Mittel von Dritten

Investition = Mittelverwendung

Die linke Seite der Bilanz **(Aktivseite)** zeigt das **Vermögen des Unternehmens;** sie zeigt die **Mittelverwendung oder Investition.** Dabei gliedert sich das Gesamtvermögen in das **Anlagevermögen** und in das **Umlaufvermögen.**

Anlagevermögen

Unter dem **Anlagevermögen** versteht man jenes Vermögen, das bestimmt ist, **dauernd** (länger als ein Jahr) dem Geschäftsbetrieb des Unternehmens zu dienen, z. B. Gebäude, Geschäftsausstattung, Fahrzeuge.

Umlaufvermögen

Das **Umlaufvermögen** ist jenes Vermögen, das **nicht dauernd** (nur eine begrenzte Zeit) dem Geschäftsbetrieb des Unternehmens dient. Es **ändert** durch die betriebliche Tätigkeit **ständig seine Zusammensetzung.** Beispiele dafür sind: Vorräte an Handelswaren, Bargeld- und Bankbestände.

Anlagevermögen → dauernd
Umlaufvermögen → begrenzte Zeit

Allgemein dargestellt, zeigt eine **Bilanz** folgendes Bild:

Aktiva (Vermögen)	Bilanz	Passiva (Kapital)
Mittelverwendung Investition ↓		Mittelherkunft Finanzierung ↓
Anlagevermögen		Eigenkapital
Umlaufvermögen		Fremdkapital (Verbindlichkeiten, Schulden)

Summengleichheit

Es gilt **Summengleichheit:** Die Summe aus Anlage- und Umlaufvermögen muss gleich sein der Summe aus Eigen- und Fremdkapital.

Bilanzgleichung

Da die Summen der Aktiv- und Passivseite stets gleich sind, ergibt sich daraus folgende **Bilanzgleichung**:

Vermögen = Kapital

Das Eigenkapital ermittelt man wie folgt:

Eigenkapital = Vermögen – Fremdkapital

Zusammenhang – Geschäftsfall, Konto und Bilanz

Geschäftsfall → Konto → Bilanz

Wie wir sehen, **verändert jeder Geschäftsfall die Zusammensetzung der Bilanz.** Da es nicht sinnvoll ist, nach jedem einzelnen Geschäftsfall eine neue Bilanz zu erstellen, richtet man für jede Bilanzposition ein **eigenes Konto (Rechenfelder)** ein. Auf dem entsprechenden Konto werden alle Veränderungen (Zugänge und Abgänge) eines bestimmten Zeitraumes (meist ein Jahr) erfasst.

Am Ende eines jeden Geschäftsjahres (das Geschäftsjahr entspricht im Allgemeinen dem Kalenderjahr) werden die **Konten** wieder **zu einer Bilanz zusammengefasst.** Die Bilanz am Ende des Geschäftsjahres bezeichnet man als **Schlussbilanz.** Die Schlussbilanz ist im Normalfall gleichzeitig die Eröffnungsbilanz des nächsten Geschäftsjahres.

3 Das Konto und seine Darstellungsformen

Markieren Sie im nachfolgenden Text die Antworten auf folgende Fragen:

- **Was ist ein Konto?**
- **Wann spricht man von einer Sollbuchung bzw. einer Habenbuchung?**

Die Verbuchung der Geschäftsfälle erfolgt auf **Konten.**

Konten

Konten sind **zweiseitige Rechenfelder,** auf denen die **Geschäftsfälle erfasst werden.** Die linke Seite wird mit **Soll,** die rechte Seite mit **Haben** bezeichnet.

Auf Konten werden Geschäftsfälle erfasst.

Die Aufteilung in **Soll** und **Haben** wurde bereits in italienischen Geschäftsbüchern im 13. Jahrhundert vorgenommen.

Bucht man im Soll eines Kontos, so spricht man von einer **Sollbuchung;** bucht man im Haben eines Kontos, so liegt eine **Habenbuchung** vor.

Darstellung: Kontenformen

Einseitiges Konto → eine Datum- und Textspalte, zwei Betragsspalten (Soll, Haben)

Konto			
Datum	Text	Soll	Haben
...	...	Sollbuchung	Habenbuchung

Zweiseitiges Konto → auf jeder Seite eine Datum-, eine Text- und eine Betragsspalte

Soll		Konto			Haben
Datum	Text	Betrag	Datum	Text	Betrag
...	...	Sollbuchung	...	...	Habenbuchung

Aus Vereinfachungsgründen werden die Konten in den Lehr- und Übungsbeispielen vielfach in **T-Kontenform** dargestellt; siehe dazu die mit **schwarzen Linien hervorgehobene T-Form.**

Üben

A B C D E

Ü 2.02: **Aufstellung der Bilanz**

Birgit Koglbauer hat zum 25. Geburtstag von ihrer Großmutter ein Sparbuch mit einem Guthaben über € 30.000,– geschenkt bekommen. Sie möchte sich selbständig machen und dieses Geld zur Gründung eines Fachgeschäftes für Musik-CDs verwenden.

Mit Freunden erarbeitet Birgit Koglbauer eine Aufstellung, was ein solches Unternehmen in den ersten Geschäftsmonaten benötigt:

- Geschäftsausstattung – z. B. Regale zur Präsentation der CDs, ein Verkaufspult, eine Geschäftskasse
- Handelswaren – eine große Auswahl aktueller CDs
- Bankkonto – zur Abwicklung der Bankgeschäfte

In einem Businessplan wird erfasst, wie viel die Vermögenswerte kosten. Dabei werden für die Geschäftsausstattung € 4.000,– und für die Handelswaren € 6.000,– angesetzt.

Sparguthaben	€	30.000,00
– Geschäftsausst.	€	4.000,00
– Handelswaren	€	6.000,00
– Einzahl. Bank	€	16.000,00
Restbetrag	**€**	**4.000,00**

Birgit Koglbauer kauft die Vermögenswerte, eröffnet ein Bankkonto und zahlt auf dieses € 16.000,– ein. Der verbleibende Rest in Höhe von € 4.000,– wird in die Geschäftskasse gelegt.

Die Miete für das Geschäftslokal wird vom Wirtschaftsförderungsfonds ihres Bundeslandes im Rahmen einer Unternehmensgründungsinitiative bezahlt.

Aufgabe: a) Stellen Sie die Eröffnungsbilanz für das CD-Fachgeschäft von Birgit Koglbauer auf. C

b) Erstellen Sie die folgenden Bilanzen unter Berücksichtigung der angegebenen Geschäftsfälle. C

c) Vermerken Sie neben den Bilanzpositionen, wo es zu Erhöhungen (+) bzw. zu Verringerungen (–) gegenüber der Vorbilanz gekommen ist. D

Aktiva	Eröffnungsbilanz	Passiva

1. Geschäftsfall: Auf Drängen ihres Versicherungsberaters kauft Birgit Koglbauer eine Überwachungskamera (Geschäftsausstattung) um € 1.000,–. Sie vereinbart mit dem Lieferanten, dass sie den Betrag erst später bezahlen muss. Es entstehen daher Lieferverbindlichkeiten in Höhe von € 1.000,–.

Aktiva	Bilanz	Passiva

2. Geschäftsfall: Birgit Koglbauer bezahlt die offene Rechnung des Lieferanten der Überwachungskamera von € 1.000,– in bar. Sie hat daher bei dem Lieferanten keine Schulden mehr.

Aktiva	Bilanz	Passiva

3. Geschäftsfall: Da Birgit Koglbauer über das Wochenende nicht zu viel Geld in der Geschäftskasse lassen möchte, bringt sie € 2.000,– zur Bank und zahlt den Betrag auf ihr Bankkonto ein.

Aktiva	Bilanz	Passiva

Sichern

SbX ID: 2013

SbX
ID: 2013

Im SbX finden Sie eine Sammelmappe mit Zusammenfassungen zu allen Kapiteln und Lerneinheiten sowie eine Bildschirmpräsentation.

Wissen

SbX ID: 2014

A B C D E

SbX
ID: 2014

Möglichkeiten zur Kompetenzüberprüfung im SbX

Wiederholungsfragen | Aufgaben mit automatischer Aufgabenkontrolle | H2Ö MUSTERUNTERNEHMEN

Ein kurzer Kompetenz-Check, bevor's weitergeht!

Kompetenz-Check

	☺	😐	☹
Ich kann die zwei Seiten einer Bilanz unterscheiden und das Vermögen sowie das Kapital entsprechend zuordnen.			
Ich kann das Vermögen nach seiner Verwendung unterscheiden.			
Ich kann das Kapital nach seiner Herkunft unterscheiden.			
Ich kann die Bilanzgleichungen erklären.			
Ich kann den Zusammenhang zwischen Geschäftsfall, Konto und Bilanz erläutern.			
Ich kann den Begriff „Konto" erklären.			
Ich kann Soll- und Habenbuchungen der richtigen Kontoseite zuweisen.			

Lerneinheit 2

Buchungen auf Bestandskonten

SbX
Alle SbX-Inhalte zu dieser Lerneinheit finden Sie unter der ID: 2020.

Das Konto ist der kleinste Baustein der Buchführung. Auf diesem werden die einzelnen Geschäftsfälle aufgezeichnet. Für jede Position der Bilanz ist ein Konto einzurichten.

Lernen

SbX ID: 2021

A B C D E

1 Gliederung der Bestandskonten

Markieren Sie im nachfolgenden Text die Antworten auf folgende Fragen:

- **Welche Arten von Bestandskonten werden unterschieden?**
- **Auf welcher Kontenseite wird bei einem aktiven Bestandskonto eine Vermehrung bzw. eine Verminderung eingetragen?**
- **Auf welcher Kontenseite wird bei einem passiven Bestandskonto eine Vermehrung bzw. eine Verminderung eingetragen?**
- **Nach welcher Kontenseite wird der Saldo benannt?**

Die Verbuchung der laufenden Geschäftsfälle erfolgt auf Konten. **Für jede Bilanzposition ist ein Konto** einzurichten.

Bestandskonten

Die Konten, auf denen die **Vermögensteile,** die **Schulden** und das **Eigenkapital** erfasst werden, bezeichnet man als **Bestandskonten.** Sie werden in **aktive** und **passive Bestandskonten** gegliedert.

Bestandskonten → Erfassung von Vermögen, Schulden und Eigenkapital

Darstellung: Eröffnungsbilanz des einführenden Beispiels von Seite 13

Eröffnungsbilanz zum 1. Oktober 20 . .

Aktiva		Passiva	
Geschäftsausstattung	23.000,00	Eigenkapital	45.000,00
Handelswaren	25.000,00	Darlehen	15.000,00
Kassa (Bargeld)	2.000,00		
Bankguthaben	10.000,00		
	60.000,00		60.000,00

Aktive Bestandskonten

Geschäftsausstattung	
23.000,00	

Handelswaren	
25.000,00	

Kassa	
2.000,00	

Bank	
10.000,00	

Passive Bestandskonten

Eigenkapital	
	45.000,00

Darlehen	
	15.000,00

Anhand der **Bezeichnung der Konten,** z. B. Geschäftsausstattung, soll zu erkennen sein, welche Geschäftsfälle auf diesem Konto verbucht werden.

Aktive Bestandskonten

Auf den **aktiven Bestandskonten** werden die **Vermögenswerte (Anlage- und Umlaufvermögen)** erfasst.

Aktive Bestandskonten sind z. B. Handelswaren, Kassa und Gebäude.

Beispiele für aktive Bestandskonten:
Gebäude, Geschäftsausstattung, Handelswaren (Handelswarenvorrat, HW-Vorrat), Kassa, Bank (Bankguthaben) usw.

Bei diesen Konten stehen im **Soll** der **Anfangsbestand** (Saldovortrag) und die **Bestandsvermehrungen** (Zugänge), im **Haben** die **Bestandsverminderungen** (Abgänge) und der **Endbestand (Saldo).**

Buchungsregel
Aktives Bestandskonto

Soll	**Haben**
+	−

Darstellung: Aktives Bestandskonto, vor der Ermittlung des Saldos

Soll	**Aktives Bestandskonto**		Haben
Anfangsbestand	1.000,00	Verminderung (Abnahme)	5.000,00
+ Vermehrung (Zunahme)	8.000,00		
	9.000,00		5.000,00

Saldo

Die Differenz zwischen der Summe der Sollbuchungen und der Summe der Habenbuchungen wird als **Saldo** bezeichnet. Der Saldo entspricht dem **Endbestand** des Kontos und zeigt dessen **tatsächlichen Wert** an.

Ermittlung des Saldos:

	Summe der Sollbuchungen	€ 9.000,00
–	Summe der Habenbuchungen	€ 5.000,00
	Saldo	**€ 4.000,00**

Der Saldo ist stets auf der **betragsmäßig kleineren Seite einzusetzen.** Er wird jedoch nach der **betragsmäßig größeren Seite benannt.**

Aktives Bestandskonto
→ Sollsaldo

	Saldo

Aktive Bestandskonten weisen daher einen **Sollsaldo** auf. Nach dem Eintragen des Saldos auf der betragsmäßig kleineren Seite ergibt sich durch Addition der Soll- und der Habenseite des Kontos **Summengleichheit.**

Darstellung: Aktives Bestandskonto, nach der Ermittlung und dem Eintragen des Saldos

Soll	**Aktives Bestandskonto**		Haben
Anfangsbestand	1.000,00	Verminderung (Abnahme)	5.000,00
+ Vermehrung (Zunahme)	8.000,00	Endbestand **(Saldo)**	**4.000,00**
	9.000,00		9.000,00

Passive Bestandskonten

Auf den **passiven Bestandskonten** wird das **Kapital (Eigen- und Fremdkapital)** erfasst.

Passive Bestandskonten sind z. B. Eigenkapital, Bankschuld, Darlehen, Lieferverbindlichkeiten.

Beispiele für passive Bestandskonten:
Eigenkapital, Bankschuld, Darlehen, Lieferverbindlichkeiten usw.

Bei diesen Konten stehen im **Haben** der **Anfangsbestand** (Saldovortrag) und die **Bestandsvermehrungen** (Zugänge), im **Soll** die **Bestandsverminderungen** (Abgänge) und der **Endbestand (Saldo).**

Buchungsregel

Passives Bestandskonto	
Soll	Haben
−	+

Darstellung: Passives Bestandskonto, vor der Ermittlung des Saldos

Soll		Passives Bestandskonto	Haben
− Verminderung (Abnahme)	6.000,00	Anfangsbestand	2.000,00
		+ Vermehrung (Zunahme)	9.000,00
	11.000,00		11.000,00

Ermittlung des Saldos:

	Summe der Habenbuchungen	€ 11.000,00
–	Summe der Sollbuchungen	€ 6.000,00
	Saldo	€ **5.000,00**

Passives Bestandskonto
→ **Habensaldo**

Soll	Haben
Saldo	

Der Saldo wird auf der **betragsmäßig kleineren Seite eingesetzt.** Passive Bestandskonten haben daher einen **Habensaldo,** d. h., die **Habenseite** ist die **betragsmäßig größere Seite.**

Darstellung: Passives Bestandskonto, nach der Ermittlung und dem Eintragen des Saldos

Soll		Passives Bestandskonto	Haben
− Verminderung (Abnahme)	6.000,00	Anfangsbestand	2.000,00
Endbestand **(Saldo)**	**5.000,00**	+ Vermehrung (Zunahme)	9.000,00
	11.000,00		11.000,00

Der **Saldo** (= Endbestand) von € **5.000,–** ergibt sich aus der Differenz aller Sollbuchungen (€ 6.000,–) und aller Habenbuchungen (€ 11.000,–). Er wird auf der **betragsmäßig kleineren Seite** (links, **Sollseite**) eingetragen, um die Summengleichheit (€ 11.000,–) zu erzielen.

Darstellung: Aktive und passive Bestandskonten – Buchungsregeln

BESTANDSKONTEN – BUCHUNGSREGELN

AKTIVE BESTANDSKONTEN

Gebäude	**Lkw**
Maschinen	**Betriebs- und Geschäftsausstattung**
Pkw und Kombis	**usw.**
Rohstoffvorrat	**Vorrat an Verpackungsmaterial**
Handelswarenvorrat	**usw.**
Lieferforderungen	**Bank**
Vorsteuer	**PSK**
Kassa	**usw.**

AKTIVES BESTANDSKONTO	
Soll	**Haben**
+	−

PASSIVE BESTANDSKONTEN

Darlehen	**USt-Zahllast**
Lieferverbindlichkeiten	**usw.**
Umsatzsteuer	

PASSIVES BESTANDSKONTO	
Soll	**Haben**
−	+

2 Geschäftsfall, Buchungsüberlegungen und Buchungssatz

Markieren Sie im nachfolgenden Text die Antworten auf folgende Fragen:

- **Was versteht man unter einem Beleg?**
- **Wie wird ein Buchungssatz gebildet?**

In der Buchführung müssen alle Geschäftsfälle erfasst werden, die eine Veränderung in der Zusammensetzung des Vermögens bzw. des Kapitals eines Unternehmens verursachen.

Beleg
Siehe Kapitel 3 Die doppelte Buchführung in der Praxis, Lerneinheit 2, Seite 88.

Die schriftlichen Unterlagen dieser Geschäftsfälle stellen die **Belege** dar, die das **Bindeglied zwischen Geschäftsfall und Buchung** bilden. Es gilt: **Keine Buchung ohne Beleg!**

Jeder Geschäftsfall betrifft **mindestens zwei Konten,** d. h., es werden im Allgemeinen **zwei Buchungen** vorgenommen, und zwar **im Soll eines Kontos** und **im Haben eines anderen Kontos.**

Buchungssatz

Zur schnellen und klaren Formulierung einer Buchung verwendet man den **Buchungssatz.** Der Buchungssatz besteht aus dem **Namen des Sollkontos,** dem Wort **„an"** und dem **Namen des Habenkontos.** Anstelle des Wortes „an" wird bei schriftlicher Darstellung des Buchungssatzes meist ein **Schrägstrich** gesetzt.

Schreibweise eines Buchungssatzes: Sollkonto / Habenkonto

Schreibweise eines Buchungssatzes

Allgemeine Schreibweise eines Buchungssatzes:

Sollkonto an Habenkonto   oder   Sollkonto / Habenkonto

Vier Schritte zum richtigen Buchungssatz

Ausgehend vom Beleg führen im Allgemeinen die folgenden **vier Schritte** zur **Bildung des richtigen Buchungssatzes:**

1	2	3	4
Welche Konten sind beteiligt?	Aktives oder passives Bestandskonto?	Vermehrung (+) oder Verminderung (–)?	Soll oder Haben?
Buchungssatz:			

Lehrbeispiel

L 2.02: Buchungsentscheidung und Buchungssatz

1. Wir kaufen einen Laptop der Marke Hewlett Packard (HP) für unseren Copy-Shop um € 1.200,– gegen Barzahlung. C

In einem Copy-Shop stellt der Laptop **Geschäftsausstattung** dar. Die Zahlung erfolgt bar und wird daher auf dem Konto **Kassa** verbucht.

Die Konten Geschäftsausstattung und Kassa sind **aktive Bestandskonten.**

Durch den Kauf des Laptops **nimmt** der Bestand der **Geschäftsausstattung** um € 1.200,– **zu** (Vermehrung), der **Kassabestand nimmt** um € 1.200,– **ab** (Verminderung).

Die Buchung erfolgt daher im **Soll** des Kontos **Geschäftsausstattung** und im **Haben** des Kontos **Kassa.**

Buchungsregel

Aktives Bestandskonto	
Soll	Haben
+	–

1	2	3	4
Welche Konten sind beteiligt?	Aktives oder passives Bestandskonto?	Vermehrung (+) oder Verminderung (–)?	Soll oder Haben?
Geschäftsausstattung	aktives Bestandskonto	+	Soll
Kassa	aktives Bestandskonto	–	Haben
Buchungssatz:	**Geschäftsausstattung / Kassa 1.200,00**		

Der Buchungssatz wird wie folgt gesprochen: **„Geschäftsausstattung an Kassa € 1.200,–".** Das Euro-Zeichen wird meist nicht angeschrieben, es kann auch beim Sprechen weggelassen werden.

Hinweis: Die Zunahme (Vermehrung) auf einem aktiven Bestandskonto (z. B. Geschäftsausstattung) wird im Soll, die Abnahme (Verminderung) auf einem aktiven Bestandskonto (z. B. Kassa) wird im Haben gebucht.

2. Wir kaufen einen Schreibtisch um € 1.300,– für unsere Parfümerie gegen spätere Bezahlung. C

Ein Schreibtisch gehört in einer Parfümerie zur **Geschäftsausstattung.** Die Schulden gegenüber den Lieferanten (aufgrund der späteren Bezahlung) werden auf dem Konto **Lieferverbindlichkeiten** verbucht.

Das Konto Geschäftsausstattung ist ein **aktives Bestandskonto,** das Konto Lieferverbindlichkeiten ein **passives Bestandskonto.**

Der Bestand der **Geschäftsausstattung nimmt** durch den Kauf des Schreibtisches um € 1.300,– **zu** (Vermehrung). Die **Lieferverbindlichkeiten** gegenüber dem Lieferanten des Schreibtisches **erhöhen sich** um € 1.300,– (Vermehrung).

Die Buchung erfolgt daher im **Soll** des Kontos **Geschäftsausstattung** und im **Haben** des Kontos **Lieferverbindlichkeiten.**

Buchungsregeln

Aktives Bestandskonto

Soll	**Haben**
+	**–**

Passives Bestandskonto

Soll	**Haben**
–	**+**

1	2	3	4
Welche Konten sind beteiligt?	Aktives oder passives Bestandskonto?	Vermehrung (+) oder Verminderung (–)?	Soll oder Haben?
Geschäftsausstattung	aktives Bestandskonto	+	Soll
Lieferverbindlichkeiten	passives Bestandskonto	+	Haben
Buchungssatz:	**Geschäftsausstattung / Lieferverbindlichkeiten 1.300,00**		

Hinweis: Die Zunahme (Vermehrung) auf einem aktiven Bestandskonto (z. B. Geschäftsausstattung) wird im Soll, die Zunahme (Vermehrung) auf einem passiven Bestandskonto (z. B. Lieferverbindlichkeiten) wird im Haben gebucht.

3. Wir bezahlen die offene Rechnung über € 1.300,– an den Lieferanten des Schreibtisches durch Überweisung von unserem Bankkonto (Guthaben bei einer Bank). C

Die Schulden gegenüber den Lieferanten wurden auf dem Konto **Lieferverbindlichkeiten** verbucht. Die Zahlung erfolgt durch Banküberweisung und wird auf dem Konto **Bank** verbucht.

Das Konto Lieferverbindlichkeiten ist ein **passives Bestandskonto,** das Konto Bank ist ein **aktives Bestandskonto.**

Durch die Zahlung **vermindert sich die Schuld** gegenüber dem Lieferanten um € 1.300,– (Verminderung). Das Guthaben bei der **Bank vermindert sich** ebenfalls um € 1.300,– (Verminderung).

Die Buchung erfolgt daher im **Soll** des Kontos **Lieferverbindlichkeiten** und im **Haben** des Kontos **Bank.**

Buchungsregeln

Aktives Bestandskonto

Soll	**Haben**
+	**–**

Passives Bestandskonto

Soll	**Haben**
–	**+**

1	2	3	4
Welche Konten sind beteiligt?	Aktives oder passives Bestandskonto?	Vermehrung (+) oder Verminderung (–)?	Soll oder Haben?
Lieferverbindlichkeiten	passives Bestandskonto	–	Soll
Bank	aktives Bestandskonto	–	Haben
Buchungssatz:	**Lieferverbindlichkeiten / Bank 1.300,00**		

Hinweis: Die Abnahme (Verminderung) auf einem passiven Bestandskonto (z. B. Lieferverbindlichkeiten) wird im Soll, die Abnahme (Verminderung) auf einem aktiven Bestandskonto (z. B. Bankguthaben) wird im Haben gebucht.

4. Wir benötigen Wechselgeld für unsere Geschäftskasse, gehen zur Bank und heben von unserem Bankkonto € 1.000,– ab. Auf unserem Bankkonto ist ein Guthaben ausgewiesen. C

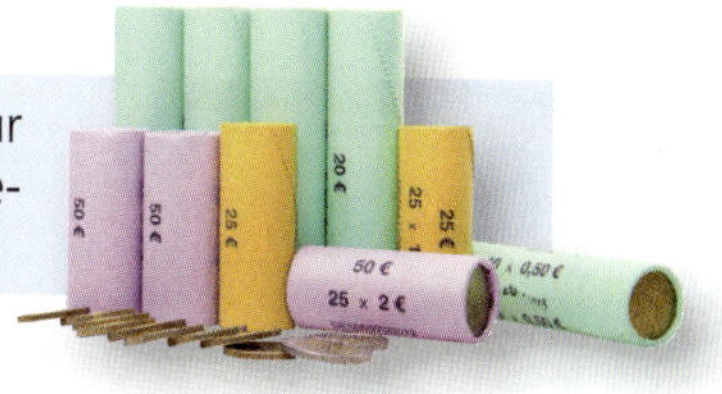

Dieser Geschäftsfall wird auf den Konten **Kassa** und **Bank** verbucht.

Die Konten Kassa und Bank sind **aktive Bestandskonten.**

Der **Kassastand erhöht sich** um € 1.000,– (Vermehrung), das Guthaben bei der **Bank vermindert sich** um € 1.000,– (Verminderung).

Die Buchung erfolgt daher im **Soll** des Kontos **Kassa** und im **Haben** des Kontos **Bank.**

Buchungsregel
Aktives Bestandskonto
Soll + | **Haben** –

1	2	3	4
Welche Konten sind beteiligt?	Aktives oder passives Bestandskonto?	Vermehrung (+) oder Verminderung (–)?	Soll oder Haben?
Kassa	aktives Bestandskonto	+	Soll
Bank	aktives Bestandskonto	–	Haben
Buchungssatz:	**Kassa / Bank 1.000,00**		

Hinweis: Die Zunahme (Vermehrung) auf einem aktiven Bestandskonto (z. B. Kassa) wird im Soll, die Abnahme (Verminderung) auf einem aktiven Bestandskonto (z. B. Bankguthaben) wird im Haben gebucht.

Übungsbeispiel

SbX
Formular – Vier Schritte zum Buchungssatz
Buchungstrainer
ID: 2021

Ü 2.03: Buchungsentscheidung und Buchungssatz

Im Gasthof „Zur Stiegenwirtin", Heidi Grascher e. U., ergeben sich im November 20 . . u. a. folgende Geschäftsfälle:

1. Wir kaufen einen Servierwagen (Konto Geschäftsausstattung) um € 620,– gegen spätere Bezahlung.

Buchungsregeln
Aktives Bestandskonto
Soll + | **Haben** –

Passives Bestandskonto
Soll – | **Haben** +

1	2	3	4
Welche Konten sind beteiligt?	Aktives oder passives Bestandskonto?	Vermehrung (+) oder Verminderung (–)?	Soll oder Haben?
Buchungssatz:			

2. Wir kaufen einen Transporter (Lkw) um € 30.800,– gegen spätere Bezahlung.

1	2	3	4
Welche Konten sind beteiligt?	Aktives oder passives Bestandskonto?	Vermehrung (+) oder Verminderung (–)?	Soll oder Haben?
Buchungssatz:			

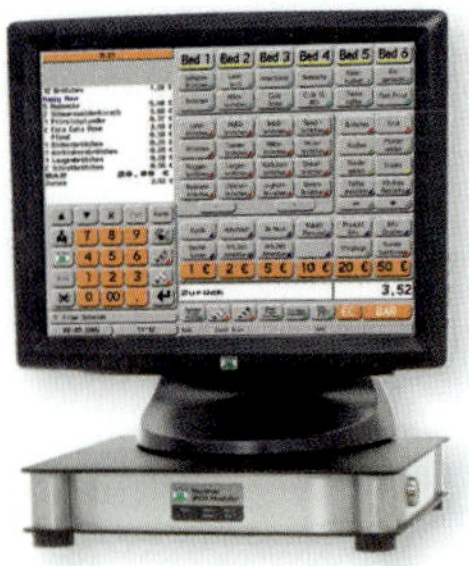

3. Wir kaufen eine Computerkasse (Konto Geschäftsausstattung) um € 2.520,– gegen spätere Bezahlung.

1	2	3	4
Welche Konten sind beteiligt?	Aktives oder passives Bestandskonto?	Vermehrung (+) oder Verminderung (–)?	Soll oder Haben?
Buchungssatz:			

4. Wir begleichen die Lieferverbindlichkeit von € 30.800,– (Transporter, Geschäftsfall 2) durch Überweisung von unserem Bankkonto.

1	2	3	4
Welche Konten sind beteiligt?	Aktives oder passives Bestandskonto?	Vermehrung (+) oder Verminderung (–)?	Soll oder Haben?
Buchungssatz:			

5. Wir gleichen die Lieferverbindlichkeit von € 2.520,– (Computerkasse, Geschäftsfall 3) durch PSK-Überweisung aus.

1	2	3	4
Welche Konten sind beteiligt?	Aktives oder passives Bestandskonto?	Vermehrung (+) oder Verminderung (–)?	Soll oder Haben?
Buchungssatz:			

BAWAG P.S.K. – Bank für Arbeit und Wirtschaft und Österreichische Postsparkasse Aktiengesellschaft **www.bawagpsk.com**

6. Wir gehen zur BAWAG P.S.K. Filiale, heben von unserem PSK-Konto € 1.300,– ab und legen das Geld in unsere Geschäftskasse.

1	2	3	4
Welche Konten sind beteiligt?	Aktives oder passives Bestandskonto?	Vermehrung (+) oder Verminderung (–)?	Soll oder Haben?
Buchungssatz:			

7. Wir gehen zur BAWAG P.S.K. Filiale und zahlen auf unser PSK-Konto € 3.160,– bar ein.

1	2	3	4
Welche Konten sind beteiligt?	Aktives oder passives Bestandskonto?	Vermehrung (+) oder Verminderung (–)?	Soll oder Haben?
Buchungssatz:			

Das Bankinstitut, über welches das Unternehmen seine Bankgeschäfte abwickelt, wird auch als **Hausbank** bezeichnet.

8. Wir gehen zu unserer Hausbank und zahlen auf unser Bankkonto € 1.870,– bar ein.

1	2	3	4
Welche Konten sind beteiligt?	Aktives oder passives Bestandskonto?	Vermehrung (+) oder Verminderung (–)?	Soll oder Haben?
Buchungssatz:			

9. Wir überweisen von unserem Bankkonto € 4.000,– auf unser PSK-Konto.

1	2	3	4
Welche Konten sind beteiligt?	Aktives oder passives Bestandskonto?	Vermehrung (+) oder Verminderung (–)?	Soll oder Haben?
Buchungssatz:			

10. Wir überweisen von unserem PSK-Konto auf unser Bankkonto € 1.500,–.

1	2	3	4
Welche Konten sind beteiligt?	Aktives oder passives Bestandskonto?	Vermehrung (+) oder Verminderung (–)?	Soll oder Haben?
Buchungssatz:			

Weitere Übungsbeispiele ab Seite 28

Aufgabe: Bilden Sie die Buchungssätze (Lösung in der im **L 2.02** gezeigten Form). C

3 Verbuchung auf Konten

Markieren Sie im nachfolgenden Text die Antworten auf folgende Fragen:

- **In welcher Reihenfolge erfolgt das Eintragen der Buchungen auf Konten?**
- **Wie wird der Zusammenhang zwischen den bebuchten Konten ausgedrückt?**

Laufende Geschäftsfälle – Eintragen auf Konten

Siehe dazu Lerneinheit 4 Buchungen auf Warenkonten, Seite 44, sowie Lerneinheit 6 Eröffnung der Konten, laufende Geschäftsfälle, Abschluss der Konten, Gewinn- und Verlustrechnung, Schlussbilanz, Seite 62.

Beim **Eintragen der Buchungen der laufenden Geschäftsfälle** werden diese meist **zuerst im Soll** und **danach im Haben der Konten** vorgenommen.

Eintragen → zuerst im Soll, danach im Haben

Der **Zusammenhang der Konten** wird in der Regel dadurch ausgedrückt, dass auf dem gerade bebuchten Konto der **Name des Gegenkontos** angeführt wird. Das **Gegenkonto der Sollbuchung** ist jenes Konto, wo **im Haben gebucht wird;** das **Gegenkonto zur Habenbuchung** ist somit jenes, wo **im Soll gebucht wird.**

Darstellung: Eintragen des Buchungssatzes auf den jeweiligen Konten

Buchungssatz:

17.4. Kauf einer Geschäftsausstattung gegen Barzahlung € 1.000,–

Geschäftsausstattung / Kassa 1.000,00

Eintragen auf den jeweiligen Konten:

(zuerst) **Sollbuchung**

Geschäftsausstattung	
1.000,00	

(danach) **Habenbuchung**

Kassa	
	1.000,00

Üben

SbX ID: 2022

A B C D E

SbX

Formular – Vier Schritte zum Buchungssatz
Buchungstrainer
ID: 2022

Buchungsregeln

Aktives Bestandskonto	
Soll	**Haben**
+	–

Passives Bestandskonto	
Soll	**Haben**
–	+

Ü 2.04: Buchungsentscheidung und Buchungssatz

In der Tischlerei Hannelore Gruber e. U. ergeben sich im Oktober 20 . . u. a. folgende Geschäftsfälle:

1. Wir gehen zu unserer Bank und eröffnen ein Bankkonto, Einlage € 1.000,– bar.

1	2	3	4
Welche Konten sind beteiligt?	Aktives oder passives Bestandskonto?	Vermehrung (+) oder Verminderung (–)?	Soll oder Haben?
Buchungssatz:			

2. Wir gehen zur BAWAG P.S.K. Filiale und zahlen auf unser PSK-Konto € 2.000,– bar ein.

1	2	3	4
Welche Konten sind beteiligt?	Aktives oder passives Bestandskonto?	Vermehrung (+) oder Verminderung (–)?	Soll oder Haben?
Buchungssatz:			

Mit einer **Tischkreissäge** werden Sägearbeiten an Werkstoffen wie Holz, Stein und Kunststoff durchgeführt.

3. Wir kaufen eine Tischkreissäge gegen Barzahlung um € 1.260,– (Konto Maschinen).

1	2	3	4
Welche Konten sind beteiligt?	Aktives oder passives Bestandskonto?	Vermehrung (+) oder Verminderung (–)?	Soll oder Haben?
Buchungssatz:			

4. Wir kaufen eine Hobelmaschine um € 2.620,– gegen spätere Bezahlung.

1	2	3	4
Welche Konten sind beteiligt?	Aktives oder passives Bestandskonto?	Vermehrung (+) oder Verminderung (–)?	Soll oder Haben?
Buchungssatz:			

5. Wir gehen zur BAWAG P.S.K. Filiale und heben von unserem PSK-Konto € 500,– in bar ab. Der Betrag wird in die Geschäftskasse gelegt.

1	2	3	4
Welche Konten sind beteiligt?	Aktives oder passives Bestandskonto?	Vermehrung (+) oder Verminderung (–)?	Soll oder Haben?
Buchungssatz:			

Noch nicht bezahlte Eingangsrechnung
→ **Lieferverbindlichkeit**

6. Wir überweisen an den Lieferanten zum Ausgleich der Eingangsrechnung über die Hobelmaschine € 2.620,– (Geschäftsfall 4) von unserem PSK-Konto.

1	2	3	4
Welche Konten sind beteiligt?	Aktives oder passives Bestandskonto?	Vermehrung (+) oder Verminderung (–)?	Soll oder Haben?
Buchungssatz:			

Eine **Lieferforderung** entsteht, wenn Waren an Kunden auf Kredit (auf Ziel) verkauft werden. Der Kunde bezahlt die Ware erst eine gewisse Zeit nach der Lieferung.

7. Ein Kunde zahlt bar € 1.432,– zum Ausgleich einer Ausgangsrechnung (Konto Lieferforderungen).

1	2	3	4
Welche Konten sind beteiligt?	Aktives oder passives Bestandskonto?	Vermehrung (+) oder Verminderung (–)?	Soll oder Haben?
Buchungssatz:			

8. Ein Kunde überweist auf unser PSK-Konto € 1.500,– zum Ausgleich einer Ausgangsrechnung.

1	2	3	4
Welche Konten sind beteiligt?	Aktives oder passives Bestandskonto?	Vermehrung (+) oder Verminderung (–)?	Soll oder Haben?
Buchungssatz:			

Für größere Investitionen (z. B. Kauf eines Firmen-Pkw) nehmen Unternehmen bei ihrer Bank ein **Darlehen** auf. Dieses wird in **Teilbeträgen** (Darlehensraten) zurückbezahlt.

9. Wir nehmen ein Darlehen (Konto Darlehen) von € 30.000,– auf; der Betrag wird auf unser Bankkonto überwiesen.

1	2	3	4
Welche Konten sind beteiligt?	Aktives oder passives Bestandskonto?	Vermehrung (+) oder Verminderung (–)?	Soll oder Haben?
Buchungssatz:			

10. Wir überweisen an den Darlehensgeber € 10.000,– von unserem Bankkonto als Teilrückzahlung des Darlehens.

1	2	3	4
Welche Konten sind beteiligt?	Aktives oder passives Bestandskonto?	Vermehrung (+) oder Verminderung (–)?	Soll oder Haben?
Buchungssatz:			

Aufgabe: Bilden Sie die Buchungssätze. C

SbX **Buchungstrainer ID: 2022**

Ü 2.05: Buchungsentscheidung und Buchungssatz

Im Glas- und Porzellanfachgeschäft Alois Friedmann e. U. ergeben sich im November 20 . . u. a. folgende Geschäftsfälle:

Buchungsregeln

Aktives Bestandskonto	
Soll	Haben
+	–

Passives Bestandskonto	
Soll	Haben
–	+

1. Kauf eines neuen Laserdruckers (Konto Geschäftsausstattung) für das Geschäft um € 870,– gegen spätere Bezahlung

1	2	3	4
Welche Konten sind beteiligt?	Aktives oder passives Bestandskonto?	Vermehrung (+) oder Verminderung (–)?	Soll oder Haben?
Buchungssatz:			

Noch nicht bezahlte Ausgangsrechnung **→ Lieferforderung**

2. Gutschrift auf unserem PSK-Konto € 2.580,–; ein Kunde hat den Betrag zum Ausgleich einer Ausgangsrechnung überwiesen.

1	2	3	4
Welche Konten sind beteiligt?	Aktives oder passives Bestandskonto?	Vermehrung (+) oder Verminderung (–)?	Soll oder Haben?
Buchungssatz:			

Noch nicht bezahlte Eingangsrechnung
→ **Lieferverbindlichkeit**

3. Abgang von unserem Bankkonto € 870,–; der Betrag für den Laserdrucker wurde dem Lieferanten überwiesen (Geschäftsfall 1).

1	2	3	4
Welche Konten sind beteiligt?	Aktives oder passives Bestandskonto?	Vermehrung (+) oder Verminderung (–)?	Soll oder Haben?
Buchungssatz:			

4. Abhebung vom Bankkonto und Einlage in unsere Geschäftskasse € 800,–

1	2	3	4
Welche Konten sind beteiligt?	Aktives oder passives Bestandskonto?	Vermehrung (+) oder Verminderung (–)?	Soll oder Haben?
Buchungssatz:			

Zur Aufnahme eines Darlehens siehe Seite 30, Aufgabenstellung 9.

5. Aufnahme eines Darlehens (Konto Darlehen) von € 45.000,–; der Betrag wird unserem Bankkonto gutgeschrieben.

1	2	3	4
Welche Konten sind beteiligt?	Aktives oder passives Bestandskonto?	Vermehrung (+) oder Verminderung (–)?	Soll oder Haben?
Buchungssatz:			

6. Wir nehmen € 3.000,– aus der Geschäftskasse und legen diesen Betrag auf unser PSK-Konto bar ein.

1	2	3	4
Welche Konten sind beteiligt?	Aktives oder passives Bestandskonto?	Vermehrung (+) oder Verminderung (–)?	Soll oder Haben?
Buchungssatz:			

Zur Teilrückzahlung eines Darlehens siehe Seite 30, Aufgabenstellung 10.

7. Abgang von unserem Bankkonto € 4.500,–; Teilrückzahlung des Darlehens (Geschäftsfall 5)

1	2	3	4
Welche Konten sind beteiligt?	Aktives oder passives Bestandskonto?	Vermehrung (+) oder Verminderung (–)?	Soll oder Haben?
Buchungssatz:			

8. Kauf einer Glasvitrine (Konto Geschäftsausstattung) für das Geschäft um € 1.980,– gegen Barzahlung

1	2	3	4
Welche Konten sind beteiligt?	Aktives oder passives Bestandskonto?	Vermehrung (+) oder Verminderung (–)?	Soll oder Haben?
Buchungssatz:			

9. Kauf einer Poliermaschine (Konto Maschinen) für unser Porzellan um € 540,– gegen spätere Bezahlung

1	2	3	4
Welche Konten sind beteiligt?	Aktives oder passives Bestandskonto?	Vermehrung (+) oder Verminderung (–)?	Soll oder Haben?
Buchungssatz:			

10. Überweisung von unserem Bankkonto € 540,– an den Lieferanten; der Betrag für den Kauf der Poliermaschine wurde überwiesen (Geschäftsfall 9).

1	2	3	4
Welche Konten sind beteiligt?	Aktives oder passives Bestandskonto?	Vermehrung (+) oder Verminderung (–)?	Soll oder Haben?
Buchungssatz:			

Aufgabe: Bilden Sie die Buchungssätze. C

Ein weiteres Übungsbeispiel finden Sie im Anhang.

Sichern

SbX ID: 2023

SbX
ID: 2023

Im SbX finden Sie eine Sammelmappe mit Zusammenfassungen zu allen Kapiteln und Lerneinheiten sowie eine Bildschirmpräsentation.

Wissen

SbX ID: 2024

SbX
ID: 2024

Möglichkeiten zur Kompetenzüberprüfung im SbX

Wiederholungsfragen | Aufgaben mit automatischer Aufgabenkontrolle | H₂Ö Musterunternehmen

Ein kurzer Kompetenz-Check, bevor's weitergeht!

Kompetenz-Check

	☺	😐	☹
Ich kann die zwei Arten der Bestandskonten unterscheiden.			
Ich kann auf einem aktiven Bestandskonto eine Vermehrung bzw. eine Verminderung auf der entsprechenden Kontenseite eintragen.			
Ich kann auf einem passiven Bestandskonto eine Vermehrung bzw. eine Verminderung auf der entsprechenden Kontenseite eintragen.			
Ich kann den Saldo eines Bestandskontos bilden und entsprechend benennen.			
Ich kann für laufende Geschäftsfälle auf Bestandskonten einen Buchungssatz bilden.			

Lerneinheit 3

Buchungen auf Erfolgskonten

SbX Alle SbX-Inhalte zu dieser Lerneinheit finden Sie unter der ID: 2030.

Bei den bisher dargestellten Geschäftsfällen blieb die Höhe des Eigenkapitals unverändert.
In dieser Lerneinheit wird die Verbuchung von Geschäftsfällen, die das Eigenkapital verändern, gezeigt.

Lernen

SbX ID: 2031

1 Gliederung der Erfolgskonten

A B C D E

Markieren Sie im nachfolgenden Text die Antworten auf folgende Fragen:
- **Welche Geschäftsfälle verändern die Höhe des Eigenkapitals?**
- **In welche zwei Kontoarten werden die Erfolgskonten gegliedert?**
- **Auf welcher Kontenseite wird bei einem Aufwandskonto eine Vermehrung bzw. eine Verminderung verbucht?**
- **Auf welcher Kontenseite wird bei einem Ertragskonto eine Vermehrung bzw. eine Verminderung verbucht?**

Die **Verrechnung des Eigenkapitals des Unternehmers** erfolgt auf dem **Kapitalkonto.** Es zeigt die gleichen Merkmale wie ein **passives Bestandskonto.** Das Anfangskapital steht im Haben des Kontos.

Erfolgsneutrale Geschäftsfälle

Geschäftsfälle, bei denen **alleine auf Bestandskonten** gebucht wird, haben **keine Auswirkung auf die Höhe des Eigenkapitals.** Geschäftsfälle dieser Art werden als **erfolgsneutrale Geschäftsfälle** bezeichnet.

Erfolgswirksame Geschäftsfälle

In der Praxis wird jedoch die **Höhe des Eigenkapitals** durch Geschäftsfälle **laufend verändert,** und zwar **vermindert** durch **Aufwendungen (Aufwände)** und **vermehrt** durch **Erträge bzw. Erlöse.** Diese Geschäftsfälle werden als **erfolgswirksame Geschäftsfälle** bezeichnet.

Erfolgskonten

Konten, auf denen Geschäftsfälle erfasst werden, die **das Eigenkapital verändern,** werden als **Erfolgskonten** bezeichnet.

Auf Erfolgskonten werden Geschäftsfälle erfasst, die das Eigenkapital verändern.

Erfolgskonten → Unterkonten zum Eigenkapitalkonto

Die einzelnen Aufwendungen und Erträge werden aber nicht direkt auf dem Eigenkapitalkonto erfasst. Das Eigenkapitalkonto wäre unübersichtlich und die Höhe der einzelnen Aufwendungen und Erträge wäre nicht ersichtlich. Es werden daher **Erfolgskonten, als Unterkonten zum Eigenkapitalkonto,** eingerichtet.

Darstellung: Fortsetzung des einführenden Beispiels von Seite 13 – Aufwands- und Ertragskonten als Unterkonten zum Eigenkapital

Aktiva	Eröffnungsbilanz zum 1. Oktober 20 . .		Passiva
Geschäftsausstattung	23.000,00	Eigenkapital	45.000,00
Handelswaren	25.000,00	Darlehen	15.000,00
Kassa (Bargeld)	2.000,00		
Bankguthaben	10.000,00		
	60.000,00		60.000,00

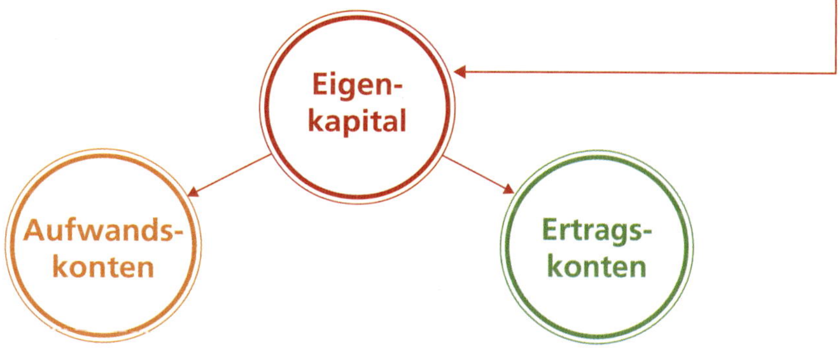

Erfolgskonten werden zu Beginn eines Geschäftsjahres **nicht eröffnet;** sie beginnen **mit den laufenden Geschäftsfällen.**

Erfolgskonten werden in **Aufwandskonten** und in **Ertragskonten** gegliedert.

Aufwendungen (Aufwände)

Aufwendungen (Aufwände) entstehen durch die **Betriebstätigkeit,** z. B. Aufwendungen für den Wareneinkauf, Personalaufwand, Mietaufwand, Energieaufwand und Werbeaufwand; sie **vermindern das Eigenkapital.**

Aufwendungen vermindern das Eigenkapital.

Sämtliche **Aufwendungen** werden auf den Aufwandskonten erfasst, und zwar **im Soll des entsprechenden Aufwandskontos.** Der **Saldo** wird im **Haben** eingesetzt.

Buchungsregel

Soll	Aufwandskonto	Haben
+		–

Aufwandskonto → **Sollsaldo**

	Saldo

Darstellung: Aufwandskonten

Soll	Aufwandskonto		Haben
+ Vermehrung (Zunahme)	7.000,00	– Verminderung (Abnahme)	2.000,00
		Saldo	5.000,00
	7.000,00		7.000,00

Erträge bzw. Erlöse

Erträge bzw. Erlöse fließen dem Betrieb für seine **Leistungen** oder als **sonstige Eingänge** zu, z. B. Erlöse aus dem Verkauf von Waren oder Fertigerzeugnissen, Erlöse aus der Erbringung von Dienstleistungen, Provisionserträge und Zinsenerträge; sie **erhöhen** (vermehren) **das Eigenkapital.**

Erträge bzw. Erlöse erhöhen das Eigenkapital.

Die **Erträge bzw. Erlöse** werden auf den Ertragskonten erfasst, und zwar **im Haben des entprechenden Ertragskontos.** Der **Saldo** wird **im Soll** eingesetzt.

Buchungsregel

Soll	Ertragskonto	Haben
–		+

Ertragskonto → **Habensaldo**

Saldo	

Darstellung: Ertragskonten

Soll	Ertragskonto		Haben
– Verminderung (Abnahme)	1.000,00	+ Vermehrung (Zunahme)	9.000,00
Saldo	8.000,00		
	9.000,00		9.000,00

Neue Konten!
In den Kontennamen ist das Wort „Aufwand" häufig nicht enthalten.

Darstellung: Erfolgskonten – Buchungsregeln

ERFOLGSKONTEN – BUCHUNGSREGELN

AUFWANDSKONTEN

Sie erfassen sämtliche Aufwendungen, und zwar **im Soll des entsprechenden Aufwandskontos.**

Beispiele

- Mietaufwand
- Zinsenaufwand
- Heizölverbrauch
- Gehälter
- Büromaterial
- Telefongebühren
- Instandhaltung durch Dritte (das sind Aufwendungen für Reparaturen, die von anderen ausgeführt werden)
- Aufwendungen für den Wareneinkauf (Handelswareneinsatz, HW-Einsatz)

AUFWANDSKONTO	
Soll	**Haben**
+	−

ERTRAGSKONTEN

Sie erfassen die Erträge bzw. Erlöse, und zwar **im Haben des entsprechenden Ertragskontos.**

Beispiele

- Zinsenerträge
- Mieterträge
- Provisionserträge
- Handelswarenerlöse (HW-Erlöse)

ERTRAGSKONTO	
Soll	**Haben**
−	+

2 Geschäftsfall, Buchungsüberlegungen und Buchungssatz

Markieren Sie im nachfolgenden Text die Antworten auf folgende Fragen:

- **Wie lauten die Buchungssätze bei erfolgswirksamen Geschäftsfällen?**
- **Wie wirken sich erfolgswirksame Geschäftsfälle auf die Höhe des Eigenkapitals (des Gewinnes) aus?**

Geschäftsfälle, welche die Höhe des Eigenkapitals verändern, werden als **erfolgswirksame Geschäftsfälle** bezeichnet. Die **Aufwendungen (Aufwände) werden dazu im Soll der Aufwandskonten,** die **Erträge bzw. Erlöse im Haben der Ertragskonten** erfasst.

Vier Schritte zum richtigen Buchungssatz

Ausgehend vom Beleg führen im Allgemeinen die folgenden **vier Schritte** zur **Bildung des richtigen Buchungssatzes:**

Wie wirken sich **Buchungen auf Erfolgskonten** auf das **Eigenkapital (den Gewinn)** aus?

1	2	3	4	↑	↓
Welche Konten sind beteiligt?	Aufwands- oder Ertragskonto bzw. aktives oder passives Bestandskonto?	Vermehrung (+) oder Verminderung (–)?	Soll oder Haben?		
Buchungssatz:					

Buchungen auf **Aufwandskonten bzw. Ertragskonten** im **Soll vermindern** das **Eigenkapital** (den Gewinn) – man spricht daher von **gewinnmindernden Buchungen** (↓). Erfolgen Buchungen auf **Aufwandskonten und Ertragskonten** im **Haben,** so **erhöhen** diese **das Eigenkapital** (den Gewinn) – es handelt sich um **gewinnerhöhende Buchungen** (↑). Buchungen, die nur auf Bestandskonten ausgeführt werden, haben keine Auswirkung auf das Eigenkapital.

Aufwendungen und Erträge sind – unabhängig vom Zeitpunkt der Zahlung – **in der Periode zu erfassen, in der sie anfallen.** Es gilt das **Prinzip der wirtschaftlichen Zugehörigkeit.** Das heißt, wenn Aufwendungen und Erträge anfallen, lösen sie eine gewinnmindernde bzw. gewinnerhöhende Wirkung aus.

Lehrbeispiel

L 2.03: Buchungsentscheidung und Buchungssatz, Auswirkung auf das Eigenkapital

1. Wir zahlen die monatliche Miete in Höhe von € 700,– durch Barzahlung. D

Miete, die wir bezahlen, wird auf dem Konto **Mietaufwand** erfasst. Die Zahlung erfolgt bar und wird daher auf dem Konto **Kassa** verbucht.

Das Konto Mietaufwand ist ein **Aufwandskonto,** das Konto Kassa ist ein **aktives Bestandskonto.**

Die Barzahlung der Miete **erhöht** den **Mietaufwand** (Vermehrung) und **verringert** den **Kassabestand** (Verminderung).

Die Buchung erfolgt daher im **Soll** des Kontos **Mietaufwand** und im **Haben** des Kontos **Kassa.**

Buchungsregeln

Aufwandskonto

Soll	Haben
+	–

Aktives Bestandskonto

Soll	Haben
+	–

Diese Buchung vermindert das Eigenkapital (↓).

1	2	3	4	↑	↓
Welche Konten sind beteiligt?	Aufwands- oder Ertragskonto bzw. aktives oder passives Bestandskonto?	Vermehrung (+) oder Verminderung (–)?	Soll oder Haben?		
Mietaufwand	Aufwandskonto	+	Soll		
Kassa	aktives Bestandskonto	–	Haben		
Buchungssatz:	**Mietaufwand / Kassa 700,00**				X

2. Wir erhalten eine Zinsengutschrift für den Zeitraum Juli bis September (3. Quartal) von € 12,50 auf unser Bankkonto (Bankguthaben). D

Zinsen, die wir erhalten, werden auf dem Konto **Zinsenerträge** verbucht. Die Gutschrift erfolgt auf dem **Bankkonto.**

Eine Zinsengutschrift wird auf einem **Ertragskonto** erfasst, das Konto Bank (Bankguthaben) ist ein **aktives Bestandskonto.**

Durch die Zinsengutschrift **erhöhen** sich das **Bankguthaben** (Vermehrung) und auch die **Zinsenerträge** (Vermehrung).

Die Buchung erfolgt daher im **Soll** des Kontos **Bank** und im **Haben** des Kontos **Zinsenerträge.**

Buchungsregeln

Aktives Bestandskonto

Soll	Haben
+	–

Ertragskonto

Soll	Haben
–	+

Diese Buchung vermehrt das Eigenkapital (↑).

1	2	3	4	↑	↓
Welche Konten sind beteiligt?	Aufwands- oder Ertragskonto bzw. aktives oder passives Bestandskonto?	Vermehrung (+) oder Verminderung (–)?	Soll oder Haben?		
Bank	aktives Bestandskonto	+	Soll		
Zinsenerträge	Ertragskonto	+	Haben		
Buchungssatz:	**Bank / Zinsenerträge 12,50**			X	

Übungsbeispiel

SbX

Formular – Vier Schritte zum Buchungssatz
Buchungstrainer
ID: 2031

Buchungsregeln

Aktives Bestandskonto

Soll	Haben
+	–

Passives Bestandskonto

Soll	Haben
–	+

Buchungsregeln

Aufwandskonto

Soll	Haben
+	–

Ertragskonto

Soll	Haben
–	+

Ü 2.06: Buchungsentscheidung und Buchungssatz, Auswirkung auf das Eigenkapital

In der Franz Zenz KG, Krems, ergeben sich u. a. die im Folgenden angeführten Geschäftsfälle:

1. Bezahlung der Telefonrechnung von € 234,– durch Überweisung vom PSK-Konto (Konto Telefongebühren)

1	2	3	4	↑	↓
Welche Konten sind beteiligt?	Aufwands- oder Ertragskonto bzw. aktives oder passives Bestandskonto?	Vermehrung (+) oder Verminderung (–)?	Soll oder Haben?		
Buchungssatz:					

2. Zahlung der Prämie für die Feuerversicherung des Geschäftsgebäudes € 340,– durch Banküberweisung (Konto Versicherungsaufwand)

1	2	3	4	↑	↓
Welche Konten sind beteiligt?	Aufwands- oder Ertragskonto bzw. aktives oder passives Bestandskonto?	Vermehrung (+) oder Verminderung (–)?	Soll oder Haben?		
Buchungssatz:					

3. Auf dem Bankkonto sind € 1.700,– Provisionen für vermittelte Geschäfte eingegangen (Konto Provisionserträge).

1	2	3	4	↑	↓
Welche Konten sind beteiligt?	Aufwands- oder Ertragskonto bzw. aktives oder passives Bestandskonto?	Vermehrung (+) oder Verminderung (–)?	Soll oder Haben?		
Buchungssatz:					

4. Barzahlung für Zeitungsinserate € 1.430,– (Konto Werbeaufwand)

1	2	3	4	↑	↓
Welche Konten sind beteiligt?	Aufwands- oder Ertragskonto bzw. aktives oder passives Bestandskonto?	Vermehrung (+) oder Verminderung (–)?	Soll oder Haben?		
Buchungssatz:					

5. Zinsengutschrift auf dem Bankkonto € 82,10 (Konto Zinsenerträge)

1	2	3	4	↑	↓
Welche Konten sind beteiligt?	Aufwands- oder Ertragskonto bzw. aktives oder passives Bestandskonto?	Vermehrung (+) oder Verminderung (–)?	Soll oder Haben?		
Buchungssatz:					

6. Überweisung der Grundsteuer in Höhe von € 370,– vom PSK-Konto (Konto Grundsteuer)

1	2	3	4	↑	↓
Welche Konten sind beteiligt?	Aufwands- oder Ertragskonto bzw. aktives oder passives Bestandskonto?	Vermehrung (+) oder Verminderung (–)?	Soll oder Haben?		
Buchungssatz:					

Aufgabe: a) Bilden Sie die Buchungssätze. C

b) Geben Sie neben dem Buchungssatz durch Ankreuzen an, ob sich durch den jeweiligen Geschäftsfall das Eigenkapital vermehrt (↑) oder vermindert (↓). D

Üben

SbX ID: 2032

A B C D E

SbX

Formular – Vier Schritte zum Buchungssatz Buchungstrainer ID: 2032

Buchungsregeln

Aktives Bestandskonto
Soll + | **Haben** –

Passives Bestandskonto
Soll – | **Haben** +

Buchungsregeln

Aufwandskonto
Soll + | **Haben** –

Ertragskonto
Soll – | **Haben** +

Ü 2.07: **Buchungsentscheidung und Buchungssatz, Auswirkung auf das Eigenkapital**

In der Walter Luger GmbH, Handelsunternehmen, ergeben sich u. a. folgende Geschäftsfälle:

1. Für die Vermietung eines Geschäftslokales erhalten wir € 800,– monatliche Miete bar (Konto Mieterträge).

1	2	3	4	↑	↓
Welche Konten sind beteiligt?	Aufwands- oder Ertragskonto bzw. aktives oder passives Bestandskonto?	Vermehrung (+) oder Verminderung (–)?	Soll oder Haben?		
Buchungssatz:					

2. Banküberweisung von € 364,– Zinsen an den Darlehensgeber (Konto Zinsenaufwand für Darlehen)

1	2	3	4	↑	↓
Welche Konten sind beteiligt?	Aufwands- oder Ertragskonto bzw. aktives oder passives Bestandskonto?	Vermehrung (+) oder Verminderung (–)?	Soll oder Haben?		
Buchungssatz:					

3. Barzahlung an den Rechtsanwalt € 1.500,– (Konto Rechts- und Beratungsaufwand)

1	2	3	4	↑	↓
Welche Konten sind beteiligt?	Aufwands- oder Ertragskonto bzw. aktives oder passives Bestandskonto?	Vermehrung (+) oder Verminderung (–)?	Soll oder Haben?		
Buchungssatz:					

4. Auf dem PSK-Konto sind € 4.000,– Provisionen eingegangen (Konto Provisionserträge).

1	2	3	4	↑	↓
Welche Konten sind beteiligt?	Aufwands- oder Ertragskonto bzw. aktives oder passives Bestandskonto?	Vermehrung (+) oder Verminderung (–)?	Soll oder Haben?		
Buchungssatz:					

Pakete werden z. B. durch die **Post** (www.post.at), **Paketdienst-Unternehmen** (z. B. www.dhl.at, www.ups.com), **Rail Cargo Austria AG** (ein Unternehmen der Österreichischen Bundesbahnen, www.railcargo.at) transportiert.

5. Barzahlung für Paketversand € 8,55 (Konto Paketgebühren)

1	2	3	4	↑	↓
Welche Konten sind beteiligt?	Aufwands- oder Ertragskonto bzw. aktives oder passives Bestandskonto?	Vermehrung (+) oder Verminderung (–)?	Soll oder Haben?		
Buchungssatz:					

6. Banküberweisung für Rundfunkwerbung € 4.500,– (Konto Werbeaufwand)

1	2	3	4	↑	↓
Welche Konten sind beteiligt?	Aufwands- oder Ertragskonto bzw. aktives oder passives Bestandskonto?	Vermehrung (+) oder Verminderung (–)?	Soll oder Haben?		
Buchungssatz:					

Aufgabe: a) Bilden Sie die Buchungssätze. C
b) Geben Sie neben dem Buchungssatz durch Ankreuzen an, ob durch den Geschäftsfall das Eigenkapital vermehrt (↑) oder vermindert (↓) wird. D

SbX
Buchungstrainer
ID: 2032

Buchungsregeln

Aktives Bestandskonto	
Soll	Haben
+	–

Passives Bestandskonto	
Soll	Haben
–	+

Buchungsregeln

Aufwandskonto	
Soll	Haben
+	–

Ertragskonto	
Soll	Haben
–	+

Ü 2.08: Buchungsentscheidung und Buchungssatz, Auswirkung auf das Eigenkapital

Im holzverarbeitenden Betrieb von Johann Steindl e. U., Innsbruck, sind im Jahr 20 . . u. a. nachfolgende Geschäftsfälle zu verbuchen:

1. Banküberweisung von € 986,– für die Versicherungsprämie des Tischlereibetriebes (Konto Versicherungsaufwand)

1	2	3	4	↑	↓
Welche Konten sind beteiligt?	Aufwands- oder Ertragskonto bzw. aktives oder passives Bestandskonto?	Vermehrung (+) oder Verminderung (–)?	Soll oder Haben?		
Buchungssatz:					

2. Kassaeingang in Höhe von € 100,– als Provision für ein vermitteltes Geschäft (Konto Provisionserträge)

1	2	3	4	↑	↓
Welche Konten sind beteiligt?	Aufwands- oder Ertragskonto bzw. aktives oder passives Bestandskonto?	Vermehrung (+) oder Verminderung (–)?	Soll oder Haben?		
Buchungssatz:					

3. Zahlung der Honorarnote (Rechnung) des Steuerberaters in Höhe von € 286,– durch PSK-Überweisung (Konto Rechts- und Beratungsaufwand)

1	2	3	4	↑	↓
Welche Konten sind beteiligt?	Aufwands- oder Ertragskonto bzw. aktives oder passives Bestandskonto?	Vermehrung (+) oder Verminderung (–)?	Soll oder Haben?		
Buchungssatz:					

4. Barzahlung von € 526,– für die Miete des Möbel-Ausstellungsraumes (Konto Mietaufwand)

1	2	3	4	↑	↓
Welche Konten sind beteiligt?	Aufwands- oder Ertragskonto bzw. aktives oder passives Bestandskonto?	Vermehrung (+) oder Verminderung (–)?	Soll oder Haben?		
Buchungssatz:					

5. Bezahlung der Telefonentgelte € 169,– durch Banküberweisung (Konto Telefongebühren)

1	2	3	4	↑	↓
Welche Konten sind beteiligt?	Aufwands- oder Ertragskonto bzw. aktives oder passives Bestandskonto?	Vermehrung (+) oder Verminderung (–)?	Soll oder Haben?		
Buchungssatz:					

6. Barzahlung von € 72,– für die Werbeeinschaltung in einer Regionalzeitung (Konto Werbeaufwand)

1	2	3	4	↑	↓
Welche Konten sind beteiligt?	Aufwands- oder Ertragskonto bzw. aktives oder passives Bestandskonto?	Vermehrung (+) oder Verminderung (–)?	Soll oder Haben?		
Buchungssatz:					

Aufgabe: a) Bilden Sie die Buchungssätze. C

b) Geben Sie neben dem Buchungssatz durch Ankreuzen an, ob sich durch den jeweiligen Geschäftsfall das Eigenkapital vermehrt (↑) oder vermindert (↓). D

Ein weiteres Übungsbeispiel finden Sie im Anhang.

Sichern

SbX ID: 2033

SbX ID: 2033

Im SbX finden Sie eine Sammelmappe mit Zusammenfassungen zu allen Kapiteln und Lerneinheiten sowie eine Bildschirmpräsentation.

Wissen

SbX ID: 2034

A B C D E

SbX ID: 2034

Möglichkeiten zur Kompetenzüberprüfung im SbX

Wiederholungsfragen | **Aufgaben mit automatischer Aufgabenkontrolle** | H2Ö MUSTERUNTERNEHMEN

Ein kurzer Kompetenz-Check, bevor's weitergeht!

Kompetenz-Check

	☺	😐	☹
Ich kann den Unterschied zwischen erfolgsneutralen und erfolgswirksamen Geschäftsfällen erläutern.			
Ich kann Aufwendungen (Aufwände) und Erträge (Erlöse) unterscheiden.			
Ich kann auf einem Aufwandskonto eine Vermehrung bzw. eine Verminderung auf der entsprechenden Kontenseite eintragen.			
Ich kann auf einem Ertragskonto eine Vermehrung bzw. eine Verminderung auf der entsprechenden Kontenseite eintragen.			
Ich kann den Saldo eines Erfolgskontos bilden und entsprechend benennen.			
Ich kann bei erfolgswirksamen Geschäftsfällen einen Buchungssatz bilden und dessen Auswirkung auf das Eigenkapital feststellen.			

Lerneinheit 4

Buchungen auf Warenkonten

SbX
Alle SbX-Inhalte zu dieser Lerneinheit finden Sie unter der ID: 2040.

Die Verbuchung von Waren gehört zu den Buchungen mit der größten Erfolgsauswirkung in einem Unternehmen. In der Praxis werden die Wareneinkäufe, die Warenverkäufe und die Warenbestände auf unterschiedlichen Konten erfasst. In dieser Lerneinheit werden die verschiedenen Warenkonten übersichtlich dargestellt.

Lernen

SbX ID: 2041

A B C D E

1 Verbuchung von Einkäufen und Verkäufen

Markieren Sie im nachfolgenden Text die Antworten auf folgende Fragen:

- **Wie lautet der Buchungssatz für einen Wareneinkauf?**
- **Wie wird ein Warenverkauf verbucht?**

Handelsbetriebe

Handelsbetriebe kaufen Waren (Handelswaren) von ihren Lieferanten ein, um sie an ihre Kunden ohne Zwischenbearbeitung weiterzuverkaufen.

Lieferverbindlichkeiten und Lieferforderungen

Durch einen **Einkauf** entsteht eine **Verpflichtung des Unternehmens** zu einer **Gegenleistung gegenüber dem Lieferanten (= Lieferverbindlichkeiten).** Ein **Verkauf** wiederum begründet einen **Anspruch des Unternehmens** auf eine **Gegenleistung durch den Kunden (= Lieferforderungen).**

Darstellung: Einkäufe und Lieferverbindlichkeiten, Verkäufe und Lieferforderungen

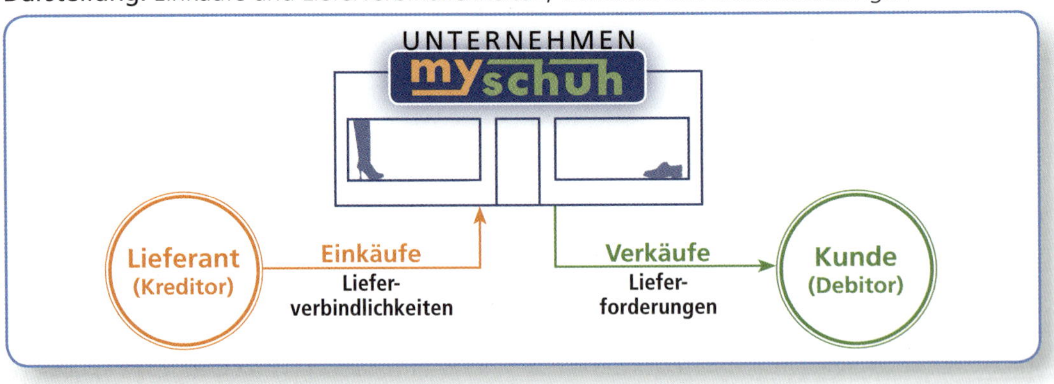

Verbuchung von **Wareneinkäufen**

In der Praxis werden die **Wareneinkäufe** im Allgemeinen im **Soll** des Kontos **Handelswareneinsatz (HW-Einsatz)** erfasst.

Neues Konto **Handelswareneinsatz**

Buchungssatz für den Wareneinkauf:

HW-Einsatz / Lieferverbindlichkeiten (Bank etc.)

Das Konto **HW-Einsatz** ist ein **Aufwandskonto.**

Verbuchung von **Warenverkäufen**

Die **Warenverkäufe** werden im **Haben** des Kontos **Handelswarenerlöse (HW-Erlöse)** verbucht.

Neues Konto
Handelswarenerlöse

Buchungssatz für den Warenverkauf:

Lieferforderungen (Bank etc.) / HW-Erlöse

Das Konto **HW-Erlöse** ist ein **Ertragskonto.**

Lehrbeispiel

L 2.04: Buchungsentscheidung und Buchungssatz

1. Wir kaufen 20 Paar Schi für unser Sportgeschäft um € 4.200,– gegen spätere Bezahlung (auf Ziel). D

Schier gehören in einem Sportgeschäft zu den **Handelswaren** und der Einkauf wird auf dem Konto **HW-Einsatz** verbucht. Die Schulden gegenüber dem Lieferanten (aufgrund der späteren Bezahlung) werden auf dem Konto **Lieferverbindlichkeiten** erfasst.

Das Konto HW-Einsatz ist ein **Aufwandskonto,** das Konto Lieferverbindlichkeiten ein **passives Bestandskonto.** Durch den Einkauf **erhöhen** sich der **HW-Einsatz** (Vermehrung) und die **Lieferverbindlichkeiten** (Vermehrung).

Die Buchung erfolgt daher im **Soll** des Kontos **HW-Einsatz** und im **Haben** des Kontos **Lieferverbindlichkeiten.**

Buchungsregeln

Aufwandskonto

Soll	Haben
+	–

Passives Bestandskonto

Soll	Haben
–	+

Diese Buchung vermindert das Eigenkapital (↓).

1	2	3	4	↑	↓	∅
Welche Konten sind beteiligt?	Aufwands- oder Ertragskonto bzw. aktives oder passives Bestandskonto?	Vermehrung (+) oder Verminderung (–)?	Soll oder Haben?			
HW-Einsatz	Aufwandskonto	+	Soll			
Lieferverbindlichkeiten	passives Bestandskonto	+	Haben			
Buchungssatz:	**HW-Einsatz / Lieferverbindlichkeiten 4.200,00**				X	

2. Wir verkaufen in unserem Elektronikgroßhandelsgeschäft 100 Computer um € 28.000,– gegen spätere Bezahlung. D

Computer gehören in einem Elektronikgroßhandelsgeschäft zu den **Handelswaren.** Der Verkauf wird auf dem Konto **HW-Erlöse** verbucht. Die Forderung gegen den Kunden (aufgrund der späteren Bezahlung) wird auf dem Konto **Lieferforderungen** erfasst.

Das Konto HW-Erlöse ist ein **Ertragskonto,** das Konto Lieferforderungen ein **aktives Bestandskonto.** Durch den Verkauf **erhöhen** sich die **Lieferforderungen** (Vermehrung) und die **HW-Erlöse** (Vermehrung).

Die Buchung erfolgt daher im **Soll** des Kontos **Lieferforderungen** und im **Haben** des Kontos **HW-Erlöse.**

Buchungsregeln

Aktives Bestandskonto

Soll	Haben
+	–

Ertragskonto

Soll	Haben
–	+

Diese Buchung vermehrt das Eigenkapital (↑).

1	2	3	4	↑	↓	∅
Welche Konten sind beteiligt?	Aufwands- oder Ertragskonto bzw. aktives oder passives Bestandskonto?	Vermehrung (+) oder Verminderung (–)?	Soll oder Haben?			
Lieferforderungen	aktives Bestandskonto	+	Soll			
HW-Erlöse	Ertragskonto	+	Haben			
Buchungssatz:	**Lieferforderungen / HW-Erlöse 28.000,00**			X		

Übungsbeispiel

SbX

Formular – Vier Schritte zum Buchungssatz
Buchungstrainer
ID: 2041

In einem Handelsbetrieb für Büromöbel sind Büroschränke, Schreibtische, Drehsessel usw. **Handelswaren.**

Ein **Warenverkauf auf Ziel** liegt vor, wenn Waren an einen Kunden **gegen spätere Bezahlung** (z. B. bei einem Zahlungsziel von zehn Tagen) **verkauft** werden.

Das **Zahlungsziel** ist der spätest mögliche Zeitpunkt der Bezahlung.

Ü 2.09: Bildung von Buchungssätzen, Gewinnauswirkung

Die Büromöbel GmbH handelt u. a. mit Büroschränken, Schreibtischen und Drehsesseln. Im Monat Jänner 20 . . ergeben sich u. a. folgende Geschäftsfälle:

1. Einkauf von Büroschränken von einem Lieferanten auf Ziel um € 2.860,–

1	2	3	4	↑	↓	Ø
Welche Konten sind beteiligt?	Aufwands- oder Ertragskonto bzw. aktives oder passives Bestandskonto?	Vermehrung (+) oder Verminderung (–)?	Soll oder Haben?			
Buchungssatz:						

2. Verkauf von Schreibtischen an einen Kunden um € 4.980,–. Dem Kunden wird ein Zahlungsziel von zehn Tagen eingeräumt.

1	2	3	4	↑	↓	Ø
Welche Konten sind beteiligt?	Aufwands- oder Ertragskonto bzw. aktives oder passives Bestandskonto?	Vermehrung (+) oder Verminderung (–)?	Soll oder Haben?			
Buchungssatz:						

3. Ausgleich der Lieferverbindlichkeit aus dem Einkauf von Büroschränken (Geschäftsfall 1) in Höhe von € 2.860,– durch Überweisung von unserem Bankkonto

1	2	3	4	↑	↓	Ø
Welche Konten sind beteiligt?	Aufwands- oder Ertragskonto bzw. aktives oder passives Bestandskonto?	Vermehrung (+) oder Verminderung (–)?	Soll oder Haben?			
Buchungssatz:						

4. Überweisung unseres Kunden in Höhe von € 4.980,– für die Lieferung der Schreibtische (Geschäftsfall 2) auf unser PSK-Konto

1	2	3	4	↑	↓	Ø
Welche Konten sind beteiligt?	Aufwands- oder Ertragskonto bzw. aktives oder passives Bestandskonto?	Vermehrung (+) oder Verminderung (–)?	Soll oder Haben?			
Buchungssatz:						

5. Verkauf von Drehsesseln an einen Kunden im Wert von € 3.460,– gegen Barzahlung

1	2	3	4	↑	↓	Ø
Welche Konten sind beteiligt?	Aufwands- oder Ertragskonto bzw. aktives oder passives Bestandskonto?	Vermehrung (+) oder Verminderung (–)?	Soll oder Haben?			
Buchungssatz:						

6. Einkauf von Schreibtischen und Drehsesseln im Gesamtwert von € 8.430,– von einem Lieferanten auf Ziel

1	2	3	4	↑	↓	∅
Welche Konten sind beteiligt?	Aufwands- oder Ertragskonto bzw. aktives oder passives Bestandskonto?	Vermehrung (+) oder Verminderung (–)?	Soll oder Haben?			
Buchungssatz:						

7. Einkauf eines Büroschrankes von unserem Lieferanten um € 1.980,– gegen Barzahlung

1	2	3	4	↑	↓	∅
Welche Konten sind beteiligt?	Aufwands- oder Ertragskonto bzw. aktives oder passives Bestandskonto?	Vermehrung (+) oder Verminderung (–)?	Soll oder Haben?			
Buchungssatz:						

8. Ausgleich der Lieferverbindlichkeit aus dem Einkauf von Schreibtischen und Drehsesseln (Geschäftsfall 6) von € 8.430,– durch Überweisung von unserem PSK-Konto

1	2	3	4	↑	↓	∅
Welche Konten sind beteiligt?	Aufwands- oder Ertragskonto bzw. aktives oder passives Bestandskonto?	Vermehrung (+) oder Verminderung (–)?	Soll oder Haben?			
Buchungssatz:						

9. Barverkauf eines Drehsessels € 110,–

1	2	3	4	↑	↓	∅
Welche Konten sind beteiligt?	Aufwands- oder Ertragskonto bzw. aktives oder passives Bestandskonto?	Vermehrung (+) oder Verminderung (–)?	Soll oder Haben?			
Buchungssatz:						

10. Überweisung von € 2.630,– von einem Kunden auf unser Bankkonto zum Ausgleich einer Lieferforderung

1	2	3	4	↑	↓	∅
Welche Konten sind beteiligt?	Aufwands- oder Ertragskonto bzw. aktives oder passives Bestandskonto?	Vermehrung (+) oder Verminderung (–)?	Soll oder Haben?			
Buchungssatz:						

Ein weiteres Übungsbeispiel ab Seite 52

Aufgabe: a) Bilden Sie die Buchungssätze. C

b) Geben Sie durch Ankreuzen an, ob sich durch den jeweiligen Geschäftsfall der Gewinn erhöht (↑), vermindert (↓), oder ob es sich um eine erfolgsneutrale Buchung (Ø) handelt. D

2 Abschluss der Warenkonten

Markieren Sie im nachfolgenden Text die Antworten auf folgende Fragen:

- **Wie erfolgt die Verbuchung der Differenz zwischen dem Endbestand und dem Anfangsbestand des Kontos HW-Vorrat, wenn der Endbestand größer ist als der Anfangsbestand?**
- **Wie erfolgt die Verbuchung der Differenz zwischen dem Endbestand und dem Anfangsbestand des Kontos HW-Vorrat, wenn der Endbestand kleiner ist als der Anfangsbestand?**
- **Was versteht man unter Handelswarenerlösen?**
- **Was ist der Handelswareneinsatz?**
- **Wie wird der Brutto- oder Rohgewinn ermittelt?**

Neues Konto **Handelswarenvorrat**

Unter der **Inventur** versteht man die körperliche Bestandsaufnahme des Handelswarenvorrates durch Messen, Zählen und Wiegen.

Auf dem Konto **HW-Vorrat** (Handelswarenvorrat; **aktives Bestandskonto)** wird zu Beginn des Geschäftsjahres der **Anfangsbestand an Handelswaren** erfasst. **Während des Geschäftsjahres erfolgen auf dem Konto HW-Vorrat keine Buchungen.** Der Einkauf von Waren wird auf dem Konto HW-Einsatz verbucht.

Am Jahresende wird mithilfe der **Inventur** der **Endbestand der Handelswaren** ermittelt und die **Differenz zum Anfangsbestand** berechnet. **Das Gegenkonto** für die Verbuchung dieses Differenzbetrages **ist jeweils das Konto HW-Einsatz.** Es ergeben sich zwei Möglichkeiten:

Beispiel

Anpassung des Anfangsbestandes an den Endbestand

Fall 1: Der Endbestand ist betragsmäßig **größer** als der Anfangsbestand.
Endbestand per 31. Dez. € 48.000,–, Anfangsbestand per 1. Jan. € 36.000,–

Fall 2: Der Endbestand ist betragsmäßig **kleiner** als der Anfangsbestand.
Endbestand per 31. Dez. € 30.000,–, Anfangsbestand per 1. Jan. € 36.000,–

Darstellung: Differenzbetrag – Anfangsbestand, Endbestand

Möglichkeiten der Verbuchung des Differenzbetrages

> → größer, < → kleiner (mathematische Relations-[Verhältnis-]Zeichen)

Fall 1: Endbestand > Anfangsbestand

Endbestand	€ 48.000,00
– Anfangsbestand	€ 36.000,00
Differenz (Bestandsvermehrung) +	€ 12.000,00

Fall 2: Endbestand < Anfangsbestand

Endbestand	€ 30.000,00
– Anfangsbestand	€ 36.000,00
Differenz (Bestandsverminderung) –	€ 6.000,00

Verbuchung des Differenzbetrages

Fall 1: **HW-Vorrat / HW-Einsatz 12.000,00**

Fall 2: **HW-Einsatz / HW-Vorrat 6.000,00**

AB = Anfangsbestand
EB = Endbestand

HW-Vorrat (Fall 1)

AB	36.000,00	EB	48.000,00
HW-Einsatz	12.000,00		
	48.000,00		48.000,00

HW-Vorrat (Fall 2)

AB	36.000,00	HW-Einsatz	6.000,00
		EB	30.000,00
	36.000,00		36.000,00

Der Saldo des Kontos HW-Vorrat entspricht dem Endbestand laut Inventur.

Sollte der Endbestand per 31. Dez. genauso groß sein wie der Anfangsbestand per 1. Jan., so erfolgt keine Buchung.

Arbeitsablauf – **Abschluss der Warenkonten**

Für den **Abschluss der Warenkonten** ergibt sich nachstehender **Arbeitsablauf:**

1 **Ermittlung des Endbestandes** mithilfe der Inventur

2 **Berechnung des Differenzbetrages** zwischen dem Endbestand und dem Anfangsbestand der Handelswaren

3 **Verbuchung des Differenzbetrages**

Endbestand **größer** als Anfangsbestand **(Bestandsvermehrung):**

HW-Vorrat / HW-Einsatz

Endbestand **kleiner** als Anfangsbestand **(Bestandsverminderung):**

HW-Einsatz / HW-Vorrat

Handelswarenerlöse

Die Gesamtheit der **in einem Geschäftsjahr verkauften Waren, bewertet zu Verkaufspreisen,** nennt man **Handelswarenerlöse** (= Umsatz).

Handelswareneinsatz

Die Gesamtheit der **in einem Geschäftsjahr verkauften Waren, bewertet zu Einstandspreisen**[1]**,** bezeichnet man als **Handelswareneinsatz**.

Brutto- oder Rohgewinn

Die **Differenz zwischen** den **Handelswarenerlösen und dem Handelswareneinsatz** wird als **Brutto- oder Rohgewinn** bezeichnet.

Lehrbeispiel

L 2.05: Buchungen auf den Warenkonten

In einem Handelsbetrieb ergeben sich nach der Verbuchung der Geschäftsfälle folgende Werte auf den Warenkonten:

HW-Vorrat				
Datum	Gegenkonto	Text	Soll	Haben
1. 1.	AB		13.540,00	

HW-Erlöse				
Datum	Gegenkonto	Text	Soll	Haben
....	Lieferforderungen			151.500,00
....	Kassa			71.530,00

HW-Einsatz				
Datum	Gegenkonto	Text	Soll	Haben
....	Lieferverbindlichkeiten		141.000,00	
....	Kassa		31.460,00	

Die Inventur vom 31. Dez. ergibt einen Endbestand von € 21.020,–.

Aufgabe: a) Ermitteln Sie den Differenzbetrag zwischen Endbestand und Anfangsbestand. Stellen Sie den dazugehörenden Buchungssatz auf und geben Sie die Erfolgsauswirkung (↑, ↓, Ø) an. D

b) Tragen Sie den Buchungssatz, der sich aus der Ermittlung des Differenzbetrages ergeben hat, auf den entsprechenden Konten ein. C

c) Ermitteln Sie den Saldo der Konten. C

d) Ermitteln Sie den Brutto- oder Rohgewinn. C

Lösung:

a)
Endbestand laut Inventur	€ 21.020,00	1
– Anfangsbestand (Konto HW-Vorrat)	€ 13.540,00	
Differenz (Bestandsvermehrung)	+ € **7.480,00**	2
HW-Vorrat / HW-Einsatz 7.480,00 ↑		3

[1] Der Einstandspreis ist der Preis, den ein Unternehmen zahlen muss, um die Waren zu erwerben. Zum Einstandspreis gehören neben dem Rechnungspreis die Bezugskosten, z. B. Fracht und Verpackung.

Zum Eintragen der Buchungen laufender Geschäftsfälle siehe ab Seite 62.

b), c)

HW-Vorrat

Datum	Gegenkonto	Text	Soll	Haben
1. 1.	AB		13.540,00	
31.12.	HW-Einsatz		7.480,00 3	
31.12.	Saldo			21.020,00
			21.020,00	21.020,00

HW-Erlöse

Datum	Gegenkonto	Text	Soll	Haben
……..	Lieferforderungen			151.500,00
……..	Kassa			71.530,00
31.12.	Saldo		223.030,00	
			223.030,00	223.030,00

HW-Einsatz

Datum	Gegenkonto	Text	Soll	Haben
……..	Lieferverbindlichkeiten		141.000,00	
……..	Kassa		31.460,00	
31.12.	HW-Vorrat			7.480,00 3
31.12.	Saldo			164.980,00
			172.460,00	172.460,00

d)

HW-Erlöse	€	223.030,00
– HW-Einsatz	€	164.980,00
Brutto- oder Rohgewinn	€	**58.050,00**

Übungsbeispiel

SbX

Excel Buchungstrainer ID: 2041

Ü 2.10: Buchungen auf den Warenkonten

Im Handelsbetrieb Meinrad Knapp e. U. weisen die Warenkonten folgende Beträge aus:

Anfangsbestand an Handelswaren am 1. Jan. 20. . € 39.540,00

HW-Vorrat

Datum	Gegenkonto	Text	Soll	Haben
1. 1.	AB		39.540,00	

Warenverkäufe bar € 319.630,00
Warenverkäufe gegen spätere Bezahlung (auf Ziel → **Lieferforderungen)** € 512.975,00

HW-Erlöse

Datum	Gegenkonto	Text	Soll	Haben
……..	Kassa			319.630,00
……..	Lieferforderungen			512.975,00

Wareneinkäufe bar € 71.770,00
Wareneinkäufe gegen spätere Bezahlung (auf Ziel → **Lieferverbindlichkeiten)** € 495.390,00

HW-Einsatz

Datum	Gegenkonto	Text	Soll	Haben
……..	Kassa		71.770,00	
……..	Lieferverbindlichkeiten		495.390,00	

Die Inventur ergibt einen Endbestand in Höhe von € 51.630,–.

Aufgabe: a) Ermitteln Sie den Differenzbetrag zwischen Endbestand und Anfangsbestand. Stellen Sie den dazugehörenden Buchungssatz auf und geben Sie die Erfolgsauswirkung (↑, ↓, ∅) an. D

b) Tragen Sie den Buchungssatz, der sich aus der Ermittlung des Differenzbetrages ergeben hat, auf den entsprechenden Konten ein. C

c) Ermitteln Sie den Saldo der drei Konten. C

d) Ermitteln Sie den Brutto- oder Rohgewinn. C

Lösung:

a)

b), c)

HW-Vorrat

Datum	Gegenkonto	Text	Soll	Haben
1. 1.	AB		39.540,00	

HW-Erlöse

Datum	Gegenkonto	Text	Soll	Haben
……..	Kassa			319.630,00
……..	Lieferforderungen			512.975,00

HW-Einsatz

Datum	Gegenkonto	Text	Soll	Haben
……..	Kassa		71.770,00	
……..	Lieferverbindlichkeiten		495.390,00	

d)

Üben

SbX ID: 2042

A B C D E

SbX

Formular – Vier Schritte zum Buchungssatz Buchungstrainer ID: 2042

Buchungsregeln

Aktives Bestandskonto	
Soll	Haben
+	–

Passives Bestandskonto	
Soll	Haben
–	+

Buchungsregeln

Aufwandskonto	
Soll	Haben
+	–

Ertragskonto	
Soll	Haben
–	+

Ü 2.11: Bildung von Buchungssätzen, Gewinnauswirkung

Die Schuh-Ring GmbH betreibt einen Großhandel mit Schuhen und Ledertaschen. Im Monat Dezember 20. . ergeben sich u. a. folgende Geschäftsfälle:

1. Überweisung von € 980,– von einem Kunden auf unser Bankkonto zum Ausgleich einer Lieferforderung

1	2	3	4	↑	↓	0
Welche Konten sind beteiligt?	Aufwands- oder Ertragskonto bzw. aktives oder passives Bestandskonto?	Vermehrung (+) oder Verminderung (–)?	Soll oder Haben?			
Buchungssatz:						

2. Einkauf von Ledertaschen von einem Lieferanten gegen spätere Bezahlung um € 1.260,–

1	2	3	4	↑	↓	0
Welche Konten sind beteiligt?	Aufwands- oder Ertragskonto bzw. aktives oder passives Bestandskonto?	Vermehrung (+) oder Verminderung (–)?	Soll oder Haben?			
Buchungssatz:						

3. Barverkauf von Schuhen € 1.690,–

1	2	3	4	↑	↓	0
Welche Konten sind beteiligt?	Aufwands- oder Ertragskonto bzw. aktives oder passives Bestandskonto?	Vermehrung (+) oder Verminderung (–)?	Soll oder Haben?			
Buchungssatz:						

4. Verkauf von Schuhen und Ledertaschen an einen Kunden um € 2.080,–. Dem Kunden wird ein Zahlungsziel von 30 Tagen gewährt.

1	2	3	4	↑	↓	0
Welche Konten sind beteiligt?	Aufwands- oder Ertragskonto bzw. aktives oder passives Bestandskonto?	Vermehrung (+) oder Verminderung (–)?	Soll oder Haben?			
Buchungssatz:						

5. Ausgleich der Lieferverbindlichkeit (Geschäftsfall 2) in Höhe von € 1.260,– durch Überweisung von unserem PSK-Konto

1	2	3	4	↑	↓	0
Welche Konten sind beteiligt?	Aufwands- oder Ertragskonto bzw. aktives oder passives Bestandskonto?	Vermehrung (+) oder Verminderung (–)?	Soll oder Haben?			
Buchungssatz:						

6. Überweisung unseres Kunden für den Verkauf von Schuhen und Ledertaschen (Geschäftsfall 4) in Höhe von € 2.080,– auf unser Bankkonto

1	2	3	4	↑	↓	0
Welche Konten sind beteiligt?	Aufwands- oder Ertragskonto bzw. aktives oder passives Bestandskonto?	Vermehrung (+) oder Verminderung (–)?	Soll oder Haben?			
Buchungssatz:						

7. Verkauf von Ledertaschen an einen Kunden im Wert von € 620,– gegen Barzahlung

1	2	3	4	↑	↓	0
Welche Konten sind beteiligt?	Aufwands- oder Ertragskonto bzw. aktives oder passives Bestandskonto?	Vermehrung (+) oder Verminderung (–)?	Soll oder Haben?			
Buchungssatz:						

8. Einkauf von Ledertaschen und Schuhen im Gesamtwert von € 1.980,– von einem Lieferanten auf Ziel

1	2	3	4	↑	↓	0
Welche Konten sind beteiligt?	Aufwands- oder Ertragskonto bzw. aktives oder passives Bestandskonto?	Vermehrung (+) oder Verminderung (–)?	Soll oder Haben?			
Buchungssatz:						

9. Einkauf von Schuhen bei unserem Lieferanten um € 380,– gegen Barzahlung

1	2	3	4	↑	↓	0
Welche Konten sind beteiligt?	Aufwands- oder Ertragskonto bzw. aktives oder passives Bestandskonto?	Vermehrung (+) oder Verminderung (–)?	Soll oder Haben?			
Buchungssatz:						

10. Ausgleich der Lieferverbindlichkeit (Geschäftsfall 8) von € 1.980,– durch Überweisung von unserem Bankkonto

1	2	3	4	↑	↓	0
Welche Konten sind beteiligt?	Aufwands- oder Ertragskonto bzw. aktives oder passives Bestandskonto?	Vermehrung (+) oder Verminderung (–)?	Soll oder Haben?			
Buchungssatz:						

Aufgabe: a) Bilden Sie die Buchungssätze. C

b) Geben Sie neben dem Buchungssatz in Klammer an, ob sich durch den jeweiligen Geschäftsfall der Gewinn erhöht (↑), vermindert (↓), oder ob es sich um eine erfolgsneutrale Buchung (0) handelt. D

SbX **Excel Buchungstrainer ID: 2042**

Ü 2.12: Buchungen auf den Warenkonten

Im Handelsbetrieb Josef Barth e. U. weisen die Warenkonten folgende Beträge aus:

Anfangsbestand an Handelswaren am 1. Jan. 20.. € 87.540,00

HW-Vorrat				
Datum	Gegenkonto	Text	Soll	Haben
1. 1.	AB		87.540,00	

Warenverkäufe bar € 1.126.140,00
Warenverkäufe gegen spätere Bezahlung (auf Ziel → **Lieferforderungen**) € 631.590,00

HW-Erlöse				
Datum	Gegenkonto	Text	Soll	Haben
....	Kassa			1.126.140,00
....	Lieferforderungen			631.590,00

Wareneinkäufe bar € 63.910,00
Wareneinkäufe gegen spätere Bezahlung (auf Ziel → **Lieferverbindlichkeiten**) € 1.173.400,00

HW-Einsatz				
Datum	Gegenkonto	Text	Soll	Haben
....	Kassa		63.910,00	
....	Lieferverbindlichkeiten		1.173.400,00	

Die Inventur ergibt einen Endbestand in Höhe von € 69.320,–.

Aufgabe: a) Ermitteln Sie den Differenzbetrag zwischen Endbestand und Anfangsbestand. Stellen Sie den dazugehörenden Buchungssatz auf und geben Sie die Erfolgsauswirkung (↑, ↓, 0) an. D

b) Tragen Sie den Buchungssatz, der sich aus der Ermittlung des Differenzbetrages ergeben hat, auf den entsprechenden Konten ein. C

c) Ermitteln Sie den Saldo der Konten. C

d) Ermitteln Sie den Brutto- oder Rohgewinn. C

Lösung:

a)

b), c)

HW-Vorrat				
Datum	Gegenkonto	Text	Soll	Haben
1. 1.	AB		87.540,00	

HW-Erlöse				
Datum	Gegenkonto	Text	Soll	Haben
……..	Kassa			1.126.140,00
……..	Lieferforderungen			631.590,00

HW-Einsatz				
Datum	Gegenkonto	Text	Soll	Haben
……..	Kassa		63.910,00	
……..	Lieferverbindlichkeiten		1.173.400,00	

d)

Weitere Übungsbeispiele finden Sie im Anhang.

Sichern

SbX ID: 2043

SbX
ID: 2043

Im SbX finden Sie eine Sammelmappe mit Zusammenfassungen zu allen Kapiteln und Lerneinheiten sowie eine Bildschirmpräsentation.

Wissen

SbX ID: 2044

A B C D E

SbX
ID: 2044

Möglichkeiten zur Kompetenzüberprüfung im SbX

Wiederholungsfragen | Aufgaben mit automatischer Aufgabenkontrolle | H₂Ö Musterunternehmen

Kompetenz-Check

Ein kurzer Kompetenz-Check, bevor's weitergeht!

	☺	😐	☹
Ich kann Wareneinkäufe und Warenverkäufe unterscheiden.			
Ich kann einen Wareneinkauf verbuchen.			
Ich kann die Verbuchung eines Warenverkaufes vornehmen.			
Ich kann die Differenz zwischen Endbestand und Anfangsbestand der Handelswaren ermitteln und den Differenzbetrag verbuchen.			
Ich kann die Erfolgsauswirkung der Buchungen bei Wareneinkäufen, Warenverkäufen und bei Abschluss der Warenkonten feststellen.			

Lerneinheit 5

Buchungen auf dem Privatkonto

SbX
Alle SbX-Inhalte zu dieser Lerneinheit finden Sie unter der ID: 2050.

In einem Unternehmen kommen, neben den betrieblichen Geschäftsfällen, auch Geschäftsfälle vor, die den privaten Bereich des Unternehmers betreffen. Dies sind z. B. die Einlage von privatem Geld in das Unternehmen, die Entnahme von Waren für den persönlichen Gebrauch, die Entnahme von Bargeld aus der Geschäftskasse.

Diese Privateinlagen und Privatentnahmen müssen in der Buchführung getrennt von den betrieblich verursachten Geschäftsfällen erfasst werden.

Lernen

SbX ID: 2051

A B C D E

1 Verbuchung von Privatentnahmen und Privateinlagen

Markieren Sie im nachfolgenden Text die Antworten auf folgende Fragen:

- **Was versteht man unter Privatentnahmen bzw. Privateinlagen?**
- **Wie werden Privatentnahmen bzw. Privateinlagen verbucht?**

Auf dem **Privatkonto** werden die **Privatentnahmen** und die **Privateinlagen** des Unternehmers verbucht.

Privatentnahmen

Privatentnahmen sind **Entnahmen aus dem Betrieb** für private Zwecke, z. B. Entnahmen von Bargeld, Waren oder Anlagegütern.

Privateinlagen

Privateinlagen sind **Einlagen in den Betrieb** aus dem Privatvermögen, z. B. Einlage von Bargeld, Einlage eines Grundstückes für einen Zubau.

Privatentnahmen vermindern, Privateinlagen erhöhen das Eigenkapital.

Neues Konto **Privat**

Privatentnahmen vermindern, Privateinlagen erhöhen das **Eigenkapital**. Sie werden auf einem eigenen Konto, dem **Privatkonto,** erfasst. Das Privatkonto ist ein **Unterkonto zum Kapitalkonto**[1] und wird mit diesem abgeschlossen.

Privatentnahmen

Entnahme von Geldbeträgen bzw. Zahlungen aus dem Privatbereich

Die **Entnahme von Geldbeträgen** sowie **Zahlungen, die den Privatbereich des Unternehmers betreffen,** z. B. die Bezahlung von Betriebskosten und Versicherungsprämien für das Eigenheim bzw. die Miete für die Privatwohnung des Unternehmers sowie die Bezahlung der Einkommensteuer[2], werden im **Soll des Privatkontos** erfasst. Die Buchung dazu lautet:

Privat / Kassa (Bank etc.)

Private **Warenentnahme**

Erfolgt eine **Entnahme von Waren** für private Zwecke, so ist zu buchen:

Privat / Eigenverbrauch

Neues Konto **Eigenverbrauch**

Das Konto **Eigenverbrauch** ist ein **Ertragskonto.**

[1] In der Praxis wird das **Eigenkapital** vereinfacht als **Kapital** bezeichnet. Im Lehrbuch wird ab dieser Lerneinheit das entsprechende Konto als **„Kapital"** bezeichnet.

[2] Die Einkommensteuer ist eine nicht gewinnmindernd verrechenbare Steuer (Privatsteuer). Sie darf nicht auf einem Aufwandskonto verbucht werden.

Privateinlage von Geldbeträgen

Privateinlagen

Die Einlagen werden im **Haben des Privatkontos** verbucht. Der Buchungssatz für die Einlage eines Geldbetrages lautet:

Kassa (Bank etc.) / Privat

Lehrbeispiel

L 2.06: Buchungen auf dem Privatkonto

Im Sportfachgeschäft Robert Zwazl e. U., Wels, ergeben sich im Monat November 20 . . u. a. folgende Geschäftsfälle:

1. Privateinlage € 5.000,– durch Banküberweisung
2. PSK-Überweisung der Jahresprämie der Versicherung des privaten Pkw von Robert Zwazl € 1.100,–
3. Herr Zwazl entnimmt einige Dosen Tennisbälle (Handelsware) im Wert von € 100,– für den persönlichen Gebrauch.
4. Banküberweisung der Einkommensteuer in Höhe von € 2.500,–
5. Herr Zwazl legt € 500,– aus seiner privaten Geldbörse in die Geschäftskasse ein.

Aufgabe: Stellen Sie die Buchungssätze auf. C

Lösung:

1. Bank / Privat 5.000,00
2. Privat / PSK 1.100,00
3. Privat / Eigenverbrauch 100,00
4. Privat / Bank 2.500,00
5. Kassa / Privat 500,00

2 Abschluss des Privatkontos

Markieren Sie im nachfolgenden Text die Antwort auf folgende Frage:

- **Wie lautet der Buchungssatz für den Abschluss des Privatkontos?**

Abschlussbuchungen gegen das **Kapitalkonto**

Der Abschluss des Privatkontos erfolgt mit dem **Kapitalkonto.**

Buchungssatz bei einem **Sollsaldo** (die Sollseite des Privatkontos ist betragsmäßig größer):

Kapital / Privat

Buchungssatz bei einem **Habensaldo** (die Habenseite des Privatkontos ist betragsmäßig größer):

Privat / Kapital

Darstellung: Abschluss des Privatkontos

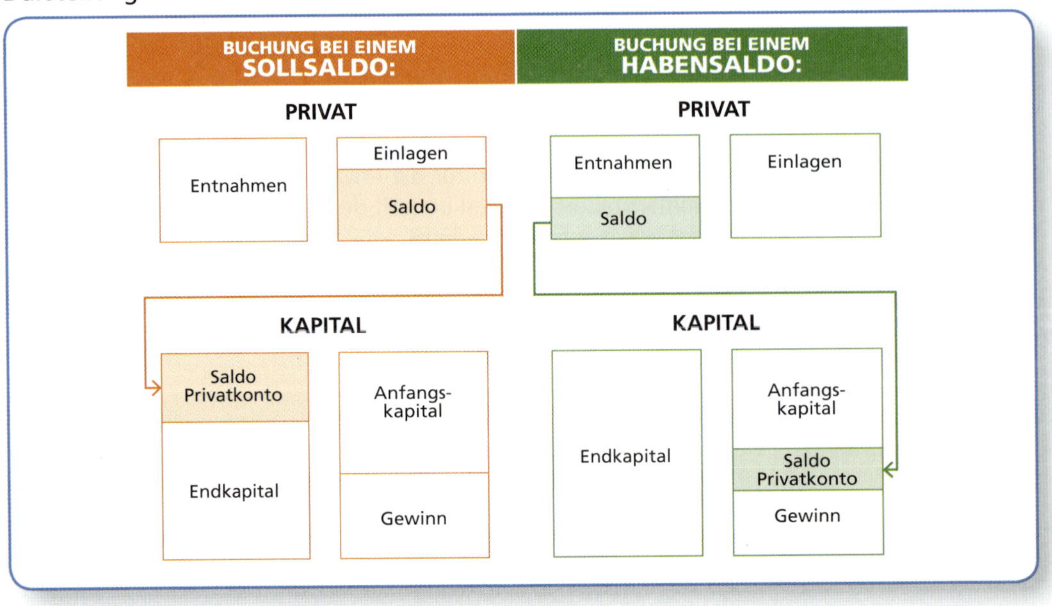

Lehr- und Übungsbeispiele mit Abschluss des Privatkontos finden Sie in Lerneinheit 6, Seite 62.

Übungsbeispiel

SbX Buchungstrainer ID: 2051

Ü 2.13: Bildung von Buchungssätzen, Gewinnauswirkung

In einem Sportgeschäft ergeben sich im Februar 20 . . u. a. folgende Geschäftsfälle:

Geschäftsfall	Buchungssatz	↑	↓	0
1. Aus der Geschäftskasse werden vom Unternehmer € 150,– für private Zwecke entnommen.				
2. Der Unternehmer entnimmt aus seinem Geschäft einen Tennisschläger im Wert von € 150,– und schenkt ihn seinem Sohn.				
3. Ausgleich der Lieferverbindlichkeit über den Einkauf von Laufschuhen in der Höhe von € 990,– durch Überweisung vom Bankkonto				
4. Der Unternehmer legt € 500,– aus seiner privaten Geldbörse in die Kassa ein.				
5. Banküberweisung der privaten Lebensversicherungsprämie € 420,–				
6. Der Unternehmer hebt vom Bankkonto € 1.000,– für private Zwecke ab.				
7. Kauf eines Büroschrankes von einem Lieferanten um € 2.130,–, Zahlungsziel 30 Tage				
8. Der Unternehmer legt € 1.500,– aus seiner privaten Geldbörse auf das Bankkonto ein.				
9. Barverkauf von Tennisbällen um € 23,–				
10. Der Unternehmer entnimmt für private Zwecke ein Paar Schihandschuhe um € 78,–.				

Der Büroschrank ist ein Teil der Betriebs- und Geschäftsausstattung des Sportgeschäftes.

Aufgabe: a) Bilden Sie die Buchungssätze. C

b) Geben Sie durch Ankreuzen an, ob sich durch den jeweiligen Geschäftsfall der Gewinn erhöht (↑), vermindert (↓), oder ob es sich um eine erfolgsneutrale Buchung (0) handelt. D

Üben

SbX ID: 2052

A B C D E

SbX
Buchungstrainer
ID: 2052

Buchungsregeln

Aktives Bestandskonto	
Soll	Haben
+	–

Passives Bestandskonto	
Soll	Haben
–	+

Buchungsregeln

Aufwandskonto	
Soll	Haben
+	–

Ertragskonto	
Soll	Haben
–	+

Der Schreibtisch ist für das Büro des Unternehmens bestimmt und ist damit ein Teil der Betriebs- und Geschäftsausstattung.

Ü 2.14: **Bildung von Buchungssätzen, Gewinnauswirkung**

Christian Hack e. U. betreibt ein Fachgeschäft für Unterhaltungselektronik. Im März 20 . . ergeben sich u. a. folgende Geschäftsfälle:

Geschäftsfall	Buchungssatz	↑	↓	0
1. Christian Hack entnimmt aus seinem Geschäft einen DVD-Player im Wert von € 392,– als Geburtstagsgeschenk für seine Tochter.				
2. Einkauf von Fernsehgeräten beim Lieferanten um € 5.382,– gegen spätere Bezahlung				
3. Ausgleich der Lieferverbindlichkeit (Einkauf von Fernsehgeräten) in der Höhe von € 5.382,– durch Überweisung vom PSK-Konto				
4. Christian Hack entnimmt € 400,– aus der Kassa, um private Einkäufe zu tätigen.				
5. Kauf eines Schreibtisches um € 1.230,– gegen Barzahlung				
6. Christian Hack zahlt aus seiner privaten Brieftasche € 1.500,– auf das PSK-Konto ein.				
7. Barverkauf von CD-Rohlingen um € 36,–				
8. Verkauf einer Musikanlage an eine Tanzbar um € 5.842,–. Dem Kunden wird ein Zahlungsziel von 14 Tagen gewährt.				
9. Bareinkauf von verschiedenem Büromaterial um € 26,–				
10. Christian Hack hebt vom Bankkonto € 10.000,– für private Zwecke ab.				

Aufgabe: a) Bilden Sie die Buchungssätze. C

b) Geben Sie durch Ankreuzen an, ob sich durch den jeweiligen Geschäftsfall der Gewinn erhöht (↑), vermindert (↓), oder ob es sich um eine erfolgsneutrale Buchung (0) handelt. D

Ein weiteres Übungsbeispiel finden Sie im Anhang.

Sichern

SbX ID: 2053

SbX ID: 2053

Im SbX finden Sie eine Sammelmappe mit Zusammenfassungen zu allen Kapiteln und Lerneinheiten sowie eine Bildschirmpräsentation.

Wissen

SbX ID: 2054

A B C D E

SbX ID: 2054

Möglichkeiten zur Kompetenzüberprüfung im SbX

Wiederholungsfragen | Aufgaben mit automatischer Aufgabenkontrolle | H₂Ö Musterunternehmen

Ein kurzer Kompetenz-Check, bevor's weitergeht!

Kompetenz-Check

	☺	😐	☹
Ich kann die Begriffe Privatentnahmen und Privateinlagen erklären.			
Ich kann Privatentnahmen verbuchen.			
Ich kann die Verbuchung einer Privateinlage vornehmen.			
Ich kann das Privatkonto abschließen.			

Lerneinheit 6

Eröffnung der Konten, laufende Geschäftsfälle, Abschluss der Konten, Gewinn- und Verlustrechnung, Schlussbilanz

SbX
Alle SbX-Inhalte zu dieser Lerneinheit finden Sie unter der ID: 2060.

Erfolg ist das Ziel aller wirtschaftlich Tätigen!

Eine rasche Form der Erfolgsermittlung ist die Gegenüberstellung von Erträgen und Aufwendungen. Das Ergebnis ist die Gewinn- und Verlustrechnung.

Um den Erfolg ermitteln zu können, müssen die Konten am Beginn des Geschäftsjahres eröffnet, die Geschäftsfälle verbucht und die Summen bzw. Salden der Konten in der Gewinn- und Verlustrechnung sowie der Schlussbilanz gesammelt werden.

Lernen

SbX ID: 2061

A B C D E

Markieren Sie im nachfolgenden Text die Antworten auf folgende Fragen:

- **Wie erfolgt die Eröffnung der Bestandskonten auf Grundlage der Eröffnungsbilanz?**
- **In welcher Reihenfolge erfolgt die Eintragung der Buchungen auf Konten?**
- **Wie wird der Zusammenhang zwischen den bebuchten Konten ausgedrückt?**
- **Welche Arbeiten sind nach der Verbuchung der laufenden Geschäftsfälle am Ende des Geschäftsjahres durchzuführen?**
- **Was versteht man unter der Summenbilanz?**
- **Wie erfolgt die Entwicklung der Saldenbilanz aus der Summenbilanz heraus?**
- **Wie wird der Erfolg eines Geschäftsjahres berechnet?**
- **Was ist eine Gewinn- und Verlustrechnung?**
- **Was versteht man unter der Schlussbilanz (Bilanz)?**
- **Wie wird der Endbestand des Kapitals ermittelt?**

1 Eröffnungsbilanz, Eröffnung der Bestandskonten

Zur **Eröffnung der Bestandskonten** werden die **Bestände der Eröffnungsbilanz** auf die **Aktiv- bzw. Passivseite der Bestandskonten** übertragen. Die **Eröffnungsbilanz des aktuellen Geschäftsjahres** entspricht der **Schlussbilanz des Vorjahres**.

Eröffnungsbilanz = Schlussbilanz des Vorjahres

Die Eröffnung der Bestandskonten kann auch mittels **Eröffnungsbuchungen** (Aktive Bestandskonten / EBK bzw. EBK / Passive Bestandskonten) über das **Eröffnungsbilanzkonto (EBK)** erfolgen. In der Praxis erfolgt die **Eröffnung durch Eintragen der Bestände auf den Bestandskonten.**

Die Positionen der **Aktivseite der Eröffnungsbilanz** stellen die **Anfangsbestände der aktiven Bestandskonten** dar und werden auf die **Sollseite der jeweiligen Bestandskonten** übertragen.

Die Positionen der **Passivseite der Eröffnungsbilanz** sind die **Anfangsbestände der passiven Bestandskonten** und werden auf der **Habenseite der jeweiligen Bestandskonten** eingetragen.

Darstellung: Eröffnung der Bestandskonten durch Eintragung der Anfangsbestände der Tanja Olip e. U.

Aktiva	Eröffnungsbilanz zum 1. Jan. 20..		Passiva
Gebäude	380.000,00	Kapital	152.000,00
Kassa	2.100,00	Lieferverbindlichkeit	252.800,00
Bank	22.700,00		
	404.800,00		404.800,00

Aktive Bestandskonten

Gebäude			
1. 1. AB	380.000,00		

Kassa			
1. 1. AB	2.100,00		

Bank			
1. 1. AB	22.700,00		

Passive Bestandskonten

Kapital			
		1. 1. AB	152.000,00

Lieferverbindlichkeiten			
		1. 1. AB	252.800,00

2 Laufende Geschäftsfälle – Verbuchung auf Konten

Die Verbuchung der **laufenden Geschäftsfälle** auf **Konten** erfolgt durch Eintrag des Buchungssatzes **zuerst im Soll** und **danach im Haben** der jeweiligen Konten.

Damit der Zusammenhang zwischen den bebuchten Konten erkennbar ist, wird der **Name des Gegenkontos am bebuchten Konto eingetragen.**

Darstellung: Eintragen des Buchungssatzes auf den jeweiligen Konten der Tanja Olip e. U.

Buchungssatz:

28.6. Einkauf von Handelswaren, € 2.500,–, Barzahlung

Handelswareneinsatz / Kassa 2.500,00

Eintragung auf den jeweiligen Konten:

(zuerst) **Sollbuchung**

Handelswareneinsatz			
Datum	Gegenkonto	Soll	Haben
28.6.	Kassa	2.500,00	

(danach) **Habenbuchung**

Kassa			
Datum	Gegenkonto	Soll	Haben
28.6.	Handelswareneinsatz		2.500,00

Nach der **Verbuchung der laufenden Geschäftsfälle** auf den entsprechenden Bestands- und Erfolgskonten sind im Zuge des Abschlusses am **Ende des Geschäftsjahres** noch folgende Arbeiten durchzuführen:

- **Abschluss der Konten** durch Erstellung der **Summen- und Saldenbilanz**
- Aufstellung der **Um- und Nachbuchungen** (Abschlussbuchungen)
- **Erfolgsermittlung**
- Erstellung der **Bilanz** und der **Gewinn- und Verlustrechnung**

Die Aufstellung der **Um- und Nachbuchungen** (Abschlussbuchungen) wird in Kapitel 7 behandelt.

3 Abschluss der Konten – Erstellung der Summenbilanz, Saldenbilanz

Der Abschluss der Bestandskonten kann auch durch **Abschlussbuchungen** gegen das **Schlussbilanzkonto (SBK)** vorgenommen werden (SBK/Aktive Bestandskonten bzw. Passive Bestandskonten/SBK). Aufwands- und Ertragskonten werden hingegen gegen das **Gewinn- und Verlustkonto (GuV)** abgeschlossen (GuV/Aufwandskonto bzw. Ertragskonto/GuV).

Summenbilanz → Summe der Soll- und Habenseiten der Konten

Saldenbilanz → Salden der Konten

Die **Summenbilanz** umfasst die jeweiligen **Summen der Soll- und Habenseiten der Bestands- und Erfolgskonten.** Aus der Summenbilanz wird die **Saldenbilanz** entwickelt, die eine **Zusammenstellung der Salden aller Konten** ist.

Ein Abschluss der Konten, mit Bildung der Salden, wird in der Praxis nicht vorgenommen. Stattdessen werden am Ende des Geschäftsjahres die **Soll- und Habenseiten der Bestands- und Erfolgskonten addiert** und die ermittelten Summen in eine Tabelle – die **Summenbilanz** – eingetragen. Aus dieser wird die **Saldenbilanz** ermittelt. Dazu wird die **Differenz (Saldo)** der **Soll- und Habensumme jedes Kontos** in jene **Spalte** eingetragen, die in der **Summenbilanz den größeren Betrag** aufweist.

Da bei der Verbuchung auf den Konten jede Sollbuchung einer gleich hohen Habenbuchung entspricht, muss sowohl in der **Summenbilanz** als auch in der **Saldenbilanz** die **Summe der Sollseite gleich der Summe der Habenseite** sein.

Bei **EDV-Buchführungen** ist die Erstellung von Summen- und Saldenbilanzen in der Regel jederzeit möglich; diese erfolgt automatisch.

Lehrbeispiel

L 2.07: Erstellung der Summen- und Saldenbilanz

Im Handelsunternehmen Tanja Olip e. U. sind auf dem Konto Handelswareneinsatz folgende Geschäftsfälle verbucht.

Aufgabe: a) Ermitteln Sie die Summen der Soll- und Habenspalte des Kontos Handelswareneinsatz. C

b) Übertragen Sie die Summen des Kontos Handelswareneinsatz in die Summenbilanz, ermitteln Sie den Saldo und übertragen Sie diesen in die Saldenbilanz. C

Lösung:

Wareneinsatz			
Datum	Gegenkonto	Soll	Haben
...	Lieferverbindlichkeiten	597.500,00	
...	Kassa	2.500,00	
...	Bank	428.260,00	
...	Lieferverbindlichkeiten		6.000,00
31.12.	Warenvorrat	10.000,00	
		1.038.260,00	6.000,00

Summe Summe

Kontenbezeichnung	Summenbilanz		Saldenbilanz	
	Soll	Haben	Soll	Haben
Gebäude	380.000,00		380.000,00	
Maschinen	215.000,00		215.000,00	
...	...		...	
...	...		...	
Handelswareneinsatz	1.038.260,00	6.000,00	1.032.260,00	

Saldo 1.032.260,00

Die **Soll-Spalte der Summenbilanz** weist den **größeren Betrag** auf. Daher wird der **Saldo des Kontos Handelswareneinsatz** in der **Soll-Spalte der Saldenbilanz** eingetragen.

4 Erfolgsermittlung – Aufstellung der Gewinn- und Verlustrechnung

Der **Erfolg** (Gewinn oder Verlust) wird durch die **Gegenüberstellung der Erträge bzw. Erlöse und der Aufwendungen (Aufwände)** ermittelt. Diese Gegenüberstellung stellt die **Gewinn- und Verlustrechnung** dar.

Erfolg = Erträge – Aufwendungen

Ermittlung des **Erfolges (Gewinn oder Verlust):**

Erträge bzw. Erlöse lt. Saldenbilanz
– Aufwendungen lt. Saldenbilanz
Erfolg (Gewinn oder Verlust)

5 Aufstellung der Schlussbilanz

Die **Schlussbilanz** eines Geschäftsjahres weist die **Bestände am Ende eines Geschäftsjahres** aus. Dazu werden die **Salden der aktiven Bestandskonten** auf der **Aktivseite der Schlussbilanz,** die **Salden der passiven Bestandskonten** auf der **Passivseite der Schlussbilanz** eingetragen.

Schlussbilanz: Bestände des Geschäftsjahres

Die Verbuchung von Aufwendungen (Aufwänden) und Erträgen (Erlösen) stellt **erfolgswirksame Geschäftsfälle** dar, die laufend zu einer Veränderung des Kapitals führen. Für die **Ermittlung des Endbestandes des Kapitals eines Geschäftsjahres** ist der **Gewinn des Geschäftsjahres dem Anfangsbestand des Kapitals hinzuzurechnen** bzw. der **Verlust des Geschäftsjahres vom Anfangsbestand des Kapitals abzuziehen.**

Ermittlung des **Endbestandes des Kapitals:**

Anfangsbestand Kapital 1.1.
– Privatentnahmen (+ Privateinlagen)
+ Gewinn (– Verlust)
Endbestand Kapital 31.12.

Die **Schlussbilanz des aktuellen Geschäftsjahres** entspricht der **Eröffnungsbilanz des folgenden Geschäftsjahres.**

Lehrbeispiel

L 2.08: Erfolgsermittlung – Gewinn- und Verlustrechnung, Schlussbilanz

Die Summen- und Saldenbilanz der Tanja Olip e. U. weist folgende Positionen auf.

Aufgabe: Führen Sie die Erfolgsermittlung durch. C

Lösung:

Kontenbezeichnung	Summenbilanz		Saldenbilanz	
	Soll	Haben	Soll	Haben
Gebäude	380.000,00		380.000,00	
Maschinen	215.000,00		215.000,00	
Handelswarenvorrat	65.000,00	10.000,00	55.000,00	
Lieferforderungen	239.000,00	4.580,00	234.420,00	
Kassa	13.500,00	10.000,00	3.500,00	
Bank	61.000,00	15.400,00	45.600,00	
Kapital	83.800,00	152.000,00		68.200,00
Privat	83.800,00	83.800,00		
Lieferverbindlichkeiten	3.260,00	353.100,00		349.840,00
Darlehen	12.000,00	56.200,00		44.200,00
Handelswarenerlöse		1.956.970,00		1.956.970,00
Handelswareneinsatz	1.038.260,00	6.000,00	1.032.260,00	
Personalaufwand	356.000,00		356.000,00	
Sonstige Aufwände	85.670,00		85.670,00	
Zinsenaufwand	11.760,00		11.760,00	
	2.648.050,00	2.648.050,00	2.419.210,00	2.419.210,00

Schlussbilanz

Gebäude	380.000,00	Kapital AB 1.1.	152.000,00	
Maschinen	215.000,00	– Privatentnahmen	83.800,00	
Handelswarenvorrat	55.000,00	+ Gewinn	471.280,00	
Lieferforderungen	234.420,00	Kapital EB 31.12.	539.480,00	539.480,00
Kassa	3.500,00	Lieferverbindlichkeiten		349.840,00
Bank	45.600,00	Darlehen		44.200,00
	933.520,00			933.520,00

Gewinn- und Verlustrechnung

€ 1.956.970,00	Summe der Erträge
€ 1.485.690,00	Summe der Aufwendungen
€ 471.280,00	**Gewinn**

Zusammenfassende Darstellung: Von der Eröffnungsbilanz zur Gewinn- und Verlustrechnung und Schlussbilanz

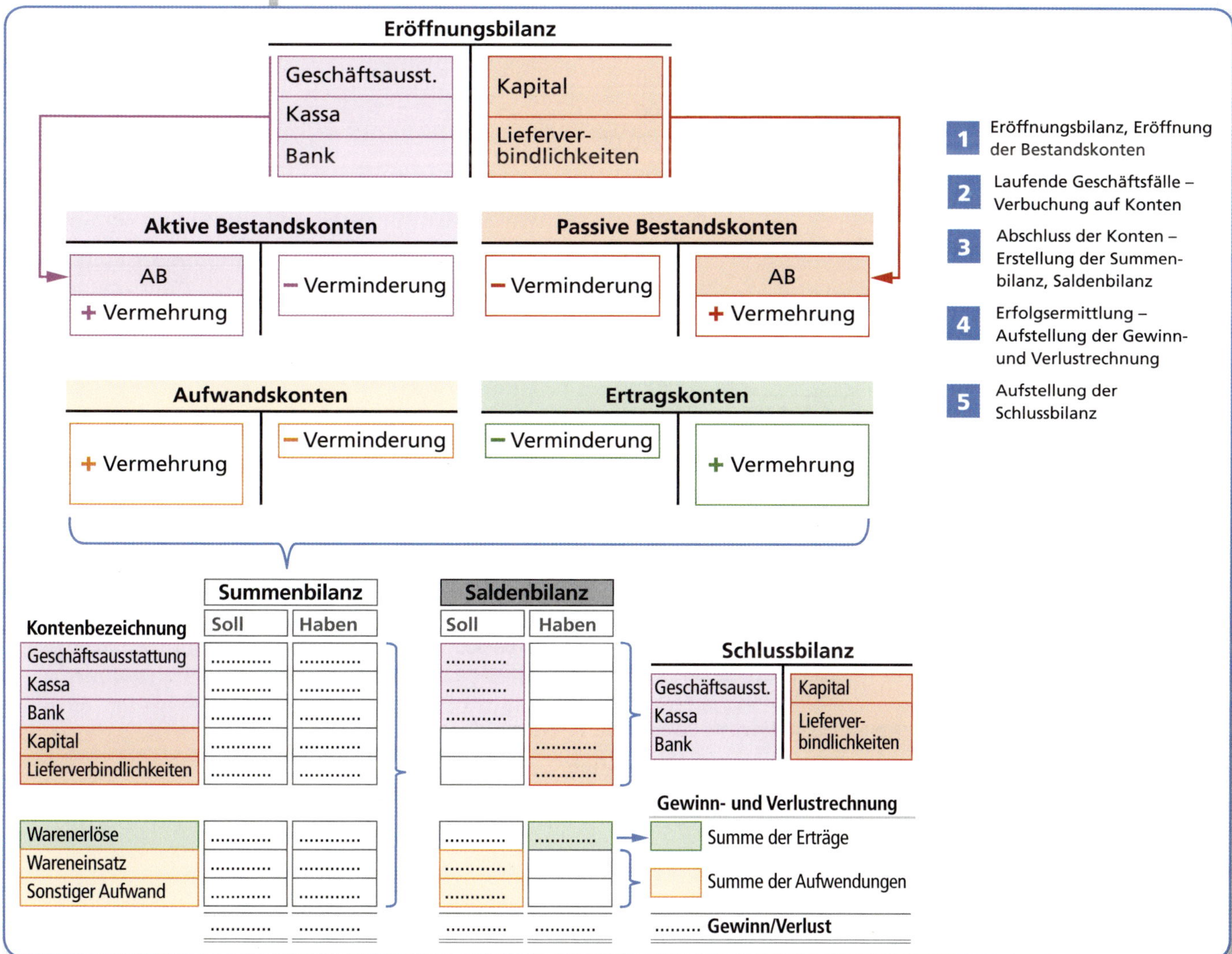

Lehrbeispiel

L 2.09: Eröffnung der Konten, laufende Geschäftsfälle, Abschluss der Konten, Gewinn- und Verlustrechnung, Schlussbilanz

Eröffnung der Konten aufgrund folgender Bilanz:

Aktiva	Eröffnungsbilanz zum 1. Jan. 20 . .		Passiva
Kassa	5.500,00	Kapital	53.800,00
Bank	48.300,00		
	53.800,00		53.800,00

Geschäftsfälle:

3. 1. Überweisung der monatlichen Miete für unser Geschäftslokal durch Banküberweisung € 950,–
9. 1. Kauf von Kopierpapier € 740,– gegen Barzahlung (Konto Büromaterial)
17. 1. Zahlung für Zeitungswerbung € 1.270,– durch Banküberweisung
21. 1. Die Bank hat uns € 90,50 Zinsen gutgeschrieben.
30. 1. Provisionseingang für vermittelte Geschäfte € 7.300,– auf dem Bankkonto
31.12. Abschluss der Konten

Unter dem Begriff **Büromaterial** versteht man Kopierpapier, Bleistifte, Toner für Kopierer und Drucker, Kugelschreiber usw. Dieses wird im Rahmen der Büroarbeit laufend verbraucht und stellt somit einen Aufwand dar.

Die Konten werden entsprechend der Praxis per 31. Dez. abgeschlossen.

Aufgabe: a) Stellen Sie die Buchungssätze für die laufenden Buchungen auf. C
b) Tragen Sie die Bestände auf den aktiven und passiven Bestandskonten zum 1. Jänner 20 . . ein. C
c) Verbuchen Sie die Geschäftsfälle auf den angeführten Konten. C
d) Erstellen Sie die Summen- und Saldenbilanz. C
e) Stellen Sie die Gewinn- und Verlustrechnung sowie die Schlussbilanz auf. C

Lösung:

a)

3.1. Mietaufwand / Bank 950,00
9.1. Büromaterial / Kassa 740,00
17.1. Werbeaufwand / Bank 1.270,00
21.1. Bank / Zinsenerträge 90,50
30.1. Bank / Provisionserträge 7.300,00

b) und c)

Kassa

Datum	Gegenkonto	Soll	Haben
1. 1.	AB	5.500,00	
9. 1.	Büromaterial		740,00
		5.500,00	740,00

Bank

Datum	Gegenkonto	Soll	Haben
1. 1.	AB	48.300,00	
3. 1.	Mietaufwand		950,00
17. 1.	Werbeaufwand		1.270,00
21. 1.	Zinsenerträge	90,50	
30. 1.	Provisionserträge	7.300,00	
		55.690,50	2.220,00

Kapital

Datum	Gegenkonto	Soll	Haben
1. 1.	AB		53.800,00

Zinsenerträge

Datum	Gegenkonto	Soll	Haben
21. 1.	Bank		90,50

Provisionserträge

Datum	Gegenkonto	Soll	Haben
30. 1.	Bank		7.300,00

Mietaufwand			
Datum	Gegenkonto	Soll	Haben
3. 1.	Bank	950,00	

Büromaterial			
Datum	Gegenkonto	Soll	Haben
9. 1.	Kassa	740,00	

Werbeaufwand			
Datum	Gegenkonto	Soll	Haben
17. 1.	Bank	1.270,00	

d)

Kontenbezeichnung	Summenbilanz		Saldenbilanz	
	Soll	Haben	Soll	Haben
Kassa	5.500,00	740,00	4.760,00	
Bank	55.690,50	2.220,00	53.470,50	
Kapital		53.800,00		53.800,00
Zinsenerträge		90,50		90,50
Provisionserträge		7.300,00		7.300,00
Mietaufwand	950,00		950,00	
Büromaterial	740,00		740,00	
Werbeaufwand	1.270,00		1.270,00	
	64.150,50	64.150,50	61.190,50	61.190,50

e)

Schlussbilanz zum 31. Dez.				
Kassa	4.760,00	Kapital AB 1.1.	53.800,00	
Bank	53.470,50	+ Gewinn	4.430,50	
		Kapital EB 31.12.	58.230,50	58.230,50
	58.230,50			58.230,50

Gewinn- und Verlustrechnung zum 31. Dez.	
7.390,50	Summe der Erträge
2.960,00	Summe der Aufwendungen
4.430,50	**Gewinn**

Übungsbeispiel

SbX
Excel Buchungstrainer ID: 2061

Ü 2.15: Eröffnung der Konten, laufende Geschäftsfälle, Abschluss der Konten, Gewinn- und Verlustrechnung, Schlussbilanz

Eröffnung der Konten aufgrund folgender Bilanz von Jochen Dobnik e. U., Wien:

Aktiva	Eröffnungsbilanz zum 1. Jan. 20 . .		Passiva
Kassa	5.700,00	Kapital	43.900,00
PSK	38.200,00		
	43.900,00		43.900,00

Geschäftsfälle	Kontierung
2.12. Provisionseingang für vermittelte Geschäfte € 6.000,– bar	
9.12. Barzahlung für Rundfunkwerbung € 1.800,–	
14.12. Zahlung von Paketgebühr € 41,40 bar	
15.12. PSK-Überweisung an den Rechtsanwalt € 2.300,– für die Vertretung vor Gericht (Konto Rechts- und Beratungsaufwand)	
28.12. Zinsengutschrift auf dem PSK-Konto € 18,70	

Die Konten werden entsprechend der Praxis per 31. Dez. abgeschlossen.

31.12. Abschluss

Aufgabe: a) Stellen Sie die Buchungssätze für die laufenden Buchungen auf. C
b) Tragen Sie die Bestände auf den aktiven und passiven Bestandskonten zum 1. Jänner 20 . . ein. C
c) Verbuchen Sie die Geschäftsfälle auf den angeführten Konten. C
d) Erstellen Sie die Summen- und Saldenbilanz. C
e) Stellen Sie die Gewinn- und Verlustrechnung sowie die Schlussbilanz auf. C

Lösung:

a)

b) und c)

Kassa			
Datum	Gegenkonto	Soll	Haben

Kapital			
Datum	Gegenkonto	Soll	Haben

PSK			
Datum	Gegenkonto	Soll	Haben

Provisionserträge			
Datum	Gegenkonto	Soll	Haben

Zinsenerträge			
Datum	Gegenkonto	Soll	Haben

Werbeaufwand			
Datum	Gegenkonto	Soll	Haben

Paketgebühren			
Datum	Gegenkonto	Soll	Haben

Rechts- und Beratungsaufwand			
Datum	Gegenkonto	Soll	Haben

d)

Kontenbezeichnung	Summenbilanz		Saldenbilanz	
	Soll	Haben	Soll	Haben

e)

Schlussbilanz zum 31. Dez.				
		Kapital AB 1.1.		
		Kapital EB 31.12.		

Gewinn- und Verlustrechnung zum 31. Dez.	
	Summe der Erträge
	Summe der Aufwendungen

Üben

SbX ID: 2062

A B C D E

SbX
Excel Buchungstrainer ID: 2062

Ü 2.16: Eröffnung der Konten, laufende Geschäftsfälle, Abschluss der Konten, Gewinn- und Verlustrechnung, Schlussbilanz

Eröffnung der Konten aufgrund folgender Bilanz des Unternehmens Brigitte Jirsa e. U., Stockerau:

Aktiva	Eröffnungsbilanz zum 1. Jan. 20 . .		Passiva
Geschäftsausstattung	51.870,00	Kapital	155.762,00
HW-Vorrat	90.710,00	Lieferverbindlichkeiten	18.653,00
Kassa	8.470,00		
PSK	23.365,00		
	174.415,00		174.415,00

Geschäftsfälle (zusammengefasst):

2. 1. Warenverkauf auf Ziel um € 66.930,–
5. 1. Wareneinkauf auf Ziel € 27.500,–
13. 1. Gutschrift auf unserem PSK-Konto € 26.590,–; Kunden haben Ausgangsrechnungen ausgeglichen.
15. 1. Barzahlung für eine Zeitungswerbung direkt bei der Werbeagentur € 2.580,–
16. 1. PSK-Überweisung an Lieferanten € 12.590,– zum Ausgleich einer Eingangsrechnung
30. 1. Privatentnahme bar € 5.000,–
31.12. Abschluss: Warenendbestand aufgrund der Inventur € 76.400,–

Neben der Verbuchung des Differenzbetrages zwischen Warenendbestand und Warenanfangsbestand gibt es noch **eine Reihe anderer Vorabschlussbuchungen,** auf die in Kapitel 7 näher eingegangen wird.

Die Konten werden entsprechend der Praxis per 31. Dez. abgeschlossen.

Aufgabe: a) Stellen Sie die Buchungssätze für die laufenden Buchungen auf. C

b) Tragen Sie die Bestände auf den aktiven und passiven Bestandskonten zum 1. Jänner 20 . . ein. C

c) Verbuchen Sie die Geschäftsfälle auf den angeführten Konten. C

d) Ermitteln Sie den Differenzbetrag zwischen Endbestand und Anfangsbestand der Handelswaren und stellen Sie den dazugehörenden Buchungssatz auf. Schließen Sie das Privatkonto gegen das Kapitalkonto ab. Tragen Sie die beiden Buchungssätze auf den jeweiligen Konten ein. C

e) Erstellen Sie die Summen- und Saldenbilanz. C

f) Stellen Sie die Gewinn- und Verlustrechnung sowie die Schlussbilanz auf. C

Lösung:

a)

b), c) und d)

Geschäftsausstattung			
Datum	Gegenkonto	Soll	Haben

Kapital			
Datum	Gegenkonto	Soll	Haben

HW-Vorrat

Datum	Gegenkonto	Soll	Haben

Kassa

Datum	Gegenkonto	Soll	Haben

PSK

Datum	Gegenkonto	Soll	Haben

Lieferforderungen

Datum	Gegenkonto	Soll	Haben

HW-Einsatz

Datum	Gegenkonto	Soll	Haben

Werbeaufwand

Datum	Gegenkonto	Soll	Haben

Lieferverbindlichkeiten

Datum	Gegenkonto	Soll	Haben

HW-Erlöse

Datum	Gegenkonto	Soll	Haben

Privat

Datum	Gegenkonto	Soll	Haben

Um- und Nachbuchungen:

e)

Kontenbezeichnung	Summenbilanz		Saldenbilanz	
	Soll	Haben	Soll	Haben

f)

Schlussbilanz zum 31. Dez.				
		Kapital AB 1.1.		
		Kapital EB 31.12.		

Gewinn- und Verlustrechnung zum 31. Dez.		
	Summe der Erträge	
	Summe der Aufwendungen	

Ü 2.17: Abschluss der Konten, Summen- und Saldenbilanz, Erfolgsermittlung

Mag. Susanna Stöger e. U. betreibt in Wien einen Handelsbetrieb für Haushaltsgeräte (Geschirrspüler, Kühlschränke, Elektroherde etc.). Sie sind in der Rechnungswesenabteilung des Unternehmens beschäftigt.

Im Zuge der Jahresabschlussarbeiten per 31. Dez. 20 . . sind die Summen- und die Saldenbilanz zu erstellen. Ein Teil der Arbeiten wurde bereits vom Bilanzbuchhalter durchgeführt. Da dieser einen Pflegeurlaub antreten muss, erhalten Sie den Auftrag, die nachfolgenden Aufgaben durchzuführen.

Aufgabe 1: Ermitteln Sie die Summen der nachfolgenden Konten und schreiben Sie diese Beträge in die nächste freie Zeile des jeweiligen Kontos. C

Im Unternehmen werden verschiedenste Bestands- und Erfolgskonten verwendet. Einige der in diesem Beispiel angeführten Konten waren bisher noch nicht Teil der Ausbildung.

Verbindlichkeiten Krankenkasse

Datum	Gegenkonto	Soll	Haben
30.11.	Summe	24.249,03	25.957,17
19.12.	Gesetzlicher Sozialaufwand		2.283,82
30.12.	Kassa	3.991,96	
30.12.	Gehälter		878,97

Handelswarenerlöse

Datum	Gegenkonto	Soll	Haben
30.11.	Summe	7.500,00	765.000,00
30.12.	Bank		10.065,50

Eigenverbrauch

Datum	Gegenkonto	Soll	Haben
30.11.	Summe		1.500,00
19.12.	Privat		180,00

In der Praxis wird für jeden Lieferanten (und Kunden) ein eigenes Konto eingerichtet, siehe Seite 85.

Handelswareneinsatz

Datum	Gegenkonto	Soll	Haben
30.11.	Summe	457.300,00	3.000,00
2.12.	Walter Schachner e. U.	4.900,00	
2.12.	Iris Welzl KG	194,06	
9.12.	Walter Schachner e. U.		140,00

Beheizung und Beleuchtung

Datum	Gegenkonto	Soll	Haben
30.11.	Summe	5.000,00	
9.12.	Bank	393,50	

Lkw-Betriebsaufwand

Datum	Gegenkonto	Soll	Haben
30.11.	Summe	11.000,00	
30.12.	Kassa	42,08	

Spesen des Geldverkehrs			
Datum	Gegenkonto	Soll	Haben
30.11.	Summe	526,10	
30.12.	Kassa	3,00	
31.12.	Bank	194,94	

Aufgabe 2: a) Tragen Sie die Summen der oben angeführten Konten in die Summenbilanz ein und vervollständigen Sie die Saldenbilanz. C

b) Überprüfen Sie die Soll-Haben-Gleichheit der Summen- und Saldenbilanz durch Addition der Soll- und Habenspalten. C

Im Unternehmen werden verschiedenste Bestands- und Erfolgskonten verwendet. Einige der in diesem Beispiel angeführten Konten waren bisher noch nicht Teil der Ausbildung.

Lösung:

Kontenbezeichnung	Summenbilanz		Saldenbilanz	
	Soll	Haben	Soll	Haben
Fahrzeuge	24.000,00		24.000,00	
Geschäftsausstattung	71.030,00		71.030,00	
Handelswarenvorrat	171.900,00		171.900,00	
Lieferforderungen	175.266,60	141.828,00		
Vorsteuer	108.823,80	108.823,80		
Kassa	650.437,66	647.247,05		
Bank	1.048.263,30	1.017.952,54		
Lieferverbindlichkeiten	497.500,87	516.124,87		18.624,00
Umsatzsteuer	152.449,10	152.449,10		
Umsatzsteuer-Zahllast	150.926,04	158.037,10		
Verbindlichkeiten Finanzamt	13.515,33	14.564,84		1.049,51
Verbindlichkeiten Krankenkasse				
Verbindlichkeiten Stadtkasse	2.170,72	2.325,88		155,16
Sonstige Verbindlichkeiten	12.400,00	16.337,50		3.937,50
Handelswarenerlöse				
Eigenverbrauch				
Handelswareneinsatz				
Beheizung und Beleuchtung				
Personalaufwand	92.557,46		92.557,46	
Instandhaltung durch Dritte	8.500,00		8.500,00	
Lkw-Betriebsaufwand				
Telefongebühren	4.900,00			
Portogebühren	865,35			
Mietaufwand	31.000,00		31.000,00	
Büromaterial	2.821,93			
Werbeaufwand	32.000,00		32.000,00	
Versicherungsaufwand	6.882,00		6.882,00	
Spesen des Geldverkehrs				
Sonstige Aufwendungen	4.898,31		4.898,31	
Kapital	94.116,00	287.823,00		
Privat	94.116,00	94.116,00		

Aufgabe 3: Führen Sie die Erfolgsermittlung (Gewinn- und Verlustrechnung) durch. C

Summe der Erträge	
– Summe der Aufwendungen	
Gewinn	

Weitere Übungsbeispiele finden Sie im Anhang.

Sichern

SbX ID: 2063

SbX ID: 2063

Im SbX finden Sie eine Sammelmappe mit Zusammenfassungen zu allen Kapiteln und Lerneinheiten sowie eine Bildschirmpräsentation.

Wissen

SbX ID: 2064

A B C D E

SbX ID: 2064

Möglichkeiten zur Kompetenzüberprüfung im SbX

Wiederholungsfragen

Aufgaben mit automatischer Aufgabenkontrolle

H₂Ö MUSTERUNTERNEHMEN

Ein kurzer Kompetenz-Check, bevor's weitergeht!

Kompetenz-Check

	☺	😐	☹
Ich kann die Bestände der Eröffnungsbilanz auf die Bestandskonten übertragen.			
Ich kann die laufenden Geschäftsfälle auf Konten erfassen.			
Ich kann Konten abschließen und die Summenbilanz erstellen.			
Ich kann die Saldenbilanz erstellen.			
Ich kann die Gewinn- und Verlustrechnung aufstellen und den Erfolg ermitteln.			
Ich kann den Endbestand des Kapitals ermitteln und die Schlussbilanz (Bilanz) erstellen.			

Lerneinheit 7

Merkmale der doppelten Buchführung

SbX
Alle SbX-Inhalte zu dieser Lerneinheit finden Sie unter der ID: 2070.

Die doppelte Buchführung bekam ihren Namen wegen der zweifachen Erfolgsermittlung, der zweifachen Erfassung jedes Geschäftsfalles sowie der zweifachen Verbuchung jedes Betrages.

Lernen

Markieren Sie im nachfolgenden Text die Antworten auf folgende Fragen:

- **Was versteht man unter der doppelten Buchführung?**
- **Wie wird der Erfolg direkt ermittelt?**
- **Wie erfolgt die indirekte Erfolgsermittlung (durch Vermögensvergleich)?**
- **Was versteht man unter der zweifachen Erfassung jedes Geschäftsfalles?**
- **Wie erfolgt die zweifache Verbuchung jedes Betrages?**

Doppelte Buchführung – zweifache Erfolgsermittlung, Erfassung von Geschäftsfällen, Verbuchung der Beträge

Doppelte Buchführung

Unter doppelter Buchführung versteht man jenes System, das durch eine lückenlose **Erfassung der Geschäftsfälle das Vermögen** und **das Kapital** (samt deren Veränderungen) sowie die **Aufwände und Erträge eines Unternehmens** festhält.

Die Kennzeichen der doppelten Buchführung sind:

Zweifache Erfolgsermittlung

- **Der Erfolg (Gewinn oder Verlust) wird zweifach ermittelt.**
  a) **Durch die Erfolgsrechnung,** d. h. durch die Gegenüberstellung der Erträge bzw. Erlöse und der Aufwendungen (Aufwände) – **direkte Erfolgsermittlung**

Direkte Erfolgsermittlung

	Summe der Erträge bzw. Erlöse
–	Summe der Aufwendungen
	Erfolg (Gewinn oder Verlust)

  b) **Durch Vermögensvergleich** – dazu wird das Eigenkapital am Ende des Geschäftsjahres mit dem Eigenkapital am Anfang des Geschäftsjahres unter Berücksichtigung der Privatentnahmen und Privateinlagen verglichen – **indirekte Erfolgsermittlung.**

Indirekte Erfolgsermittlung

	Summe der Aktiva (laut Schlussbilanz)
–	Summe des Fremdkapitals (laut Schlussbilanz)
	Eigenkapital per 31. Dezember
–	Eigenkapital am 1. Jänner
	Kapitalvermehrung oder Kapitalverminderung
+	Privatentnahmen (– Privateinlagen)
	Erfolg (Gewinn oder Verlust)

Darstellung: Gegenüberstellung der Aufwendungen und Erträge sowie des Eigenkapitals per 1. Jänner und per 31. Dezember bei einem Gewinn

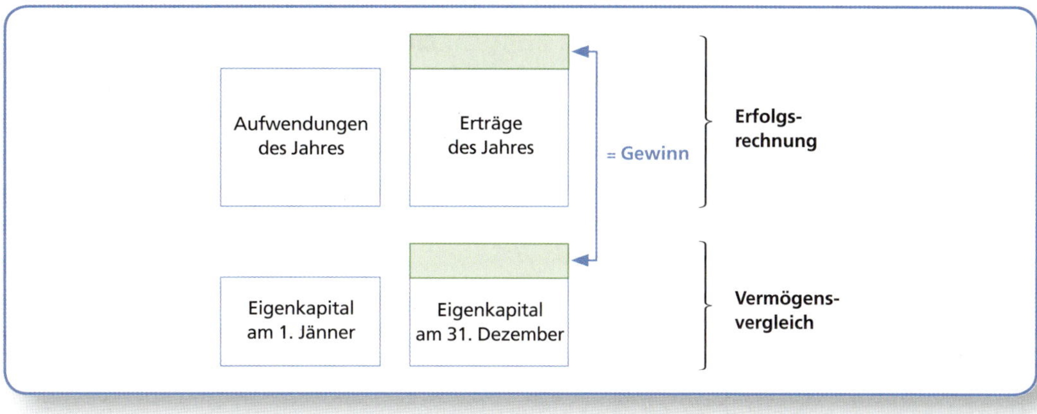

Beispiel

Direkte Erfolgsermittlung

	Summe der Erträge bzw. Erlöse	€ 1.400.000,00
–	Summe der Aufwendungen	€ 1.200.000,00
	Erfolg (Gewinn)	€ **200.000,00**

Indirekte Erfolgsermittlung

	Eigenkapital 31. Dez.	€ 450.000,00
–	Eigenkapital 1. Jan.	€ 380.000,00
	Eigenkapitalvermehrung	€ 70.000,00
+	Privatentnahmen	€ 150.000,00
–	Privateinlage	€ 20.000,00
	Erfolg (Gewinn)	**€ 200.000,00**

Gewinn

Darstellung: Gegenüberstellung der Aufwendungen und Erträge sowie des Eigenkapitals per 1. Jänner und per 31. Dezember bei einem Verlust

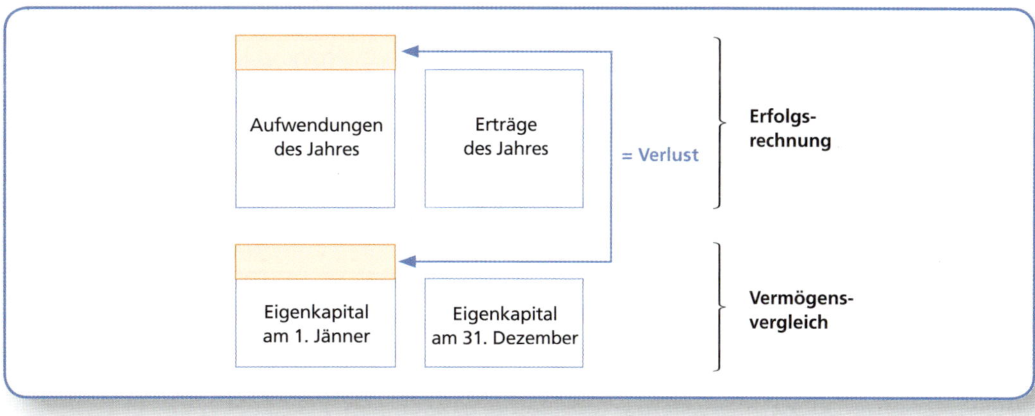

Zweifache Erfassung jedes Geschäftsfalles

- **Verbuchung der Geschäftsfälle in chronologischer und systematischer Ordnung**

  Der Buchungsstoff wird in **zeitlicher** (chronologischer) **Reihenfolge** im **Journal,** in **inhaltsgleicher** (systematischer) Ordnung auf den **Konten** erfasst.

  Das **Journal** gibt Auskunft, welche Geschäftsfälle z. B. an einem bestimmten Tag angefallen sind. In der Regel werden das Datum, die Belegnummer, ein Buchungstext und der Betrag erfasst.

  Die **Gesamtheit aller Konten** bildet das **Hauptbuch der doppelten Buchführung.**

Zweifache Verbuchung jedes Betrages

- **Zweimalige Verbuchung eines jeden Betrages, und zwar im Soll eines Kontos und im Haben eines anderen Kontos (Soll-Haben-Gleichheit)**

  Jeder Geschäftsfall verursacht im Allgemeinen je **eine Buchung und Gegenbuchung** (Konto und Gegenkonto). Die **Summe aller Buchungen auf der Sollseite der Konten** muss stets **gleich** sein der **Summe aller Buchungen auf der Habenseite der Konten.**

Darstellung: Merkmale der doppelten Buchführung

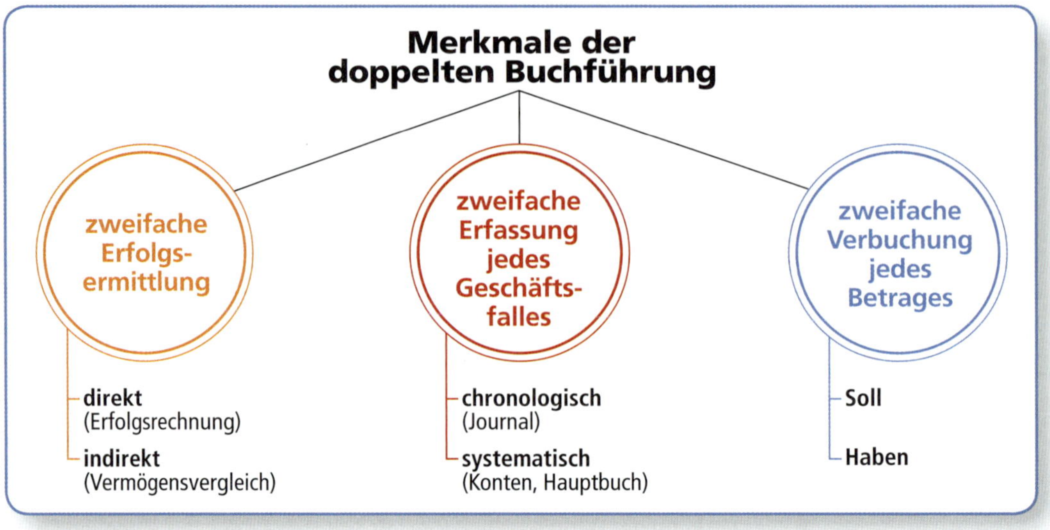

Üben

A B C D E

Ü 2.18: Erfolgsermittlung

Das Einzelunternehmen Brigitte Waldner e.U., Bregenz, weist am 31. Dez. des laufenden Geschäftsjahres folgende Zahlen auf:

Privat			
24. 3. …	22.000,00	5. 5. …	2.200,00
28.10. …	33.500,00	31.12. Kapital	68.700,00
18.12. …	15.400,00		
	70.900,00		70.900,00

GuV			
… Summe div. Aufwände	744.000,00	… Summe div. Erträge	825.350,00
31.12. Kapital	81.350,00		
	825.350,00		825.350,00

Kapital (Eigenkapital)			
31.12. Privat	68.700,00	1. 1. AB	54.500,00
31.12. EB	67.150,00	31.12. GuV	81.350,00
	135.850,00		135.850,00

Aufgabe: Führen Sie die direkte und indirekte Erfolgsermittlung durch. C

Sichern

SbX ID: 2073

SbX ID: 2073

Im SbX finden Sie eine Sammelmappe mit Zusammenfassungen zu allen Kapiteln und Lerneinheiten sowie eine Bildschirmpräsentation.

Wissen

SbX ID: 2074

A B C D E

SbX ID: 2074

Möglichkeiten zur Kompetenzüberprüfung im SbX

Wiederholungsfragen | Aufgaben mit automatischer Aufgabenkontrolle | H₂Ö MUSTERUNTERNEHMEN

Ein kurzer Kompetenz-Check, bevor's weitergeht!

Kompetenz-Check

	☺	😐	☹
Ich kann die direkte Erfolgsermittlung durchführen.			
Ich kann den Erfolg indirekt ermitteln.			
Ich kann einen Geschäftsfall und dessen Betrag auf zweifache Art und Weise erfassen.			

3 DIE DOPPELTE BUCHFÜHRUNG IN DER PRAXIS

Worum geht's in diesem Kapitel?

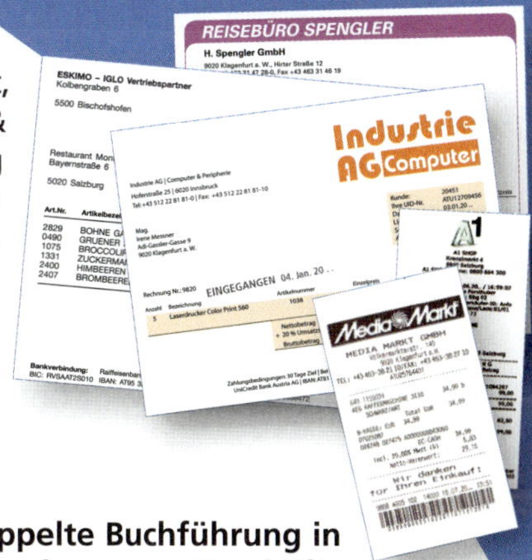

Sie erhalten Belege z. B. beim Kauf einer DVD im MediaMarkt, eines Burgers bei McDonald's oder eines T-Shirts bei Peek & Cloppenburg. Im privaten Bereich wird den Belegen meist wenig Beachtung geschenkt. Sie aufzubewahren ist jedoch wichtig, um im Falle eines Mangels die Garantie bzw. Gewährleistung in Anspruch nehmen zu können.

Für Unternehmen sind Belege eine Bestätigung eines Einkaufs oder Verkaufs, einer Überweisung oder eines anderen Zahlungsvorganges und sie berechtigen, wenn der Beleg ordnungsgemäß ausgestellt ist, zum Abzug der Vorsteuer.

Kompetenzen, die Sie erwerben

Mit der Bearbeitung dieses Kapitels erwerben Sie für den **Bereich Doppelte Buchführung in der Praxis** die **Kompetenzen** zur **Kontierung von Belegen,** zur **Verbuchung von Geschäftsfällen mit Vorsteuer und Umsatzsteuer** sowie zur **Berechnung der USt-Zahllast einschließlich der Erstellung der Umsatzsteuervoranmeldung.** Sie können

- den Kontenrahmen und Kontenplan anwenden,
- Belege erkennen, prüfen und bearbeiten,
- Geschäftsfälle anhand von Belegen unter Berücksichtigung von Vorsteuer und Umsatzsteuer erfassen,
- die Zahllast ermitteln und die Umsatzsteuervoranmeldung erstellen.

A B C D E

In diesem Kapitel finden Sie Übungsbeispiele und Aufgaben zum Kompetenzerwerb und zur Kompetenzüberprüfung auf den Handlungsebenen A **Wiedergeben,** B **Verstehen,** C **Anwenden** und D **Analysieren & Interpretieren.**

Dieses Kapitel umfasst folgende Lerneinheiten:

1 Verwendung von Kontennummern
2 Belege als Grundlage der Verbuchung
3 Verbuchung von Geschäftsfällen unter Berücksichtigung der Umsatzsteuer
4 Korrektur von Fehlern

Lerneinheit 1

Verwendung von Kontennummern

SbX
Alle SbX-Inhalte zu dieser Lerneinheit finden Sie unter der ID: 3010.

Die Entwicklung von Kontenplänen auf der Grundlage des Österreichischen Einheitskontenrahmens und die Verwendung der entsprechenden Kontennummern führen zu einer Standardisierung bei der Bildung von Buchungssätzen und dadurch zu einer Vereinheitlichung der Buchführungen.

Lernen

A B C D E

1 Österreichischer Einheitskontenrahmen

Markieren Sie im nachfolgenden Text die Antworten auf folgende Fragen:

- **Was versteht man unter einem Kontenrahmen bzw. einem Kontenplan?**
- **Welchen Zweck erfüllt der Österreichische Einheitskontenrahmen?**
- **Wie ist der Österreichische Einheitskontenrahmen aufgebaut?**

Kontenrahmen und Kontenplan

Kontenrahmen

Der **Kontenrahmen** ist der nach bestimmten Grundsätzen aufgebaute Organisations- und Gliederungsplan aller Konten der Buchführung. Er bildet den **Rahmen bzw. das Muster für die Kontenpläne in den verschiedenen Unternehmen.**

Kontenplan

Der **Kontenplan** enthält alle in einem **bestimmten Unternehmen geführten Konten.** Er wird aus dem Kontenrahmen entwickelt und berücksichtigt die besonderen Verhältnisse des Unternehmens (Betriebsart, Größe und Organisation).

Kontenrahmen – alle Konten der Buchführung

Kontenplan – Konten, die ein Unternehmen benötigt

Der **Österreichische Einheitskontenrahmen,** veröffentlicht vom Österreichischen Produktivitäts- und Wirtschaftlichkeits-Zentrum (ÖPWZ) ist auf der Seite 84 abgebildet. Der im Lehrbuch verwendete **Kontenplan** ist im Anhang angeführt.

Zweck des Kontenrahmens

- Durch den Kontenrahmen werden die **Buchführungen vereinheitlicht** und dadurch vereinfacht.
- Der Kontenrahmen ermöglicht **klarere** und damit **exaktere Aussagen.**
- Der Kontenrahmen erleichtert den **zwischenbetrieblichen Vergleich.**

Aufbau des Österreichischen Einheitskontenrahmens (EKR)

Kontenklassen ↓ **Kontengruppen** ↓ **Kontenuntergruppen** ↓ **Konten**

Der Kontenrahmen besteht aus **zehn Kontenklassen (Kontenklasse 0–9),** von denen jede wieder in **zehn Kontengruppen (Kontengruppen 00–99)** unterteilt ist. Neben den Kontengruppen enthält der Kontenrahmen auch Vorschläge für die weitere Untergliederung in **Kontenuntergruppen** bzw. **Kontenarten (Konten 001 bis 999).**

Vierstellige Sachkontennummern

Bei Führung der Bücher mithilfe einer Datenverarbeitungsanlage (EDV-Buchführung) sind im Allgemeinen **vierstellige Kontennummern für die Konten** erforderlich und üblich. In größeren Unternehmen sind vierstellige Kontennummern auch wegen der Zahl der Konten erforderlich (wobei meist noch eine weitergehende Untergliederung erfolgt). Da in der Praxis üblicherweise vierstellige Kontennummern verwendet werden, werden auch **im vorliegenden Lehrbuch die Kontennummern vierstellig angegeben.**

Darstellung: Kontenklassen und Kontennummer

Kontenklassen

Kontenklassen

0	1	2	3	4	5	6	7	8	9
Anlagevermögen	Vorräte	Sonstiges Umlaufvermögen, Rechnungsabgrenzungsposten	Rückstellungen, Verbindlichkeiten und Rechnungsabgrenzungsposten	Betriebliche Erträge	Materialaufwand und sonstige bezogene Herstellungsleistungen	Personalaufwand	Abschreibungen und sonstige betriebliche Aufwendungen	Finanzerträge und Finanzaufwendungen, ao. Erträge und ao. Aufwendungen, Steuern vom Einkommen und vom Ertrag, Rücklagenbewegung	Eigenkapital, unversteuerte Rücklagen, Einlagen unechter stiller Gesellschafter, Abschluss- und Evidenzkonten

Klassen	Kontenart	Gruppe	Abschluss
0, 1, 2	Aktive Bestandskonten	Bestandskonten	Abschluss mit der Bilanz
3	Passive Bestandskonten	Bestandskonten	Abschluss mit der Bilanz
4	Ertragskonten	Erfolgskonten	Abschluss mit der Gewinn- und Verlustrechnung
5, 6, 7	Aufwandskonten	Erfolgskonten	Abschluss mit der Gewinn- und Verlustrechnung
8	Ertrags- und Aufwandskonten	Erfolgskonten	Abschluss mit der Gewinn- und Verlustrechnung

Kontennummer

Beispiel einer vierstelligen Kontennummer:

Konto

0624

- Kontenklasse 0 = Anlagevermögen
- Kontengruppe 06 = Andere Anlagen, Betriebs- und Geschäftsausstattung
- Kontenuntergruppe 062 = Büromaschinen, EDV-Anlagen
- Konto 0624 = Laserdrucker

Österreichischer Einheitskontenrahmen

Der **Österreichische Einheitskontenrahmen** ist auf der nächsten Seite abgebildet.

Kontennummern und **Kontennamen** laut **Kontenplan**

Für die Lösung der folgenden Beispiele werden jene **Kontennummern und -namen** verwendet, die **im Kontenplan im Anhang** angeführt sind.

Österreichischer Einheitskontenrahmen (ÖPWZ-Kontenrahmen 2014)

0 Anlagevermögen	1 Vorräte	2 Sonstiges Umlaufvermögen, Rechnungsabgrenzungsposten	3 Rückstellungen, Verbindlichkeiten und Rechnungsabgrenzungsposten	4 Betriebliche Erträge	5 Materialaufwand und sonstige bezogene Herstellungsleistungen	6 Personalaufwand	7 Abschreibungen und sonstige betriebliche Aufwendungen	8 Finanzerträge und Finanzaufwendungen, ao. Erträge und ao. Aufwendungen, Steuern vom Einkommen und vom Ertrag, Rücklagenbewegung	9 Eigenkapital, unversteuerte Rücklagen, Einlagen unechter stiller Gesellschafter, Abschluss- und Evidenzkonten
01 Immaterielle Vermögensgegenstände	**10** Bezugsverrechnung	**20** **21** Forderungen aus Lieferungen und Leistungen	**30** Rückstellungen	**40** **41** **42** **43** **44** Umsatzerlöse und Erlösschmälerungen	**50** Wareneinsatz	**60** **61** Löhne	**70** Abschreibungen	**80** **81** **82** **83** **84** Finanzerträge und Finanzaufwendungen	**90** **91** Gezeichnetes bzw. gewidmetes Kapital, nicht eingeforderte ausstehende Einlagen
	11 Rohstoffe		**31** Anleihen, Verbindlichkeiten gegenüber Kreditinstituten		**51** Verbrauch von Rohstoffen		**71** Sonstige Steuern		
02 **03** Grundstücke, grundstücksgleiche Rechte, einschließlich der Bauten auf fremdem Grund	**12** Bezogene Teile	**22** Forderungen gegenüber verbundenen Unternehmen und Unternehmen, mit denen ein Beteiligungsverhältnis besteht	**32** Erhaltene Anzahlungen auf Bestellungen		**52** Verbrauch von bezogenen Teilen	**62** **63** Gehälter	**72** Instandhaltung und Betriebskosten		**92** Kapitalrücklagen
	13 Hilfsstoffe, Betriebsstoffe	**23** **24** Sonstige Forderungen und Vermögensgegenstände	**33** Verbindlichkeiten aus Lieferungen und Leistungen, Verbindlichkeiten aus der Annahme gezogener und der Ausstellung eigener Wechsel		**53** Verbrauch von Hilfsstoffen		**73** Transport-, Reise- und Fahrtaufwand, Nachrichtenaufwand		**93** **94** **95** Gewinnrücklagen
04 **05** Technische Anlagen und Maschinen	**14** Unfertige Erzeugnisse		**34** Verbindlichkeiten gegenüber verbundenen Unternehmen, mit denen ein Beteiligungsverhältnis besteht und gegenüber Gesellschaftern		**54** Verbrauch von Betriebsstoffen	**64** Aufwendungen für Abfertigungen, Aufwendungen für Mitarbeitervorsorgekassen	**74** Miet-, Pacht-, Leasing- und Lizenzaufwand		
	15 Fertige Erzeugnisse	**25** Forderungen aus der Abgabenverrechnung	**35** Verbindlichkeiten aus Steuern	**45** Bestandsveränderungen und aktivierte Eigenleistungen	**55** Verbrauch von Werkzeugen und anderen Erzeugungshilfsmitteln	**65** Gesetzlicher Sozialaufwand Arbeiter und Angestellte	**75** Aufwand für beigestelltes Personal, Provisionen an Dritte, Aufsichtsratsvergütungen, Geschäftsführerentgelte an Konzerngesellschaften/Komplementär-GmbH	**85** Steuern vom Einkommen und Ertrag	
06 Andere Anlagen, Betriebs- und Geschäftsausstattung	**16** Waren	**26** Wertpapiere und Anteile	**36** Verbindlichkeiten im Rahmen der sozialen Sicherheit	**46** **47** **48** **49** Sonstige betriebliche Erträge	**56** Bezugskosten	**66** Lohn- und gehaltsabhängige Abgaben und Pflichtbeiträge	**76** Büro-, Werbe- und Repräsentationsaufwand	**86** **87** **88** **89** Rücklagenbewegung, Ergebnisüberrechnung	**96** Privat- und Verrechnungskonten von Einzelunternehmen und Personengesellschaften
07 Geleistete Anzahlungen und Anlagen in Bau	**17** Noch nicht abrechenbare Leistungen	**27** **28** Kassenbestand, Schecks, Guthaben bei Kreditinstituten	**37** **38** Übrige sonstige Verbindlichkeiten		**57** Bezogene Herstellungsleistungen	**67** **68** Sonstige Sozialaufwendungen	**77** **78** Versicherungen, Übrige Aufwendungen		**97** Einlagen und Verrechnungskonten unechter stiller Gesellschafter
08 **09** Finanzanlagen	**18** Geleistete Anzahlungen				**58** Skontoerträge auf Materialaufwand sowie auf bezogene Herstellungsleistungen, Fremdwährungskursdifferenzen				**98** Eröffnungsbilanz, Gewinn- und Verlustvortrag, Jahresergebnis laut GuV
	19 Wertberichtigungen	**29** Rechnungsabgrenzungsposten	**39** Rechnungsabgrenzungsposten		**59** Aufwandsstellenrechnung	**69** Aufwandsstellenrechnung	**79** Konten für das Umsatzkostenverfahren		**99** Evidenzkonten

2 Buchung auf Personenkonten

Markieren Sie im nachfolgenden Text die Antworten auf folgende Fragen:

- **Auf welchen Konten werden die mit den Geschäftspartnern sich ergebenden Geschäftsfälle verbucht?**
- **Wie lauten die Kontennummern für einen Kunden bzw. für einen Lieferanten?**
- **Wie viele Stellen haben die Kontennummern der Personenkonten?**

Kunde und Lieferant **→ eigenes Konto**

Für **jeden Kunden und Lieferanten** wird in der Praxis üblicherweise ein **eigenes Konto** eingerichtet.

Auf diesem Konto werden alle mit dem jeweiligen Geschäftspartner sich ergebenden **Geschäftsfälle** (Lieferungen, Zahlungen, Gutschriften etc.) erfasst.

Kunden- und Lieferantendatei

Diese Konten werden fortlaufend nummeriert und bilden in ihrer Gesamtheit bei einer EDV-Buchführung die **Kunden- und Lieferantendatei.**

Kunde = Debitor
Lieferant = Kreditor

Die Kundenkonten werden auch als **Debitoren** und die Lieferantenkonten auch als **Kreditoren** bezeichnet.

Beispiele für Kunden- und Lieferantenkonten

Kundenkonten – Debitoren	Lieferantenkonten – Kreditoren
20001 Karl Steiner e. U., Wien	33001 Martha Huber KG, Imst
20002 Anna Hübl KG, Graz	33002 Textilimport GmbH, Bludenz
20003 Ferdinand Mauthner, Linz	33003 René Wagner e. U., Wien
usw.	usw.

Fünfstellige Personenkontennummern

Bei Führung der Bücher mittels einer Datenverarbeitungsanlage (EDV-Buchführung) sind die **Kontennummern der Personenkonten meist fünfstellig.** Im vorliegenden Lehrbuch werden daher ebenfalls fünfstellige Personenkontennummern verwendet.

Beachten Sie!

Die **Kontierung** wird in den nachfolgenden Beispielen **unter Berücksichtigung der Personenkonten** durchgeführt. Bei **zusammenhängenden Beispielen** (mit Geschäftsfällen von der Eröffnungsbilanz zur Schlussbilanz) erfolgt jedoch die Eintragung der Buchungen auf den Personenkonten aus Gründen der Vereinfachung auf dem Konto Lieferforderungen (anstelle des Kundenkontos) bzw. auf dem Konto Lieferverbindlichkeiten (anstelle des Lieferantenkontos). Bei jedem dieser Beispiele wird auf diese Vereinfachung gesondert hingewiesen.

Lehrbeispiel

L 3.01: Buchung auf Personenkonten

Die Hanna Angermeier GmbH, Graz, ist ein Großhändler für Fahrräder.

Im November 20 . . ergeben sich u. a. folgende Geschäftsfälle:

10.11. Warenverkauf an die Fahrrad Maierhofer GmbH (20017) € 4.500,–
12.11. Die Bike & More GmbH (33077) liefert fünf Mountainbikes an die Hanna Angermeier GmbH. Der Rechnungsbetrag lautet auf € 5.100,–.
17.11. Kauf von Büromaterial € 21,90 gegen Barzahlung
20.11. Der Kunde Franz Bergmann (20158) überweist auf das Bankkonto € 979,– zum Ausgleich einer Ausgangsrechnung.
21.11. Banküberweisung an den Lieferanten Rad-Profi Maislinger GmbH (33021) € 1.498,– zum Ausgleich einer Eingangsrechnung
23.11. Zahlung der Telefonrechnung durch PSK-Überweisung € 179,40

Aufgabe: Bilden Sie die Buchungssätze. C

Lösung:

Datum	Buchungssatz	Soll	Haben
10.11.	20017 Fahrrad Maierhofer GmbH	4.500,00	
	an 4000 HW-Erlöse		4.500,00
12.11.	5000 HW-Einsatz	5.100,00	
	an 33077 Bike & More GmbH		5.100,00
17.11.	7600 Büromaterial	21,90	
	an 2700 Kassa		21,90

20.11.	2800 Bank	979,00	
	an 20158 Franz Bergmann		979,00
21.11.	33021 Rad-Profi Maislinger GmbH	1.498,00	
	an 2800 Bank		1.498,00
23.11.	7380 Telefongebühren	179,40	
	an 2810 PSK		179,40

Üben

SbX ID: 3012

A B C D E

SbX Buchungstrainer ID: 3012

Ü 3.01: Buchung auf Personenkonten

Die René Burgstaller e. U., Salzburg, besitzt ein Souvenirgeschäft in der Salzburger Altstadt. Im Dezember 20 . . ergeben sich u. a. folgende Geschäftsfälle:

Geschäftsfall	Buchungssatz
1. Zahlung der Feuerversicherung für das Geschäftslokal durch Banküberweisung € 248,–	
2. Barzahlung der Portogebühr für eine Briefsendung € 1,60	
3. Barzahlung des Kunden Norbert Schrank (20089) € 668,– zum Ausgleich einer Ausgangsrechnung	
4. Wareneinkauf von Christian Berger e. U. (33048) € 2.544,– gegen spätere Bezahlung	
5. Warenverkauf gegen spätere Bezahlung an den Kunden Neumaier (20062) € 320,–	
6. Banküberweisung an den Lieferanten Sandmann (33088) € 2.544,– zum Ausgleich einer Eingangsrechnung	
7. Warenverkauf bar € 141,–	
8. Bankeingang € 320,–; der Kunde Neumaier (20062) hat die Ausgangsrechnung vom Geschäftsfall 5 beglichen.	

Aufgabe: Bilden Sie die Buchungssätze. C

Sichern

SbX ID: 3013

SbX ID: 3013

Im SbX finden Sie eine Sammelmappe mit Zusammenfassungen zu allen Kapiteln und Lerneinheiten sowie eine Bildschirmpräsentation.

Wissen

SbX ID: 3014

A B C D E

SbX
ID: 3014

Möglichkeiten zur Kompetenzüberprüfung im SbX

Wiederholungsfragen | Aufgaben mit automatischer Aufgabenkontrolle | H_2O MUSTERUNTERNEHMEN

Ein kurzer Kompetenz-Check, bevor's weitergeht!

Kompetenz-Check

	☺	😐	☹
Ich kann Kontenrahmen und Kontenplan unterscheiden.			
Ich kann den Zweck des Kontenrahmens beschreiben.			
Ich kann den Aufbau des Österreichischen Einheitskontenrahmens erklären.			
Ich kann den Aufbau von Sachkontennummern erläutern.			
Ich kann den Aufbau von Personenkontennummern erklären.			
Ich kann Geschäftsfälle mit Kontennummern verbuchen.			

Lerneinheit 2
Belege als Grundlage der Verbuchung

SbX
Alle SbX-Inhalte zu dieser Lerneinheit finden Sie unter der ID: 3020.

„Keine Buchung ohne Beleg!"

Entsprechend diesem Grundsatz bilden Belege die Grundlage für die Erfassung von Geschäftsfällen in der Buchführung. In der betrieblichen Praxis sind bei der Arbeit mit Belegen jedoch noch weitere Grundsätze zu beachten, die in einer entsprechenden Belegorganisation ihren Niederschlag finden.

Lernen

A B C D E

Begriff, Beleggrundsätze, Belegorganisation

Markieren Sie im nachfolgenden Text die Antworten auf folgende Fragen:

- **Was versteht man unter einem Beleg?**
- **Welche Beleggrundsätze sind zu beachten?**
- **Welche Beleggruppen werden in der Regel gebildet?**
- **Welche Belegsymbole werden verwendet?**
- **Wie erfolgt die Nummerierung innerhalb der Beleggruppen?**
- **Welche Schritte sind bei der Belegbearbeitung zu beachten?**

Belege

Belege sind **schriftliche Aufzeichnungen über betriebliche Vorgänge,** die im Rechnungswesen erfasst werden müssen. Belege sind das **Bindeglied zwischen Geschäftsfall und Buchung** und sind ein **wesentlicher Bestandteil einer ordnungsgemäßen Buchführung.**

Keine Aufzeichnung ohne Beleg!

Bei der Bearbeitung von Belegen sind folgende Beleggrundsätze zu beachten:

Beleggrundsätze

Die Grundlage für jede Buchung ist ein **Beleg!**

➜ **Belegprinzip**

- **Keine Buchung ohne Beleg!**
- Zur Vermeidung von Unklarheiten und Doppelbuchungen ist genau festzustellen, welcher **Beleg als Buchungsunterlage dient,** da zu einem Geschäftsfall oft mehrere Belege gehören (z.B. Rechnung und Zahlungsbestätigung).
- Die **Belege sind wie Urkunden zu behandeln,** d.h., es darf nichts unleserlich gemacht werden. Notwendige Änderungen sind zu beglaubigen bzw. zu paraphieren, d.h., die Echtheit ist mit der Unterschrift bzw. einer Paraphe (Zeichen) zu bestätigen.
- Auf den Belegen sollen die Konten angegeben werden, auf denen gebucht wird **(Vorkontierung).**
- Nach erfolgter **Verbuchung** soll dies **auf dem Beleg vermerkt** werden (Abhaken, Buchungsvermerk).
- Die **Belege** sind, soweit dies möglich ist, **abzusichern.** Belege dürfen nicht verschwinden!
- Die **Belege sind geordnet und übersichtlich aufzubewahren (sieben Jahre).** Die Aufbewahrung kann auch elektronisch auf Datenträgern (z.B. Mikrofilm) erfolgen.

Darstellung: Funktion der Belege

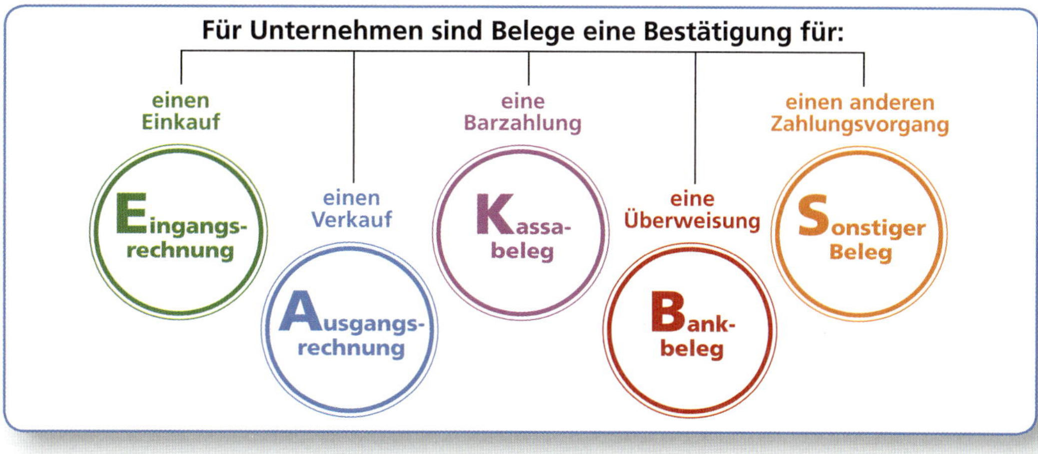

Belegorganisation

Die Schaffung eines **geordneten Belegwesens** ist eine **wichtige und entscheidende Aufgabe** der Organisation **des betrieblichen Rechnungswesens.**

Es werden **Beleggruppen** gebildet, die in der Regel mit **Buchstaben (Belegsymbole)** bezeichnet werden. Innerhalb der Beleggruppen erfolgt meist eine **aufsteigende Nummerierung** der Belege.

Einfaches Belegnummerierungssystem

Beispiel für die Bildung von **Beleggruppen,** Vergabe von **Belegsymbolen** und **Belegnummern:**

Beleggruppe	Belegsymbol	Belegnummer
Eingangsrechnungen	E	E 1, E 2, E 3, ...
Ausgangsrechnungen	A	A 1, A 2, A 3, ...
Kassabelege	K	K 1, K 2, K 3, ...
Bankbelege	B	B 1, B 2, B 3, ...
Sonstige Belege	S	S 1, S 2, S 3, ...

Hinweis: Entsprechend der Praxis werden **Einkäufe von Handelswaren und sonstigem Material** der Beleggruppe **Eingangsrechnungen (E)** zugeordnet.

Belegbearbeitung

Zu den **Rechnungsbestandteilen** nach dem Umsatzsteuergesetz (UStG) und Unternehmensgesetzbuch (UGB) siehe Lerneinheit 3.

Die **Belegbearbeitung** erfolgt in **folgenden Schritten:**

	Arbeitsschritte		
1	Beleganfall	Die im Unternehmen eingegangenen Belege werden mit einem **Eingangsstempel** versehen.	EINGEGANGEN 03. APRIL 20.. Sachb.:
2	Weiterleitung	Der Beleg wird an den entsprechenden Sachbearbeiter weitergeleitet.	EINGEGANGEN 03. APRIL 20.. Sachb.:
3	Prüfung	Der Sachbearbeiter prüft den Beleg: ● **sachlich** (z. B.: Entspricht die Rechnung der Lieferung?) ● **rechnerisch** (z.B.: Ist die Umsatzsteuer richtig berechnet?) ● **formal** (z. B.: Entspricht die Rechnung den Vorschriften des UStG bzw. des UGB?)	
4	Nummerierung	Vergabe der **Belegnummer** und **Zusammenfassung** zu Sammelbelegen, soweit dies möglich ist.	AGIP TANKSTELLE JOHANN OBERHAUSER INNSBRUCKER STRASSE 36 6300 WÖRGL UID-NR.: ATU55541603 K 470 R E C H N U N G S - NR.: 5539 NR:21717 (01 1 1) 03.04.20.. BESCHREIBUNG MENGE SUMME-EUR M *ZP04 DIESEL 38,61l 39,00E*B G E S A M T B E T R A G: 39,00 BAR EUR 39,00
5	Kontierung	**Angabe der Konten,** auf denen der Beleg gebucht werden soll. Beispiel für eine **Kontierung:** (Zahlung Treibstoff für den Pkw)	R E C H N U N G S - NR.: 5539 K 470 NR:21717 (01 1 1) 03.04.20.. BESCHREIBUNG MENGE SUMME-EUR M *ZP04 DIESEL 38,61l 39,00E*B G E S A M T B E T R A G: 39,00 BAR EUR 7320 / 2700 39,00 MWST B 20,00% VON 32,50 6,50 MWST GESAMT EUR 6,50
6	Verbuchung	**Verbuchung** des Beleges in der **Finanzbuchführung, Lagerbuchführung, Anlagebuchführung** usw. (Beispiel: Verbuchung in der Finanzbuchführung) Periode 04 April · Batchnr. · Erfassungsdat. 05.04.20.. · Buchungsnr 844 Buc... 844 · Per. 02 · BA B · Datum 03.04.20.. · Soll 7320 · Haben 2700 · Beleg Nr. K470 · OP-Nummer K470 · Text Treibstoff Pkw · B/N/F B · Betrag 39,00	
7	Buchungsvermerk	Anbringen des Buchungsvermerkes (z. B. Aufdruck mit einem Stempel – Gebucht!) auf dem Beleg	BESCHREIBUNG MENGE SUMME-EUR M *ZP04 DIESEL 38,61l 39,00E*B G E S A M T B E T R A G: 39,00 BAR EUR 7320 / 2700 39,00 Gebucht! hb MWST B 20,00% VON 32,50 6,50 MWST GESAMT EUR 6,50
8	Weiterleitung	Weiterleitung des Beleges **an andere Abteilungen**	
9	Ablage	Ablage des Beleges in **Ordnern,** nach **Beleggruppen und Nummern sortiert.** Bei einem starken Beleganfall werden die Belege häufig mikroverfilmt und anschließend vernichtet.	

Lehrbeispiel

L 3.02: Belegbearbeitung der Heinz Gruber e. U.

Wareneinkauf der Heinz Gruber e. U. bei der B4 Büro Lösungen Handels-GmbH. Am 10. Juni 20 . . erhalten wir von der B4 Büro Lösungen Handels-GmbH (Kontonummer 33088) nachfolgende Rechnung.

B4 BÜRO Lösungen
Handels-GmbH
1120 Wien, Arndtstraße 90
www.B4-buero.at
AT72943675

BÜRO Lösungen B4 **1**

EINGEGANGEN 12. JUNI . .

Eingegangen: 20. . -06-12 Bearb.: Mü **2**

Heinz Gruber e.U.
Wipplingerstraße 82
1010 Wien

RECHNUNG E982 **4**

Kunden-Nr.	Kunden-UID-Nr.	Rechnungs-Nr.	Datum
20408	ATU21476150	11038	10. 06. . .

Ihre Bestellung	vom	Auftrags-Nr.
FAX	20. 05. . .	4876/0

Versandart	Lieferdatum
DURCH SPEDITEUR	12. 06. . .

Art.-Nr.	Bezeichnung	Menge	Preis	Betrag EUR
B 46011	PC-System Sky-Tower 8000	20	125,00	2.500,00
B 64201	Notebook Omnibook	8	240,00	1.920,00
B 87093	Aktenvernichter Ibico 200	10	375,00	3.750,00

GEBUCHT **7** W

5 5000 / 2500 | 33088

Betrag EUR	Zu- und Abschlag EUR	steuerpfl. Betrag EUR	Ums-Steuer %	Umsatzsteuer EUR	Endbetrag EUR
8.170,00	0,00	8.170,00	20,00 %	1.634,00	9.804,00

Konditionen: 60 Tage Ziel, bei Zahlung innerhalb von 14 Tagen 3 % Skonto

Mü **3**

Unsere Lieferungen erfolgen auf der Grundlage unserer auf der Rückseite abgedruckten ALLGEMEINEN GESCHÄFTSBEDINGUNGEN.
Die gelieferte Ware bleibt bis zur völligen Bezahlung unser Eigentum.

Hausanschrift: Arndtstraße 90, 1120 Wien
Fernruf +43 1 830 21 12-0
Telefax +43 1 830 21 12-20
E-Mail buero@B4-buero.at
Bankverbindung Handelsbank AG, BIC HBAGATWW, IBAN AT79 2051 0001 5261 3443

Handelsgericht Wien, FN 175383 S • Geschäftsführer Dr. Wilhelm Frank

Die eingerahmten Zahlen beziehen sich auf die zuvor angegebenen **Stufen der Belegbearbeitung.**

Die ausgewiesene **Umsatzsteuer (MWSt)** in Höhe von **€ 1.634,–** wird im **Soll des Kontos 2500** verbucht (siehe dazu Lerneinheit 3).

Aufgabe: Führen Sie die Belegbearbeitung durch. C

Lösung:

	Arbeitsschritte		erledigt ✓
1	Beleganfall	Anbringen des Eingangsstempels: 12. 6. 20 . .	✓
2	Weiterleitung	Kurzzeichen des Sachbearbeiters: Mü	✓
3	Prüfung	Sachliche Prüfung auf z. B. Übereinstimmung der in Rechnung angeführten zehn Aktenvernichter Ibico 200 mit der entsprechenden Bestellung Rechnerische und formale Prüfung durch den Sachbearbeiter, wie z. B. Kontrolle Einzelpreis, Gesamtbetrag	✓
4	Nummerierung	Vergabe der Belegnummer: E982	✓
5	Kontierung	Vornahme der Kontierung: 5000 / 2500 | 33088	✓

3 Doppelte Buchführung – Praxis

	Arbeitsschritte		erledigt ✓
6	Verbuchung		
7	Buchungsvermerk	Kurzzeichen des Sachbearbeiters, der die Verbuchung vorgenommen hat: W	✓
8	Weiterleitung		
9	Ablage		

Üben

A B C D E

Ü 3.02: Durchführung der Belegbearbeitung

SALLMAN
Bürotechnik GmbH

UID-Nummer: ATU33928104

Schumacherstr. 13
5020 Salzburg
Tel. +43 662 434 516-0
www.sallmann.at

Kassabon 1.240 Kassa 2

AT 5020 Salzburg

1 Kopien	Art. Nr.: 105120	5,00
356 Digitalprint A4, s/w	Art. Nr.: 105210	21,36
Summe inkl. Mwst.	**EUR**	**26,36**
Mwst. 20,00 %	EUR	4,39
Barzahlung EUR	26,36	
Rückgeld EUR	0,00	
21.07.20.. 16:45	BV39403	

VIELEN DANK FÜR IHREN EINKAUF

Aufgabe: Stellen folgende Schriftstücke Buchungsbelege dar? Wenn „Ja", geben Sie die Beleggruppe (z. B. Eingangsrechnung, Kassabeleg etc.) und den zugrunde liegenden Geschäftsfall vom Standpunkt des jeweils angegebenen Unternehmens an. D

a) Vom Standpunkt des Käufers

Beleg: Ja Nein

Beleggruppe:

Geschäftsfall:

b) Vom Standpunkt Anton Poschacher e. U.

mayer
Ing. Walter Mayer Gesellschaft mbH

TRESORE · PANZERTÜREN · WANDSAFES
NACHTTRESORE · SCHLIESSFACHANLAGEN

Werk und Zentralbüro:
1150 Wien 15, Märzstraße 20–22
Telefon: +43 1 985 13 84
Fax: +43 1 985 13 84–0
UID-Nr.: ATU39553103

STAATLICHE AUSZEICHNUNG

Niederlage und Schauräume:
Wien 2, Taborstraße 12
Telefon +43 1 217 12 60

Abs.:

Anton Poschacher e.U.
Granitwerke
4310 Mauthausen

Ihr Zeichen, Ihre Nachricht vom	Unser Zeichen, Sachbearbeiter	Nebenstelle	Datum
–	G/H, Gruber	234 DW	12. Okt. 20..

Betreff
Platten aus Perger Granit

Für die Pflasterung des Zuganges zu unserem neuerrichteten Bürogebäude benötigen wir

ca. 70 m² Platten aus Perger Granit, Trittfläche sandgestrahlt, 2 cm stark, in Bahnen zu 24 cm breit.

Wir ersuchen um eheste Offerterstellung.

Mit besten Grüßen
ING. WALTER MAYER GMBH

Christine Huber

i.A. Mag. Christine Huber

Beleg: Ja Nein

Beleggruppe:

Geschäftsfall:

3 Doppelte Buchführung – Praxis

c) Vom Standpunkt der MICOS Hard- und Software GmbH

profi REIFEN UND SERVICE

Profi Reifen Service
Flatschacher Straße 205
9020 KLAGENFURT AM WÖRTHERSEE
Tel +43 463 323 66 Fax +43 463 323 66-15

USt-IdNr.: ATU36860508

MICOS HARD- U. SOFTWARE GMBH
PRIMOSCHGASSE 3

9020 KLAGENFURT AM WÖRTHERSEE

BARVERKAUF Blatt 1

Es gelten ausschließlich unsere Ihnen bekannten Allg. Geschäftsbedingungen

Belegnummer	Kd.Nr.	Beleg-Datum	Uhrzeit
291984/075	3300083075	03/01-..	10:43

Bei Zahlung bzw. Rückfragen bitte angeben!

Lieferdatum: 03/01-..

Unsere Fachkraft: Ulrike Morri DW 12
Monteur ....: Steiner Richard
Kassa ....: 01

Ihr Zeichen: 069912019635
Belegdatum = Liefer-/Leistungsdatum, wenn nicht anders angegeben.

Kennzeichen: K-118BB
KFZ: BMW 316d
Km-Stand: 127.900

Pos	Artikel-Bezeichnung	Menge	Einzelpreis	Betrag EUR	UST%
1	**205/60R15*T TL SP WI.SPORT M3 91T** 10022127 DUNLOP	4	74,90	299,60	20
2	**GV - STANDARD - SERVICE - STAHL** 30700091 MontageSet	4	9,07	36,28	20
3	**PKW ALTREIFENENTSORGUNG** 30200190 DIENSTLEISTUNG	4	2,28	9,12	20

ACHTUNG: Nach 50-100 Km Fahrtstrecke Radmuttern/Radbolzen nachziehen lassen!

Zahlungen
03/01-08 Bankomatkarte 414,00 EUR

WARE ERHALTEN	Warenwert	Steuerpfl. Betrag		Umsatzsteuer	Endbetrag	Wäh
END-BETRAG DANKEND ERHALTEN!	345,00	345,00	20,0 %	69,00	414,00	EUR

Buch.-Vermerke 47667/D000/030108/291984/////0//D0750/1642/0

Siehe Allgemeine Geschäftsbedingungen auf der Rückseite.

Bankverbindung: IBAN-Nr.: AT65 1100 0022 7006 6000, Swift/BIC: BKAUATWW

Profi Reifen- und Autoservice Gesellschaft m.b.H.
1230 Wien, Breitenfurter Straße 370, Tel. +43 1 863 80, Fax +43 1 863 80-25, e-mail: office@profi-reifen.at, www.profi-reifen.at
FN 37327v, HG Wien, DVR 0018538, ARA 4278,UID ATU36860508
Es gelten die umseitig angeführten Allgemeinen Verkaufs- und Lieferbedingungen.

Beleg: Ja Nein

Beleggruppe:

Geschäftsfall:

Die **Offene Gesellschaft (OG)** ist eine Unternehmensform, bei der mehrere Gesellschafter ein Unternehmen betreiben. Alle Gesellschafter haben die gleichen Rechte und Pflichten.

d) Vom Standpunkt der Steiner & Kraus OG

AT Bank Austria UniCredit Group ZAHLUNGSANWEISUNG

EmpfängerIn Name/Firma: Steiner & Kraus OG, 4600 Wels, Grüngasse 4

IBAN EmpfängerIn: AT181200023010241200

BIC (SWIFT-Code) der Empfängerbank: BKAUATWW — Ein BIC ist immer verpflichtend, wenn die Empfängerin IBAN ungleich AT beginnt.

EUR Betrag: 2.052,00

Nur zum maschinellen Befüllung der Zahlungsreferenz — Prüfziffer

Verwendungszweck: Rechnung Nr. 036923 von März 20..

IBAN KontoinhaberIn/AuftraggeberIn: AT411200030001005081

KontoinhaberIn/AuftraggeberIn Name/Firma: Tempus, Reifenservice GmbH, Margaretenstr. 25, 1040 Wien

006

ppa Peter Rettenbacher

Unterschrift ZeichnungsberechtigteR

Betrag < Beleg + 30+

Beleg:	Ja	Nein
Beleggruppe:		
Geschäftsfall:		

e) Vom Standpunkt des Dipl.-Ing. Franz Burian

KUNSTSTOFF-ELEMENTBAU
KARL HOFER E.U.
BAU- UND MÖBELTISCHLEREI
3500 KREMS/DONAU +43 2732 63 17
ROHRBACHERSTRASSE 12

HOFER Kunststoff-Elementbau

Abs.: K. Hofer, Tischlerei, Krems/Donau

Dipl.-Ing. Franz Burian
Innenarchitekt
Salzburger Str. 148
4020 Linz

Ihr Zeichen, Ihre Nachricht vom	Unser Zeichen, Sachbearbeiter	Nebenstelle	Datum
–	Ing. Mü/St, Stadler	02	3. Nov. 20..

Betreff
Mahnung, Rechnung Nr. 014316
vom 20. Sep. 20..

Sehr geehrter Herr Diplomingenieur!

Sie werden bei einer Überprüfung feststellen, dass meine Rechnung vom 20. September 20.. über

€ 3.795,30

nach den vereinbarten Zahlungsbedingungen bereits fällig geworden ist.

Da auch ich meinen Zahlungsverpflichtungen nachkommen muss, ersuche ich um Überweisung dieses Betrages in den nächsten Tagen.

Mit besten Grüßen

Karl Hofer
Bau- und Möbeltischlerei

ppa. Ing. H. Mückler

ppa. Ing. H. Mückler

1 Erlagschein

Beleg:	Ja	Nein
Beleggruppe:		
Geschäftsfall:		

f) Vom Standpunkt der Karl Popper GmbH, Wien

Bank Austria UniCredit Group Member of UniCredit

Montag, 01.12.20.. 10:59:50 CET

Karl Popper GmbH

Neuer Auftrag

Auftragsart:	Zahlungsanweisung

Auftraggeber

Konto:	AT251200007361702300
Name:	Karl Popper GmbH
Interne Notiz:	
Vertraulichkeit:	nicht vertraulich
Payment ID:	2728b184-0x08-44

Empfänger

Name:	R. Eder GmbH, Immobilienverwaltung
IBAN:	AT856000000510024524
BIC:	OPSKATWW
Geschäftsvorfall:	
Kundendaten:	20841

Datenübertragung

Termin:	01.12.20..
Betrag:	EUR 1.250,00
Zahlungsgrund:	Miete Geschäftsräume 12/20..

Historie

Status	Termin	Erstellt/Geändert von	EBZ Referenz
Gespeichert	01.12.20.. 10:56:08	Karl Popper GmbH	
Gezeichnet	01.12.20.. 10:59:50	Karl Popper GmbH	

Bank Austria Member of UniCredit

KONTOAUSZUG 01554

Karl Popper GmbH

Datum	Auszug/Blatt	Währung	IBAN
05.12.20..	124 0001	EUR	AT25 1200 0073 6170 2300

Buchungsnr./Buchungstitel	Wert	Betrag
01.12. Online-Auftrag vom 01.12. Empfänger: R. Eder GmbH, Immobilienverwaltung IBAN: AT856000000510024524 BIC: OPSKATWW Miete Geschäftsräume 12/20..20841	01.12.	1.250,00-

BIC BKAUATWW JA507-08.2009

alter Kontostand	Summe der Belastungen	Summe der Gutschriften	neuer Kontostand
119.733,28	1.250,00-		118.483,28

JTP2 40 013109 Firmenname: **UniCredit Bank Austria AG,** Firmensitz: 1010 Wien, Schottengasse 6–8, Firmenbuchgericht: Handelsgericht Wien, FN 150714p, DVR 0030066

Beleg: Ja Nein

Beleggruppe:

Geschäftsfall:

g) Vom Standpunkt der ACP Computer Handels GmbH

ACP IT Solutions GmbH
Herrgottwiesgasse 203, A-8055 Graz
Telefon: +43 (0)316 / 4603 - 0 | Telefax: DW 15188
Schleppe Platz 8, A-9020 Klagenfurt a. W.
Telefon: +43 (0)463 / 220100 - 0 | Telefax: DW 3
E-Mail: graz@acp.at | Internet: www.acp.at

Solarbau GmbH
Industriering 20
9020 Klagenfurt am Wörthersee

RECHNUNG

BELEG-NR	KD-NR	DATUM
KTN/4030622	20430	24.06.20..

Auftrags-Nr.: KTN/2023307
Lieferschein: KTN/3029580 / 24.06.20..
Bestelldaten: 31.05.20..
Besteller: Silvia Strempfl
Ihr Betreuer: Wolfgang Srienc
Int. Betreuer: Christa Lesiak
Ihre UID-Nr.: ATU36918074

Pos.	Artikelnummer/Bezeichnung	USt	Menge	Einzelpreis	Gesamtpreis
1	CC471A#BAN HP Color LaserJet LAN 10/100/1000, Duplex s/w 30 Seiten/Min., Farbe 30 Seiten/Min., HP Image Ret 3600 600 dpi und 1.200 x 600 dpi Auflösung, USB 2.0/Parallel und RJ-45 Schnittstelle, Speicher 512 MB max. 1 GB möglich, 250 Blatt Zuführung, 500 Blatt Papierzuführung, 100 Blatt Mehrzweckzuführung, 1 Jahr Herstellergarantie vor Ort	20 %	1 Stk.	640,00	640,00

Nettobetrag		USt-Basisbetrag	USt %	USt-Betrag	Gesamtbetrag EUR
640,00		640,00	20 %	128,00	768,00

Zahlungsbedingungen:
Zahlungseingang bis 24.07.20.. (30 Tage) ohne Abzug — 768,00 EUR
Zahlungsart: Überweisung

Beleg: Ja Nein

Beleggruppe:

Geschäftsfall:

Sichern

SbX ID: 3023

SbX ID: 3023

Im SbX finden Sie eine Sammelmappe mit Zusammenfassungen zu allen Kapiteln und Lerneinheiten sowie eine Bildschirmpräsentation.

Wissen

SbX ID: 3024

A B C D E

SbX ID: 3024

Möglichkeiten zur Kompetenzüberprüfung im SbX

Wiederholungsfragen

Aufgaben mit automatischer Aufgabenkontrolle

Ein kurzer Kompetenz-Check, bevor's weitergeht!

Kompetenz-Check

	☺	😐	☹
Ich kann den Begriff Belege erklären.			
Ich kenne die Beleggrundsätze.			
Ich kann Belege den Beleggruppen zuordnen.			
Ich kann die Nummerierung von Belegen nach Beleggruppen mit den entsprechenden Belegsymbolen vornehmen.			
Ich kann Belege entsprechend den Schritten zur Belegbearbeitung behandeln.			

Lerneinheit 3

Verbuchung von Geschäftsfällen unter Berücksichtigung der Umsatzsteuer

SbX
Alle SbX-Inhalte zu dieser Lerneinheit finden Sie unter der ID: 3030.

Die Begriffe „Umsatzsteuer", „Vorsteuer" und „Mehrwertsteuer" werden im täglichen Leben häufig verwendet. Jede Rechnung (= Beleg) enthält einen Vermerk dazu.

Was man unter diesen Begriffen versteht und wie eine Umsatzsteuervoranmeldung auszufüllen ist, wird in dieser Lerneinheit behandelt.

Lernen

SbX ID: 3031

A B C D E

1 Vorsteuer und Umsatzsteuer, die einzurichtenden Konten, Rechnungsbestandteile, Aufzeichnungspflicht, Umsatzsteuervoranmeldung und -erklärung

Markieren Sie im nachfolgenden Text die Antworten auf folgende Fragen:

- **Was versteht man unter Vorsteuer und Umsatzsteuer?**
- **Was versteht man unter der Zahllast?**
- **Wie wird die Zahllast ermittelt?**
- **Welche Konten sind in der Buchführung für die Erfassung der Umsatzsteuer erforderlich?**
- **Welche Bestandteile muss eine nach den Bestimmungen des Umsatzsteuergesetzes (UStG) ordnungsgemäß ausgestellte Rechnung enthalten?**
- **Was versteht man unter einer Kleinbetragsrechnung und was muss sie beinhalten?**
- **Welche Rechnungsbestandteile sieht das Unternehmensgesetzbuch (UGB) u. a. vor?**
- **Welche Voraussetzung muss für einen Vorsteuerabzug gegeben sein?**
- **Wann sind Rechnungen mangelhaft?**
- **Welche Aufzeichnungspflicht hat der Unternehmer zu beachten?**
- **Welche Fristen hat der Unternehmer bei der Umsatzsteuervoranmeldung zu beachten?**
- **Welche Frist gilt für die Umsatzsteuererklärung eines Kalenderjahres?**

Die Umsatzsteuer wird in der Praxis häufig als **Mehrwertsteuer** (MWSt) bezeichnet.

Unternehmer stellen ihren Kunden für **Lieferungen** (z. B. von Waren und Rohstoffen) **und sonstige Leistungen** (z. B. Reparatur eines Lkw, Honorar für den Steuerberater) zusätzlich zum Warenwert bzw. zum Wert der Dienstleistung **Umsatzsteuer** in Rechnung.

Die gesetzliche Grundlage dazu bildet das **Umsatzsteuergesetz 1994** (UStG 1994).

Vorsteuer

Die auf **Belegen von Lieferanten** (Eingangsrechnungen, Kassabelegen usw.) ausgewiesene Steuer wird als **Vorsteuer** (VSt) bezeichnet.

Umsatzsteuer

Die auf **Belegen an Kunden** (Ausgangsrechnungen, Kassabelegen usw.) ausgewiesene Steuer wird als **Umsatzsteuer** (USt) bezeichnet.

20 % → Normalsteuersatz
10 %, 13 % → ermäßigter Steuersatz

Das Umsatzsteuergesetz sieht für die Umsatzsteuer bzw. die Vorsteuer folgende Steuersätze vor:

- **Normalsteuersatz** von **20 %**
- **Ermäßigter Steuersatz** von **10 %**
  Z. B. für Lebensmittel, Bücher, Zeitungen und Zeitschriften, für die Abgabe von Speisen und Getränken (Wasser, Milch, Milchmixgetränke, Kakao und Speiseeis) – Restaurationsumsätze
- **Ermäßigter Steuersatz** von **13 %**
  Z. B. für Kinokarten, Theaterkarten, Eintritte in Schwimmbäder und zu sportlichen Veranstaltungen, Blumen, Flugtickets, Übernachtungen in Hotels, Brennholz, Kunstgegenstände

Der Unternehmer hat für einen bestimmten Zeitraum (meist ein Kalendermonat) die den Kunden, z. B. in Ausgangsrechnungen, verrechnete **Umsatzsteuer** an das Finanzamt abzuführen (abzuliefern). Im Gegenzug kann er jedoch die im selben Zeitraum, z. B. in Eingangsrechnungen, in Rechnung gestellte **Vorsteuer** vom Finanzamt zurückholen.

Umsatzsteuer
– Vorsteuer
USt-Zahllast

USt-Zahllast

Die **Differenz zwischen Umsatzsteuer und Vorsteuer,** die **USt-Zahllast,** ist **an das Finanzamt zu entrichten (zu zahlen).**

Bei der USt-Zahllast handelt es sich um eine **vom Unternehmer selbst zu berechnende Abgabe.**

Beispiel

Das Beispiel soll die Wirkungsweise der Steuer zeigen. In der Praxis wird die Zahllast **nicht pro Ware,** sondern **in der Regel pro Monat** errechnet, d. h., es wird von der monatlich ermittelten gesamten Umsatzsteuer die im selben Zeitraum anfallende Vorsteuer abgezogen.

Schematisches Beispiel (auf eine einzelne Ware bezogen):
Ein Unternehmer kauft eine Ware um € 200,– und verkauft sie im selben Monat um € 300,–. Welche Zahllast ergibt sich bei dieser Ware?

Darstellung: Vorsteuer und Umsatzsteuer, Zahllast

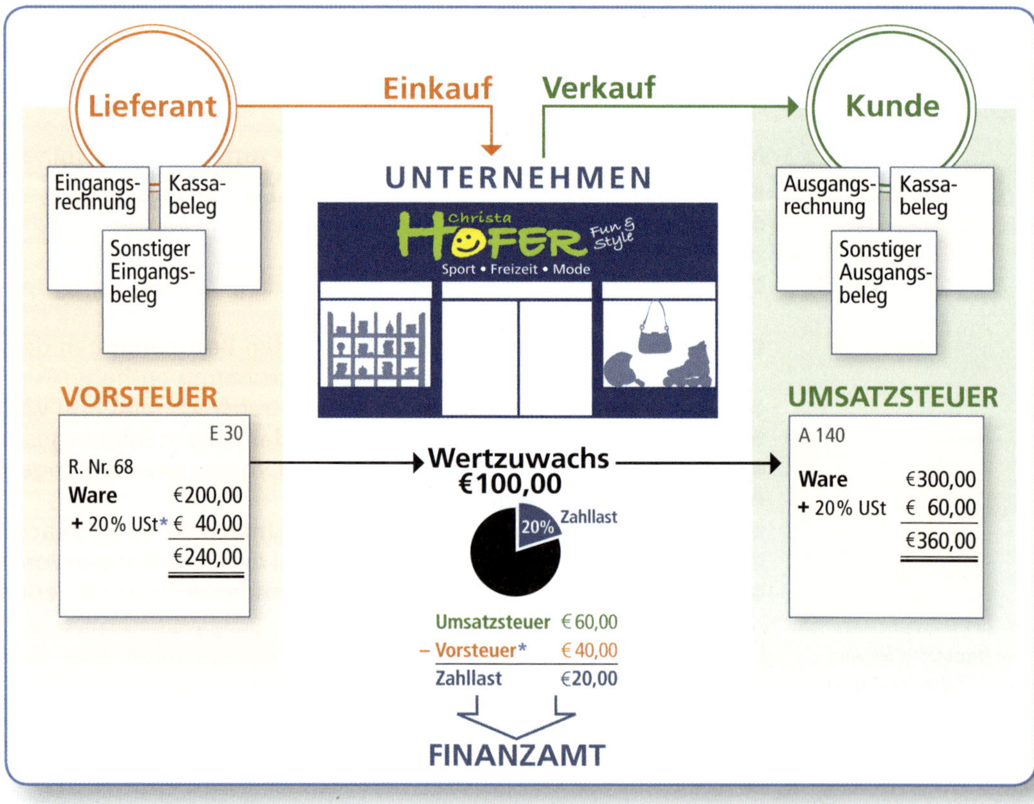

Einkauf von Lieferanten (E 30) → **Vorsteuer**

Verkauf an Kunden (A 140) → **Umsatzsteuer**

* Die bei Belegen von Lieferanten (E 30) **ausgewiesene Umsatzsteuer** wird **als Vorsteuer bezeichnet.**

Die Zahllast beträgt 20 % des Wertzuwachses von € 100,–, das sind € 20,–.

Die Höhe der Umsatzsteuer ist von dem im Unternehmen geschaffenen Wertzuwachs abhängig. Die Umsatzsteuer wird daher in der Praxis, wie bereits erwähnt, vielfach als **Mehrwertsteuer** (= Besteuerung des Wertzuwachses [des Mehrwertes]) bezeichnet.

Sollbesteuerung

Zur Besteuerung nach vereinnahmten Entgelten **(Istbesteuerung)** siehe Band 2, Kapitel 8 Einnahmen-Ausgaben-Rechnung.

Das Umsatzsteuergesetz legt grundsätzlich fest, dass die Steuer nach **vereinbarten Entgelten** (Sollbesteuerung) zu berechnen ist. **Grundlage** sind also die in einem Monat **ausgestellten Rechnungen und Barverkaufsquittungen.** Der Zeitpunkt der Zahlung des Entgelts ist bei der Sollbesteuerung ohne Bedeutung.

Für die Geltendmachung der Vorsteuer ist das Rechnungsdatum entscheidend.

Entstehung der Steuerschuld

Die **Steuerschuld entsteht** bei der Sollbesteuerung mit **Ablauf des Monats,** in dem die **Lieferung oder die sonstige Leistung ausgeführt und die Rechnung ausgestellt worden ist.** Dieser Zeitpunkt verschiebt sich um einen Monat, wenn die Rechnung erst nach dem Monat, in dem die Lieferung oder die sonstige Leistung erbracht worden ist, ausgestellt wird.

Wird die Rechnung **auch im Folgemonat nicht gelegt,** sondern erst später, dann **verschiebt sich der Zeitpunkt** der Entstehung der Steuerschuld **nicht mehr!**

Beispiele

Zeitpunkt der Lieferung (Tag der Lieferung bzw. der sonstigen Leistung)	Rechnungsdatum	Entstehung der Umsatzsteuerschuld	Abgabe UVA	Zahlung an das Finanzamt
14. Juni 20 . .	16. Juni 20 . .	30. Juni 20 . .	15. Aug. 20 . .	15. Aug. 20 . .
14. Juni 20 . .	7. Juli 20 . .	31. Juli 20 . .	15. Sep. 20 . .	15. Sep. 20 . .
14. Juni 20 . .	31. Aug. 20 . .	31. Juli 20 . .	15. Sep. 20 . .	15. Sep. 20 . .

Frist – **1 Monat und 15 Tage**

Die Umsatzsteuer ist, abzüglich der Vorsteuer des entsprechenden Monats, in der Regel spätestens **einen Monat und 15 Tage** nach Entstehung der Steuerschuld **an das Finanzamt zu entrichten.**

Für die Erfassung der Umsatzsteuer müssen mindestens folgende Konten eingerichtet werden:

Neue Konten
2500 Vorsteuer
3500 Umsatzsteuer
3520 USt-Zahllast

2500 **Vorsteuer:** Auf diesem Konto wird die von den Lieferanten in Rechnung gestellte Umsatzsteuer (= Vorsteuer) verbucht.
Es ist ein **Forderungskonto gegenüber dem Finanzamt,** somit ein **aktives Bestandskonto.**

3500 **Umsatzsteuer:** Dieses Konto dient zur Erfassung der Umsatzsteuer, die den Kunden in Rechnung gestellt wird.
Es weist die **Verbindlichkeiten gegenüber dem Finanzamt** aus und ist somit ein **passives Bestandskonto.**

3520 **USt-Zahllast:** Auf dieses Konto werden die während des Monats auf den Konten 2500 und 3500 erfassten Vorsteuer- und Umsatzsteuerbeträge übertragen. Der **Saldo** dieses Kontos zeigt den **Betrag, der an das Finanzamt gezahlt werden muss** bzw. der **vom Finanzamt gutgeschrieben wird.**
Das Konto 3520 USt-Zahllast ist ein **passives Bestandskonto.**

Rechnungsbestandteile laut Umsatzsteuergesetz (UStG)

Rechnung

Eine **Rechnung** ist ein Schriftstück, mit dem ein **Unternehmer eine Lieferung oder sonstige Leistung abrechnet.**

Rechnungen werden in der Praxis auch als Quittungen, Abrechnungen, Bons, Kassazettel usw. bezeichnet.

Im Rahmen der formalen Belegprüfung ist zu prüfen, ob die **Rechnung ordnungsgemäß erstellt wurde,** das heißt, ob die Rechnung **alle Bestandteile nach den Bestimmungen des UStG sowie UGB** enthält.

Die Rechnungen müssen nach den Bestimmungen des Umsatzsteuergesetzes (UStG) folgende Angaben enthalten:

Rechnungsbestandteile laut UStG

1. Name und Anschrift des Lieferanten
2. Name und Anschrift des Kunden
3. Menge und handelsübliche Bezeichnung der gelieferten Gegenstände oder Art und Umfang der sonstigen Leistung
4. Tag der Lieferung oder der sonstigen Leistung
5. Ausstellungsdatum
6. Entgelt (Rechnungsbetrag ohne USt)
7. Steuersatz
8. Umsatzsteuerbetrag
9. Fortlaufende Nummer
10. UID-Nummer des Lieferanten
11. UID-Nummer des Kunden bei Rechnungen mit einem Gesamtbetrag über € 10.000,– (Entgelt und Umsatzsteuer)

Durch die **Umsatzsteuer-Identifikationsnummer** (UID-Nummer) **weist sich ein Unternehmer aus** („Unternehmer-Kennzeichen").

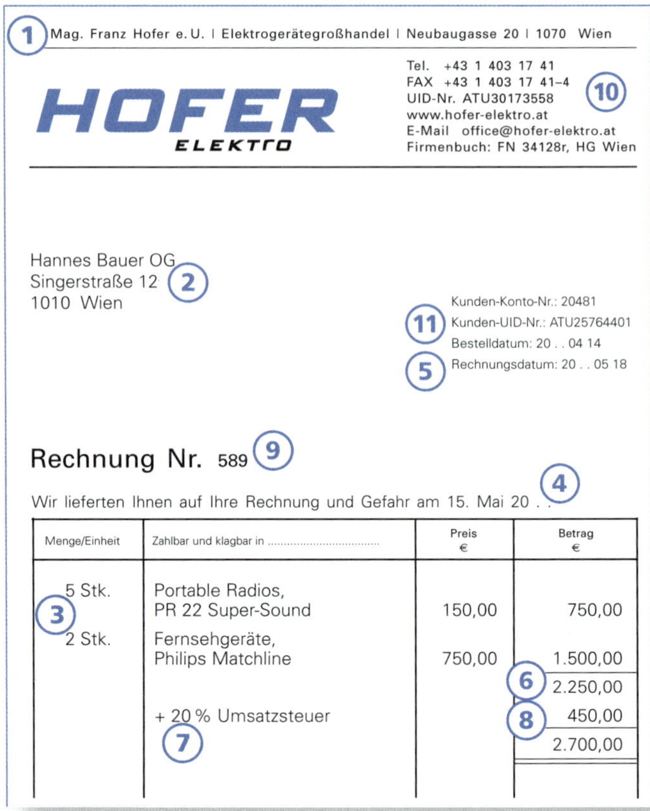

(1) Mag. Franz Hofer e.U. | Elektrogerätegroßhandel | Neubaugasse 20 | 1070 Wien

HOFER ELEKTRO

Tel. +43 1 403 17 41
FAX +43 1 403 17 41-4
UID-Nr. ATU30173558 (10)
www.hofer-elektro.at
E-Mail office@hofer-elektro.at
Firmenbuch: FN 34128r, HG Wien

Hannes Bauer OG
Singerstraße 12 (2)
1010 Wien

Kunden-Konto-Nr.: 20481
(11) Kunden-UID-Nr.: ATU25764401
Bestelldatum: 20 . . 04 14
(5) Rechnungsdatum: 20 . . 05 18

Rechnung Nr. 589 (9)

Wir lieferten Ihnen auf Ihre Rechnung und Gefahr am 15. Mai 20 . . (4)

Menge/Einheit	Zahlbar und klagbar in	Preis €	Betrag €
5 Stk. (3)	Portable Radios, PR 22 Super-Sound	150,00	750,00
2 Stk.	Fernsehgeräte, Philips Matchline	750,00	1.500,00
			(6) 2.250,00
	+ 20 % Umsatzsteuer (7)		(8) 450,00
			2.700,00

Der Rechnungsendbetrag (Bruttorechnungsbetrag), das ist die Summe aus Entgelt und Umsatzsteuer, ist zwar gesetzlich nicht vorgeschrieben, er ist jedoch für die Verrechnung mit dem Kunden unerlässlich.

Kleinbetragsrechnung

Eine **Kleinbetragsrechnung** ist eine Rechnung, deren **Gesamtbetrag** (Entgelt und Umsatzsteuer) € **400,– nicht übersteigt.**

MediaMarkt

MEDIA MARKT GMBH
(1) Völkermarkter Str. 140
9020 Klagenfurt a. W.
TEL.:+43 463-38 21 10
FAX:+43 463-38 27 10
ATU25764401

440.1098963
640GB Samsung Festplatte Sweet Pink
(2) Total EUR 99,90 (5)
Bar EUR 100,00
(6) Rueckgeld EUR -0,10
inkl. 20,00% MwSt (b) 16,65
Netto-Warenwert: 83,25

Vielen Dank
für Ihren Einkauf (3)
Kassa 44822 A104 12238 22.06.20.. 13:23 (4)
4482200651104200911181323O

Eine Kleinbetragsrechnung muss folgende Bestandteile laut UStG aufweisen:

Bestandteile von Kleinbetragsrechnungen laut UStG

1. Name und Anschrift des Lieferanten
2. Menge und handelsübliche Bezeichnung der gelieferten Gegenstände oder Art und Umfang der sonstigen Leistung
3. Tag der Lieferung oder der sonstigen Leistung
4. Ausstellungsdatum
5. Entgelt (Rechnungsbetrag ohne USt) und Umsatzsteuer in einer Summe
6. Steuersatz

Eine fortlaufende Nummer und die UID-Nummer des Lieferanten bzw. des Kunden müssen bei Kleinbetragsrechnungen nicht angeführt werden.

Anmerkung:

Auf Rechnungen an den Letztverbraucher muss die Umsatzsteuer auch dann nicht offen ausgewiesen werden, wenn der Gesamtbetrag € 400,– übersteigt.

Belegerteilungspflicht

Unternehmer haben bei **Bareingängen** einen **Beleg über empfangene Zahlung** (Barzahlung, Zahlung mit Bankomat- und Kreditkarte) auszustellen. Diese Belege müssen **mindestens folgende Angaben** enthalten:

Hinweis:

- **Rechnungen an Unternehmer** müssen die **Bestandteile nach den Bestimmungen des Umsatzsteuergesetzes** enthalten, siehe Seite 102.
- **Rechnungen an Konsumenten (Letztverbraucher)** haben mindestens die nebenstehend angeführten **Bestandteile** aufzuweisen (Barbewegungsverordnung).

(1) die Bezeichnung des liefernden oder leistenden Unternehmers

(2) eine fortlaufende Nummer

(3) den Tag der Belegausstellung

(4) die Menge und die handelsübliche Bezeichnung der gelieferten Gegenstände oder die Art und den Umfang der sonstigen Leistungen

(5) den Betrag der Barzahlung

(6) ab 1. 1. 2017 bei Verwendung von elektronischen Kassen mit Sicherheitseinrichtung: Kassenidentifikationsnummer, Datum und Uhrzeit der Belegausstellung, Betrag der Barzahlungen nach Steuersätzen getrennt, maschinenlesbarer Code (OCR-, Bar- oder QR-Code)

Vom Beleg muss der Unternehmer eine Durchschrift oder elektronische Abspeicherung machen und wie alle Buchhaltungsunterlagen sieben Jahre aufbewahren.

Der **Kunde** hat den Beleg entgegenzunehmen und bis außerhalb der Geschäftsräumlichkeiten mitzunehmen.

Rechnungsbestandteile laut Unternehmensgesetzbuch (UGB)

Im Firmenbuch eingetragene Unternehmen müssen nach den Bestimmungen des Unternehmensgesetzbuches (UGB) auf Rechnungen u. a. Angaben zum Unternehmen anführen:

Rechnungsbestandteile laut UGB

- die **Firma**
- die **Rechtsform**
- den **Sitz**
- die **Firmenbuchnummer** des Unternehmens
- das **Firmenbuchgericht**

- **Einzelunternehmer** müssen zusätzlich ihren **Vor- und Familiennamen** angeben, wenn er nicht im Firmenwortlaut vorkommt.

In der Praxis werden in der Regel die nach dem Umsatzsteuergesetz erforderlichen Rechnungsbestandteile um die Bestandteile laut Unternehmensgesetzbuch ergänzt.

Durchschriften, Abschriften

Stellt ein Unternehmer Rechnungen aus, so hat er eine **Durchschrift oder Abschrift** anzufertigen.

E-Rechnungen

Unter bestimmten Voraussetzungen (z. B. Signatur, einheitliche Rechnungsstruktur) können **Rechnungen elektronisch erstellt und übermittelt** werden. Man spricht von **E-Rechnungen.**

Aufzeichnungspflicht

Aufgrund der gesetzlichen Bestimmungen sind Unternehmer verpflichtet, die **Nettoentgelte der Ausgangsrechnungen** und der **erhaltenen Lieferungen und sonstigen Leistungen** sowie die **Bemessungsgrundlagen für den Eigenverbrauch** fortlaufend aufzuzeichnen. Die Nettoumsätze sind gegebenenfalls nach den Steuersätzen 20 %, 13 %, 10 % und 0 % aufzugliedern.

Vorsteuerabzug und mangelhafte Rechnungen

Ordnungsgemäß ausgestellte Rechnungen → Vorsteuerabzug

Eine nach den Bestimmungen des Umsatzsteuergesetzes (UStG) **von Lieferanten ordnungsgemäß ausgestellte Rechnung** (Eingangsrechnungen, Kassabelege usw.) ist **Voraussetzung** dafür, dass der **in der Rechnung ausgewiesene Steuerbetrag vom Finanzamt zurückgefordert** werden kann. Diesen Vorgang nennt man **Vorsteuerabzug.**

Mangelhafte Rechnungen

Mangelhaft ausgestellte Rechnungen berechtigen **nicht zum Vorsteuerabzug.** Mangelhaft sind Rechnungen, wenn ein **Rechnungsbestandteil** laut UStG **fehlt.** Ein **Vorsteuerabzug** ist **nicht möglich.**

Berichtigung → Rechnungsaussteller

Um den **Vorsteuerabzug** trotzdem in Anspruch nehmen zu können, müssen **mangelhaft ausgestellte Rechnungen berichtigt** werden. Eine **Berichtigung** ist durch den **Rechnungsaussteller** (der Verkäufer) vorzunehmen.

Umsatzsteuervoranmeldung (UVA), Entrichtung der Steuer

Frist – UVA
1 Monat und 15 Tage

Das Formular **Umsatzsteuervoranmeldung** kann unter **www.bmf.gv.at** im Bereich **Formulare** heruntergeladen werden. Ein ausgefertigtes Formular ist bei L 3.07 auf Seite 112 und 113 abgebildet.

Der Unternehmer ist verpflichtet, in der Regel für jeden Monat, **spätestens am 15. des übernächsten Monats** eine **Umsatzsteuervoranmeldung (UVA)** beim Finanzamt einzureichen. Er muss die Höhe der zu entrichtenden Steuer **(Zahllast)** oder den sich ergebenden **Überschuss** selbst berechnen sowie die Steuer spätestens am **Fälligkeitstag** (d. i. in der Regel jeweils der 15. des übernächsten Monats) an das Finanzamt entrichten (bezahlen).

Die **Übermittlung der Voranmeldung** hat elektronisch über **FinanzOnline** zu erfolgen. Ist dem Unternehmer die elektronische Übermittlung mangels technischer Voraussetzungen unzumutbar, hat die Übermittlung der Voranmeldung auf dem **amtlichen Vordruck** zu erfolgen.

Umsatzsteuererklärung

SbX
Formular ID: 3031

Frist – Umsatzsteuererklärung **30. April** bzw. **30. Juni des Folgejahres**

Fristerstreckung = Verlängerung der Einreichungsfrist (die Umsatzsteuererklärung kann nach dem 30. Juni des Folgejahres eingereicht werden)

Nach Ablauf des Kalenderjahres hat der Unternehmer bis **spätestens Ende Juni des Folgejahres,** sofern nicht eine Fristerstreckung beantragt wird, eine **Umsatzsteuererklärung elektronisch** über **FinanzOnline** einzureichen. Ist dem Steuerpflichtigen die elektronische Übermittlung mangels technischer Voraussetzungen nicht möglich, muss die Umsatzsteuererklärung unter Verwendung des **amtlichen Vordruckes** bis **spätestens Ende April des Folgejahres** eingereicht werden.

2 Verbuchung der Vorsteuer und der Umsatzsteuer

Markieren Sie im nachfolgenden Text die Antwort auf folgende Frage:

- **Wie ist die Verbuchung von Geschäftsfällen unter Berücksichtigung der Vorsteuer und der Umsatzsteuer vorzunehmen?**

Nettoentgelt
Einkauf → **Vorsteuerkonto**
Verkauf → **Umsatzsteuerkonto**

Bei der Verbuchung der einzelnen Geschäftsfälle wird das **Nettoentgelt** (das ist der Betrag vor Zuschlag der Umsatzsteuer) auf **dem entsprechenden Konto** (z. B. HW-Einsatz, HW-Erlöse) erfasst. Bei einem **Einkauf** wird die Umsatzsteuer auf dem **Vorsteuerkonto,** bei einem **Verkauf** auf dem **Umsatzsteuerkonto** verbucht.

Einkaufs- bzw. **Aufwandsbuchung** mit **Vorsteuer**

Die entsprechenden Buchungssätze lauten:

Soll	Haben
5000 HW-Einsatz (. . . . Aufwandskonto) 2500 Vorsteuer	33 . . . Lieferantenkonto (2800 Bank, 2700 Kassa etc.)

Verkaufsbuchung mit **Umsatzsteuer**

Soll	Haben
20 . . . Kundenkonto (2800 Bank, 2700 Kassa etc.)	4000 HW-Erlöse 3500 Umsatzsteuer

Buchungsgrundlage

Buchungsgrundlage sind **ordnungsgemäß ausgestellte Rechnungen.**

Lehrbeispiele

L 3.03: Erfassung der Vorsteuer

Einkauf von Handelswaren um € 500,– + € 100,– USt = € 600,– von der Karl Höfele GmbH (33019) gegen späteren Ausgleich (auf Ziel)

Aufgabe: Verbuchen Sie den Geschäftsfall. C

Lösung:

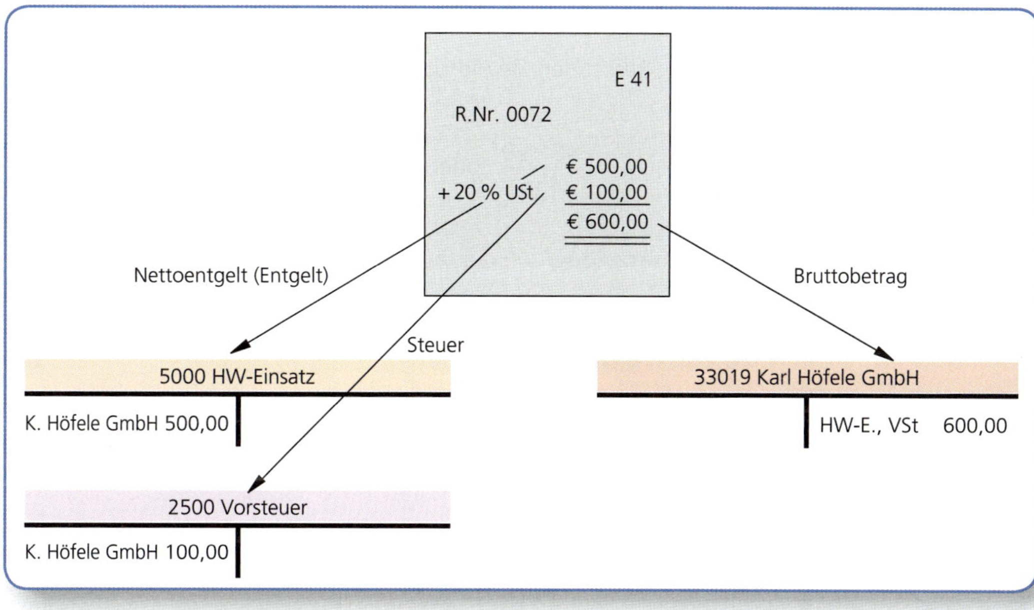

Buchungssatz: 5000 HW-Einsatz 500,00 / 33019 Karl Höfele GmbH 600,00
2500 Vorsteuer 100,00 /

L 3.04: Erfassung der Umsatzsteuer

Verkauf von Handelswaren € 800,– + € 160,– USt = € 960,– an den Kunden Franz Graf (20031) auf Ziel

Aufgabe: Verbuchen Sie den Geschäftsfall. C

Lösung:

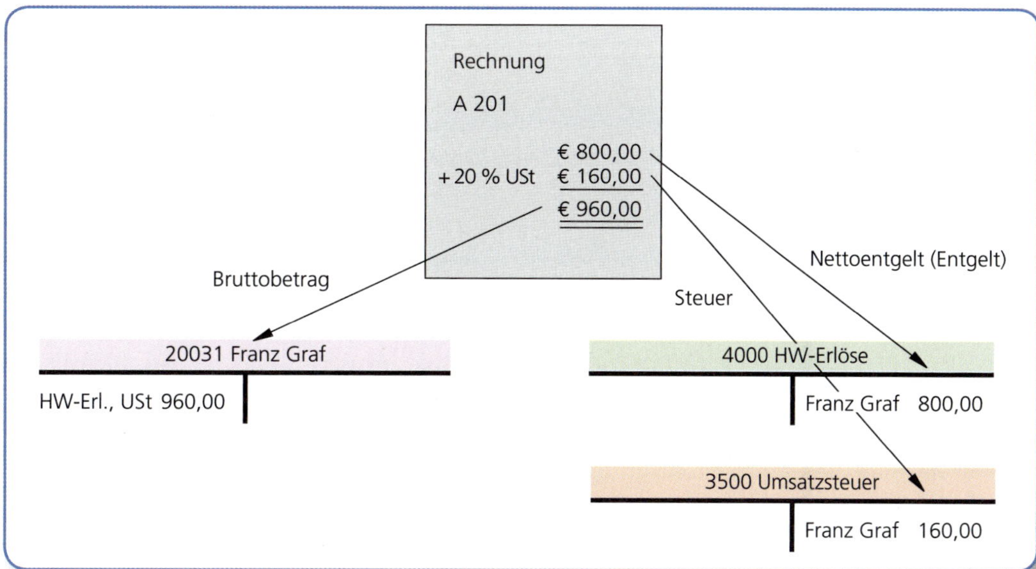

Buchungssatz: 20031 Franz Graf 960,00 / 4000 HW-Erlöse 800,00
/ 3500 Umsatzsteuer 160,00

Kleinbetragsrechnungen

Wird die **Vorsteuer** auf der Rechnung (Kassazettel, Quittung usw.) **nicht gesondert ausgewiesen** (bei Rechnungen bis zu einem **Gesamtbetrag von € 400,– möglich**), dann muss der Unternehmer die Vorsteuer aus dem Rechnungsbetrag (Bruttobetrag) herausrechnen.

20 % Umsatzsteuer werden herausgerechnet:

$$\text{USt, VSt (20 \%)} = \frac{\text{Bruttobetrag} \cdot 20}{120} = \text{(gekürzt)}\ \frac{\text{Bruttobetrag}}{6}$$

Beispiel

Eine Rechnung über den Kauf von Endlosetiketten lautet auf € 48,– (inklusive 20 % USt). Wie viel Euro beträgt die im Rechnungsbetrag enthaltene Umsatzsteuer?

Aufgabe: Berechnen Sie die Umsatzsteuer.

Lösung:

$$\text{Umsatzsteuer} = \frac{48 \cdot 20}{120} \quad \text{oder} \quad \frac{48}{6} = € \ \mathbf{8{,}00}$$

10 % Umsatzsteuer werden herausgerechnet:

$$\text{USt, VSt (10 \%)} = \frac{\text{Bruttobetrag} \cdot 10}{110} = \text{(gekürzt)} \ \frac{\text{Bruttobetrag}}{11}$$

Beispiel

Die Rechnung über den Kauf eines Fachbuches lautet auf € 33,– (inklusive 10 % USt). Wie viel Euro beträgt die im Rechnungsbetrag enthaltene Umsatzsteuer?

Aufgabe: Berechnen Sie die Umsatzsteuer.

Lösung:

$$\text{Umsatzsteuer} = \frac{33 \cdot 10}{110} \quad \text{oder} \quad \frac{33}{11} = € \ \mathbf{3{,}00}$$

Lehrbeispiel

L 3.05: Erfassung der Vorsteuer

Kauf von Büromaterial (Klebebänder) € 36,– (inkl. 20 % USt) bar

Aufgabe: Verbuchen Sie den Geschäftsfall. C

Lösung:

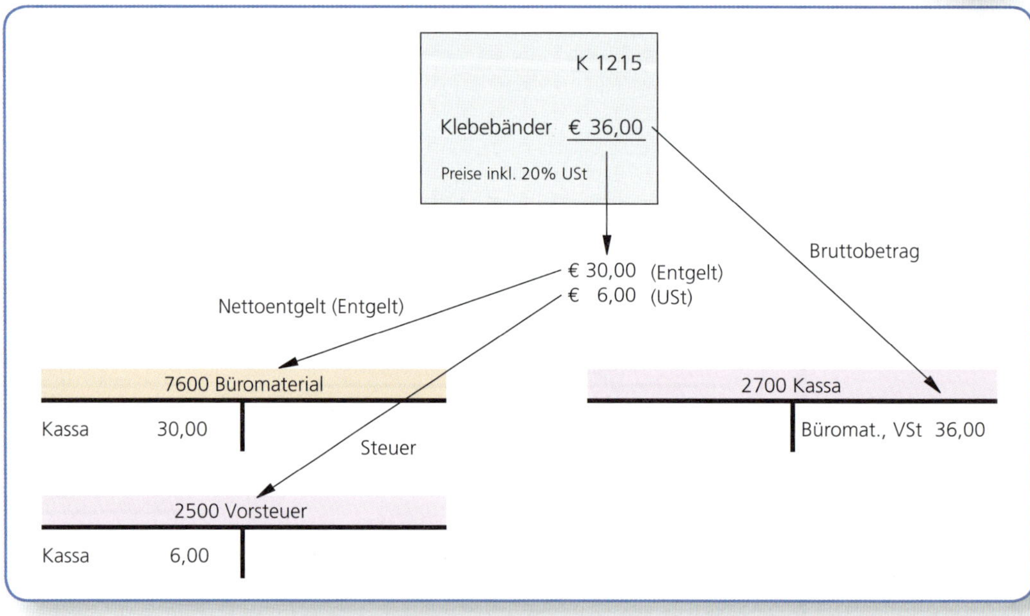

Buchungssatz: 7600 Büromaterial 30,00 / 2700 Kassa 36,00
2500 Vorsteuer 6,00 /

Umsätze mit unterschiedlichen Steuersätzen

z. B. 4000 HW-Erlöse 20 %
4001 HW-Erlöse 10 %
4002 HW-Erlöse 13 %

5000 HW-Einsatz 20 %
5001 HW-Einsatz 10 %
5002 HW-Einsatz 13 %

Ergeben sich in einem Unternehmen Umsätze, die unterschiedlichen Steuersätzen unterliegen, so ist **die nach Steuersätzen getrennte Führung der Erlöskonten sowie der Konten für die Erfassung der Entgeltminderungen** (Skonti, Preisnachlässe etc.) vorgeschrieben. Auch im **Beschaffungsbereich sollen die Konten** (einschließlich der Konten der steuerpflichtigen Aufwendungen) **nach den Umsatzsteuersätzen aufgeschlüsselt werden.**

Übungsbeispiel

SbX Buchungstrainer ID: 3031

Ü 3.03: Bildung von Buchungssätzen

Sabine Richter e. U., Klagenfurt am Wörthersee, führt ein Fachgeschäft für Kleinmöbel und Geschenkartikel. Im Monat Oktober 20 . . ergeben sich u. a. die folgenden Geschäftsfälle:

Geschäftsfall: Kontierung

1. A 186
   Warenverkauf an 20025 Buch & Spiel Bach OG € 1.500,– + + € 300,– USt = € 1.800,–

Konto	Soll	Haben
20025 Buch & Spiel Bach OG	1 800 –	
an 4000 HW-Erlöse		1 500 –
an 3500 Umsatzsteuer		300 –

2. E 107
   Wareneinkauf von 33046 Spiele Zankl GmbH € 2.400,– + + € 480,– USt = € 2.880,–
3. K 810
   Barzahlung der Versicherungsprämie für die Versicherung des Geschäftsgebäudes € 219,–
4. K 811
   Kauf von Büromaterial (Papier und Ordner) € 102,– (inkl. 20 % USt) (€ ______ + € ______ USt)
5. K 812
   Warenverkauf bar € 2.000,– + € 400,– USt = = € 2.400,–
6. K 813
   Kauf von Treibstoff für den Lkw gegen Barzahlung um € 72,– (inkl. 20 % USt; € ______ + + € ______ USt) (Konto 7330 Lkw-Betriebsaufwand)
7. B 72
   Banküberweisung an die Spiele Zankl GmbH (33046) € 2.880,– zum Ausgleich der E 107
8. B 73
   Bankauszug: Eingang € 1.800,–; der Kunde Buch & Spiel Bach OG (20025) hat die A 186 ausgeglichen.
9. S 39
   Privatentnahme von Waren € 700,– + € 140,– USt = = € 840,–
10. K 814
    Kauf von Heizöl € 1.120,– + + € 224,– USt = € 1.344,– (Konto 7240 Heizölverbrauch)

Aufgabe: Kontieren Sie die Geschäftsfälle laut angegebenem Muster. C

3 Buchungen am Monatsende und Überweisung der USt-Zahllast

Markieren Sie im nachfolgenden Text die Antworten auf folgende Fragen:

- **Wie lauten die Buchungssätze am Monatsende zur Umbuchung der Vorsteuer und der Umsatzsteuer auf das Konto USt-Zahllast?**
- **Wie lautet die Buchung zur Überweisung der USt-Zahllast an das Finanzamt?**

Für die Umbuchung der auf den Konten **2500 Vorsteuer** und **3500 Umsatzsteuer** in einem Monat erfassten Beträge sowie für die **Überweisung (Zahlung)** der **USt-Zahllast** ergeben sich folgende Buchungen:

Einkauf → **Vorsteuer**

Verkauf → **Umsatzsteuer**

Umbuchung der **Umsatzsteuer** am **Monatsende**

USt > VSt → **Zahllast**
VSt > USt → **Gutschrift**

BEREITS VERBUCHT	AM MONATSENDE DURCHZUFÜHRENDE BUCHUNGEN
Einkaufs-(Aufwands-)Buchung 5000 HW-Einsatz / 33 . . . Lieferantenkonto 2500 Vorsteuer	**1 Umbuchung der Vorsteuer** 3520 USt-Zahllast / 2500 Vorsteuer (Konto 2500 auf der Gegenseite verbuchen)
Verkaufsbuchung 20 . . . Kundenkonto / 4000 HW-Erlöse 3500 Umsatzsteuer	**2 Umbuchung der Umsatzsteuer** 3500 Umsatzsteuer / 3520 USt-Zahllast (Konto 3500 auf der Gegenseite verbuchen)
Überweisung an das Finanzamt Konto 3520 Soll: 2500, USt-Zahllast — Haben: 3500	**3 Ausgleich der USt-Zahllast** Summe Umsatzsteuer (Konto 3500) – Summe Vorsteuer (Konto 2500) USt-Zahllast 3520 USt-Zahllast / 2800 Bank (2810 PSK, 2700 Kassa)

Lehrbeispiele

Der Voranmeldungszeitraum ist der **Kalendermonat,** für welchen die Differenz zwischen Umsatzsteuer und Vorsteuer ermittelt wird.

L 3.06: Umbuchung der Vorsteuer und Umsatzsteuer, Überweisung der USt-Zahllast

In der Anna Unterweger e. U. sind für den Voranmeldungszeitraum Jänner auf den Konten Vorsteuer, Umsatzsteuer folgende Beträge ausgewiesen:

2500 Vorsteuer	
14.000,00	

3500 Umsatzsteuer	
	21.000,00

Aufgabe:
a) Ermitteln Sie die Salden der Konten Vorsteuer und Umsatzsteuer für den Voranmeldungszeitraum Jänner und erstellen Sie die erforderlichen Umbuchungen. C
b) Ermitteln Sie die USt-Zahllast für den Voranmeldungszeitraum Jänner. C
c) Verbuchen Sie die Überweisung der USt-Zahllast für den Voranmeldungszeitraum Jänner (15. März 20. .) durch PSK-Überweisung. C
d) Tragen Sie die Buchungssätze auf den erforderlichen Konten ein. C

Lösung:

a)

31.1. **1** Umbuchung Saldo Konto 2500 Vorsteuer 14.000,00
3520 USt-Zahllast / 2500 Vorsteuer 14.000,00

2 Umbuchung Saldo Konto 3500 Umsatzsteuer 21.000,00
3500 Umsatzsteuer / 3520 USt-Zahllast 21.000,00

b)

Ermittlung der USt-Zahllast:		
	Umsatzsteuer	€ 21.000,00
–	Vorsteuer	€ 14.000,00
	USt-Zahllast	**€ 7.000,00**

c)

15.3. **3** PSK-Überweisung an das Finanzamt 7.000,00 (USt-Zahllast Jänner)
3520 USt-Zahllast / 2810 PSK 7.000,00

d)

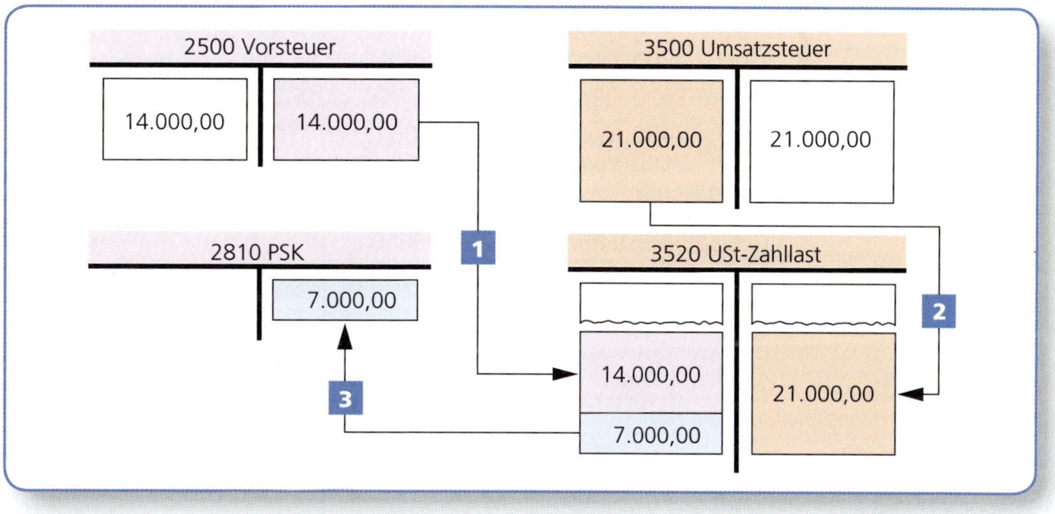

L 3.07: Buchungen unter Berücksichtigung der Umsatzsteuer

Eröffnen Sie die Konten aufgrund nachstehender Bilanz des Unternehmens Johanna Strobl e. U., 2620 Neunkirchen, Hauptplatz 5:

Aktiva	Eröffnungsbilanz zum 1. Jänner 20 . .		Passiva
Geschäftsausstattung	69.800,00	Kapital	128.170,00
HW-Vorrat	81.400,00	Lieferverbindlichkeiten	36.150,00
Lieferforderungen	18.240,00	USt-Zahllast	9.940,00
Kassa	1.250,00		
PSK	3.570,00		
	174.260,00		174.260,00

Geschäftsfälle:

3. 1.	E 1	Wareneinkauf vom Lieferanten Kurz OG (33290) € 12.820,– + € 2.564,– USt = = € 15.384,–; Zahlungsziel 30 Tage
7. 1.	A 1	Warenverkauf gegen spätere Bezahlung an den Kunden Franz Müller (20080) € 35.840,– + € 7.168,– USt = € 43.008,–
10. 1.	K 1	Kassaeingang € 2.452,–; der Kunde Reigl KG (20210) hat die A 615 des Vorjahres ausgeglichen.
15. 1.	P 1	PSK-Überweisung USt November € 2.162,–
30. 1.	K 2	Zahlung der Geschäftsmiete bar € 1.800,– + € 360,– USt = € 2.160,–
31. 1.	U 1	Umbuchung der Konten Vorsteuer und Umsatzsteuer auf USt-Zahllast
31.12.	U 2	Abschluss: Warenendbestand laut Inventur € 75.360,–

Die Konten werden entsprechend der Praxis per 31. Dez. abgeschlossen.

Die auf den Kunden- bzw. Lieferantenkonten zu buchenden Beträge sind auf den Konten Lieferforderungen bzw. Lieferverbindlichkeiten zu erfassen.

Aufgabe: a) Stellen Sie die Buchungssätze für die laufenden Buchungen auf. C

b) Tragen Sie die Bestände auf den aktiven und passiven Bestandskonten zum 1. Jänner 20. . ein. C

c) Verbuchen Sie die Geschäftsfälle auf den angeführten Konten. C

d) Schließen Sie die Konten Vorsteuer und Umsatzsteuer gegen USt-Zahllast ab. Ermitteln Sie den Differenzbetrag zwischen Endbestand und Anfangsbestand der Handelswaren und stellen Sie den dazugehörenden Buchungssatz auf.
Tragen Sie die Buchungssätze auf den jeweiligen Konten ein. C

e) Erstellen Sie die Summen- und Saldenbilanz. C

f) Stellen Sie die Gewinn- und Verlustrechnung sowie die Schlussbilanz auf. C

g) Ermitteln Sie die USt-Zahllast für Jänner und erstellen Sie die Umsatzsteuervoranmeldung mit Datum 15. März 20. . (Finanzamt Neunkirchen Wr. Neustadt, Triester Straße 16, 2620 Neunkirchen, Finanzamtsnummer – Steuernummer 33 091/4581). C

3 Doppelte Buchführung – Praxis

Lösung:

a)

3.1. 5000 HW-Einsatz 12.820,00 / 33290 Kurz OG 15.384,00
2500 Vorsteuer 2.564,00 /

7.1. 20080 Franz Müller 43.008,00 / 4000 HW-Erlöse 35.840,00
/ 3500 Umsatzsteuer 7.168,00

10.1. 2700 Kassa / 20210 Reigl KG 2.452,00

15.1. 3520 USt-Zahllast / 2810 PSK 2.162,00

30.1. 7400 Mietaufwand 1.800,00 / 2700 Kassa 2.160,00
2500 Vorsteuer 360,00 /

b), c) und d)

Geschäftsausstattung			0600
Datum	Gegenkonto	Soll	Haben
1. 1.	AB	69.800,00	

HW-Vorrat			1600
Datum	Gegenkonto	Soll	Haben
1. 1.	AB	81.400,00	
31.12.	HW-Einsatz		6.040,00
		81.400,00	6.040,00

Lieferforderungen			2000
Datum	Gegenkonto	Soll	Haben
1. 1.	AB	18.240,00	
7. 1.	HW-Erlöse, USt	43.008,00	
10. 1.	Kassa		2.452,00
		61.248,00	2.452,00

Kassa			2700
Datum	Gegenkonto	Soll	Haben
1. 1.	AB	1.250,00	
10. 1.	Reigl KG	2.452,00	
30. 1.	Mietaufwand, VSt		2.160,00
		3.702,00	2.160,00

PSK			2810
Datum	Gegenkonto	Soll	Haben
1. 1.	AB	3.570,00	
15. 1.	USt-Zahllast		2.162,00
		3.570,00	2.162,00

HW-Einsatz			5000
Datum	Gegenkonto	Soll	Haben
3. 1.	Kurz OG	12.820,00	
31.12.	HW-Vorrat	6.040,00	
		18.860,00	

Vorsteuer			2500
Datum	Gegenkonto	Soll	Haben
3. 1.	Kurz OG	2.564,00	
30. 1.	Kassa	360,00	
31. 1.	USt-Zahllast		2.924,00
		2.924,00	2.924,00

Mietaufwand			7400
Datum	Gegenkonto	Soll	Haben
30. 1.	Kassa	1.800,00	

Kapital			9000
Datum	Gegenkonto	Soll	Haben
1. 1.	AB		128.170,00

Lieferverbindlichkeiten			3300
Datum	Gegenkonto	Soll	Haben
1. 1.	AB		36.150,00
3. 1.	HW-Einsatz, VSt		15.384,00
			51.534,00

USt-Zahllast			3520
Datum	Gegenkonto	Soll	Haben
1. 1.	AB		9.940,00
15. 1.	PSK	2.162,00	
31. 1.	Vorsteuer	2.924,00	
31. 1.	Umsatzsteuer		7.168,00
		5.086,00	17.108,00

HW-Erlöse			4000
Datum	Gegenkonto	Soll	Haben
7. 1.	Franz Müller		35.840,00

Umsatzsteuer			3500
Datum	Gegenkonto	Soll	Haben
7. 1.	Franz Müller		7.168,00
31. 1.	USt-Zahllast	7.168,00	
		7.168,00	7.168,00

U – Belegsymbol für **Um- und Nachbuchungen** am Jahresende

d) Buchungsanweisungen für die Um- und Nachbuchungen

U 1: 3520 USt-Zahllast / 2500 Vorsteuer 2.924,00
3500 Umsatzsteuer / 3520 USt-Zahllast 7.168,00

	Endbestand laut Inventur	€ 75.360,00
–	Anfangsbestand (Konto 1600)	€ 81.400,00
	Differenz (Bestandsverminderung)	– € **6.040,00**

U 2: 5000 HW-Einsatz / 1600 HW-Vorrat 6.040,00

e)

Die Konten werden nach Kontonummern aufsteigend angeführt.

Konto-Nr.	Kontenbezeichnung	Summenbilanz		Saldenbilanz	
		Soll	Haben	Soll	Haben
0600	Geschäftsausstattung	69.800,00		69.800,00	
1600	HW-Vorrat	81.400,00	6.040,00	75.360,00	
2000	Lieferforderungen	61.248,00	2.452,00	58.796,00	
2500	Vorsteuer	2.924,00	2.924,00		
2700	Kassa	3.702,00	2.160,00	1.542,00	
2810	PSK	3.570,00	2.162,00	1.408,00	
3300	Lieferverbindlichkeiten		51.534,00		51.534,00
3520	Umsatzsteuer	7.168,00	7.168,00		
3540	USt-Zahllast	5.086,00	17.108,00		12.022,00
4000	HW-Erlöse		35.840,00		35.840,00
5000	HW-Einsatz	18.860,00		18.860,00	
7400	Mietaufwand	1.800,00		1.800,00	
9000	Kapital		128.170,00		128.170,00
		255.558,00	255.558,00	227.566,00	227.566,00

f)

Schlussbilanz zum 31. Dez.				
Geschäftsausstattung	69.800,00	Kapital AB 1.1.	128.170,00	
HW-Vorrat	75.360,00	+ Gewinn	15.180,00	
Lieferforderungen	58.796,00	Kapital EB 31.12.	143.350,00	143.350,00
Kassa	1.542,00	Lieferverbindlichkeiten		51.534,00
PSK	1.408,00	USt-Zahllast		12.022,00
	206.906,00			206.906,00

Gewinn- und Verlustrechnung zum 31. Dez.	
35.840,00	Summe der Erträge
20.660,00	Summe der Aufwendungen
15.180,00	**Gewinn**

g) Ermittlung der USt-Zahllast und Ausfertigung der Umsatzsteuervoranmeldung (UVA)

In der UVA sind die jeweiligen Beträge in die mit den angeführten **Kennzahlen** versehenen Felder einzutragen:

Kennzahl			Betrag	
000 bzw. **022** →		Gesamtbetrag der Bemessungsgrundlagen	€ 35.840,00	(Saldo des Kontos 4000 HW-Erlöse)
		Davon steuerfrei	€ 0,00	
		Gesamtbetrag der steuerpflichtigen Umsätze	€ 35.840,00	
022 →		Davon zu versteuern mit 20 % Umsatzsteuer	€ 7.168,00	(Saldo des Kontos 3500 Umsatzsteuer)
060 →	–	Vorsteuer laut Konto	€ 2.924,00	(Saldo des Kontos 2500 Vorsteuer)
095 →		**USt-Zahllast (Vorauszahlung) für Jänner**	€ **4.244,00**	

Die **Summen- und Übertragsfelder** sind mit den entsprechenden Beträgen zu versehen.

Die Umsatzsteuervoranmeldung (UVA) ist auf den beiden nächsten Seiten abgebildet.

Zur **Umsatzsteuervoranmeldung (UVA)** siehe Seite 104.

FinanzOnline, unser Service für Sie!

An das Finanzamt

FINANZAMT NEUNKIRCHEN WR. NEUSTADT
TRIESTER STRASSE 16, 2620 NEUNKIRCHEN

Informationen zur elektronischen Erklärungsabgabe finden Sie direkt unter FinanzOnline (https://finanzonline.bmf.gv.at) und unter www.bmf.gv.at, wo auch steuerliche Informationen, wie die Umsatzsteuerrichtlinien 2000 abrufbar (downloadbar) sind, bzw. erhalten Sie diese bei Ihrem zuständigen Finanzamt.

Eingangsvermerk

2016

*Dieses Formular wird maschinell gelesen, schreiben Sie daher in **BLOCKSCHRIFT** und verwenden Sie **ausschließlich schwarze** oder **blaue** Farbe. Betragsangaben in EURO und Cent (rechtsbündig). Geben Sie nur **Originalformulare** ab, da Kopien maschinell nicht lesbar sind. Eintragungen **außerhalb der Eingabefelder** können ebenfalls maschinell nicht gelesen werden.*
***Die stark hervorgehobenen Felder/Ankreuzkästchen sind jedenfalls auszufüllen.** Zutreffendes bitte ankreuzen.*

☒ **Umsatzsteuervoranmeldung 2016**

☐ **Berichtigte Umsatzsteuervoranmeldung 2016**

1. Abgabenkontonummer

1.1 Finanzamtsnummer - Steuernummer: 33 091 4581

1.2 ☐ Steuernummer noch nicht vorhanden

2. Zeitraum

2.1 für den Kalendermonat: 01 2016

2.2 für das Kalendervierteljahr: ___ bis ___ 2016

3. Angaben zum Unternehmen

3.1 BEZEICHNUNG DES UNTERNEHMENS (BLOCKSCHRIFT): JOHANNA STROBL E.U.

3.2 STRASSE (BLOCKSCHRIFT): HAUPTPLATZ

3.3 Hausnummer: 5

3.4 Stiege | 3.5 Türnummer | 3.6 Land [1] | 3.7 Telefonnummer

3.8 Postleitzahl: 2620

3.9 ORT (BLOCKSCHRIFT): NEUNKIRCHEN

www.bmf.gv.at — BMF BUNDESMINISTERIUM FÜR FINANZEN

4. Berechnung der Umsatzsteuer:

	KZ		Bemessungsgrundlage, Beträge in Euro und Cent
Lieferungen, sonstige Leistungen und Eigenverbrauch: 4.1 Gesamtbetrag der Bemessungsgrundlage für Lieferungen und sonstige Leistungen (ohne den nachstehend angeführten Eigenverbrauch) einschließlich Anzahlungen (jeweils ohne Umsatzsteuer)	000		35840,00
4.2 zuzüglich Eigenverbrauch (§ 1 Abs. 1 Z 2, § 3 Abs. 2 und § 3a Abs. 1a)	001	+	
4.3 abzüglich Umsätze, für die die Steuerschuld gemäß § 19 Abs. 1 zweiter Satz sowie gemäß § 19 Abs. 1a, 1b, 1c, 1d und 1e auf den Leistungsempfänger übergegangen ist.	021	–	
4.4 SUMME			35840,00

[1] *Bitte geben Sie das internationale Kfz-Kennzeichen an. Nur auszufüllen, wenn der derzeitige Wohnsitz/Sitz nicht in Österreich gelegen ist.*

U 30-PDF-2016 Bundesministerium für Finanzen — U 30, Seite 1, Version vom 29.10.2015

FANr.-Steuernummer: 33 - 091/4581

	KZ		Betrag
Davon steuerfrei MIT Vorsteuerabzug gemäß			
4.5 § 6 Abs. 1 Z 1 iVm § 7 (Ausfuhrlieferungen)	011	–	
4.6 § 6 Abs. 1 Z 1 iVm § 8 (Lohnveredelungen)	012	–	
4.7 § 6 Abs. 1 Z 2 bis 6 sowie § 23 Abs. 5 (Seeschifffahrt, Luftfahrt, grenzüberschreitende Personenbeförderung, Diplomaten, Reisevorleistungen im Drittlandsgebiet usw.).	015	–	
4.8 Art. 6 Abs. 1 (innergemeinschaftliche Lieferungen ohne die nachstehend gesondert anzuführenden Fahrzeuglieferungen)	017	–	
4.9 Art. 6 Abs. 1, sofern Lieferungen neuer Fahrzeuge an Abnehmer ohne UID-Nummer bzw. durch Fahrzeuglieferer gemäß Art. 2 erfolgten.	018	–	
Davon steuerfrei OHNE Vorsteuerabzug gemäß			
4.10 § 6 Abs. 1 Z 9 lit. a (Grundstücksumsätze)	019	–	
4.11 § 6 Abs. 1 Z 27 (Kleinunternehmer)	016	–	
4.12 § 6 Abs. 1 Z ___ (übrige steuerfreie Umsätze ohne Vorsteuerabzug)	020	–	
4.13 Gesamtbetrag der steuerpflichtigen Lieferungen, sonstigen Leistungen und Eigenverbrauch (einschließlich steuerpflichtiger Anzahlungen)			35840,00

Davon sind zu versteuern mit:	KZ	Bemessungsgrundlage		Umsatzsteuer
4.14 20% Normalsteuersatz	022	35840,00		7168,00
4.15 10% ermäßigter Steuersatz	029		+	
4.16 13% ermäßigter Steuersatz	006		+	
4.17 19% für Jungholz und Mittelberg	037		+	
4.18 10% Zusatzsteuer für pauschalierte land- und forstwirtschaftliche Betriebe	052		+	
4.19 7% Zusatzsteuer für pauschalierte land- und forstwirtschaftliche Betriebe	007		+	
Weiters zu versteuern:				
4.20 Steuerschuld gemäß § 11 Abs. 12 und 14, § 16 Abs. 2 sowie gemäß Art. 7 Abs. 4	056		+	

U 30-PDF-2016 — U 30, Seite 2, Version vom 29.10.2015

FANr.-Steuernummer: 33 - 091/4581

		Kennzahl		Betrag
4.21	Steuerschuld gemäß § 19 Abs. 1 zweiter Satz, § 19 Abs. 1c, 1e sowie gemäß Art. 25 Abs. 5	057	+	
4.22	Steuerschuld gemäß § 19 Abs. 1a (Bauleistungen)	048	+	
4.23	Steuerschuld gemäß § 19 Abs. 1b (Sicherungseigentum, Vorbehaltseigentum und Grundstücke im Zwangsversteigerungsverfahren)	044	+	
4.24	Steuerschuld gemäß § 19 Abs. 1d (Schrott und Abfallstoffe, Verordnung BGBl. II Nr. 129/2007; Videospielkonsolen, Laptops, Tablet-Computer, Gas und Elektrizität, Gas- und Elektrizitätszertifikate, Metalle, Anlagegold, Verordnung BGBl. II Nr. 369/2013)	032	+	

Innergemeinschaftliche Erwerbe:

		Kennzahl		Bemessungsgrundlage		
4.25	Gesamtbetrag der Bemessungsgrundlagen für innergemeinschaftliche Erwerbe	070				
4.26	Davon steuerfrei gemäß Art. 6 Abs. 2	071	–			
4.27	**Gesamtbetrag** der steuerpflichtigen innergemeinschaftlichen Erwerbe					
	Davon sind zu versteuern mit:					
4.28	20% Normalsteuersatz	072			+	
4.29	10% ermäßigter Steuersatz	073			+	
4.30	13% ermäßigter Steuersatz	008			+	
4.31	19% für Jungholz und Mittelberg	088			+	
	Nicht zu versteuernde Erwerbe:					
4.32	Erwerbe gemäß Art. 3 Abs. 8 zweiter Satz, die im Mitgliedstaat des Bestimmungslandes besteuert worden sind	076				
4.33	Erwerbe gemäß Art. 3 Abs. 8 zweiter Satz, die gemäß Art. 25 Abs. 2 im Inland als besteuert gelten	077				

5. Berechnung der abziehbaren Vorsteuer:

		Kennzahl		Betrag
5.1	Gesamtbetrag der Vorsteuern (ohne die nachstehend gesondert anzuführenden Beträge)	060	–	2924,00
5.2	Vorsteuern betreffend die entrichtete Einfuhrumsatzsteuer (§ 12 Abs. 1 Z 2 lit. a)	061	–	

U 30-PDF-2016

U 30, Seite 3, Version vom 29.10.2015

FANr.-Steuernummer: 33 - 091/4581

		Kennzahl		Betrag
5.3	Vorsteuern betreffend die geschuldete, auf dem Abgabenkonto verbuchte Einfuhrumsatzsteuer (§ 12 Abs. 1 Z 2 lit. b)	083	–	
5.4	Vorsteuern aus dem innergemeinschaftlichen Erwerb	065	–	
5.5	Vorsteuern betreffend die Steuerschuld gemäß § 19 Abs. 1 zweiter Satz, § 19 Abs. 1c, 1e sowie gemäß Art. 25 Abs. 5	066	–	
5.6	Vorsteuern betreffend die Steuerschuld gemäß § 19 Abs. 1a (Bauleistungen)	082	–	
5.7	Vorsteuern betreffend die Steuerschuld gemäß § 19 Abs. 1b (Sicherungseigentum, Vorbehaltseigentum und Grundstücke im Zwangsversteigerungsverfahren)	087	–	
5.8	Vorsteuern betreffend die Steuerschuld gemäß § 19 Abs. 1d (Schrott und Abfallstoffe, Verordnung BGBl. II Nr. 129/2007; Videospielkonsolen, Laptops, Tablet-Computer, Gas und Elektrizität, Gas- und Elektrizitätszertifikate, Metalle, Anlagegold, Verordnung BGBl. II Nr. 369/2013)	089	–	
5.9	Vorsteuern für innergemeinschaftliche Lieferungen neuer Fahrzeuge von Fahrzeuglieferern gemäß Art. 2	064	–	
5.10	Davon nicht abzugsfähig gemäß § 12 Abs. 3 iVm Abs. 4 und 5	062	+	
5.11	Berichtigung gemäß § 12 Abs. 10 und 11	063	2) ☐	
5.12	Berichtigung gemäß § 16	067	2) ☐	
5.13	**Gesamtbetrag** der abziehbaren Vorsteuer		-	2924,00

6. Sonstige Berichtigungen:

	Kennzahl		Betrag
	090	2) ☐	

7.1 ☒ **Vorauszahlung** (Zahllast) 7.2 ☐ **Überschuss** (Gutschrift) **095** 4244,00

☐ Ich beantrage die Verwendung des unter der Kennzahl **095** ausgewiesenen Überschusses zur Abdeckung von Abgaben.

☐ Ich übermittle Rechnungskopien *(bitte keine Originale beilegen)*

2) *Sollte die Eingabe eines negativen Wertes notwendig sein, tragen Sie das Minuszeichen in das dafür vorgesehene Kästchen vor den Betragsfeldern ein.*

Steuerliche Vertretung (Name, Anschrift, Telefon/Telefaxnummer)

Ich versichere, dass ich die vorstehenden Angaben nach bestem Wissen und Gewissen **richtig** und **vollständig** gemacht habe.

15.03.20.. Johanna Strobl

Datum, Unterschrift bzw. firmenmäßige Zeichnung

U 30-PDF-2016

U 30, Seite 4, Version vom 29.10.2015

3 Doppelte Buchführung – Praxis

Übungsbeispiel

SbX

Formular Excel Buchungstrainer ID: 3031

Ü 3.04: Buchungen unter Berücksichtigung der Umsatzsteuer

Eröffnen Sie die Konten aufgrund folgender Bilanz von Karl Steiner e. U., Textilhandel, 6130 Schwaz, Haller Straße 32:

Eröffnungsbilanz zum 1. Jan. 20 . .		
HW-Vorrat	91.200,00	
Kassa	2.890,00	
Bank	2.850,00	
Kapital		74.750,00
Lieferverbindlichkeiten		18.930,00
USt-Zahllast		3.260,00
	96.940,00	96.940,00

Die Konten werden entsprechend der Praxis per 31. Dez. abgeschlossen.

Die auf den Kunden- bzw. Lieferantenkonten zu buchenden Beträge sind auf den Konten Lieferforderungen bzw. Lieferverbindlichkeiten zu erfassen.

Die **Konten** finden Sie als Kopiervorlage im Anhang.

Geschäftsfälle:

- 4. 1. A 1 Warenverkauf (Pullover, Westen etc.) an Modehaus Wittner e.U. (20121) € 21.400,– + € 4.280,– USt = € 25.680,–
- 9. 1. K 1 Barzahlung an den Steuerberater € 900,– + € 180,– USt = € 1.080,– (Konto 7750 Rechts- und Beratungsaufwand)
- 15. 1. B 1 Überweisung USt für November € 1.430,–
- 17. 1. E 1 Einkauf von Sakkos und Hosen vom Lieferanten Herrenmode Latzke GmbH (33310) € 4.700,– + € 940,– USt = € 5.640,–
- 31. 1. U 1 Umbuchung der Konten Vorsteuer und Umsatzsteuer auf USt-Zahllast
- 31.12. U 2 Abschluss: Warenvorrat laut Inventur € 81.530,–

Aufgabe:
a) Stellen Sie die Buchungssätze für die laufenden Buchungen auf. C
b) Tragen Sie die Bestände auf den aktiven und passiven Bestandskonten zum 1. Jänner 20 . . ein. C
c) Verbuchen Sie die Geschäftsfälle auf den angeführten Konten. C
d) Schließen Sie die Konten Vorsteuer und Umsatzsteuer gegen USt-Zahllast ab. Ermitteln Sie den Differenzbetrag zwischen Endbestand und Anfangsbestand der Handelswaren und stellen Sie den dazugehörenden Buchungssatz auf. Tragen Sie die Buchungssätze auf den jeweiligen Konten ein. C
e) Erstellen Sie die Summen- und Saldenbilanz. C

Konto-Nr.	Kontenbezeichnung	Summenbilanz		Saldenbilanz	
		Soll	Haben	Soll	Haben

f) Stellen Sie die Gewinn- und Verlustrechnung sowie die Schlussbilanz auf. C

Schlussbilanz zum 31. Dez.				

Gewinn- und Verlustrechnung zum 31. Dez.	
	Summe der Erträge
	Summe der Aufwendungen

g) Ermitteln Sie die USt-Zahllast für Jänner und erstellen Sie die USt-Voranmeldung mit Datum 15. März 20 . . (Finanzamt Kufstein Schwaz, Brandlstraße 19/1, 6130 Schwaz, Finanzamtsnummer – Steuernummer 83 051/1112). C

Üben

SbX ID: 3032

A B C D E

SbX Buchungstrainer ID: 3032

Ü 3.05: Bildung von Buchungssätzen

Leo Bliem e. U., Wien, handelt mit modischen Sonnenbrillen. Im April 20 . . ergeben sich u. a. folgende Geschäftsfälle:

1. E 56 Einkauf von Sonnenbrillen gegen spätere Bezahlung von der Optika GmbH (33012) € 4.000,– + € 800,– USt = € 4.800,–
2. Zahlung Telefonrechnung € 594,78 (inkl. 20 % USt) bar

BAWAG PSK — BAWAG P.S.K. Bank für Arbeit und Wirtschaft und Österreichische Postsparkasse Aktiengesellschaft — K 181 — ZAHLUNGSANWEISUNG AUFTRAGSBESTÄTIGUNG

EmpfängerIn Name/Firma: A1 Telekom Austria AG

IBAN EmpfängerIn: AT126000000007501818

BIC (SWIFT-Code) der Empfängerbank: OPSKATWW — EUR — Betrag/Cent: 594,78

Verwendungszweck: Telekom-Rechnung für Verrechnungskonto 014181709
Rechnung: 03.03.20 . ., KDNR: 100866606, Fälligkeit: 03.04.20 . .

(Stempel: WIEN b 02.-04. . .-12 1080)

IBAN KontoinhaberIn/AuftraggeberIn

KontoinhaberIn/AuftraggeberIn Name/Firma: Leo Bliem e. U., Josefstädter Str. 31, 1080 Wien

Bitte vor Weitergabe des Auftrages abtrennen - verbleibt bei AuftraggeberIn.
Gilt nicht als Durchführungsbestätigung!

3. B 21 Banküberweisung an die Optika GmbH (33012) € 4.800,–
4. K 182 Tageslosung € 7.534,60 inkl. 20 % USt (€ ______ + € ______ USt)
5. B 22 Auf unser Bankkonto wurden € 600,– + € 120,– USt = € 720,– Provision für eine einmalige Geschäftsvermittlung überwiesen.
6. P 31 Kauf Heizöl € 4.020,– + € 804,– USt = € 4.824,– durch PSK-Überweisung

7. Kauf von drei Stück Toner HP CP3525 für den Drucker

K 183

ELSAT INTERNATIONAL

Leo Bliem e.U.
Josefstädter Str. 31
1080 Wien

RECHNUNG NR: 054029/E

Kunden-Nr.: **1001502** Ihre Bestellung: Tel. vom 10.04...
Datum: 10.04... 15:04 Sachbearbeiter: Claudia Kotasek DW351 / FAX320
Team: 98 Auftrag Nr.: **142614**

Pos	Artikel Bezeichnung	Menge	EH	Einzelpreis /EH	Termin Wunsch/vorauss.	Total
001	01338A Toner HP CP3525	3.00	STK	110,63	STK 1004../1004..	331,89

0.35 % ARA-Zuschlag inkl.
0.15 % Transportversicherung inkl.

NETTOSUMME	EUR	331,89
MwSt	20.00 %	66,38
ENDSUMME	**EUR**	**398,27**

Betrag dankend erhalten 10.04...

8. K 184 Warenverkauf (drei Sonnenbrillen) gegen Barzahlung € 300,– + 20 % USt € ______ = € ______

9. K 185 Kauf von Sonnenbrillen gegen Barzahlung € 840,– (inkl. 20 % USt)

10. K 186 Service Lkw € 360,– + € 72,– USt = € 432,–; Barzahlung bei Abholung des Fahrzeuges (Konto 7330 Lkw-Betriebsaufwand)

Aufgabe: Bilden Sie die Buchungssätze unter Angabe der Kontennummern und Kontennamen.

C

SbX
Buchungstrainer
ID: 3032

Ü 3.06: Bildung von Buchungssätzen

Im Großhandelsgeschäft für Modeschmuck von Gerda Burian e. U., Linz, fallen im Jänner 20 . . u. a. folgende Geschäftsfälle an:

1. K 12 Barverkauf von diversem Modeschmuck € 2.820,– + € 564,– USt = = € 3.384,–
2. Privatentnahme von einem Paar Ohrstecker:

S 3

Linz, 8. Jan. 20 . .

Private Warenentnahme
1 Paar Ohrstecker, Modell Starlight
Nr. 017634 € 170,00
+ 20 % USt € 34,00
G. Burian € 204,00

3. K 13 Kauf Heizöl bar € 1.800,– + € 360,– USt = € 2.160,00
4. P 7 PSK-Überweisung für Telefonrechnung € ______ + 20 % USt € ______ = = € 748,80
5. A 3 Verkauf von diversem Modeschmuck an den Kunden G. Kleinwein (20019) € 564,– + + € 112,80 USt = € 676,80
6. P 8 Überweisung an den Lieferanten Gold & Stein GmbH (33046) zum Ausgleich der E 281 aus dem Vorjahr € 2.455,20
7. B 4 Bankeingang € 676,80; der Kunde G. Kleinwein (20019) hat die A 3 ausgeglichen.
8. E 1 Wareneinkauf (Ringe, Ketterl) von Bibl & Reiter KG (33014) um € 2.500,– + € 500,– USt = € 3.000,–; Zahlungskonditionen: 30 Tage Ziel

9. K 14 Kauf Dekorationsmaterial bar um € 760,– + 20 % USt € ______ = € ______
(Konto 7650 Werbeaufwand)

10. Überweisung vom PSK-Konto: Umsatzsteuer November

P9

BAWAG PSK

Gerda Burian e. U.

KONTOAUSZUG 9	Währung	Blatt 1 von 1	vom 15.01.20. .
IBAN AT046000000005430527	EUR	Letzter Auszug 13.01.20. .	Alter Kontostand 15.102,44

Buch.-Tag	Buchungstext	Wert	
14.01	U 11.20. .	14.01	3.715,95-

Journal Auftragsdaten 14. Jan. 20. ., 10:18 Uhr

Gerda Burian e. U., Verfüger: 861375

P9

Auftragsart: Überweisung Finanzamt

Auftraggeber/in
IBAN: AT046000000005430527
Name: Gerda Burian e. U.

Auftragsdetails
Steuernummer 463671214

Zusatzangaben
Geschäftsvorfall Steuerzahlung
Durchführung 15.01.20. .

Aufgabenart	Periode, Format	Periode	Teilbetrag
Umsatzsteuer (U)	Monat MM.JJJJ	11.20. .	EUR 3.715,95
		Guthaben/Forderung	
		Betrag	EUR 3.715,95

Empfänger/in
Name und Anschrift: Finanzamt Linz
IBAN: AT030100000005524464
BIC: BUNDATWW
Bankname: BAWAG P.S.K. AG

Aufgabe: Bilden Sie die Buchungssätze unter Angabe der Kontennummern und Kontennamen. C

SbX
Excel Buchungstrainer ID: 3032

Ü 3.07: Umbuchung der Vorsteuer und der Umsatzsteuer, Überweisung der USt-Zahllast

Die Konten Vorsteuer, Umsatzsteuer und USt-Zahllast von Andreas Müllauer e. U. weisen per 31. Jänner 20. . folgende Beträge aus:

Vorsteuer			2500
Datum	Gegenkonto	Soll	Haben
3. 1.	Lang OG	2.564,00	
30. 1.	Kassa	360,00	

Umsatzsteuer			3500
Datum	Gegenkonto	Soll	Haben
7. 1.	Josef Stoss		7.168,00

Bank			2800
Datum	Gegenkonto	Soll	Haben
1. 1.	AB	31.240,00	

USt-Zahllast			3520
Datum	Gegenkonto	Soll	Haben
1. 1.	AB		9.940,00
15. 1.	Kassa	2.162,00	

Aufgabe: a) Ermitteln Sie die Salden der Konten Vorsteuer und Umsatzsteuer für den Voranmeldungszeitraum Jänner und stellen Sie die erforderlichen Umbuchungen auf. C

b) Die USt-Zahllast des Voranmeldungszeitraumes Jänner wird am 15. März 20. . durch Banküberweisung an das Finanzamt abgeliefert. Nehmen Sie die Verbuchung vor. C

c) Tragen Sie die Buchungssätze auf den abgebildeten Konten ein. C

Lösung:

a), c)

Vorsteuer			2500
Datum	Gegenkonto	Soll	Haben
3. 1.	Lang OG	2.564,00	
30. 1.	Kassa	360,00	

Umsatzsteuer			3500
Datum	Gegenkonto	Soll	Haben
7. 1.	Josef Stoss		7.168,00

Bank			2800
Datum	Gegenkonto	Soll	Haben
1. 1.	AB	31.240,00	

USt-Zahllast			3520
Datum	Gegenkonto	Soll	Haben
1. 1.	AB		9.940,00
15. 1.	Kassa	2.162,00	

b)

SbX Formular Excel Buchungstrainer ID: 3032

Ü 3.08: Buchungen unter Berücksichtigung der Umsatzsteuer

Eröffnen Sie die Konten aufgrund nachstehender Bilanz des Handelsunternehmens Gerald Koller e. U., 9500 Villach, Hauptstraße 15:

Aktiva	Eröffnungsbilanz zum 1. Jan. 20 . .		Passiva
HW-Vorrat	136.800,00	Kapital	186.980,00
Lieferforderungen	60.479,00	Lieferverbindlichkeiten	37.432,00
Kassa	5.984,00	USt-Zahllast	7.678,00
Bank	28.827,00		
	232.090,00		232.090,00

Geschäftsfälle:

8. 1.	E 1	Wareneinkauf vom Lieferanten Kolbitz Warenvertriebs-GmbH (33024) € 8.160,– + + € ______ USt = € 9.792,–
14. 1.	A 1	Warenverkauf an den Kunden Pagro Zentrale GmbH (20211) € 33.000,– + + € ______ USt = € 39.600,–
15. 1.	B 1	Banküberweisung für USt-Zahllast November € 2.828,–
19. 1.	K 1	Barzahlung an den Spediteur Hudits GmbH € 2.376,– (inkl. 20 % USt) für Warenzustellung an Kunden (Konto 7300 Ausgangsfrachten)
23. 1.	B 2	Bankeingang € 12.876,–; der Kunde Klomfar & Meissl OG (20308) hat die A 412 des Vorjahres bezahlt.
31. 1.	U 1	Umbuchung der Konten Vorsteuer und Umsatzsteuer auf das Konto USt-Zahllast
31.12.	U 2	Abschluss: Warenendbestand € 138.220,–

Die Konten werden entsprechend der Praxis per 31. Dez. abgeschlossen.

Die auf den Kunden- bzw. Lieferantenkonten zu buchenden Beträge sind auf den Konten Lieferforderungen bzw. Lieferverbindlichkeiten zu erfassen.

Die **Konten** finden Sie als Kopiervorlage im Anhang.

Aufgabe:
a) Stellen Sie die Buchungssätze für die laufenden Buchungen auf. C
b) Tragen Sie die Bestände auf den aktiven und passiven Bestandskonten zum 1. Jänner 20 . . ein. C
c) Verbuchen Sie die Geschäftsfälle auf den angeführten Konten. C

d) Schließen Sie die Konten Vorsteuer und Umsatzsteuer gegen USt-Zahllast ab.
Ermitteln Sie den Differenzbetrag zwischen Endbestand und Anfangsbestand der Handelswaren und stellen Sie den dazugehörenden Buchungssatz auf.
Tragen Sie die Buchungssätze auf den jeweiligen Konten ein. C

e) Erstellen Sie die Summen- und Saldenbilanz. C

Konto-Nr.	Kontenbezeichnung	Summenbilanz		Saldenbilanz	
		Soll	Haben	Soll	Haben

f) Stellen Sie die Gewinn- und Verlustrechnung sowie die Schlussbilanz auf. C

Schlussbilanz zum 31. Dez.			

Gewinn- und Verlustrechnung zum 31. Dez.	
	Summe der Erträge
	Summe der Aufwendungen

g) Ermitteln Sie die USt-Zahllast für Jänner und erstellen Sie die USt-Voranmeldung mit Datum 15. März 20 . . (Finanzamt Spittal Villach, Meister-Friedrich-Straße 2, 9500 Villach, Finanzamtsnummer – Steuernummer 61 015/5129). C

Weitere Übungsbeispiele finden Sie im Anhang.

Sichern

SbX ID: 3033

SbX ID: 3033

Im SbX finden Sie eine Sammelmappe mit Zusammenfassungen zu allen Kapiteln und Lerneinheiten sowie eine Bildschirmpräsentation.

Wissen

SbX ID: 3034

A B C D E

SbX ID: 3034

Möglichkeiten zur Kompetenzüberprüfung im SbX

Wiederholungsfragen | Aufgaben mit automatischer Aufgabenkontrolle | $H_2Ö$ MUSTERUNTERNEHMEN

Ein kurzer Kompetenz-Check, bevor's weitergeht!

Kompetenz-Check

	☺	😐	☹
Ich kann Vorsteuer und Umsatzsteuer unterscheiden.			
Ich kann die Abläufe im Zusammenhang mit der Vorsteuer und der Umsatzsteuer beschreiben und die Zahllast berechnen.			
Ich kann die Konten, die für die Verbuchung eingerichtet werden, nennen.			
Ich kann die Bestandteile einer ordnungsgemäß ausgestellten Rechnung laut UStG und UGB nennen.			
Ich kann die Bestandteile einer Kleinbetragsrechnung aufzählen.			
Ich kann die Aufzeichnungspflichten eines Unternehmers erläutern.			
Ich kann die Frist für die Erstellung einer Umsatzsteuervoranmeldung (UVA) und den Zeitpunkt nennen, zu dem die sich ergebende Zahllast an das Finanzamt zu entrichten ist.			
Ich kann den Steuerbetrag und das Nettoentgelt aus dem Rechnungsbetrag (Bruttobetrag) oder bei gegebenem Nettoentgelt den Steuerbetrag und den Rechnungsbetrag (Bruttobetrag) ermitteln.			
Ich kann Geschäftsfälle unter Berücksichtigung der Vorsteuer und der Umsatzsteuer verbuchen.			
Ich kann die Konten Vorsteuer und Umsatzsteuer am Monatsende auf das Konto USt-Zahllast umbuchen.			
Ich kann die Überweisung der Zahllast an das Finanzamt verbuchen.			
Ich kann eine Umsatzsteuervoranmeldung (UVA) erstellen.			

Lerneinheit 4
Korrektur von Fehlern

SbX
Alle SbX-Inhalte zu dieser Lerneinheit finden Sie unter der ID: 3040.

In der Anwendung der doppelten Buchführung spielt der Buchungssatz eine zentrale Rolle. Kenntnisse in der Korrektur von Fehlern sind dabei erforderlich.

Lernen

Markieren Sie im nachfolgenden Text die Antworten auf folgende Fragen:

- **Welche Möglichkeiten zur Korrektur falscher Buchungen gibt es?**
- **Welche Korrekturmöglichkeiten werden vor allem in EDV-Buchführungen angewendet?**

Für die Korrektur von fehlerhaften Buchungen bzw. Eintragungen gibt es im Prinzip folgende Möglichkeiten:

- **Storno der falschen Buchung**
  Eine **falsche Buchung** (falscher Betrag, falsche Konten) kann durch eine **Stornobuchung** aufgehoben werden. Dabei unterscheidet man **zwei Varianten:**
  - Der **ursprüngliche Betrag** wird **auf der Gegenseite gebucht** (z. B. falsche Buchung im Soll, Stornobuchung im Haben).

    Ursprünglichen **Buchungssatz umdrehen!**
  - Der **ursprüngliche Betrag** wird auf der **gleichen Seite mit negativem Vorzeichen nochmals gebucht.**

    Gleicher Buchungssatz, aber mit **Minus-Betrag!**

  In den **EDV-Buchführungen** wird vor allem die **zweite Variante** angewendet. Mit dieser werden die tatsächlichen Umsätze auf den betreffenden Konten nicht verfälscht.

Im **Anschluss an die Stornobuchung** wird, soweit dies erforderlich ist, die **richtige Buchung vorgenommen.**

Beispiel

2.1. 20 . . B1 Überweisung der Versicherungsprämie € 5.600,–

Falsche Buchung:		7700 Versicherungsaufwand / 2800 Bank	6.500,00
Stornobuchung:	Variante a)	2800 Bank / 7700 Versicherungsaufwand	6.500,00
	Variante b)	7700 Versicherungsaufwand / 2800 Bank	–6.500,00
Richtige Buchung:		7700 Versicherungsaufwand / 2800 Bank	5.600,00

Darstellung: Bankkonto – Stornobuchung (Variante b)

Bank				2800
Datum	Gegenkonto	Text	Soll	Haben
1. 1.	AB		10.280,00	
2. 1.	7700 Versicherungsaufwand			6.500,00
2. 1.	7700 Versicherungsaufwand	Storno		– 6.500,00
2. 1.	7700 Versicherungsaufwand			5.600,00

- **Umbuchung**
  Wurde im **Soll** bzw. im **Haben** auf einem **falschen Konto** gebucht, die **Gegenbuchung** jedoch **richtig** vorgenommen, so kann die **Korrektur** auch **mittels einer Umbuchung** erfolgen.

3 Doppelte Buchführung – Praxis

Beispiel

Ein Unternehmen kaufte ein Kopiergerät um € 1.000,– + € 200,– USt = = € 1.200,– gegen Barzahlung.

Falsche Buchung: 0400 Maschinen 1.000,00 / 2700 Kassa 1.200,00
2500 Vorsteuer 200,00 /

Das Kopiergerät ist auf dem Konto 0620 Büromaschinen zu erfassen.

Umbuchung: 0620 Büromaschinen / 0400 Maschinen 1.000,00

Durch die Umbuchung wird auf dem richtigen Konto (0620 Büromaschinen) der korrekte Betrag gebucht und die ursprüngliche Buchung auf dem falschen Konto (0400 Maschinen) aufgehoben.

- **Durchstreichen der falschen Eintragung**
  Die falsche Eintragung wird **so durchgestrichen,** dass sie **lesbar bleibt.** Soweit dies erforderlich und möglich ist, wird die richtige Eintragung darübergeschrieben. Diese Art der Fehlerkorrektur ist in der Praxis nur unter bestimmten Voraussetzungen möglich.

Beispiel

Kassabuch **vom** 1. Juni **bis** 5. Juni **20. .** **Seite** 49

Tag	Beleg-Nr.	Text	Einnahmen (€)	Ausgaben (€)
1.	631	Miete Juni		462,00 ~~426,00~~
1.	632	Porto		7,50
~~1.~~	~~640~~	~~Wareneinkauf~~		~~194,40~~
1.	633	Benzin		41,30

Sichern

SbX ID: 3043

SbX ID: 3043

Im SbX finden Sie eine Sammelmappe mit Zusammenfassungen zu allen Kapiteln und Lerneinheiten sowie eine Bildschirmpräsentation.

Wissen

SbX ID: 3044

A B C D E
SbX ID: 3044

Möglichkeiten zur Kompetenzüberprüfung im SbX

Wiederholungsfragen | **Aufgaben mit automatischer Aufgabenkontrolle** | H2O MUSTERUNTERNEHMEN

Ein kurzer Kompetenz-Check, bevor's weitergeht!

Kompetenz-Check

	☺	😐	☹
Ich kann fehlerhafte Buchungen bzw. Eintragungen korrigieren.			
Ich kann in EDV-Buchführungen fehlerhafte Buchungen und Eintragungen korrigieren.			

4 VERBUCHUNG LAUFENDER GESCHÄFTSFÄLLE

Worum geht's in diesem Kapitel?

In diesem Kapitel geht es um die Verbuchung von Geschäftsfällen, die sich aus der laufenden Geschäftstätigkeit eines Unternehmens ergeben.

Kompetenzen, die Sie erwerben

Mit der Bearbeitung dieses Kapitels erwerben Sie die **Kompetenzen** zur **Bearbeitung von Belegen (Prüfung, Nummerierung, Kontierung und Verbuchung) im Zusammenhang mit**

- Einkäufen und Verkäufen,
- dem Rechnungsausgleich und
- Kraftfahrzeug-Betriebskosten, Steuern und Abgaben, Löhnen und Gehältern sowie den lohn- und gehaltsabhängigen Abgaben.

A B C D E

In diesem Kapitel finden Sie Übungsbeispiele und Aufgaben zum Kompetenzerwerb und zur Kompetenzüberprüfung auf den Handlungsebenen A **Wiedergeben,** B **Verstehen,** C **Anwenden** und D **Analysieren & Interpretieren.**

Dieses Kapitel umfasst folgende Abschnitte:

1 Buchungen im Zusammenhang mit Einkäufen und Verkäufen

2 Verbuchung des Rechnungsausgleiches

3 Verbuchung weiterer Geschäftsfälle

4.1 BUCHUNGEN IM ZUSAMMENHANG MIT EINKÄUFEN UND VERKÄUFEN

Worum geht's in diesem Abschnitt?

Sie planen für den Monat März Ausgaben von € 1.000,– und möchten weiters € 200,– für den Sommerurlaub in Griechenland sparen. Durch das Ausnützen verschiedener Sonderangebote, z.B. der Lebensmitteldiskonter, konnten die Ausgaben um € 100,– verringert werden. Der eingesparte Betrag wird für das Urlaubsbudget verwendet. Die Urlaubsersparnis für März wird damit von € 200,– auf € 300,– erhöht.

Vorher:			**Nachher:**		
Ausgaben	€ 1.000,00	→	Ausgaben	€ 900,00	**10 %** ↓
Urlaubstopf	€ 200,00	→	Urlaubstopf	€ 300,00	**50 %** ↑

Durch eine 10 %ige Einsparung bei den Ausgaben konnte der Sparbetrag für das Urlaubsbudget um 50 % gesteigert werden.

Ein optimales Beschaffungswesen (z.B. im Einkauf von Waren, von Anlagegütern) ermöglicht Einsparungen von bis zu 20 %, im Idealfall sogar mehr. Die Beschaffung der für den betrieblichen Prozess erforderlichen Waren und Anlagegüter sowie des sonstigen Materials und der Verkauf der Produkte haben damit einen wesentlichen Einfluss auf den Unternehmenserfolg.

Kompetenzen, die Sie erwerben

Mit der Bearbeitung dieses Abschnitts erwerben Sie **Kompetenzen** zur **Bearbeitung von Belegen (Prüfung, Nummerierung, Kontierung und Verbuchung) im Zusammenhang mit Einkäufen und Verkäufen.** Sie können

- Wareneinkäufe, Warenverkäufe und Warenrücksendungen erfassen,
- Bezugs- und Versandkosten verbuchen,
- Preisnachlässe in der Buchführung erfassen und
- die Verbuchung von sonstigen Einkäufen und Verkäufen durchführen.

A B C D E

In diesem Abschnitt finden Sie Übungsbeispiele und Aufgaben zum Kompetenzerwerb und zur Kompetenzüberprüfung auf den Handlungsebenen A **Wiedergeben,** B **Verstehen,** C **Anwenden** und D **Analysieren & Interpretieren.**

Dieser Abschnitt umfasst folgende Lerneinheiten:

1 Verbuchung von Wareneinkäufen, Warenverkäufen und Warenrücksendungen

2 Verbuchung von Bezugs- und Versandkosten

3 Verbuchung von Rabatten

4 Verbuchung von sonstigem Material

5 Verbuchung laufender Geschäftsfälle in Erzeugungsbetrieben

Lerneinheit 1

Verbuchung von Wareneinkäufen, Warenverkäufen und Warenrücksendungen

Teil der ordnungsgemäßen Erfüllung des Kaufvertrages ist die Rechnungslegung. Rechnungen sollten möglichst gleichzeitig mit der Lieferung beim Käufer einlangen.

SbX Alle SbX-Inhalte zu dieser Lerneinheit finden Sie unter der ID: 4110.

Lernen

1 Verbuchung von Wareneinkäufen

A B C D E

Markieren Sie im nachfolgenden Text die Antworten auf folgende Fragen:

- **Welche Belege bilden die Grundlage für die Verbuchung von Wareneinkäufen?**
- **Mit welchem Datum werden Wareneinkäufe verbucht?**
- **Wie lautet der Buchungssatz für einen Wareneinkauf?**
- **Wie wird der Kauf eines Anlagegutes verbucht?**

Buchungsgrundlage

Grundlage für die Verbuchung eines **Wareneinkaufes gegen spätere Bezahlung** (Wareneinkauf auf Ziel) sind die **von den Lieferanten ausgestellten Rechnungen** (Eingangsrechnungen).

Den Beleg zur Verbuchung eines **Wareneinkaufes gegen sofortige Bezahlung** (Wareneinkauf bar) bildet der **Kassabeleg** bzw. die **Rechnung** zusammen **mit dem ausgestellten Kassabeleg,** wobei beide Belege in der Regel zusammengeheftet abgelegt werden.

Darstellung: Wareneinkauf und Buchungsbelege

Sonstige Eingangsbelege betreffen z. B. den Kauf von Anlagegütern

Einkauf **vom Lieferanten** ➜ **Erhöhung** des Lagerbestandes

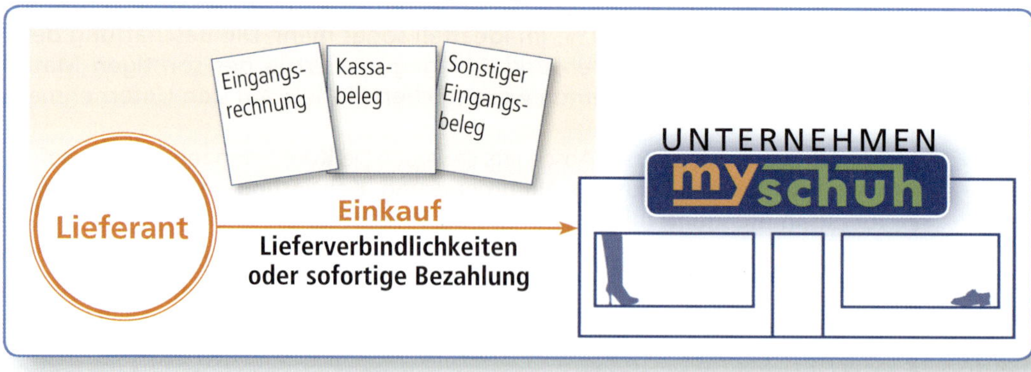

Buchungsdatum

Die Verbuchung der Eingangsbelege erfolgt in der Regel mit dem **Rechnungsdatum.** (Für den Vorsteuerabzug ist das Rechnungsdatum maßgebend.)

Verbuchung **Wareneinkauf**

Die vorzunehmende Buchung lautet:

5000 HW-Einsatz / 33 . . . Lieferantenkonto (2700 Kassa etc.)
2500 Vorsteuer /

Neues Konto **5000 HW-Einsatz**

Lehrbeispiel

L 4.01: Verbuchung von Wareneinkäufen

Von unserem Lieferanten Warenhandels AG (33012) erhalten wir am 5. Jan. für eine Lieferung von Handelswaren (Flachbildschirmfernseher) folgende Rechnung:

WARENHANDELS AG

WARENHANDELS AG

9020 Klagenfurt a. W., Inglitschstraße 26
Telefon: +43 463 37 418
Telefax: +43 463 37 418-10

9500 Villach, Auenweg 11
Telefon: +43 4242 38 412-0
Telefax: +43 4242 38 412-10

E8

Website: www.warenhandelsag.at
E-Mail: buero@warenhandelsag.at

HEINZ GRUBER E. U.
TV-HI-FI-VIDEOTHEK
FAVORITENSTRASSE 25
1040 WIEN

EINGEGANGEN 5. Jan. . .

Seite: 1
Auftrag: 219821

RECHNUNG

20831	R401298	04.01. . .
Kundennr.	Rechnungsnr.	Rechnungsdatum

Artikelnr.	Stk.	Artikelbezeichnung	Preis	Betrag
5025234470183	12	SAMSUNG PLASMA DISPLAY W 3	380,00	EUR 4.560,00

ARA-LNr.: 7493 0002 PRENNER ARNOLD

Warenwert EUR 4.560,00 Umsatzsteuer 20 % EUR 912,00 Gesamtbetrag EUR 5.472,00

ZAHLUNG INNERHALB VON 14 TAGEN OHNE ABZUG

5000 / 33012
2500 /

Reklamationen werden nur innerhalb von acht Tagen nach Empfang der Ware berücksichtigt. Bei Zielüberschreitung werden bankmäßige Zinsen berechnet. Bis zur vollständigen Bezahlung bleibt die Ware unser Eigentum.

Bankverbindung:
BKS Bank AG, IBAN AT96 1700 0001 0040 8700
BIC BFKKAT2K

Eingetragen bei Landes- als Handelsgericht Klagenfurt a. W., FN 106284p
ATU25777406

Aufgabe: a) Nummerieren Sie den Beleg, letzte Beleg-Nummer E 7. C
b) Kontieren Sie den Beleg. C
c) Verbuchen Sie den Beleg zum Rechnungsdatum. C

Lösung:

a) und b) siehe Rechnung

c) 4.1. 5000 HW-Einsatz 4.560,00 / 33012 Warenhandels AG 5.472,00
2500 Vorsteuer 912,00 /

Wird ein **Anlagegut** gekauft, z. B. ein Computer, so lautet die Buchung:

Verbuchung **Anlagenkauf**

0620 Büromaschinen / 33 . . . Lieferantenkonto (2700 Kassa etc.)
2500 Vorsteuer /

Kombi = Kombinationskraftwagen *
Motorrad = Kraftrad *
* Vom Gesetzgeber verwendete Bezeichnungen
Keine Vorsteuerbuchung!

Bei einer Eingangsrechnung über den Kauf eines **Personenkraftwagens,** eines Kombis oder eines Motorrades ist der **Rechnungsbetrag inklusive Umsatzsteuer** (Vorsteuer) auf dem Anlagenkonto zu erfassen.

Der Buchungssatz lautet z. B.:

0630 Pkw und Kombis / 33 . . . Lieferantenkonto (2700 Kassa etc.)

Der Kauf von Anlagegütern ist in der Beleggruppe **Eingangsrechnungen (E)** zu erfassen.

2 Verbuchung von Warenverkäufen

Markieren Sie im nachfolgenden Text die Antworten auf folgende Fragen:

- **Welche Belege bilden die Grundlage für die Verbuchung von Warenverkäufen?**
- **Mit welchem Datum werden Warenverkäufe verbucht?**
- **Wie lautet der Buchungssatz für einen Warenverkauf?**
- **Wie werden Privatentnahmen von Waren verbucht?**

Buchungsgrundlage

Grundlage für die Verbuchung von Warenverkäufen sind die **Durchschläge der ausgestellten Ausgangsrechnungen** oder bei Barverkäufen die **Kassabelege.**

Darstellung: Warenverkauf und Buchungsbelege

Sonstige Ausgangsbelege betreffen z. B. den Eigenverbrauch von Waren.

Verkauf an **Kunden** → **Sinken** des Lagerbestandes

Buchungsdatum

Ausgangsbelege werden in der Regel mit dem **Rechnungsdatum** verbucht.

Verbuchung **Warenverkauf**

Buchungssatz:

20 . . . Kundenkonto (2700 Kassa etc.)	/ 4000 HW-Erlöse 3500 Umsatzsteuer

Neue Konten

4000 HW-Erlöse 20 %
4001 HW-Erlöse 10 %
4002 HW-Erlöse 13 %

Unterliegen die **Umsätze** eines Unternehmens **mehreren Steuersätzen,** so sind die **Erlöskonten nach den Steuersätzen zu trennen** (4000 HW-Erlöse 20 %, 4001 HW-Erlöse 10 % und 4002 HW-Erlöse 13 %).

Lehrbeispiel

L 4.02: Verbuchung von Warenverkäufen

Die Ing. Leo Burghart Elektro-Großhandels-GmbH verkauft Handelswaren an die Hanna Gartner OG (20018) und erstellt folgende Rechnung:

A 1352

Ing. Leo Burghart
Elektro-Großhandel-GmbH
Liechtensteinstraße 17, 1090 Wien
Telefon +43 1 316 32 91, Fax +43 1 316 64 92
UID-Nr.: ATU10355612, DVR 0317488

★ Elektro-Haushaltsgeräte
★ Beleuchtung
★ Speicherheizungen
★ TV, Hi-Fi-Stereo

Hanna Gartner OG
Elektrofachhandel
Domplatz 3
2700 Wiener Neustadt

Datum: 17. Nov. 20 . .

Rechnung Nr. 20046001

Menge	Art.Nr.	Bezeichnung	Einzel/EUR	Gesamt/EUR
6	6210 334	Außenleuchten Aluguss	87,60	525,60
6	6210 126	Globe Erdspieß-Leuchte	18,20	109,20
2	6210 480	Gartensteckdosen mit Erdspieß	70,80	141,60
				776,40
			0 % Umsatzsteuer	155,28
				931,68

20018 / 4000
3500

Aufgabe: a) Kontieren Sie den Beleg aus Sicht der Ing. Leo Burghart Elektro-Großhandel-GmbH. C

b) Stellen Sie den Buchungssatz auf. C

Lösung:

a) siehe Rechnung

b) 17. 11.	20018 Hanna Gartner OG	931,68	
	an 4000 HW-Erlöse.		776,40
	an 3500 Umsatzsteuer		155,28

Verbuchung **Privatentnahmen**

4900 Eigenverbrauch 20 %
4901 Eigenverbrauch 10 %
4902 Eigenverbrauch 13 %
4903 Eigenverbrauch 0 %

Privatentnahmen von Waren werden auf dem **Erlöskonto 4900 Eigenverbrauch** verbucht. Unterliegen die **Entnahmen mehreren Steuersätzen,** so ist es erforderlich, das Konto **Eigenverbrauch nach Steuersätzen zu trennen** (4900 Eigenverbrauch 20 %, 4901 Eigenverbrauch 10 %, 4902 Eigenverbrauch 13 % bzw. 4903 Eigenverbrauch 0 %).

Privatentnahmen von Waren sind eigentlich ein **Warenverkauf an den Unternehmer selbst.** Statt auf einem Kundenkonto (20 . . .) wird **im Soll** des Buchungssatzes am Konto **9600 Privat** gebucht.

Buchungssatz:

9600 Privat /	4900 Eigenverbrauch 3500 Umsatzsteuer

3 Verbuchung von Warenrücksendungen

Markieren Sie im nachfolgenden Text die Antworten auf folgende Fragen:

- **Wann kommt es zu Warenrücksendungen?**
- **Welche Belege sind die Grundlage für die Verbuchung von Warenrücksendungen?**
- **Mit welchem Datum sind Gutschriftsanzeigen zu verbuchen?**
- **Wie lauten die Buchungssätze für eine Warenrücksendung an einen Lieferanten bzw. von einem Kunden?**

Warenrücksendungen

Zu Rücksendungen kommt es, wenn **gekaufte** bzw. **verkaufte Waren an Lieferanten** bzw. **von Kunden zurückgesandt** (retourniert) **werden,** z. B. wegen nicht vertragsgemäßer Lieferung.

Rücksendung an Verkäufer (= Lieferant) bzw. vom Käufer (= Kunde)

Buchungstechnisch handelt es sich, falls noch keine Zahlung erfolgte, um eine teilweise oder gänzliche **Rückgängigmachung der ursprünglich vorgenommenen Buchung** für die Eingangsrechnung bzw. Ausgangsrechnung.

Buchungsgrundlage

Grundlage für die Verbuchung sind die ausgestellten **Gutschriftsanzeigen.**

Warenrücksendungen **an Lieferanten → Sinken** des Lagerbestandes

Warenrücksendungen **vom Kunden → Erhöhung** des Lagerbestandes

Darstellung: Warenrücksendung und Buchungsbelege

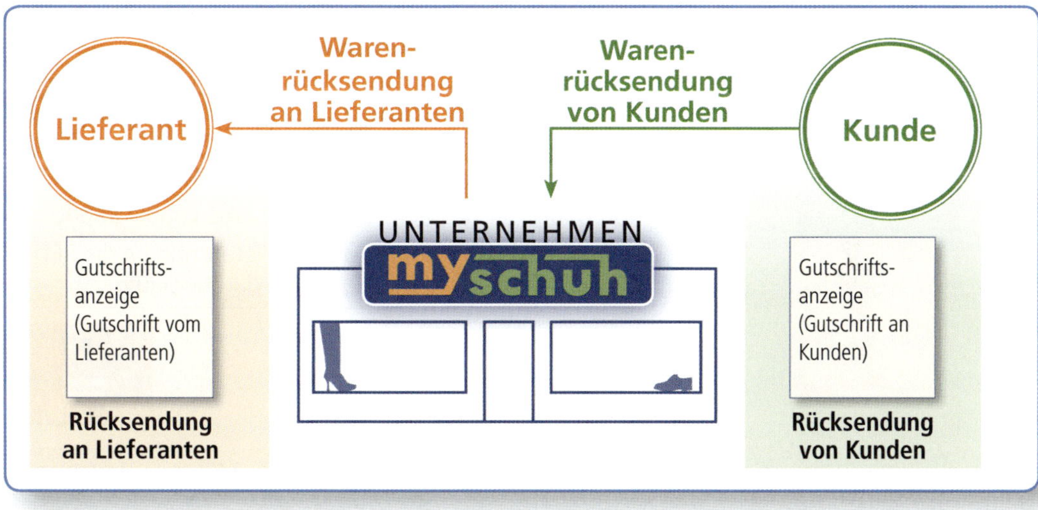

Buchungsdatum

Die **Verbuchung** erfolgt mit dem **Datum der Gutschriftsanzeigen.**

Für die Verbuchung von Warenrücksendungen ergibt sich folgender Buchungsablauf:

Warenrücksendung **an Lieferanten →** Einkaufsbuchung **umdrehen**

Warenrücksendung **von Kunden →** Verkaufsbuchung **umdrehen**

BEREITS VERBUCHT	DURCHZUFÜHRENDE BUCHUNGEN
Eingangsrechnung 5000 HW-Einsatz / 33 . . . Lieferantenkonto 2500 Vorsteuer /	**Warenrücksendung an Lieferanten** 33 . . . Lieferantenkonto / 5000 HW-Einsatz 2500 Vorsteuer
Ausgangsrechnung 20 . . . Kundenkonto / 4000 HW-Erlöse 3500 Umsatzsteuer	**Warenrücksendung von Kunden** 4000 HW-Erlöse / 20 . . . Kundenkonto 3500 Umsatzsteuer /

Üben

SbX ID: 4112

A B C D E

SbX Buchungstrainer ID: 4112

Ü 4.01: Bildung von Buchungssätzen, Gewinnauswirkung, betriebswirtschaftliche Aufgabenstellung

Die Funkberaterring GmbH, Graz, ist ein Elektronikfachgeschäft. Im Februar 20 . . ergeben sich u. a. folgende Geschäftsfälle:

1. K 96 Wareneinkauf von HTC Mobiltelefonen um € 1.450,– + € 290,– USt = € 1.740,–. Die Zahlung erfolgt bar.
2.

RED ZAC GmbH
Donaustraße 43
4020 Linz

☎ +43 732 44 50 44, Fax: +43 732 44 50 44-20. Email: office@redzac.at
UID-Nr.: ATU60122726, DVR: 072388

Funkberaterring GmbH
Untere Schönbrunngasse 33
8010 Graz

E 36

RECHNUNG: A20 . . 45896
Kunden-Nr.: FU20258
Bestellung vom: 28. Jänner 20 . .
Datum: 05. Februar 20 . .
Rechnungsdatum = Lieferdatum

Artikelnummer	Artikelbezeichnung	Menge	Preis/Stück	Gesamt
5587980	DVD-Player JVC XV DVD Video, CD, CD-R/RW, Audio- und Video-CD, DTS-Digitalausgang, PAL/NTSC-kompatibel, optische und koaxiale Digitalausgänge, Anschlüsse für S-Video, SCART (mit RGB) und FBAS-TV-Signale, 68 mm hoch, grafische Oberfläche	10	98,80	988,00
5598208	Philips DVD Eleganter DVD-Player in Normalgröße mit MPEG4-Wiedergabemöglichkeit (DivX 3,11/4/5 & XviD) zum Abspielen von Filmen aus dem Internet. 4fach-Video-Upsampling (54 MHz/12 Bit) für verbesserte Bildqualität. Wiedergabe von DVDs, CDs, CD-Rs, VCDs und MP3-CDs sowie eine Diashow-Funktion für Picture-CDs.	10	135,00	1.350,00

Rechnungsbetrag netto	EUR	2.338,00
Umsatzsteuer 20 %	EUR	467,60
Rechnungsbetrag brutto	EUR	2.805,60

Zahlbar innerhalb von 30 Tagen ohne Abzug!
Lieferung frei Hauptbahnhof Graz

Kontonummer des Lieferanten RED ZAC GmbH 33040

3. Zwei DVD-Player wurden zu viel geliefert und an die RED ZAC GmbH zurückgesandt. Die Gutschrift der RED ZAC GmbH darüber lautet:

RED ZAC GmbH
Donaustraße 43
4020 Linz

(+43 732 44 50 44, Fax: +43 732 44 50 44-20. Email: office@redzac.at
UID-Nr.: ATU60122726, DVR: 072388

Funkberaterring GmbH
Untere Schönbrunngasse 33
8010 Graz

S 97

GUTSCHRIFT : G20 . . 4214
Kunden-Nr.: FU20258
Bestellung vom: 28. Jänner 20 . .
Datum: 10. Februar 20 . .

Artikelnummer	Artikelbezeichnung	Menge	Preis/Stück	Gesamt
5598208	Philips DVD Eleganter DVD-Player in Normalgröße mit MPEG4-Wiedergabemöglichkeit (DivX 3,11/4/5 & XviD) zum Abspielen von Filmen aus dem Internet. 4fach-Video-Upsampling (54 MHz/12 Bit) für verbesserte Bildqualität. Wiedergabe von DVDs, CDs, CD-Rs, VCDs und MP3-CDs sowie eine Diashow-Funktion für Picture-CDs.	– 2	135,00	– 270,00

Gutschriftsbetrag netto	EUR	– 270,00
Umsatzsteuer 20 %	EUR	– 54,00
Gutschriftsbetrag brutto	EUR	– 324,00

4. S 99 Privatentnahme eines Mobiltelefons € 145,– + € 29,– USt = € 174,–
5. A 93 Warenverkauf (Nikon Spiegelreflexkamera) an Bruno Siegl (20029) € 798,– + + € 159,60 USt = € 957,60
   Liefer- und Zahlungsbedingungen: Lieferung frei Haus, zahlbar bei Erhalt der Ware ohne Abzug
6. K 98 Barverkäufe am 2. Februar (Tageslosung) € 9.543,60 inkl. 20 % USt (€ ________ + + € ________ USt)

7. Überweisung an die RED ZAC GmbH zum Ausgleich der E 36 abzüglich der Gutschrift S 97

IBAN: AT97 3822 3000 0628 4250 RAIFFEISENBANK GRAZ BANKSTELLE MARIATROSTER STRASSE B20 BIC: RZSTAT2G223 DVR: 0038482

* Firmenkonto *		WERT	BETRAG IN EUR
ALTER KONTOSTAND			83.468,17
24.02.20..	RED ZAC GmbH, Linz A20.. 45896 abz. G20.. 4214	24.02.20..	2.481,60 -

AT Raiffeisenbank Graz B20 ZAHLUNGSANWEISUNG AUFTRAGSBESTÄTIGUNG

EmpfängerIn Name/Firma
RED ZAC GmbH, Linz

IBAN EmpfängerIn
AT601200002593500800

BIC (SWIFT-Code) der Empfängerbank
BKAUATWW

EUR Betrag Cent 2.481,60

Verwendungszweck
A20. . 45896 abz. G20. . 4214

IBAN KontoinhaberIn/AuftraggeberIn
AT973822300006284250

KontoinhaberIn/AuftraggeberIn Name/Firma
Funkberaterring GmbH

OSTUZZA FN122251G

8. E 100 Für den Vertrieb wird ein Renault Laguna Kombi um € 21.200,– + € 4.240,– USt = = € 25.440,– bei der Renault Vogl GmbH (33217) angeschafft (Konto 0630 Pkw und Kombis).

9. S 102 Der Kunde Bruno Siegl sendet die Nikon Spiegelreflexkamera wegen eines irreparablen Schadens (Sprung im Kameragehäuse) zurück; Gutschrift € 957,60 (inkl. 20 % USt).

10. B 33 Bankeingang € 1.120,40; die Claudia Waldner OG (20410) hat die A 67 ausgeglichen.

Aufgabe: a) Verbuchen Sie die Geschäftsfälle. C

b) Welche der erstellten Buchungen sind gewinnerhöhend (↑), gewinnmindernd (↓) bzw. erfolgsneutral (Ø)? D

Hinweis: Schreiben Sie das in Klammer angegebene Symbol neben den Buchungssatz.

c) Welche Kaufvertragsklausel gilt für D

den Geschäftsfall 2,

den Geschäftsfall 5?

d) Beantworten Sie nachfolgende Fragen in Bezug auf die Lieferung der Spiegelreflexkamera an Bruno Siegl (Geschäftsfall 5) und dessen Rücksendung (Geschäftsfall 9): D

- Wie erfolgt die Feststellung und Bekanntgabe von Mängeln?
- Welcher Mangel wurde durch Bruno Siegl festgestellt?
- Welche rechtlichen Möglichkeiten hat Bruno Siegl?

SbX
Buchungstrainer
ID: 4112

Ü 4.02: Bildung von Buchungssätzen, Ermittlung der USt-Zahllast, betriebswirtschaftliche Aufgabenstellung

Die Iris Schellander GmbH betreibt ein Fachgeschäft für Malerfarben aller Art in Wien. Im Monat Februar 20. . ergeben sich u. a. folgende Geschäftsfälle:

1. Einkauf von Farben im Farbenfachhandel Anna Lunzer GmbH (33321), Klagenfurt am Wörthersee

E 201

FARBEN Lunzer GMBH
www.lunzer.at

Flatschacherstraße 23
9020 Klagenfurt am Wörthersee
Tel. +43 463 446 17
Fax +43 463 446 17-10
office@lunzer.at

Iris Schellander GmbH
Korbergasse 44
1120 Wien

RECHNUNG

Nummer:	44103
vom:	10. Februar 20. .
Seite	1
Kundennummer:	20844
Ihre UDI-Nr.:	ATU42500735
Unsere UID-Nr.:	ATU25946616

Rechnungsdatum = Lieferdatum

Art.Nr.	Bezeichnung	Menge	Einzelpreis	Rabatt %	Gesamt
181201	Novasol HW Lasur 5 Liter Palisander	20	31,00		620,00
181220	Novasol HW Lasur 5 Liter Eiche	20	32,50		650,00
181225	Novasol HW Lasur 5 Liter Weiß	20	28,90		578,00
201430	Novasol HW Lasur 20 Liter Eiche	10	120,50		1.205,00

Zahlbar innerhalb von acht Tagen ab Rechnungsdatum ohne Abzug

Nettosumme:	€	3.053,00
20 % Umsatzsteuer	€	610,60
Rechnungssumme:	€	3.663,60

Zahlbar und klagbar in Klagenfurt am Wörthersee
Die Ware bleibt bis zur vollständigen Bezahlung unser Eigentum.

Sie wurden bedient von
Michael Miklautz

2. K 312 Einkauf von Büromaterial um € 126,– + € ________ USt (20 %) = € ________ gegen Barzahlung
3. S 101 An den Farbenfachhandel Anna Lunzer GmbH werden zehn Behälter Novasol HW Lasur 5 Liter Palisander und zehn Behälter Novasol HW Lasur 5 Liter Weiß im Wert von € 599,– + € 119,80 USt = € 718,80 wegen falscher Liefermenge zurückgesandt.
4. B 18 Überweisung an die Anna Lunzer GmbH:

E 201	€	________
– Retoursendung S 101	€	________
Überweisungsbetrag	€	________

5. B 19 Bankausgang € 1.020,–; Bezahlung der Miete für Lagerräume an den Vermieter Karl Wlaschek GmbH € 850,– + € 170,– USt
6. E 232 Einkauf verschiedener Farben, Lacke und Pinsel € 816,– (inkl 20 % USt) vom Großhändler Otto Gastl e. U. (33220) gegen spätere Bezahlung

7. Verkauf an die Franz Reisner GmbH (20120) gegen spätere Bezahlung:

SCHELLANDER GMBH

Der Farbenmeister

ISO 9001:2000

IRIS SCHELLANDER GMBH · 1120 WIEN · KORBERGASSE 44

Franz Reisner GmbH
Möbelerzeugung
Atzgersdorfer Straße 29
1230 Wien

RECHNUNG

Belegnummer .....:	A198
Belegdatum ......:	20.02...
Bearb./Vers.art .:	hk
Bearbeit.datum ..:	19.02...
Lieferdatum .....:	19.02...

Bel.Nr.: A198 Kdn.Nr.: 20120 Kdn.UID-Nr.: ATU20789644 Belegdatum: 20.02... Seite 1

Stück	Artikelbezeichnung	Menge/Stk.	Preis/Stk.	Rab.	Gesamt
30	Aqua Dark - Nuss	5 Liter	56,00		1.680,00
20	Aqua Grundierung - Weiß	5 Liter	24,50		490,00

2 Posten	Summe netto	: €	2.170,00
	+ 20% Umsatzsteuer	: €	434,00
	Gesamtsumme	: €	**2.604,00**

8. K 352 Tageslosung € 4.116,– (inkl. 20 % USt)

9. S 133 Retoursendung von der Franz Reisner GmbH € 56,– + € 11,20 USt = € 67,20 wegen eines Transportschadens

10. B 22 Bankeingang; Überweisung der Franz Reisner GmbH:

A 198	€	
– Retoursendung S 133	€	
Zahlungsbetrag	€	

Aufgabe: a) Verbuchen Sie die Geschäftsfälle. C

b) Ermitteln Sie die USt-Zahllast, die sich aufgrund der angeführten Geschäftsfälle ergibt: D

	Belege mit USt bzw. VSt	USt- bzw. VSt-Beträge
Umsatzsteuer:	A 198, Franz Reisner GmbH	€ 434,00
		€
Vorsteuer:	E 201, Anna Lunzer GmbH	€ 610,60
		€

Ermittlung der Zahllast:

Umsatzsteuer	€
– Vorsteuer	€
Zahllast	€

c) Nehmen Sie die rechnerische und formale Überprüfung der Ausgangsrechnung an die Franz Reisner GmbH vor. D

4.1 Einkäufe und Verkäufe

d) Wie lauten in der Rechnung der Farbengroßhandlung Anna Lunzer GmbH B

die Zahlungsbedingung?	
der Erfüllungsort der Zahlung?	
der Eigentumsvorbehalt?	

Ein weiteres Übungsbeispiel finden Sie im Anhang.

Sichern

SbX ID: 4113

SbX ID: 4113

Im SbX finden Sie eine Sammelmappe mit Zusammenfassungen zu allen Kapiteln und Lerneinheiten sowie eine Bildschirmpräsentation.

Wissen

SbX ID: 4114

A B C D E

SbX ID: 4114

Möglichkeiten zur Kompetenzüberprüfung im SbX

Wiederholungsfragen | Aufgaben mit automatischer Aufgabenkontrolle | $H_2Ö$ MUSTERUNTERNEHMEN

Ein kurzer Kompetenz-Check, bevor's weitergeht!

Kompetenz-Check

	☺	😐	☹
Ich kann die Buchungsgrundlage für die Verbuchung von Wareneinkäufen, Anlagenkäufen, Warenverkäufen und Warenrücksendungen nennen.			
Ich kann das Datum nennen, mit dem Wareneinkäufe, Anlagenkäufe, Warenverkäufe und Warenrücksendungen verbucht werden.			
Ich kann einen Wareneinkauf verbuchen.			
Ich kann einen Anlagenkauf verbuchen.			
Ich kann einen Warenverkauf verbuchen.			
Ich kann eine Privatentnahme von Waren verbuchen.			
Ich kann die Gründe für eine Warenrücksendung nennen.			
Ich kann Warenrücksendungen an einen Lieferanten verbuchen.			
Ich kann Warenrücksendungen von einem Kunden verbuchen.			

Lerneinheit 2

Verbuchung von Bezugs- und Versandkosten

SbX
Alle SbX-Inhalte zu dieser Lerneinheit finden Sie unter der ID: 4120.

Im Kaufvertrag wird durch die Lieferbedingungen u.a. festgelegt, wer die Transportkosten von Warenlieferungen trägt – der Käufer oder der Verkäufer. Gibt es keine diesbezügliche Vereinbarung, so sind die Transportkosten vom Verkäufer zu tragen.

Lernen

A B C D E

1 Bezugskosten

Markieren Sie im nachfolgenden Text die Antworten auf folgende Fragen:

- **Was versteht man unter Bezugskosten?**
- **Auf welchem Konto werden Bezugskosten verbucht?**
- **Werden gekaufte Waren mit dem Einkaufspreis oder mit dem Einstandspreis in der Buchführung erfasst?**
- **Wie lautet der Buchungssatz für die Verbuchung von Bezugskosten?**
- **Welche Beförderung von Gütern ist umsatzsteuerpflichtig?**
- **Aufgrund welcher Belege werden Bezugskosten verbucht?**

Bezugskosten – für die Lieferung vom Lieferanten

Bezugskosten

Als Bezugskosten (Bezugsspesen) bezeichnet man jene Kosten, die durch die **Anlieferung (Bezug) von gekauften Waren** (in Erzeugungsbetrieben von Rohstoffen, Hilfsstoffen etc.) **entstehen.**

Zur Verbuchung von Bezugskosten bei Rohstoffen usw. siehe Lerneinheit 5.

Bezugskosten werden **auf dem Konto gebucht,** auf dem **der Einkauf gebucht wird.**

Bezugskosten sind z. B. Frachtkosten (Schiffs-, Bahn- und Flugfracht), Rollgeld (Entgelt für die Beförderung der Ware vom Bahnhof bzw. zum Bahnhof), Zoll und sonstige Grenzabgaben (bei einem Auslandsbezug) und Transportversicherungsprämien.

Darstellung: Bezugskosten

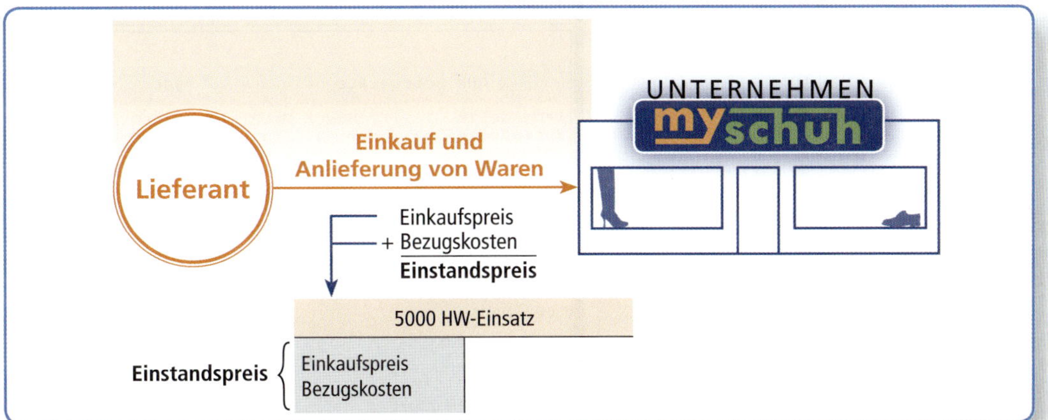

Einkaufspreis
\+ Bezugskosten
Einstandspreis

Die gekauften Waren sind mit dem **Einstandspreis,** das ist (wie die Darstellung zeigt) der Einkaufspreis zuzüglich sämtlicher Bezugskosten, in der Buchführung zu erfassen. Die Bezugskosten müssen daher ebenfalls auf dem Konto **HW-Einsatz** verbucht werden.

Der Buchungssatz lautet (für umsatzsteuerpflichtige Bezugskosten):

Verbuchung **Bezugskosten**

5000 HW-Einsatz 2500 Vorsteuer	/ 2800 Bank (2700 Kassa, 33 . . . Lieferantenkonto etc.)

Umsatzsteuerpflicht

Die Beförderung von Gütern ist im Prinzip **umsatzsteuerpflichtig.** Ausnahmen von der Steuerpflicht bestehen nur für

- die Beförderung von **Briefen bis 2 kg** und **Paketen bis 10 kg** durch die **Österreichische Post AG** und
- die Beförderung von Gegenständen im **grenzüberschreitenden Beförderungsverkehr** und im **internationalen Eisenbahnfrachtverkehr mit Drittländern** (Nicht-EU-Staaten).

Buchungsgrundlage

Buchungsbelege sind die von den Frachtführern, Spediteuren und Paketdienst-Unternehmen **ausgestellten Abrechnungen** bzw. die **Postbelege.**

Werden die Rechnungen der Spediteure bzw. Frachtführer nicht sofort bezahlt, so wird die entstehende Verbindlichkeit gewöhnlich auf einem **eigenen Lieferantenkonto** erfasst.

Die Belege können entweder in die **Beleggruppe Eingangsrechnungen** (E oder ER) oder in die **Beleggruppe Sonstige Belege** (S oder BA) eingereiht werden.

Lehrbeispiel

L 4.03: Verbuchung von Bezugskosten

Die Dipl.-Ing. Karola Kogler GmbH, Innsbruck, hat bei der Bosch GmbH, Graz, mehrere Bohrgeräte bestellt. Dabei ergeben sich folgende Geschäftsfälle:

Lieferkondition – Vereinbarungen zur Lieferung

Zahlungskondition – Vereinbarungen über die Zahlungsweise

Das **Zahlungsziel** gibt an, bis zu welchem Termin die Rechnung spätestens zu bezahlen ist.

12.3. E 318 Rechnung Nr. 008437 vom 12. März (Eingangsdatum 14. März) von der Bosch GmbH (33019) Einkauf von Bohrgeräten über € 9.875,– + 1.975,– USt = € 11.850,– Liefer- und Zahlungskondition: ab Werk der Bosch GmbH in Graz, Zahlungsziel zwei Monate

15.3. Speditionsrechnung LKW WALTER AG (33048) für die Warenzustellung von der Bosch GmbH an die Dipl.-Ing. Karola Kogler GmbH

INTERNATIONALE LKW WALTER TRANSPORTORGANISATION AG

E 320

LKW 543460 — 556883

LKW WALTER Internationale
Transportorganisation AG
AT-2355 Wiener Neudorf, POB36

Bearbeiter: Cezary Nowak
Tel(Fax) : +43 5 7777-3446(53446)
nowak@lkw-walter.com

Unser UID-Code: ATU19208701 — Ihr UID-Code: ATU12365498 — AR

Dipl. Ing. Karola Kogler GmbH
Höttinger Str. 31
6020 Innsbruck

RECHNUNG Nummer:		Blatt Page	Kundennummer Account number	Positionsnummer Our reference	Datum Date
	543460	1	556883	1362/203/0094/001	20. . .03.15

1 CBM Bohrgeräte 300 KG

Ladestelle : Bosch GmbH, AT-8020 Graz
Entladestelle : Dipl. Ing. K.Kogler GmbH, AT-6020 Innsbruck
Frankatur : ab Werk
Ihre Disposition : LS.-Nr.: 147411B12 WSA 570076
Leistungsdatum : 20. . .03.15

WSL	TEXT		MWST	EUR BETRAG
010	Fracht	AT	20,00 %	137,80
067	Treibstoffzuschlag/-abschlag	AT	20,00 %	10,40
087	Maut	AT	20,00 %	4,89
	NETTO			153,09
	MWST		20,00 %	30,62
	GESAMT		EUR	183,71

Wir ersuchen um Überweisung
bei der UNICREDIT BANK AUSTRIA AG
BIC BKAUATWW, IBAN AT45 1100 0006 4333 9500

Aufgabe: a) Stellen Sie die Buchungssätze vom Standpunkt der Dipl.-Ing. Karola Kogler GmbH dar. Die beiden Belege sind mit dem Rechnungsdatum zu verbuchen. C

b) Ermitteln Sie den Einstandspreis. C

Lösung:

a) 12.3.	5000 HW-Einsatz	9.875,00	
	2500 Vorsteuer	1.975,00	
	an 33019 Bosch GmbH		11.850,00
15.3.	5000 HW-Einsatz	153,09	
	2500 Vorsteuer	30,62	
	an 33048 LKW WALTER AG		183,71

b)

Einkaufspreis	€ 9.875,00
+ Bezugskosten	€ 153,09
Einstandspreis	**€ 10.028,09**

2 Versandkosten

Markieren Sie im nachfolgenden Text die Antworten auf folgende Fragen:

- **Was versteht man unter Versandkosten?**
- **Auf welchen Konten werden Versandkosten verbucht?**
- **Wie lauten die Buchungssätze für die Verbuchung von Versandkosten?**
- **Welche Belege sind die Grundlage für die Verbuchung von Versandkosten?**

Versandkosten

Versandkosten (Versandspesen) sind jene Kosten, die mit der **Versendung von Waren an Kunden** entstehen.

Versandkosten – für den Versand an den Kunden

Versandkosten sind z. B. Fracht, Paketporto.

Neue Konten
7300 Ausgangsfrachten
7310 Paketgebühren 20%
7311 Paketgebühren 0%

Entsprechend der **Vereinbarung im Kaufvertrag** (Regelung der Lieferbedingungen) werden die Versandkosten entweder vom Verkäufer oder vom Käufer getragen. Bezahlt der **Verkäufer** die Versandkosten (z. B. bei der Klausel „frei Haus des Käufers"), so stellen sie einen Aufwand dar. Die Versandkosten sind auf dem Konto **7300 Ausgangsfrachten** oder **7310 Paketgebühren 20 %** bzw. **7311 Paketgebühren 0 %** (bei Versendung durch die Post) zu verbuchen.

Darstellung: Versandkosten

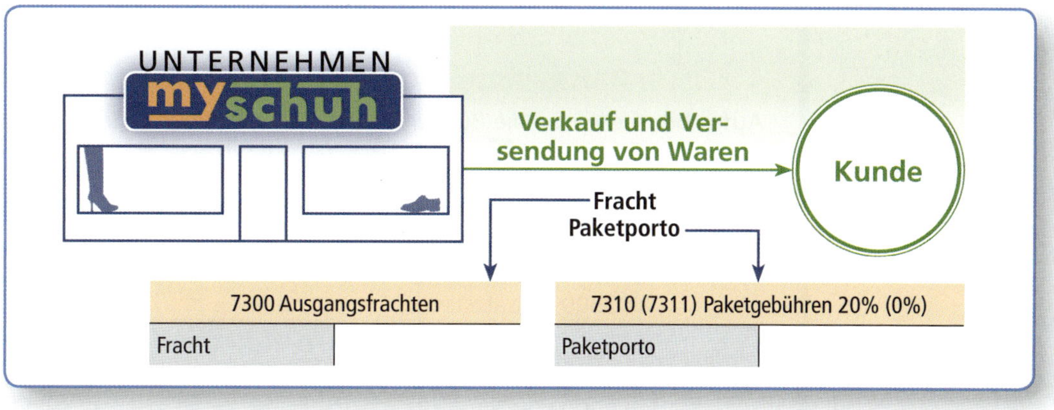

Die Buchungssätze lauten daher im Allgemeinen:

Verbuchung **Versandkosten**

7300 Ausgangsfrachten 2500 Vorsteuer	2800 Bank (2700 Kassa, 33 . . . Lieferantenkonto etc.)

Verbuchung bei **Versendung durch die Österreichische Post AG**

EMS (Express Mail Service) ist der **Expresszustelldienst** der Österreichischen Post AG für Postsendungen bis 31,5 kg.

Für **Pakete über 10 kg und EMS-Sendungen** (unabhängig vom Gewicht):

7310 Paketgebühren 20 % 2500 Vorsteuer	2700 Kassa

Für **Briefe bis 2 kg; Pakete bis 10 kg:**

7311 Paketgebühren 0 % / 2700 Kassa

Buchungsgrundlage

Grundlage für die Verbuchung der Versandkosten bilden die **Rechnungen der Frachtführer** (z. B. Abrechnung der Rail Cargo Austria bei Versand durch die Eisenbahn), der **Spediteure** (Speditionsrechnung), der **Paketdienst-Unternehmen** (Rechnungen) und der **Post** (Paketaufgabebestätigungen).

Trägt der **Käufer** die Versandkosten, so hat dieser sie als Bezugskosten zu verbuchen (siehe dazu 1 Bezugskosten). Dem Verkäufer entsteht kein Aufwand.

Lehrbeispiel

L 4.04: Verbuchung von Versandkosten

Die Belvedere Textil GmbH, Wien, hat beim Textilproduzenten Konfey Bekleidung GmbH, Villach, verschiedene Bekleidungsstücke aus der neuen Herbstkollektion bestellt. Konfey Bekleidung GmbH trägt die Versandkosten. Es ergeben sich folgende Geschäftsfälle:

31.5.	A 3270	Fakturierung und Lieferung per BahnExpress an Belvedere Textil GmbH, Wien (Konto 20016), diverse Textilien (Pullover, Sweater) über € 1.530,– + + € 306,– USt = € 1.836,–; Lieferbedingung frei Station Wien-Nordwest
31.5.		Barrechnung (Auszug) über die bezahlte Bahnfracht

K 2789

Logistik Center Villach
Zeidler-von-Görz-Straße 4
9500 - Villach
Telefon: +43 4242 930 66-35 07
Telefax: +43 4242 930 66-35 09

EC Logistics
Member of ÖBB
RCA AG - Kontraktlogistik

Konfey Bekleidung GmbH
Franz-Xaver-Wirth-Straße 3
9500 Villach

Bar-Rechnung: **9500KON000/97912935**

K 3615986 — 31.05.20 . . 06:53

FF-Gew [kg] Zone	Anz.	Verp.	Inhalt	Roh-masse	Ls.Art	Tarif	Pflichtig	Satz	Betrag
BEX-Nr.: 6782500-0		Fremd-Nr: 19 19791293	Absender: Konfey Bekleidung GmbH 9500 Villach				Empfänger: Belvedere Textil GmbH 1031 Wien		
200	1	*PA	Textilien	270	099	Tagesgeschäft	1 Fix	116,60	116,60
								Summe :	**116,60 EUR**

Netto steuerpfl.:	**116,60 EUR**
Netto steuerfrei:	
MwSt (20 %) :	**23,32 EUR**
Brutto :	**139,92 EUR**

Aufgabe: Stellen Sie die Buchungssätze vom Standpunkt des Verkäufers (Konfey Bekleidung GmbH) dar. C

Lösung:

		Soll	Haben
31.5.	20016 Belvedere Textil GmbH	1.836,00	
	an 4000 HW-Erlöse		1.530,00
	an 3500 Umsatzsteuer		306,00
31.5.	7300 Ausgangsfrachten	116,60	
	2500 Vorsteuer	23,32	
	an 2700 Kassa		139,92

Üben

SbX ID: 4122

A B C D E

SbX
Buchungstrainer
ID: 4122

Kontenplan

20016	Waltraud Bachner OG
20022	Otto Kunz
2500	Vorsteuer
2700	Kassa
2800	Erste Bank
33017	Michael Schober OG
33020	Schenker AG
33024	Keller KG
3500	Umsatzsteuer
4000	HW-Erlöse
5000	HW-Einsatz
7300	Ausgangsfrachten
7310	Paketgebühren 20 %

Ü 4.03: Kontierung von Geschäftsfällen, Gewinnauswirkung, betriebswirtschaftliche Aufgabenstellung

Die Anneliese Müller e. U., Klagenfurt am Wörthersee, Industriepark 1, ist ein Schuhgroßhandel mit der Bankverbindung bei der BKS Bank AG, BIC BFKKAT2K, AT94 1700 0006 1060 0800.

Geschäftsfall			Kontierung	↑	↓	0
1.	E 4	Rechnung Nr. 00347 von der Michael Schober OG, Bregenz € 10.000,00 + 20 % USt € 2.000,00 € 12.000,00 Bankverbindung: BIC BKAUATWW, IBAN AT17 1200 0519 6810 1201	5000, 2500 / 33017			
2.	E 5	Speditionsrechnung der Schenker AG für den Transport der Waren von Bregenz, Belrupstraße 20, nach Klagenfurt a. W. aus dem Wareneinkauf (E 4) € 753,00 + 20 % USt € 150,60 € 903,60				
3.	K 27	Warenkauf von der Keller KG € 1.000,– + + € 200,– USt = € 1.200,–; Zahlung bei Abholung				
4.	S 10	Gutschrift von der Michael Schober OG für Warenrücksendung der E 4 € 216,– (€ 180,– + € 36,– USt)				
5.	A 87	Warenverkauf an die Waltraud Bachner OG € 170,– + € 34,– USt = € 204,–				
6.	B 6	• Berechnen Sie den Überweisungsbetrag aus den Geschäftsfällen der Michael Schober OG.				
		• Füllen Sie die Zahlungsanweisung aus. Diese wird von Anneliese Müller unterzeichnet.				
		• Nehmen Sie die Kontierung vor.				

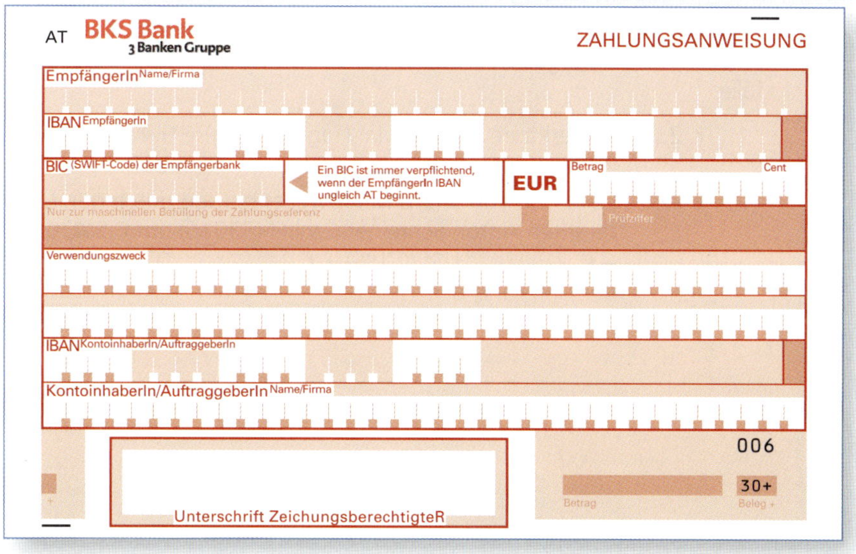

4.1 Einkäufe und Verkäufe

Geschäftsfall			Kontierung	↑	↓	0
7.	K 35	Paketgebühr für Versendung an den Kunden Waltraud Bachner OG € 12,53 (20 % USt)				
8.	B 7	Ausgleich der Speditionsrechnung € 903,60 (E 5)				
9.	A 103	Warenverkauf an Otto Kunz € 2.140,00 + 20 % USt € 428,00 = € 2.568,00				
10.	K 46	Bahnfracht für Versand an Otto Kunz € 128,– + € 25,60 USt = € 153,60				
11.	S 18	Gutschrift an Otto Kunz für Warenrücksendung € 600,– + € 120,– USt = € 720,– (A 103)				
12.	B 8	Bankeingang € 204,–, Ausgleich der A 87				

Aufgabe: a) Kontieren Sie die Geschäftsfälle (Musterlösung siehe Geschäftsfall 1). C

b) Kreuzen Sie an, ob sich die Buchung gewinnerhöhend (↑), gewinnmindernd (↓) oder überhaupt nicht auf den Gewinn auswirkt – erfolgsneutral ist (0). D

c) Füllen Sie die Zahlungsanweisung zum Geschäftsfall 6 aus. C

d) Ermitteln Sie den Einstandspreis, der sich aus dem Einkauf von der Michael Schober OG ergibt: C

e) Welche Kaufvertragsklausel ist Bestandteil des Einkaufes von der Michael Schober OG? Kreuzen Sie an. D

- ab Werk Bregenz, Belrupstraße 20
- ab Bahnhof Innsbruck
- frei Bahnhof Klagenfurt am Wörthersee
- frei Haus Klagenfurt am Wörthersee, Industriepark 1

SbX Buchungstrainer ID: 4122

Ü 4.04: Bildung von Buchungssätzen, Gewinnauswirkung, betriebswirtschaftliche Aufgabenstellung

In der Elektro Markt GmbH, Fachhändler für Elektrogeräte, Klagenfurt am Wörthersee, ergeben sich im Mai 20 . . u. a. folgende Geschäftsfälle:

1. K 233 Barverkäufe vom 2. Mai (Tageslosung) € 9.403,20 inkl. 20 % USt (€ ______ + € ______ USt)
2. E 221 Lieferung von Sharp Mikrowellenherden durch den Lieferanten Anton Schreiner GmbH (33016) um € 5.436,– + + € ______ USt (20 %) = € ______. Die Rechnung liegt der Lieferung bei.

3.

INTERNATIONALE LKW WALTER TRANSPORTORGANISATION AG

E 225

LKW 543460 — 556883

LKW WALTER International Transportorganisation AG
AT-2355 Wiener Neudorf, POB36

Bearbeiter: Norbert Huber
Tel (Fax): +43 5 7777-3446 (53446)
huber@lkw-walter.com

Unser UID-Code: ATU19208701 Ihr UID-Code: ATU37339910 AR

Elektro Markt GmbH
8.-Mai-Straße 11
9020 Klagenfurt am Wörthersee

RECHNUNG Nummer:		Blatt Page	Kundennummer Account number	Positionsnummer Our reference	Datum Date
	183620	1	224103	1387/204/0094/001	20...05.15

1 Elektrogerät 850 KG

Ladestelle : Auslieferungslager der Anton Schreiner GmbH, AT-8020 Graz
Entladestelle : Elektro Markt GmbH, AT-9020 Klagenfurt am Wörthersee
Frankatur ab Lager
Ihre Disposition LS.-Nr.: 1201411L07 WSA 460088
Leistungdatum : 20...05.15

WSL	TEXT		MWST	EUR	BETRAG
010	Fracht	AT	20,00 %		170,00
067	Treibstoffzuschlag/-abschlag	AT	20,00 %		13,00
	NETTO				183,00
	MWST 20,00 %				36,60
	GESAMT EUR				219,60

Kontonummer LKW WALTER AG 33247

4. S 215 Gutschrift für Rücksendung eines Siemens Staubsaugers an den Lieferanten Handels-Gesellschaft mbH (33011) € 120,– (inkl. 20 % USt)

5. A 246 Rechnung über den Verkauf eines Liebherr Gefrierschrankes an den Kunden Franz Berger (20014) € 1.480,– + € 296,– USt = € 1.776,–

6. Rechnung (Auszug) der EC Logistics Austria GmbH (33110) über die Bahnfracht für den Versand an den Kunden Franz Berger, Werdenbergerstraße 42, 6700 Bludenz

EC Logistics
Member of ÖBB

RECHNUNG

E 244

Dienstleistungen	Anzahl der Sendungen	Gewicht	Nettobetrag EUR
BAHNEXPRESS	1	50,0 kg	58,00

Mehrwertsteuer	MWSt. %	MWSt. Basis	MWSt. Betrag
BAHNEXPRESS			
Summe MWSt.-pflichtig	20,0 %	58,00	
GESAMT-MEHRWERTSTEUER			
Summe MWSt.-pflichtig	20,0 %	58,00	11,60

Rechnungsbetrag Gesamt EUR	69,60

7. S 219 Der Kunde Franz Berger (20014) sendet den Gefrierschrank wegen eines irreparablen Schadens im Kühlsystem zurück; Gutschrift von € 1.776,– (inkl. 20 % USt).

8. P 26 Überweisung an den Lieferanten Anton Schreiner GmbH (33016) € 6.523,20 für die E 221 (Geschäftsfall 2)

9. Kontonummer Oskar Schober OG 20035

ELEKTRO MARKT

ELEKTRO MARKT GMBH

FACHHANDEL FÜR ELEKTROGERÄTE

9020 Klagenfurt am Wörthersee, 8.-Mai-Straße 11
Telefon: +43 463 53 02 14-0 – Fax: +43 463 53 02 14-20
E-Mail: verkauf@elektromarkt.com
Website: www.elektromarkt.com

Oskar Schober OG
Burgstraße 19
2700 Wiener Neustadt

RECHNUNG NR. A 247

Rechnungsdatum	Ihr Auftrag vom	Ihre UID-Nummer	Unser Zeichen
20. Mai . .	8. Mai . .	ATU21476150	L/S

Lieferschein Nr.	Tag der Lieferung/Leistung	Vertreter
247	20. Mai . .	–

Anzahl	Text	Preis	Betrag
3	Bosch Einbauherd HEB73D352 Edelstahl	1.080,00	3.240,00
	Zahlbar innerhalb von zwei Monaten ohne Abzug		

Lieferung/Leistung	Material	USt %	USt-Betrag	Gesamtrechnungssumme
EUR 3.240,00		20	EUR 648,00	EUR 3.888,00

10. Gutschrift an den Kunden Oskar Schober OG (20035)

S 223

ELEKTRO MARKT

ELEKTRO MARKT GMBH

FACHHANDEL FÜR ELEKTROGERÄTE

9020 Klagenfurt am Wörthersee, 8.-Mai-Straße 11
Telefon: +43 463 53 02 14-0 – Fax: +43 463 53 02 14-20
E-Mail: verkauf@elektromarkt.com
Website: www.elektromarkt.com

Oskar Schober OG
Burgstraße 19
2700 Wiener Neustadt

H 20..-05-24

A 1247 — Gutschrift

Entsprechend unserer telefonischen Vereinbarung vom 22. Mai 20. . schreiben wir Ihnen für den retournierten BOSCH Einbauherd HEB73D352 Edelstahl

	€ 1.080,00
+ 20 % USt	€ 216,00
	€ 1.296,00

gut.

Mit besten Grüßen

Aufgabe: a) Bilden Sie die Buchungssätze. C

b) Welche Kaufvertragsklausel gilt für D
den Geschäftsfall 2,
den Geschäftsfall 6?

c) Beantworten Sie nachfolgende Fragen in Bezug auf die Lieferung des Gefrierschrankes an Franz Berger (Geschäftsfall 5) und dessen Rücksendung (Geschäftsfall 7): D

- Wie erfolgt die Feststellung und Bekanntgabe von Mängeln?
- Welcher Mangel wurde durch Franz Berger festgestellt?
- Welche rechtlichen Möglichkeiten hat Franz Berger?

Ein weiteres Übungsbeispiel finden Sie im Anhang.

Sichern

SbX ID: 4123

SbX ID: 4123

Im SbX finden Sie eine Sammelmappe mit Zusammenfassungen zu allen Kapiteln und Lerneinheiten sowie eine Bildschirmpräsentation.

Wissen

SbX ID: 4124

A B C D E

SbX ID: 4124

Möglichkeiten zur Kompetenzüberprüfung im SbX

Wiederholungsfragen | Aufgaben mit automatischer Aufgabenkontrolle | $H_2Ö$ MUSTERUNTERNEHMEN

Ein kurzer Kompetenz-Check, bevor's weitergeht!

Kompetenz-Check

	☺	😐	☹
Ich kann Bezugskosten und Versandkosten unterscheiden.			
Ich kann Bezugskosten verbuchen.			
Ich kann Versandkosten verbuchen.			
Ich kann die Beförderungsarten nennen, die der Umsatzsteuer unterliegen.			
Ich kann die Belege, welche die Grundlage für die Verbuchung von Bezugs- und Versandkosten bilden, identifizieren.			

Lerneinheit 3

Verbuchung von Rabatten

SbX
Alle SbX-Inhalte zu dieser Lerneinheit finden Sie unter der ID: 4130.

Wer nach den Weihnachtsfeiertagen in die Schaufenster blickt, kann viele Artikel günstig erwerben – der Winterschlussverkauf hat begonnen. Preiswerte Sommermode bekommt man im Sommerschlussverkauf, der meist bereits zu Sommerbeginn stattfindet. Auch sind bei Einführung neuer Automodelle die Vorgängermodelle mit einem im Allgemeinen großen Preisnachlass erhältlich.

Wer günstig einkaufen möchte, sollte auf Rabatte achten!

Lernen

A B C D E

1 Einführung

Markieren Sie im nachfolgenden Text die Antworten auf folgende Fragen:

- **Was sind Rabatte?**
- **Warum werden Rabatte gewährt?**
- **Welche Rabatte werden nach dem Zeitpunkt der Rabattgewährung unterschieden?**

Rabatte – Preisminderung aus verschiedenen Gründen

Rabatte

Rabatte sind **Preisnachlässe,** die dem Käufer aus verschiedenen Gründen **ohne Rücksicht auf den Zahlungszeitpunkt** gewährt werden.

Gründe für eine Rabattgewährung sind z. B. große Abnahmemengen (Mengenrabatt), regelmäßige Einkäufe (Treuerabatt), besondere Anlässe (Ausverkaufsrabatt, Mängelrabatte u. a.), Einkäufe von Einzelhändlern bei Produzenten bzw. Großhändlern (Wiederverkäuferrabatt).

Verbuchung → **Zeitpunkt der Rabattgewährung**

Für die Verbuchung ist nicht die Rabattart, sondern der **Zeitpunkt der Rabattgewährung** wesentlich.

Man unterscheidet nach dem

Einen Rabatt gewähren = **einen Rabatt geben.**

2 Sofort gewährte Rabatte

Markieren Sie im nachfolgenden Text die Antworten auf folgende Fragen:

- **Was sind sofort gewährte Rabatte?**
- **Wie werden sofort gewährte Rabatte in der Buchführung behandelt?**

Sofort gewährte Rabatte

Sofort gewährte Rabatte werden schon **bei Vertragsabschluss** gewährt. Sie werden bereits in der Rechnung berücksichtigt und **dürfen nicht verbucht werden.** In der Buchführung wird **nur der um den Rabatt verminderte Betrag** (= der rabattierte Betrag) erfasst. Die Umsatzsteuer wird nur vom rabattierten Betrag berechnet.

Sofort gewährte Rabatte – bei Vertragsabschluss

Lehrbeispiel

L 4.05: Sofort gewährter Rabatt

Angebot mit einem Rabatt

Herr Max Wallner betreibt in St. Pölten ein Elektronikfachgeschäft. Der Großhändler Elektro-Hofer GmbH, Wien, sendet ihm nachfolgend dargestelltes Angebot.

Elektro-Hofer GmbH

Elektrogerätegroßhandel • Elektrotechnik

1070 Wien I Neubaugasse 20 I Tel.: +43 1 409 90 80 I Fax: +43 1 409 90 80-20
www.elektro-hofer.at I E-Mail: office@elektro-hofer.at I UID-Nr.: ATU54521806

Sonderschau

Produkte von

SONY

Es ist uns eine große Freude, unsere Kunden zur Sony-Sonderschau einzuladen.

Ort: Elektro-Hofer GmbH, 1070 Wien, Neubaugasse 20
Zeit: 20.–25. Oktober 20.. , jeweils von 9:00 Uhr bis 18:00 Uhr

Wir präsentieren das gesamte Sony-Programm wie

LED-Fernseher, Blu-Ray-Player, Recorder und Playstation, Geräte für die digitale Video- und Fotografie etc.

Fachleute werden gerne Ihre Fragen beantworten.

Zusätzlich zum üblichen Wiederverkäuferrabatt erhalten Sie bei Bestellungen bis Ende November 20 . . auf alle Sony-Produkte einen

Sonderrabatt von 10 %.

Informieren Sie sich bei dieser faszinierenden Sonderschau und nützen Sie das außergewöhnliche Preisangebot!

Max Wallner e. U. bestellt aufgrund des Angebotes des Großhändlers Elektro-Hofer GmbH LED-Fernseher und Blu-Ray-Player. Die Elektro-Hofer GmbH gewährt einen Wiederverkäuferrabatt von 30 % und den im Angebot angeführten Sonderrabatt von 10 %. Folgende Rechnung wurde von der Elektro-Hofer GmbH am 6. November 20 . . erstellt und Max Wallner e. U. übermittelt:

Rechnung mit Wiederverkäuferrabatt und Sonderrabatt

Elektro-Hofer GmbH

Elektrogerätegroßhandel • Elektrotechnik

1070 Wien I Neubaugasse 20 I Tel.: +43 1 409 90 80 I Fax: +43 1 409 90 80-20
www.elektro-hofer.at I E-Mail: office@elektro-hofer.at I UID-Nr.: ATU54521806

Max Wallner e. U.
Bahnhofstraße 61
3100 St. Pölten

Kunden-Nr. 20076

Ihre Bestellung vom
28-10-20 . .
Ihre UID-Nummer
ATU14009106
Wien
06-11-20 . .

Rechnung Nr. 795/20 . .

Wir lieferten Ihnen mit Lkw am 3. November 20 . . ; zahlbar und klagbar in Wien

Menge	Einheit	Produkt	Preis €	Betrag €
2	Stk.	LED-Fernseher, Bravia 40 "	720,00	1.440,00
1	Stk.	LED-Fernseher, Bravia 46 "	1.050,00	1.050,00
2	Stk.	LED-Fernseher, Bravia 52 "	1.890,00	3.780,00
3	Stk.	BLU-RAY DISC PLAYER BDP	430,00	1.290,00
				7.560,00
		– 30 % Wiederverkäuferrabatt		2.268,00
				5.292,00
		– 10 % Sonderrabatt		529,20
				4.762,80
		+ 20 % USt		952,56
				5.715,36

Wiederverkäuferrabatt ➜ bei Verkauf des Großhändlers an einen Einzelhändler

Sonderrabatt ➜ bei Verkauf aufgrund eines speziellen Angebotes (siehe Vorseite)

Aufgabe: a) Bilden Sie den Buchungssatz für diese Ausgangsrechnung (A 795) vom Standpunkt der Elektro-Hofer GmbH (Kontonummer des Kunden Max Wallner e. U. 20076). C

b) Verbuchen Sie die Rechnung vom Standpunkt Max Wallner e. U. (Beleg E 346, Kontonummer des Lieferanten Elektro-Hofer GmbH 33017, Verbuchung mit dem Rechnungsdatum). C

Lösung:

a) A 795:

Verbuchung aus der Sicht der **Elektro-Hofer GmbH ➜ Warenverkauf**

Datum	Buchungstext	Soll	Haben
6.11.	20076 Max Wallner e. U.	5.715,36	
	an 4000 HW-Erlöse		4.762,80
	an 3500 Umsatzsteuer		952,56

b) E 346:

Verbuchung aus der Sicht von **Max Wallner e. U. ➜ Wareneinkauf**

Datum	Buchungstext	Soll	Haben
6.11.	5000 HW-Einsatz	4.762,80	
	2500 Vorsteuer	952,56	
	an 33017 Elektro-Hofer GmbH		5.715,36

3 Nachträglich gewährte Rabatte

Markieren Sie im nachfolgenden Text die Antworten auf folgende Fragen:

- **Wann werden nachträgliche Rabatte gewährt?**
- **Aufgrund welcher Belege werden nachträglich gewährte Rabatte verbucht?**
- **Wie lauten die Buchungssätze für nachträglich gewährte Rabatte?**
- **Wie wirken sich nachträglich gewährte Rabatte in der Buchführung des Käufers bzw. des Verkäufers aus?**

Nachträglich gewährte Rabatte

Nachträglich gewährte Rabatte und sonstige Gutschriften werden **von Lieferanten** oder **an Kunden nach Lieferung bzw. Rechnungslegung** gewährt.

Nachträglich gewährte Rabatte – nach Vertragsabschluss

Dies führt zu einer **Verminderung des schon verbuchten Einstandspreises beim Käufer** bzw. zu einer **Verminderung des schon verbuchten Warenerlöses beim Verkäufer.**

Buchungsgrundlage

Buchungsgrundlage bilden die **Gutschriftsbelege von Lieferanten** bzw. **an Kunden.**

Erhaltene Preisnachlässe

- **Nachträglich gewährte Rabatte von Lieferanten**

Für die Verbuchung eines nachträglich gewährten Rabattes von Lieferanten ergibt sich aus **Sicht des Käufers** folgender Buchungsablauf:

Nachträglich gewährte Rabatte von Lieferanten ➜ Einkaufsbuchung **umdrehen**

BEREITS VERBUCHT	DURCHZUFÜHRENDE BUCHUNGEN
Eingangsrechnung	**Nachträglich gewährte Rabatte von Lieferanten**
5000 HW-Einsatz / 33 . . . Lieferantenkonto 2500 Vorsteuer /	33 . . . Lieferantenkonto / 5000 HW-Einsatz / 2500 Vorsteuer

Nachträgliche Rabatte von Lieferanten **vermindern beim Käufer** die **Schuld gegenüber dem Lieferanten** (Lieferantenkonto im Soll) **und den Einstandspreis** der bereits verbuchten Ware (Konto HW-Einsatz im Haben). Außerdem muss die Vorsteuer berichtigt werden (Konto Vorsteuer im Haben).

Darstellung: Nachträglich gewährte Rabatte von Lieferanten

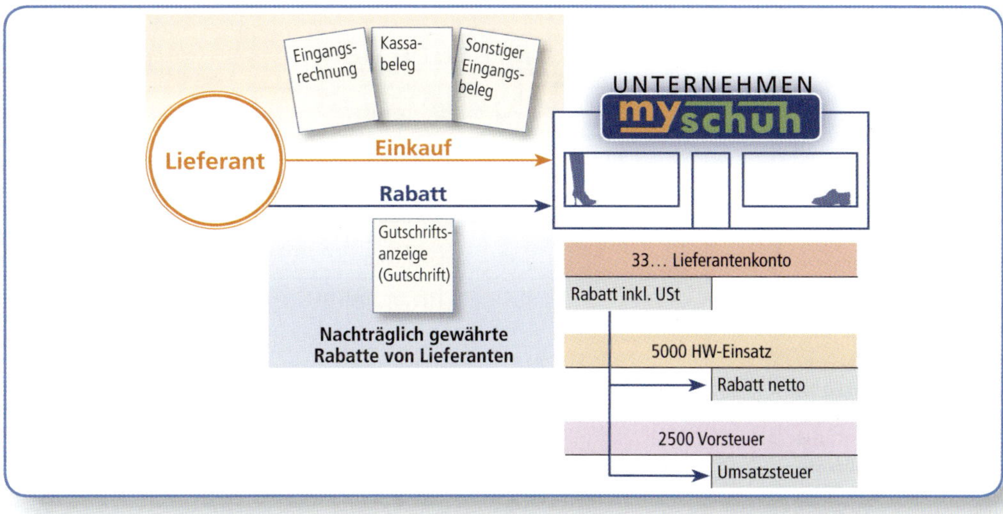

Lehrbeispiel

L 4.06: Verbuchung eines nachträglich gewährten Rabattes von einem Lieferanten

Die Hübner GmbH, Farbeneinzelhandel, Villach, bestellt am 10. November 20 . . bei der Harald Gartner OG (33052) verschiedene Sorten von Malerfarben. Die Lieferung durch die Harald Gartner OG erfolgt vereinbarungsgemäß am 14. November 20 . . , die Rechnung folgt zwei Tage später.

Es ergeben sich folgende in der Buchführung der Hübner GmbH zu erfassende Geschäftsfälle:

16.11. E 1370 Rechnung über den Wareneinkauf bei der Harald Gartner OG (33052) über € 3.260,– + € 652,– USt = € 3.912,–

3.912,00 · 15 % = = € 586,80

10.12. S 351 Der Lieferant Harald Gartner OG hat den vereinbarten Wiederverkäuferrabatt von 15 % in der E 1370 nicht berücksichtigt. Nach telefonischer Reklamation übersendet die Harald Gartner OG die entsprechende Gutschrift über € 586,80 (€ 489,– + € 97,80 USt).

Aufgabe: Bilden Sie die Buchungssätze. C

Lösung:

16.11.	5000 HW-Einsatz	3.260,00	
	2500 Vorsteuer	652,00	
	an 33052 Harald Gartner OG		3.912,00
10.12.	33052 Harald Gartner OG	586,80	
	an 5000 HW-Einsatz		489,00
	an 2500 Vorsteuer		97,80

Gewährte Preisnachlässe

Neues Konto

4400 Erlösberichtigungen

Nachträglich gewährte Rabatte an Kunden

Für die Verbuchung eines nachträglich gewährten Rabattes an Kunden ergibt sich aus **Sicht des Verkäufers** folgender Buchungsablauf:

Nachträglich gewährte Rabatte an Kunden → Verkaufsbuchung **umdrehen,** jedoch **Konto 4400** statt 4000!

BEREITS VERBUCHT	DURCHZUFÜHRENDE BUCHUNGEN
Ausgangsrechnung	**Nachträglich gewährte Rabatte an Kunden**
20 . . . Kundenkonto / 4000 HW-Erlöse, 3500 Umsatzsteuer	**4400 Erlösberichtigungen, 3500 Umsatzsteuer / 20 . . . Kundenkonto**

Nachträgliche Rabatte und ähnliche Gutschriften bedeuten **beim Verkäufer** eine **Berichtigung des Erlöses.** Sie sind im Soll des Kontos **4400 Erlösberichtigungen** auszuweisen. Die Habenbuchung erfolgt auf dem Kundenkonto. Weiters muss die Umsatzsteuer korrigiert werden (Konto Umsatzsteuer im Soll).

Darstellung: Nachträglich gewährte Rabatte an Kunden

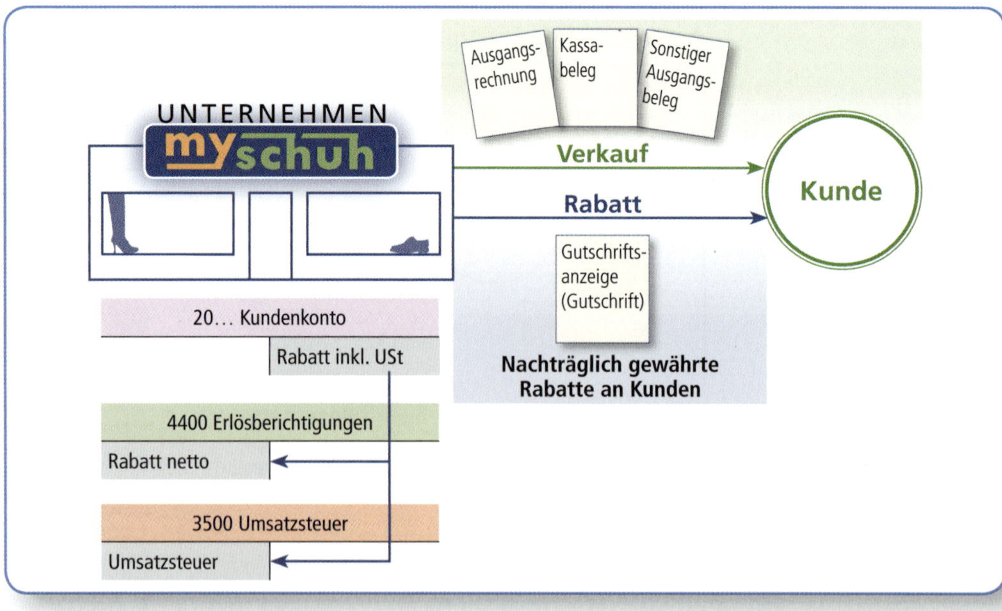

Unterliegen die Umsätze mehreren Steuersätzen, so sind mehrere Erlösberichtigungskonten, z. B. **4400 Erlösberichtigungen 20 %, 4401 Erlösberichtigungen 10 % und 4402 Erlösberichtigungen 13 %,** zu führen.

Lehrbeispiel

L 4.07: Verbuchung eines nachträglich gewährten Rabattes an einen Kunden

Joachim Katzenberger e. U., Wien, liefert 20 Stück PlayStation-Blu-Ray-Discs, laut Bestellung vom 15. März 20 . . , an den Kunden Richard Schroth e. U. (20890), Wiener Neustadt. Bei der Erstellung der Ausgangsrechnung (A 1708) ist es zu einer falschen Preisangabe gekommen. Richard Schroth e. U. hat reklamiert, eine entsprechende Gutschrift wurde erstellt.

Es ergeben sich folgende Geschäftsfälle aus der Sicht von Joachim Katzenberger e. U.:

21.3. A 1708 Warenverkauf an Richard Schroth e. U. € 4.560,– + € 912,– USt = € 5.472,–

25.3. Aufgrund der Reklamation wird folgende Gutschrift an den Kunden Richard Schroth e. U. übermittelt:

Joachim Katzenberger e. U. S 151

Wildpretmarkt 12 I 1010 Wien

Richard Schroth e. U.
Johannes-Gutenberg-Straße 14
2700 Wiener Neustadt

Wien, 20 . .-03-25

Gutschrift zu A 1708

Wegen falscher Preisberechnung wird Ihrem Konto folgender Betrag gutgeschrieben:

10 % von € 4.560,00	€ 456,00
+ 20 % Umsatzsteuer	€ 91,20
	€ 547,20

Ich ersuche, den Fehler zu entschuldigen.

Mit besten Grüßen

Aufgabe: Stellen Sie die Buchungssätze vom Standpunkt Joachim Katzenberger e. U. auf. C

Lösung:

		Soll	Haben
21.3.	20890 Richard Schroth e. U.	5.472,00	
	an 4000 HW-Erlöse		4.560,00
	an 3500 Umsatzsteuer		912,00
25.3.	4400 Erlösberichtigungen	456,00	
	3500 Umsatzsteuer	91,20	
	an 20890 Richard Schroth e. U.		547,20

Üben

Sbx ID: 4132

A B C D E

Sbx

Buchungstrainer ID: 4132

Ü 4.05: Bildung von Buchungssätzen, Gewinnauswirkung, betriebswirtschaftliche Aufgabenstellung

Die Profi Autobestandteile GmbH, Klagenfurt am Wörthersee, ist ein Fachhändler für Pkw-Bestandteile. Im Mai 20 . . ergeben sich u. a. folgende Geschäftsfälle:

1. Kontonummer des Lieferanten Kurt Huber OG 33017

Ihr Felgen-Fachgeschäft in Kärnten

AUTOZUBEHÖR HUBER OG E 407

St. Martiner Straße 51a I 9500 Villach

Profi Autobestandteile GmbH
Villacher Straße 47
9020 Klagenfurt am Wörthersee

RECHNUNG: . . /0463
Kunden-Nr.: 20580
Auftrags-Nr.: 5463
Datum: 20. 05. . .

Aufgrund Ihrer Bestellung lieferten wir Ihnen am 15. Mai 20 . .

Bezeichnung	Menge	Preis/Einheit	Betrag
Alu-Felge Superturismo 6x16	30 Stk.	88,00	€ 2.640,00
Alu-Felge BW 88 7x15	20 Stk.	43,00	€ 860,00
			€ 3.500,00
abzüglich 15 % Mengenrabatt			– € 525,00
			€ 2.975,00
zuzüglich 20 % Umsatzsteuer			+ € 595,00
Rechnungsbetrag brutto			€ 3.570,00

4.1 Einkäufe und Verkäufe

2. A 1219 Verkauf von Lkw-Sommerreifen an Rudolf Hintermayer (20014)

	€ 2.000,00
– 30 % Rabatt	€
	€
+ 20 % Umsatzsteuer	€
	€ 1.680,00

3. S 81 Gutschrift des Lieferanten Kurt Huber OG (33017) für vier Stück retournierte Alu-Felgen der E 407 € 359,04 (inkl. 20 % USt).

4.

Herbert Walzl e.U.
Walfischgasse 1
1010 Wien
☎ +43 1 597 87 78
+43 664 30 030 78
Website: www.walzl.at
E-Mail: verkauf@walzl.at

Profi Autobestandteile GmbH
Villacher Straße 47
9020 Klagenfurt am Wörthersee

S 82

Wien, am 1. Juni 20 ..

Nachträglicher Rabatt

Wie telefonisch vereinbart schreiben wir Ihnen einen Rabatt von 15 % zur A 2340 vom 3. Mai 20.. über

	€ 687,00
+ 20 % Umsatzsteuer	€ 137,40
	€ 824,40

nachträglich gut.

Kontonummer des Lieferanten Herbert Walzl e.U. 33041

Erreicht der Umsatz, z. B. im vergangenen Kalenderjahr, eine bestimmte Höhe, wird dafür **ein nachträglicher Rabatt, der Umsatzbonus,** gewährt.

5. S 104 Gutschrift an den Kunden Franz Weber (20081) € 2.952,– (€ 2.460,– + € 492,– USt) für einen Umsatzbonus für das abgelaufene Geschäftsjahr

6. K 1085 Verkauf von zehn Stück Bike-Reifen Metzler Sportec € 1.740,– – € 522,– Rabatt = = € 1.218,– + € 243,60 USt = € 1.461,60 an den Free-Biker-Club

7. B 89 Bankausgang € ; die E 407 (Geschäftsfall 1) wurde abzüglich der Gutschrift S 81 (Geschäftsfall 3) ausgeglichen.

8. E 435 Kauf verschiedener Autobestandteile bei Angelika Winkler e. U. (33040)

	€ 28.000,00
– 20 % Wiederverkäuferrabatt	€
	€
– 5 % Mengenrabatt	€
	€ 21.280,00
+ 20 % Umsatzsteuer	€
	€

9. S 136 Gutschrift in Höhe von € 120,– (inkl. 20 % USt) an den Kunden Gustav Mauthner OG (20051) für eine zurückgesandte Autobatterie

10. S 151 Gutschrift des Lieferanten Import-Gesellschaft mbH (33052) wegen Verrechnung eines zu hohen Preises € 1.230,– + 20 % USt

Aufgabe: a) Bilden Sie die Buchungssätze vom Standpunkt der Profi Autobestandteile GmbH. C

b) Geben Sie neben dem gebildeten Buchungssatz in Klammer an, ob sich durch den Geschäftsfall der Gewinn erhöht (↑), vermindert (↓), oder ob es sich um eine erfolgsneutrale Buchung handelt (∅). D

c) Welche Rabatte werden in den nachfolgenden Fällen gewährt? D

- Ein Tauchclub kauft 20 Stück Tauchcomputer und bekommt einen Preisnachlass von 15 %.
- Ein Unternehmen kauft seit mehreren Jahren die Firmenfahrzeuge immer beim selben Autohändler. Das Unternehmen bekommt dafür einen zusätzlichen Rabatt von 8 %.
- Auf einer Haushaltsmesse werden Waschmaschinen mit geringen Lackschäden um 15 % unter dem Listenpreis angeboten.
- Nach den Weihnachtsfeiertagen werden, um das Lager zu räumen, Textilien um bis zu 50 % unter dem Verkaufspreis angeboten.

SbX
Buchungstrainer
ID: 4132

Ü 4.06: Bildung von Buchungssätzen, Gewinnauswirkung, betriebswirtschaftliche Aufgabenstellung

Die Büro-Direkt-GmbH, Graz, ist ein Großhändler, der Büromarkenartikel im 24-Stunden-Service liefert. Im Jänner 20 . . ergeben sich u. a. folgende Geschäftsfälle:

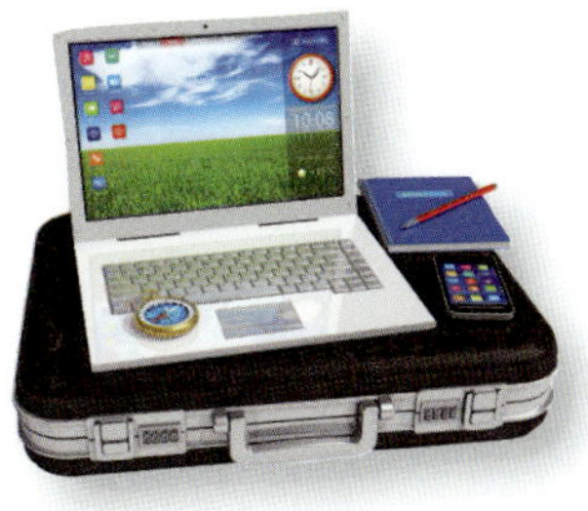

1. A 232 Verkauf von verschiedenen Aktenkoffern an den Kunden Fritz Fessler (20090)

	€	1.900,00
– 25 % Wiederverkäuferrabatt	€	
	€	
– 5 % Einführungsrabatt	€	
	€	
+ 20 % Umsatzsteuer	€	
	€	1.624,50

2.

S 116

Büro-Direkt-GmbH
8010 Graz, Elisabethstraße 20

Tel.: +43 316 384 500
Fax: +43 316 384 500-5
UID-Nr.: ATU66114037
DVR-Nr.: 00757210
FB-Gericht Graz, FN 36388v
E-Mail: office@buerodirekt.at

Anton Tomić OG
Eggenberger Gürtel 10
8020 Graz

Ihre Kundennummer: **20081**
Ihre UID-Nummer: **ATU23518860**

GUTSCHRIFT **22**
Datum: 17.01.20. .

PC-Tastaturen — Kratzschäden

Wie telefonisch vereinbart, gewähren wir Ihnen für die bei der Lieferung entstandenen Kratzschäden an den PC-Tastaturen einen Sonderrabatt von

	€	120,00
+ 20 % USt	€	24,00
	€	**144,00**

Dieser Rabatt wird Ihrem Kundenkonto gutgeschrieben.

Mit besten Grüßen

Kontonummer des Kunden Anton Tomić OG 20081

Ein **Umsatzbonus** wird gewährt, wenn der Einkaufswert eine bestimmte Höhe erreicht hat. Der Umsatzbonus ist als **nachträglicher Rabatt** in der Buchführung zu erfassen.

3.

Anna Kummer GmbH
Büroartikel
Wipplingerstraße 1
1010 Wien

Telefon: +43 1 613 88 34-0
Fax: +43 1 613 88 34-20
E-Mail: office@kummer.at
Website: www.kummer.at
UID-Nr.: ATU21476150
DVR-Nr.: 0098113
Handelsgericht Wien, FN 207420p

S 124

Büro-Direkt-GmbH
Elisabethstraße 20
8010 Graz

H/G ATU53288801 20..-01-20

Umsatzbonus Kalenderjahr 20..

Für Ihren im Kalenderjahr 20.. erzielten Einkaufswert schreiben wir Ihnen einen Umsatzbonus über

	EUR 524,00
+ 20 % USt	EUR 104,80
	EUR 628,80

gut.

Auf eine weiterhin erfolgreiche Geschäftsbeziehung freut sich

Anna Kummer

Kontonummer der Lieferantin Anna Kummer GmbH 33068

4. E 213 Wareneinkauf von Toner und Tintenpatronen für verschiedene Drucker bei der Huber & Skala KG (33042) um

	€	19.500,00
– 25 % Wiederverkäuferrabatt	€	
	€	
+ 20 % Umsatzsteuer	€	
	€	

5. K 379 Die Warenzustellung an die Kunden der Büro-Direkt-GmbH erfolgt durch einen ortsansässigen Spediteur. Die Rechnung über die letzten Warenzustellungen in Höhe von € 548,– + € ______ USt (20 %) = € ______ wird bar bezahlt.
6. K 384 Frachtkosten für eingekaufte Waren € 276,– (inkl. 20 % USt)
7. S 131 Der Lieferant Vertriebs-GmbH (33009) gewährt einen nachträglichen Rabatt für schadhafte Ordner über € 68,40 (inkl. 20 % USt).
8. S 135 Gutschrift an den Kunden Kurt Zlamal (20061) für einen nachträglichen Sonderrabatt über € 1.350,– + 20 % USt für die Einführung eines neuen Produktes am Markt.

9.

Büro-Direkt-GmbH
8010 Graz, Elisabethstraße 20

Tel.: +43 316 384 500
Fax: +43 316 384 500-5
UID-Nr.: ATU66114037
DVR-Nr.: 00757210
FB-Gericht Graz, FN 36388v
E-Mail: office@buerodirekt.at

K 402

Anton Tomić OG
Eggenberger Gürtel 10
8020 Graz

Ihre Kundennummer: 20081
Ihre UID-Nummer: ATU23518860

BARRECHNUNG 431
Lieferdatum: 27.01.20..
Fakturendatum: 27.01.20.. 17:10

Art. Nr.	Bezeichnung	Menge	Preis	Rab. %	Gesamt in EUR
281030	Archivboxen	100,00	17,00	−15%	1.445,00

USt-BMG	USt-%	USt-Betrag		
1.445,00	20%	289,00	Nettobetrag	€ 1.445,00
			+ Umsatzsteuer	€ 289,00
			Rechnungsbetrag	**€ 1.734,00**

10. S 143 Rücksendung von zu viel gelieferten Tischrechnern durch den Kunden Kurt Zlamal (20061) € 234,– + € 46,80 USt = € 280,80

Aufgabe: a) Bilden Sie die Buchungssätze aus Sicht der Büro-Direkt-GmbH. C

b) Geben Sie neben dem Buchungssatz in Klammer an, ob sich durch den jeweiligen Geschäftsfall der Gewinn erhöht (↑), vermindert (↓), oder ob es sich um eine erfolgsneutrale Buchung (Ø) handelt. D

c) Analysieren Sie, welche Rabattformen in den angeführten Geschäftsfällen gewährt werden. Führen Sie in der folgenden Tabelle die Nummer des Geschäftsfalles und die Rabattform an. D

	Nummer des Geschäftsfalles, Rabattform
Rabatt für den Einkauf größerer Mengen	
Treuerabatt	
Rabatt für besondere Anlässe	

Weitere Übungsbeispiele finden Sie im Anhang.

Sichern

SbX ID: 4133

SbX ID: 4133

Im SbX finden Sie eine Sammelmappe mit Zusammenfassungen zu allen Kapiteln und Lerneinheiten sowie eine Bildschirmpräsentation.

Wissen

SbX ID: 4134

A B C D E

SbX ID: 4134

Möglichkeiten zur Kompetenzüberprüfung im SbX

Wiederholungsfragen | Aufgaben mit automatischer Aufgabenkontrolle | $H_2Ö$ MUSTERUNTERNEHMEN

Ein kurzer Kompetenz-Check, bevor's weitergeht!

Kompetenz-Check

	☺	😐	☹
Ich kenne Rabatte und kann die Gründe für eine Rabattgewährung erklären.			
Ich kann Rabatte nach dem Zeitpunkt der Rabattgewährung unterscheiden.			
Ich kann sofort gewährte Rabatte verbuchen.			
Ich erkenne, wann ein nachträglich gewährter Rabatt vorliegt.			
Ich kann die Belege nennen, welche die Buchungsgrundlage für nachträglich gewährte Rabatte bilden.			
Ich kann nachträglich gewährte Rabatte von Lieferanten verbuchen.			
Ich kann nachträglich gewährte Rabatte an Kunden verbuchen.			
Ich kann die Auswirkungen von nachträglich gewährten Rabatten in der Buchführung des Käufers und des Verkäufers erläutern.			

Lerneinheit 4
Verbuchung von sonstigem Material

SbX
Alle SbX-Inhalte zu dieser Lerneinheit finden Sie unter der ID: 4140.

Im täglichen Arbeitsablauf wird durch laufende Nutzung vieles an „sonstigen Materialien" verbraucht. In der Schule sind dies z. B. die Tafelkreide, das Papier und die Toner für die Drucker, der Strom für die Beleuchtung. In einem Unternehmen werden je nach Betriebstätigkeit unterschiedliche sonstige Materialien benötigt, wie Verpackungsmaterial, Heizmaterial, Büromaterial.

Diese sonstigen Materialien stellen im Allgemeinen Aufwand dar und sind auf den entsprechenden Aufwandskonten zu erfassen.

Lernen

A B C D E

Markieren Sie im nachfolgenden Text die Antworten auf folgende Fragen:
- **Was ist das sonstige Material?**
- **Auf welchen Konten ist die Verbuchung von sonstigem Material vorzunehmen?**
- **Welche Belege bilden die Buchungsgrundlage?**
- **Auf welchen Konten werden die Bestände an sonstigem Material erfasst?**
- **Wie ist der Differenzbetrag zwischen Endbestand und Anfangsbestand an sonstigem Material zu verbuchen?**

Sonstiges Material

Verpackungsmaterial (z. B. Packpapier, Schnüre, Schachteln, Kartons), **Reinigungsmaterial, Heizmaterial** (z. B. Öl, Pellets, Kohle, Koks), **Büromaterial** (z. B. Schreibpapier, Ordner, Druckerpatronen, Kugelschreiber, Textmarker) usw. stellen **sonstiges Material** dar, welches im Betrieb laufend verbraucht wird.

Sonstiges Material – wird im Betrieb laufend verbraucht

Das sonstige Material wird beim Einkauf in der Regel **auf Aufwandskonten erfasst.** Folgende Konten können z. B. eingerichtet werden:

Neue Konten

5340 Verpackungsmaterialverbrauch
5450 Reinigungsmaterialverbrauch
7240 Heizölverbrauch
7600 Büromaterial (Büroaufwand)

Buchungsgrundlage

Buchungsgrundlage bilden die **Eingangsrechnungen** bzw. **Kassabelege.**

Beispiel

Buchung für den Einkauf von Heizöl

7240 Heizölverbrauch 2500 Vorsteuer	/	33 . . . Lieferantenkonto (2800 Bank etc.)

Bestände auf Vorratskonten der Kontenklasse 1

Anlässlich der Inventur werden die Bestände an diesen Materialien erfasst. Sofern diese Bestände nicht so gering sind, dass sie vernachlässigt werden können, werden sie auf **Vorratskonten in der Kontenklasse 1** (Kontengruppe 12 und 13) ausgewiesen. **Diese Konten bleiben während des Jahres unverändert und werden nur per 31. Dezember jeweils auf den neuen Stand gebracht.**

4.1 Einkäufe und Verkäufe

Differenzbetrag zwischen **Endbestand** und **Anfangsbestand**

Für die **Verbuchung des Differenzbetrages** zwischen dem **Endbestand** und dem **Anfangsbestand** ergeben sich zwei Möglichkeiten:

Beispiel

Anpassung des Anfangsbestandes an den Endbestand, z. B. bei Heizöl

Fall 1: Der Endbestand ist betragsmäßig **größer** als der Anfangsbestand.
Endbestand per 31. Dez. € 18.000,–, Anfangsbestand per 1. Jan. € 14.000,–

Fall 2: Der Endbestand ist betragsmäßig **kleiner** als der Anfangsbestand.
Endbestand per 31. Dez. € 10.000,–, Anfangsbestand per 1. Jan. € 12.000,–

Darstellung: Differenzbetrag – Anfangsbestand, Endbestand

> → größer, < → kleiner (mathematische Relations- [Verhältnis-]Zeichen)

Die Verbuchung des Differenzbetrages erfolgt in gleicher Weise wie bei der Verbuchung auf den Warenkonten (siehe Kapitel 2, Lerneinheit 4).

AB = Anfangsbestand
EB = Endbestand

Möglichkeiten der Verbuchung des Differenzbetrages

Fall 1: Endbestand > Anfangsbestand

Endbestand	€ 18.000,00
– Anfangsbestand	€ 14.000,00
Differenz (Bestandsvermehrung) +	**€ 4.000,00**

Fall 2: Endbestand < Anfangsbestand

Endbestand	€ 10.000,00
– Anfangsbestand	€ 12.000,00
Differenz (Bestandsverminderung) –	**€ 2.000,00**

Verbuchung des Differenzbetrages

1360 Vorrat Heizöl / 7240 Heizölverbrauch 4.000,00

7240 Heizölverbrauch / 1360 Vorrat Heizöl 2.000,00

1360 Vorrat Heizöl (Fall 1)

AB	14.000,00	EB	18.000,00
Heizölverbrauch	4.000,00		
	18.000,00		18.000,00

1360 Vorrat Heizöl (Fall 2)

AB	12.000,00	Heizölverbrauch	2.000,00
		EB	10.000,00
	12.000,00		12.000,00

Ist der Endbestand per 31. Dez. genauso groß wie der Anfangsbestand per 1. Jan., so erfolgt keine Buchung.

Lehrbeispiel

L 4.08: Verbuchung von Verpackungsmaterial, Gewinnauswirkung

Die Zuckerbäckerei Musil GmbH, Wien, hat sich auf den Verkauf von Torten über das Internet spezialisiert. Die Torten werden in speziellen Schachteln versandt. Für das Verpackungsmaterial ergeben sich nachstehende Bestände bzw. Geschäftsfälle.

Bestände per 1. Jänner:

Vorrat Verpackungsmaterial				1340
Datum	Gegenkonto	Text	Soll	Haben
1. 1.	AB		1.670,00	

Geschäftsfälle:

3. 2.	E 124	Rechnung über Einkauf von Tortenschachteln von der Schneider OG (33053) € 4.200,– + € 840,– USt = € 5.040,–
17. 8.	K 1214	Kauf Packpapier und Schnüre € 1.360,– + € 272,– USt = € 1.632,–
31.12.		Abschluss: Vorrat Verpackungsmaterial € 2.210,–

Aufgabe: a) Stellen Sie die Buchungssätze für die beiden Geschäftsfälle auf. C
b) Ermitteln Sie den Differenzbetrag zwischen Endbestand und Anfangsbestand. Stellen Sie den dazugehörenden Buchungssatz auf und geben Sie die Erfolgsauswirkung (↑, ↓, ∅) an. D
c) Erfassen Sie die Buchungssätze auf den angeführten Konten. C
d) Ermitteln Sie den Saldo der Konten. C

Lösung:

a)

3.2.	5340 Verpackungsmaterialverbrauch	4.200,00	
	2500 Vorsteuer	840,00	
	an 33053 Schneider OG		5.040,00
17.8.	5340 Verpackungsmaterialverbrauch	1.360,00	
	2500 Vorsteuer	272,00	
	an 2700 Kassa		1.632,00

b), c) und d)

Vorrat Verpackungsmaterial				1340
Datum	**Gegenkonto**	**Text**	**Soll**	**Haben**
1. 1.	AB		1.670,00	
31.12.	5340 Verpackungsmaterialverbrauch	U 1	540,00	
31.12.	Saldo			2.210,00
			2.210,00	2.210,00

Verpackungsmaterialverbrauch				5340
Datum	**Gegenkonto**	**Text**	**Soll**	**Haben**
3. 2.	33053 Schneider OG	E 124	4.200,00	
17. 8.	2700 Kassa	K 1214	1.360,00	
31.12.	1340 Vorrat Verpackungsmaterial	U 1		540,00
31.12.	Saldo			5.020,00
			5.560,00	5.560,00

Verpackungsmaterial:

Endbestand	€ 2.210,00
– Anfangsbestand	€ 1.670,00
Differenz (Bestandsvermehrung)	**+ € 540,00**

U 1: 1340 Vorrat Verpackungsmaterial / 5340 Verpackungsmaterialverbrauch 540,00 (↑)

Üben

SbX ID: 4142

A B C D E

SbX Excel Buchungstrainer ID: 4142

Ü 4.07: Verbuchung von Reinigungsmaterial, Gewinnauswirkung

Das Kur-Vital-Zentrum, Bad Hofgastein, bietet eine Vielzahl von Therapiemöglichkeiten in verschiedenen Therapieeinrichtungen an. Diese Therapiestationen erfordern eine regelmäßige Reinigung. Für das Reinigungsmaterial ergeben sich folgende Bestände bzw. Geschäftsfälle.

Bestände per 1. Jänner:

Vorrat Reinigungsmaterial				1370
Datum	**Gegenkonto**	**Text**	**Soll**	**Haben**
1. 1.	AB		2.580,00	

Geschäftsfälle:

3.2. K 187 Kauf von Reinigungsmaterial (Tücher, Schwämme, Bürsten, chemische Reinigungsmittel) € 3.165,– + € 633,– USt = € 3.798,–

10. 4. Einkauf von Reinigungsmaterial von der Swoboda Reinigungstechnik GmbH (33081) laut nachfolgender Rechnung:

E 118

Swoboda
REINIGUNGS-GERÄTE-CHEME

Besuchen Sie uns im Internet
www.swoboda-reinigungstechnik.at

swoboda Reinigungstechnik GmbH, Industriezone 14, 6175 Kematen i. T.

Kundennr.	Rechnungsnr.	Rechn.datum	Seite
421576	430149	10.04.20 . .	1

UID-Nr.: ATU61287468, DVR: 0427387

Kur-Vital-Zentrum
Bad Hofgastein GmbH & Co KG
Sen-W.-Wilfingplatz 1
5630 Bad Hofgastein

RECHNUNG ORIGINAL

Bestellkennzeichen	49280762
Auftragsnummer	
Lieferscheinnummer	G-LS89102
Versanddatum	04. 04. 20 . .
Versandart	frei Haus
Sachbearbeiter	Fr. Johanna Marent – DW 10

Artikel-Nr.	Artikel-Beschreibung	Menge	ME	Einzel-Preis	Netto-Preis
0110	swoboda-CONTRAS 10 L	500,00	LTR	2,58	1.290,00
0556	swoboda-WISCHPFLEGE 10 L	200,00	LTR	2,00	400,00
0221	swoboda-BAURAL 1 L	240,00	LTR	4,00	960,00
2230	swoboda-SCHWIMMPAD GRÜN	200,00	STK	0,65	130,00
2841	swoboda-NASSWISCHMOP MB	100,00	STK	4,90	490,00

Warenwert	Rabatt	Netto	Mwst 20 %	Währung	Rechnungsbetrag
3.270,00	327,00	2.943,00	588,60	EURO	3.531,60

Zahlbar ohne Abzug bis 10. 05. 20 . .

31.12. Abschluss: Vorrat Reinigungsmaterial € 1.910,–

Aufgabe: a) Stellen Sie die Buchungssätze für die Geschäftsfälle auf. C

b) Ermitteln Sie den Differenzbetrag zwischen Endbestand und Anfangsbestand. Stellen Sie den dazugehörenden Buchungssatz auf und geben Sie die Erfolgsauswirkung (↑, ↓, ∅) an. D

c) Erfassen Sie die Buchungssätze auf den angeführten Konten. C

d) Ermitteln Sie den Saldo der Konten. C

Lösung:

a)

b), c) und **d)**

Vorrat Reinigungsmaterial				1370
Datum	Gegenkonto	Text	Soll	Haben
1. 1.	AB		2.580,00	

Reinigungsmaterialverbrauch				5450
Datum	Gegenkonto	Text	Soll	Haben

Ü 4.08: Verbuchung von Heizmaterial und Verpackungsmaterial, Gewinnauswirkung

SbX Excel Buchungstrainer ID: 4142

Der Keramikerzeugungsbetrieb Franz Kohlweiß e. U., Wörgl, benötigt zur Verpackung seiner Erzeugnisse verschiedene Verpackungsmaterialien. Diese werden in regelmäßigen Abständen eingekauft. Weiters wird für den Produktionsprozess Heizöl in großen Mengen benötigt. Franz Kohlweiß lagert das Heizöl ein, wenn der Heizölpreis günstig ist.

Im laufenden Geschäftsjahr ergeben sich dabei folgende Bestände bzw. Geschäftsfälle.

Anfangsbestände:

Vorrat Verpackungsmaterial				1340
Datum	Gegenkonto	Text	Soll	Haben
1. 1.	AB		2.160,00	

Vorrat Heizöl				1360
Datum	Gegenkonto	Text	Soll	Haben
1. 1.	AB		2.590,00	

Geschäftsfälle:

27. 1.	E 163	Kauf von Schachteln und Wellpappe von der Wiesmaier GmbH (33091) € 1.830,– + € 366,– USt = € 2.196,–
28. 2.		Heizöllieferung von der Marolt KG (33092) (siehe abgebildeten Beleg)
1. 3.	P 52	Ausgleich der E 163 durch PSK-Überweisung
20. 7.	E 801	Kauf von Kartons und Packpapier von der Wiesmaier GmbH (33091) € 5.460,– + € 1.092,– USt = = € 6.552,–
2. 8.	S 319	Gutschrift von der Wiesmaier GmbH € 351,60 (€ 293,– + + € 58,60 USt); bei den Kartons wurde ein zu hoher Preis fakturiert.
4.10.	E 1217	Heizöllieferung von der Marolt KG (33092) € 8.280,– + € 1.656,– USt = € 9.936,–
31.12.	Abschluss:	Endbestände aufgrund der Inventur: Verpackungsmaterial € 1.810,–, Heizöl € 3.200,–

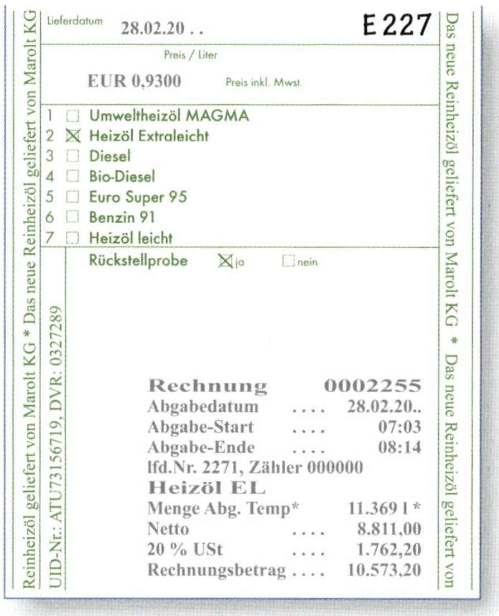

Reinheizöl geliefert von Marolt KG * Das neue Reinheizöl geliefert von Marolt KG

UID-Nr.: ATU73156719, DVR: 0327289

Lieferdatum 28.02.20 . . E 227

Preis / Liter

EUR 0,9300 Preis inkl. Mwst.

1 ☐ Umweltheizöl MAGMA
2 ☒ Heizöl Extraleicht
3 ☐ Diesel
4 ☐ Bio-Diesel
5 ☐ Euro Super 95
6 ☐ Benzin 91
7 ☐ Heizöl leicht

Rückstellprobe ☒ ja ☐ nein

Rechnung	0002255
Abgabedatum	28.02.20..
Abgabe-Start	07:03
Abgabe-Ende	08:14
lfd.Nr. 2271, Zähler 000000	
Heizöl EL	
Menge Abg. Temp*	11.369 l *
Netto	8.811,00
20 % USt	1.762,20
Rechnungsbetrag	10.573,20

Das neue Reinheizöl geliefert von Marolt KG * Das neue Reinheizöl geliefert von

4.1 Einkäufe und Verkäufe

Aufgabe: a) Stellen Sie die Buchungssätze für die angegebenen Geschäftsfälle auf. C
b) Ermitteln Sie den Differenzbetrag zwischen Endbestand und Anfangsbestand. Stellen Sie den dazugehörenden Buchungssatz auf und geben Sie die Erfolgsauswirkung (↑, ↓, Ø) an. D
c) Erfassen Sie die Buchungssätze auf den angeführten Konten. C
d) Ermitteln Sie den Saldo der Konten. C

Lösung:

a)

b), c) und **d)**

Vorrat Verpackungsmaterial				1340
Datum	Gegenkonto	Text	Soll	Haben
1. 1.	AB		2.160,00	

Vorrat Heizöl				1360
Datum	Gegenkonto	Text	Soll	Haben
1. 1.	AB		2.590,00	

Verpackungsmaterialverbrauch				5340
Datum	Gegenkonto	Text	Soll	Haben

Heizölverbrauch				7240
Datum	Gegenkonto	Text	Soll	Haben

Ein weiteres Übungsbeispiel finden Sie im Anhang.

Sichern

SbX ID: 4143

SbX ID: 4143

Im SbX finden Sie eine Sammelmappe mit Zusammenfassungen zu allen Kapiteln und Lerneinheiten sowie eine Bildschirmpräsentation.

Wissen

SbX ID: 4144

A B C D E

SbX ID: 4144

Möglichkeiten zur Kompetenzüberprüfung im SbX

Wiederholungsfragen | Aufgaben mit automatischer Aufgabenkontrolle | H₂Ö MUSTERUNTERNEHMEN

Kompetenz-Check

Ein kurzer Kompetenz-Check, bevor's weitergeht!

	☺	😐	☹
Ich kann erklären, was man unter sonstigem Material versteht.			
Ich kann die Konten nennen, auf denen sonstiges Material erfasst wird.			
Ich kann die Buchungsgrundlage für den Einkauf von sonstigem Material nennen.			
Ich kann den Einkauf von sonstigem Material verbuchen.			
Ich kann die Differenz zwischen dem Endbestand und dem Anfangsbestand an sonstigem Material berechnen und verbuchen.			

Lerneinheit 5

Verbuchung laufender Geschäftsfälle in Erzeugungsbetrieben

SbX
Alle SbX-Inhalte zu dieser Lerneinheit finden Sie unter der ID: 4150.

Österreichs Wirtschaft verfügt derzeit über ca. 325.000 Unternehmen in den Bereichen Produktion, Handel und Dienstleistungen. Davon sind ca. 25.000 Betriebe in der Sachgüterproduktion (z.B. Erzeugung von Nahrungsmitteln und Textilien, Maschinenbau, Fahrzeugbau) tätig (Statistik Austria, Stand 2013).

Nach den Bestimmungen des Österreichischen Einheitskontenrahmens unterscheidet sich die Buchführung eines Erzeugungsbetriebes (Industrie- oder Handwerksbetriebes) nur geringfügig von der Buchführung eines Handelsbetriebes. Die Unterschiede ergeben sich u.a. durch die vom Markt bezogenen Roh-, Hilfs- und Betriebsstoffe sowie durch den Verkauf von Fertigerzeugnissen.

Lernen

A B C D E

1 Verbuchung von Roh-, Hilfs- und Betriebsstoffeinkäufen

Markieren Sie im nachfolgenden Text die Antworten auf folgende Fragen:

- **Worin besteht der Unterschied zwischen Rohstoffen, Hilfsstoffen und Betriebsstoffen?**
- **Welche Belege bilden die Buchungsgrundlage zur Verbuchung von Roh-, Hilfs- und Betriebsstoffeinkäufen?**
- **Wie lauten die Buchungssätze für den Einkauf von Roh-, Hilfs- und Betriebsstoffen?**

Rohstoffe

Rohstoffe (Rohmaterial, Fertigungsmaterial) sind jene Stoffe, die **der Hauptbestandteil des Fertigerzeugnisses sind,** wie z.B. Holz bei der Möbelproduktion.

Rohstoffe – Hauptbestandteil der Erzeugnisse

Hilfsstoffe

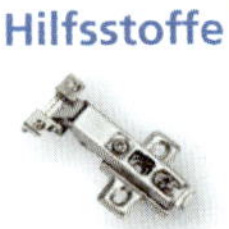

Hilfsstoffe (Hilfsmaterial) sind auch Teil des Produktes (z.B. Beschläge und Leim bei der Möbelproduktion), aber **für den Charakter des Erzeugnisses nicht wesentlich.**

Hilfsstoffe – Teil des Erzeugnisses

Betriebsstoffe

Betriebsstoffe sind **Hilfsmittel der Fertigung;** sie werden **bei der Produktion verbraucht,** sind jedoch im Erzeugnis selbst nicht enthalten (z.B. Schleifpapier, Schmiermittel).

Betriebsstoffe – Verbrauch während der Produktion

Die eingekauften Roh-, Hilfs- und Betriebsstoffe werden wie die Handelswaren auf den entsprechenden **Einsatzkonten in der Kontenklasse 5** verbucht.

Buchungsgrundlage

Buchungsgrundlage sind die jeweiligen **Eingangsrechnungen** bzw. **Zahlungsbelege.**

Verbuchung **Roh-, Hilfs- und Betriebsstoffe**

Neue Konten

5100 Rohstoffverbrauch (-einsatz)

5300 Hilfsstoffverbrauch

5400 Betriebsstoffverbrauch

Die entsprechenden Buchungssätze lauten:

Einkauf von Rohstoffen	5100 Rohstoffverbrauch (-einsatz) / 33 . . . Lieferantenkonto 2500 Vorsteuer / (2800 Bank etc.)
Einkauf von Hilfsstoffen	5300 Hilfsstoffverbrauch / 33 . . . Lieferantenkonto (2800 Bank etc.) 2500 Vorsteuer /
Einkauf von Betriebsstoffen	5400 Betriebsstoffverbrauch / 33 . . . Lieferantenkonto (2800 Bank etc.) 2500 Vorsteuer /

Siehe Abschnitt 4.1, Lerneinheit 4, Seite 156.

Die aufgrund der Inventur festgestellten Bestände werden auf Konten der Kontenklasse 1 ausgewiesen und per 31. Dezember jeweils auf den neuen Stand gebracht.

In Mittel- und Großbetrieben ist es häufig erforderlich, die Roh-, Hilfs- und Betriebsstoffkonten entsprechend aufzugliedern.

Beispiel: Konten für die Erfassung der Roh-, Hilfs- und Betriebsstoffe eines Tischlereibetriebes

Kontenklasse 5

5100 Holzverbrauch
5110 Plattenverbrauch
5120 Verbrauch Furniere
5300 Verbrauch Beschläge
5310 Verbrauch Leim und sonstige Klebstoffe
5320 Verbrauch sonstiges Hilfsmaterial
5410 Schmiermittelverbrauch
5420 Reparaturmaterialverbrauch
5450 Reinigungsmittelverbrauch
5490 Verbrauch von anderen Betriebsstoffen
5500 Verbrauch von Werkzeugen, Erzeugungshilfsmitteln

Lehrbeispiel

L 4.09: Verbuchung von Rohstoffen

Geschäftsfälle des Zimmereiunternehmens Fritz Klaura KG, Steyr

Anfangsbestand € 90.000,–

Zukäufe (zusammengefasst):

14.3. E 102 Holzeinkauf von der Sägeindustrie GmbH (33020) € 240.000,– + € 48.000,– USt = € 288.000,–, zahlbar innerhalb von 60 Tagen ohne Abzug

21.9. E 379 Rohstoffeinkauf von der Holz-Import AG (33014) € 448.000,– + € 89.600,– USt = € 537.600,–, zahlbar innerhalb von 30 Tagen ohne Abzug

Endbestand laut Inventur € 62.000,–

Aufgabe: a) Erstellen Sie die Buchungssätze (Buchungsanweisungen) für die Verbuchung der Einkäufe und für die Umbuchung per 31. Dezember. C

b) Stellen Sie die Konten 1100 Rohstoffvorrat und 5100 Rohstoffverbrauch dar. C

Lösung:

a) 14. 3. 5100 Rohstoffverbrauch 240.000,00 / 33020 Sägeindustrie GmbH 288.000,00
2500 Vorsteuer 48.000,00 /

21. 9. 5100 Rohstoffverbrauch 448.000,00 / 33014 Holz-Import AG 537.600,00
2500 Vorsteuer 89.600,00 /

31.12.		
	Endbestand	€ 62.000,00
	– Anfangsbestand	€ 90.000,00
	Differenz (Bestandsverminderung)	**– € 28.000,00**

U 1: 5100 Rohstoffverbrauch / 1100 Rohstoffvorrat 28.000,00

b)

Rohstoffvorrat				1100
Datum	Gegenkonto	Text	Soll	Haben
1. 1.	AB		90.000,00	
31.12.	5100 Rohstoffverbrauch	U 1		28.000,00
31.12.	Saldo			62.000,00
			90.000,00	9 0.000,00

Rohstoffverbrauch				5100
Datum	Gegenkonto	Text	Soll	Haben
14. 3.	33020 Sägeindustrie GmbH	E 102	240.000,00	
21. 9.	33014 Holz-Import AG	E 379	448.000,00	
31.12.	1100 Rohstoffvorrat	U 1	28.000,00	
31.12.	Saldo			716.000,00
			716.000,00	716.000,00

2 Verbuchung von Fertigerzeugnisverkäufen

Markieren Sie im nachfolgenden Text die Antworten auf folgende Fragen:
- **Was versteht man unter Fertigerzeugnissen?**
- **Aufgrund welcher Belege werden Fertigerzeugnisverkäufe verbucht?**
- **Wie lautet der Buchungssatz für den Verkauf von Fertigerzeugnissen?**

Fertigerzeugnisse

Fertigerzeugnisse (fertige Erzeugnisse) sind Produkte, die den **gesamten betrieblichen Prozess** bereits **durchlaufen** haben und **für den Verkauf bereitstehen** (z. B. Pkw-Motor).

Fertigerzeugnisse – Erzeugnisse, die für den Verkauf bestimmt sind

Buchungsgrundlage

Die beim Verkauf der Fertigerzeugnisse erzielten Erlöse werden im Haben des Kontos **4100 Fertigerzeugniserlöse (Erzeugniserlöse)** erfasst. Die **Erfassung in der Buchführung** erfolgt aufgrund der entsprechenden **Ausgangsrechnungen** bzw. **Zahlungsbelege.**

Der entsprechende Buchungssatz lautet:

Verbuchung **Fertigerzeugnisse**

20 . . . Kundenkonto (2800 Bank etc.) / 4100 Fertigerzeugniserlöse
3500 Umsatzsteuer

Neue Konten
4100 Fertigerzeugniserlöse 20 %
4101 Fertigerzeugniserlöse 10 %

Das Konto Fertigerzeugniserlöse muss entsprechend den Umsatzsteuersätzen aufgeschlüsselt werden (**4100 Fertigerzeugniserlöse 20 %, 4101 Fertigerzeugniserlöse 10 %** etc.), falls das Unternehmen **Umsätze** ausführt, die **verschiedenen Steuersätzen** unterliegen. Aber auch eine **Aufteilung** z. B. **nach Erzeugnisgruppen** kann vorgenommen werden.

Üben

SbX ID: 4152

A B C D E
SbX
Buchungstrainer ID: 4152

Ü 4.09: Kontierung von Belegen, betriebswirtschaftliche Aufgabenstellung

Die Metallbau Eibel GmbH, Hallein, erzeugt Gegenstände aus Stahl, Messing und Aluminium in Einzel- und Kleinserienfertigung.

Auszug aus dem Kontenplan dieses Unternehmens:

20090 Kunde Karl Auer	4100 Fertigerzeugniserlöse
2500 Vorsteuer	4400 Erlösberichtigungen
2700 Kassa	5100 Rohstoffeinsatz
2800 Bank	5300 Hilfsstoffverbrauch
33150 Lieferant Dr. Klinger	5410 Schmiermittelverbrauch
33410 Lieferant Muhr OG	
33710 Lieferant Katz & Klump GmbH	
3500 Umsatzsteuer	

Es sind nachstehende Geschäftsfälle zu kontieren:

Geschäftsfall		Kontierung
1. A 17	Verkauf von Tür- und Fensterbeschlägen an Karl Auer € 10.000,– + € 2.000,– USt = € 12.000,–; zwei Monate Ziel	
2. K 139	Kauf von Schmierstoffen für verschiedene Maschinen € 980,– + € 196,– USt = € 1.176,–	
3. S 9	Gutschrift an Karl Auer für A 17 für einen Preisnachlass € 500,– + € 100,– USt = € 600,–	
4. E 25	Einkauf von ALU-Profilen (Rohstoff) von Dr. Klinger € 7.240,– + € 1.448,– USt = € 8.688,–; zwei Monate Ziel	
5. A 106	Verkauf von auf Bestellung gefertigten ALU-Fenstern an Karl Auer € 7.000,– + € 1.400,– USt = € 8.400,–; zwei Monate Ziel	
6. B 114	Bankeingang € 8.400,–; Karl Auer hat die A 106 ausgeglichen.	
7. E 44	Kauf von Schrauben, Nieten etc. (Hilfsmaterial) von Muhr OG € 3.026,– + € 605,20 USt = € 3.631,20; 30 Tage Ziel	
8. S 10	Rücksendung von Fensterbeschlägen der A 17 von Karl Auer € 200,– + € 40,– USt = € 240,– gegen Gutschrift	
9. E 204	Kauf von Metallträgern (Rohstoffe) von der Katz & Klump GmbH um € 18.200,– + € 3.640,– USt = = € 21.840,–; zwei Monate Ziel	
10. S 25	Eine Charge der Metallträger entspricht nicht den erforderlichen Qualitätsstandards und wird an die Katz & Klump GmbH retourniert. Gutschrift der Katz & Klump GmbH über € 1.300,– + + € 260,– USt = € 1.560,–	

Charge = bestimmte Menge

Aufgabe: a) Kontieren Sie die vorstehenden Belege. C

b) Nennen Sie je zwei Beispiele für Roh-, Hilfs- und Betriebsstoffe der Metallbau Eibel GmbH. D

SbX **Buchungstrainer ID: 4152**

Ü 4.10: Bildung von Buchungssätzen, Gewinnauswirkung

Bei Regina-Laserplast e. U., Kunststoffverarbeitung, St. Pölten, ergeben sich nachstehende Geschäftsfälle:

1. E 516 Einkauf div. Kunststoffe (Polystyrol, Acryl etc.) von der Herbert Müller KG (33442) € 32.000,– – – € 6.400,– Rabatt = € 25.600,– + € ______ USt = € ______
2. A 967 Verkauf von Kunststofftafeln und Aufklebern an Franz Mayr (20112) € 3.600,– – – € 900,– Rabatt = € 2.700,– + € ______ USt = € ______
3. K 1360 Kauf diverser Ersatzteile € 357,– + € 71,40 USt = € 428,40
4. E 517 Kauf von Hilfsmaterial (Farbzusätze) € 1.200,– + € 240,– USt = € 1.440,– von Rudolf Eisinger e. U. (33263)
5. P 114 Überweisung an die Herbert Müller KG (33442) € 30.720,–
6. S 218 Gutschrift an Franz Mayr (20112) für A 967 über € 180,– + € 36,– USt = € 216,–; in der Rechnung wurde ein Rabatt von 25 % anstatt von 30 % abgezogen.
7. S 219 Rücksendung von Härtezusätzen (Hilfsmaterial) an Rudolf Eisinger e. U. (33263); Gutschrift über € 230,– + € 46,– USt = € 276,–
8. K 1361 Barverkauf von Plastikhüllen und Linealen € 400,– – 5 % Rabatt € 20,– = € 380,– + + € 76,– USt = € 456,–

9. E 518 Einkauf von Schmierstoffen für die Betriebsanlagen € 1.640,– + € 328,– USt = = € 1.968,– von der Adolf Richter GmbH (33560)
10. P 115 Überweisung der Miete für eine Lagerhalle € 2.200,– + € 440,– USt = € 2.640,–

Aufgabe: a) Bilden Sie die Buchungssätze. C

b) Geben Sie neben dem gebildeten Buchungssatz in Klammer an, ob sich durch den Geschäftsfall der Gewinn erhöht (↑), vermindert (↓), oder ob es sich um eine erfolgsneutrale Buchung handelt (Ø). D

Weitere Übungsbeispiele finden Sie im Anhang.

Sichern

SbX ID: 4153

SbX ID: 4153

Im SbX finden Sie eine Sammelmappe mit Zusammenfassungen zu allen Kapiteln und Lerneinheiten sowie eine Bildschirmpräsentation.

Wissen

SbX ID: 4154

A B C D E

SbX ID: 4154

Möglichkeiten zur Kompetenzüberprüfung im SbX

Wiederholungsfragen | Aufgaben mit automatischer Aufgabenkontrolle | $H_2Ö$ MUSTERUNTERNEHMEN

Ein kurzer Kompetenz-Check, bevor's weitergeht!

Kompetenz-Check

	☺	😐	☹
Ich kann Rohstoffe, Hilfsstoffe und Betriebsstoffe unterscheiden.			
Ich kann die Buchungsgrundlage für den Einkauf von Roh-, Hilfs- und Betriebsstoffen nennen.			
Ich kann den Einkauf von Rohstoffen verbuchen.			
Ich kann den Einkauf von Hilfsstoffen verbuchen.			
Ich kann den Einkauf von Betriebsstoffen verbuchen.			
Ich kann den Begriff Fertigerzeugnisse erläutern.			
Ich kann die Belege, welche die Grundlage für die Verbuchung eines Fertigerzeugnisverkaufes bilden, nennen.			
Ich kann den Verkauf von Fertigerzeugnissen in der Buchführung verbuchen.			

4.2 VERBUCHUNG DES RECHNUNGSAUSGLEICHES

© Hotel Sacher Wien

Quelle: http://shop.sacher.com/unsere-agb

* Japan Credit Bureau – vor allem im asiatischen Raum weit verbreitete Kreditkarte

Worum geht's in diesem Abschnitt?

Ihre Schwester feiert in der kommenden Woche den 16. Geburtstag. Sie wollen sie mit etwas Besonderem überraschen und bestellen eine Original Sacher-Torte über den Online-Shop http://shop.sacher.com.

Jedoch wie ist die Torte zu bezahlen?
In den Allgemeinen Geschäftsbedingungen (AGB) finden Sie zu den Zahlungsbedingungen u. a. folgende Ausführungen:

7. Zahlungsbedingungen

a) Unsere Rechnungen sind unverzüglich vor Beginn der Lieferfrist mit einer der folgenden Kreditkarten zu begleichen:

American Express, Diners, JCB*, MasterCard, VISA

Die angegebene Kreditkarte wird sofort nach Absenden der Bestellung belastet. Die Daten der Kreditkarte werden in keiner Form gespeichert.

b) Bei verspäteter Zahlung berechnen wir Verzugszinsen in Höhe von 6 Prozent über dem jeweiligen Basiszinssatz der Europäischen Zentralbank.

→ Erfüllungszeit der Zahlung

9. Anwendbares Recht, Erfüllungsort, Gerichtsstand

...

b) Zahlungs- und Erfüllungsort für alle sich aus diesem Vertrag ergebenden Verpflichtungen ist Wien.

→ Erfüllungsort der Zahlung

Kompetenzen, die Sie erwerben

Mit der Bearbeitung dieses Abschnitts erwerben Sie die **Kompetenzen** zur **Bearbeitung von Belegen (Prüfung, Nummerierung, Kontierung und Verbuchung) im Zusammenhang mit dem Rechnungsausgleich.** Sie können

- den Rechnungsausgleich unter Berücksichtigung von Mahnspesen, Verzugszinsen sowie Skonto verbuchen.

A B C D E

In diesem Abschnitt finden Sie Übungsbeispiele und Aufgaben zum Kompetenzerwerb und zur Kompetenzüberprüfung auf den Handlungsebenen **A Wiedergeben, B Verstehen, C Anwenden** und **D Analysieren & Interpretieren.**

Dieser Abschnitt umfasst folgende Lerneinheiten:

1 Allgemeine Möglichkeiten des Rechnungsausgleiches, Mahnspesen und Verzugszinsen

2 Verbuchung von Zahlungen mit Kredit- und Bankomatkarten

3 Verbuchung des Skontos

4 Besondere Buchungen im Zusammenhang mit dem Bankkonto

Lerneinheit 1

Allgemeine Möglichkeiten des Rechnungsausgleiches, Mahnspesen und Verzugszinsen

SbX
Alle SbX-Inhalte zu dieser Lerneinheit finden Sie unter der ID: 4210.

Die Bezahlung von Eingangs- und Ausgangsrechnungen erfolgt entsprechend den vereinbarten Zahlungskonditionen (Zahlungsbedingungen). Werden die getroffenen Vereinbarungen, z.B. zum Zahlungszeitpunkt, nicht eingehalten, kann es zur Verrechnung von Mahnspesen bzw. Verzugszinsen kommen.

Lernen

A B C D E

1 Verbuchung des Rechnungsausgleiches

Markieren Sie im nachfolgenden Text die Antworten auf folgende Fragen:

- **Was versteht man unter dem Rechnungsausgleich?**
- **Wie wird der Zeitpunkt des Rechnungsausgleiches festgelegt?**
- **Wie lautet der Buchungssatz für den Ausgleich einer Eingangsrechnung bzw. einer Ausgangsrechnung?**
- **Welche Belege sind die Grundlage der Verbuchung des Rechnungsausgleiches?**

Rechnungsausgleich **(Zahlung)**

Der **Rechnungsausgleich** wird bei Rechtsgeschäften zwischen Unternehmen (z.B. Einkäufen, Verkäufen) zum überwiegenden Teil **unbar durchgeführt. Leistung** (z.B. Warenlieferung) und **Gegenleistung** (Rechnungsausgleich, Zahlung) erfolgen in diesem Fall **nicht zum selben Zeitpunkt.**

Darstellung: Rechnungsausgleich (Zahlung)

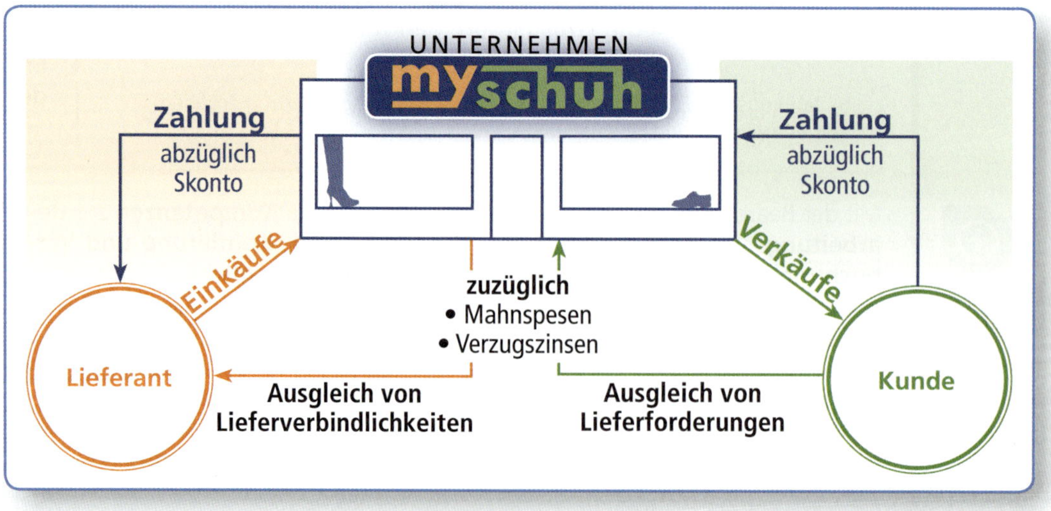

Zahlungskondition (Zahlungsbedingung)

Für den **Zeitpunkt des Rechnungsausgleiches** ist die zwischen dem Käufer und dem Verkäufer vereinbarte bzw. in der Rechnung aufgedruckte **Zahlungskondition** maßgebend.

Beispiel einer Zahlungskondition (Ausschnitt aus einer Rechnung):

Zahlungsbedingungen 10 Tage ab Rechnungsdatum mit 2 % Skonto oder 30 Tage netto ohne Abzug. Bei Zahlungsverzug 8 % p.a. Verzugszinsen.	Warenwert €	4.095,00
	20 % MWST	819,00
Bankverbindung Volkskreditbank Linz, BIC VKBLAT2L IBAN AT75 1860 0000 1004 3444	Rechnungsbetrag €	4.914,00

Die Ware bleibt bis zur vollständigen Bezahlung unser Eigentum.
Reklamationen nur sofort nach Warenerhalt. Erfüllungsort und Gerichtsstand ist Linz.

Die Verbuchung des **Skontos** wird in Lerneinheit 3 ausführlich behandelt.

Gemäß dieser Zahlungsbedingung besteht die Möglichkeit, den Ausgleich innerhalb von zehn Tagen ab Rechnungsdatum abzüglich 2 % Skonto vorzunehmen oder innerhalb von 30 Tagen ab Rechnungsdatum den vollen Betrag zu bezahlen (= Inanspruchnahme des gewährten Zahlungsziels). Bei Zahlungszielüberschreitung (die Zahlung erfolgt später als 30 Tage ab Rechnungsdatum) werden 8 % p. a. Verzugszinsen berechnet.

Je nach **Art des Rechnungsausgleiches,** z. B. durch Banküberweisung (häufig bereits durch Electronic Banking), PSK-Überweisung, Barzahlung, ergibt sich folgender Buchungsablauf:

Verbuchung des **Rechnungsausgleiches** einer **Eingangsrechnung**

Verbuchung des **Rechnungsausgleiches** einer **Ausgangsrechnung**

BEREITS VERBUCHT	DURCHZUFÜHRENDE BUCHUNGEN
Eingangsrechnung 5000 HW-Einsatz / 33 . . . Lieferantenkonto 2500 Vorsteuer /	**Ausgleich der Eingangsrechnung** 33 . . . Lieferantenkonto / 2800 Bank (2810 PSK, 2700 Kassa etc.)
Ausgangsrechnung 20 . . . Kundenkonto / 4000 HW-Erlöse / 3500 Umsatzsteuer	**Ausgleich der Ausgangsrechnung** 2800 Bank (2810 PSK, 2700 Kassa etc.) / 20 . . . Kundenkonto

Buchungsgrundlage

Buchungsgrundlage bilden die **Kassaquittungen** (Bestätigungen über den Empfang von Geldbeträgen) und die **Bankbelege** (Kontoauszüge mit den beiliegenden Belegen).

2 Mahnspesen und Verzugszinsen

Markieren Sie im nachfolgenden Text die Antworten auf folgende Fragen:

- **Wann werden Mahnspesen in Rechnung gestellt?**
- **Aufgrund welcher Belege werden Mahnspesen verbucht?**
- **Wie erfolgt die Verbuchung von Mahnspesen?**
- **Wann werden Verzugszinsen verrechnet?**
- **Welche Belege bilden die Buchungsgrundlage für die Verbuchung von Verzugszinsen?**
- **Wie lauten die Buchungssätze für die Erfassung der Verzugszinsen in der Buchführung?**

Mahnspesen
Keine Umsatzsteuer!

Muss ein Kunde wegen **Nichteinhaltung des Zahlungstermines** gemahnt werden und werden **Mahnspesen** in Rechnung gestellt, so unterliegen diese **nicht der Umsatzsteuer.**

Buchungsgrundlage

Buchungsgrundlage ist das **Mahnschreiben** mit den verrechneten Mahnspesen.

Verzugszinsen
Keine Umsatzsteuer!

Hält ein Kunde das gewährte Zahlungsziel nicht ein, so kann er, siehe die Zahlungskondition auf dem Rechnungsausschnitt oben, mit **Verzugszinsen** belastet werden. Die verrechneten Verzugszinsen unterliegen **nicht der Umsatzsteuer.**

Buchungsgrundlage

Buchungsgrundlage bildet das **Schreiben mit den in Rechnung gestellten Verzugszinsen.**

4.2 Rechnungsausgleich

Bei der **Verbuchung von Mahnspesen bzw. Verzugszinsen** sowie beim **Ausgleich von Eingangsrechnungen** ergibt sich folgender **Buchungsablauf:**

Neue Konten
8320 Verzugszinsen-aufwand
8321 Mahnspesen

BEREITS VERBUCHT	DURCHZUFÜHRENDE BUCHUNGEN
Eingangsrechnung 5000 HW-Einsatz / 33 . . . Lieferantenkonto 2500 Vorsteuer /	**Mahnspesen** 8321 Mahnspesen / 33 . . . Lieferantenkonto
	Verzugszinsen 8320 Verzugszinsen-aufwand / 33 . . . Lieferantenkonto
	Ausgleich der Eingangsrechnung 33 . . . Lieferantenkonto / 2800 Bank (2810 PSK, 2700 Kassa etc.)

Bei der **Verrechnung von Mahnspesen bzw. Verzugszinsen** sowie beim **Ausgleich von Ausgangsrechnungen** ergibt sich folgender **Buchungsablauf:**

Neue Konten
4890 Mahnspesen-vergütungen
8055 Verzugszinsen-erträge

BEREITS VERBUCHT	DURCHZUFÜHRENDE BUCHUNGEN
Ausgangsrechnung 20 . . . Kundenkonto / 4000 HW-Erlöse / 3500 Umsatzsteuer	**Mahnspesen** 20 . . . Kundenkonto / 4890 Mahnspesen-vergütungen
	Verzugszinsen 20 . . . Kundenkonto / 8055 Verzugszinsen-erträge
	Ausgleich der Ausgangsrechnung 2800 Bank (2810 PSK, 2700 Kassa etc.) / 20 . . . Kundenkonto

Lehrbeispiele

L 4.10: Verbuchung des Rechnungsausgleiches

Der Büromaschinenhandel Neumüller GmbH, St. Pölten, erhält von der Karl Matschek KG, Linz, eine Bestellung über die Lieferung eines Farblaserdruckers HP CP2025dn. In der Buchführung der Neumüller GmbH sind dazu folgende Geschäftsfälle zu erfassen:

25.5. A 540 Verkauf des Farblaserdruckers HP CP2025dn an die Karl Matschek KG (20037) € 375,– + € 75,– USt = = € 450,–
Zahlungskonditionen: Zahlbar bei Rechnungserhalt, ohne Abzug
Bei Zahlungsverzug werden 12 % p.a. Verzugszinsen, ab dem Fälligkeitstag, und Mahnspesen von € 15,– in Rechnung gestellt.

20.6. S 321 Die Karl Matschek KG hat, trotz mehrmaliger telefonischer Erinnerungen, die A 540 noch nicht beglichen. Die Neumüller GmbH setzt in einem Mahnschreiben den 25. Juni 20 . . als letzten Zahlungstermin fest und stellt € 3,90 Verzugszinsen und € 15,– Mahnspesen in Rechnung.

24.6. Die Karl Matschek KG begleicht die A 540 inklusive der Verzugszinsen und Mahnspesen. Der Kontoauszug und die Zahlungsanweisung zeigen folgendes Bild:

IBAN: AT60 3258 5000 0120 2564 — RAIFFEISENBANK REGION ST. PÖLTEN, BANKSTELLE FRANZISKANERGASSE — B65 — BIC: RLNWATWWOBG, DVR: 0020770

* Firmenkonto *		WERT	BETRAG IN EUR
ALTER KONTOSTAND			23.458,22
24.06.20..	Karl Matschek KG A 540 vom 25.5. € 450,00 Verzugszinsen € 3,90, Mahnspesen € 15,00	24.06.20..	468,90

AT Raiffeisenbank Region St. Pölten — B65 — ZAHLUNGSANWEISUNG

EmpfängerIn Name/Firma: Neumüller GmbH, St. Pölten
IBAN EmpfängerIn: AT603258500001202564
BIC (SWIFT-Code) der EmpfängerIn: RLNWATWWOBG — Ein BIC ist immer verpflichtend, wenn die EmpfängerIn IBAN ungleich AT beginnt.
EUR Betrag: 468,90
Nur zur maschinellen Befüllung der Zahlungsreferenz — Prüfziffer
Verwendungszweck: A 540 vom 25.5. € 450,00
Verzugszinsen € 3,90, Mahnspesen € 15,00
IBAN KontoinhaberIn/AuftraggeberIn: AT242011100282454226
KontoinhaberIn/AuftraggeberIn Name/Firma: Karl Matschek KG
006
Karl Matschek
Unterschrift ZeichnungsberechtigteR
Betrag — 30+ Beleg

Aufgabe: Stellen Sie die Buchungssätze aus der Sicht der Neumüller GmbH auf. C

Lösung:

		Soll	Haben
25.5.	20037 Karl Matschek KG	450,00	
	an 4000 HW-Erlöse		375,00
	an 3500 Umsatzsteuer		75,00
20.6.	20037 Karl Matschek KG	18,90	
	an 4890 Mahnspesenvergütungen		15,00
	an 8055 Verzugszinsenerträge		3,90
24.6.	2800 Bank	468,90	
	an 20037 Karl Matschek KG		468,90

450,00 + 18,90 = = € 468,90

L 4.11: Verbuchung des Rechnungsausgleiches

Für das Einzelhandelsunternehmen „Sports & more" e.U., Salzburg, ergeben sich im Februar 20 . . u.a. folgende Geschäftsfälle:

2.5. Das Konto des Lieferanten Ing. Franz Oberkofler GmbH weist folgenden Stand auf:

Kontoblatt

Sports & more e.U.
Mandant SPOR — Seite 1
Jahr 20 . . — Datum 02.05.20 . .

33088 — Ing. Franz Oberkofler GmbH

B.nr.	Datum	Per.	BA	Bel.Nr.	Text	Kontonr.	EUR Soll	EUR Haben	%	SZ	Steuer
8430	02.05.20. .	5	KF	E321	R A80019	5010		1.500,00			
	Umsatz				**Mai**			**1.500,00**			

1.7. S 108 Belastung mit Verzugszinsen über € 20,– und Mahnspesen von € 10,– durch den Lieferanten Ing. Franz Oberkofler GmbH für die R A80019 (E 321).

1.500,00 + 20,00 + 10,00 = = € 1.530,00

5.7. B 99 Bankausgang € 1.530,–; Ausgleich der E 321 der Ing. Franz Oberkofler GmbH inkl. € 20,– Verzugszinsen und € 10,– Mahnspesen.

Aufgabe: Stellen Sie die Buchungssätze auf. C

Lösung:

		Soll	Haben
1.7.	8320 Verzugszinsenaufwand	20,00	
	8321 Mahnspesen	10,00	
	an 33088 Ing. Franz Oberkofler GmbH		30,00
5.7.	33088 Ing. Franz Oberkofler GmbH	1.530,00	
	an 2800 Bank		1.530,00

Üben

SbX ID: 4212

A B C D E

SbX Buchungstrainer ID: 4212

Ü 4.11: Eingangsrechnung – Rechnungsausgleich, Mahnspesen und Verzugszinsen

Für das Modelabel Styling 4 You, Wels, ergeben sich im Juli 20 . . u. a. folgende Geschäftsfälle:

2.7.	E 878	Einkauf von Designerjeans von der Johann Krammer GmbH (33077) über € 450,– + € 90,– (20 % USt) = € 540,–
4.9.	S 119	Belastung mit Verzugszinsen € 15,– und Mahnspesen € 10,– durch die Johann Krammer GmbH für die E 878
6.9.	B 102	Bankausgang € 565,–; Ausgleich der E 878 der Johann Krammer GmbH inkl. Verzugszinsen und Mahnspesen

Aufgabe: Stellen Sie die Buchungssätze auf. C

SbX Buchungstrainer ID: 4212

Ü 4.12: Ausgangsrechnung – Rechnungsausgleich, Mahnspesen und Verzugszinsen

Der Getränkegroßhandel Birgit Matschek GmbH, Eisenstadt, hat u. a. das alkoholfreie Sommergetränk „exotic" in seinem Sortiment. Dazu ergeben sich im August 20 . . folgende Geschäftsfälle:

Ein **Tray** ist eine Tragevorrichtung für z. B. Getränkeflaschen.

18. 8.	A 2908	Verkauf von 200 Trays mit 0,33 l PET-Flaschen € 1.180,– + + € 236,– USt = € 1.416,– an das Strandbad Restaurant Maria Mayer e. U. (20120)
1.10.	S 440	Maria Mayer e. U. hat die Rechnung A 2908 nicht ausgeglichen. Die Zahlung wird eingemahnt, Verzugszinsen werden in Rechnung gestellt: Mahnspesen € 35,00 Verzugszinsen € 14,20 € 49,20
6.10.	R 128	Bankeingang € 1.465,20; Maria Mayer e. U. hat die A 2908 inkl. den Mahnspesen und Verzugszinsen überwiesen.

R = Raiffeisenbank

Aufgabe: Stellen Sie die Buchungssätze auf. C

SbX Buchungstrainer ID: 4212

Ü 4.13: Bildung von Buchungssätzen, Gewinnauswirkung, betriebswirtschaftliche Aufgabenstellung

Die ESATTO GmbH, Bau- und Möbeltischlerei – Alles rund ums Fenster, Wien, ist ein Produzent von Fenstern verschiedener Art, Balkonverglasungen und Rollläden. Es ergeben sich u. a. folgende Geschäftsfälle:

1. Ausgleich der Rechnung Nr. 000231 (E 7) des Lieferanten Wimmer OG (33041) über die Lieferung verschiedener Wärmeschutzgläser

Bank Austria
Member of UniCredit

B10

KONTOAUSZUG
01212

ESATTO GmbH

Datum	Auszug/Blatt	Währung	IBAN
17.01.20..	010 0001	EUR	AT50 1200 0240 1064 1200

Buchungsnr./Buchungstitel	Wert	Betrag
17.01. Online-Auftrag vom 16.01. Empfänger: Wimmer OG IBAN: AT972021624910347800 BIC: SPHBAT21 RNR 000231 vom 3.1.20.. 20844	17.01.	2.714,40-

BIC BKAUATWW

B10

Neuer Auftrag

Auftragsart:	Inlandsauftrag
Auftraggeber	
Konto:	AT501200024010641200
Name:	Esatto GmbH
Interne Notiz:	
Vertraulichkeit:	
Payment ID:	7i8064f2-abcd-21
Empfänger	
Name:	Wimmer OG
IBAN:	AT972021624910347800
BIC:	SPHBAT21
Geschäftsvorfall:	
Kundendaten:	20844
Datenübertragung	
Termin:	17.01.20..
Betrag:	EUR 2.714,40
Zahlungsgrund:	RNR 000231 vom 3.1.20..

Fensterzargen (Fensterrahmen) dienen der Befestigung von Fenstern im Mauerwerk.

Beschläge verbinden den Fensterflügel mit dem Fensterrahmen.

Rollläden (Jalousien)

2. B 11 Belastungen laut Kontoauszug:
   - € 5.436,–; Überweisung an Hans Stangl e. U. (33012) für E 15 (Kauf von Fensterzargen)
   - € 1.474,–; Überweisung an die Anton Klug KG (33076) für E 6 (Kauf diverser Beschläge)
3. K 87 Der Kunde Franz Wolf e. U. (20089) zahlt die A 44 über Lieferung und Montage von Rollläden (Jalousien) € 1.908,–.
4. P 14 PSK-Eingang € 430,80; der Kunde Karl Huber (20034) hat die Lieferung eines Kunststofffensters (A 38) ausgeglichen.
5. Ausgleich der R.Nr. 0176 der Büroausstattungen-Gesellschaft mbH (33090) über die Lieferung und Montage von Büroschränken durch Electronic Banking

Bank Austria
Member of UniCredit

B36

KONTOAUSZUG
01212

ESATTO GmbH

Datum	Auszug/Blatt	Währung	IBAN
06.03.20..	036 0001	EUR	AT50 1200 0240 1064 1200

Buchungsnr./Buchungstitel	Wert	Betrag
06.03. Online-Auftrag vom 05.03. Empfänger: Büroausstattungen GmbH IBAN: AT411200050424386800 BIC: BKAUATWW RNR 0176 vom 20.1.20.. 003852	06.03.	6.810,00-

BIC BKAUATWW

4.2 Rechnungsausgleich

B 36

Neuer Auftrag	
Auftragsart:	Inlandsauftrag
Auftraggeber	
Konto:	AT501200024010641200
Name:	Esatto GmbH
Interne Notiz:	
Vertraulichkeit:	
Payment ID:	7i8064f2-abcd-11
Empfänger	
Name:	Büroausstattungen GmbH
IBAN:	AT411200050424386800
BIC:	BKAUATWW
Geschäftsvorfall:	
Kundendaten:	003852
Datenübertragung	
Termin:	06.03.20..
Betrag:	EUR 6.810,00
Zahlungsgrund:	RNR 0176 vom 20.1.20..

6. S 51 Der Lieferant Anton Klug KG (33076) belastet uns mit Verzugszinsen in Höhe von € 68,16.
7. S 52 Mahnung des Kunden Schneider & Peklar GmbH (20091) wegen der nicht bezahlten Rechnung über Lieferung und Montage einer Balkonverglasung; Rechnungsbetrag € 5.432,40. Es werden € 10,– Mahnspesen in Rechnung gestellt.
8. B 48 Gutschriften laut Kontoauszug:
   - € 2.152,80; Ausgleich der A 60 durch den Kunden Franz Wolf e. U. (20089)
   - € 946,–; Ausgleich der A 47 durch den Kunden Karl Huber (20034)
9. Der Kunde Stefan Krenn (20049) wird mit Verzugszinsen belastet.

S 53

Stefan Krenn
Elektro-Installation
C.-v.-Hötzendorfer-Platz 8
2500 Baden

– Dr. Ma/Be, Berger 238 20..-04-27

Belastung mit Verzugszinsen
für R.Nr. A 126 vom 14. Jänner 20..

Der Betrag für unsere Rechnung Nr. A 126 vom 14. Jänner 20.., fällig am 14. Februar 20.., über € 2.967,60 ist heute auf unserem Konto bei der UniCredit Bank Austria AG eingegangen.

Gemäß unseren Zahlungskonditionen haben wir Ihr Konto mit

10 % Verzugszinsen für 73 Tage, d.s. € 60,18

belastet.

Wir ersuchen um sofortigen Ausgleich.

Aufgabe: a) Bilden Sie die Buchungssätze. C

b) Geben Sie neben dem gebildeten Buchungssatz in Klammer an, ob sich durch den Geschäftsfall der Gewinn erhöht (↑), vermindert (↓), oder ob es sich um eine erfolgsneutrale Buchung (Ø) handelt. D

c) Was versteht man unter dem Electronic Banking und wie wird die Sicherheit im Electronic Banking gewährleistet? D

Ü 4.14: Bildung von Buchungssätzen, betriebswirtschaftliche Aufgabenstellung

In der Bio-Möbelerzeugung Karl Stiegler e. U., Wien, ergeben sich im Oktober 20 . . u. a. folgende Geschäftsfälle:

Zahlungsbestätigung = **Kassaquittung**

1. Der Kunde Franz Muhr (20021) begleicht die Lieferung von Holzsesseln bar und erhält dafür das Original der nachstehend abgebildeten Zahlungsbestätigung:

K 1812

KARL STIEGLER e. U.
Bio-Möbelerzeugung

UID-Nummer: ATU11881406

Favoritenstraße 80
1100 Wien
Tel. +43 1 928 20 72-0
www.biomoebel.at

Kassabon 1.812			Kassa 1
5	Art. Nr.: 18904S Holzsessel Lärche natur	173,00	865,00
Summe exkl. 20% USt		€	**865,00**
+ 20% USt		€	173,00
Summe inkl. 20% USt		€	**1.038,00**

Barzahlung € 1.040,00
Rückgeld € 2,00

20.10.20.. 16:45 FCB0220

VIELEN DANK FÜR IHREN EINKAUF

R = Raiffeisenbank

2. R 58 Gutschriften:
   - € 356,40; Ausgleich der A 617 durch die Richard Geyer KG (20061)
   - € 5.148,00; Ausgleich der A 593 durch den Kunden Franz Huber (20085)

   Belastung:
   - € 10.486,80; Überweisung an die Anton Kunz OG (33014) zum Ausgleich der E 209
3. S 279 Belastung des Kunden Walter Schmid (20075) mit Verzugszinsen für A 518 in Höhe von € 11,28
4. R 81 Bankausgang € 20.803,–; Überweisung an die Autohandels AG (33098) zum Ausgleich der E 248 über den Kauf eines Firmen-Lkw
5. S 295 Der Lieferant Anton Kunz OG (33014) belastet uns mit Verzugszinsen:

   > Bei Kontrolle der Fälligkeitstermine unserer Rechnungen mussten wir feststellen, dass die Rechnung A 126 vom 20. September 20. ., fällig am 20. Oktober 20. ., leider noch nicht beglichen wurde.
   >
   > Entsprechend den vereinbarten Zahlungskonditionen belasten wir Ihr Kundenkonto mit Verzugszinsen in der Höhe von € 17,91.
   >
   > Wir ersuchen um Ausgleich der offenen Schuld bis spätestens 27. Oktober 20. . .

6. P 114 Die Friederike Miller KG (33024) hat für die Lieferung von speziell behandelten Biobrettern € 5.124,– in Rechnung gestellt (E 244). Die Rechnung, die bereits verbucht wurde, wird durch PSK-Überweisung ausgeglichen.
7. Überweisung an Friedrich Steinberger e. U. (33042) zum Ausgleich der R.Nr. 0899 (E 242) über die Lieferung von Bioölen zur Behandlung von rohem Holz laut abgebildeter Übernahmebestätigung (Electronic Banking):

IBAN: AT14 3200 0000 0001 6224 — RAIFFEISENBANK NIEDERÖSTERREICH-WIEN AG — R 93 — BIC: RLNWATWW — DVR: 0031585

* Firmenkonto *		WERT	BETRAG IN EUR
ALTER KONTOSTAND			9.854,00
20.10.20..	Friedrich Steinberger e.U. RNr. 0899 v. 4. Sept. 20. .	20.10.20..	1.282,44 –

20.10.20. .　　**Raiffeisen ELBA-Internet - Aufträge - Druckvorschau**　　R93

>> Mein Bankgeschäft >> Zahlungsverkehr >> Aufträge

Auftragsbestätigung

Empfänger:	Friedrich Steinberger e. U. 1100 Wien
IBAN / BIC:	AT86 2011 1000 0001 8986 / GIBAATWW
Bank Empfänger:	Erste Bank der österreichischen Sparkassen AG
Auftraggeber:	Karl Stiegler e.U.
IBAN / BIC:	AT14 3200 0000 0001 6224 / RLNWATWW
Betrag:	1.282,44 EUR
Verwendungszweck:	RNr. 0899 v. 4. Sep. 20. .
Kundendaten:	20261

Verfüger: Karl Stiegler e. U.　　**Datum:** 20.10.20. .　　**Uhrzeit:** 10:44
Art: Inlandsüberweisung　　**cardTAN:** 42 - OPNR2

Angemeldet als: Karl Stiegler e.U.　　© Raiffeisen

8. P 116　Gutschrift € 2.844,– für A 901; der Kunde Richard Geyer KG (20061) hat die Rechnung über eine Bioholzkommode ausgeglichen.
9. S 299　Für den verspäteten Ausgleich der R.Nr. 0347/ . . (E 207) belastet uns der Lieferant Ing. Max Seifner GmbH (33051) mit € 12,50 Mahnspesen.

Aufgabe: a) Bilden Sie die Buchungssätze. C

b) Vervollständigen Sie die Online-Überweisungen zum Geschäftsfall 4. C

Lieferant: Autohandels AG, Maygasse 35, 1130 Wien, BIC BAWAATWW,
IBAN AT96 1400 0000 0549 2710
Rechnungsnummer 20348, Rechnungsdatum 12.9.20. ., Kundendaten 123985 3820

Zahlungsverkehr - Aufträge　　Zurück　Hilfe

Neuer Auftrag | Erfasste Aufträge (0) | Gesendete Aufträge (8)

Überweisung

Hinweis: Führen Sie mit folgendem Formular Ihre Inlandsüberweisungen sowie auch Überweisungen in den grenzüberschreitenden europäischen SEPA-Zahlungsraum wie z.B.: Deutschland, Italien etc. durch.

Bitte Vorlage auswählen

Empfänger
Name und Anschrift
Kontonummer / IBAN
Bankleitzahl / BIC　Bank suchen

Auftraggeber
32000 / 1624, Karl Stiegler e.U.
IBAN: AT14 32000 00000016224　　BIC: RLNWATWW
Name und Anschrift
KARL STIEGLER e.U.
1100 WIEN, FAVORITENSTRASSE 80

Betrag
Währung　Betrag
EUR / Euro
Verfügbarer Betrag　33.452,10

Zusatzinformation
Verwendungszweck
Kundendaten / Identifikationsnummer
Gewünschtes Durchführungsdatum
Verwendungszweck - weitere Zeilen

Einstellungen　Dringend

000000000000< 00000000000+ 00000000> 00000000000< 43+

Als Vorlage speichern　　Weiter

Ein weiteres Übungsbeispiel finden Sie im Anhang.

Sichern

SbX ID: 4213

SbX ID: 4213

Im SbX finden Sie eine Sammelmappe mit Zusammenfassungen zu allen Kapiteln und Lerneinheiten sowie eine Bildschirmpräsentation.

Wissen

SbX ID: 4214

A B C D E

SbX ID: 4214

Möglichkeiten zur Kompetenzüberprüfung im SbX

Wiederholungsfragen | Aufgaben mit automatischer Aufgabenkontrolle | $H_2Ö$ MUSTERUNTERNEHMEN

Kompetenz-Check

Ein kurzer Kompetenz-Check, bevor's weitergeht!

	☺	😐	☹
Ich kann entsprechend den Zahlungskonditionen handeln.			
Ich kann den Ausgleich von Eingangsrechnungen verbuchen.			
Ich kann den Ausgleich von Ausgangsrechnungen in der Buchführung erfassen.			
Ich kann die Buchungsbelege nennen, welche die Grundlage für die Verbuchung des Rechnungsausgleiches bilden.			
Ich kann erklären, warum Mahnspesen verrechnet werden.			
Ich kann die Buchungsgrundlage für die Verbuchung von Mahnspesen nennen.			
Ich kann Mahnspesen verbuchen.			
Ich kann die Ursachen von Verzugszinsen erläutern.			
Ich kann die Buchungsbelege nennen, welche die Grundlage für die Verbuchung von Verzugszinsen bilden.			
Ich kann Verzugszinsen verbuchen.			

Lerneinheit 2

Verbuchung von Zahlungen mit Kredit- und Bankomatkarten

SbX Alle SbX-Inhalte zu dieser Lerneinheit finden Sie unter der ID: 4220.

Statistisch gesehen verfügt jeder Österreicher über eine Bankomatkarte (Maestro Bankomatkarte, EC-Karte) und bereits jeder vierte über eine Kreditkarte. In Österreich sind zurzeit 9,1 Millionen Bankomatkarten und ca. drei Millionen Kreditkarten (VISA, MasterCard, Diners Club, American Express u. a.) in Verwendung.

Lernen

A B C D E

1 Einführung

Markieren Sie im nachfolgenden Text die Antworten auf folgende Fragen:

- **Wie wird ein Zahlungsvorgang mit einer Kreditkarte oder Bankomatkarte durchgeführt?**
- **Welche Provisionssätze werden im Allgemeinen verrechnet?**

Beispiel für Kreditkarte und Bankomatkarte

Die **Point-of-Sales-Terminals** stehen online mit der Kreditkartenunternehmung in Verbindung. Die Daten der Kreditkarte werden eingelesen; der Rechnungsbetrag wird eingegeben. Innerhalb weniger Sekunden erfolgt eine Rückmeldung. Am Ende des Tages druckt das Terminal eine Umsatzaufstellung aus (z. B. Umsätze MasterCard € 4.130,–, VISA € 2.645,–).

Kredit- und Bankomatkarten berechtigen den Inhaber, bei den an den entsprechenden Aufklebeschildern (z. B. VISA-Signet) erkennbaren Vertragspartnern Rechnungen ohne Bargeld zu begleichen.

Kreditkarten

Kreditkarten werden von **Kreditkartengesellschaften** (z. B. VISA, MasterCard, Diners Club, American Express) gegen eine Jahresgebühr (z. B. € 57,60 je Kreditkarte) ausgestellt. Vielfach ist die Kreditkarte **Bestandteil der Vereinbarung zum Firmenbankkonto** und wird vom Kreditinstitut ausgefolgt.

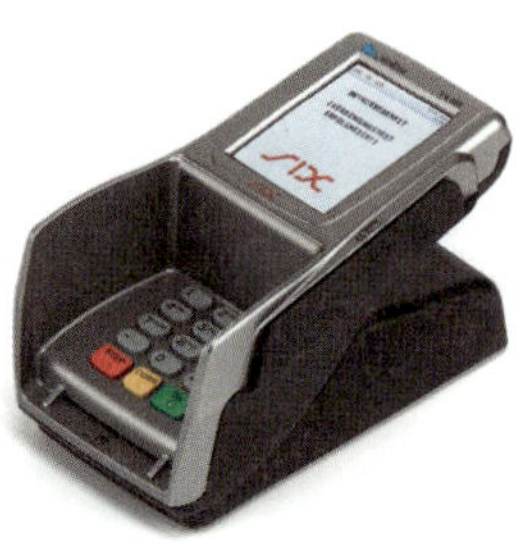

Point-of-Sales-Terminal

Bei Zahlung mit Kreditkarte wird zuzüglich zur Rechnung ein **Kreditkarten-Leistungsbeleg (-Zahlungsbeleg)** in der Regel von einem **Terminal** ausgedruckt. Der Karteninhaber bestätigt die Richtigkeit des Betrages durch Eingabe eines vierstelligen Codes (PIN-Code).

Abrechnung mit der **Kreditkarten-organisation**

Von den vom Unternehmer mit der entsprechenden Kreditkartenorganisation abgerechneten Umsätzen wird eine **Provision (Disagio) in Höhe von ca. 1,0 % bis 3 %** und im Allgemeinen ein **Buchungsentgelt** von z. B. € 0,10 je Transaktion (Einreichung) abgezogen. Der verbleibende Betrag wird an das Unternehmen überwiesen.

Bei den meisten Kreditkartengesellschaften kann der Karteninhaber jederzeit den aktuellen **Kontostand über das Internet abfragen.**

Die Abwicklung des Zahlungsverkehrs von z. B. MasterCard- und VISA-Kreditkarten erfolgt über die **SIX Payment Services (Austria) GmbH** bzw. **card complete Service Bank AG.**

Weitere Infos z. B. unter:
www.cardcomplete.com
www.six-payment-services.com
www.mastercard.at
www.visaeurope.at
www.dinersclub.at

Die Kreditkartengesellschaft listet die Rechnungsbeträge der getätigten Einkäufe dem Karteninhaber in einer **Rechnungszusammenstellung (z. B. Monatsrechnung)** auf. Der ausgewiesene Saldo ist innerhalb einer bestimmten Frist nach Erhalt der Rechnung fällig. Er wird entweder aufgrund eines Einziehungsauftrages vom Bankkonto des Karteninhabers abgebucht oder er ist einzuzahlen bzw. zu überweisen.

Darstellung: Funktionsweise einer Kreditkarte

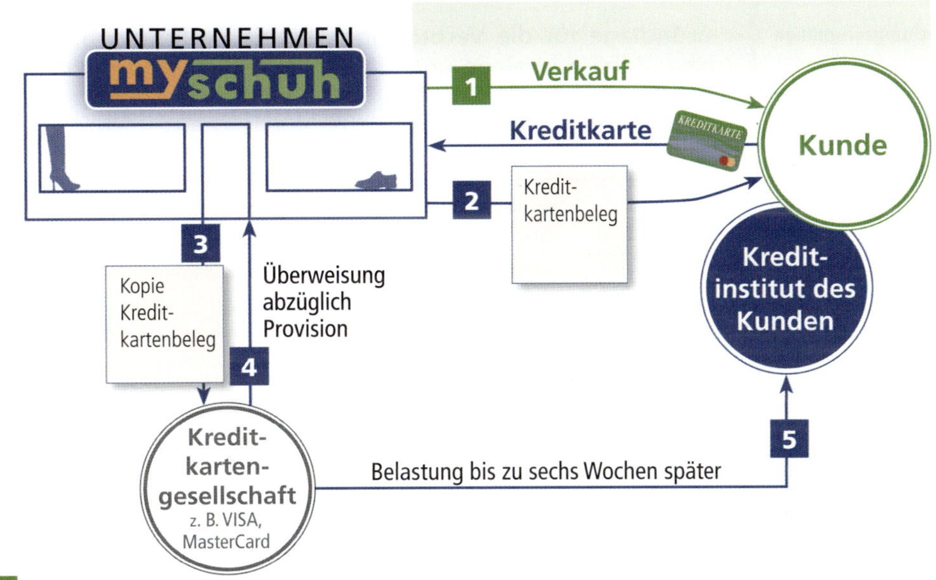

1 Verkauf an den Kunden

2 Zahlung mittels Kreditkarte, der Kunde erhält einen Kreditkartenbeleg

3 Der Unternehmer reicht die Kopie des Kreditkartenbeleges bei der Kreditkartengesellschaft ein.

4 Die Kreditkartengesellschaft überweist den Rechnungsbetrag abzüglich einer Provision an das einreichende Unternehmen.

5 Die Kreditkartengesellschaft bucht den Rechnungsbetrag vom Konto des Kunden ab.

Bankomatkarten

Bankomatkarten werden sowohl für **bargeldloses Zahlen** sowie für das **Beheben von Bargeld** eingesetzt.

Maestro-Bankomatkarten ermöglichen weltweit Bargeldabhebungen an Bankomat-Terminals und die Bezahlung an Bankomat-Kassen (Point-of-Sales-Terminals).

Weitere Infos z. B. unter:
www.six-payment-services.com
www.psa.at
www.bankomatkarte-mobil.at

Zapfsäule mit Bankomat-Terminal

Beim **Zahlen mit Bankomatkarte** wird mittels eines Terminals und dem Bankomatcode der Rechnungsbetrag vom Bankkonto des Bankomatkarteninhabers abgebucht und dem Bankkonto des Unternehmens gutgeschrieben.

Abrechnung mit einer **Clearingstelle**

Die **SIX Payment Services (Austria) GmbH** wickelt die **Zahlungen mit Bankomatkarten** ab.

Als **Clearingstelle** (Abrechnungsstelle) für den Zahlungsverkehr mit **Bankomatkarte** fungiert z. B. die **SIX Payment Services (Austria) GmbH.** Diese Clearingstelle bucht dafür in der Regel einmal pro Monat eine **Provision (Disagio) in Höhe von 0,3 % bis 0,7 % bei Bankomatkartenumsätzen** vom getätigten Umsatz sowie **eine Transaktionsgebühr** (z. B. € 0,10 bis € 0,125 je Einreichung) vom Bankkonto des Unternehmens ab.

2 Buchungen des Käufers

Markieren Sie im nachfolgenden Text die Antworten auf folgende Fragen:

- **Welche Belege bilden die Buchungsgrundlage für Einkäufe mit Kredit- und Bankomatkarten?**
- **Welche Buchungen ergeben sich aus Sicht des Käufers bei Einkäufen mit Kredit- und Bankomatkarten?**

Buchungsgrundlage

Grundlage für die Verbuchung sind die Rechnungen, die Durchschläge der Leistungs- bzw. Zahlungsbelege und die Bankbelege (Kontoauszüge mit den Belegen).

Es ergeben sich folgende Buchungen:

Verbuchung **Kredit-(Bankomat-)Karten** aus der Sicht des **Käufers**

- Einkauf mit Kredit-(Bankomat-)Karte

. . . . Bestands- bzw. Aufwandskonto 2500 Vorsteuer	/	3180 (3190) Verbindlichkeiten . . .

Wird z. B. eine Geschäftsausstattung gekauft, so ist im Soll des Kontos 0600 Betriebs- und Geschäftsausstattung zu buchen, beim Einkauf von Büromaterial erfolgt die Sollbuchung auf dem Konto 7600 Büromaterial.

Neue Konten

3180 Verbindlichkeiten Kreditkartenunternehmen
3190 Verbindlichkeiten Bankomatkarten

Die Verbindlichkeiten aus Einkäufen mit Kreditkarten bzw. Bankomatkarten werden auf den Konten **3180 Verbindlichkeiten Kreditkartenunternehmen** (z. B. VISA, MasterCard, Diners Club) und **3190 Verbindlichkeiten Bankomatkarten** erfasst.

- Ausgleich der Kreditkarten-(Bankomatkarten-)Verbindlichkeit

3180 (3190) Verbindlichkeiten . . . / 2800 Bank

Lehrbeispiel

L 4.12: Einkäufe mit Kredit- und Bankomatkarte

28.11.		Die Eigentümerin eines Einzelhandelsunternehmens, Dr. Renate Schmid, hat einen Vorhangstoff für das Geschäftslokal um € 800,– + + € 160,– USt = € 960,– gekauft und mit Firmen-Kreditkarte (VISA) bezahlt (siehe abgebildeten Beleg).
17.12.	S 488	Kauf eines Sessels als Objekt zur Schaufenstergestaltung € 252,– + € 50,40 USt = = € 302,40 (Werbeaufwand), Zahlung mit der Firmen-Bankomatkarte
20.12.	B 223	Belastung € 302,40 (für Kauf des Sessels)
22.12.	B 225	Monatsrechnung VISA, Abbuchung € 1.548,–

SCHWARZ S 443
HERRENGASSE 12
9020 KLAGENFURT A. W.
VISA
4548 1421 0237 3020 (P) 12/. .
600105258 201 06457301
Genehmigungsnummer: 598062
Belegnummer: 001119
KUNDENBELEG
B E Z A H L T EUR 960,00
28.11.20 . . 09:14:59
Vielen Dank für Ihren Besuch!

Aufgabe: Stellen Sie die Buchungssätze auf. C

Lösung:

28.11.	0600 Betriebs- und Geschäftsausstattung	800,00	
	2500 Vorsteuer	160,00	
	an 3180 Verbindlichkeiten VISA		960,00
17.12.	7650 Werbeaufwand	252,00	
	2500 Vorsteuer	50,40	
	an 3190 Verbindlichkeiten Bankomatkarten . .		302,40
20.12.	3190 Verbindlichkeiten Bankomatkarten	302,40	
	an 2800 Bank		302,40
22.12.	3180 Verbindlichkeiten VISA	1.548,00	
	an 2800 Bank		1.548,00

3 Buchungen des Verkäufers

Markieren Sie im nachfolgenden Text die Antworten auf folgende Fragen:

- **Welche Belege bilden die Buchungsgrundlage für Verkäufe mit Kredit- und Bankomatkarten?**
- **Welche Buchungen ergeben sich aus Sicht des Verkäufers bei Verkäufen mit Kredit- und Bankomatkarte?**

Buchungsgrundlage

Buchungsgrundlage sind die von den Terminals ausgedruckten **Tages-Umsatzaufstellungen** bzw. die **Durchschläge der Leistungsbelege** in Verbindung mit den dazugehörenden Rechnungen sowie die **Bankbelege** (Kontoauszüge mit den Belegen).

Es ergeben sich folgende Buchungen:

Verbuchung **Kredit-(Bankomat-)Karten** aus der Sicht des **Verkäufers**

- **Verkauf gegen Zahlung mit Kredit-(Bankomat-)Karte**

288 . Forderungen . . .	/	4000 HW-Erlöse 3500 Umsatzsteuer

Neue Konten

2880 Forderungen Kreditkartenunternehmen
2885 Forderungen Bankomatkarten

Die Forderungen aus Verkäufen mit Kredit- und Bankomatkarten werden auf den Konten **2880 Forderungen Kreditkartenunternehmen** (z. B. VISA, MasterCard, Diners Club) und **2885 Forderungen Bankomatkarten** verbucht.

- **a) Überweisung der Kreditkartengesellschaft bei Verkäufen gegen Zahlung mit Kreditkarte**

  Die der Kreditkartengesellschaft gemeldeten (abgerechneten) Umsätze werden abzüglich Provision (Disagio) und Buchungsentgelt sowie der darauf entfallenden Umsatzsteuer innerhalb der vereinbarten Frist (prompt oder z. B. innerhalb von 14 Tagen) an den Verkäufer überwiesen.

  Neues Konto

  7792 Provisionen, Gebühren Kredit- und Bankomatkarten

  Buchung:

2800 Bank 7792 Provisionen, Gebühren Kredit- und Bankomatkarten 2500 Vorsteuer	/	288 . Forderungen . . .

  b) Überweisung der ausstehenden Forderung und Belastung mit der Provision und den Gebühren bei Verkäufen gegen Zahlung mit Bankomatkarte

2800 Bank / 288 . Forderungen . . .

7792 Provisionen, Gebühren Kredit- und Bankomatkarten 2500 Vorsteuer	/	2800 Bank

Bei Bankomatkartenumsätzen werden die **Provision (Disagio)** und die **Transaktionsgebühr einmal pro Monat** vom Bankkonto des Unternehmens **abgebucht.**

Lehrbeispiel

L 4.13: Verkäufe gegen Zahlung mit Kredit-(Bankomat-)Karte

Im E-Bike-Shop von Inge Bauer e. U., Wien, kann auch mit Kredit- und Bankomatkarte bezahlt werden. Dabei ergeben sich u. a. folgende Geschäftsfälle:

24.4.	S 135	Umsätze mit Kreditkarten (MasterCard) € 766,80 (€ 639,– + € 127,80 USt). Die Kreditkartenumsätze werden mit der SIX Payment Services (Austria) GmbH abgerechnet.
	S 136	Umsätze mit Bankomatkarten € 399,60 (€ 333,– + + € 66,60 USt)
27.4.	B 54	Kontoauszug der Bank, Gutschriften € 399,60 für Verkäufe mit Bankomatkarten

7.5. Überweisung von der SIX Payment Services (Austria) GmbH (MasterCard):

Kommerzbank AG

Kontoauszug
Verfüger: Inge Bauer e. U.
IBAN: AT91 2035 1000 0003 5253
BIC: KBAGATWW
Zeitraum: 07.05.20. . - 07.05.20. .

B 58

Datum	Buchungstext	Valuta	Betrag EUR
07.05.	MasterCard-Abrechnung per 07.05. RE20..04240000581-212355709	07.05.	741,96

B 58

Buchungscode:	166 SEPA Überweisung Einzelbuchung
Geschäftspartner (Creditor):	Inge Bauer e. U. 1090 Nußdorfer Straße 1
Creditor Konto:	AT912035100000035253
Creditor Institut:	KBAGATWW
Geschäftspartner (Debitor):	SIX Payment Services (AUT), ATU15355906 1030 Marxergasse 1B
Auftragsbetrag:	741,96 EUR
Verwendungszweck:	/RE20..04240000581-212355709/**BR**+766,80/ **DI**-19,10/**FE**-1,60/**UB**-4,14/UST20%/DM0401+1234,20/ DV0322+150,00/CM0409+620,00/CV0420+55,00

BR Bruttobetrag		€ 766,80
– **DI** Disagio	€ 19,10	
– **FE** Fixentgelt (Gebühren)	€ 1,60	€ 20,70
– **UB** Umsatzsteuer		€ 4,14
		€ 741,96

Zur leichteren Erkennbarkeit werden die Positionen im Beleg hervorgehoben.

10.5. B 61 Abbuchung der SIX Payment Services (Austria) GmbH: Provision, Gebühren Bankomatkartenumsätze April € 70,43 + € 14,09 USt = € 84,52

Aufgabe: Stellen Sie die Buchungssätze auf. C

Lösung:

Datum	Buchungssatz	Soll	Haben
24.4.	2880 Forderungen MasterCard	766,80	
	an 4000 HW-Erlöse		639,00
	an 3500 Umsatzsteuer		127,80
	2885 Forderungen Bankomatkarten	399,60	
	an 4000 HW-Erlöse		333,00
	an 3500 Umsatzsteuer		66,60
27.4.	2800 Bank	399,60	
	an 2885 Forderungen Bankomatkarten		399,60
7.5.	2800 Bank	741,96	
	7792 Provisionen, Gebühren Kredit- und Bankomatkarten	20,70	
	2500 Vorsteuer	4,14	
	an 2880 Forderungen MasterCard		766,80
10.5.	7792 Provisionen, Gebühren Kredit- und Bankomatkarten	70,43	
	2500 Vorsteuer	14,09	
	an 2800 Bank		84,52

19,10 + 1,60 = € 20,70

Üben

SbX ID: 4222

A B C D E

SbX
Buchungstrainer
ID: 4222

Ü 4.15: Ein- und Verkäufe mit Kredit- und Bankomatkarte, Gewinnauswirkung

In der Vinothek Julia Jäger e. U., Bregenz, kann auch bargeldlos bezahlt werden. Dabei ergeben sich u. a. folgende Geschäftsfälle:

1. S 23 Kauf eines Deckenventilators € 1.371,60 (€ 1.143,– + + € 228,60 USt) vom Möbelhaus Lutz, Zahlung mit Firmen-Bankomatkarte
   Hinweis: Konto 0600 Betriebs- und Geschäftsausstattung
2. Treibstoffrechnung für einen Klein-Lkw, Zahlung mit der Firmen-VISA-Karte (siehe abgebildeten Beleg)
   Hinweis: Konto 7330 Lkw-Betriebsaufwand

S 44

```
Margarete Schauer
J E T  Tankstelle 6800 Feldkirch
Reichsstraße 1
UID-Nr:ATU63491509
ConocoUID-Nr:ATU33790706
15.02...        16:09                Nr. 2671
*SAEULENNR.     4          1,334EUR/Liter*
04 *DIESEL      63,72 Liter EUR  85,00*  2
SUMME           EUR              85,00
MWST 2          20,00 %          14,17 EUR
NETTO                            70,83 EUR
B E Z A H L T                     07035312
Visa Credit                         032611
**** **** **** 8016   (7)            02/13
251210903     201          BELEG NR.:080202

EA0000000031010                    C03
Verkauf von Treibstoffen u. Wäschen
erfolgt im Namen und Rechnung der
ConocoPhillips Austria GmbH

Daten aus geeichten Anlageteilen sind
durch Sterne (*) gekennzeichnet
```

3.

Tagesabschluss Computerkasse
18.02.20 . . Kassier/in: Klarer

			Beleg
Verkäufe bar, inkl. 20 % USt	KASSA EIN 20 % USt	EUR 3.816,00	K 102
Verkäufe Bankomatkarte, inkl. 20 % USt	BANKOMAT EIN 20 % USt	EUR 2.382,00	S 80
		EUR 6.198,00	

4. Kontoauszug der Volksbank Bregenz:

VOLKSBANK VORARLBERG eG
Fil. Bregenz +43 50 882-1100
VOLKSBANK VORARLBERG — B 22 — KONTOAUSZUG vom 25.02.20..

Datum	Buchungstext	Wert	Betrag
20.02	Möbelhaus LUTZ, Bankomat 392704	20.02	1.371,60 –
23.02	Gutschrift, Verkäufe Bankomat	18.02	2.382,00

5. B 28 Abbuchung der SIX Payment Services (Austria) GmbH: Provision, Gebühren Bankomatkartenumsätze für den Monat Jänner € 140,16 + € 28,03 USt = € 168,19
6. B 29 Monatsrechnung der card complete Service Bank AG (VISA), Abbuchung € 1.673,–

Aufgabe: a) Bilden Sie die Buchungssätze. C

b) Geben Sie neben dem gebildeten Buchungssatz in Klammer an, ob sich durch den Geschäftsfall der Gewinn erhöht (↑), vermindert (↓), oder ob es sich um eine erfolgsneutrale Buchung handelt (Ø). D

4.2 Rechnungsausgleich

SbX
Buchungstrainer ID: 4222

Ü 4.16: Ein- und Verkäufe mit Kredit-(Bankomat-)Karte, Gewinnauswirkung, betriebswirtschaftliche Aufgabenstellung

Die Tankstellenpächterin Anja Bürger e. U., Klagenfurt am Wörthersee, ist u. a. Vertragspartnerin der SIX Payment Services (Austria) GmbH. Die Unternehmerin selbst verwendet für Firmeneinkäufe häufig die Firmen-Bankomatkarte. Dabei ergeben sich u. a. folgende Geschäftsfälle:

1. S 72 Kreditkartenumsätze MasterCard € 1.489,20 (€ 1.241,– + € 248,20 USt)
2. S 73 Bankomatkartenumsätze € 265,20 (€ 221,– + € 44,20 USt)
3. Kauf eines Pavillons für einen Messestand (Konto 7650 Werbeaufwand), Zahlung mit der Firmen-Bankomatkarte (siehe abgebildeten Beleg)
4. S 78 Reparatur der Heizungsanlage durch die DI Hannelore Kuster GmbH € 450,– + € 90,– USt = € 540,–, Zahlung mit der Firmen-MasterCard
5. S 84 Einkauf diverser Ölsorten in 0,5-l- und 1-l-Behältern (Handelsware) bei der Forstinger GmbH € 1.250,– + € 250,– USt = = € 1.500,–, Zahlung mit der Firmen-MasterCard

S 76
OBI Markt A003
OBI Markt GmbH
9020 Klagenfurt a. W., St. Jakoberstr. 2
Tel. + 43 463 336 94 Fax: +43 463 336 94/99 03
Lieferscheindatum=Kassenbondatum

01003 07 1086 0003	10.03.20..	15:10:05
9001466534314 Pavillon weiß		
1 ST	B*	121,73
4008332781 426 Abspannleine		
1 ST	B	2,99
Endsumme in €		
		124,72
Maestro		124,72
Maestro BEZAHLT	€	124,72
0135900000020002 21302839 67E8		..1003
Die Endsumme enthält an MwSt		
20.00 % Mwst B	103,93	20,79
USt-IdNr.: ATU 27004309		
Kundennummer:		2095001482311
Einkaufswert BBC Karte:		124,72

*
Vielen Dank für Ihren Einkauf!

R = Raiffeisenbank

6. Kontoauszug Raiffeisenbank, Gutschrift der Bankomatkartenumsätze € 265,20

IBAN: AT48 3935 8000 0001 7913 RAIFFEISEN-BEZIRKSBANK KLAGENFURT A.W., REG.GEN.M.B.H. R24 BIC: RZKTAT2K358 DVR: 044504

* Firmenkonto *		WERT	BETRAG IN EUR
ALTER KONTOSTAND			13.254,22
12.03.20..	SIX PAYMENT SERVICES (AUSTRIA) GMBH, BANKOMATKARTENUMSÄTZE	13.03.20..	265,20

13.03.../1506 R24 13.03.20..
ÜBERWEISUNG DURCH 31000 GUTSCHRIFT
---IBAN--EMPFÄNGER ---------------------BIC
AT483935800000017913 ANJA BÜRGER E.U. RZKAT2K358
9020 KLAGENFURT AM WÖRTHERSEE

9111200032280001 1203../1902B-KASSE 265,20
---IBAN--AUFTRAGGEBER -------------------Wert
AT447603020000000009 SIX PAYMENT SERVICES 1403
(AUSTRIA) GMBH
EUR

7. R 35 Die SIX Payment Services (Austria) GmbH (MasterCard) hat aufgrund der Abrechnung überwiesen:

Gesamtumsatz		€ 14.356,00
– 2,5 % Provision	€ 358,90	
– Buchungsentgelt	€ 3,50	
– 20 % Umsatzsteuer von € 362,40	€ 72,48	€ 434,88
		€ 13.921,12

Aufgabe: a) Stellen Sie die Buchungssätze auf. C

b) Geben Sie neben dem gebildeten Buchungssatz in Klammer an, ob sich durch den Geschäftsfall der Gewinn erhöht (↑), vermindert (↓), oder ob es sich um eine erfolgsneutrale Buchung (Ø) handelt. D

c) Die Kreditkartengesellschaften bieten außer dem bargeldlosen Zahlungsverkehr Nebenleistungen an. Welche „Special Offers" bietet die cardcomplete Service Bank AG an? D

Hinweis: Informieren Sie sich im Internet auf der Website **www.cardcomplete.at**

Ein weiteres Übungsbeispiel finden Sie im Anhang.

Sichern

SbX ID: 4223

SbX
ID: 4223

Im SbX finden Sie eine Sammelmappe mit Zusammenfassungen zu allen Kapiteln und Lerneinheiten sowie eine Bildschirmpräsentation.

Wissen

SbX ID: 4224

A B C D E
SbX
ID: 4224

Möglichkeiten zur Kompetenzüberprüfung im SbX

Wiederholungsfragen | Aufgaben mit automatischer Aufgabenkontrolle | H₂Ö MUSTERUNTERNEHMEN

Ein kurzer Kompetenz-Check, bevor's weitergeht!

Kompetenz-Check

	☺	😐	☹
Ich kann den Ablauf des Zahlungsvorganges mit einer Kredit- und Bankomatkarte beschreiben.			
Ich kann die Belege, welche die Buchungsgrundlage für Einkäufe mit Kredit- und Bankomatkarten bilden, nennen.			
Ich kann die Einkäufe mit Kredit- und Bankomatkarten aus Sicht des Käufers verbuchen.			
Ich kann die Buchungsgrundlage für Verkäufe mit Kredit- und Bankomatkarten aufzählen.			
Ich kann die Verkäufe mit Kredit- und Bankomatkarten aus Sicht des Verkäufers verbuchen.			

Lerneinheit 3

Verbuchung des Skontos

SbX
Alle SbX-Inhalte zu dieser Lerneinheit finden Sie unter der ID: 4230.

Verbindlichkeiten und Forderungen z. B. aus Wareneinkäufen und Warenverkäufen werden im Allgemeinen so spät wie möglich, meist erst am Ende der Zahlungsfrist, ausgeglichen. Um eine frühere Bezahlung attraktiv zu machen, wird häufig ein Preisabzug gewährt.

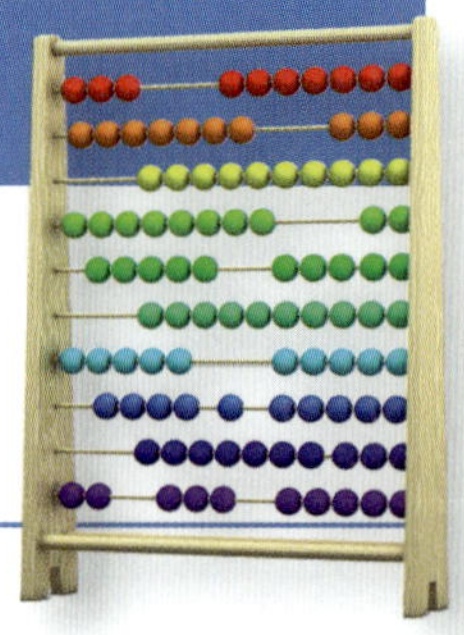

Lernen

1 Einführung

A B C D E

Markieren Sie im nachfolgenden Text die Antworten auf folgende Fragen:

- **Was versteht man unter einem Skonto?**
- **Welche Skontoarten unterscheidet man in der Buchführung?**

Skonto – Preisminderung bei Zahlung innerhalb der Kassafrist

Skonto

Unter dem Skonto versteht man einen **Preisabzug,** der gewährt wird, wenn eine auf Ziel gekaufte bzw. verkaufte Ware **innerhalb einer kurzen Frist nach Erhalt der Rechnung (= Kassafrist)** bezahlt wird.

Bei Zahlungskonditionen (Zahlungsvereinbarungen) mit einem Zahlungsziel besteht vielfach die Möglichkeit, die Rechnung innerhalb einer kurzen (angegebenen) Frist mit einem Skontoabzug auszugleichen.

Darstellung: Kunden- und Lieferantenskonto, Zahlungskondition (Fristen)

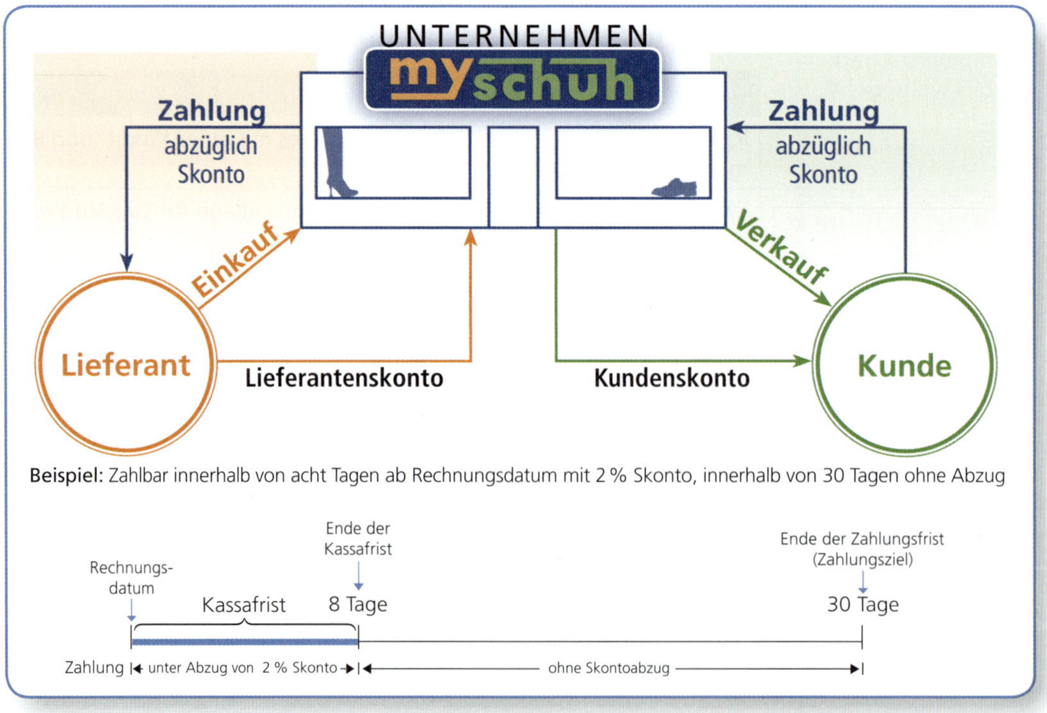

In einer **EDV-Buchführung** ist die Verbuchung des Skontos im Allgemeinen nicht erforderlich. Das Softwarepaket erstellt den **Skontobuchungssatz meist automatisch.**

In der Buchführung ist zwischen dem **Kundenskonto** und dem **Lieferantenskonto** zu unterscheiden.

2 Kundenskonto

Markieren Sie im nachfolgenden Text die Antworten auf folgende Fragen:

- **Was versteht man unter einem Kundenskonto?**
- **Was bedeutet die Gewährung eines Kundenskontos für den Verkäufer?**
- **Welche Belege sind die Buchungsgrundlage eines Kundenskontos?**
- **Wie lauten die Buchungen, wenn ein Kunde die Ausgangsrechnung abzüglich Skonto bezahlt?**

Kundenskonto

Bezahlt der **Kunde** eine **Ausgangsrechnung innerhalb der Kassafrist abzüglich Skonto,** so nennt man diesen Preisabzug **Kundenskonto.**

Kundenskonto – Zahlung einer AR innerhalb der Kassafrist

Dies bedeutet für den **Verkäufer**

- eine Verminderung des Zahlungseinganges (um den Skonto weniger),
- eine Erlösminderung (in Höhe des Skontobetrages ohne USt) und
- eine Korrektur der Umsatzsteuer (USt-Anteil des Skontos).

Buchungsgrundlage

Buchungsgrundlage bilden die **Bankbelege** (das sind die Kontoauszüge mit den beigeschlossenen Belegen) bzw. die **Kassabelege.**

Neues Konto
4410 Kundenskonti

Die Erlösminderung wird auf dem Konto **4410 Kundenskonti** erfasst. Das Konto 4410 Kundenskonti ist ein Erfolgskonto und wird daher mit dem GuV abgeschlossen.

Bezahlt ein Kunde eine Forderung abzüglich Skonto, dann wird der **bezahlte Betrag** (= Rechnungsendbetrag abzüglich Skonto) **dem Bankkonto (PSK-Konto, Kassakonto) gutgeschrieben.** Der **Skonto** wird in der Regel in den **Nettobetrag (= Skonto ohne USt)** und in die **Umsatzsteuer** aufgespaltet. Es ergibt sich folgender Buchungsablauf:

Verbuchung aus Sicht des **Verkäufers**

20 . . . Kundenkonto	
Forderungen aus Warenverkauf	Bezahlter Betrag Skonto

BEREITS VERBUCHT	DURCHZUFÜHRENDE BUCHUNGEN
Ausgangsrechnung	**Bezahlter Betrag**
20 . . . Kundenkonto / 4000 HW-Erlöse, 3500 Umsatzsteuer	2800 Bank (2810 PSK, 2700 Kassa etc.) / 20 . . . Kundenkonto
	Skonto
	4410 Kundenskonti, 3500 Umsatzsteuer / 20 . . . Kundenkonto

In EDV-Buchführungen wird, sofern eine Skontobuchung erforderlich ist, der **Skontobetrag brutto eingegeben,** aber **nach der Nettomethode verbucht.**

Lehrbeispiel

L 4.14: Verbuchung eines Kundenskontos

Die Huber OG ist ein Textilgroßhändler in Wien. Im Dez. 20 . . ergeben sich u. a. folgende Geschäftsfälle:

11.12. A 437 Verkauf von Textilien der Frühjahrskollektion 20 . . an die Schulz KG (20048) € 3.900,– + € 780,– USt = € 4.680,–
Zahlungskonditionen: Zahlbar innerhalb von 8 Tagen abzüglich 2 % Skonto oder innerhalb von 60 Tagen ohne jeden Abzug

18.12. Der Kunde Schulz KG hat innerhalb der Kassafrist, unter Abzug von 2 % Skonto, die A 437 bezahlt. Der Kontoauszug und beiliegender Abschnitt der Zahlungsanweisung zeigen folgendes Bild:

BAWAG PSK — KONTOAUSZUG 124 — Blatt 1 von 1 — P 124 — vom 18.12.20 . .

	IBAN	Währung	Letzter Auszug	Alter Kontostand
Huber OG	AT696000000007241123	EUR	17.12.20 . .	66.338,58

Buch.-Tag	Buchungstext		Wert	
17.12	Schulz KG A 437 € 4.680,00 abz. 2 % Skto. € 93,60	BG/000000038	18.12	4.586,40

4.2 Rechnungsausgleich

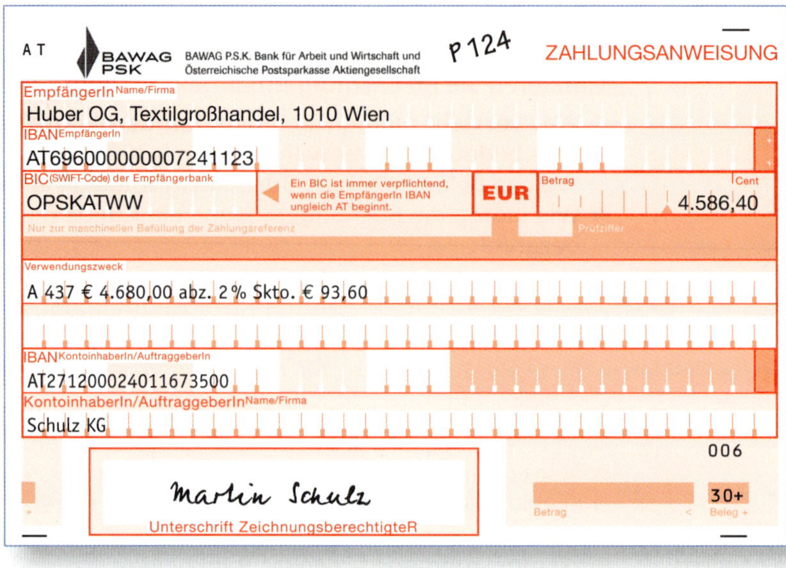
AT BAWAG PSK BAWAG P.S.K. Bank für Arbeit und Wirtschaft und Österreichische Postsparkasse Aktiengesellschaft P 124 ZAHLUNGSANWEISUNG

EmpfängerIn Name/Firma: Huber OG, Textilgroßhandel, 1010 Wien

IBAN EmpfängerIn: AT696000000007241123

BIC (SWIFT-Code) der Empfängerbank: OPSKATWW — Ein BIC ist immer verpflichtend, wenn die EmpfängerIn IBAN ungleich AT beginnt.

EUR Betrag: 4.586,40

Verwendungszweck: A 437 € 4.680,00 abz. 2 % Skto. € 93,60

IBAN KontoinhaberIn/AuftraggeberIn: AT271200024011673500

KontoinhaberIn/AuftraggeberIn Name/Firma: Schulz KG

006

Martin Schulz

Unterschrift ZeichnungsberechtigteR

30+

	€ 4.680,00
– Skonto	€ 93,60*
	€ 4.586,40

* 4.680,00 · 2 % = € 93,60

Aufgabe: Stellen Sie die Buchungen dar. C

Lösung:

Buchungssätze:

Datum	Buchungssatz	Soll	Haben
11.12.	20048 Schulz KG	4.680,00	
	an 4000 HW-Erlöse		3.900,00
	an 3500 Umsatzsteuer		780,00
18.12.	2810 PSK	4.586,40	
	an 20048 Schulz KG		4.586,40
	4410 Kundenskonti	78,00	
	3500 Umsatzsteuer	15,60	
	an 20048 Schulz KG		93,60

Erläuterungen:

Der Kunde bezahlt € 4.586,40 und gleicht dadurch die A 437 über € 4.680,– aus. Es muss daher auch der Skontobetrag € 93,60 im Haben des Kundenkontos erfasst werden (Soll-Haben-Gleichheit!).

Unterliegen die Umsätze den **Steuersätzen 20 %, 10 % und 13 %,** so sind entsprechend den Erlöskonten auch für die Erfassung des Skontos drei Konten, und zwar **4410 Kundenskonti 20 %, 4411 Kundenskonti 10 %** und **4412 Kundenskonti 13 %,** einzurichten.

Der Skonto von € 93,60 setzt sich aus dem eigentlichen Skonto (Nettoskonto) von € 78,– und aus der USt, d. s. € 15,60, zusammen. Die Aufspaltung des Bruttoskontos erfolgt im Allgemeinen in der Weise, dass die Umsatzsteuer durch eine Prozentrechnung auf 100 herausgerechnet wird.

$$\text{USt} = \frac{93{,}60 \cdot 20}{120} \text{ oder } \frac{93{,}60}{6} = € \ 15{,}60$$

Mit diesem Betrag ist die anlässlich der Lieferung erfasste Umsatzsteuer von € 780,– zu korrigieren (€ 15,60 im Soll des Kontos 3500 Umsatzsteuer).

3 Lieferantenskonto

Markieren Sie im nachfolgenden Text die Antworten auf folgende Fragen:

- **Was versteht man unter einem Lieferantenskonto?**
- **Was bedeutet die Gewährung eines Lieferantenskontos für den Käufer?**
- **Aufgrund welcher Belege wird ein Lieferantenskonto verbucht?**
- **Wie lauten die Buchungen im Zusammenhang mit einem Lieferantenskonto?**

Lieferantenskonto – Zahlung einer ER innerhalb der Kassafrist

Lieferantenskonto

Ein **Lieferantenskonto** ist ein Preisabzug, den der **Käufer** entsprechend der Zahlungskondition beim **Ausgleich einer Eingangsrechnung innerhalb der Kassafrist** vornehmen kann.

Für den **Käufer** bedeutet dies

- eine Verminderung des zu zahlenden Betrages (um den Skonto weniger),
- eine Verminderung des Einstandspreises der gekauften Waren bzw. der betrieblichen Aufwendungen (in Höhe des Skontobetrages ohne USt) und
- eine Korrektur der Vorsteuer (in Höhe der im Skonto enthaltenen USt).

Buchungsgrundlage

Buchungsgrundlage bilden die **Bankbelege** (das sind die Kontoauszüge mit den Belegen) bzw. die **Kassabelege.**

Neues Konto
5880 Lieferantenskonti

Der Skonto aufgrund von **Wareneinkäufen** wird im Haben des Kontos **5880 Lieferantenskonti auf Wareneinkauf (Materialaufwand)** erfasst.

Wird eine Verbindlichkeit abzüglich Skonto ausgeglichen, dann ist der **bezahlte Betrag** (Endbetrag der Eingangsrechnung abzüglich Skonto) **im Soll des Lieferantenkontos** und im **Haben des Bankkontos (Kassakontos, PSK-Kontos) zu erfassen.** Der Skonto wird in den **Nettobetrag (= Skonto ohne VSt)** und in die **Vorsteuer** aufgespaltet. Es ergibt sich folgender Buchungsablauf:

Verbuchung aus Sicht des **Käufers**

33 . . . Lieferantenkonto	
Bezahlter Betrag	Verbindlichkeiten aus Wareneinkauf
Skonto	

BEREITS VERBUCHT	DURCHZUFÜHRENDE BUCHUNGEN
Eingangsrechnung	**Bezahlter Betrag**
5000 HW-Einsatz / 33 . . . Lieferantenkonto 2500 Vorsteuer /	33 . . . Lieferantenkonto / 2800 Bank (2810 PSK, 2700 Kassa etc.)
	Skonto
	33 . . . Lieferantenkonto / 5880 Lieferantenskonti / 2500 Vorsteuer

In EDV-Buchführungen wird, sofern eine Skontobuchung erforderlich ist, der **Skontobetrag brutto eingegeben,** aber **nach der Nettomethode verbucht.**

Lehrbeispiel

L 4.15: Verbuchung eines Lieferantenskontos

Die Heidi Bauer OG, Zell am See, Teppichhändler, hat bei Saisan Teppichhaus GmbH mehrere Orientteppiche bestellt. Bei Überweisung des Rechnungsbetrages wird, entsprechend den Zahlungskonditionen, ein Skonto berücksichtigt.

4.1. E 7 Rechnungs-Nr. 0015 von der Saisan Teppichhaus GmbH (33017)

Einkauf von Orientteppichen um € 7.000,– + + € 1.400,– USt (20 %) = € 8.400,–

Zahlungskonditionen: 60 Tage Ziel oder Zahlung innerhalb von 10 Tagen abzüglich 3 % Skonto

12.1. Überweisung an die Saisan Teppichhaus GmbH mit Electronic Banking

HANDELSBANK AG — **KONTOAUSZUG** B3

Heidi Bauer OG

Datum	Auszugsnummer	Währung	IBAN	BIC
13.01.20 . .	03 001	EUR	AT03 2051 0002 1437 8106	HBAGATWW

Buchungstag	Buchungstext	Valuta	
12.01.	Online-Überweisung Saisan Teppichhaus GmbH RNR 0015 EUR 8.400,00 abz. 3 % Skto. EUR 252,00	12.01.	8.148,00 –

4.2 Rechnungsausgleich

Auftragsbestätigung			**Handelsbank AG**
Empfänger	Saisan Teppichhaus GmbH	**IBAN** **BIC**	AT332040400002487901 GIBAATWWXXX ERSTE BANK AG — B3
Überweisung			
Betrag	EUR 8.148,00		
Verwendungszweck	RNR 0015 EUR 8.400,00 abz. 3% Skto. EUR 252,00		
Kundendaten	21006426		
Zu überweisen am	12.01.20. .		Art: Inlandsüberweisung Datum: 12.01.20. . TAN: 40-AF1H4 Uhrzeit: 10:15
Auftraggeber	Heidi Bauer OG		
IBAN	AT032051000214378106 BIC HBAGATWW		

Aufgabe: Bilden Sie die Buchungssätze. C

Lösung:

Buchungssätze:

		Soll	Haben
4.1.	5000 HW-Einsatz	7.000,00	
	2500 Vorsteuer	1.400,00	
	an 33017 Saisan Teppichhaus GmbH		8.400,00
12.1.	33017 Saisan Teppichhaus GmbH	8.148,00	
	an 2800 Bank		8.148,00
	33017 Saisan Teppichhaus GmbH	252,00	
	an 5880 Lieferantenskonti		210,00
	an 2500 Vorsteuer		42,00

Unterliegen die Waren bzw. die sonstigen betrieblichen Aufwendungen den **Steuersätzen 20 %, 10 % und 13 %,** so ist es für die Erfassung des Skontos zweckmäßig, drei Konten, und zwar **5880 Lieferantenskonti 20 %, 5881 Lieferantenskonti 10 %** und **5882 Lieferantenskonti 13 %,** einzurichten.

Erläuterungen:

Durch die Überweisung von € 8.148,– wird die Verbindlichkeit der Eingangsrechnung (E 7) in Höhe von € 8.400,– ausgeglichen. Es muss daher auch der Skonto von € 252,– im Soll des Lieferantenkontos verbucht werden (Soll-Haben-Gleichheit!).

Für die Verbuchung ist aus dem Bruttoskonto von € 252,– die Umsatzsteuer durch eine Prozentrechnung auf 100 herauszurechnen und auf dem Vorsteuerkonto zu verbuchen. Durch die Buchung der € 42,– im Haben des Vorsteuerkontos wird die bei Verbuchung der Eingangsrechnung erfasste Vorsteuer von € 1.400,– korrigiert.

4 Skontoabzug sofort bei Rechnungslegung

Markieren Sie im nachfolgenden Text die Antwort auf folgende Frage:

- **Welcher Betrag ist bei einem Bargeschäft mit sofortigem Skontoabzug zu verbuchen?**

Bei **Bargeschäften,** d.h., der Kaufpreis wird bei Übernahme der Ware bezahlt, wird die Rechnung häufig so erstellt, dass **sofort der Skonto abgezogen** wird. Die Umsatzsteuer wird von dem um den Skonto verminderten Betrag (= Kassapreis) berechnet und aufgeschlagen. Dabei wird in der Praxis meist nur **der um den Skonto verminderte Betrag** verbucht.

Lehrbeispiel

Sofort gewährte Rabatte und **Skontoabzüge bei Bargeschäften** werden in der Regel nicht verbucht. In der Buchführung ist der um den Rabatt bzw. Skonto **verminderte Betrag** zu erfassen. Von diesem Betrag ist auch die USt zu berechnen.

L 4.16: Verbuchung einer Rechnung mit sofortigem Skontoabzug

Beim Möbel- und Teppich-Abholgroßmarkt Anneliese Pawluch e. U., Wiener Neustadt, ergeben sich u. a. die nachfolgenden Geschäftsfälle:

K 1928 Verkauf einer Gartensitzgarnitur „Aurora" an den Kunden Dipl.-Ing. Wolfgang Jonke e. U. € 1.950,39 – € 390,08 Rabatt = € 1.560,31 – – € 46,81 Skonto = € 1.513,50 + € 302,70 USt = € 1.816,20

K 1929 Einkauf eines Wandteppichs vom Lieferanten Taher Asimi GmbH € 408,67 – € 8,17 Skonto = € 400,50 + € 80,10 USt = € 480,60

Aufgabe: Stellen Sie die Buchungssätze auf. C

Lösung:

		Soll	Haben
K 1928	2700 Kassa	1.816,20	
	an 4000 HW-Erlöse		1.513,50
	an 3500 Umsatzsteuer		302,70
K 1929	5000 HW-Einsatz	400,50	
	2500 Vorsteuer	80,10	
	an 2700 Kassa		480,60

Üben

SbX ID: 4232

A B C D E

SbX

Buchungstrainer ID: 4232

Kontenplan

20025	Otto Klein
20038	Gerhard Pfeller
20050	Norbert Miklos e. U.
20060	Stefan Brand GmbH
20072	Maria Schroth
20075	Richard Pölz

Ü 4.17: Verbuchung eines Kundenskontos, Gewinnauswirkung, betriebswirtschaftliche Aufgabenstellung

In der Mario Groß e. U., Eisenstadt, fallen u. a. folgende Geschäftsfälle an. Die den Überweisungen der Kunden zugrunde liegenden Verkäufe unterliegen durchwegs dem Umsatzsteuersatz von 20 %.

Geschäftsfall	Buchungssatz
1. K 92 Zahlung des Kunden Norbert Miklos e. U. € 2.400,– – € 72,– Skonto (€ ______ Skonto, € ______ USt) = € 2.328,–	
2. P 19 Die Kundin Maria Schroth hat auf unser PSK-Konto € 4.800,– – – € 144,– Skonto (€ ______ Skonto, € ______ USt) = = € 4.656,– eingezahlt.	

3.

Kommerzbank AG

Kontoauszug B27

Verfüger: Mario Groß e. U.
IBAN: AT39 2035 1002 1815 0001
BIC: KMAGATWW
Zeitraum: 02.04.20. . – 04.04.20. .

Datum	Buchungstext	Valuta	Betrag EUR
02.04.	Stefan Brand GmbH A843 € 1.200,00, 2% Skonto	03.04.	1.176,00

4.2 Rechnungsausgleich

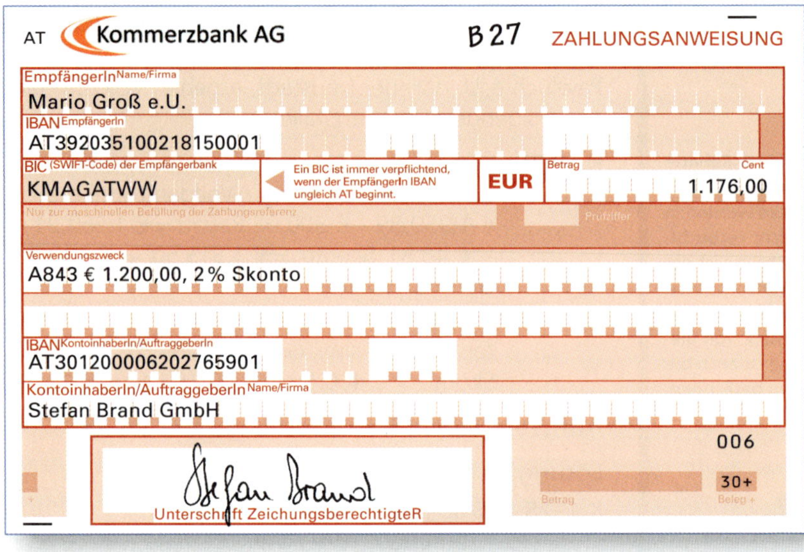
AT Kommerzbank AG B 27 ZAHLUNGSANWEISUNG

EmpfängerIn Name/Firma: Mario Groß e.U.

IBAN EmpfängerIn: AT392035100218150001

BIC (SWIFT-Code) der Empfängerbank: KMAGATWW

Ein BIC ist immer verpflichtend, wenn der EmpfängerIn IBAN ungleich AT beginnt.

EUR Betrag Cent: 1.176,00

Nur zur maschinellen Befüllung der Zahlungsreferenz

Prüfziffer

Verwendungszweck: A843 € 1.200,00, 2 % Skonto

IBAN KontoinhaberIn/AuftraggeberIn: AT301200006202765901

KontoinhaberIn/AuftraggeberIn Name/Firma: Stefan Brand GmbH

006

Unterschrift ZeichungsberechtigteR

Betrag 30+ Beleg +

Buchungssatz:

Geschäftsfall			Buchungssatz
4.	B 31	Der Kunde Gerhard Pfeller hat auf unser Bankkonto € 7.200,– – – € 216,– Skonto (€ Skonto, € USt) = = € 6.984,– überwiesen.	
5.	P 27	Der Kunde Otto Klein überweist auf unser PSK-Konto € 1.860,– – – € 37,20 Skonto (€ 31,– Skonto, € 6,20 USt) = € 1.822,80.	
6.	K 130	Barzahlung des Kunden Richard Pölz € 984,– – € 29,52 Skonto (€ Skonto, € USt) = € 954,48	

Aufgabe: a) Bilden Sie die Buchungssätze. C

b) Geben Sie neben dem gebildeten Buchungssatz in Klammer an, ob sich durch den Geschäftsfall der Gewinn erhöht (↑), vermindert (↓), oder ob es sich um eine erfolgsneutrale Buchung (∅) handelt. D

c) Der Warenverkauf an die Stefan Brand GmbH wurde mit folgender Zahlungsvereinbarung durchgeführt: D

Zahlbar innerhalb von 20 Tagen ohne Abzug, innerhalb von acht Tagen mit einem Abzug von 2 % Skonto. Bei einem Zahlungsverzug werden 10 % p. a. Verzugszinsen in Rechnung gestellt!

Vervollständigen Sie die Grafik:

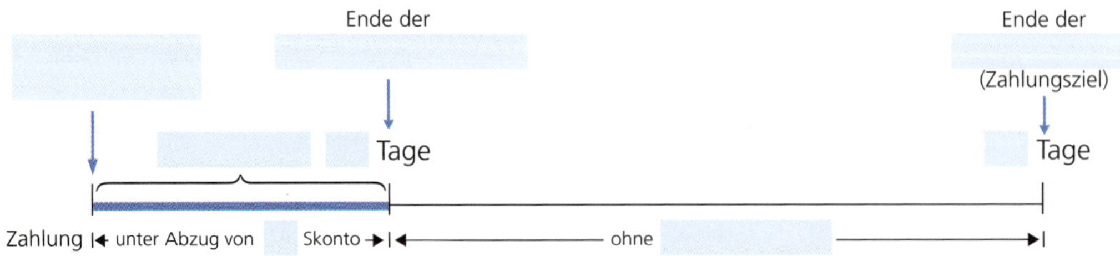

SbX
Buchungstrainer
ID: 4232

Kontenplan

33010	Walter Schwarz OG
33015	Maria Nagl OG
33019	Rohrbau GmbH
33049	Klaus Huber e. U.
33060	Ines Berghöfer OG
33071	Otto Fürst KG

Ü 4.18: Verbuchung eines Lieferantenskontos, Gewinnauswirkung, betriebswirtschaftliche Aufgabenstellung

Der Küchengerätehandel Martina Schumnig GmbH, Linz, führt im August 20. . u. a. folgende Überweisungen durch. Die dem Ausgleich der Eingangsrechnungen zugrunde liegenden Einkäufe unterliegen durchwegs dem Umsatzsteuersatz von 20 %.

Geschäftsfall	Buchungssatz
1. K 819 Zahlung an Maria Nagl OG € 960,– – € 28,80 Skonto (Skonto € ______, USt € ______) = € 931,20	
2. B 116 Überweisung an Klaus Huber e. U. € 4.800,– – € 144,– Skonto (Skonto € ______, USt € ______) = € 4.656,–	
3. B 164 Überweisung an die Walter Schwarz OG € 2.592,– – € 77,76 Skonto (Skonto € 64,80, USt € 12,96) = € 2.514,24	

4.

Bank Austria
Member of UniCredit

B 178

KONTOAUSZUG
01210 1210

Martina Schumnig GmbH

Datum	Auszug/Blatt	Währung	IBAN
10.08.20..	178 0001	EUR	AT51 1200 0072 0180 0921

Buchungsnr./Buchungstitel		Wert	Betrag
09.08. Online-Auftrag vom 09.08. Empfänger: Rohrbau GmbH IBAN: AT311200020721447008 RNR 8043620 € 5.880,00 -2% Skonto	BIC: BKAUATWW 20793	09.08.	5.762,40-

BKAUATWW

Bank Austria
UniCredit Group
Member of UniCredit

B 178

BusinessNet

Mittwoch, 09.08.20.. 12:10:02 CET
Martina Schumnig GmbH

Empfänger

Name:	Rohrbau GmbH
IBAN:	AT311200020721447008
BIC:	BKAUATWW
Geschäftsvorfall:	
Kundendaten:	20793

Datenübertragung

Termin:	09.08.20. .
Betrag:	EUR 5.762,40
Zahlungsgrund:	RNR 8043620 € 5.880,00 – 2 % Skonto

Buchungssatz:

Geschäftsfall	Buchungssatz
5. P 137 Überweisung an Otto Fürst KG € 14.952,– – € 299,04 Skonto (€ ______ Skonto, € ______ USt) = € 14.652,96	
6. K 857 Zahlung an Ines Berghöfer OG € 3.840,– – € 115,20 Skonto (Skonto € 96,–, USt € 19,20) = = € 3.724,80 Zahlungsbedingung: Die Rechnung ist innerhalb von zehn Tagen mit 3 % Skonto bzw. innerhalb von 20 Tagen ohne Abzug zahlbar.	

4.2 Rechnungsausgleich

Aufgabe: a) Bilden Sie die Buchungssätze. C

b) Geben Sie neben dem gebildeten Buchungssatz in Klammer an, ob sich durch den Geschäftsfall der Gewinn erhöht (↑), vermindert (↓), oder ob es sich um eine erfolgsneutrale Buchung (∅) handelt. D

c) Führen Sie an, welche Gründe für die Inanspruchnahme eines Skontos in den folgenden Fällen gegeben sind. D

Zahlt der Käufer früher, so erspart sich der Verkäufer die Überwachung des Geldeingangs und etwaige Mahnungen.	
Zahlt der Käufer sofort, ist keine Gefahr gegeben, dass später nicht oder nur schleppend gezahlt wird.	
Der Verkäufer erhält sein Geld früher als vereinbart. Er erspart sich Kreditzinsen oder er kann sein Geld gewinnbringend anders verwenden.	

SbX Buchungstrainer ID: 4232

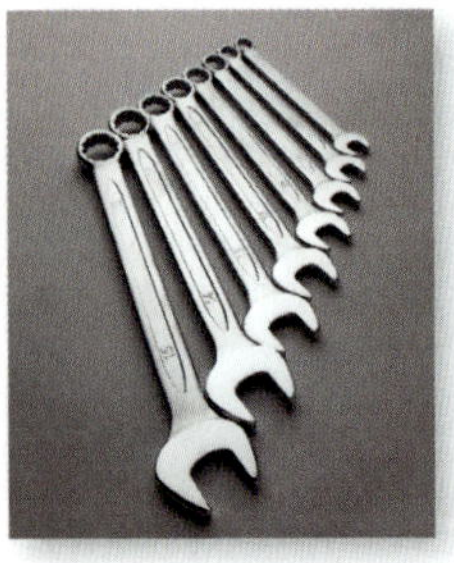

Gabelschlüssel (Schraubenschlüssel)

Ü 4.19: Verbuchung einer Rechnung mit sofortigem Skontoabzug

Die Martin Klaus e. U., Gänserndorf, kauft bei der Anneliese Hellinger KG zehn Garnituren Gabelschlüssel (= Handelsware) gegen Barzahlung und erhält folgende Rechnung:

Aufgabe: Verbuchen Sie die Rechnung C

a) durch den Verkäufer,

b) durch den Käufer.

K 45

ANNELIESE HELLINGER KG

WERKZEUGE & WERKZEUGMASCHINEN

Singerstraße 8
1010 Wien

Tel.: +43 1 512 31 21-0
Fax: +43 1 512 31 22
ARA-Nr.: 3461
UID-Nr.: ATU35706198
Firmenbuch: FN 44810k
HG Wien

Martin Klaus e.U.
Siebenbrunner Straße 11
2230 Gänserndorf

BARRECHNUNG NR: 144

Kunden-Nr.: **20189**
Datum: 15.01... 13:44

Ihre Bestellung: –
Sachbearbeiter: Conny Hamerschmid
Auftrag Nr.: –

Pos	Artikel Bezeichnung	Menge	EH	Einzelpreis/EH				Gesamt
001	E 1870S Gabelschlüssel	10.00	STK	47,50	STK		EUR	475,00
						-30% Rabatt	EUR	142,50
							EUR	332,50
						-2% Skonto	EUR	6,65
NETTOBETRAG							EUR	325,85
UMSATZSTEUER						+ 20% USt	EUR	65,17
RECHNUNGSBETRAG							**EUR**	**391,02**

Bezahlt 15.01.20..

Weitere Übungsbeispiele finden Sie im Anhang.

Sichern

SbX ID: 4233

SbX ID: 4233

Im SbX finden Sie eine Sammelmappe mit Zusammenfassungen zu allen Kapiteln und Lerneinheiten sowie eine Bildschirmpräsentation.

Wissen

SbX ID: 4234

A B C D E

SbX ID: 4234

Möglichkeiten zur Kompetenzüberprüfung im SbX

Wiederholungsfragen | Aufgaben mit automatischer Aufgabenkontrolle | H₂Ö MUSTERUNTERNEHMEN

Kompetenz-Check

Ein kurzer Kompetenz-Check, bevor's weitergeht!

	☺	😐	☹
Ich kann einen Skonto erklären und die verschiedenen Skontoarten nennen.			
Ich kann die Auswirkungen des Kundenskontos für den Verkäufer beschreiben.			
Ich kann die Buchungsgrundlage für die Verbuchung des Kundenskontos nennen.			
Ich kann den Kundenskonto und die anteilige Umsatzsteuer berechnen.			
Ich kann den Ausgleich einer Forderung mit einem Kundenskonto verbuchen.			
Ich kann die Auswirkungen des Lieferantenskontos für den Käufer erläutern.			
Ich kann die Belege, welche die Buchungsgrundlage für einen Lieferantenskonto bilden, aufzählen.			
Ich kann den Lieferantenskonto und die anteilige Vorsteuer berechnen.			
Ich kann den Ausgleich einer Verbindlichkeit mit einem Lieferantenskonto in der Buchführung erfassen.			
Ich kann ein Bargeschäft mit sofortigem Skontoabzug verbuchen.			

Lerneinheit 4

Besondere Buchungen im Zusammenhang mit dem Bankkonto

SbX
Alle SbX-Inhalte zu dieser Lerneinheit finden Sie unter der ID: 4240.

Die Abwicklung der Bankgeschäfte ist für jedes Unternehmen von großer Bedeutung, da die Banken einen Großteil des Zahlungsverkehrs mit den Lieferanten, Kunden und Mitarbeitern durchführen.

Lernen

1 Verbuchung von Abhebungen und Einzahlungen

Markieren Sie im nachfolgenden Text die Antworten auf folgende Fragen:

- **Aufgrund welcher Belege werden Bankbewegungen in der Buchführung erfasst?**
- **Wie lauten die Buchungssätze für die Abhebung vom Bankkonto und die Einzahlung auf das Bankkonto?**

Abhebungen vom Bankkonto bzw. Einzahlungen auf das Bankkonto lösen eine Buchung auf dem Kassakonto (Kassabuch) und eine entsprechende Gegenbuchung auf dem Bankkonto aus.

Buchungsgrundlage
Kassabeleg → Kassabuchung
Kontoauszug (Bankbeleg)
→ Bankbuchung

Die **Buchung auf dem Kassakonto** erfolgt in der Regel **am Tage der Abwicklung** (Einlage in die Kassa bzw. Entnahme aus der Kassa) aufgrund des **Kassabeleges. Grundlage für die Erfassung auf dem Bankkonto ist der Konto-(Tages-)Auszug,** der jedoch erst einen Tag oder einige Tage später vorliegt.

Neues Konto
2870 Barverkehr mit Banken

Zur **Überbrückung dieses zeitlichen Unterschiedes** kann das Konto **2870 Barverkehr mit Banken** zwischengeschaltet werden.

Es ergeben sich folgende Buchungen:

Verbuchung **Abhebungen** und **Einzahlungen**

Das Konto 2870 Barverkehr mit Banken dient als **Gegenkonto** (Zwischenkonto) **der jeweiligen Kassa- und Bankbuchung.** Dieses weist nach der Verbuchung des Kontoauszuges im Soll und im Haben den gleichen Betrag auf.

- Abhebung von einem Bankkonto
  a) Nach Abhebung des Geldbetrages vom Bankkonto wird dieser in die Kassa gelegt; Verbuchung des **Kassabeleges:**

  2700 Kassa / 2870 Barverkehr mit Banken

  b) Die Verbuchung der Abhebung des Geldbetrages am Konto 2800 Bank erfolgt aufgrund des Kontoauszuges, der erst nach dem Tag der Abhebung vorliegt; Verbuchung aufgrund des **Kontoauszuges (Bankbeleges):**

  2870 Barverkehr mit Banken / 2800 Bank (2810 PSK)

- Einzahlung auf ein Bankkonto
  a) Für eine Einzahlung auf das Bankkonto wird das Geld aus der Kassa entnommen; Verbuchung des **Kassabeleges:**

  2870 Barverkehr mit Banken / 2700 Kassa

b) Die Einzahlung kann auf dem Konto 2800 Bank erst verbucht werden, wenn der entsprechende Kontoauszug vorliegt; Verbuchung aufgrund des **Kontoauszuges (Bankbeleges):**

2800 Bank (2810 PSK) / 2870 Barverkehr mit Banken

Darstellung: Abhebungen und Einzahlungen

1. Abhebung von einem Bankkonto 2. Einzahlung auf ein Bankkonto

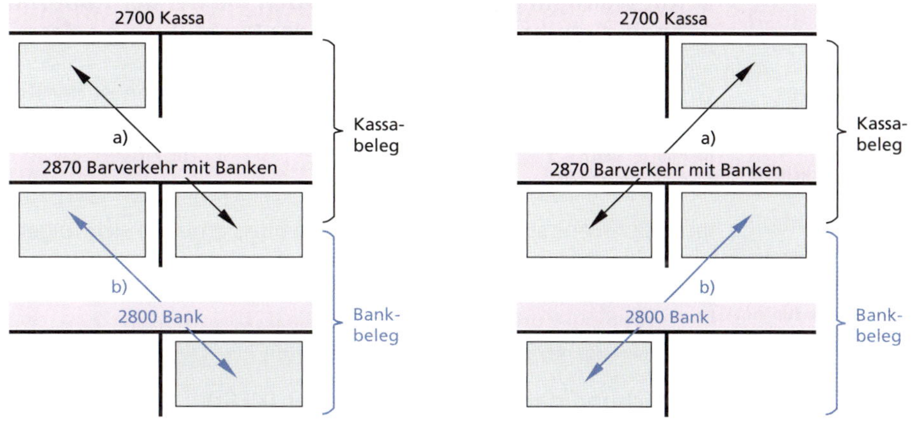

Lehrbeispiel

L 4.17: Verbuchung von Abhebungen und Einzahlungen

Anita Egger e. U., Lienz, hat ein Konto bei der Raiffeisen-Landesbank Tirol AG. Im Jänner 20 . . ergeben sich u. a. die nachfolgenden Geschäftsfälle:

8.1. K 19 Abhebung vom Bankkonto € 500,–

10.1. Kontoauszug der Raiffeisen-Landesbank Tirol AG: Belastung über die Abhebung von € 500,–; die Buchung ist mit dem Datum in der Spalte WERT vorzunehmen.

IBAN: AT62 3600 0000 0934 5772 RAIFFEISEN-LANDESBANK TIROL AG BANKSTELLE LIENZ B3 BIC: RZTIAT22 DVR: 0030422

* Firmenkonto *		WERT	BETRAG IN EUR
ALTER KONTOSTAND			24.620,30
08.01.20..	Bar	08.01.20..	500,00 –

12.1. K 44 Einzahlung von € 1.500,– auf das Bankkonto

14.1. Kontoauszug der Raiffeisen-Landesbank Tirol AG: Gutschrift € 1.500,–; die Buchung ist mit dem Datum in der Spalte WERT vorzunehmen.

IBAN: AT62 3600 0000 0934 5772 RAIFFEISEN-LANDESBANK TIROL AG BANKSTELLE LIENZ B6 BIC: RZTIAT22 DVR: 0030422

* Firmenkonto *		WERT	BETRAG IN EUR
ALTER KONTOSTAND			24.120,30
12.01.20..	Bar	12.01.20..	1.500,00

Aufgabe: Stellen Sie die Buchungssätze dar. C

Lösung:

			Soll	Haben
8.1.	K 19	2700 Kassa	500,00	
		an 2870 Barverkehr mit Banken		500,00
8.1.	B 3	2870 Barverkehr mit Banken	500,00	
		an 2800 Bank		500,00
12.1.	K 44	2870 Barverkehr mit Banken	1.500,00	
		an 2700 Kassa		1.500,00
12.1.	B 4	2800 Bank	1.500,00	
		an 2870 Barverkehr mit Banken		1.500,00

In kleineren Unternehmen ist auch ohne die Einschaltung dieses Zwischenkontos die Buchung **Kassa / Bank** bei einer **Abhebung** von einem Bankkonto bzw. **Bank / Kassa** bei einer **Einzahlung** auf das Bankkonto üblich.

4.2 Rechnungsausgleich

2 Verbuchung der Abschlussposten

Markieren Sie im nachfolgenden Text die Antworten auf folgende Fragen:

- **Welcher Beleg ist die Grundlage für die Verbuchung der Abschlussposten?**
- **Wie werden Guthabenzinsen verbucht?**
- **Wie erfolgt die Verbuchung der Kapitalertragsteuer?**
- **Wie werden Schuldzinsen verbucht?**
- **Mit welchem Buchungssatz werden die bei der Kontoführung verrechneten Provisionen, Gebühren und Spesen in der Buchführung erfasst?**

Buchungsgrundlage

Der **Abschluss der Bankkonten** erfolgt in der Regel **vierteljährlich,** und zwar per 31.3., 30.6., 30.9. und 31.12.

Grundlage für die Verbuchung der Abschlussposten ist der **Kontoabschluss (die Abschlussrechnung).** Daraus sind die von der Bank verrechneten Guthabenzinsen, die Kapitalertragsteuer in Höhe von 25 % der Guthabenzinsen, die Schuldzinsen sowie die Provisionen, Gebühren und Spesen ersichtlich.

Verbuchung der **Abschlussposten**

Im Zusammenhang mit dem Kontoabschluss ergeben sich folgende Buchungssätze:

Als **Guthabenzinsen für Geschäftskonten** werden derzeit (Stand Mai 2016) von den Banken **0,125 % bis 0,5 % p. a.** verrechnet.

Neues Konto

8050 Zinsenerträge aus Bankguthaben

Verbuchung der Guthabenzinsen:

2800 Bank / 8050 Zinsenerträge aus Bankguthaben

Verbuchung der Kapitalertragsteuer (KESt):

9600 Privat / 2800 Bank

Die Zinsenerträge unterliegen der **Kapitalertragsteuer (KESt)** in Höhe von **25 %.** Diese wird von der Bank einbehalten.

Zur Verbuchung von Privatsteuern siehe Seite 214.

Die Kapitalertragsteuer (KESt) ist eine **Privatsteuer** und bei Einzelunternehmen und Personengesellschaften auf dem Konto **9600 Privat** zu erfassen. Durch die Verbuchung der KESt in der dargestellten Art stimmen nicht nur die Buchungen auf dem Bankkonto mit den Beträgen auf dem Kontoauszug (auf der Abschlussrechnung) überein, sondern es wird auch die Überprüfung der Summengleichheit ermöglicht.

Neues Konto

8310 Zinsenaufwand für Bankkredite

Verbuchung der Schuldzinsen:

8310 Zinsenaufwand für Bankkredite / 2800 Bank

Bei einem Bankkonto, das im Allgemeinen ein Guthaben aufweist, kann z. B. durch eine hohe Abhebung kurzfristig auch eine **Schuld** entstehen, wodurch sich **Schuldzinsen** ergeben.

Neues Konto

7790 Spesen des Geldverkehrs

Verbuchung der Provisionen, Gebühren und Spesen:

7790 Spesen des Geldverkehrs / 2800 Bank

Für das Führen von Bankkonten, die Durchführung von Überweisungen usw. werden dem Bankkunden **Provisionen, Gebühren und Spesen** verrechnet.

Lehrbeispiel

L 4.18: Verbuchung von Abschlussposten

Die Abschlussrechnung des bei der UniCredit Bank Austria AG geführten Kontos der Ing. Norbert Stein e. U. zeigt folgendes Bild:

Bank Austria
Member of UniCredit

B 183

KONTOAUSZUG
01201 1201

Ing. Norbert Stein e.U.

Datum	Auszug/Blatt	Währung	IBAN
31.12.20..	183 0001	EUR	AT55 1200 0230 1356 5500

Buchungsnr./Buchungstitel		Wert	Betrag
	Enthält Kontoabschluss per 31.12.20..		
30.12.	Habenzinsen	31.12.	6,93
30.12.	KEST	31.12.	1,73-
30.12.	Manipulationsgebühr	31.12.	23,00-
30.12.	Porto und Buchungsentgelt	31.12.	49,40-

alter Kontostand	Summe der Belastungen	Summe der Gutschriften	neuer Kontostand
16.199,74	74,13-	6,93	16.132,54

Abbuchungen/Belastungen sind mit einem **rechts vom Betrag gedruckten Minuszeichen** gekennzeichnet.

Aufgabe: Verbuchen Sie die Abschlussposten. C

Lösung:

		Soll	Haben
31.12.	2800 Bank	6,93	
	an 8050 Zinsenerträge aus Bankguthaben		6,93
	9600 Privat	1,73	
	an 2800 Bank		1,73
	7790 Spesen des Geldverkehrs	72,40	
	an 2800 Bank		72,40

Üben

SbX ID: 4242

A B C D E

SbX Buchungstrainer ID: 4242

V = Volksbank

Kontenplan

2800 Volksbank Baden
2801 UniCredit Bank Austria AG
2870 Barverkehr mit Banken

Ü 4.20: Buchungen auf Bankkonten, Gewinnauswirkung

Die Katharina Stoll OG, Baden, hat ein Konto bei der Volksbank Baden und ein Konto bei der UniCredit Bank Austria AG. Es ergeben sich folgende Geschäftsfälle:

15. 2.	K 316	Entnahme aus der Geschäftskasse, Einzahlung von € 7.000,– auf das Konto bei der Volksbank Baden (Eigenerlag)
17. 2.	V 18	Kontoauszug der Volksbank Baden € 7.000,–; die Buchung ist mit dem Datum 15.2. vorzunehmen.
17. 8.	K 1918	Abhebung vom Konto der UniCredit Bank Austria AG € 1.500,–, Einlage in die Geschäftskasse
19. 8.		Kontoauszug der UniCredit Bank Austria AG über Abhebung € 1.500,–; die Buchung ist mit dem Datum in der Spalte „Wert" vorzunehmen.

Bank Austria
Member of UniCredit

B 82

KONTOAUSZUG 01436 1436

Katharina Stoll OG

Datum	Auszug/Blatt	Währung	IBAN
19.08.20..	082 0001	EUR	AT21 1200 0230 2225 7700

Buchungsnr./Buchungstitel	Wert	Betrag
17.08. Barabhebung	17.08.	1.500,00-

31.12.	V 179	Kontoauszug der Volksbank Baden: Guthabenzinsen € 12,32, Kapitalertragsteuer € 3,08, Manipulationsgebühr € 64,62, Porti und Spesen € 173,50
31.12.		Abschlussrechnung der UniCredit Bank Austria AG:

Bank Austria
Member of UniCredit

B 151

KONTOAUSZUG 01436 1436

Katharina Stoll OG

Datum	Auszug/Blatt	Währung	IBAN
31.12.20..	151 0001	EUR	AT21 1200 0230 2225 7700

Buchungsnr./Buchungstitel	Wert	Betrag
Enhält Kontoabschluss per 31.12.20..		
31.12. sonst. Spesen	31.12.	185,50-
31.12. Kontoführung	31.12.	50,00-
31.12. Überziehungsprovision	31.12.	24,80-
31.12. Sollzinsen	31.12.	1.516,93-

alter Kontostand	Summe der Belastungen	Summe der Gutschriften	neuer Kontostand
44.478,67-	1.777,23-		46.255,90-

JTP2 10 013624 Firmenname: UniCredit Bank Austria AG, Firmensitz: 1010 Wien, Schottengasse 6-8, Firmenbuchgericht: Handelsgericht Wien, FN 150714p, DVR 0030066

Aufgabe: a) Bilden Sie die Buchungssätze. C

b) Geben Sie neben dem gebildeten Buchungssatz in Klammer an, ob sich durch den Geschäftsfall der Gewinn erhöht (↑), vermindert (↓), oder ob es sich um eine erfolgsneutrale Buchung (∅) handelt. D

4.2 Rechnungsausgleich

SbX
Buchungstrainer
ID: 4242

Kontenplan

2800	Raiffeisenbank Wien AG
2870	Barverkehr mit Banken

Ü 4.21: Buchungen auf dem Bankkonto, Gewinnauswirkung

Das Unternehmen Heinz Maier e. U., Wien, führt sein Geschäftskonto bei der Raiffeisenbank Wien AG.

Geschäftsfälle:

1.12. Barabhebung vom Bankkonto

Raiffeisenbank Wien — K956 — AUSZAHLUNG

AT67 3200 0000 0852 2267 MAIER HEINZ E.U. EUR ******1.500,00-

01.12... 15:09 MMK 01487 y4124ab P/0002

Zeichen — Unterschrift/Losungswort: Heinz Maier

2.12. Kontoauszug über die Barabhebung vom 1. Dezember

IBAN: AT67 3200 0000 0852 2267 — RAIFFEISENBANK WIEN AG, TEL.: 05 1700 1700, www.raiffeisenbankwien.at — 28 — B184 — BIC: RLNWATWW — DVR: 0031585

* Firmenkonto *		WERT	BETRAG IN EUR
ALTER KONTOSTAND			32.440,15
01.12.20..	Barabhebung	01.12.20..	1.500,00 –
POS	SUMME GUTSCHRIFTEN		0,00
	SUMME LASTSCHRIFTEN		1.500,00 –
	NEUER KONTOSTAND GUTHABEN		30.940,15

Heinz Maier e.U.
Akademiestraße 12
1010 Wien

AUSZUG 184/BLATT 001 VOM 02.12.20 . .

Raiffeisen Meine Bank

8.12. K 979 Einlage von € 2.300,– auf das Konto bei der Raiffeisenbank Wien AG
9.12. B 186 Kontoauszug von der Raiffeisenbank Wien AG über die Einlage von € 2.300,–
31.12. Quartalsabschluss des Bankkontos

IBAN: AT67 3200 0000 0852 2267 — RAIFFEISENBANK WIEN AG, TEL.: 05 1700 1700, www.raiffeisenbankwien.at — 28 — B198 — BIC: RLNWATWW — DVR: 0031585

* Firmenkonto *		WERT	BETRAG IN EUR
ALTER KONTOSTAND			27.420,80
31.12.20..	SOLLZINSEN	31.12.20..	21,78 –
	HABENZINSEN	31.12.20..	54,80
	KEST	31.12.20..	13,70 –
	BUCHUNGSKOSTEN	31.12.20..	36,22 –
	ABSCHLUSSKOSTEN	31.12.20..	4,36 –
POS	SUMME GUTSCHRIFTEN		54,80
	SUMME LASTSCHRIFTEN		76,06 –
	NEUER KONTOSTAND GUTHABEN		27.399,54

Heinz Maier e.U.
Akademiestraße 12
1010 Wien

AUSZUG 198/BLATT 001 VOM 02.12.20 . .

Raiffeisen Meine Bank

Aufgabe: a) Stellen Sie die erforderlichen Buchungssätze auf. C

b) Geben Sie neben dem gebildeten Buchungssatz in Klammer an, ob sich durch den Geschäftsfall der Gewinn erhöht (↑), vermindert (↓), oder ob es sich um eine erfolgsneutrale Buchung handelt (0). D

Ein weiteres Übungsbeispiel finden Sie im Anhang.

Sichern

SbX ID: 4243

SbX ID: 4243

Im SbX finden Sie eine Sammelmappe mit Zusammenfassungen zu allen Kapiteln und Lerneinheiten sowie eine Bildschirmpräsentation.

Wissen

SbX ID: 4244

A B C D E

SbX ID: 4244

Möglichkeiten zur Kompetenzüberprüfung im SbX

Wiederholungsfragen | Aufgaben mit automatischer Aufgabenkontrolle | $H_2Ö$ MUSTERUNTERNEHMEN

Ein kurzer Kompetenz-Check, bevor's weitergeht!

Kompetenz-Check

	☺	😐	☹
Ich kann die Belege, welche die Buchungsgrundlage für Abhebungen und Einzahlungen bilden, nennen.			
Ich kann Abhebungen und Einzahlungen verbuchen.			
Ich kann die Belege, aufgrund welcher die Verbuchung der Abschlussposten vorgenommen wird, aufzählen.			
Ich kann Guthabenzinsen verbuchen.			
Ich kann Schuldzinsen verbuchen.			
Ich kann Provisionen, Gebühren und Spesen verbuchen, welche die Bank für die Führung eines Kontos verrechnet.			

4.3 VERBUCHUNG WEITERER GESCHÄFTSFÄLLE

Worum geht's in diesem Abschnitt?

Der Sommer kommt und endlich kann ich wieder meine Vespa aus der Garage holen!

Voller Stolz blicke ich auf meinen roten Blitz – den Kaufpreis konnte ich von meinem Ersparten aufbringen. Die laufenden Kosten wie Benzin, Wartung, Versicherung und Überprüfung muss ich von meinem monatlichen Gehalt finanzieren.

Nun kann ich die Freiheit auf zwei Rädern genießen!

Kompetenzen, die Sie erwerben

Mit der Bearbeitung dieses Abschnitts erwerben Sie die **Kompetenzen** zur **Bearbeitung von Belegen (Prüfung, Nummerierung, Kontierung und Verbuchung) im Zusammenhang mit Kraftfahrzeug-Betriebskosten, Steuern und Abgaben, Löhnen und Gehältern sowie den lohn- und gehaltsabhängigen Abgaben.** Sie können

- die Verbuchung von Kraftfahrzeug-Betriebskosten vornehmen,
- Steuern und Umlagen in der Buchführung erfassen,
- die Verbuchung von Lohn- und Gehaltszahlungen vornehmen.

A B C D E

In diesem Abschnitt finden Sie Übungsbeispiele und Aufgaben zum Kompetenzerwerb und zur Kompetenzüberprüfung auf den Handlungsebenen A **Wiedergeben,** B **Verstehen,** C **Anwenden** und D **Analysieren & Interpretieren.**

Dieser Abschnitt umfasst folgende Lerneinheiten:

1 Verbuchung von Kraftfahrzeug-Betriebskosten

2 Verbuchung von Steuern und der Kammerumlage

3 Verbuchung von Löhnen und Gehältern sowie der lohn- und gehaltsabhängigen Abgaben

Lerneinheit 1

Verbuchung von Kraftfahrzeug-Betriebskosten

SbX **Alle SbX-Inhalte zu dieser Lerneinheit finden Sie unter der ID: 4310.**

Der Betrieb eines Kraftfahrzeuges verursacht zum Teil sehr hohe Kosten, u.a. für Treibstoff, Service, Reparaturen, Reifen und Vignette. In der Buchführung ist zu unterscheiden, ob es sich um Betriebskosten für z.B. Personenkraftwagen (Pkw) oder Lastkraftwagen (Lkw) handelt.

Lernen

A B C D E

Markieren Sie im nachfolgenden Text die Antworten auf folgende Fragen:

- **Welche Aufwendungen verursacht der betriebliche Einsatz von Kraftfahrzeugen?**
- **Welche Belege sind die Buchungsgrundlage?**
- **Auf welchen Konten werden die Betriebskosten von Kraftfahrzeugen verbucht?**
- **Wie ist hinsichtlich des Vorsteuerabzuges bei Kraftfahrzeugen vorzugehen?**
- **Wie lautet der Buchungssatz zur Verbuchung der Betriebskosten von Lastkraftwagen?**
- **Wie werden die Betriebskosten von Personenkraftwagen und Kombis verbucht?**

Lastkraftwagen

Kastenwagen

Pritschenwagen (Pick-up)

Kleinbus

Personenkraftwagen

Kombi

Motorrad

1 Einführung

Der betriebliche Einsatz von Kraftfahrzeugen (Lastkraftwagen, Kastenwagen, Pritschenwagen, Kleinbussen, Personenkraftwagen, Kombis, Motorrädern) verursacht **verschiedene Betriebskosten** (Aufwendungen), und zwar vor allem

- für Treibstoff (Benzin, Diesel),
- für Wartung (Service) und Reparaturen,
- für Bereifung,
- für Versicherung (Haftpflicht, Teil- und Vollkasko),
- für Steuern und Abgaben (motorbezogene Versicherungssteuer bzw. Kraftfahrzeugsteuer und Mautgebühren),
- für Garagierung bzw. für einen Abstellplatz und
- die jährliche Wertminderung in Form der Abschreibung.

Hinsichtlich der Verbuchung ist zwischen **Betriebskosten** von

- Lastkraftwagen, Kastenwagen, Pritschenwagen, Kleinbussen

sowie

- Personenkraftwagen, Kombis und Motorrädern

zu unterscheiden.

Buchungsgrundlage

Buchungsgrundlage sind die entsprechenden **Eingangsrechnungen, Kassabelege** usw.

2 Betriebskosten von Lastkraftwagen, Kastenwagen, Pritschenwagen und Kleinbussen

Für die **Verbuchung dieser Betriebskosten** können entsprechend den Vorschlägen des ÖPWZ-Kontenrahmens z. B. **folgende Konten** eingerichtet werden:

Neue Konten

7330 Lkw-Betriebsaufwand
7331 Motorbezogene Versicherungssteuer Lkw
7332 Kraftfahrzeugsteuer Lkw
7335 Versicherungsaufwand Lkw
7336 Parkgebühren, Straßenmaut Lkw

Vorsteuerabzug

Sofern in diesen Aufwendungen Umsatzsteuer enthalten ist, ist sie als **Vorsteuer auf dem Konto 2500** zu erfassen.

Meist werden jedoch **alle Betriebskosten** (Treibstoffe, Reparaturen, motorbezogene Versicherungssteuer, Haftpflichtversicherungsprämie, Kraftfahrzeugsteuer, Mautgebühren usw.) für **Lastkraftwagen, Kastenwagen, Pritschenwagen und Kleinbusse** auf dem Konto **7330 Lkw-Betriebsaufwand** erfasst.

Buchungssatz für die Verbuchung der verschiedenen **Betriebskosten:**

Verbuchung **Betriebskosten**

7330 Lkw-Betriebsaufwand / 2800 Bank (2810 PSK, 2700 Kassa etc.)
2500 Vorsteuer /

Die **Anmeldegebühren** sind als **Teil des Anschaffungswertes** (der Anschaffungskosten) auf dem entsprechenden **Konto in der Klasse 0** zu erfassen.

Verbuchung **Anmeldegebühren**

0640 Lkw / 2800 Bank (2810 PSK, 2700 Kassa etc.)

3 Betriebskosten von Personenkraftwagen, Kombis und Motorrädern

Kein Vorsteuerabzug!

Bei **betrieblichen Elektro-Pkw** und **Elektro-Kombis** ist ein Vorsteuerabzug möglich.

Für die Betriebskosten von Pkw, Kombis und Motorrädern besteht, entsprechend den Bestimmungen des Umsatzsteuergesetzes, **kein Recht des Vorsteuerabzuges,** d. h., die **Beträge müssen brutto, inkl. Umsatzsteuer, verbucht werden.**

Die Verbuchung der diversen Betriebskosten kann z. B. auf folgenden Konten erfolgen:

Neue Konten

7320 Pkw- und Kombi-Betriebsaufwand
7321 Motorbezogene Versicherungssteuer Pkw und Kombis
7325 Versicherungsaufwand Pkw und Kombis
7326 Parkgebühren, Straßenmaut Pkw und Kombis

Vielfach werden **alle Betriebskosten,** die für **Personenkraftwagen, Kombis und Motorräder** anfallen, auf dem Konto **7320 Pkw- und Kombi-Betriebsaufwand** erfasst.

Buchungssatz für die Verbuchung der verschiedenen **Betriebskosten:**

Verbuchung **Betriebskosten**

7320 Pkw- und Kombi-Betriebsaufwand / 2800 Bank (2810 PSK, 2700 Kassa etc.)

Die **Anmeldegebühren** sind **Teil des Anschaffungswertes** (der Anschaffungskosten) und werden auf dem entsprechenden **Konto in der Klasse 0** verbucht.

Verbuchung **Anmeldegebühren**

0630 Pkw und Kombis / 2800 Bank (2810 PSK, 2700 Kassa etc.)

Lehrbeispiel

L 4.19: Verbuchung von Kraftfahrzeug-Betriebskosten

Bei Mag. Alfred Zimmermann, Computer-Shop, Klagenfurt am Wörthersee, ergeben sich im Zusammenhang mit den Kraftfahrzeugen folgende Geschäftsfälle:

1. S 83 Tankstellenrechnung: Diesel für den Lkw € 87,50 (inkl. 20 % USt), Zahlung mit der Firmen-Bankomatkarte
2. K 130 Wartung des Kombi, Barzahlung bei Übernahme € 326,– + € 65,20 USt = = € 391,20

3. Kauf eines neuen Pkw für das Unternehmen von Renault Aichlseder GmbH (33405)

RENAULT DRIVE THE CHANGE DACIA

Autohof Handels und Service GmbH
Autohaus Aichlseder
Völkermarkter Straße 270 I 9020 Klagenfurt a. W.
Tel. (0463) 37390 I Fax. (0463) 37390-814
E-Mail: office@aichlseder.at I www.aichlseder.at

E212

Bank Austria
IBAN AT76 1200 0004 3719 4004 I BIC BKAUATWW
BKS
IBAN AT16 1700 0001 7012 2100 I BIC BFKKAT2K
UID-Nr. ATU25788804 I Fn108191f
HG Klagenfurt DRV: 0929972

Auftrags-Nr.	Annahmedatum	Auftraggeber	Unverbindl. Termin	Es bediente Sie
58432				Mag. Aichlseder-Nowak Marina

Mag. Alfred Zimmermann

Karfreitstraße 8/I
9020 Klagenfurt am Wörthersee

RECHNUNG NEU-FZG

RE/KV-Nummer	Liefer- u. Re.-Datum	ZA		Seite
103137	07.03...	K	3	1
Kunden-Nr.	**Telefon**			
19945	0463/52666			
Zulassungsdatum	**km-Stand**	**Rep.-Nr.**		**VK-KZ**
	1			

Marke und Type	Pol.-Kennzeichen	Fahrgestell-Nr.	Fabrikations-Nr.
R. Megane GT Extr.		VF1KMS6C639227817	E578219

Wir verrechnen Ihnen für ein Neufahrzeug

Marke	: Renault
Type	: MEGANE Grandtour Tonic ENERGY 1,2 TCE 115PS DPF
Lackierung	: KÖNIGSBLAU
Hubraum	: 1.461
Schlüsselnummer 1	: 23124574
Motornummer	: D010146
Radiocode	: 0528
Leistung in KW	: 76

vereinbarungsgemäß			14.000,00	2
NoVA von	14.000,00	6 %	840,00	2
NoVA-Zuschlag von	840,00	20 %	168,00	2
MWSt von	14.000,00		2.800,00	2
Endbetrag	EUR		17.808,00	

Bar bei Übernahme

Fällig bis 07.03. . .

Das Fahrzeug bleibt bis zur vollständigen
Bezahlung unser Eigentum!
Die Nova (wenn fällig) wurde ordnungsgemäß berechnet und abgeführt.

Wir wünschen Ihnen gute Fahrt!

Bei Überweisung folgenden Code angeben Lall-015590-106378

TriSys Form.Nr. EL 05/06

Der Auftrag wird unter Anerkennung der AGB für die Ausführung und Arbeiten an Kraftfahrzeugen, Anhängern, Aggregaten und deren Teilen erteilt.
Für persönliche Gegenstände im Fahrzeug übernehmen wir keine Haftung.
Rechnungen sind fällig prompt nach Erhalt ohne jeden Abzug.
Bis zur vollständigen Bezahlung bleiben die Waren Eigentum des o. a. Betriebes
Gerichtsstand und Erfüllungsort ist der Sitz des o. a. Betriebes
Wir arbeiten ausschließlich auf Grund der in unserem Betrieb ausgehängten Geschäftsbedigungen

Der **Normverbrauchsabgabe** (NoVA) unterliegt die Lieferung von bisher im Inland nicht zum Verkehr zugelassenen Motorrädern, Personenkraftwagen und Kombis. Der Steuersatz ist abhängig vom Kraftstoffverbrauch des Fahrzeugs. Sie wird, wie die Umsatzsteuer, vom Nettobetrag berechnet. Von **betrieblichen Elektro-Pkw** und **Elektro-Kombis** ist **keine NoVA** zu entrichten.

4. K 134 Anmeldung des Pkw, Anmeldegebühren € 188,–
5. B 53 Banküberweisung an die Allianz Elementar Versicherungs-AG für den neuen Pkw: € 666,60 motorbezogene Versicherungssteuer, € 657,84 Haftpflichtversicherungsprämie

Anmeldegebühren für Fahrzeuge werden in der Praxis auch als Aufwand in der Kontenklasse 7 (Konto 7320 Pkw- und Kombi-Betriebsaufwand) verbucht.

6. Wartungskosten für den neuen Pkw

RENAULT DRIVE THE CHANGE — DACIA

Autohof Handels und Service GmbH
Autohaus Aichlseder
Völkermarkter Straße 270 I 9020 Klagenfurt a. W.
Tel. (0463) 37390 I Fax. (0463) 37390-814
E-Mail: office@aichlseder.at I www.aichlseder.at

K 160

Bank Austria
IBAN AT76 1200 0004 3719 4004 I BIC BKAUATWW
BKS
IBAN AT16 1700 0001 7012 2100 I BIC BFKKAT2K
UID-Nr. ATU25788804 I Fn108191f
HG Klagenfurt DRV: 0929972

Auftrags-Nr.	Annahmedatum	Auftraggeber	Unverbindl. Termin	Es bediente Sie	
43042	03.12...	19945		Angermann Mario	5

RECHNUNG R1

Mag. Alfred Zimmermann

Karfreitstraße 8/I
9020 Klagenfurt am Wörthersee

RE/KV-Nummer	Liefer- u. Re.-Datum	ZA		Seite
A 45150	04.12... 17:34:16	K	1	1

Kunden-Nr.	Telefon		
19945	0463/52666		B

Zulassungsdatum	km-Stand	Rep.-Nr.	VK-KZ
07.03...	16.317		

Marke und Type	Pol.-Kennzeichen	Fahrgestell-Nr.	Fabrikations-Nr.
R. Megane GT Extr.	K 939AO	VF1KMS6C639227818	E578219

Nummer	Menge	Bezeichnung	Einzelpreis	Gesamtpreis	MW
Eingriff ----> A		Wartungsdiagnose			
0048	1,3W	INSPEKTION RENAULT			
		OBERWÄSCHE OHNE VERRECHNUNG		83,20	2
0025	0,2W	AUSTAUSCH DES REINLUFTFILTERS		12,80	2
8200274858	1	ÖLFILTER		8,45	2
7700266044	1	DICHTRING		2,21	2
7701064235	1	POLLENFILTER		23,80	2
EX11	5	Excellium LDX SAE 5W-40	19,12	95,60	2
7711238967	1	Sommerreiniger 1lt		3,09	2
		Summe Eingriff		229,15	
KM	1	Entsorgung und Hilfsmaterial		7,00	2
		Summe Arbeit		96,00	
		Summe Teile		140,15	
		Nettobetrag		236,15	
		20 % MWSt	236,15 20,0%	47,23	2
		Rechnungsendbetrag	EUR	283,38	

BEZAHLT 04. DEZ. 20.. durch ....

Fälligkeit : 04.12...

7. P 45 Überweisung vom PSK-Konto: Kfz-Steuer für den Lkw € 25,40

Die Benützung von Autobahnen und Schnellstraßen durch Kfz bis 3,5 t unterliegt einer **zeitabhängigen Maut** (Vignette), über 3,5 t einer **leistungsabhängigen Maut** (Road Pricing).

8. S 104 Kauf vier Stück Reifen für den Lkw von der Ritz KG € 920,– + € 184,– USt = = € 1.104,–; Zahlung mit der Firmen-Bankomatkarte
9. S 108 Treibstoffrechnung für den Pkw € 49,– (inkl. 20 % USt), Zahlung mit der Firmen-MasterCard
10. P 61 Überweisung der Haftpflichtversicherungsprämie für den Lkw € 1.060,40
11. K 201 Kauf einer Jahresvignette für den Pkw € 85,70 (inkl. 20 % USt)

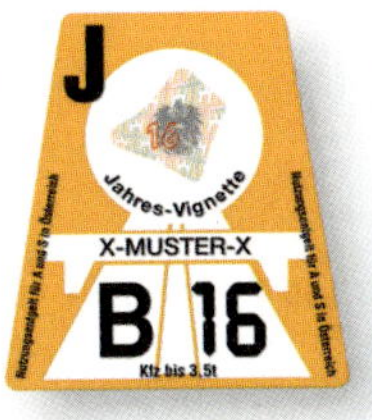

Aufgabe: Stellen Sie die Buchungssätze auf. C
(Die Betriebskosten für Pkw und Kombis sind auf dem Konto 7320, für Lkw auf dem Konto 7330 zu erfassen.)

Lösung:

1. 7330 Lkw-Betriebsaufwand 72,92 / 3190 Verbindlichkeiten Bankomatkarte 87,50
   2500 Vorsteuer 14,58
2. 7320 Pkw- und Kombi-Betriebsaufwand / 2700 Kassa 391,20
3. 0630 Pkw und Kombis / 33405 Renault Aichlseder GmbH 17.808,00
4. 0630 Pkw und Kombis / 2700 Kassa 188,00
5. 7320 Pkw- und Kombi-Betriebsaufwand / 2800 Bank 1.324,44
6. 7320 Pkw- und Kombi-Betriebsaufwand / 2700 Kassa 283,38
7. 7330 Lkw-Betriebsaufwand / 2810 PSK 25,40

8. 7330 Lkw-Betriebsaufwand 920,00 / 3190 Verbindlichkeiten Bankomatkarte 1.104,00
   2500 Vorsteuer 184,00
9. 7320 Pkw- und Kombi-Betriebsaufwand / 3180 Verbindlichkeiten MasterCard 49,00
10. 7330 Lkw-Betriebsaufwand / 2810 PSK 1.060,40
11. 7320 Pkw- und Kombi-Betriebsaufwand / 2700 Kassa 85,70

Üben

SbX ID: 4312

A B C D E
SbX
Buchungstrainer
ID: 4312

Ü 4.22: Bildung von Buchungssätzen, Gewinnauswirkung, betriebswirtschaftliche Aufgabenstellung

Bei der Holub & Zankl KG, Elektrohändler und -installationen, Wien, ergeben sich folgende Geschäftsfälle:

Hinweis: Die Betriebskosten der beiden Kombis sind auf dem Konto 7320 Pkw- und Kombi-Betriebsaufwand zu verbuchen.

1. K 507 Der Gesellschafter Karl Holub hebt vom Bankkonto € 3.000,– ab und legt das Geld in die Geschäftskasse (Konto 2870).
2. S 88 Treibstoff für den Kombi € 41,50 (inkl. 20 % USt); Zahlung mit Firmen-Bankomatkarte
3. B 64 Bankauszug über die Abhebung der € 3.000,–
4. E 1088 Kauf eines neuen Kombis von der Opel-Huber-Gesellschaft mbH (33998) € 18.760,– + + € ______ 20 % USt = € ______ (inkl. NoVA) gegen spätere Zahlung
5. K 521 Tankfüllung Diesel für den neuen Kombi € 44,70 (inkl. 20 % USt)
6. Überweisung der Prämie für die motorbezogene Versicherungssteuer € 633,60 und die Haftpflichtversicherung € 601,30 für den alten Kombi

BAWAG PSK
Holub & Zankl KG

KONTOAUSZUG 82 — IBAN AT576000000511047020 — Währung EUR — Blatt 1 von 1 — Letzter Auszug 11.06.20 . . — B 82 vom 13.06.20 . . — Alter Kontostand 113.160,20

Buch.-Tag	Buchungstext		Wert	
12.06	Volkswagen-Versicherungsdienst GmbH Pol. Nr. 683.556	BG/000000102	12.06	1.234,90-

633,60 + 601,30 = € 1.234,90

AT BAWAG PSK BAWAG P.S.K. Bank für Arbeit und Wirtschaft und Österreichische Postsparkasse Aktiengesellschaft

ZAHLUNGSANWEISUNG
AUFTRAGSBESTÄTIGUNG

EmpfängerIn Name/Firma: Volkswagen-Versicherungsdienst GmbH — B 82
IBAN EmpfängerIn: AT136000000001529607
BIC (SWIFT-Code) der Empfängerbank: OPSKATWW
EUR — Betrag: 1.234,90
Verwendungszweck: Pol. Nr. 683.556
IBAN KontoinhaberIn/AuftraggeberIn: AT576000000511047020
KontoinhaberIn/AuftraggeberIn Name/Firma: Holub & Zankl KG, 1080 Wien

Bitte vor Weitergabe des Auftrages abtrennen - verbleibt bei AuftraggeberIn.
Gilt nicht als Durchführungsbestätigung!

7.

AUTOMEGASTORE GMBH
MEHR AUSWAHL. **MEHR SERVICE.**

K531

Holub & Zankl KG
Elektroinstallationen
Triester Straße 140
1100 Wien

Bei Zahlung bitte angeben:
Kundennummer : 44014
Rechnungsnummer : 124801

Rechnungsdatum : 04.08.20. . 14:12
Auftragsnummer : 1306054
Auftragsdatum : 04.08.20. .
Lieferdatum : 04.08.20. .
Kassa : 4
Es bediente Sie : Franz Münster
Seite : 1 Kst.: 1L40

Rechnung

Nummer	Menge	Bezeichnung	Preis	Rabatt	Summe EUR
00016059Q6	4,00	Continental Crosscontact, Pkw-Reifen 235/55 R19	180,00	5,00	684,00
		Gesamt	684,00		
		MwSt 20,00 % von	684,00		136,80

BARZAHLUNG

Wir danken für das entgegengebrachte Vertrauen und wünschen Ihnen mit Ihrem Fahrzeug ALLZEIT GUTE FAHRT!
Zahlbar nach Rechnungserhalt ohne Abzug.
Die Waren bleiben bis zur vollständigen Bezahlung unser Eigentum. Zahlungsort und Gerichtsstand ist Wien.

Summe Nachlass	Gesamt netto	Mehrwertsteuer	**Gesamt brutto**
36,00 EUR	684,00 EUR	136,80 EUR	**820,80 EUR**

8. K 536 Kauf einer Jahresvignette für den neuen Kombi € 85,70 (inkl. 20 % USt)
9. B 91 Motorbezogene Versicherungssteuer € 376,20 und Versicherungsprämie € 879,40 (Haftpflicht und Kasko) für den neuen Kombi werden überwiesen.
10. B 96 Abschlussrechnung der Bank:
Guthabenzinsen € 20,76, Kapitalertragsteuer € 5,19, Manipulationsgebühr € 95,60, Spesen € 141,04

Aufgabe:
a) Stellen Sie die Buchungssätze auf. C
b) Geben Sie neben dem gebildeten Buchungssatz in Klammer an, ob sich durch den Geschäftsfall der Gewinn erhöht (↑), vermindert (↓), oder ob es sich um eine erfolgsneutrale Buchung (∅) handelt. D
c) Welche Gewährleistungsfrist gilt beim Kauf des neuen Kombis von der Opel-Huber-Gesellschaft mbH? Begründen Sie Ihre Antwort. C

d) Im Rahmen der Gewährleistung gilt die Beweislastumkehr. Was versteht man darunter? C

4.3 Weitere Geschäftsfälle

SbX
Buchungstrainer
ID: 4312

Ü 4.23: Bildung von Buchungssätzen, betriebswirtschaftliche Aufgabenstellung

Nachstehende Geschäftsfälle sind vom Standpunkt der Klose-Plastik GmbH, Salzburg, zu verbuchen (Umsatzsteuer einheitlich 20 %):

Hinweis: Die Betriebskosten Pkw und Kombis sind auf dem Konto 7320 Pkw- und Kombi-Betriebsaufwand, die Betriebskosten Lkw auf dem Konto 7330 Lkw-Betriebsaufwand zu erfassen.

1. E 442 Kauf eines neuen Lkw vom Autohaus Knoll KG (33995)
   € 23.550,– + € 4.710,– USt = € 28.260,–
   Zahlungskonditionen: Zahlbar innerhalb von 60 Tagen ohne Abzug, innerhalb von zehn Tagen mit 3 % Skonto. Bei einem Zahlungsverzug werden 12 % p. a. Zinsen verrechnet.
2. B 50 Teilausgleich der E 442 durch Banküberweisung in Höhe von € 20.000,–
3. K 361 Zahlung der Anmeldekosten für den Lkw € 185,25
4. Diesel-Treibstoff für den Lkw

K387

SHELL-STATION HERZOG GMBH
1100 WIEN TRIESTER STRASSE 57–58
TEL. +43 1 604 34 64 FAX +43 1 603 29 49
UID-ATU63621307

RECHNUNGS- NR.: 57906
NR: 1915 (12 1 1) 25.06. . . 14:43:30

BESCHREIBUNG	MENGE	SUMME-EUR	M
* ZP05 DIESEL	47,67 l	50,53 *	B
GESAMT BETRAG EUR:		50,53	
BAR EUR		60,00	
ZURÜCK BAR EUR		-9,47	

MWST B 20,00% VON 42,11 8,42
MWST GESAMT EUR 8,42

DATEN AUS GEEICHTEN ANLAGETEILEN
SIND DURCH STERNE (*) GEKENNZEICHNET.

ES BEDIENTE: FR. CHRISTINA HOEFERER
TRS & SC-PRÄMIEN I. NAMEN U. A. RECHNUNG
SHELL GMBH; 1220 WIEN; ATU14189803
VIGNETTEN I. NAMEN & RECHNUNG D. ASFINAG

5.

K395

TABAK TRAFIK
KLOIBER KURT
Moosstraße 10
5010 Salzburg
☎ +43 662 87 67 18

BARVERKAUF

Bar-Rechnung Nr. ..016099, 28.06.20.., 10:22

Menge	Bezeichnung	Preis	Gesamt
1	VI. PKW 2 MO 20 . .	€ 25,70	€ 25,70
inkl. 20% USt		€ 4,28	
Gesamt			€ 25,70

Besten Dank für Ihren Einkauf!

Vignetten-Verkauf in Namen und Rechnung der ASFINAG AG

Hinweis: Zweimonats-Vignette für Pkw

6.

HANDELSBANK AG B 75 **KONTOAUSZUG**

Klose-Plastik GmbH

Datum	Auszugsnummer	Währung	IBAN	BIC
30.06.20 . .	75 0001	EUR	AT88 2051 0000 2317 2601	HBAGATWW

Buchungstag/Buchungstext		Valuta	
29.06.	KFZ Versicherung Firmen-Kombi – Polizze A809123308 Allianz Elementar Versicherungs-AG, 1130 Wien	29.06.	699,70 –

Bank Austria UniCredit Group B 75 ZAHLUNGSANWEISUNG AUFTRAGSBESTÄTIGUNG

EmpfängerIn Name/Firma
Allianz Elementar Versicherungs-AG, 1130 Wien

IBAN EmpfängerIn
AT801200051430305101

BIC (SWIFT-Code) der Empfängerbank
BKAUATWW

EUR Betrag 699,70

Verwendungszweck
KFZ Versicherung Firmen-Kombi – Polizze A809123308
Motorbezogene Versicherungssteuer EUR 428,40 + Haftpflicht KASKO EUR 271,30

IBAN KontoinhaberIn/AuftraggeberIn
AT882051000023172601

KontoinhaberIn/AuftraggeberIn Name/Firma
Klose-Plastik GmbH, Salzburg

Bitte vor Weitergabe des Auftrages abtrennen - verbleibt bei AuftraggeberIn.
Gilt nicht als Durchführungsbestätigung!

7. K 405 Wartungskosten für den neuen Lkw € 231,– + € 46,20 USt = € 277,20, Barzahlung bei Abholung des Lkw
8. K 406 Der Geschäftsführer der Klose-Plastik GmbH zahlt € 4.000,– auf das Bankkonto des Unternehmens ein.
9. B 81 Kontoauszug; es ergeben sich folgende Gutschriften:
   - € 4.000,– für Bareinzahlung
   - € 1.976,47 Überweisung des Kunden Felix Mader Gesellschaft mbH (20040) zum Ausgleich der A 512 über € 2.037,60 abzüglich 3 % Skonto
10. K 453 Kauf von vier Stück Winterreifen für den Lkw inkl. Felgen, Wuchten und Montage. Die Rechnung lautet auf € 680,– + € 136,– USt = € 816,– und wird sofort bar bezahlt.

Aufgabe: a) Stellen Sie die Buchungssätze auf. C

b) Berechnen Sie die Jahresverzinsung, die sich durch die Inanspruchnahme des Skontos beim Kauf des neuen Lkw für die Klose-Plastik GmbH ergibt. D

Würden Sie aufgrund dieser Jahresverzinsung den Skonto in Anspruch nehmen oder nicht? Begründen Sie Ihre Antwort. D

Ein weiteres Übungsbeispiel finden Sie im Anhang.

4.3 Weitere Geschäftsfälle

Sichern

SbX ID: 4313

SbX ID: 4313

Im SbX finden Sie eine Sammelmappe mit Zusammenfassungen zu allen Kapiteln und Lerneinheiten sowie eine Bildschirmpräsentation.

Wissen

SbX ID: 4314

A B C D E

SbX ID: 4314

Möglichkeiten zur Kompetenzüberprüfung im SbX

Wiederholungsfragen | Aufgaben mit automatischer Aufgabenkontrolle | $H_2Ö$ MUSTERUNTERNEHMEN

Ein kurzer Kompetenz-Check, bevor's weitergeht!

Kompetenz-Check

	☺	😐	☹
Ich kann die Aufwendungen, die der betriebliche Einsatz von Kraftfahrzeugen verursacht, nennen.			
Ich kann die Betriebskosten von Lastkraftwagen verbuchen.			
Ich kann die Betriebskosten von Personenkraftwagen und Kombis verbuchen.			

Lerneinheit 2

Verbuchung von Steuern und der Kammerumlage

SbX
Alle SbX-Inhalte zu dieser Lerneinheit finden Sie unter der ID: 4320.

Um seine Aufgaben erfüllen zu können, benötigt der Staat Einnahmen. Steuern stellen dabei die wichtigste Einnahmequelle dar. Nicht nur jeder Unternehmer, sondern in der Regel jeder einzelne Staatsbürger ist immer wieder mit steuerrechtlichen Fragen konfrontiert. Kenntnisse des Steuerrechts sind daher von entscheidender Bedeutung.

Lernen

A B C D E

1 Verbuchung von Steuern

Markieren Sie im nachfolgenden Text die Antworten auf folgende Fragen:

- **Welche Steuern werden hinsichtlich der Verbuchung unterschieden?**
- **Aufgrund welcher Belege erfolgt die Verbuchung von Steuern?**
- **Wie werden Betriebssteuern, Privatsteuern, betriebliche Durchlaufsteuern und aktivierungspflichtige Steuern verbucht?**

Hinsichtlich der Verbuchung können die Steuern in vier Gruppen gegliedert werden:

Darstellung: Steuerarten und Verbuchung

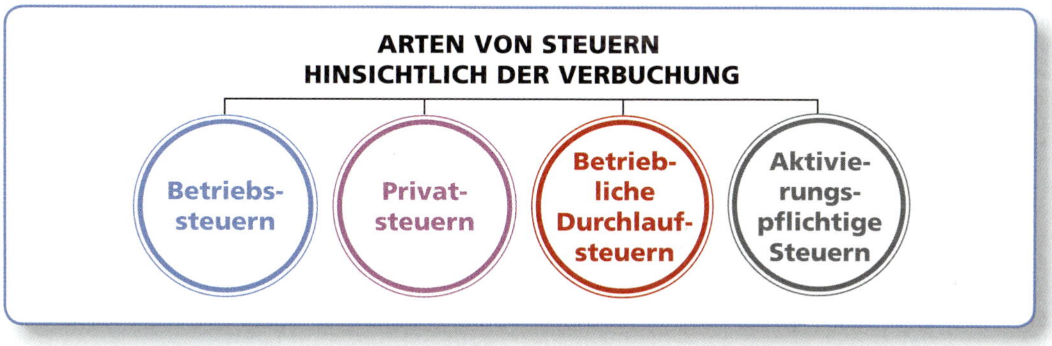

Buchungsgrundlage

Die Verbuchung von Steuern erfolgt in der Regel aufgrund der **Zahlungsbelege** (Bank- und Kassabelege).

Betriebssteuern

Betriebssteuern **vermindern den Gewinn.**

Die Betriebssteuern stellen **Aufwendungen** dar und **vermindern den Gewinn.** In der Buchführung werden sie auf entsprechenden Konten der Kontenklasse 7 (z. B. 7100 Grundsteuer) bzw. Klasse 6 (z. B. Kommunalsteuer) erfasst. Zur Verbuchung der personalabhängigen Steuern siehe Lerneinheit 3.

Verbuchung **Betriebssteuern**

Neues Konto **7100 Grundsteuer**

Der Buchungssatz lautet z. B.:

7100 Grundsteuer / 2800 Bank (2810 PSK, 2700 Kassa)

Die wichtigsten Betriebssteuern sind:

- Grundsteuer für Betriebsgrundstücke
- Motorbezogene Versicherungssteuer bzw. Kraftfahrzeugsteuer für Betriebsfahrzeuge (siehe Lerneinheit 1)
- Kammerumlage
- Kommunalsteuer (siehe Lerneinheit 3)
- Dienstgeberbeitrag zum Ausgleichsfonds für Familienbeihilfen (siehe Lerneinheit 3)

4.3 Weitere Geschäftsfälle

Privatsteuern

Privatsteuern sind **Privatentnahmen** und haben **keine Auswirkung auf den Gewinn.**

Verbuchung **Privatsteuern**

Die Privatsteuern sind **keine Aufwendungen,** sondern **stellen Privatentnahmen dar.** Sie werden auf dem **Privatkonto** verbucht.

Der Buchungssatz lautet:

> 9600 Privat / 2800 Bank (2810 PSK, 2700 Kassa)

Die wichtigsten Privatsteuern sind:

- Einkommensteuer, Kapitalertragsteuer
- Grundsteuer für Privatgrundstücke

Betriebliche Durchlaufsteuern

Durchlaufsteuern haben **keine Auswirkung auf den Gewinn.**

Umsatzsteuer und **Lohnsteuer sind** betriebliche **Durchlaufsteuern.** Der Unternehmer hebt diese vom Kunden (Umsatzsteuer) bzw. vom Dienstnehmer (Lohnsteuer) ein und führt sie an das Finanzamt ab. Durchlaufsteuern haben **keine Auswirkungen auf den Gewinn.**

Verbuchung **Betriebliche Durchlaufsteuern**

- Die **USt-Zahllast,** die Differenz zwischen Umsatzsteuer und Vorsteuer, ist an das Finanzamt abzuführen; die Buchung für die Überweisung am Fälligkeitstag lautet:

> 3520 USt-Zahllast / 2800 Bank (2810 PSK, 2700 Kassa)

Neues Konto **3540 Verbindlichkeiten Finanzamt**

Zur Verbuchung der Lohnsteuer siehe Lerneinheit 3.

- Die **Lohnsteuer** wird auf dem Konto **3540 Verbindlichkeiten Finanzamt** erfasst; die Überweisung am Fälligkeitstag wird wie folgt gebucht:

> 3540 Verbindlichkeiten Finanzamt / 2800 Bank (2810 PSK, 2700 Kassa)

Aktivierungspflichtige Steuern

Aktivierungspflichtige Steuern **erhöhen den Anschaffungswert** und wirken sich gegebenenfalls **über die Abschreibung auf den Gewinn** aus. (Die Abschreibung wird in Abschnitt 7.2 dargestellt.)

Siehe den Hinweis zur NoVA auf Seite 206.

Die wichtigsten aktivierungspflichtigen Steuern sind die **Grunderwerbsteuer** und die **Normverbrauchsabgabe**. Die **Grunderwerbsteuer** ist beim Kauf unbebauter oder bebauter Grundstücke zu entrichten und ist auf den Konten **0200 Unbebaute Grundstücke** bzw. **0210 Bebaute Grundstücke** und **0300 Gebäude** auszuweisen. Die **Normverbrauchsabgabe (NoVA)** ist auf dem Konto **0630 Pkw und Kombis** zu verbuchen.

Verbuchung **Aktivierungspflichtige Steuern**

Die Buchung für die Aktivierung der Grunderwerbsteuer für ein unbebautes Grundstück lautet:

> 0200 Unbebaute Grundstücke / 2800 Bank (2810 PSK, 2700 Kassa)

Lehrbeispiel

L 4.20: Verbuchung der Einkommensteuer

Der Rechtsanwalt Dr. Georg Wiesinger, Wien, erhält am 22. Jänner 20 . . vom Finanzamt die Benachrichtigung über Zahlung der Einkommensteuer für 01–03/20 . . in Höhe von € 12.945,–.

www.bmf.gv.at — BMF FINANZAMT

BENACHRICHTIGUNG

Der Vorauszahlungsteilbetrag an Einkommensteuer für den Zeitraum 01-03/20. . in Höhe von € 12.945,00 wird am 15.02.20. . fällig.

Jahresbetrag: € 51.780,00

Zeitraum	01-03/20. .	04-06/20. .	07-09/20. .	10-12/20. .
fällig am	15.02.20. .	15.05.20. .	16.08.20. .	15.11.20. .
Betrag	€ 12.945,00	€ 12.945,00	€ 12.945,00	€ 12.945,00

Kontostand am 15. Jänner 20. . : € 0,00

12.2. Dr. Wiesinger überweist mittels Electronic Banking von seinem PSK-Konto den Rückstand in Höhe von € 12.945,–.

FINANZAMTSZAHLUNG - DETAIL P17

AUFTRAGGEBER

Kontonummer 00003126512|EUR|Dr. Georg Wiesinger

EMPFÄNGER UND BASISDATEN

Betrag* 12.945,00 EUR

IBAN* AT620100000005504099

BIC* BUNDATWW

Empfängername* FA Wien 1/23

Ordnungsbegriff* 097600537

AUSFÜHRUNG

Durchführungsdatum 12.02.20 . .

ABGABEN

Abgabenperiode	Abgabenart	Betrag
01 - 03/20 . .	E - Einkommensteuer	12.945,00
Summe		12.945,00

15.2. Der Kontoauszug der PSK trifft ein.

P17

BAWAG PSK

Wiesinger Dr. Georg

KONTOAUSZUG 17

IBAN AT786000000003126512

Währung EUR

Blatt 1 von 1

Letzter Auszug 09.02.20 . .

vom 13.02.20 . .

Alter Kontostand 33.160,38

Buch.-Tag	Buchungstext		Wert	
12.02	Abbuchung Überweisung ÜBERWEISUNG AUF 60000/00005504099 Belegnr.: 0801020391350054	BG/000000045 ZE	12.02	12.945,00-

BAWAG P.S.K., Bereich: SGK2, A-1018 Wien

Wiesinger Dr. Georg
Graben 12
1010 Wien

Beilagen: 0

Summe Ein: 0,00

Summe Aus: 12.945,00-

Neuer Kontostand zu Ihren Gunsten EUR 20.215,38

Bei Rückfragen erreichen Sie uns unter: 05 99 05-990
Sofern Sie nicht binnen zwei Monaten dem Kontoauszug schriftlich widersprechen, anerkennen Sie diesen.

BIC: OPSKATWW

DVR 1075217 D04MMK040201PV72716P02/P1-2 00187060-00001/000003

BAWAG P.S.K. Bank für Arbeit und Wirtschaft und Österreichische Postsparkasse Aktiengesellschaft

Aufgabe: Bilden Sie den aufgrund des Kontoauszuges erforderlichen Buchungssatz mit Datum 12. Februar. C

Lösung:

		Soll	Haben
12.2.	9600 Privat	12.945,00	
	an 2810 PSK		12.945,00

4.3 Weitere Geschäftsfälle

2 Verbuchung der Kammerumlage

Markieren Sie im nachfolgenden Text die Antworten auf folgende Fragen:
- **Wie lauten die gesetzlichen Regelungen zur Kammerumlage?**
- **Wann ist die Kammerumlage fällig?**
- **Welche Belege sind die Buchungsgrundlage der Kammerumlage?**
- **Wie lauten die Buchungssätze zur Verbuchung der Kammerumlage?**

Die **KU 1** wird in der Praxis meist als **Kammerumlage** bezeichnet.

Die Wirtschaftskammern heben bei ihren Mitgliedern (gewerbliche Unternehmen) über die Finanzämter eine **Kammerumlage (Kammerumlage 1, KU 1)** ein.

Bis zu einem Gesamtbetrag der Entgelte gemäß UStG, jedoch ohne den Eigenverbrauch, von € 150.000,– (Freigrenze) wird die Umlage nicht erhoben.

Die Kammerumlage beträgt **3 ‰** der **Summe der Vorsteuern** aus u. a.
- Lieferungen und sonstigen Leistungen an das Unternehmen im Inland,
- der Einfuhr von Gegenständen aus Drittländern (Einfuhrumsatzsteuer) und
- den innergemeinschaftlichen Erwerben (Erwerbsteuer),

abzüglich der auf den **Eigenverbrauch entfallenden Umsatzsteuer.**

Zum Beispiel 1. Quartal – 1. Jan. bis 31. März → **15. Mai**

Die Kammerumlage ist vom Unternehmer **kalendervierteljährlich selbst zu berechnen** und spätestens **am 15. Tag des nach Ende des Kalendervierteljahres zweitfolgenden Kalendermonats** (15. Mai, 15. Aug., 15. Nov., 15. Feb.) an das zuständige Finanzamt abzuführen.

Buchungsgrundlage

Die Verbuchung der Kammerumlage erfolgt in der Regel aufgrund der **Bank- und Kassabelege.**

Verbuchung **Kammerumlage**

Neues Konto **7780 Kammerumlage**

Bei **Zahlung der Kammerumlage** wird gebucht:

> 7780 Kammerumlage / 2800 Bank (2810 PSK, 2700 Kassa)

Im **Zuge des Jahresabschlusses** wird die Kammerumlage des vierten Quartals (1. Okt. bis 31. Dez.) wie folgt gebucht:

> 7780 Kammerumlage / 3540 Verbindlichkeiten Finanzamt

Die Zahlung im **Februar nächsten Jahres** (für das vierte Quartal des Vorjahres) ist dann zu buchen:

> 3540 Verbindlichkeiten Finanzamt / 2800 Bank (2810 PSK, 2700 Kassa)

Neben der Kammerumlage 1 (KU 1) heben die Wirtschaftskammern eine weitere Kammerumlage, die **Kammerumlage 2 (KU 2)** ein. Die Kammerumlage 2 ist der **Zuschlag zum Dienstgeberbeitrag (DZ),** der in Lerneinheit 3 behandelt wird.

Lehrbeispiel

L 4.21: Verbuchung der Kammerumlage

In der Michael Hartl GmbH, Baden, ergeben sich u. a. die nachfolgend dargestellten Geschäftsfälle.

15.11.	B 184	Überweisung der Kammerumlage in Höhe von € 284,– für das 3. Quartal 20 . .
31.12.	U 1	Die Kammerumlage wird für das 4. Quartal 20 . . mit € 312,– errechnet.
15. 2. n. J.	B 22	Überweisung der Kammerumlage für das 4. Quartal des Vorjahres

Aufgabe: Erstellen Sie die Buchungssätze. C

Lösung:

Datum	Buchungssatz	Soll	Haben
15.11.	7780 Kammerumlage	284,00	
	an 2800 Bank		284,00
31.12.	7780 Kammerumlage	312,00	
	an 3540 Verbindlichkeiten Finanzamt		312,00
15. 2. n. J.	3540 Verbindlichkeiten Finanzamt	312,00	
	an 2800 Bank		312,00

Üben

SbX ID: 4322

A B C D E

SbX
Buchungstrainer
ID: 4322

Ü 4.24: Verbuchung von Steuern, Gewinnauswirkung

Bei der Tischlerei Ing. Karl Huber e. U. ergeben sich folgende Geschäftsfälle:

15.5. Überweisung an das Finanzamt

Bank Austria
Member of UniCredit

B 45

KONTOAUSZUG
01222 1222

Ing. Karl Huber e.U.

Datum	Auszug/Blatt	Währung	IBAN
15.05.20..	045 0001	EUR	AT78 1200 0506 7003 4366

Buchungsnr./Buchungstitel	Wert	Betrag
15.05. Datenträger BNKBOL6112543711 mit 1 Überweisung Empfänger: FA Graz-Stadt IBAN: AT120100000005534681 BIC: BUNDATWW 345/4409	15.05.	11.336,20-

BIC BKAUATWW

Bank Austria
UniCredit Group
Member of UniCredit

B 45

Empfänger

Name:	FA Graz-Stadt
IBAN:	AT120100000005534681
BIC:	BUNDATWW
Geschäftsvorfall:	Steuerzahlung

Überweisungsdaten

Termin: 15.05.20 . .

Abgabenart:	**Periode Format:**	**Periode:**	**Betrag:**
E - Einkommensteuer	Quartal Q.JJJJ	2.20 . .	EUR 8.130,00
KU - Kammerumlage	Quartal Q.JJJJ	1.20 . .	EUR 64,20
U - Umsatzsteuer	Monat MM.JJJJ	3.20 . .	EUR 3.142,00
		Guthaben (-) / Rückstand	EUR 0,00
			EUR 11.336,20

22.5. B 48 Überweisung der motorbezogenen Versicherungssteuer € 633,60 und der Versicherungsprämie € 1.116,25 = € 1.749,85 für den Kombi

2.7. P 61 Überweisung Grunderwerbsteuer für ein unbebautes betriebliches Grundstück € 7.000,–

16.8. P 78 Überweisung Grundsteuer für ein Privatgrundstück € 180,–

Aufgabe: a) Stellen Sie die Buchungssätze auf. C

b) Führen Sie an, ob sich die Buchungen gewinnerhöhend (↑), gewinnmindernd (↓) auswirken oder erfolgsneutral (∅) sind. D

SbX
Buchungstrainer
ID: 4322

Ü 4.25: Bildung von Buchungssätzen, Gewinnauswirkung

Herbert Kuchling e. U. betreibt ein Fachgeschäft für Porzellan, Glas, Keramik und Bestecke in Wien. Es ergeben sich u. a. folgende Geschäftsfälle:

1.

Bank Austria
Member of UniCredit

B 21

KONTOAUSZUG
01436 1436

Herbert Kuchling e.U.

Datum	Auszug/Blatt	Währung	IBAN
15.02.20..	021 0001	EUR	AT34 1200 0026 3170 1420

Buchungsnr./Buchungstitel	Wert	Betrag
15.02. Datenträger BNKBOL2117533683 mit 1 Überweisung Empfänger: FA Wien 3/6/7/11/15 IBAN: AT870100000005504037 BIC: BUNDATWW 560/1322	15.02.	8.903,50-

BIC BKAUATWW

4.3 Weitere Geschäftsfälle

Bank Austria UniCredit Group — Member of UniCredit — B 21

Empfänger

Name:	FA Wien 3/6/7/11/15
IBAN:	AT870100000005504037
BIC:	BUNDATWW
Geschäftsvorfall:	Steuerzahlung

Überweisungsdaten

Termin: 15.02.20. .

Abgabenart:	**Periode Format:**	**Periode:**	**Betrag:**
E - Einkommensteuer	Quartal Q.JJJJ	1.20. .	EUR 5.300,00
KU - Kammerumlage	Quartal Q.JJJJ	4.20. .	EUR 117,00
U - Umsatzsteuer	Monat MM.JJJJ	12.20. .	EUR 3.486,50
		Guthaben (-) / Rückstand	EUR 0,00
			EUR 8.903,50

2. E 46 Einkauf eines Speiseservices € 3.000,– – € 900,– Rabatt = € 2.100,– + € ______ USt (20 %) = € ______ von Villeroy & Boch HandelsgesmbH (33800)
3. B 31 Bankausgang € 2.444,40; Ausgleich der E 46 durch Banküberweisung abzüglich 3 % Skonto
4.

Bank Austria Member of UniCredit — B 42

KONTOAUSZUG 01436 1436

Herbert Kuchling e.U.

Datum	Auszug/Blatt	Währung	IBAN
15.05.20..	042 0001	EUR	AT34 1200 0026 3170 1420

Buchungsnr./Buchungstitel	Wert	Betrag
15.05. Datenträger BNKBOL2286437011 mit 1 Überweisung Empfänger: FA Wien 3/6/7/11/15 IBAN: AT870100000005504037 BIC: BUNDATWW 560/1322	15.05.	9.479,60-

BIC BKAUATWW

Bank Austria UniCredit Group — Member of UniCredit — B 42

Empfänger

Name:	FA Wien 3/6/7/11/15
IBAN:	AT870100000005504037
BIC:	BUNDATWW
Geschäftsvorfall:	Steuerzahlung

Überweisungsdaten

Termin: 15.05.20. .

Abgabenart:	**Periode Format:**	**Periode:**	**Betrag:**
E - Einkommensteuer	Quartal Q.JJJJ	2.20. .	EUR 4.820,00
KU - Kammerumlage	Quartal Q.JJJJ	1.20. .	EUR 124,60
U - Umsatzsteuer	Monat MM.JJJJ	3.20. .	EUR 4.535,00
		Guthaben (-) / Rückstand	EUR 0,00
			EUR 9.479,60

5. S 90 Mahnung des Kunden Strohmayr GmbH (20045), offene Rechnung (A 72) über € 10.728,–; der Kunde wird mit Mahnspesen in Höhe von € 10,– belastet.
6. B 46 Überweisung der Grundsteuer: € 420,– für das Betriebsgrundstück, € 130,– für das Privatgrundstück

7. Überweisung an das Finanzamt – Abschlusszahlung für das Vorjahr

Bank Austria
Member of UniCredit

B 53

KONTOAUSZUG
01436 1436

Herbert Kuchling e.U.

Datum	Auszug/Blatt	Währung	IBAN
10.06.20..	053 0001	EUR	AT34 1200 0026 3170 1420

Buchungsnr./Buchungstitel	Wert	Betrag
10.06. Datenträger BNKBOL2335048010 mit 1 Überweisung Empfänger: FA Wien 3/6/7/11/15 IBAN: AT870100000005504037 BIC: BUNDATWW 560/1322	10.06.	2.360,00-

BIC BKAUATWW

Bank Austria
UniCredit Group
Member of UniCredit

B 53

Empfänger

Name:	FA Wien 3/6/7/11/15
IBAN:	AT870100000005504037
BIC:	BUNDATWW
Geschäftsvorfall:	Steuerzahlung

Überweisungsdaten

Termin: 10.06.20..

Abgabenart:	**Periode Format:**	**Periode:**	**Betrag:**
E - Einkommensteuer	Quartal Q.JJJJ	Jahr.20..	EUR 2.360,00
		Guthaben (-) / Rückstand	EUR 0,00
			EUR 2.360,00

8. S 112 Der Kunde Bruno Kraus (20260) hat eine beschädigte Glasvase retourniert. Er erhält von uns € 180,– (inkl. € 30,– USt) gutgeschrieben.

9. S 116 Gutschriftsanzeige der Wiener Porzellanmanufaktur Augarten GmbH (33070) über € 200,– + € 40,– USt = € 240,–. Der für den letzten Einkauf vereinbarte Sonderrabatt wurde in der Rechnung nicht berücksichtigt.

10. B 62 Bankeingang € 10.738,–; der Kunde Strohmayr GmbH (20045) hat den offenen Betrag der A 72 und die Mahnspesen (Geschäftsfall 5) überwiesen.

Aufgabe: a) Bilden Sie die Buchungssätze. C

b) Geben Sie neben dem gebildeten Buchungssatz in Klammer an, ob sich durch den Geschäftsfall der Gewinn erhöht (↑), vermindert (↓), oder ob es sich um eine erfolgsneutrale Buchung handelt (0). D

Ein weiteres Übungsbeispiel finden Sie im Anhang.

4.3 Weitere Geschäftsfälle

Sichern

SbX ID: 4323

SbX ID: 4323

Im SbX finden Sie eine Sammelmappe mit Zusammenfassungen zu allen Kapiteln und Lerneinheiten sowie eine Bildschirmpräsentation.

Wissen

SbX ID: 4324

A B C D E

SbX ID: 4324

Möglichkeiten zur Kompetenzüberprüfung im SbX

Wiederholungsfragen | Aufgaben mit automatischer Aufgabenkontrolle | H₂Ö MUSTERUNTERNEHMEN

Kompetenz-Check

Ein kurzer Kompetenz-Check, bevor's weitergeht!

	☺	😐	☹
Ich kann Steuern hinsichtlich der Verbuchung gliedern.			
Ich kann die Belege, welche die Grundlage für die Verbuchung von Steuern bilden, nennen.			
Ich kann Betriebssteuern verbuchen.			
Ich kann Privatsteuern verbuchen.			
Ich kann betriebliche Durchlaufsteuern verbuchen.			
Ich kann aktivierungspflichtige Steuern verbuchen.			
Ich kann die gesetzlichen Regelungen zur Kammerumlage nennen.			
Ich kann die Belege, aufgrund derer die Kammerumlage in der Buchführung erfasst wird, nennen.			
Ich kann die Kammerumlage verbuchen.			

Lerneinheit 3

Verbuchung von Löhnen und Gehältern sowie der lohn- und gehaltsabhängigen Abgaben

SbX
Alle SbX-Inhalte zu dieser Lerneinheit finden Sie unter der ID: 4330.

Bei Gesprächen darüber, wie viel jemand verdient, sind Gehalt, Lohn, Brutto- und Nettobezug, Lohnsteuer, Sozialversicherung usw. häufig verwendete Begriffe. Die Erklärung dieser Begriffe und die Verbuchung von Löhnen, Gehältern und der entsprechenden Abgaben sind Inhalt dieser Lerneinheit.

Lernen

1 Einführung

A B C D E

Markieren Sie im nachfolgenden Text die Antworten auf folgende Fragen:

- **Wie wird der Auszahlungsbetrag (Nettobetrag) berechnet, wenn man vom Bruttobezug ausgeht?**
- **Wie heißen die lohn- und gehaltsabhängigen Abgaben?**

Brutto – Bezug laut Kollektivvertrag

Netto – Betrag am Bankkonto

Vom Bruttobezug zum Auszahlungsbetrag

Dienstnehmer (Angestellte, Arbeiter und Lehrlinge) erhalten vom Dienstgeber für ihre Arbeitsleistung ein Entgelt. Das ihnen zustehende Entgelt wird **Bruttogehalt** (Angestellte), **Bruttolohn** (Arbeiter) oder **Lehrlingsentschädigung** (Lehrlinge) genannt.

Von diesem Entgelt hat jedoch der Dienstgeber den **Sozialversicherungsbeitrag,** die **Lohnsteuer** und eventuell weitere freiwillige bzw. sonstige **Abzüge** (z. B. Gewerkschaftsbeitrag, Akontozahlungen, E-Card-Gebühr) einzubehalten.

Der dem Angestellten bzw. dem Arbeiter zustehende **Auszahlungsbetrag** (Nettobezug) errechnet sich wie folgt:

  Bruttobezug (Bruttogehalt, Bruttolohn, Bruttolehrlingsentschädigung)
– Dienstnehmeranteil zur Sozialversicherung (SV-DNA)
– Lohnsteuer (LSt)
– freiwillige bzw. sonstige Abzüge

Auszahlungsbetrag (Nettobezug)

Monatliche Gehalts-(Lohn-)Abrechnung

Der Dienstgeber hat dem Angestellten (Arbeiter) spätestens mit der Gehalts-(Lohn-)Zahlung **monatlich eine Abrechnung** auszuhändigen (siehe nächste Seite).

Lohn- bzw. gehaltsabhängige Abgaben

Neben den Bruttobezügen hat der **Dienstgeber** noch folgende **lohn- bzw. gehaltsabhängige Abgaben** zu tragen:

Lohn- bzw. gehaltsabhängige Abgaben

- Dienstgeberanteil zur Sozialversicherung (SV-DGA)
- Dienstgeberbeitrag zum Ausgleichsfonds für Familienbeihilfen (DB)
- Zuschlag zum Dienstgeberbeitrag (DZ)
- Kommunalsteuer (KommSt)
- Gilt nur für Wien: Dienstgeberabgabe der Gemeinde Wien (U-Bahn-Steuer)

Die folgenden Ausführungen beziehen sich auf Löhne und Gehälter.

Darstellung: Gehaltsabrechnung

Abrechnungsbeleg

Kretschmer Rudolf
Anton-Krieger-Gasse 12
1230 Wien

für Oktober 20..

Wien, 31.10.20..

SV-Tage	**30**
LST-Tage	**30**
Resturlaub	**0**

AN-Nr.	Betrieb	Betriebsname	Kostenstelle
07	**1**	**Roswitha Wimmer GmbH**	

Eintritt: **01.09.20..** Austritt SVNr.: **2434200180** AVAB/AEAB: **N** Beruf: **Angestellter**

Überst. gesamt	0,00	§ 68/1 Bezüge	0,00	Freibetrag	73,20	Rollungs-Diff.	0,00	Sonderz.	0,00
Überst. frei	0,00	§ 68/1 frei	0,00	Pendler-P.	58,00	Pfändung	0,00	In. J/6–J/12	0,00
Überst. pflichtig	0,00	§ 68/1 pflichtig	0,00	Pendler €	4,50	Ersatzl.	0,00	J/6–J/12 Überh.	0,00

Art	Anzahl	Satz	Gesamt
Gehalt			2.740,00
BRUTTO			**2.740,00**
ABZÜGE	**Bemessung**	**Betrag**	
Sozialversicherung Normalzahlung	2.740,00	496,49	
Sozialversicherung Sonderzahlung	0,00	0,00	
Summe Sozialversicherung			496,49
Lohnsteuer Normalzahlung	2.112,31	316,71	
Lohnsteuer Sonderzahlung	0,00	0,00	
Summe Lohnsteuer			316,71
Betriebliche Vorsorge (BV)	2.740,00	41,92	
Summe Abzüge			**813,20**
Nettobezug			**1.926,80**
Akonto (inkl. Pfändung)			
AUSZAHLUNGSBETRAG			**1.926,80**

Dienstgebergesamtkosten: 3.596,93
Auszahlungsbetrag minus Sonder Be-/Abzüge sind 53,57% von den Dienstgebergesamtkosten

Die Auszahlung erfolgt per Überweisung auf das Konto AT34 6000 0000 0443 1566 / OPSKATWW (Corporate WINLine® Version10.0(Build10000.8))

2 Lohn- und gehaltsabhängige Abgaben

Markieren Sie im nachfolgenden Text die Antworten auf folgende Fragen:

- **Bis zu welchem Termin sind die Abgaben an das Finanzamt, die Sozialversicherung und die Gemeinde bzw. Stadtkasse abzuführen?**
- **Woraus setzt sich der Gesamtbeitrag zur gesetzlichen Sozialversicherung zusammen?**
- **Wie viel Prozent beträgt der Dienstgeberbeitrag zum Ausgleichsfonds für Familienbeihilfen bzw. der Zuschlag zum Dienstgeberbeitrag?**
- **Wie viel Prozent beträgt die Kommunalsteuer?**
- **Wie hoch ist die Wiener Dienstgeberabgabe?**

Frist – Zahlung der Abgaben **15. des Folgemonats**

Im Rahmen der Lohn- und Gehaltsabrechnung fallen zahlreiche **Abgaben** an, die fristgerecht an die zuständigen Stellen (Finanzamt, Sozialversicherung, Gemeinde bzw. Stadtkasse), **spätestens bis zum 15. des Folgemonats,** zu bezahlen sind.

Gesetzliche Sozialversicherung
Neue Konten
6500 Gesetzlicher Sozialaufwand Arbeiter
6560 Gesetzlicher Sozialaufwand Angestellte

Im Dienstnehmeranteil (SV-DNA) ist auch die **Betriebliche Vorsorge** von **1,53 %** des monatlichen sozialversicherungspflichtigen Entgeltes enthalten.

- Die **gesetzliche Sozialversicherung der Dienstnehmer** ist eine **Pflichtversicherung.** Sie ist zum Teil vom Dienstnehmer und zum Teil vom Dienstgeber zu tragen.

  Der **Dienstnehmeranteil (SV-DNA)** wird durch den Dienstgeber vom Bruttobezug des Dienstnehmers einbehalten. Der **Dienstgeberanteil (SV-DGA),** einschließlich der **betrieblichen Vorsorge,** ist vom Dienstgeber zu zahlen und stellt den „Gesetzlichen Sozialaufwand" dar. Der Dienstgeberanteil wird im Soll des Kontos **6500 Gesetzlicher Sozialaufwand Arbeiter** bzw. **6560 Gesetzlicher Sozialaufwand Angestellte** erfasst.

  Der **Gesamtbeitrag** (SV-DNA und SV-DGA) ist monatlich zu ermitteln und **spätestens bis zum 15. des Folgemonats** an die **zuständige Krankenkasse** einzuzahlen. In Kleinbetrieben wird der Gesamtbeitrag von der Krankenkasse vorgeschrieben.

Lohnsteuer

- Die **Lohnsteuer (LSt)** ist die **Einkommensteuer der unselbständig Erwerbstätigen** und wird dem Arbeitnehmer vom Bruttolohn abgezogen.

  Die vom Dienstgeber einbehaltene **Lohnsteuer ist spätestens am 15. des Folgemonats** an das **Betriebsfinanzamt** abzuführen.

Dienstgeberbeitrag zum Ausgleichsfonds für Familienbeihilfen

- Der **Dienstgeberbeitrag zum Ausgleichsfonds für Familienbeihilfen (DB)** ist eine Steuer, die unter anderem zur Deckung der in der Regel vom Finanzamt auszuzahlenden Familienbeihilfen dient.

  Diese Steuer beträgt 4,5 % der monatlichen Bruttolohnsumme.

  Der DB ist zusammen mit der Lohnsteuer **spätestens am 15. des Folgemonats** an das **Betriebsfinanzamt** abzuführen.

  Der DB stellt für den Unternehmer einen Aufwand dar. Er wird in der Buchführung für Arbeiter und Angestellte getrennt ausgewiesen, und zwar im Soll des Kontos **6600 Dienstgeberbeitrag Arbeiter** bzw. **6660 Dienstgeberbeitrag Angestellte.**

Neue Konten
6600 Dienstgeberbeitrag Arbeiter
6660 Dienstgeberbeitrag Angestellte

Zuschlag zum DB

- Die Kammern der gewerblichen Wirtschaft heben von ihren Mitgliedern neben der von der Summe der Vorsteuern ermittelten Kammerumlage (KU 1) eine weitere Kammerumlage (KU 2), den **Zuschlag zum Dienstgeberbeitrag (DZ),** ein.

  Der **DZ** beträgt in Prozenten der Beitragsgrundlage des DB **für das Jahr 2016:**

Bundesland	DZ
Burgenland	0,44 %
Kärnten	0,41 %
Niederösterreich	0,40 %
Oberösterreich	0,36 %
Salzburg	0,42 %

Bundesland	DZ
Steiermark	0,39 %
Tirol	0,43 %
Vorarlberg	0,39 %
Wien	0,40 %

  Der Zuschlag wird im Soll des Kontos **6610 Zuschlag zum DB Arbeiter** bzw. **6670 Zuschlag zum DB Angestellte** verbucht.

  Der DZ ist gemeinsam mit der Lohnsteuer und dem Dienstgeberbeitrag (DB) **spätestens am 15. des Folgemonats** an das **Betriebsfinanzamt** abzuführen.

Neue Konten
6610 Zuschlag zum DB Arbeiter
6670 Zuschlag zum DB Angestellte

Kommunalsteuer

- Der **Kommunalsteuer (KommSt)** unterliegen die **Arbeitslöhne (Bruttobezüge),** die jeweils in einem Kalendermonat an die Dienstnehmer einer im Inland gelegenen Betriebsstätte des Unternehmens gewährt worden sind.

  Die Bemessungsgrundlage der Kommunalsteuer ist im Allgemeinen **identisch mit der Beitragsgrundlage des Dienstgeberbeitrages.** Der Steuersatz beträgt **3 % der monatlichen Bruttolohnsumme.**

  Die KommSt ist monatlich zu errechnen und **spätestens am 15. des Folgemonats** an die **Gemeindekasse (Stadtkasse)** abzuführen. Auch die KommSt wird in der Buchführung für Arbeiter und Angestellte getrennt ausgewiesen (Konto **6620 Kommunalsteuer Arbeiter** bzw. **6680 Kommunalsteuer Angestellte**).

Neue Konten
6620 Kommunalsteuer Arbeiter
6680 Kommunalsteuer Angestellte

Wiener Dienstgeberabgabe – Neue Konten
6630 Wiener Dienstgeberabgabe Arbeiter
6690 Wiener Dienstgeberabgabe Angestellte

- In Wien wird eine **Dienstgeberabgabe zur Errichtung der U-Bahn** (Wiener DGA, U-Bahn-Steuer) eingehoben. Sie beträgt **für jeden Dienstnehmer € 2,– pro Woche.**

  Die Abgabe wird im Soll des Kontos **6630 Wiener Dienstgeberabgabe Arbeiter** bzw. **6690 Wiener Dienstgeberabgabe Angestellte** erfasst und ist monatlich bis zum **15. des Folgemonats** an die **Stadtkasse** zu entrichten.

3 Pflichtversicherung des Unternehmers

Markieren Sie im nachfolgenden Text die Antworten auf folgende Fragen:

- **Wie sind die Sozialversicherungsbeiträge des Unternehmers in der Buchführung zu erfassen?**
- **Welche Belege bilden die Buchungsgrundlage für die Pflichtversicherung des Unternehmers?**

Unternehmer (Gewerbetreibende) unterliegen im Allgemeinen einer Pflichtversicherung in der **Pensions-, Kranken- und Unfallversicherung.**

Die **Einkünfte aus dem Gewerbebetrieb** entsprechen dem **der Einkommensteuer unterliegenden Gewinn des Unternehmens.** Dieser wird dem Finanzamt in der **Einkommensteuererklärung** bekanntgegeben.

Die **Sozialversicherungsbeiträge** werden, von der Summe der in der Einkommensteuererklärung angeführten Einkünfte aus dem Gewerbebetrieb (Unternehmen) des drittvorangegangenen Kalenderjahres und den in diesem Jahr vorgeschriebenen Pensions- und Krankenversicherungsbeiträgen, berechnet. Diese werden von der Sozialversicherungsanstalt der gewerblichen Wirtschaft **vierteljährlich**, im **Februar, Mai, August** und **November,** vorgeschrieben und sind jeweils **am Ende dieser Monate fällig.**

Neues Konto

7740 Versicherungsbeiträge an die Sozialversicherungsanstalt der gewerblichen Wirtschaft

Die Beiträge zur Sozialversicherung des Unternehmers stellen einen Aufwand dar und werden auf dem Konto **7740 Versicherungsbeiträge an die Sozialversicherungsanstalt der gewerblichen Wirtschaft** verbucht.

Buchungsgrundlage

Die Verbuchung der Beiträge erfolgt anhand der **Bank- bzw. Kassabelege.**

Bei Zahlung der **Sozialversicherungsbeiträge** wird gebucht:

Verbuchung **Unternehmerpflichtversicherung**

Soll	/	Haben
7740 Versicherungsbeiträge an die Sozialversicherungsanstalt der gewerblichen Wirtschaft	/	2800 Bank (2810 PSK, 2700 Kassa)

4 Verbuchung

Markieren Sie im nachfolgenden Text die Antworten auf folgende Fragen:

- **Welche Daten sind auf einem Lohnkonto zu erfassen?**
- **Welche Belege bilden die Grundlage für die Verbuchung von Löhnen und Gehältern sowie den entsprechenden Abgaben?**
- **Wie lautet der Buchungssatz für die Verbuchung von Gehältern?**
- **Wie ist die Verbuchung der gehaltsabhängigen Abgaben vorzunehmen?**

Lohnkonto

Der Dienstgeber hat für jeden Dienstnehmer ein **Lohnkonto** zu führen, auf dem **alle wesentlichen persönlichen Daten** zu vermerken sind. Auf diesen Lohnkonten sind u. a. auch die **Lohn- und Gehaltszahlungen** zu erfassen.

Buchungsgrundlage

Die Verbuchung erfolgt, wenn die Abrechnung mit einem Softwarepaket durchgeführt wird, anhand des ausgedruckten **Buchungsbeleges,** bei manueller Abrechnung auf Grundlage der entsprechenden **Lohn-/Gehaltsliste.** Bei manchen Softwarepaketen wird die Verbuchung **automatisch** vorgenommen.

Dabei ergeben sich folgende Buchungssätze:

Verbuchung der Gehälter:

Soll	/	Haben
6200 Gehälter	/	3600 Verbindlichkeiten Krankenkasse 3540 Verbindlichkeiten Finanzamt 3850 Verbindlichkeiten gegen Mitarbeiter aus der Bezugsverrechnung (2800 Bank, 2810 PSK)

Bei Verbuchung am Tage der Überweisung oder aufgrund des Kontoauszuges kann der Auszahlungsbetrag ohne Einschaltung des Kontos 3850 sofort auf dem entsprechenden Zahlungsmittelkonto erfasst werden.

Neue Konten

3600 Verbindlichkeiten Krankenkasse
3850 Verbindlichkeiten gegen Mitarbeiter aus der Bezugsverrechnung
6200 Gehälter

Überweisung der Gehälter:

3850 Verbindlichkeiten gegen Mitarbeiter aus der Bezugsverrechnung / 2800 Bank (2810 PSK)

Darstellung: Verbuchung – Gehälter

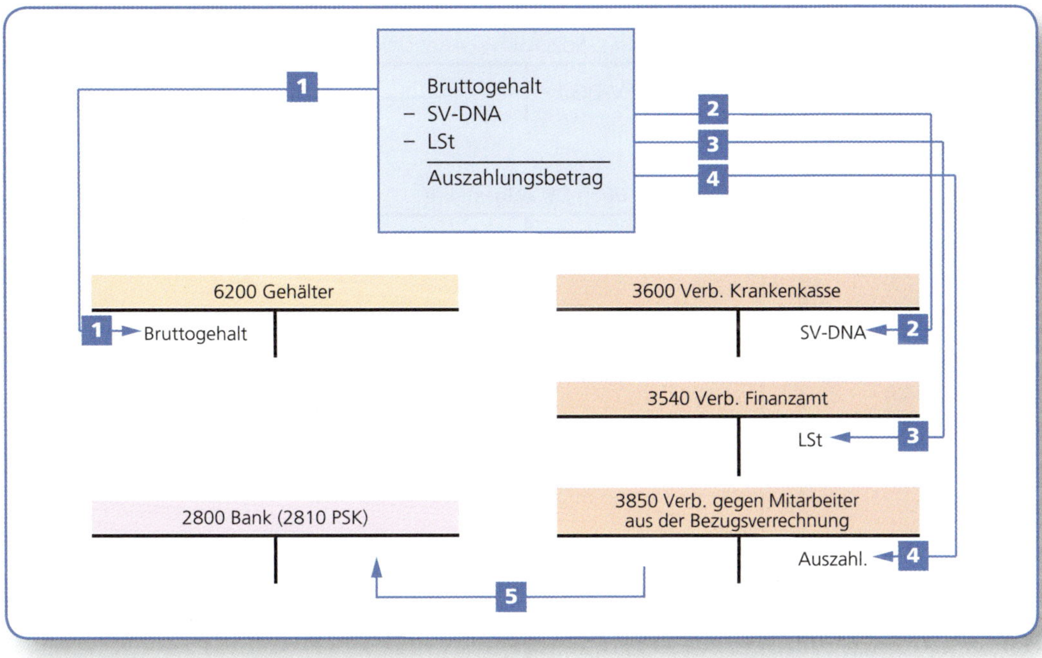

Verbuchung der gehaltsabhängigen Abgaben:

Sozialversicherung – Dienstgeberanteil:

Der **gesetzliche Sozialaufwand** umfasst auch die **betriebliche Vorsorge.**

Eine getrennte Verbuchung der betrieblichen Vorsorge wird in der Praxis im Allgemeinen nicht vorgenommen.

6560 Gesetzlicher Sozialaufwand Angestellte / 3600 Verbindlichkeiten Krankenkasse

Dienstgeberbeitrag:

6660 Dienstgeberbeitrag Angestellte / 3540 Verbindlichkeiten Finanzamt

Zuschlag zum Dienstgeberbeitrag:

6670 Zuschlag zum DB Angestellte / 3540 Verbindlichkeiten Finanzamt

Neues Konto **3610 Verbindlichkeiten Gemeinde (Stadtkasse)**

Kommunalsteuer:

6680 Kommunalsteuer Angestellte / 3610 Verbindlichkeiten Gemeinde (Stadtkasse)

Wiener Dienstgeberabgabe:

6690 Wiener Dienstgeberabgabe Angestellte / 3610 Verbindlichkeiten Gemeinde (Stadtkasse)

Die Löhne der Arbeiter und die lohnabhängigen Abgaben sind in gleicher Weise zu verbuchen, es sind nur die entsprechenden Konten für Arbeiter heranzuziehen (z. B. das Konto **6500 Gesetzlicher Sozialaufwand Arbeiter** statt 6560 Gesetzlicher Sozialaufwand Angestellte).

Darstellung: Verbuchung – gehaltsabhängige Abgaben

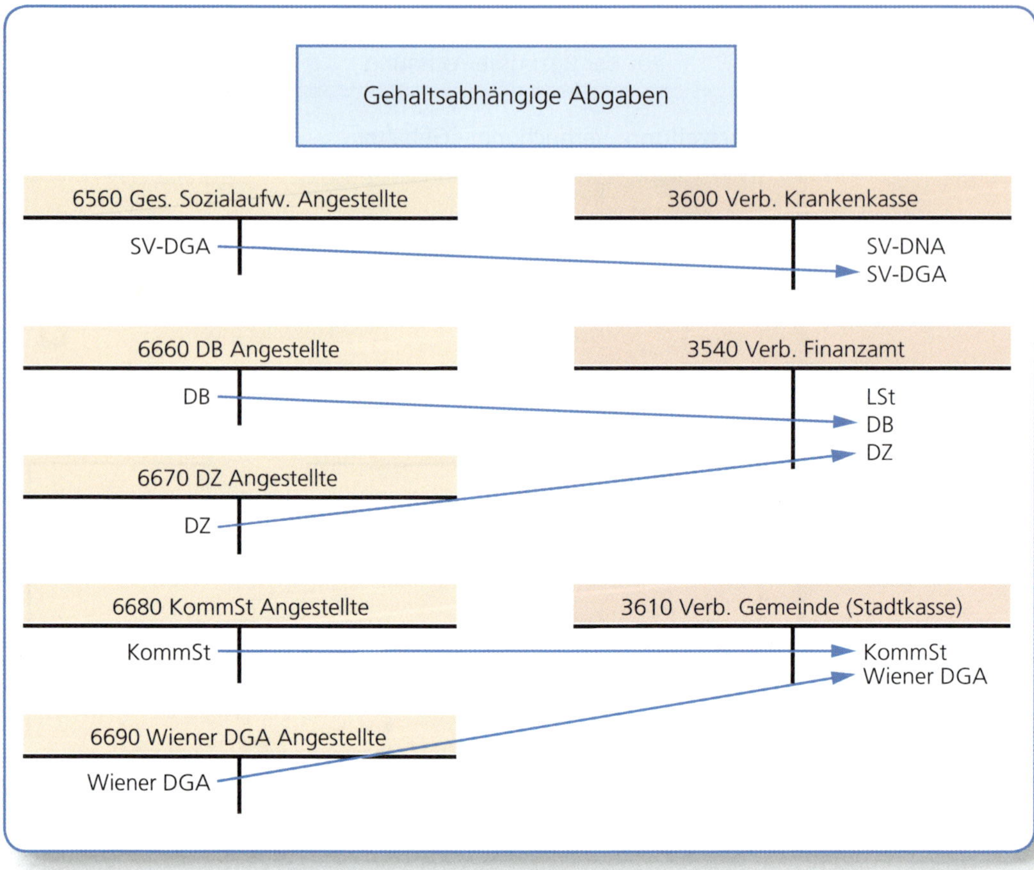

Im folgenden Lehrbeispiel wird ausgehend von den Summen der Gehaltsliste nur die Verbuchung gezeigt.

Lehrbeispiel

L 4.22: Verbuchung von Gehältern

Die Summen der Gehaltsliste des Papierfachgeschäftes Rudolf Deysigg e. U., Eisenstadt, ergeben für den Monat März 20 . . folgende Zahlen: Bruttogehälter € 6.081,–, SV-DNA € 1.101,88, einbehaltene Lohnsteuer € 408,78.

Die gehaltsabhängigen Abgaben wurden wie folgt errechnet:

SV-DGA	€ 1.399,24
DB	€ 273,65
DZ (0,44 %)	€ 26,76
KommSt	€ 182,43

Die Nettobezüge werden auf die Gehaltskonten der Angestellten über die PSK überwiesen. Die Abfuhr der Beiträge und Abgaben erfolgt mittels PSK-Überweisung.

Unter **Abfuhr** versteht man die **Überweisung von Steuern und Abgaben** an die **zuständigen Stellen,** z. B. Finanzamt, Krankenkasse.

Aufgabe: a) Ermitteln Sie den Auszahlungsbetrag. C
b) Bilden Sie die Buchungssätze. C

Lösung:

a) Ermittlung des Auszahlungsbetrages

Abrechnung:

	Bruttobezüge	€ 6.081,00
–	SV-DNA	€ 1.101,88
–	LSt	€ 408,78
	Auszahlung	€ 4.570,34

b) Buchungssätze

1. Verbuchung der Gehälter

Buchungssatz	Soll	Haben
6200 Gehälter	6.081,00	
an 3600 Verbindlichkeiten Krankenkasse		1.101,88
an 3540 Verbindlichkeiten Finanzamt		408,78
an 3850 Verbindlichkeiten gegen Mitarbeiter aus der Bezugsverrechnung		4.570,34

2. Verbuchung der gehaltsabhängigen Abgaben

Buchungssatz	Soll	Haben
6560 Gesetzlicher Sozialaufwand Angestellte	1.399,24	
an 3600 Verbindlichkeiten Krankenkasse		1.399,24
6660 Dienstgeberbeitrag Angestellte	273,65	
an 3540 Verbindlichkeiten Finanzamt		273,65
6670 Zuschlag zum DB Angestellte	26,76	
an 3540 Verbindlichkeiten Finanzamt		26,76
6680 Kommunalsteuer Angestellte	182,43	
an 3610 Verbindlichkeiten Stadtkasse		182,43

3. Überweisung der Auszahlungsbeträge an die Angestellten

Buchungssatz	Soll	Haben
3850 Verbindlichkeiten gegen Mitarbeiter aus der Bezugsverrechnung	4.570,34	
an 2810 PSK		4.570,34

4. Ausgleich der Verbindlichkeiten

Buchungssatz	Soll	Haben
3600 Verbindlichkeiten Krankenkasse	2.501,12	
an 2810 PSK		2.501,12
3540 Verbindlichkeiten Finanzamt	709,19	
an 2810 PSK		709,19
3610 Verbindlichkeiten Stadtkasse	182,43	
an 2810 PSK		182,43

3600 Verb. Krankenkasse

Soll	Haben
	SV-DNA 1.101,88
	SV-DGA 1.399,24
	2.501,12

3540 Verb. Finanzamt

Soll	Haben
	LSt 408,78
	DB 273,65
	DZ 26,76
	709,19

3610 Verb. Stadtkasse

Soll	Haben
	KommSt 182,43

Üben

SbX ID: 4332

A B C D E

SbX Buchungstrainer ID: 4332

Ü 4.26: Verbuchung von Gehältern, Gewinnauswirkung

Die Summen der Gehaltsliste der Steuerkanzlei Dr. Richard Gunkel, Gmunden, für April 20 . . ergeben folgende Werte:
Bruttogehälter € 33.600,–, SV-DNA € 6.088,32, Lohnsteuer € 5.639,25

Die gehaltsabhängigen Abgaben betragen: SV-DGA € 7.731,36, 4,5 % DB, 0,36 % DZ, 3 % KommSt von den Bruttogehältern

Aufgabe: a) Errechnen Sie den Auszahlungsbetrag, den DB, den DZ und die KommSt. C

b) Bilden Sie die Buchungssätze für
- die Verbuchung der Gehälter (Verbuchung des Auszahlungsbetrages auf dem Konto 3850),
- die Verbuchung der gehaltsabhängigen Abgaben,
- die Überweisung der Auszahlungsbeträge an die Angestellten (Banküberweisung) und
- den Ausgleich der Verbindlichkeiten durch Banküberweisung. C

c) Sind die Buchungen erfolgserhöhend (↑), erfolgsmindernd (↓) oder erfolgsneutral (∅)? Setzen Sie die entsprechenden Vermerke neben die Buchungssätze. D

4.3 Weitere Geschäftsfälle

SbX
Buchungstrainer
ID: 4332

Ü 4.27: Verbuchung von Löhnen

In der Großtischlerei Küchenbau GmbH, Salzburg, ergeben sich für den Monat März 20 . . folgende Werte:

Bruttolöhne € 41.970,–, SV-DNA € 7.604,96, Lohnsteuer € 4.254,70, SV-DGA € 9.657,30, 4,5 % DB, 0,42 % DZ und 3 % KommSt von den Bruttolöhnen

Aufgabe: a) Ermitteln Sie den Auszahlungsbetrag, den DB, den DZ und die KommSt. C

b) Stellen Sie die Buchungssätze für die Verbuchung der Löhne und lohnabhängigen Abgaben auf; Verbuchung des Auszahlungsbetrages auf dem Konto 3850. C

c) Verbuchen Sie die Überweisung der Auszahlungsbeträge an die Arbeitnehmer (PSK-Überweisung). C

d) Verbuchen Sie den Ausgleich der Verbindlichkeiten durch PSK-Überweisung. C

Ü 4.28: Gehaltsabrechnung, Erstellung der Buchungsanweisungen; Gewinnauswirkung

Die Gehaltsliste des Elektrofachgeschäftes Josef Habinger e. U., Wien, zeigt folgende Werte:

Lohn-/Gehaltsliste vom 01.01. bis 31.01.20..

Datum	Stunden			Art d. Bezuges	Normalbezug	Überstunden			Gesamtbezug	DB und DZ		BV-Beitrag		SV-Beitragsgr.		Abzug SV	Bemessungsgr. LSt	Abzug LSt	Abzug		Auszahlungsbetrag	Name
Abr.-Per.	N	Ü 50%	Ü 100%			ÜG	ÜZ LSt-frei	ÜZ LSt-pfl.		Bemessungsgrundl.	Beitr. 4,5% / 0,40%	Bemessungsgrundl.	Beitr.	allgem.	Sonderzahlung				Service-Entgelt	Gewerkschaftsbeitrag		
29.01.																						
Jan.				G	3.490,00				3.490,00	3.490,00	157,05 13,96	3.490,00	53,40	3.490,00		632,39	2.764,51	514,37			2.343,24	Moser
29.01.																						
Jan.				G	3.150,00				3.150,00	3.150,00	141,75 12,60	3.150,00	48,20	3.150,00		570,78	2.579,22	484,63			2.094,59	Ott
29.01.																						
Jan.		13		G	3.610,00	312,91	86,00	70,52	4.079,43	4.079,43	183,57 16,32	4.079,43	62,41	4.079,43		739,19	3.254,24	710,98			2.629,26	Weis
Summen:					10.250,00	312,91	86,00	70,52	10.719,43	10.719,43	482,37 42,88	10.719,43	164,01	10.719,43		1.942,36		1.709,98			7.067,09	

SbX
Buchungstrainer
ID: 4332

Aufgabe: a) Erstellen Sie die Buchungsanweisung für die Gehaltszahlung Jänner (Belegnummer S 59). C

Buchungsanweisung Nr. S 59 **Datum:** 31|01|..

Text	Konto S	Konto H	Betrag S	Betrag H

b) Kontieren Sie den Beleg für die gehaltsabhängigen Abgaben (S 60). C

Gehaltsabhängige Abgaben Jan. 20 . . S 60

SV-DGA:	Gesamtbeitrag	€ 4.408,90	
	– DNA	€ 1.942,36	
		€ 2.466,54	
DB:	10.719,43 · 4,5 % =	€ 482,37	
DZ:	10.719,43 · 0,40 % =	€ 42,88	
KommSt:	10.719,43 · 3 % =	€ 321,58	
U-Bahn-Steuer:		€ 30,00	(für 5 Wochen)

c) Sind die Buchungen erfolgserhöhend (↑), erfolgsmindernd (↓) oder erfolgsneutral (Ø)? Setzen Sie die entsprechenden Vermerke neben die Buchungssätze. D

Weitere Übungsbeispiele finden Sie im Anhang.

Sichern

SbX ID: 4333

SbX ID: 4333

Im SbX finden Sie eine Sammelmappe mit Zusammenfassungen zu allen Kapiteln und Lerneinheiten sowie eine Bildschirmpräsentation.

Wissen

SbX ID: 4334

A B C D E

SbX ID: 4334

Möglichkeiten zur Kompetenzüberprüfung im SbX

Wiederholungsfragen | Aufgaben mit automatischer Aufgabenkontrolle | H₂Ö MUSTERUNTERNEHMEN

Ein kurzer Kompetenz-Check, bevor's weitergeht!

Kompetenz-Check

	☺	😐	☹
Ich kann, ausgehend vom Bruttobezug, den Auszahlungsbetrag berechnen.			
Ich kann die lohn- und gehaltsabhängigen Abgaben aufzählen.			
Ich kann die Zusammensetzung des Gesamtbeitrages zur gesetzlichen Sozialversicherung ermitteln sowie die Zahlungsfrist und den Empfänger nennen.			
Ich kann den Termin, bis zu dem die Lohnsteuer an das Finanzamt bezahlt werden muss, nennen.			
Ich kann den Dienstgeberbeitrag zum Ausgleichsfonds für Familienbeihilfen sowie die Zuschläge zum Dienstgeberbeitrag berechnen und kann die Zahlungsfrist und den Empfänger nennen.			
Ich kann die Kommunalsteuer berechnen sowie die Zahlungsfrist und den Empfänger nennen.			
Ich kann die Wiener Dienstgeberabgabe ermitteln sowie die Zahlungsfrist und den Empfänger nennen.			
Ich kann die Sozialversicherungsbeiträge des Unternehmers verbuchen.			
Ich kann die Daten nennen, welche auf einem Lohnkonto zu erfassen sind.			
Ich kann die Belege nennen, welche die Grundlage für die Verbuchung bilden.			
Ich kann Löhne und Gehälter verbuchen.			
Ich kann die lohn- und gehaltsabhängigen Abgaben verbuchen.			

5 ZUSAMMENHÄNGENDE GESCHÄFTSFÄLLE ANHAND VON BELEGEN, SUMMEN- UND SALDENBILANZ, GEWINN- UND VERLUSTRECHNUNG, BILANZ

Worum geht's in diesem Kapitel?

SbX
Alle SbX-Inhalte zu diesem Kapitel finden Sie unter der ID: 5000.

Die nachfolgenden zusammenhängenden Geschäftsfälle, für die entsprechende Belege abgebildet sind, dienen zur Wiederholung der Verbuchung laufender Geschäftsfälle. Außerdem wird in diesem Kapitel der Zusammenhang zwischen Eröffnung der Konten (des Hauptbuches), laufenden Geschäftsfällen und Abschluss der Konten (des Hauptbuches) dargestellt.

Bei der Bearbeitung dieses Kapitels setzen Sie Ihre **Kompetenzen** zur **Bearbeitung von Belegen (Prüfung, Nummerierung, Kontierung und Verbuchung) im Zusammenhang mit**

- Einkäufen und Verkäufen,
- dem Rechnungsausgleich,
- Kraftfahrzeug-Betriebskosten,
- Steuern und Abgaben,
- Löhnen und Gehältern, den lohn- und gehaltsabhängigen Abgaben,
- der Berechnung der USt-Zahllast, einschließlich der Erstellung der Umsatzsteuervoranmeldung

und im **Abschluss der Buchführung und der Erfolgsermittlung im Zusammenhang mit der Erstellung der Summen- und Saldenbilanz, der Gewinn- und Verlustrechnung sowie der Bilanz** ein. Sie können

- Geschäftsfälle anhand von Belegen erfassen,
- die USt-Zahllast ermitteln und die Umsatzsteuervoranmeldung erstellen und
- die Summen- und Saldenbilanz sowie Bilanz und GuV-Rechnung ermitteln.

A B C D E

In diesem Kapitel finden Sie Übungsbeispiele und Aufgaben zur Kompetenzüberprüfung auf den Handlungsebenen A **Wiedergeben,** B **Verstehen,** C **Anwenden** und D **Analysieren & Interpretieren.**

Dieses Kapitel steht Ihnen im SbX als PDF-Datei zum Download zur Verfügung.

SbX
Download des Kapitels 5 ID: 5000

Dieses Kapitel umfasst folgende Lerneinheiten:

1 Fallbeispiele

2 Erstellung der Summen- und Saldenbilanz, Gewinn- und Verlustrechnung, Bilanz

Teil 2: Waren- und Zahlungsverkehr mit dem Ausland

6 WAREN- UND ZAHLUNGSVERKEHR MIT DEM AUSLAND

Worum geht's in diesem Kapitel?

Im Sortiment österreichischer Lebensmittelhändler finden sich unter anderem Orangen aus Spanien, Käse aus Frankreich oder Kaffee aus Kolumbien. Umgekehrt trinken nicht nur Österreicher Red Bull, ein heimisches Erzeugnis, sondern auch Amerikaner, Franzosen und viele andere. Im Internet ist es möglich, Produkte aus aller Welt zu kaufen. Auf unseren Straßen finden sich Autos verschiedenster Typen aus den unterschiedlichsten Ländern. Unser wirtschaftlicher Alltag ist ohne Außenhandel kaum denkbar, zugleich sind Kenntnisse über die gesetzlichen Bestimmungen im Außenhandel erforderlich!

Jedoch ist nicht nur der globale Handel für uns selbstverständlich. Auch wollen wir fremde Länder und Kulturen kennenlernen, während viele ausländische Gäste unser Land besuchen. Die meisten Staaten haben allerdings unterschiedliche gesetzliche Zahlungsmittel. Demzufolge müssen die jeweiligen Währungen umgerechnet werden.

Kenntnisse über den Waren- und Zahlungsverkehr sind somit eine wesentliche Voraussetzung für globale Märkte.

Kompetenzen, die Sie erwerben

Mit der Bearbeitung dieses Kapitels erwerben Sie die **Kompetenzen** für den **Bereich Waren- und Zahlungsverkehr mit dem Ausland.** Sie können

- Währungsumrechnungen durchführen,
- die Verbuchung von laufenden Geschäftsfällen, die den Warenverkehr mit dem Ausland betreffen, durchführen.

Die erworbenen **Fach-, Methoden-, Sozial- und Selbstkompetenzen** sind durch den **Einsatz von Fallstudien** vernetzt anzuwenden.

A B C D E

In diesem Kapitel finden Sie Übungsbeispiele und Aufgaben zum Kompetenzerwerb und zur Kompetenzüberprüfung auf den Handlungsebenen A **Wiedergeben,** B **Verstehen,** C **Anwenden** und D **Analysieren & Interpretieren.**

Beachten Sie:

Fremdwährungskurse unterliegen **Kursschwankungen.** Zum Zeitpunkt der Bearbeitung der Lerneinheiten dieses Kapitels werden daher die angeführten Kurse in der Regel **nicht den aktuellen Tageskursen entsprechen.**

Dieses Kapitel umfasst folgende Abschnitte:

1 Abrechnung von Valuten und Devisen

2 Verbuchung von Auslandsgeschäften

3 Waren- und Zahlungsverkehr mit dem Ausland – Fallbeispiele

6.1 ABRECHNUNG VON VALUTEN UND DEVISEN

Worum geht's in diesem Abschnitt?

SbX
Alle SbX-Inhalte zu diesem Abschnitt finden Sie unter der ID: 6100.

Gemeinsam mit Ihren Freunden planen Sie eine Reise nach London. Nach der Buchung erhalten Sie vom Hotel eine Rechnung über 1.400,– Britische Pfund (GBP) zur Überweisung. Nun stellt sich für Sie die Frage, welchen Betrag in Euro Sie von Ihren Freunden einkassieren müssen.

Außerdem überlegen Sie gemeinsam, ob GBP 550,– für weitere Ausgaben ausreichend sein werden.

In Großbritannien ist das Britische Pfund und nicht der Euro das gesetzliche Zahlungsmittel. Wie viel machen die Teilzahlung und das Taschengeld in Euro aus?

Eine Umrechnung der Beträge ist erforderlich!

Kompetenzen, die Sie erwerben

Mit der Bearbeitung dieses Abschnitts erwerben Sie die **Kompetenzen** zur **Abrechnung von Valuten und Devisen.** Sie können

- die grundlegenden Begriffe zur Zuordnung von Staaten erklären und
- die Abrechnung von Valuten und Devisen durch Kreditinstitute durchführen.

A B C D E

In diesem Abschnitt finden Sie Übungsbeispiele und Aufgaben zum Kompetenzerwerb und zur Kompetenzüberprüfung auf den Handlungsebenen A **Wiedergeben,** B **Verstehen,** C **Anwenden** und D **Analysieren & Interpretieren.**

Dieser Abschnitt umfasst folgende Inhalte:

1 Einführung

2 Abrechnung von Valuten

3 Abrechnung von Devisen

Lernen

SbX ID: 6101

ABCDE

1 Einführung

Markieren Sie im nachfolgenden Text die Antworten auf folgende Fragen:

- **Was versteht man unter den Begriffen Inland, Ausland und Drittland?**
- **Welche Staaten des EU-Gemeinschaftsgebietes sind WWU-Staaten und welche Nicht-WWU-Staaten?**
- **Was sind Valuten?**
- **Was sind Devisen und wofür werden diese verwendet?**
- **Mit welchen Staaten hat die Abrechnung von Valuten und Devisen Bedeutung?**
- **Welche Kurse werden bei Nicht-WWU-Währungen unterschieden?**

Die Europäische Union im Internet – **www.europa.eu**

Aufgrund der Mitgliedschaft Österreichs bei der Europäischen Union (EU) sind folgende Begriffe zu unterscheiden:

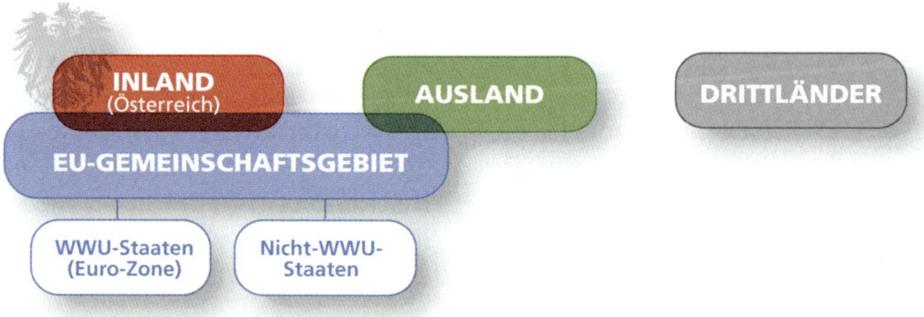

Inland, Ausland, EU-Gemeinschaftsgebiet und Drittland

Inland ist das Gebiet der Republik Österreich.

Ausland ist das Staatsgebiet außerhalb der Republik Österreich.

EU-Gemeinschaftsgebiet

Das EU-Gemeinschaftsgebiet umfasst das Gebiet **aller Mitgliedsstaaten der EU,** d.h. Österreich und das übrige Gemeinschaftsgebiet.

Staaten der EU, die **an der Wirtschafts- und Währungsunion teilnehmen,** werden als **WWU-Staaten oder Eurozone** bezeichnet. Es sind dies: Belgien, Deutschland, Estland, Finnland, Frankreich, Griechenland, Irland, Italien, Lettland, Litauen, Luxemburg, Malta, Niederlande, **Österreich,** Portugal, Slowakei, Slowenien, Spanien und Zypern.

Die anderen EU-Staaten, und zwar Bulgarien, Dänemark, Großbritannien*, Kroatien, Polen, Rumänien, Schweden, Tschechien und Ungarn, haben den **Euro noch nicht eingeführt.** Diese Staaten werden als **Nicht-WWU-Staaten** bezeichnet.

Drittländer sind alle Staaten, die **nicht Mitglied der EU** sind.

* Großbritannien befindet sich in einem Austrittsverfahren aus der Europäischen Union (EU).

Abbildung: WWU-Staaten, Nicht-WWU-Staaten und Drittländer (mit und ohne Euro)

Andere gesetzliche Zahlungsmittel → Umwechslung von Euro

Im **geschäftlichen Verkehr** sowie im **Reiseverkehr** mit Staaten, in denen andere gesetzliche Zahlungsmittel als der Euro gelten, ist es notwendig, die entsprechende Währung umzuwechseln.

Valuten

Als **Valuten** (Noten) bezeichnet man **ausländisches Geld in Form von Banknoten oder Münzen.** Sie haben im Inland keine gesetzliche Zahlkraft.

Valuten sind ausländisches Bargeld (Banknoten und Münzen).

Devisen

Devisen sind **auf fremde Währung lautende Guthaben** bei Kreditinstituten zum **Ausgleich von Forderungen und Verbindlichkeiten in ausländischer Währung.**

Devisen sind Guthaben bei Banken in ausländischer Währung.

WWU-Staaten
Euro – gesetzliches Zahlungsmittel

In den **EU-Mitgliedsstaaten, die Teilnehmer der Wirtschafts- und Währungsunion (WWU-Staaten)** sind, ist der **Euro das gesetzliche Zahlungsmittel.** Sowohl im **geschäftlichen Verkehr** als auch bei **Reisen** erfolgen die **Zahlungen in Euro.**

Nicht-WWU-Staaten
Euro – nicht das gesetzliche Zahlungsmittel

Ausländische Zahlungsmittel (Valuten und Devisen) werden für den **Außenhandel** (Austausch von Waren, Dienstleistungen und Kapital) mit jenen Ländern benötigt, die **nicht Teilnehmer der Wirtschafts- und Währungsunion (Nicht-WWU-Staaten)** sind.

Tägliche Kursfestsetzung
↓ Valutenkurse
↓ Devisenkurse

Für diese ausländischen Zahlungsmittel werden **von den einzelnen Kreditinstituten täglich Umrechnungskurse – Valuten- und Devisenkurse – festgelegt.** Die Kursangabe erfolgt **für 1 Euro in der jeweiligen Währung;** z. B. für das Britische Pfund: 1 Euro = 0,8345/0,8115 GBP.

Valutenkurse werden auch als **Notenkurse** bezeichnet.

- **Valutenkurse** dienen der Umrechnung von **ausländischen Banknoten und Münzen** (Bargeld) **in Euro.**
- **Devisenkurse** werden für **Auslandsüberweisungen,** zum Ausgleich von Forderungen und Verbindlichkeiten in ausländischer Währung, herangezogen.

Valuten und Devisen werden **von Kreditinstituten gekauft** bzw. **an Kreditinstitute verkauft.** Dabei sind der **Ankaufskurs** und der **Verkaufskurs** zu unterscheiden:

Der **Ankaufskurs** ist immer der **höhere Kurs.**

Der **Verkaufskurs** ist immer der **niedrigere Kurs.**

- Der **Ankaufskurs** wird angewendet, wenn das Kreditinstitut **ausländische Zahlungsmittel vom Bankkunden kauft.**
- Der **Verkaufskurs** wird angewendet, wenn das Kreditinstitut **ausländische Zahlungsmittel an den Bankkunden verkauft.**

Kursangaben Kreditinstitute

Die **Bezeichnung Ankaufskurs und Verkaufskurs** erfolgt **aus der Sicht des Kreditinstitutes.** Manche Kreditinstitute verwenden bei Kursangaben **statt Ankaufskurs die Bezeichnung „zahlen Sie"** und **statt Verkaufskurs „erhalten Sie".**

Ankaufskurs → zahlen Sie
Verkaufskurs → erhalten Sie

Beispiel

Devisen- und Valutenkurse, Ankaufs- und Verkaufskurse

Valutenkurse — Ankaufskurs — Verkaufskurs

Erste Group Valuten (für 1 Euro)

Auswählen	Name	Währung	zahlen Sie	erhalten Sie
☐	AUD Australischer Dollar	EUR/AUD	1,5970	1,5010

Devisenkurse — Ankaufskurs — Verkaufskurs

Erste Group Devisenkurse (für 1 Euro)

Auswählen	Name	Währung	zahlen Sie	erhalten Sie
☐	AUD Australischer Dollar	EUR/AUD	1,5600	1,5420

Kursangaben

Die Kursangaben der einzelnen Kreditinstitute sind unterschiedlich gestaltet.

Weitere Wechselkursblätter findet man z. B. unter:

www.bankaustria.at unter Börsen & Research

www.sparkasse.at unter Services, Kursinformationen

www.volksbank.at unter Börsen & Märkte

www.raiffeisen.at unter Börse & Fonds

www.bawagpsk.com unter Service & Tools, Alle Rechner

Währungsbezeichnungen werden international in dreistelliger Form **(ISO-Code)** angegeben.

Abbildung: Auszug aus dem Kursblatt der Erste Bank der österreichischen Sparkassen AG, **www.sparkasse.at/erstebank** unter der Rubrik **Privatkunden, Veranlagen, Kursinformationen**

Erste Group Valuten (für 1 Euro)

Auswählen	Name	Währung	Ankaufskurs zahlen Sie	Verkaufskurs erhalten Sie
☐	AUD Australischer Dollar	EUR/AUD	1,5970	1,5010
☐	CAD Kanadischer Dollar	EUR/CAD	1,5435	1,4785
☐	CHF Schweizer Franken	EUR/CHF	1,0750	1,0090
☐	CNY Chinesischer Renminbi Yuan	EUR/CNY	9,8500	6,5500
☐	CZK Tschechische Krone	EUR/CZK	28,8500	26,1500
☐	DKK Dänische Krone	EUR/DKK	7,5840	7,3400
☐	GBP Britisches Pfund	EUR/GBP	0,8345	0,8115
☐	HRK Kroatische Kuna	EUR/HRK	7,8490	7,4490
☐	HUF Ungarischer Forint	EUR/HUF	316,7000	306,7000
☐	JPY Japanischer Yen	EUR/JPY	141,6500	136,7500
☐	MXN Mexikanischer Peso	EUR/MXN	19,4000	16,4000
☐	NOK Norwegische Krone	EUR/NOK	8,6590	8,3710
☐	PLN Polnischer Zloty	EUR/PLN	4,7370	3,7690
☐	RON Rumänischer Leu Neu	EUR/RON	4,7060	4,2060
☐	SEK Schwedische Krone	EUR/SEK	9,0395	8,7105
☐	TRY Türkische Lira (neu)	EUR/TRY	3,2330	2,9630
☐	USD US Dollar	EUR/USD	1,1210	1,0850
☐	ZAR Südafrikanischer Rand	EUR/ZAR	16,2445	14,0935

Erste Group Devisenkurse (für 1 Euro)

Auswählen	Name	Währung	Ankaufskurs zahlen Sie	Verkaufskurs erhalten Sie
☐	AUD Australischer Dollar	EUR/AUD	1,5600	1,5420
☐	CAD Kanadischer Dollar	EUR/CAD	1,5230	1,5060
☐	CHF Schweizer Franken	EUR/CHF	1,0488	1,0348
☐	CZK Tschechische Krone	EUR/CZK	27,8000	27,1000
☐	DKK Dänische Krone	EUR/DKK	7,4901	7,4341
☐	GBP Britisches Pfund	EUR/GBP	0,8272	0,8212
☐	HKD Hong Kong Dollar	EUR/HKD	8,8410	8,5110
☐	HRK Kroatische Kuna	EUR/HRK	7,8210	7,4710
☐	HUF Ungarischer Forint	EUR/HUF	318,6000	309,8000
☐	JPY Japanischer Yen	EUR/JPY	139,0500	137,7500
☐	NOK Norwegische Krone	EUR/NOK	8,5515	8,4865
☐	NZD Neuseeländischer Dollar	EUR/NZD	1,7030	1,6380
☐	PLN Polnischer Zloty	EUR/PLN	4,2990	4,1990
☐	RON Rumänischer Leu Neu	EUR/RON	4,6260	4,3860
☐	SEK Schwedische Krone	EUR/SEK	8,8970	8,8270
☐	SGD Singapur-Dollar	EUR/SGD	1,7650	1,6950
☐	TRY Türkische Lira (neu)	EUR/TRY	3,1280	3,0780
☐	USD US Dollar	EUR/USD	1,1232	1,1132
☐	ZAR Südafrikanischer Rand	EUR/ZAR	15,4450	15,1350

2 Abrechnung von Valuten

Markieren Sie im nachfolgenden Text die Antworten auf folgende Fragen:

- **Welche Kurse sind beim Kauf bzw. Verkauf von Valuten anzuwenden?**
- **Wie erfolgt die Abrechnung bei einem Kauf bzw. Verkauf von Valuten?**
- **Wie ist die Provision bei einem Kauf bzw. Verkauf zu berücksichtigen?**

Kurse und Provision (Spesen)

Valuten im Reiseverkehr

Das Valutengeschäft hat nur für den Reiseverkehr Bedeutung. Jede Person darf Reisezahlungsmittel (Valuten) in unbeschränkter Höhe und für jeden beliebigen Zweck erwerben; auch deren Ausfuhr ist in unbeschränkter Höhe erlaubt.

Valuten-(Noten-)Kurse

Valuten werden in der Praxis auch als **Noten** bezeichnet.

Die Umrechnung der Valuten (Noten) in Euro erfolgt mit den **Valuten-(Noten-)Kursen.** Die Kursangabe erfolgt für **1 Euro in der jeweiligen Währung;** z. B. 1 Euro = 1,1210/1,0850 USD.

Niedrigerer Valutenkurs (Verkaufskurs), **höherer Valutenkurs** (Ankaufskurs)

Kunde

kauft	**verkauft**
↓	↓
Division durch **niedrigeren Valutenkurs** (Verkaufskurs)	Division durch **höheren Valutenkurs** (Ankaufskurs)

- **Kauft der Bankkunde Valuten (Noten),** so ist der Fremdwährungsbetrag durch den **niedrigeren Valutenkurs** (Verkaufskurs des Kreditinstitutes) **zu dividieren.**
- **Verkauft der Bankkunde Valuten (Noten),** so hat die **Division durch den höheren Valutenkurs** (Ankaufskurs des Kreditinstitutes) zu erfolgen.

Die verrechneten **Provisionen (Spesen) variieren** von Kreditinstitut zu Kreditinstitut.

Provision (Spesen)

Sowohl beim **Valutenkauf** als auch beim **Valutenverkauf** durch den Bankkunden wird in der Regel eine **Provision** (Spesen) in Form eines Prozentsatzes vom Kurswert (z. B. 1,5 %, mindestens € 5,50) berechnet.

Die Provision (Spesen) ist beim **Kauf zu addieren** und beim **Verkauf zu subtrahieren.**

Kauf von Valuten

- Bank **verkauft**
- Kunde **kauft**

↓

Division durch den **niedrigeren Valutenkurs zuzüglich Provision**

Valutenkäufe durch den Bankkunden werden in den nachfolgenden Beispielen entsprechend dem folgenden Schema abgerechnet:

	Fremdwährungsbetrag : **niedrigeren Valutenkurs**
+	**Provision** (z. B. 1,5 %, mindestens € 5,50)
	Abrechnungsbetrag

Lehrbeispiel

Währungsumrechnungen können auch im **Internet** mit **Währungsrechnern,** z. B. unter **www.raiffeisen.at,** durchgeführt werden. Dabei werden jedoch meist keine Spesen berücksichtigt.

L 6.01: Abrechnung – Kauf von Valuten

Ein Tourist möchte Urlaub in Kroatien machen. Er kauft daher Valuten in Höhe von HRK 5.800,–. Wie viel Euro muss er bezahlen?

1,5 % Provision, mindestens € 5,50; Auszug aus dem Kursblatt der Erste Bank der österreichischen Sparkassen AG:

Erste Group Valuten (für 1 Euro)			**Ankaufskurs**	**Verkaufskurs**
Auswählen	**Name**	**Währung**	**zahlen Sie**	**erhalten Sie**
☐	**HRK Kroatische Kuna**	EUR/HRK	7,8490	7,4490

Aufgabe: Stellen Sie die Abrechnung auf. C

Lösung:

	HRK 5.800,00 : 7,4490 =	€ 778,63
+	1,5 % Provision	€ 11,68
	Abrechnungsbetrag	**€ 790,31**

Übungsbeispiel

Ü 6.01: Abrechnung – Kauf von Valuten

Erstellen Sie die Kaufabrechnung für die angegebenen Beträge. Es werden jeweils 1,5 % Provision, mindestens € 5,50, in Rechnung gestellt; Kurse laut Kursblatt auf Seite 239. C

a) DKK 12.500,–
b) USD 2.750,–
c) CHF 17.800,–
d) CAD 740,–

Weitere Übungsbeispiele auf Seite 244

Verkauf von Valuten

- Kunde **verkauft**
- Bank **kauft**

Division durch den **höheren Valutenkurs abzüglich Provision**

Valutenverkäufe durch den Bankkunden werden in den nachfolgenden Beispielen entsprechend dem folgenden Schema abgerechnet:

Fremdwährungsbetrag : **höheren Valutenkurs**
– **Provision** (z. B. 1,5 %, mindestens € 5,50)
Abrechnungsbetrag

Lehrbeispiel

L 6.02: Abrechnung – Verkauf von Valuten

Herr Alfred Wieser kommt von einer Geschäftsreise aus Großbritannien zurück. Er verkauft die übriggebliebenen Valuten in Höhe von GBP 155,– an seine Hausbank. Die Bank verrechnet 1,5 % Provision, mindestens € 5,50, Kurs 0,8345/0,8115. Wie viel Euro erhält Herr Wieser?

Aufgabe: Stellen Sie die Abrechnung auf. C

Lösung:

	GBP 155,00 : 0,8345 =	€ 185,74
–	Mindestprovision	€ 5,50
	Abrechnungsbetrag	**€ 180,24**

Die errechnete Provision von € 2,79 (185,74 · 1,5 %) liegt unter der Mindestprovision. In diesem Fall ist die **Mindestprovision** von **€ 5,50** anzusetzen.

Abbildung: Auszug aus der Originalabrechnung der UniCredit Bank Austria AG

Bank Austria
Member of UniCredit

SORTENABRECHNUNG für Valuten / Devisen / Edelmetall

Name:
Anschrift:
Legitimation: | **WHG** | **Kontonummer**

Wir kauften von Ihnen

Sorte	Nominale / Stück	Kurs	WHG	Betrag
GBP	155,00	0,8345	EUR	185,74–
		Spesen:	EUR	5,50+
		Mwst.:		

Wir bestätigen, dass der Abrechnungsbetrag dem oben angeführten Kundenkonto gutgeschrieben wird

Ich bin mit der Belastung des Betrages auf oben angeführtem Kundenkonto einverstanden

Unterschrift:	WHG	Abrechnungsbetrag
	EUR	180,24–

......20.. 0212236210 A 180,24–
14:50:53

13000600-6.12

UniCredit Bank Austria AG, 1010 Wien, Schottengasse 6-8, UID-Nummer: ATU 51507409

Übungsbeispiel

Ü 6.02: Abrechnung – Verkauf von Valuten

Erstellen Sie die Verkaufsabrechnung für die angegebenen Beträge. Es werden jeweils 1,5 % Provision, mindestens € 5,50, in Rechnung gestellt; Kurse laut Kursblatt auf Seite 239. C

a) GBP 245,–
b) JPY 78.400,–
c) CZK 16.300,–
d) HUF 806.750,–

Weitere Übungsbeispiele auf Seite 244

3 Abrechnung von Devisen

Markieren Sie im nachfolgenden Text die Antworten auf folgende Fragen:

- **Wie werden Zahlungen im Ausland geleistet?**
- **Welche Spesen werden bei Auslandsüberweisungen verrechnet?**
- **Wie erfolgt der Ausgleich von Verbindlichkeiten in fremder Währung?**
- **Wie werden Devisenkäufe abgerechnet?**
- **Wie werden Forderungen in fremder Währung ausgeglichen?**
- **Wie werden Devisenverkäufe abgerechnet?**

Auslandsüberweisungen → Devisen

Zahlungen im Auslandsverkehr werden **mit Devisen geleistet.**

Spesen

Der bargeldlose Zahlungsverkehr in Euro wird mit der einheitlichen europäischen Überweisungsform **SEPA** (Single Euro Payments Area) durchgeführt.

Für **Auslandsüberweisungen in Euro auf Eurokonten** innerhalb der Mitgliedsstaaten der Europäischen Union sowie nach Liechtenstein, Island und Norwegen **(SEPA-Überweisungen),** werden im Allgemeinen **keine speziellen Spesen** verrechnet.

Für **alle anderen Auslandsüberweisungen** werden in der Regel fixe Spesen gestaffelt nach der Überweisungshöhe, z. B. in Form der von der UniCredit Bank Austria AG verrechneten **Flat Fee,** in Rechnung gestellt.

Flat Fee
gestaffelt nach Überweisungshöhe

Gegenwert in Euro			Preis
0,00	bis	5.000,00	14,50
5.000,01	bis	10.000,00	29,00
10.000,01	bis	20.000,00	49,00
20.000,01	bis	30.000,00	69,00
30.000,01	bis	40.000,00	89,00
40.000,01	bis	50.000,00	99,00
50.000,01	bis	100.000,00	200,00
100.000,01	bis	1.000.000,00	400,00
	über	1.000.000,01	600,00

Bei **Überweisungen** in **USD** und **CAD** fallen **zusätzliche Spesen** in Höhe von **€ 8,–** an.

Die nachfolgenden Beispiele werden zu den angeführten Konditionen abgerechnet.

Kauf von Devisen

- **Bank verkauft**
- **Kunde kauft**

↓

Division durch den **niedrigeren Devisenkurs zuzüglich Spesen**

Der Ausgleich von Verbindlichkeiten in fremder Währung erfolgt in der Regel in der Weise, dass der inländische Käufer (Importeur) seinem Kreditinstitut den Auftrag erteilt, dem ausländischen Lieferanten den entsprechenden Betrag in USD, CHF etc. zu überweisen. Der inländische Käufer (Importeur) **kauft die erforderlichen Devisen vom Kreditinstitut.**

Devisenkäufe durch den Bankkunden werden in den folgenden Beispielen entsprechend dem nachstehenden Schema abgerechnet:

Abrechnung Devisenkauf

	Fremdwährungsbetrag : **niedrigeren Devisenkurs**
+	Spesen
	Abrechnungsbetrag

Lehrbeispiel

L 6.03: Abrechnung – Kauf von Devisen

Der österreichische Importeur (Käufer) Optyl GmbH schuldet der Karl Maier GmbH in Zürich für einen Warenimport CHF 15.334,–. Der Ausgleich erfolgt durch eine Überweisung. Die Optyl GmbH kauft die erforderlichen Devisen von der UniCredit Bank Austria AG. Die Bank rechnet zu den üblichen Konditionen ab.

Auszug aus dem Kursblatt der UniCredit Bank Austria AG:

Devisenkurse der Bank Austria vom ......20..
Für 1 EUR

Währung	ISO-Code	Zahlen Sie	Erhalten Sie
Schweizer Franken	CHF	1,0537	1,0409

Aufgabe: Stellen Sie die Abrechnung auf. C

Lösung:

	CHF 15.334,00 : 1,0409 =	€ 14.731,48
+	Spesen	€ 49,00
	Abrechnungsbetrag	**€ 14.780,48**

Übungsbeispiel

Ü 6.03: Abrechnung – Kauf von Devisen

Erstellen Sie die Kaufabrechnung für die angegebenen Beträge zu den üblichen Konditionen; Kurse laut Kursblatt auf Seite 239, Konditionen siehe Zusammenstellung auf Seite 242. C

a) NOK 29.367,25 Überweisung an ..., Oslo
b) USD 8.476,85 Überweisung an ..., New York
c) CHF 25.943,28 Überweisung an ..., Basel
d) SEK 17.916,– Überweisung an ..., Stockholm
e) GBP 7.534,50 Überweisung an ..., London

Weitere Übungsbeispiele auf Seite 244

Verkauf von Devisen

- Kunde **verkauft**
- Bank **kauft**

Division durch den **höheren Devisenkurs abzüglich Spesen**

Der Ausgleich von Forderungen in fremder Währung erfolgt meist in der Weise, dass der ausländische Geschäftspartner den offenen Betrag auf ein Konto des inländischen Verkäufers (Exporteur) überweist. Der inländische Verkäufer (Exporteur) **verkauft** die aus dem Lieferungs- bzw. Exportgeschäft entstandenen **Devisen an das Kreditinstitut.**

Devisenverkäufe durch den Bankkunden werden in den folgenden Beispielen entsprechend dem nachstehenden Schema abgerechnet:

Abrechnung Devisenverkauf

	Fremdwährungsbetrag : **höheren Devisenkurs**
–	**Spesen**
	Abrechnungsbetrag

Lehrbeispiel

L 6.04: Abrechnung – Verkauf von Devisen

Maschinen-Ersatzteile im Fakturenwert von SEK 41.550,– wurden von der Klinger GmbH (Exporteur) nach Schweden geliefert. Der schwedische Kunde LINDEX GmbH überweist den Rechnungsbetrag. Die Klinger GmbH verkauft den SEK-Betrag an die UniCredit Bank Austria AG. Diese schreibt den Gegenwert dem Geschäftskonto der Klinger GmbH gut.

Auszug aus dem Kursblatt der UniCredit Bank Austria AG:

Devisenkurse der Bank Austria vom ......20..

Für 1 EUR

Währung	ISO-Code	Zahlen Sie	Erhalten Sie
Schweden	SEK	8,8902	8,8158

Aufgabe: Stellen Sie die Abrechnung auf. C

Lösung:

	SEK 41.550,00 : 8,8902	€ 4.673,69
–	Spesen	€ 14,50
	Abrechnungsbetrag	**€ 4.659,19**

Übungsbeispiel

Ü 6.04: Abrechnung – Verkauf von Devisen

Erstellen Sie die Verkaufsabrechnung für die angegebenen Beträge zu den üblichen Konditionen; Kurse laut Kursblatt auf Seite 239, Konditionen siehe Zusammenfassung auf Seite 242. C

a) DKK 69.685,00
b) GBP 17.963,50
c) CHF 126.809,30
d) USD 29.576,80
e) JPY 985.021,00

Weitere Übungsbeispiele auf Seite 245

Üben

SbX ID: 6102

A B C D E

SbX Excel ID: 6102

Ü 6.05: Abrechnung von Valuten

Ayşe Akçay möchte ihre Großeltern in der Türkei besuchen und benötigt dazu 1.200,– Türkische Lira; Kurs laut Kursblatt auf Seite 239, 1,5 % Provision, mindestens € 5,50.

Wie viel Euro muss sie für den Kauf der Fremdwährung bezahlen?

Aufgabe: Stellen Sie die Abrechnung auf. C

SbX Excel ID: 6102

Ü 6.06: Abrechnung von Valuten

Herr Peter Piatek bringt von einer Geschäftsreise aus Polen 550,– Polnische Zloty zurück, die er seiner Hausbank verkauft; Kurs laut Kursblatt auf Seite 239, 1,5 % Provision, mindestens € 5,50.

Aufgabe: Stellen Sie die Abrechnung auf. C

SbX Excel ID: 6102

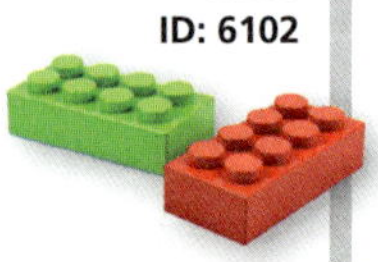

Im Jahr 2000 wurde der LEGO-Stein von amerikanischen und britischen Medien zum „Spielzeug des Jahrhunderts" gewählt.

Ü 6.07: Abrechnung von Devisen

Kurz vor Weihnachten ist beim Spielwarenhandelsunternehmen Carla Steiger GmbH die Nachfrage nach LEGO-Spielzeug stark gestiegen.

Das Unternehmen importiert LEGO-Spielzeug im Fakturenwert von DKK 21.600,– aus Dänemark und überweist den Rechnungsbetrag zulasten seines Eurokontos mittels Überweisung zu den üblichen Konditionen; Kurse laut Kursblatt auf Seite 239, Konditionen auf Seite 242.

Aufgabe: Stellen Sie die Abrechnung auf. C

SbX
Excel
ID: 6102

Die Limited Company (Ltd.) ist eine Kapitalgesellschaft ähnlich der GmbH bzw. kleinen AG.

Ü 6.08: Abrechnung von Devisen

Die Manker GmbH & Co KG exportiert Lodenstoffe im Fakturenwert von USD 12.300,– an die kalifornische Fred Johnson Ltd. Die Hausbank der Manker GmbH & Co KG rechnet den eingegangenen US-Dollarbetrag zu den üblichen Konditionen gegen Euro ab; Kurse laut Kursblatt auf Seite 239, Konditionen auf Seite 242.

Aufgabe: Stellen Sie die Abrechnung auf. C

Weitere Übungsbeispiele finden Sie im Anhang.

Sichern

SbX ID: 6103

SbX
ID: 6103

Im SbX finden Sie eine Sammelmappe mit Zusammenfassungen zu allen Kapiteln und Lerneinheiten sowie eine Bildschirmpräsentation.

Wissen

SbX ID: 6104

A B C D E
SbX
ID: 6104

Möglichkeiten zur Kompetenzüberprüfung im SbX

Wiederholungsfragen | Aufgaben mit automatischer Aufgabenkontrolle | ELO MUSTERUNTERNEHMEN

Ein kurzer Kompetenz-Check, bevor's weitergeht!

Kompetenz-Check

	☺	😐	☹
Ich kann die Begriffe Inland, Ausland, EU-Gemeinschaftsgebiet, Drittland unterscheiden.			
Ich kann die Staaten der EU, die an der Eurozone teilnehmen (WWU-Staaten), aufzählen.			
Ich kann die Staaten der EU, welche als Nicht-WWU-Staaten bezeichnet werden, nennen.			
Ich kann Valuten und Devisen unterscheiden.			
Ich kann Ankaufs- und Verkaufskurse von Valuten und Devisen verwenden.			
Ich kann den Kauf von Valuten berechnen.			
Ich kann den Verkauf von Valuten abrechnen.			
Ich kann den Kauf von Devisen berechnen.			
Ich kann den Verkauf von Devisen abrechnen.			

6.2 VERBUCHUNG VON AUSLANDSGESCHÄFTEN

Worum geht's in diesem Abschnitt?

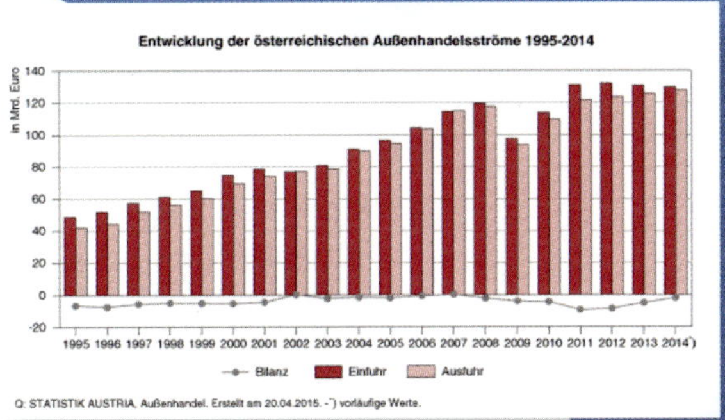

Ein österreichischer Büromöbelhersteller hat im letzten Monat 50 Schreibtische nach Ungarn verkauft. Der Generalimporteur für Volkswagen hat in diesem Zeitraum 2.000 Pkw des Modells Golf aus Deutschland eingeführt.

Seit vielen Jahren ist fast ununterbrochen eine steigende Tendenz in Österreichs Außenhandel zu verzeichnen.

Eine wesentliche Voraussetzung erfolgreicher Außenhandelsgeschäfte mit Kunden und Lieferanten ist, dass diese vertragskonform abgewickelt, versteuert, bezahlt und letztendlich auch verbucht werden. Besondere Vorschriften des Umsatzsteuergesetzes zu grenzüberschreitenden Warenlieferungen sowie gegebenenfalls fremde Währungen sind dabei zu beachten.

Kompetenzen,
die Sie erwerben

Mit der Bearbeitung dieses Abschnitts erwerben Sie die **Kompetenzen** zur **Verbuchung von Geschäftsfällen, die den Warenverkehr mit dem Ausland betreffen,** sowie zur **Berechnung und Verbuchung der Umsatzsteuer** dieser Geschäftsfälle und zur **Abwicklung der passenden Meldung an das Finanzamt.** Sie können

- die grundlegenden Begriffe zum grenzüberschreitenden Warenverkehr erklären,
- die Verbuchung von Geschäftsfällen, die den Warenverkehr mit dem Ausland betreffen, durchführen und
- die damit zusammenhängenden Steuern berechnen und verbuchen.

A B C D E

In diesem Abschnitt finden Sie Übungsbeispiele und Aufgaben zum Kompetenzerwerb und zur Kompetenzüberprüfung auf den Handlungsebenen A **Wiedergeben,** B **Verstehen,** C **Anwenden** und D **Analysieren & Interpretieren.**

Dieser Abschnitt umfasst folgende Lerneinheiten:

1 Einführung

2 Innergemeinschaftliche Lieferungen und Exporte

3 Innergemeinschaftliche Erwerbe und Importe

Lerneinheit 1

Einführung

SbX
Alle SbX-Inhalte zu dieser Lerneinheit finden Sie unter der ID: 6210.

Ein österreichisches Unternehmen, welches Ketchup erzeugt, bezieht die für die Herstellung erforderlichen Tomaten vor allem in Österreich sowie aus Serbien und Ungarn. Das Unternehmen verkauft das Ketchup unter anderem auch nach Deutschland, Skandinavien und Russland.

Ob ein Unternehmen seine Rohstoffe aus dem EU-Gemeinschaftsgebiet oder aus Drittländern bezieht und wohin es seine Produkte verkauft, macht erhebliche, vor allem rechtliche Unterschiede, die auch im Rechnungswesen berücksichtigt werden müssen.

Lernen

Markieren Sie im nachfolgenden Text die Antworten auf folgende Fragen:
- **Welche grenzüberschreitenden Warenlieferungen werden unterschieden?**
- **Was versteht man unter Binnenmarktgeschäften?**
- **Welche Bedeutung hat die Umsatzsteueridentifikationsnummer im europäischen Binnenmarkt?**

Bei **grenzüberschreitenden Warenlieferungen** werden aufgrund des Umsatzsteuergesetzes folgende Begriffe unterschieden:

Im allgemeinen Sinn umfasst der Begriff **Export** (Ausfuhr) auch **innergemeinschaftliche Lieferungen,** der Begriff Import (Einfuhr) auch **innergemeinschaftliche Erwerbe.**

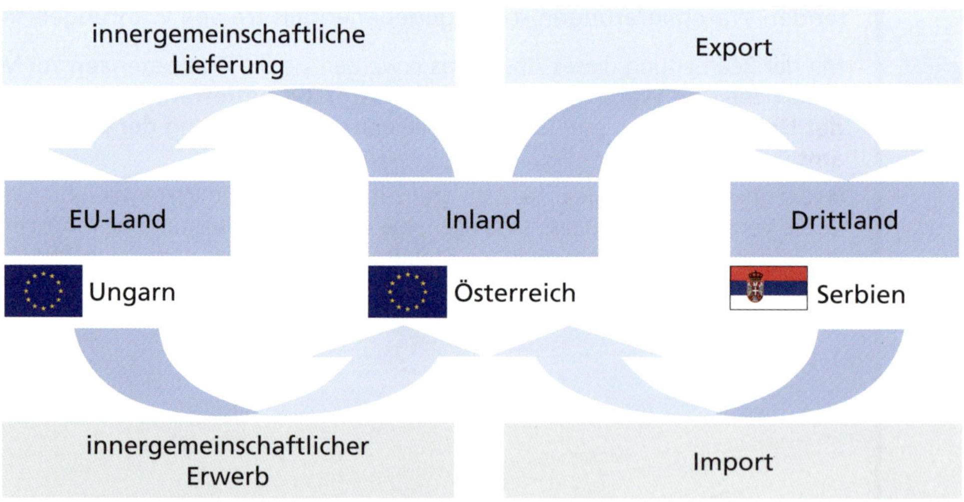

Binnenmarktgeschäfte

Binnenmarktgeschäfte sind **innergemeinschaftliche Geschäfte** (ig. Lieferungen bzw. ig. Erwerbe) mit Geschäftspartnern im EU-Gemeinschaftsgebiet.

Binnenmarktgeschäfte – Verkauf bzw. Kauf im EU-Gemeinschaftsgebiet

Ein österreichischer Unternehmer benötigt zur Durchführung von Binnenmarktgeschäften eine **Umsatzsteueridentifikationsnummer (UID).** Diese wird vom zuständigen Finanzamt vergeben.

In Österreich hat die UID-Nummer folgenden Aufbau: ATU12345678 (AT = Österreich, U = USt, 8-stellige Nummer).

Weitere Informationen zur UID-Nummer sind unter **www.bmf.gv.at,** Register **Steuern, Für Selbstständige & Unternehmen, Umsatzsteuer,** zu finden.

Mit der Verwendung einer UID-Nummer weist sich ein Unternehmer aus (**„Unternehmer-Kennzeichen"**). Zur Überprüfung der Richtigkeit von UID-Nummern wurde EU-weit ein **Bestätigungsverfahren** eingeführt.

Fremdwährungsbeträge ➜ Umrechnung, Verbuchung in Euro

Im Zuge von Auslandsgeschäften ergibt sich häufig die Notwendigkeit der **Verbuchung von Fremdwährungsbeträgen.** Für deren Verbuchung wird in der Praxis überwiegend die **Tageskursmethode** angewendet, bei der **jeder Fremdwährungsbetrag zum Tageskurs oder zum Zollwertkurs** (siehe Lerneinheit 3 Innergemeinschaftliche Erwerbe und Importe) umgerechnet und der **Betrag in Euro** verbucht wird.

Sichern

SbX ID: 6213

SbX ID: 6213

Im SbX finden Sie eine Sammelmappe mit Zusammenfassungen zu allen Kapiteln und Lerneinheiten sowie eine Bildschirmpräsentation.

Wissen

SbX ID: 6214

A B C D E

SbX ID: 6214

Möglichkeiten zur Kompetenzüberprüfung im SbX

Wiederholungsfragen | Aufgaben mit automatischer Aufgabenkontrolle | HLO Musterunternehmen

Ein kurzer Kompetenz-Check, bevor's weitergeht!

Kompetenz-Check

	☺	😐	☹
Ich kann grenzüberschreitende Warenlieferungen unterscheiden.			
Ich kann den Begriff Binnenmarktgeschäfte erklären.			
Ich kann die Bedeutung der Umsatzsteueridentifikationsnummer erklären.			

Lerneinheit 2

Innergemeinschaftliche Lieferungen und Exporte

SbX
Alle SbX-Inhalte zu dieser Lerneinheit finden Sie unter der ID: 6220.

Sowohl Lebensmittel als auch andere österreichische Erzeugnisse werden als innergemeinschaftliche Lieferungen in viele EU-Staaten geliefert und darüber hinaus auch in Drittländer exportiert. Ein weltweiter österreichischer Exportschlager ist zum Beispiel Red Bull.

Die Erfassung derartiger Geschäftsfälle in der Buchführung ist Teil dieser Lerneinheit.

Lernen

A B C D E

1 Innergemeinschaftliche Lieferungen

Markieren Sie im nachfolgenden Text die Antworten auf folgende Fragen:

- **Wann liegt eine innergemeinschaftliche Lieferung vor?**
- **Welche umsatzsteuerlichen Besonderheiten müssen bei einer innergemeinschaftlichen Lieferung beachtet werden?**
- **Was muss der österreichische Lieferant bei einer innergemeinschaftlichen Lieferung auf der Ausgangsrechnung zusätzlich vermerken?**
- **Welche Belege bilden die Grundlage für die Verbuchung von innergemeinschaftlichen Lieferungen?**
- **Wann muss ein österreichischer Unternehmer eine Zusammenfassende Meldung abgeben?**
- **Wie lauten die Buchungssätze für die Verbuchung einer innergemeinschaftlichen Lieferung, der Transportkosten und der Zahlung einer Ausgangsrechnung mit und ohne Berücksichtigung des Skontos?**

Innergemeinschaftliche Lieferung

EU-Land Käufer	Inland Verkäufer

Eine **innergemeinschaftliche (ig.) Lieferung** liegt unter anderem dann vor, wenn

- der Gegenstand der Lieferung in das **übrige Gemeinschaftsgebiet**, z. B. Deutschland, **befördert oder versendet** wird,
- der **Käufer** (Abnehmer) ein **Unternehmer** ist, der den Gegenstand für sein Unternehmen erworben hat, und
- der Erwerb des Gegenstandes **beim Käufer** (im anderen Mitgliedsstaat) **umsatzsteuerbar** ist.

ig. Lieferung – Verkauf an Unternehmer im EU-Gemeinschaftsgebiet

Bestimmungslandprinzip

Entsprechend dem **Bestimmungslandprinzip** sind innergemeinschaftliche Lieferungen **beim Lieferanten** (Verkäufer) **umsatzsteuerfrei** (echte Befreiung) und **beim Käufer** (Abnehmer) **umsatzsteuerpflichtig**.

Buchnachweis des Lieferanten zur Steuerbefreiung

Die **Voraussetzungen der Steuerbefreiung** müssen vom Lieferanten (Verkäufer) **durch entsprechende Belege**, wie z. B. Durchschriften von Rechnungen, Versendungsbelege, Empfangsbestätigungen der Kunden, und vorschriftsgemäße Verbuchung nachgewiesen werden.

UID-Nummer des **Lieferanten** und des **Kunden**, Hinweis auf **Steuerfreiheit der Lieferung**

Der **Lieferant** muss bei einer ig. Lieferung eine **Rechnung** ausstellen, auf der **seine eigene Umsatzsteueridentifikationsnummer** und **die des Kunden** aufscheinen und auf die **Steuerfreiheit der Lieferung** (z. B. „Umsatzsteuerfreie innergemeinschaftliche Lieferung") hingewiesen wird.

Buchungsgrundlage

Buchungsgrundlage sind die vom **Lieferanten** (Verkäufer) **ausgestellten Durchschläge der Ausgangsrechnungen,** die Rechnungen über den **Transport** bzw. die entsprechenden **Zahlungsbelege.**

Zusammenfassende Meldung

Wurden in einem Meldezeitrum keine ig. Lieferungen ausgeführt, so ist **keine Leermeldung** abzugeben.

FinanzOnline ist das elektronische Datenübertragungsverfahren der Österreichischen Finanzverwaltung auf Basis der Internettechnologie; siehe unter **finanzonline.bmf.gv.at.**

Neben innergemeinschaftlichen Lieferungen sind auch in anderen Mitgliedsstaaten ausgeführte **sonstige Leistungen** (z. B. Beförderungsleistungen, künstlerische, sportliche und unterhaltende Leistungen) in der Zusammenfassenden Meldung anzuführen.

Unternehmer, die **innergemeinschaftliche Lieferungen** ausführen, sind verpflichtet, beim Finanzamt im Allgemeinen **bis zum Ablauf des auf jeden Kalendermonat** (Meldezeitraum) **folgenden Kalendermonats** (z. B. für den Kalendermonat März bis 30. April) eine **Zusammenfassende Meldung (ZM)** mithilfe von FinanzOnline zu übermitteln.

In der Zusammenfassenden Meldung ist die **Umsatzsteueridentifikationsnummer eines jeden Käufers** (Abnehmers) und unter anderem die **Summe der Bemessungsgrundlagen** der an ihn ausgeführten innergemeinschaftlichen Lieferungen anzuführen. Dabei sind alle innergemeinschaftlichen Lieferungen an einen Käufer innerhalb desselben Meldezeitraumes in einer Zeile zusammenzufassen.

Die Angaben sind in der Regel für den Meldezeitraum zu machen, in dem die Rechnung für die innergemeinschaftliche Lieferung ausgestellt wird. Nachträgliche Änderungen der Bemessungsgrundlage, durch z. B. Skonti, Rabatte, sind in dem Meldezeitraum zu melden, in dem sie eingetreten sind. Unrichtige oder unvollständige Zusammenfassende Meldungen (z. B. falsche UID-Nummer des Käufers) müssen innerhalb eines Monats berichtigt werden.

Abbildung: Zusammenfassende Meldung für April 20 . . (Auszug aus FinanzOnline)

Zusammenfassende Meldung 04/20..

Unternehmensdaten

Unternehmensdaten

Firmenname	Naturkost GmbH
Anschrift	Hauptstraße 168
Ort	2340 Mödling
Land	Österreich
Steuernummer	16 114/0629

Innergemeinschaftliche Warenlieferungen

Zeile	Umsatzsteuer-Identifikationsnummer	Summe der Bemessungsgrundlagen in Euro	Dreiecksgeschäfte	Sonstige Leistungen
1	DE521478060	12.800,00	Nein	Nein
2	DE144135391	8.600,00	Nein	Nein
3	IT02180520161	16.200,00	Nein	Nein
4	IT00480450311	7.300,00	Nein	Nein

Hinweise und Erläuterungen zur ZM sind unter **www.bmf.gv.at,** Register **Steuern, Für Selbstständige & Unternehmen, Umsatzsteuer,** zu finden.

Bei der ZM handelt es sich einerseits um eine **Abgabenerklärung** an das zuständige Finanzamt, andererseits ist die ZM eine **Kontrollmeldung.** Die darin erfassten Daten stehen den Finanzverwaltungen der Mitgliedsstaaten wechselseitig zur Verfügung.

Buchungen im Zusammenhang mit ig. Lieferungen

Neues Konto
4010 Erlöse aus ig. Lieferungen

Bei ig. Lieferungen in **EU-Staaten, die nicht an der Wirtschafts- und Währungsunion teilnehmen,** erfolgt die Fakturierung gegebenenfalls in der entsprechenden **Fremdwährung**; siehe **2 Exporte.**

Ausgangsrechnung für eine innergemeinschaftliche Lieferung

20 . . . Kundenkonto / 4010 Erlöse aus ig. Lieferungen

Die Fakturierung und Verbuchung von **innergemeinschaftlichen Lieferungen** erfolgt in der Regel in **Euro.** Innergemeinschaftliche Lieferungen sind auf einem **eigenen Erlöskonto** (auf eigenen Erlöskonten) zu verbuchen.

Transportkosten

Innergemeinschaftliche Güterbeförderungen unterliegen in dem Land der Umsatzsteuer, in dem **das Unternehmen,** welches **den Spediteur mit der Beförderung beauftragt, sein Unternehmen betreibt** (Empfängerortprinzip).

Beispiel

Ein österreichischer Spediteur transportiert im Auftrag eines österreichischen Unternehmens Waren von Salzburg nach Lissabon.

Der österreichische Spediteur erbringt für ein österreichisches Unternehmen eine Güterbeförderungsleistung. Der Empfängerort der Leistung ist in Österreich und unterliegt in Österreich der Besteuerung.

Die Rechnung eines Transportunternehmens für den Transport einer ig. Lieferung ist vom österreichischen Auftraggeber daher mit folgender Buchung zu erfassen:

7300 Ausgangsfrachten 20 % / 33 . . . Lieferantenkonto (2800 Bank etc.)
2500 Vorsteuer /

Zahlung der Ausgangsrechnung abzüglich Skonto

2800 Bank / 20 . . . Kundenkonto

Liegt **keine SEPA-Überweisung** vor, lautet die Buchung:

2800 Bank / 20 . . . Kundenkonto
7790 Spesen des Geldverkehrs /

Für **Überweisungen innerhalb der Europäischen Union in Euro auf Eurokonten** (SEPA-Überweisungen) werden im Allgemeinen **keine speziellen Gebühren bzw. Spesen** in Rechnung gestellt.

4415 Kundenskonti aus ig. Lieferungen / 20 . . . Kundenkonto

Neues Konto
4415 Kundenskonti aus ig. Lieferungen

Lehrbeispiel

L 6.05: Innergemeinschaftliche Lieferung

Die Funder GmbH, St. Veit/Glan, ein Zulieferant der Automobilindustrie, produziert u. a. Biofaser-Platten für Pkw-Innenverkleidungen. Hauptabnehmer dieser Erzeugnisse sind deutsche Industriebetriebe. Dabei ergeben sich u. a. folgende Geschäftsfälle:

17.2. A 499 Steuerfreie innergemeinschaftliche Lieferung von Türverkleidungen an die Georg Huber GmbH, München (20811, USt-Id.Nr. DE813584330), € 3.900,–

23.2. B 24 Überweisung der Georg Huber GmbH € 3.900,– – € 78,– (2 % Skonto) = € 3.822,–

Aufgabe: a) Stellen Sie die Buchungssätze auf. C

b) Tragen Sie die Buchungssätze auf dem Personenkonto 20811 Georg Huber GmbH ein. C

Lösung:

a)

17.2. 20811 Georg Huber GmbH / 4010 Erlöse aus ig. Lieferungen 3.900,00

23.2. 2800 Bank / 20811 Georg Huber GmbH 3.822,00
4415 Kundenskonti aus ig. Lieferungen / 20811 Georg Huber GmbH 78,00

b)

Georg Huber GmbH				20811
Datum	Gegenkonto	Text	Soll	Haben
17.2.	4010 Erlöse aus ig. Lieferungen	A 499	3.900,00	
23.2.	2800 Bank	B 24		3.822,00
23.2.	4415 Kundenskonti aus ig. Lieferungen	B 24		78,00
			3.900,00	3.900,00

2 Exporte

Markieren Sie im nachfolgenden Text die Antworten auf folgende Fragen:

- **Wann liegt ein Export vor?**
- **Welche umsatzsteuerlichen Besonderheiten müssen beim Export beachtet werden?**
- **Welche Belege bilden die Grundlage für die Verbuchung von Exporten?**
- **Wie lauten die Buchungssätze für die Verbuchung eines Exports, der Transportkosten, der Zahlung einer Ausgangsrechnung mit und ohne Berücksichtigung des Skontos sowie der Kursdifferenzen?**

Export

Inland Verkäufer	**Drittland** **Käufer**

Ein **Export** (oder eine **Ausfuhr**) liegt vor, wenn der **Gegenstand der Lieferung** in ein **Drittland befördert oder versendet wird.**

Export – Verkauf in ein Drittland

Ausfuhrlieferungen

Buchnachweis des Lieferanten

Exporte stellen **umsatzsteuerfreie Ausfuhrlieferungen** dar (echte Befreiung). Die Voraussetzungen der Steuerbefreiung müssen vom Exporteur (Verkäufer) durch entsprechende Belege und vorschriftsgemäße Verbuchung nachgewiesen werden.

Hinweis auf die **Steuerfreiheit der Lieferung**

Auf die **Steuerfreiheit der Lieferung** ist auf der Rechnung hinzuweisen (z. B. „Steuerfreie Ausfuhrlieferung").

Buchungsgrundlage

Buchungsgrundlage bilden die vom **Exporteur (Verkäufer) ausgestellten Durchschläge der Ausgangsrechnungen,** die Rechnungen über den **Transport** bzw. die entsprechenden **Zahlungsbelege.**

Buchungen im Zusammenhang mit Exporten

- **Ausgangsrechnung für einen Export**

Neues Konto **4015 Exporterlöse**

> 20 . . . Kundenkonto / 4015 Exporterlöse

Die Fakturierung kann in **Euro,** in der **Währung des Käufers** oder in einer **dritten Währung,** z. B. USD, erfolgen. Ein Fremdwährungsbetrag wird **zum höheren Devisenkurs** umgerechnet.

- **Transportkosten**

Neues Konto **7301 Ausgangsfrachten 0 %**

> 7301 Ausgangsfrachten 0 % / 33 . . . Lieferantenkonto (2800 Bank etc.)

Die **Beförderung von Gegenständen** im grenzüberschreitenden Beförderungsverkehr und im internationalen Eisenbahnfrachtverkehr ist bei Exporten **umsatzsteuerfrei.**

- **Zahlung der Ausgangsrechnung abzüglich Skonto**

> 2800 Bank / 20 . . . Kundenkonto
> 7790 Spesen des Geldverkehrs /
> *

* Beträge laut **Bankabrechnung**

Neues Konto **4416 Kundenskonti Export**

> 4416 Kundenskonti Export / 20 . . . Kundenkonto

Wurde vom Käufer ein Fremdwährungsbetrag überwiesen, so ist der Skonto zum **Kurs der Bankabrechnung** umzurechnen.

- **Kursdifferenzen bei Fremdwährungsforderungen**

Wird die Ausgangsrechnung in einer Fremdwährung erstellt, können durch Kursschwankungen zwischen dem Zeitpunkt des Entstehens der Forderung und dem Zahlungseingang Kursdifferenzen entstehen. Diese sind auf den Konten **4840 Fremdwährungskursgewinne** bzw. **7815 Fremdwährungskursverluste** zu verbuchen.

Die Beurteilung, ob im gegebenen Fall ein **Kursgewinn oder Kursverlust** vorliegt, sollte nicht aus dem Vergleich des Entstehungs- und des Zahlungskurses, sondern erst **nach Berechnung der Werte zum Entstehungskurs und zum Tageskurs** durchgeführt werden.

Neue Konten

4840 Fremdwährungskursgewinne
7815 Fremdwährungskursverluste

○ Verbuchung Kursgewinn

20 . . . Kundenkonto / 4840 Fremdwährungskursgewinne

○ Verbuchung Kursverlust

7815 Fremdwährungskursverluste / 20 . . . Kundenkonto

Lehrbeispiel

Die Limited Liability Company (LLC) ist eine Kombination von GmbH und KG.

CIF ➔ Cost, Insurance, Freight (Kosten, Versicherung, Fracht)

L 6.06: Export

Die Chemopharm AG, Innsbruck, verkauft an die P. H. Gould LLC, New York, Kontonummer 20742, Arzneiwaren, CIF New York.

12.10. A 3485 USD 60.000,–, 60 Tage Ziel, Tageskurse: 1,0558/1,0458

14.10. B 191 Überweisung an den Spediteur Lagermax Internationale Speditionen GmbH, Innsbruck, € 1.190,–

20.10. B 195 P. H. Gould LLC hat USD 40.000,– – USD 800,– Skonto = USD 39.200,– überwiesen.
Der Betrag wird in Euro gutgeschrieben, Kurs 1,0627
Bankabrechnung – Verkauf:

USD 39.200,00 : 1,0627 =	€ 36.887,17
– Spesen	€ 97,00
	€ 36.790,17

Aufgabe: Stellen Sie die Buchungsanweisungen auf. C

Lösung:

12.10. USD 60.000,00 : 1,0558 = € 56.828,94
20742 P. H. Gould LLC / 4015 Exporterlöse 56.828,94

14.10. 7301 Ausgangsfrachten 0 % / 2800 Bank 1.190,00

20.10. 2800 Bank 36.790,17 / 20742 P. H. Gould LLC 36.887,17
7790 Spesen des Geldverkehrs 97,00 /

Skonto: USD 800,00 : 1,0627 = € 752,80
4416 Kundenskonti Export / 20742 P. H. Gould LLC 752,80

Kursdifferenz:

USD 40.000,00 : 1,0558 =	€ 37.885,96
USD 40.000,00 : 1,0627 =	€ 37.639,97
Kursverlust	€ 245,99

7815 Fremdwährungskursverluste / 20742 P. H. Gould LLC 245,99

Zur Ermittlung der Kursdifferenz wird der **Rechnungsbetrag zum Entstehungskurs dem Rechnungsbetrag zum Tageskurs** gegenübergestellt. Ist der Rechnungsbetrag zum Tageskurs **kleiner** als der Rechnungsbetrag zum Entstehungskurs, ergibt dies einen **Kursverlust.**

Üben

SbX ID: 6222

Ü 6.09: Innergemeinschaftliche Lieferung, Gewinnauswirkung

A B C D E

SbX **Buchungstrainer ID: 6222**

Die Bären Batterie GmbH, Klagenfurt am Wörthersee, erzeugt Batterien verschiedenster Art (z. B. Starter-, Solar-, Antriebs-, Notstromanlagenbatterien). Die Erzeugnisse werden weltweit verkauft. Dabei ergeben sich u. a. folgende Geschäftsfälle:

28.10. A 3167 Lieferung von Autobatterien an das Unternehmen P. Butor, Paris, (Kontonummer 20679, Numéro d'identification FR62341071032), € 9.200,–

4.11. B 168 Überweisung an den Spediteur LKW WALTER AG für den Transport der Ware nach Frankreich € 550,– + € 110,– USt = € 660,–

7.11. B 170 P. Butor hat als Teilzahlung € 4.600,– – € 138,– Skonto = € 4.462,– überwiesen.

Aufgabe: a) Stellen Sie die Buchungsanweisungen auf. C
b) Geben Sie neben dem gebildeten Buchungssatz in Klammer an, ob sich durch den Geschäftsfall der Gewinn erhöht (↑), vermindert (↓), oder ob es sich um eine erfolgsneutrale Buchung (Ø) handelt. D

SbX **Buchungstrainer ID: 6222**

Ü 6.10: Innergemeinschaftliche Lieferung

Verbuchung von Geschäftsfällen der Vereinigten Schokoladefabriken Gesellschaft mbH, Wien

27.12. Lieferung an die Lenex GmbH, München, Konto-Nr. 20684

VEREINIGTE SCHOKOLADEFABRIKEN
Gesellschaft m.b.H.
Bankgasse 10, 1010 Wien
Telefon: +43 1 533 36 01–0
Telefax: +43 1 533 36 01–40
Bank: UniCredit Bank Austria AG
IBAN AT04 1200 0500 5440 2500 / BIC BKAUATWW

LENEX GmbH
Schillerstraße 17
80802 MÜNCHEN
DEUTSCHLAND

Rechnung Nr.: A 4345 Wien, 27. Dez. 20 . .
ha

Menge	Artikel		Summe EUR
9.216 kg (= 2.880 Einh. à 8 x 400 g)	CACAO Instant Art. 206		16.256,63
		– Rabatt	487,70
			15.768,93

Umsatzsteuerfreie innergemeinschaftliche Lieferung

LENEX GmbH:	USt-Id.Nr. DE374129724
Lieferung:	ab Werk Wien
Kontrakt Nr.:	72-130/20014
Zahlung:	innerhalb von 10 Tagen ab Rechnungsdatum

VEREINIGTE SCHOKOLADEFABRIKEN
Gesellschaft m.b.H.
1010 Wien, Bankgasse 10

UID-Nr.: ATU37649283; ARA-Nr.: 8247; DVR-Nr.: 0028193; FN 124182w, HG Wien

9. 1. Gutschrift des Betrages

Bank Austria
UniCredit Group

B5

Belegnr.: 1316110000764 Gutschrift
Wien/8813 20..-01-09
Referenznummer IKB0307345
Telefon: 05 05 05
20..-01-09 EUR

Zahlungsgrund: IKB0307345/A 4345
EINL.-BETRAG EUR 15.768,93

Betrag:
EUR **************15.768,93**
Wert 11.01 EUR 15.768,93

Auftraggeber: LENEX GMBH
SCHILLERSTRASSE 17
80802 MÜNCHEN

Begünstigter: VEREINIGTE SCHOKOLADEFABRIKEN GMBH
BANKGASSE 10
1010 WIEN

Firmenname/Company name: UniCredit Bank Austria AG
Firmensitz/Company location: 1010 Wien/Vienna, Schottengasse 6-8
Firmenbuchgericht/Register of Companies: Handelsgericht Wien,
FN 150714p, UID-Nr./VAT-Identification number: ATU51507409, DVR 0030066,
BIC: BKAUATWW, www.bankaustria.at
JA0354 - 09.2008 (AFP/PCL)

Aufgabe: Stellen Sie die Buchungsanweisungen auf. C

SbX
Buchungstrainer
ID: 6222

Ü 6.11: Export, Gewinnauswirkung

Die Kaiser & Wagner AG, Wien, verkauft an das Unternehmen P. Kronstet, Oslo, Kontonummer 20426, Chemikalien.

28.11.	A 4128	NOK 70.000,–, Zahlungsbedingungen: 50 % bei Erhalt der Ware abzüglich 2 % Skonto, 50 % nach einem Monat, Tageskurse: 8,5506/8,4856
30.11.	K 4328	Zahlung an den Spediteur Treu Speditions-GmbH für den Transport € 470,–
9.12.	B 198	P. Kronstet hat NOK 35.000,– – NOK 700,– Skonto = NOK 34.300,– überwiesen. Gutschrift in Euro zum Kurs von 8,5240 abzüglich € 14,50 Spesen.

Aufgabe: a) Bilden Sie die Buchungsanweisungen. C
Am 9. Dez. ist als Nebenrechnung die Abrechnung für den Verkauf der NOK aufzustellen.
b) Geben Sie neben dem gebildeten Buchungssatz in Klammer an, ob sich durch den Geschäftsfall der Gewinn erhöht (↑), vermindert (↓), oder ob es sich um eine erfolgsneutrale Buchung (∅) handelt. D

SbX
Buchungstrainer
ID: 6222

Ü 6.12: Export

Die Ing. K. Wegbauer GmbH, Maschinenhandel, Dornbirn, steht mit dem Unternehmen Walter Degiacomi, Aarstraße 7, Bern, Konto-Nr. 20670, in Geschäftsverbindung. Am 7. Sep. wird ein Vertrag zur Lieferung einer Spezialmaschine an Walter Degiacomi abgeschlossen.

23.11.	A 1375	Lieferung der Maschine; CHF 42.000,–; Kurs 1,0286
9.12.	B 187	Walter Degiacomi hat CHF 22.000,– überwiesen. Abrechnung der Bank: CHF 22.000,– zu 1,0282 = € 21.396,62 – € 69,– Spesen = € 21.327,62

Aufgabe: Stellen Sie die Buchungsanweisungen auf. C

Weitere Übungsbeispiele finden Sie im Anhang.

Sichern

SbX ID: 6223

SbX
ID: 6223

Im SbX finden Sie eine Sammelmappe mit Zusammenfassungen zu allen Kapiteln und Lerneinheiten sowie eine Bildschirmpräsentation.

Wissen

SbX ID: 6224

A B C D E
SbX
ID: 6224

Möglichkeiten zur Kompetenzüberprüfung im SbX

Wiederholungsfragen | Aufgaben mit automatischer Aufgabenkontrolle | $H_2Ö$ MUSTERUNTERNEHMEN

Ein kurzer Kompetenz-Check, bevor's weitergeht!

Kompetenz-Check

	☺	😐	☹
Ich kann den Begriff innergemeinschaftliche Lieferungen erklären.			
Ich kann die umsatzsteuerlichen Besonderheiten einer innergemeinschaftlichen Lieferung erläutern.			
Ich kann die Bedeutung, die Erstellung und die Übermittlung der Zusammenfassenden Meldung erläutern.			
Ich kann eine innergemeinschaftliche Lieferung, die Transportkosten und die Zahlung einer Ausgangsrechnung mit und ohne Berücksichtigung des Skontos verbuchen.			
Ich kann den Begriff Export erklären.			
Ich kann die umsatzsteuerlichen Besonderheiten eines Exports erläutern.			
Ich kann einen Export, die Transportkosten, die Zahlung einer Ausgangsrechnung mit und ohne Berücksichtigung des Skontos sowie die Kursdifferenzen verbuchen.			

Lerneinheit 3

Innergemeinschaftliche Erwerbe und Importe

SbX
Alle SbX-Inhalte zu dieser Lerneinheit finden Sie unter der ID: 6230.

Der Auszug aus der Statistik des Pkw-Bestandes nach Marken zeigt, dass in Österreich Personenkraftwagen der Marke Volkswagen (VW) am beliebtesten sind, gefolgt von Audi und Opel.

Marke	PKW 05/2015	Anteile in %
VW	972.506	20,6
Audi	353.172	7,5
Opel	324.247	6,9
Ford	278.099	5,9
BMW	248.777	5,3
Mercedes	236.548	5,0
Skoda	236.486	5,0

Q: Statistik Austria

Quelle: Statistik Austria; Statistik der Kraftfahrzeuge, Mai 2015; **www.statistik.at**

Diese Fahrzeuge kommen als innergemeinschaftliche Erwerbe oder als Importe nach Österreich. Wie die Verbuchung derartiger Geschäftsfälle vorzunehmen ist, wird in dieser Lerneinheit dargestellt.

Lernen

A B C D E

1 Innergemeinschaftliche Erwerbe

Markieren Sie im nachfolgenden Text die Antworten auf folgende Fragen:

- **Wann liegt ein innergemeinschaftlicher Erwerb vor?**
- **Welche umsatzsteuerlichen Besonderheiten müssen bei einem innergemeinschaftlichen Erwerb beachtet werden?**
- **Welche Belege bilden die Grundlage für die Verbuchung von innergemeinschaftlichen Erwerben?**
- **Wie lauten die Buchungssätze für die Verbuchung eines innergemeinschaftlichen Erwerbes, der Bezugskosten und der Zahlung einer Eingangsrechnung mit und ohne Berücksichtigung des Skontos sowie der Kursdifferenzen?**

Innergemeinschaftlicher Erwerb

EU-Land Verkäufer	Inland Käufer

Ein **innergemeinschaftlicher (ig.) Erwerb** liegt unter anderem dann vor, wenn

- ein Gegenstand bei einer Lieferung vom Lieferanten **an den Käufer** (Abnehmer, Erwerber) **von einem Mitgliedsstaat** (z. B. Deutschland) **in das Inland** (z. B. Österreich) gelangt,
- der **Käufer** ein **Unternehmer** ist, der den Gegenstand für sein Unternehmen erwirbt,
- der **Lieferant** die **Lieferung im Rahmen seines Unternehmens** ausführt.

ig. Erwerb – Kauf eines Unternehmers im EU-Gemeinschaftsgebiet

Weist sich der **Käufer (Erwerber)** mit seiner **UID-Nummer** gegenüber dem Lieferanten im EU-Gemeinschaftsgebiet aus, so **kann der Lieferant steuerfrei liefern.** Der (österreichische) Käufer (Erwerber) muss jedoch im Regelfall **Erwerbsteuer** (Umsatzsteuer aus ig. Erwerben), **z. B. 20 %, 10 %, entrichten.** Bemessungsgrundlage für die Berechnung der Erwerbsteuer ist das **Entgelt laut Rechnung.**

Erwerbsteuer (Umsatzsteuer aus ig. Erwerben)

Erwerbsteuerjournal

Die **Bemessungsgrundlage für die Erwerbsteuer** ist, **nach Steuersätzen getrennt, aufzuzeichnen.** Nachträgliche Entgeltminderungen sind ebenfalls entsprechend zu erfassen.

Vorsteuer aus ig. Erwerben

Die Erwerbsteuer ist im Normalfall als **Vorsteuer aus innergemeinschaftlichen Erwerben** abziehbar, sodass der vorsteuerabzugsberechtigte Käufer (Erwerber) durch die Erwerbsteuer nicht belastet wird.

Die Steuerschuld entsteht bei der Erwerbsteuer mit **Ausstellung der Rechnung,** spätestens jedoch **am 15. Tag des dem Erwerb folgenden Kalendermonats.**

Buchungsgrundlage

Grundlage der Verbuchung sind die vom **Lieferanten** (Verkäufer) **ausgestellten Eingangsrechnungen,** die Belege über den **Transport** sowie die entsprechenden **Zahlungsbelege.**

Buchungen im Zusammenhang mit ig. Erwerben

Neue Konten
2510 Vorsteuer aus ig. Erwerben
3510 Erwerbsteuer

- **Eingangsrechnung für einen innergemeinschaftlichen Erwerb von Handelswaren**

  5000 HW-Einsatz / 33 . . . Lieferantenkonto

  2510 Vorsteuer aus ig. Erwerben / 3510 Erwerbsteuer (USt aus ig. Erwerben)

  Innergemeinschaftliche Erwerbe aus **WWU-Staaten (Euro-Zone)** werden in **Euro** fakturiert. Rechnungsbeträge in Währungen von **EU-Staaten, die nicht an der Wirtschafts- und Währungsunion teilnehmen,** werden zum **Zollwertkurs** (oder zum **niedrigeren Tages-Devisenkurs** laut Bankmitteilung oder Kursblatt) in Euro umgerechnet.

Die **Zollwertkurse** werden vom Bundesministerium für Finanzen festgelegt und u. a. im Internet unter **www.bmf.gv.at,** Register **Zoll, Kassenwerte, Zollwertkurse und Zollwertrichtungskurse,** verlautbart.

- **Bezugskosten (Bezugsspesen)**

  Güterbeförderungen im innergemeinschaftlichen Warenverkehr unterliegen in dem Land der Umsatzsteuer, in dem **das Unternehmen, welches den Spediteur mit der Beförderung beauftragt, sein Unternehmen betreibt** (Empfängerortprinzip).

  Durchführung des Transportes durch ein Transportunternehmen im Auftrag eines österreichischen Unternehmens:

  5000 HW-Einsatz / 33 . . . Lieferantenkonto (2800 Bank etc.)
  2500 Vorsteuer /

- **Zahlung der Eingangsrechnung abzüglich Skonto**

  33 . . . Lieferantenkonto / 2800 Bank *

  * Beträge laut **Bankabrechnung**

Liegt keine **SEPA-Überweisung** vor, lautet die Buchung:

33 . . . Lieferantenkonto / 2800 Bank
7790 Spesen des Geldverkehrs /

  Für **Überweisungen innerhalb der Europäischen Union in Euro auf Eurokonten** (SEPA-Überweisungen) werden im Allgemeinen **keine speziellen Gebühren bzw. Spesen** in Rechnung gestellt.

Neues Konto
5885 Lieferantenskonti aus ig. Erwerben

  33 . . . Lieferantenkonto / 5885 Lieferantenskonti aus ig. Erwerben

  Bei Überweisung eines Fremdwährungsbetrages wird auch der Skonto zum **Kurs der Bankabrechnung** umgerechnet.

  3510 Erwerbsteuer / 2510 Vorsteuer aus ig. Erwerben

  Der Skonto vermindert das ursprüngliche Entgelt. Die **Erwerbsteuer** ist daher **entsprechend zu korrigieren.**

- **Kursdifferenzen bei Fremdwährungsverbindlichkeiten**

  Bei Eingangsrechnungen in **Währungen von EU-Staaten, die nicht an der Wirtschafts- und Währungsunion teilnehmen,** sind die Kursdifferenzen (der Zahlungsausgleich erfolgt zu einem anderen als bei der Verbuchung der Eingangsrechnung verwendeten Kurs) auf den Konten **4840 Fremdwährungskursgewinne** bzw. **7815 Fremdwährungskursverluste** zu erfassen.

Bei **Verbindlichkeiten gegenüber Lieferanten aus WWU-Staaten** ergeben sich **keine Kursdifferenzen,** da die erforderlichen Buchungen sowohl bei der Entstehung als auch beim Ausgleich in Euro erfolgen.

  Für die Beurteilung, ob ein **Kursgewinn oder Kursverlust** vorliegt, sind die **Werte zum Entstehungs- und Tageskurs** zu errechnen.

  - Verbuchung Kursgewinn

    33 . . . Lieferantenkonto / 4840 Fremdwährungskursgewinne

  - Verbuchung Kursverlust

    7815 Fremdwährungskursverluste / 33 . . . Lieferantenkonto

Kauf von Anlagen

Anlagenkäufe

Innergemeinschaftliche Anlagenkäufe sind im Prinzip in gleicher Weise wie ig. Warenerwerbe zu behandeln (Erwerbsteuer etc.). Ein Skonto vermindert den Anschaffungswert und ist im Haben des Anlagenkontos zu verbuchen.

Lehrbeispiel

VAT Reg. No. → Value added tax identification number

L 6.07: Innergemeinschaftlicher Erwerb

Ursula Gasser e. U., Spielwarengroßhandel, Wien, kauft Spielzeug von Lieferanten aus Deutschland und England. Es ergeben sich u. a. die nachfolgenden Geschäftsfälle.

28.10.	E 1378	Einkauf von Spielwaren von der Merkle KG, Nürnberg, € 6.000,–, 60 Tage Ziel, bei Zahlung innerhalb von zehn Tagen 3 % Skonto (Rechnung 13987), 20 % Erwerbsteuer, Kontonummer 33679, USt-Id.Nr. DE345123872
4.11.	B 192	Ausgleich der E 1378 durch Überweisung von € 6.000,– – € 180,– Skonto = = € 5.820,– an die Merkle KG
29.11.	E 1478	Wareneinkauf vom Spielwarenproduzenten John Garish, Manchester, GBP 4.800,–, 30 Tage Ziel (Rechnung 9489), 20 % Erwerbsteuer, Kontonummer 33412, VAT Reg. No. GB789654231, Kurs 0,8265/0,8215
1.12.	B 208	Speditionsrechnung der Schenker & Co AG, Wien, für den Transport der Spielwaren aus England € 540,– + € 108,– USt = € 648,–
28.12.	B 219	Überweisung an John Garish GBP 4.800,–, Kurs 0,8310 = € 5.776,17 + + € 29,– Spesen = € 5.805,17

Aufgabe: Stellen Sie die Buchungsanweisungen auf. C

Lösung:

28.10. 5000 HW-Einsatz / 33679 Merkle KG 6.000,00
Erwerbsteuer: 6.000,00 · 20 % = € 1.200,00
2510 Vorsteuer aus ig. Erwerben / 3510 Erwerbsteuer 1.200,00

4.11. 33679 Merkle KG / 2800 Bank 5.820,00
33679 Merkle KG / 5885 Lieferantenskonti aus ig. Erwerben 180,00
Korrektur Erwerbsteuer: 180,00 · 20 % = € 36,00
3510 Erwerbsteuer / 2510 Vorsteuer aus ig. Erwerben 36,00

29.11. GBP 4.800,00 : 0,8215 = € 5.842,97
5000 HW-Einsatz / 33412 John Garish 5.842,97
Erwerbsteuer: 5.842,97 · 20 % = € 1.168,59
2510 Vorsteuer aus ig. Erwerben / 3510 Erwerbsteuer 1.168,59

1.12. 5000 HW-Einsatz 540,00 / 2800 Bank 648,00
2500 Vorsteuer 108,00 /

28.12. 33412 John Garish 5.776,17 / 2800 Bank 5.805,17
7790 Spesen des Geldverkehrs 29,00 /
Kursdifferenz:
GBP 4.800,00 : 0,8215 = € 5.842,97
GBP 4.800,00 : 0,8310 = € 5.776,17
Kursgewinn € 66,80
33412 John Garish / 4840 Fremdwährungsgewinne 66,80

Zur Ermittlung der Kursdifferenz wird der **Rechnungsbetrag zum Entstehungskurs dem Rechnungsbetrag zum Tageskurs** gegenübergestellt. Ist der Rechnungsbetrag zum Tageskurs **kleiner** als der Rechnungsbetrag zum Entstehungskurs, ergibt dies einen **Kursgewinn.**

2 Importe

Markieren Sie im nachfolgenden Text die Antworten auf folgende Fragen:

- **Wann liegt ein Import vor?**
- **Welche umsatzsteuerlichen Besonderheiten müssen beim Import beachtet werden?**
- **Welche Belege bilden die Grundlage für die Verbuchung von Importen?**
- **Wie lauten die Buchungssätze für die Verbuchung eines Imports, der Bezugskosten, der Zahlung einer Eingangsrechnung mit und ohne Berücksichtigung des Skontos sowie der Kursdifferenzen?**

Import

Inland Käufer	**Drittland** **Verkäufer**

Unter einem **Import** versteht man die **Einfuhr von Gegenständen aus** einem **Drittland in das Inland.**

Import – Kauf aus einem Drittland

Neben dem **Zoll** (es gibt auch zollfreie Importe) und gegebenenfalls einer **Verbrauchsteuer** ist die **Einfuhrumsatzsteuer (EUSt)** zu entrichten.

Zoll, Einfuhrumsatzsteuer
Zu **Zoll** und **Einfuhrumsatzsteuer** siehe unter **www.bmf.gv.at,** Register **Steuern, Für Selbstständige & Unternehmen, Umsatzsteuer, Informationen.**

Die für einen Import **anfallende Einfuhrumsatzsteuer** wird von der **Zollverwaltung** im Rahmen des **Zollverfahrens** ermittelt und in der Regel dem **Finanzamt des Importeurs** (Käufers) mitgeteilt. Das Finanzamt **belastet** in Folge das **Abgabenkonto** des Importeurs (Käufers) mit dem Einfuhrumsatzsteuerbetrag. Mit **Ende des Monats** (Voranmeldezeitraumes), in dem das Finanzamt die Belastung des Abgabenkontos vornimmt, **entsteht die EUSt-Schuld.**

Im Allgemeinen kann die geschuldete Einfuhrumsatzsteuer als Vorsteuer in dem Monat (Voranmeldezeitraum) **dem Finanzamt verrechnet** werden, in dem die Steuerschuld entsteht. Das heißt, eine im März 20 . . entstandene EUSt-Schuld wird in gleicher Höhe als Vorsteuer bei der Errechnung der Zahllast für März 20 . . berücksichtigt.

In der dem Finanzamt am **15. des auf den Voranmeldezeitraum zweitfolgenden Kalendermonats** abzugebenden **Umsatzsteuervoranmeldung (UVA)** wird **die EUSt als Vorsteuer angeführt,** sodass bei vollständiger Vorsteuerabzugsberechtigung des Unternehmers die EUSt-Schuld damit ausgeglichen wird. Bezüglich der Einfuhrumsatzsteuer ist daher **keine Zahlung an das Finanzamt** zu leisten und auch **keine Erfassung in der Buchführung** erforderlich.

Buchungsgrundlage

Die Importe sind aufgrund der vom **Lieferanten** (Verkäufer) **ausgestellten Eingangsrechnungen,** der Belege zu den **Transporten** (und gegebenenfalls der Zollverwaltung über den Zoll) und der entsprechenden **Zahlungsbelege** zu verbuchen.

Buchungen im Zusammenhang mit Importen

- **Eingangsrechnung für einen Import von Waren**

  5000 HW-Einsatz / 33 . . . Lieferantenkonto

  Ein Fremdwährungsbetrag wird zum **Zollwertkurs** oder zum **niederen Devisenkurs** laut Bankmitteilung oder Kursblatt umgerechnet.

- **Bezugskosten (Bezugsspesen)**

  5000 HW-Einsatz / 33 . . . Lieferantenkonto (2800 Bank etc.)

  Die **Beförderung von Gegenständen** im grenzüberschreitenden Beförderungsverkehr und im internationalen Eisenbahnfrachtverkehr ist bei Importen **umsatzsteuerfrei.**

- **Zahlung der Eingangsrechnung abzüglich Skonto**

  33 . . . Lieferantenkonto / 2800 Bank
  7790 Spesen des Geldverkehrs /

  Neues Konto **5886 Lieferantenskonti Import**

  33 . . . Lieferantenkonto / 5886 Lieferantenskonti Import

  Ein Fremdwährungsbetrag ist zum **Kurs der Bankabrechnung** umzurechnen.

- **Kursdifferenzen bei Fremdwährungsverbindlichkeiten**
  Erfolgt der Ausgleich von Eingangsrechnungen aus einem Import zu einem anderen Kurs als die Erfassung der Eingangsrechnungen, sind diese Kursdifferenzen auf den Konten **4840 Fremdwährungskursgewinne** bzw. **7815 Fremdwährungskursverluste** zu erfassen.
  - Verbuchung Kursgewinn

    33 . . . Lieferantenkonto / 4840 Fremdwährungskursgewinne

  - Verbuchung Kursverlust

    7815 Fremdwährungskursverluste / 33 . . . Lieferantenkonto

Lehrbeispiel

L 6.08: Import

Die Erich Leichter KG, Althofen, handelt mit Spezialmaschinen für die Textilindustrie. Im Zusammenhang mit einem Warenimport aus der Schweiz sind die nachfolgenden Geschäftsfälle zu erfassen.

20.11.	E 987	Import von Maschinen von der Salzer AG, Basel, Kontonummer 33790, CHF 90.000,–, Kurse 1,0576/1,0465
25.11.	B 192	Überweisung an die Salzer AG: CHF 60.000,– – CHF 1.200,– Skonto = CHF 58.800,–, abgerechnet zum Kurs von 1,0225 = € 57.506,11 + € 200,– Spesen = € 57.706,11
28.11.	B 194	Überweisung an den Spediteur Künstl AG: div. Bezugskosten für die Lieferung der Salzer AG € 1.827,–

Aufgabe: Stellen Sie die Buchungsanweisungen auf. C

Lösung:

20.11. CHF 90.000,00 : 1,0465 = € 86.000,96
5000 HW-Einsatz / 33790 Salzer AG 86.000,96

25.11. 33790 Salzer AG 57.506,11 / 2800 Bank 57.706,11
7790 Spesen des Geldverkehrs 200,00 /

Skonto = CHF 1.200,00 : 1,0225 = € 1.173,59
33790 Salzer AG / 5886 Lieferantenskonti Import 1.173,59

Kursdifferenz:

CHF 60.000,00 : 1,0465 =	€ 57.333,97
CHF 60.000,00 : 1,0225 =	€ 58.679,71
Kursverlust	€ 1.345,74

7815 Fremdwährungskursverluste / 33790 Salzer AG 1.345,74

28.11. 5000 HW-Einsatz / 2800 Bank 1.827,00

Zur Ermittlung der Kursdifferenz wird der **Rechnungsbetrag zum Entstehungskurs dem Rechnungsbetrag zum Tageskurs** gegenübergestellt. Ist der Rechnungsbetrag zum Tageskurs **größer** als der Rechnungsbetrag zum Entstehungskurs, ergibt dies einen **Kursverlust.**

Üben

SbX ID: 6232

A B C D E

SbX Buchungstrainer ID: 6232

Ü 6.13: Innergemeinschaftlicher Erwerb, Gewinnauswirkung

Die Maschinenhandelsgesellschaft mbH, Wien, bezieht Maschinen aus Deutschland. Lieferant: H. C. Anger, Maschinenfabrik AG, Augsburg, Kontonummer 33430, USt-IdNr. DE219647621

13.11.	E 3825	Kauf von zwei Maschinen à € 9.000,–, R.-Nr. 4875, ein Monat Ziel, 20 % Erwerbsteuer
22.11.	B 180	Speditionsrechnung der Gebrüder Weiss GmbH, Transportkosten € 1.510,– + + € 302,– USt = € 1.812,–
14.12.	B 198	Überweisung von € 10.000,–; den Restbetrag hat der Lieferant auf einen Monat gestundet.

Aufgabe: a) Stellen Sie die Buchungsanweisungen auf. C
b) Geben Sie neben dem gebildeten Buchungssatz in Klammer an, ob sich durch den Geschäftsfall der Gewinn erhöht (↑), vermindert (↓), oder ob es sich um eine erfolgsneutrale Buchung (Ø) handelt. D

SbX
Buchungstrainer
ID: 6232

Ü 6.14: Innergemeinschaftlicher Erwerb

Die Ing. Hans Böhm GmbH, Wien, handelt mit Maschinen der holzverarbeitenden Industrie. Im November 20 . . ergeben sich u. a. die folgenden Geschäftsfälle:

5.11.

Ingemar Verkerk
Karlavägen 8, Box 903
175 29 Stockholm
Tel. +46 8 43 90 50

E 1761

EINGEGANGEN 5. Nov. 20 . .

Ing. Hans Böhm GmbH
Liechtensteinstr. 20
1090 Wien

Rechnung Nr.: 3489

Ihr Zeichen, Ihre Bestellung vom	Unser Zeichen	Lieferdatum	Datum
2. Sep. 20 . .	St/K	3. Nov. 20 . .	3. Nov. 20 . .

Art. Nr.	Menge	Bezeichnung	Preis SEK	Betrag SEK
2345	5	Kantenanleimmaschine HOLZHER	40.000,00	200.000,00

Lieferung: ab Lager
Zahlung: 2 Monate Ziel, bei Zahlung innerhalb von 10 Tagen 2 % Skonto

Unsere USt-IdNr. (Moms Nr.) SE281467139135
Ihre UID-Nr. ATU31172236
Umsatzsteuerfreie innergemeinschaftliche Lieferung

Kontonummer von Ingemar Verkerk 33516, Kurse 8,8960/8,8260, 20 % Erwerbsteuer

6.11. B 170 Zahlung an den Spediteur: diverse Bezugskosten € 1.925,– + € 385,– USt = = € 2.310,–

11.11. B 190 Überweisung an Ingemar Verkerk SEK 100.000,– – SEK 2.000,– Skonto = = SEK 98.000,–, Kurs 8,8389 = € 11.087,35 + € 49,– Spesen = € 11.136,35

Aufgabe: Stellen Sie die Buchungsanweisungen für die laufenden Buchungen auf. C

SbX
Buchungstrainer
ID: 6232

Ü 6.15: Import, Gewinnauswirkung

Dipl.-Ing. Regelhofer e. U., Wien, schließt am 20. Okt. einen Vertrag mit der P. H. Peterson LLC, Boston, Kontonummer 33714, über die Lieferung von Maschinen (Handelsware) ab.

2.12. E 2588 Lieferung der Maschinen; die Rechnung lautet auf USD 139.400,–; Kurse: 1,0881 / 1,0781.

10.12. B 201 An die P. H. Peterson LLC wurden USD 80.000,– – USD 1.600,– Skonto = = USD 78.400,– überwiesen. Abgerechnet zum Kurs von 1,0748 = = € 72.943,80 + € 208,– Spesen = € 73.151,80

12.12. B 202 An die Spedition Interlogistik GmbH wurden € 2.500,– Bezugskosten überwiesen.

Aufgabe: a) Stellen Sie die Buchungssätze für die laufenden Geschäftsfälle auf. C

b) Führen Sie an, ob sich die Buchungen gewinnerhöhend (↑), gewinnmindernd (↓) auswirken oder erfolgsneutral (∅) sind. D

SbX
Buchungstrainer
ID: 6232

Die ukrainische Rechtsform TOB entspricht einer GmbH.

Ü 6.16: Import

Der Geschenkegroßmarkt Andrea Giefing KG, Spittal an der Drau, kauft Designer-Gläser von der Maksimus TOB, Ukraine, Kontonummer 33302.

9.12.

Maksimus TOB – Pushkinska Str. 29, – UA-01004 Kiew, Ukraine
www.maksimus.com – e-mail: office@maksimus.com – tel/fax: +38 044 537 450

E875

Andrea Giefing KG
Zernattostraße 2
9800 Spittal/Drau

9. Dezember 20 . .

RECHNUNG 20841 Lieferdatum 7. Dezember 20 . .

100 Stk. Großformatvasen, AnnaGlass, à EUR 120,00	EUR 12.000,00
90 Stk. Geschenkpokale, Replicas, à EUR 200,00	EUR 18.000,00
Gesamtpreis	**EUR 30.000,00**

Zahlung: Innerhalb 10 Tagen, Preisabzüge werden nicht anerkannt

13.12. B 204 Überweisung an den Spediteur für Bezugskosten (Transport, Zoll) € 1.820,–
16.12. B 206 Überweisung an die Maksimus TOB € 20.000,– + € 49,– Spesen = € 20.049,–

Aufgabe: Stellen Sie die Buchungssätze für die laufenden Geschäftsfälle auf. C

Weitere Übungsbeispiele finden Sie im Anhang.

Sichern

SbX ID: 6232

SbX
ID: 6232

Im SbX finden Sie eine Sammelmappe mit Zusammenfassungen zu allen Kapiteln und Lerneinheiten sowie eine Bildschirmpräsentation.

Wissen

SbX ID: 6234

A B C D E
SbX
ID: 6234

Möglichkeiten zur Kompetenzüberprüfung im SbX

Wiederholungsfragen | Aufgaben mit automatischer Aufgabenkontrolle | H2Ö MUSTERUNTERNEHMEN

Ein kurzer Kompetenz-Check, bevor's weitergeht!

Kompetenz-Check

	☺	😐	☹
Ich kann den Begriff innergemeinschaftlicher Erwerb erklären.			
Ich kann die umsatzsteuerlichen Besonderheiten eines innergemeinschaftlichen Erwerbs erläutern.			
Ich kann einen innergemeinschaftlichen Erwerb, die Transportkosten, die Zahlung einer Eingangsrechnung mit und ohne Berücksichtigung des Skontos sowie die Kursdifferenzen verbuchen.			
Ich kann den Begriff Import erklären.			
Ich kann die umsatzsteuerlichen Besonderheiten eines Imports erläutern.			
Ich kann einen Import, die Transportkosten, die Zahlung einer Eingangsrechnung mit und ohne Berücksichtigung des Skontos sowie die Kursdifferenzen verbuchen.			

6.3 WAREN- UND ZAHLUNGSVERKEHR MIT DEM AUSLAND – FALLBEISPIEL

Worum geht's in diesem Abschnitt?

SbX
Alle SbX-Inhalte zu diesem Abschnitt finden Sie unter der ID: 6300.

Sie haben in den vorherigen beiden Abschnitten sowohl mit fremden Währungen gerechnet als auch verschiedene Geschäftsfälle im grenzüberschreitenden Warenverkehr behandelt.

In diesem Abschnitt werden die bisher getrennt dargestellten Geschäftsfälle, die beim Waren- und Zahlungsverkehr mit dem Ausland entstehen, in einem Fallbeispiel zusammengefasst.

Kompetenzen, die Sie erwerben

Mit der Bearbeitung dieses Abschnitts beweisen Sie die **Kompetenzen** zur **Abrechnung von Valuten und Devisen,** zur **Verbuchung von Geschäftsfällen, die den Warenverkehr mit dem Ausland betreffen** und zur **Berechnung und Verbuchung der Umsatzsteuer zu diesen Geschäftsfällen.** Sie können

- die Abrechnung von Valuten und Devisen durch Kreditinstitute durchführen,
- die Verbuchung von Geschäftsfällen, die den Warenverkehr mit dem Ausland betreffen, durchführen und
- die damit zusammenhängenden Steuern berechnen und verbuchen.

A B C D E

In diesem Abschnitt finden Sie ein Fallbeispiel zur Kompetenzüberprüfung auf der Handlungsebene C **Anwenden.**

Üben

SbX ID: 6302

A B C D E
SbX
Buchungstrainer ID: 6302

Ü 6.17: Waren- und Zahlungsverkehr mit dem Ausland

Die Neudoerfler Office Systems GmbH, Neudörfl im Burgenland, produziert Schreibtische und Büroschränke und handelt zusätzlich mit Bürostühlen. Das Unternehmen verkauft seine Waren sowohl online als auch mit seinen Vertriebspartnern in Österreich und international. Im Juni 20 . . werden folgende Auslandsgeschäfte getätigt.

Die Rechtsform d.o.o. (Društvo s ograničenom odgovornošću) entspricht einer GmbH.

Die Rechtsform Sárl entspricht einer GmbH.

3.6.	A 4072	Die Neudoerfler Office Systems GmbH, Neudörfl, liefert an die Emir Zulić d.o.o. (20763), Sarajevo (Bosnien und Herzegowina), Büromöbel im Wert von BAM 180.000,–; BAM-Kurse 2,0627/1,9425.
4.6.	S 321	Zahlung an den Spediteur für den Transport der Büromöbel nach Sarajevo € 3.220,– mit der VISA-Firmen-Kreditkarte
8.6.	A 4091	Lieferung von Büromöbeln an die Aerocraft GmbH (20607), München, € 21.320,–, UID-Nr. DE198708379, 2 Monate Ziel
9.6.	B 84	Bankausgang € 1.740,–; Überweisung an den Spediteur für den Transport der Ware nach München € 1.450,– + 20 % USt

12.6.

SODOA Sárl

EINGEGANGEN
12. JUNI 20 . .
E 407

19, Rue Georges Citerne
75015 Paris

Tel.: 33 (0)1 59 482 482
Fax: 33 (0)1 59 482 473
sodoa.com
contact@sodoa.com
Identifiant CEE FR 28712720374

FACTURE INVOICE

Neudoerfler Office Systems GmbH
Komm.-Rat Karl Markon Straße 530
7201 Neudoerfl
Austria

Facture invoice	3478/. .
Expédie le	9.6.20 . .
Client	20291
Bon livraison	3478/. .

Code article Art. Nr.	Bezeichnung	Qté Menge	Prix € Preis in €	Montant H.T. Betrag in €
MY 5601106	MAYA high back chair	15	115,00	1.725,00
YR 045GRDU	Castor for hard floor	60	1,20	72,00
MA 3501084	MAYA medium backrest	15	58,00	870,00
YR 045GRDU	Castro for hard floor	60	1,20	72,00
	livraison intracommunautaire exonerée *			

Total H. T.			USt %		Total T.T.C. Gesamtbetrag in €
2.739,00		–	0,00%	–	2.739,00

Mode de réglement/Zahlungsvereinbarung:
30 jours net ou comptant (en 12 jours) + deductron de 2 % d'escompte
Zahlbar innerhalb von 12 Tagen mit 2 % Skonto oder 30 Tage netto
Mode de livraison/Lieferbedingungen:
Carriage Paid To Neudoerfl

Identifiant CEE Client/UID-Nummer Kunde: ATU20952707
Compte bancaire | Bankverbindung:
HSBC France, code banque 30056, code guichet 00275, numéro de compte 02752017230
IBAN FR76 3005 6002 7502 7520 1723 036
BIC CCFRFRPP

* Steuerfreie innergemeinschaftliche Lieferung

Kontonummer der Sodoa Sárl 33299, 20 % Erwerbsteuer

12.6. Ausgleich der A 4072 durch die Emir Zulić d.o.o., BAM 180.000,– – BAM 3.600,– Skonto = BAM 176.400,–; Kurse laut Auszug aus dem Kursblatt der UniCredit Bank Austria AG; Spesen € 200,–

Bank Austria Member of UniCredit B 87

Devisenkurse der Bank Austria vom ......20..
Für 1 EUR

Währung	ISO-Code	Erhalten Sie	Zahlen Sie
Bosnische Mark	BAM	1,8958	2,0158

15.6.

Dietrich
Switzerland

E 444

Dietrich AG
Bahnhofplatz 25
9001 St. Gallen
SCHWEIZ
Tel +41 71 224 3311
Fax +41 71 224 3312
www.dietrich-switzerland.com

NEUDOERFLER Office Systems GmbH
Komm.-Rat Karl Markon Straße 530
7201 Neudörfl
ÖSTERREICH

Rechnung Nr. 517572/. . **15.06.20 . .**

Kunden-Nr.	Rechnungsdatum	Rechnungsnummer	Lieferscheinnummer	MWSt-Nummer
030291	12.6.20 . .	517572/. .	517572/. .	168560

Menge	Artikelnummer	Bezeichnung	Preis per Stück	Nettobetrag in CHF
25	2801 PG	Stapelstuhl Satu Sitzpolster niedrig Kvadrat Topas 2 194 schwarz Oberfläche Gestell verchromt Gleiter Standard Metall Rückengeflecht schwarz	CHF 472,00	CHF 11.800,00
		- 15 % Rabatt		- CHF 1.770,00

Rechnungsbetrag netto	USt %	USt Betrag	Rechnungsbetrag brutto
10.030,00	-	-	**CHF 10.030,00**

Zahlungsvereinbarung/Mode de réglement: 50 % bei Rechnungserhalt abzüglich 2 % Skonto, 50 % innerhalb von 20 Tagen

Lieferbedingungen/Mode de livraison: DDU Salzburg, Einfuhrumsatzsteuer nicht bezahlt

Bankverbindung/Compte bancaire: Kantonalbank St. Gallen, IBAN CH63 0078 1011 6000 0800 7, BIC: KBSGCH22XXX

DDU ➜ Delivery Duty Unpaid (frei, unverzollt)

Kontonummer der Dietrich AG 33301, CHF-Kurse: 1,0299/1,0137

15.6. B 88 Überweisung der Bezugsspesen an den Spediteur für die Lieferung von der Dietrich AG € 341,–

17.6. S 356 Retoursendung eines Bürostuhls an die Sodoa Sárl, Paris, wegen eines Produktionsfehlers; Gutschrift von € 115,–, 20 % Erwerbsteuer

23.6. B 89 Teilausgleich der E 444 durch Banküberweisung von CHF 5.015,– – CHF 100,30 Skonto = CHF 4.914,70 an die Dietrich AG; CHF-Kurs: 1,0752, Spesen € 14,50

29.6. B 92 Überweisung an die Sodoa Sárl zum Ausgleich der E 407, abzüglich der Gutschrift vom 17. Juni 20 . . (S 356)

Aufgabe: a) Stellen Sie die Buchungsanweisungen auf und verbuchen Sie die Kursdifferenzen. C

b) Stellen Sie das Kundenkonto 20763 Emir Zulić d.o.o. für Juni 20 . . dar. C

Emir Zulić d.o.o.				20763
Datum	Gegenkonto	Text	Soll	Haben

c) Stellen Sie das Lieferantenkonto 33301 Dietrich AG für Juni 20 . . dar. C

Dietrich AG				33301
Datum	Gegenkonto	Text	Soll	Haben

Weitere Fallbeispiele finden Sie im Anhang.

Teil 3: Jahresabschluss

7 ABSCHLUSS VON EINZELUNTERNEHMEN

Worum geht's in diesem Kapitel?

Obwohl sie meist nicht bewusst wahrgenommen werden, spielen Einzelunternehmen in unserem Leben eine bedeutende Rolle. Meist sind sie die Bäckerei, der Friseur, die Tankstelle, das Kaffeehaus, der DVD-Laden, der Würstelstand, das IT-Fachgeschäft, der Schulwarenhändler. Jeder von uns kennt sie!

Ein Einzelunternehmen unterscheidet sich von anderen Unternehmensformen dadurch, dass bei seiner Gründung kein Mindestkapital erforderlich ist und völlige Handlungsfreiheit des Unternehmers gegeben ist.

Die Form des Einzelunternehmens ist in Österreich traditionell sehr beliebt. Von den in den letzten Jahren neu gegründeten Unternehmen wählten zwischen 70 und 75 % die Einzelunternehmung.

Die Erstellung des Jahresabschlusses umfasst die folgenden Abschluss-(Bilanzierungs-)Arbeiten:

Wo finde ich die Inhalte dazu?

Die einzelnen Kompetenzen werden in den angeführten Abschnitten dargestellt.

• Anlagenbewertung	→ **Abschnitt 7.2**
• Waren- und Materialbewertung	→ **Abschnitt 7.3**
• Bewertung von Forderungen und Verbindlichkeiten	→ **Band 2, Abschnitt 1.1**
• Rechnungsabgrenzung	→ **Band 2, Abschnitt 1.2**
• Rückstellungen	→ **Band 2, Abschnitt 1.3**
• Aufstellung des Jahresabschlusses	→ **Band 2, Abschnitt 1.4**

A B C D E

In diesem Kapitel finden Sie Übungsbeispiele und Aufgaben zum Kompetenzerwerb und zur Kompetenzüberprüfung auf den Handlungsebenen **A Wiedergeben**, **B Verstehen**, **C Anwenden** und **D Analysieren & Interpretieren.**

Dieses Kapitel umfasst folgende Abschnitte:

1 Grundlagen des Jahresabschlusses
2 Anlagenbewertung
3 Waren- und Materialbewertung

7.1 GRUNDLAGEN DES JAHRESABSCHLUSSES

Worum geht's in diesem Abschnitt?

Das Geschäftsjahr beginnt mit einer Eröffnungsbilanz, in welche die Bestände aus dem vorherigen Geschäftsjahr übernommen werden. In weiterer Folge werden die laufenden (täglichen) Geschäftsfälle in der Buchführung erfasst. Am Ende des Geschäftsjahres ist ein Jahresabschluss, bestehend aus der Gewinn- und Verlustrechnung und der Bilanz (Schlussbilanz), aufzustellen.

Zur Erstellung des Jahresabschlusses sind eine Reihe von Abschlussarbeiten erforderlich, damit das Vermögen, die Schulden sowie die Aufwände und Erträge gemäß den gesetzlichen Vorschriften im Jahresabschluss ausgewiesen sind.

Der Jahresabschluss dient zur Information verschiedener Personengruppen und Organisationen, wie Kreditgeber, Eigentümer und Finanzbehörde. Der Gesetzgeber hat daher umfangreiche Vorschriften geschaffen, um die Erstellung des Jahresabschlusses möglichst einheitlich zu regeln.

Kompetenzen, die Sie erwerben

Mit der Bearbeitung dieses Abschnitts erwerben Sie die **Kompetenzen** für den **Bereich Grundlagen des Jahresabschlusses.** Sie können

- die Abschlussarbeiten nach dem Anfall reihen,
- Inventur und Inventar unterscheiden,
- die grundlegenden Bewertungsvorschriften, Bewertungsgrundsätze, Wertmaßstäbe nennen und
- die Bewertungsregeln für das Anlage- und Umlaufvermögen sowie das Fremdkapital aufzählen.

A B C D E

In diesem Abschnitt finden Sie Übungsbeispiele und Aufgaben zum Kompetenzerwerb und zur Kompetenzüberprüfung auf den Handlungsebenen A **Wiedergeben,** B **Verstehen,** C **Anwenden** und D **Analysieren & Interpretieren.**

Dieser Abschnitt umfasst folgende Lerneinheiten:

1 Abschluss-(Bilanzierungs-) Arbeiten

2 Einführung in die Bewertung

Lerneinheit 1
Abschluss-(Bilanzierungs-)Arbeiten

SbX
Alle SbX-Inhalte zu dieser Lerneinheit finden Sie unter der ID: 7110.

Der Jahresabschluss ist der rechnerische Abschluss eines Geschäftsjahres. Der Jahresabschluss informiert über die Vermögens- und Ertragslage des Unternehmens und ist die Grundlage zukünftiger Planungen und Entscheidungen.

Lernen

1 Einführung

Markieren Sie im nachfolgenden Text die Antworten auf folgende Fragen:

- **Wie nennt man den rechnerischen Abschluss der Buchführung einer Abschlussperiode?**
- **Welche Aufgaben hat der Jahresabschluss?**
- **Wie werden die Tätigkeiten im Rahmen der Aufstellung des Jahresabschlusses bezeichnet?**
- **Was versteht man unter der Gewinn- und Verlustrechnung bzw. der Bilanz?**
- **Welche Vorschriften sind bei der Aufstellung des Jahresabschlusses u.a. zu beachten?**

Jahresabschluss

Der **Jahresabschluss** ist der **rechnerische Abschluss** der **Buchführung** einer **Abschlussperiode** (Geschäftsjahr, Wirtschaftsjahr).

Jahresabschluss – schließt die Buchführung ab

Abschlussperiode = Kalenderjahr

Rechnungslegungspflichtige Unternehmen können auch ein **vom Kalenderjahr abweichendes Wirtschaftsjahr** führen (z.B. vom 1. April bis 31. März).

Die **Buchführung und** der **Jahresabschluss** sind untrennbar miteinander verbunden. Die **Abschlussperiode** stimmt in der Regel mit dem **Kalenderjahr** überein – 1. Jänner bis 31. Dezember.

Darstellung: Zusammenhang Buchführung und Jahresabschluss

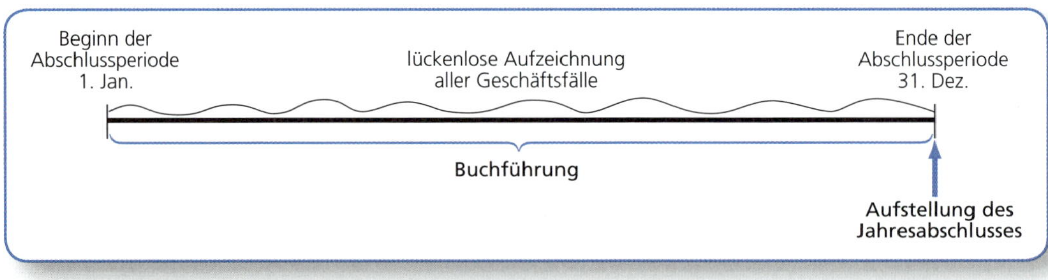

Der **Jahresabschluss** hat im Wesentlichen folgende **Aufgaben:**

Aufgaben des Jahresabschlusses

- **Zusammenfassung** und **Kontrolle** der buchmäßigen Aufzeichnungen
- Feststellung des **Standes des Vermögens und der Schulden** zum Abschlussstichtag – Erstellung der **Bilanz**
- Ermittlung des **Erfolges** (Gewinnes oder Verlustes) der Abschlussperiode – Erstellung der **Gewinn- und Verlustrechnung**

Bilanzierung

Die Tätigkeiten im Rahmen der Aufstellung des Jahresabschlusses bezeichnet man im Allgemeinen als **Bilanzierung.** Das Ergebnis der Abschlussarbeiten ist die **Gewinn- und Verlustrechnung** (GuV-Rechnung) und die **Bilanz.**

GuV-Rechnung (Aufwände, Erträge) **➔ Zeitraumrechnung**

Die **Gewinn- und Verlustrechnung** zeigt die **Aufwände** und **Erträge der Abschlussperiode** – vom 1. Jan. bis 31. Dez.; sie ist eine **Zeitraumrechnung.**

Bilanz (Vermögen, Kapital) **→ Zeitpunktrechnung**

Die **Bilanz** ist eine **Momentaufnahme des Vermögens** und **des Kapitals zum Abschlussstichtag** – 31. Dez.; sie ist eine **Zeitpunktrechnung.**

Darstellung: Gewinn- und Verlustrechnung und Bilanz

Die GuV-Rechnung kann **kontoförmig*** oder **staffelförmig**** erstellt werden.

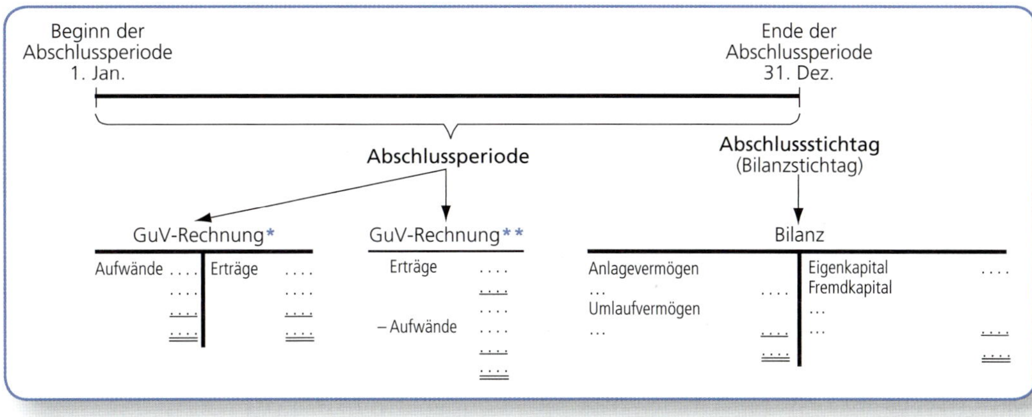

Vorschriften – Aufstellung des Jahresabschlusses

Bei der **Aufstellung des Jahresabschlusses** (Bilanzierung) sind bestimmte **Vorschriften** zu beachten. Diese beruhen auf

- **Gesetzen,** wie
  dem Unternehmensgesetzbuch (UGB),
  der Bundesabgabenordnung (BAO),
  dem Einkommensteuergesetz (EStG) und
  dem Umsatzsteuergesetz (UStG);
- der sich aus den Gesetzen ergebenden **Rechtsprechung;**
- entsprechenden **Gutachten** der Kammer der Wirtschaftstreuhänder, Wirtschaftskammer u.a.;
- dem **Gewohnheitsrecht** der wirtschaftlichen Praxis.

2 Reihenfolge der Abschluss-(Bilanzierungs-)Arbeiten

Markieren Sie im nachfolgenden Text die Antwort auf folgende Frage:

- **In welcher Reihenfolge sind Abschluss-(Bilanzierungs-)Arbeiten durchzuführen?**

Darstellung – **Von der Buchführung zum Jahresabschluss**

Die **Abschluss-(Bilanzierungs-)Arbeiten** sind auch in kleineren Betrieben **umfangreich und zeitaufwendig.** Es bedarf daher einer sorgfältigen Planung und Vorbereitung, damit die Arbeiten termingerecht und mit möglichst geringen Kosten durchgeführt werden können. In zeitlicher Hinsicht ist im Prinzip folgender **Arbeitsablauf** festzustellen:

Buchführung

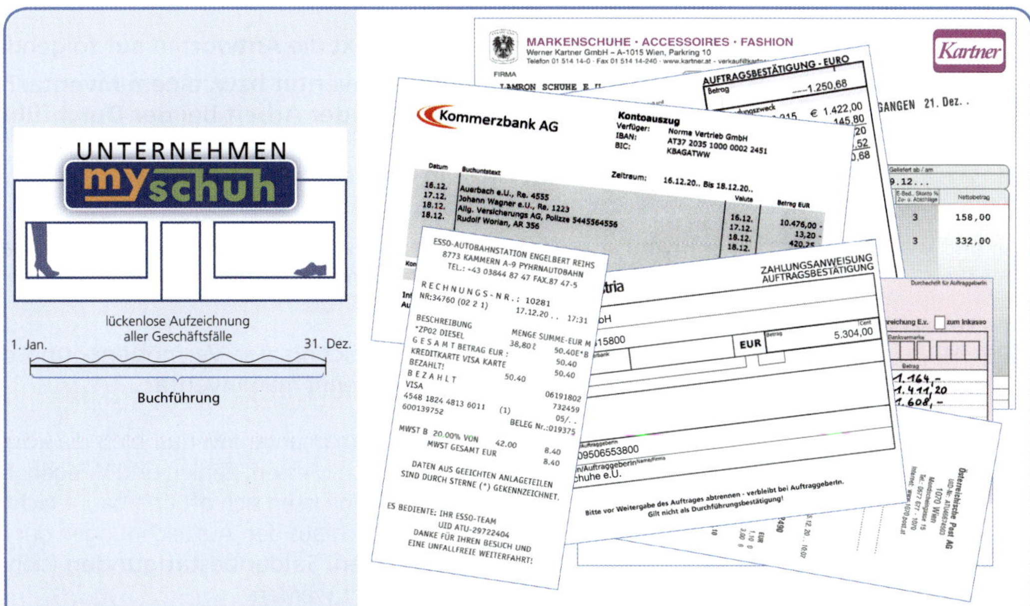

Abschlussarbeiten
Aufnahme und Aufzeichnung aller Vermögensgegenstände und Schulden

Abstimmung der Buchführung (Konten) mit den Inventurergebnissen, Bereinigung der Konten (Ausbuchung von Centdifferenzen, Korrektur von Fehlbuchungen u. a.)

Die **Summen- und Saldenbilanz** ist Teil von Kapitel 2, Lerneinheit 6.

1 Vorbereitung und Durchführung der Inventur

2 Abstimmungs- und Korrekturarbeiten

3 Erstellung der Summen- und Saldenbilanz

Konto-Nr.	Kontenbezeichnung	Saldenbilanz Soll	Saldenbilanz Haben
0600	Geschäftsausstattung	136.630,00	
0640	Lkw	126.101,00	
1600	HW-Vorrat	285.700,00	
2000	Lieferforderungen	266.500,00	
2700	Kassa	2.200,00	
2800	Bank	53.800,00	
3150	Bankdarlehen		129.450,00
3300	Lieferverbindlichkeiten		327.850,00
3520	USt-Zahllast		20.390,00
3540	Verbindlichkeiten Finanzamt		250,00
3600	Verbindlichkeiten Krankenkasse		4.600,00
3610	Verbindlichkeiten Stadtkasse		160,00
4000	HW-Erlöse 20 %		2.343.501,00
5000	HW-Einsatz	1.496.500,00	
Kl. 6	Personalaufwand	294.400,00	

● **Anlagenbewertung** – Abschnitt 7.2
● **Waren- und Materialbewertung** – Abschnitt 7.3
● **Bewertung von Forderungen und Verbindlichkeiten** – Band 2, Abschnitt 1.1
● **Rechnungsabgrenzung** – Band 2, Abschnitt 1.2
● **Rückstellungen** – Band 2, Abschnitt 1.3

4 Bewertung der Vermögensgegenstände und Schulden, Aufstellung der Um- und Nachbuchungen

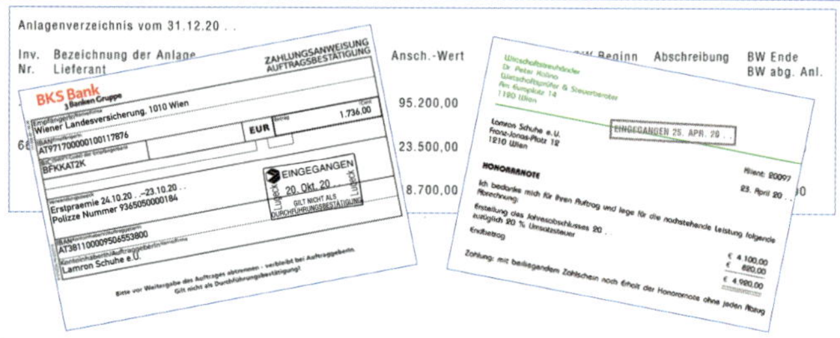

5 Erfolgsermittlung

6 Erfassung der Um- und Nachbuchungen auf den Konten, Abschluss der Konten

Aufstellung des Jahresabschlusses – Band 2, Abschnitt 1.4

7 Erstellung der GuV-Rechnung und der Bilanz

8 Ablage der Konten und Journale

9 Auswertung des Jahresabschlusses

Erstellung der Steuererklärungen – Band 3, Teil 2.

Gewinn- und Verlustrechnung 20 . .

	HW-Erlöse 20 %	2.343.501,00
–	HW-Einsatz	– 1.524.200,00
–	Personalaufwand	– 294.400,00
–	Abschreibungen von Sachanlagen	– 38.951,00
–	Sonstige Aufwendungen	– 261.180,00
	Betriebserfolg	224.770,00
+	Zinsenerträge aus Bankguthaben	+ 380,00
–	Zinsenaufwand für Bankkredite	– 10.710,00
	Bilanzgewinn (= Ergebnis vor (nach) Steuern = = Jahresüberschuss)	214.440,00

Wien, …

Bilanz per 31. Dez. 20 . .

Aktiva			Passiva		
A. Anlagevermögen			**A. Kapital**		
Fahrzeuge	100.880,00		Kapital 1. Jan. 20 . .	169.390,00	
Geschäftsausstattung	122.900,00	223.780,00	– Privatentnahmen	– 90.600,00	
B. Umlaufvermögen				78.790,00	
HW-Vorrat	252.600,00		+ Bilanzgewinn	+ 214.440,00	
Lieferforderungen	250.400,00		Kapital 31. Dez. 20 . .		293.230,00
Kassa	2.200,00		**B. Verbindlichkeiten**		
Bank	53.800,00	559.000,00	Bankdarlehen		129.450,00
			Lieferverbindlichkeiten		334.700,00
			Verbindlichkeiten Abgabenbehörde		25.400,00
		782.780,00			782.780,00

Wien, am . . .

3 Inventur und Inventar

Markieren Sie im nachfolgenden Text die Antworten auf folgende Fragen:

- **Was versteht man unter einer Inventur bzw. einem Inventar?**
- **Worin liegt das Schwergewicht der Arbeit bei der Durchführung der Inventur?**
- **Wann wird die Inventur in der Regel durchgeführt?**

Inventur und Inventar

Unter **Inventur** versteht man die **Bestandsaufnahme aller Vermögensteile und Schulden,** die zu einem bestimmten Zeitpunkt in einem Unternehmen vorhanden sind.

Inventur – Bestandsaufnahme von Vermögen und Schulden

Das mengen- und wertmäßige **Verzeichnis der Vermögens- und der Schuldposten** eines Unternehmens nennt man **Inventar.**

Inventar – Verzeichnis über Vermögen und Schulden

Unter **Inventar** versteht man auch die Einrichtungsgegenstände eines Unternehmens.

Vorräte ➜ Messen, Zählen, Wiegen

Forderungen, Verbindlichkeiten ➜ Kontoauszüge, Saldenbestätigungen usw.

Im normalen Sprachgebrauch versteht man unter Inventur bloß die **körperliche Bestandsaufnahme der Vorräte** durch Messen, Zählen und Wiegen. Die **anderen Vermögensteile bzw. Schulden** lassen sich oft überhaupt nicht mengenmäßig aufnehmen, sondern ergeben sich aus den Aufzeichnungen der Buchführung. Sie müssen jedoch mit **Kontoauszügen, Saldenbestätigungen** (siehe Abbildung auf den nächsten zwei Seiten) usw. abgestimmt werden.

Die Inventur ist ein wesentlicher Bestandteil einer ordnungsmäßigen Buchführung. Jeder Unternehmer muss zu **Beginn seines Unternehmens** und am **Schluss einer jeden Abschlussperiode** Inventur machen und ein Inventar aufstellen.

Darstellung: Zusammenhang von Inventur, Inventar und Bilanz

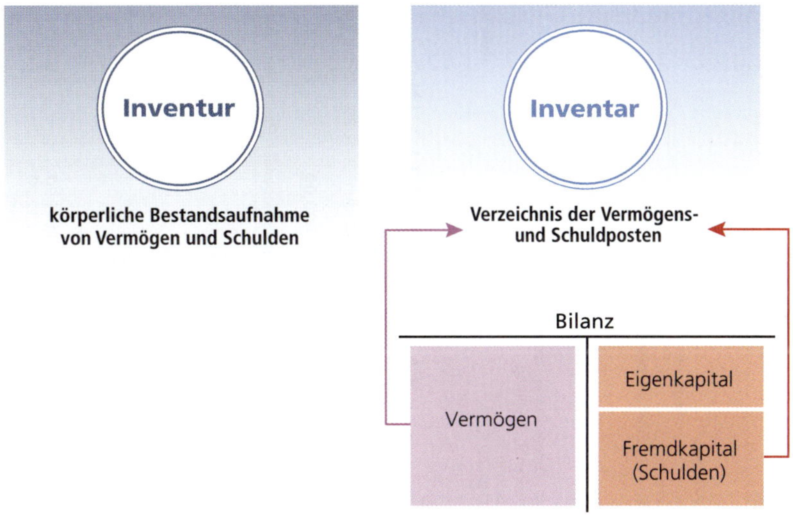

Inventurarbeiten

Das Schwergewicht der Arbeit bei der Durchführung der Inventur liegt in der **Aufnahme der Warenbestände** sowie der **Roh-, Hilfs- und Betriebsstoffe.**

Im Regelfall erfolgt eine **vollständige körperliche Bestandsaufnahme** der Vermögensteile und Schulden.

Zeitpunkt der Inventur

Die Inventur wird meist **kurz vor bzw. kurz nach dem Abschlussstichtag** durchgeführt.

Abbildung: Beispiel einer Saldenbestätigung

Die mit der SPAR Österreichische Warenhandels-AG zusammenarbeitenden Unternehmen erhalten zur Abstimmung ihrer Lieferverbindlichkeiten eine Aufstellung der Salden jeweils per 31. Dezember.

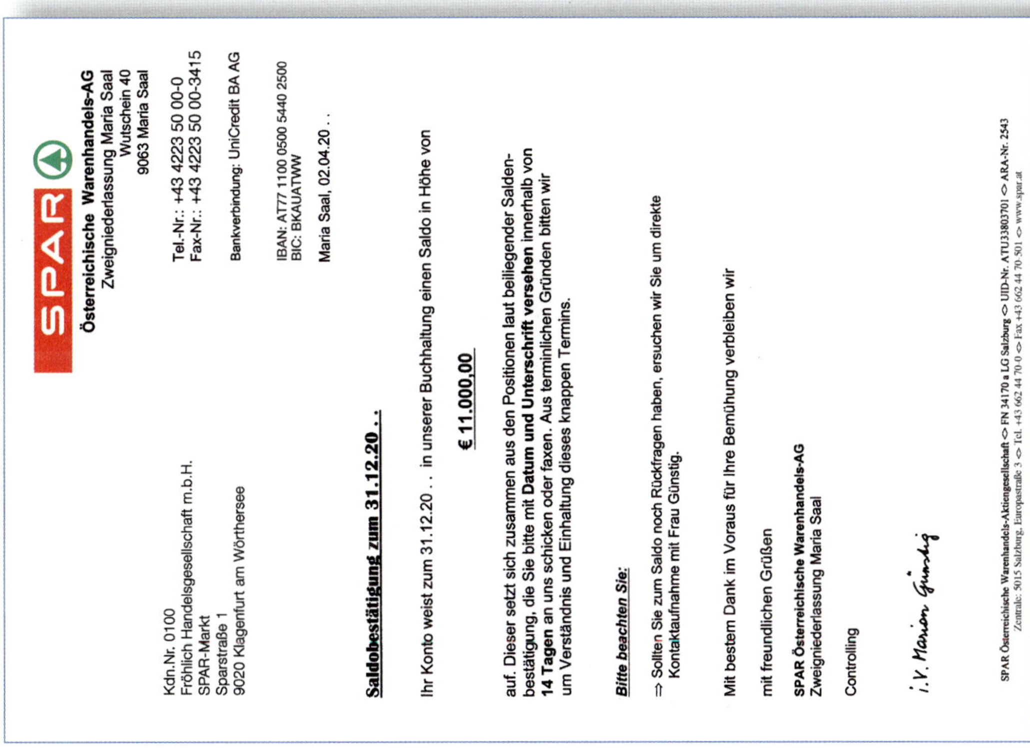

SPAR

Österreichische Warenhandels-AG
Zweigniederlassung Maria Saal
Wutschein 40
9063 Maria Saal

Kdn.Nr. 0100
Fröhlich Handelsgesellschaft m.b.H.
SPAR-Markt
Sparstraße 1
9020 Klagenfurt am Wörthersee

Tel.-Nr.: +43 4223 50 00-0
Fax-Nr.: +43 4223 50 00-3415

Bankverbindung: UniCredit BA AG

IBAN: AT77 1100 0500 5440 2500
BIC: BKAUATWW

Maria Saal, 02.04.20 . .

Saldobestätigung zum 31.12.20 . .

Ihr Konto weist zum 31.12.20 . . in unserer Buchhaltung einen Saldo in Höhe von

€ 11.000,00

auf. Dieser setzt sich zusammen aus den Positionen laut beiliegender Saldenbestätigung, die Sie bitte mit **Datum und Unterschrift versehen** innerhalb von **14 Tagen** an uns schicken oder faxen. Aus terminlichen Gründen bitten wir um Verständnis und Einhaltung dieses knappen Termins.

Bitte beachten Sie:

⇒ Sollten Sie zum Saldo noch Rückfragen haben, ersuchen wir Sie um direkte Kontaktaufnahme mit Frau Günstig.

Mit bestem Dank im Voraus für Ihre Bemühung verbleiben wir

mit freundlichen Grüßen

SPAR Österreichische Warenhandels-AG
Zweigniederlassung Maria Saal

Controlling

i.V. Marion Günstig

SPAR Österreichische Warenhandels-Aktiengesellschaft <> FN 34170 a LG Salzburg <> UID-Nr. ATU33803701 <> ARA-Nr. 2543
Zentrale: 5015 Salzburg, Europastraße 3 <> Tel. +43 662 44 70-0 <> Fax +43 662 44 70-501 <> www.spar.at

SPAR-Markt
Fröhlich Handelsgesellschaft m.b.H.
Sparstraße 1
9020 Klagenfurt am Wörthersee

Knd.Nr.: 0100

SPAR Österr. Warenhandels-AG
Debitorenbuchhaltung
Wutschein 40
9063 Maria Saal

Maria Saal, 02.04.20 . .

S A L D O B E S T Ä T I G U N G
zum 31.12.20 . .

Ich bestätige, dass mein/unser Konto zum 31.12.20 . . einen Saldo von

€ 11.000,00

aufweist. Dieser setzt sich aus nachstehenden Positionen zusammen:

Wochenfaktura Nr. 12000	vom 30.12.20 . .	EUR	10.000,00
Wochenfaktura Nr. 12500	vom 31.12.20 . .	EUR	1.000,00
Skadenzen:			
Messeauslieferung	Herbst 20 . .	EUR	50,00
Messeauslieferung	Herbst 20 . .	EUR	40,00
Messeauslieferung	Herbst 20 . .	EUR	30,00
Messeauslieferung	Herbst 20 . .	EUR	20,00
Kredite:			
Ladenbaukredit	Stand per 31.12.20 . .	EUR	500,00
Sonstige Kredite	Stand per 31.12.20 . .	EUR	
Sonstige:			
Nr. 999/Vergütung	vom 31.12.20 . .	EUR	-640,00
Nr.	vom	EUR	
Nr.	vom	EUR	
Nr.	vom	EUR	

Datum: .... Unterschrift: ....

Dieses bestätigte Blatt bitte prompt retournieren. DANKE!

Hinweis: Unter „**Skadenzen**" werden Rechnungen angeführt, die zwar offen, aber noch nicht fällig sind.

Üben

SbX ID: 7112

A B C D E

SbX Excel ID: 7112

Ü 7.01: Kontierung von Belegen, Erstellung der Summen- und Saldenbilanz sowie der Gewinn- und Verlustrechnung und der Bilanz, Jakob Hübner e.U. – Outdoor Fashion

Jakob Hübner betreibt in Graz einen Shop für Outdoorbekleidung. Das Sortiment enthält überwiegend Produkte namhafter Markenhersteller. Ein Drittel des Umsatzes erzielt das Unternehmen über einen Onlineshop.

Jakob Hübner e.U. – Outdoor Fashion
Herrengasse 13, 8010 Graz
Tel.: +43 316 76 33 00
Fax: +43 316 76 33 10
UID-Nr.: ATU68920368
DVR-Nr.: 4013078
E-Mail: office@huebner-outdoor.at
Website: www.huebner-outdoor.at

Nachfolgende Geschäftsfälle vom Dezember 20 . . sind in der Buchführung des Unternehmens zu erfassen. Im Rahmen der Abschlussarbeiten ist weiters der Auszug aus der Summen- und Saldenbilanz zu vervollständigen sowie die Bilanz und die Gewinn- und Verlustrechnung aufzustellen.

Aufgabe: a) Nummerieren und kontieren Sie die Belege. C
Die letzten Belegnummern lauten:

Beleggruppen	Letzte Belegnummer	Beleggruppen	Letzte Belegnummer
Eingangsrechnungen	E 556	Kassabelege	K 1120
Ausgangsrechnungen	A 745	Bankbelege	B 98
		Sonstige Belege	S 355

Die Kontennummern für die Sachkonten sind dem Kontenplan im Anhang zu entnehmen. Für den Kunden bzw. den Lieferanten werden folgende Kontennummern vergeben:

Kunde	Lieferant
20045 Jessica Zieher	33015 MGC Mode GmbH

Hinweis: Bei Kunden- und Lieferantenbelegen hat die Kontierung mit der Kontonummer des betreffenden Kunden bzw. Lieferanten zu erfolgen. Auf den Konten ist jedoch auf Lieferforderungen bzw. Lieferverbindlichkeiten zu buchen.

Das **Belegdatum** entspricht dem **Buchungsdatum.**
Auszug aus der Lagerbuchführung:

Art.-Nr.	Artikelbezeichnung	Bestand (Stück)	Einstandspreis	Lagerwert	VK-Preis (netto) Konsument	VK-Preis (netto) Unternehmer
1021	Jack Wolfskin Jasper Jacket Men	15	48,00	720,00	165,00	88,00
1022	Mammut Multisport Rucksack light	10	35,00	350,00	83,00	58,00
…	…					

b) Verbuchen Sie die Belege auf den nachfolgend abgebildeten Konten. C

c) Buchen Sie die Konten Vorsteuer und Umsatzsteuer gegen USt-Zahllast um. C

d) Bereiten Sie die Abschlussarbeiten durch die Erstellung der Summen- und Saldenbilanz vor. C

e) Erstellen Sie die Bilanz und die Gewinn- und Verlustrechnung. C

1.

Die Kundin Jessica Zieher ist eine **Konsumentin** (Letztverbraucherin).

OUTDOOR FASHION – ADVENTURE • EXPEDITION

Jakob Hübner e. U. | Herrengasse 13 | 8010 Graz
Tel.: +43 316 76 33 00 | Fax.: +43 316 76 33 10
office@huebner-outdoor.at - www.huebner-outdoor.at - ATU68920368

Jessica Zieher
Mariatroster Straße 122
8043 Graz

Kunde: **20045**
Ihre UID-Nr.: -

Sachbearbeiter: Steiner
Kurzzeichen: ST
Datum: 9.12.20 . .
Lieferung: 9.12.20 . .

Rechnung Nr. 746

Menge	Artikel	Art.-Nr.	Einzelpreis	Gesamtpreis
1	Jack Wolfskin Jasper Jacket Men - Größe L	1021	165,00 €	165,00 €
1	Mammut Multisport Rucksack light	1022	83,00 €	83,00 €

Nettobetrag	248,00 €
+ 20 % Umsatzsteuer	49,60 €
Rechnungsbetrag	**297,60 €**

Versand: GLS Austria
Zahlungsbedingung: 2 % Skonto bei Zahlung innerhalb von acht Tagen, 30 Tage ohne Abzug
Bankverbindung: Handelsbank AG
AT04 2051 0000 0061 5211 - BIC: HBAGATWW
Firmenbuch: FN 42898v
Gerichtsstand: Landesgericht Graz
DVR: 4013078

2.

MGC
MGC Mode GmbH

Salzburger Straße 17
5301 Eugendorf
Österreich/Austria
Tel.: +43 6225 288 08
Fax: +43 6225 288 08-10
Mail: office@mgc-mode.com
Web: www.mgc-mode.com
UID-Nr.: ATU88521207

Outdoor Fashion
Jakob Hübner e. U.
Herrengasse 13
8010 Graz

Kunde: **20154**
Datum: 10.12.20 . .

Ihre UID-Nr.: ATU68920368

Verkäufer: Dorfer

Rechnung 247/20 . .

Verkauf vom 9.12.20 . .

Pos	Bezeichnung	Menge	Preis	Gesamt
1	Salomon Speedcross 3CS Laufschuhe	5	48,00 €	240,00 €
2	Salomon X Ultra 2 GTX Trekkingschuhe	5	51,00 €	255,00 €

Nettobetrag	495,00 €
+ 20 % Umsatzsteuer	99,00 €
Rechnungsbetrag	**594,00 €**

Firmenbuch: FN 51350s, LG Salzburg
Zahlungskondition: nach Erhalt der Rechnung
Bankverbindung: Raiffeisenverband Salzburg reg. Gen.m.b.H.
IBAN: AT66 3500 0000 0004 5005 - BIC: RVSAAT2SXXX
DVR: 0031540

3.

HANDELSBANK AG — **KONTOAUSZUG**

Jakob Hübner e. U. – Outdoor Fashion

Datum	Auszugsnummer	Währung	IBAN	BIC
20.12.20 . .	099 0001	EUR	AT04 2051 0000 0061 5211	HBAGATWW

Buchungstag/Buchungstext		Valuta	
16.12.	Jessica Zieher, R 746, abz. 2 % Skonto	16.12.	291,65
19.12.	MGC Mode GmbH, R 247/20 . .	19.12.	594,00 –
20.12.	Energie Steiermark AG, Abbuchung Strom 12/20 . .	20.12.	324,00 –

Alter Kontostand	Summe der Belastungen	Summe der Gutschriften	Neuer Kontostand
13.185,24	918,00 –	291,65	12.558,89

DVR: 0031442

Auftragsbestätigung — **Handelsbank AG**

Empfänger MGC Mode GmbH
Salzburger Straße 17, 5301 Eugendorf
IBAN AT663500000000045005
BIC RVSAAT2SXXX
Raiffeisenverband Salzburg reg.Gen.m.b.H.

Überweisung
Betrag EUR 594,00
Verwendungszweck R 247/20 . .
Kundendaten 20154
Zu überweisen am 19.12.20 . .

Art: Inlandsüberweisung
Datum: 19.12.20 . .
TAN: 5466655
Uhrzeit: 15:20

Auftraggeber Jakob Hübner e. U.
IBAN AT042051000000615211 BIC HBAGATWW

Hinweis: Strom 20 % USt

AT **HANDELSBANK AG** ZAHLUNGSANWEISUNG

Empfänger·In Name/Firma: Jakob Hübner e. U. – Outdoor Fashion
IBAN EmpfängerIn: AT042051000000615211
BIC (SWIFT-Code) der Empfängerbank: HBAGATWW
Ein BIC ist immer verpflichtend, wenn die EmpfängerIn IBAN ungleich AT beginnt.
EUR Betrag | Cent: 291,65
Nur zur maschinellen Befüllung der Zahlungsreferenz — Prüfziffer
Verwendungszweck: R 746 abz. 2 % Skonto
IBAN KontoinhaberIn/AuftraggeberIn: AT832040400000010009
KontoinhaberIn/AuftraggeberIn Name/Firma: Jessica Zieher, Mariatroster Straße 122, 8043 Graz
006
Jessica Zieher
Unterschrift ZeichnungsberechtigteR
Betrag — 30+ Beleg +

4.

Bürobedarf
Marion Verlitzer e.U.
Annenstraße 22, 8020 Graz
Ihr Partner für Büro und Schule!

Fil	Kassiername		Datum
00048	Jung		27.12.20..
Kopierpapier Copystar		C	4,90
Spiralblock kariert		C	5,90
ZW-SUMME		EUR	10,80

GEGEBEN bar

Betrag dankend erhalten

C : 20 % MWST von 9,00 = 1,80

TEL: +43 316 76 09 59
ATU57329000
Bon-Nr 8977 Pos 14 Zeit 14:12 Kas 1
RE-NR: 004 0-20.. 12 27 6-02-891 1

5.

Oilplus TANKSTELLE
Julia Roitner
8020 Graz - Göstinger Straße 5
UID-Nr.: ATU34943407

28. 12. . . 10:15 Beleg: 4467
SÄULENNR. 2 1,088 EUR/Liter
05 *Diesel 49,63 Liter EUR 54,00* 2
ZW. SUMME 54,00 EUR
SUMME EUR 54,00
MWST 2 9,00 EUR
NETTO 45,00 EUR
BAR: EUR 60,00
RETOUR: 6,00
08036972 065470 0 12830 A00
00000034050
Verkauf von Treibstoffen u. Wäschen erfolgt im Namen und Rechnung der Berger GmbH.

Daten aus geeichten Anlagenteilen sind durch Sterne (*) gekennzeichnet.

Hinweis: Treibstoff für den Pkw

Ein Bild sagt mehr als viele Worte. Daher werden die **Kontenarten farblich** wie folgt **unterschieden:**

- aktive Bestandskonten
- passive Bestandskonten
- Aufwände
- Erträge

Konten zur Bearbeitung der Aufgabenstellung b) und c)

Lieferforderungen				2000
Datum	Gegenkonto	Text	Soll	Haben
	Summe		356.445,00	8.662,50

Vorsteuer				2500
Datum	Gegenkonto	Text	Soll	Haben
	Summe		203.220,21	185.235,20

Kassa				2700
Datum	Gegenkonto	Text	Soll	Haben
	Summe		148.895,25	132.330,30

Bank				2800
Datum	Gegenkonto	Text	Soll	Haben
	Summe		1.778.475,57	1.759.872,27

Lieferverbindlichkeiten				3300
Datum	Gegenkonto	Text	Soll	Haben
	Summe		947.814,48	1.039.998,20

Umsatzsteuer				3500
Datum	Gegenkonto	Text	Soll	Haben
	Summe		267.877,56	292.230,06

USt-Zahllast 3520

Datum	Gegenkonto	Text	Soll	Haben
	Summe		248.242,95	321.885,31

Handelswarenerlöse 4000

Datum	Gegenkonto	Text	Soll	Haben
	Summe		10.845,00	1.397.250,00

Kundenskonti 4410

Datum	Gegenkonto	Text	Soll	Haben
	Summe		5.430,60	

Handelswareneinsatz 5000

Datum	Gegenkonto	Text	Soll	Haben
	Summe		904.950,00	6.705,00

Stromverbrauch 7270

Datum	Gegenkonto	Text	Soll	Haben
	Summe		2.592,00	

Pkw- und Kombi-Betriebsaufwand 7320

Datum	Gegenkonto	Text	Soll	Haben
	Summe		22.725,00	

Büromaterial 7600

Datum	Gegenkonto	Text	Soll	Haben
	Summe		8.324,50	

Auszug aus der **Summen- und Saldenbilanz** zur Bearbeitung der Aufgabenstellung d)

Konto-Nr.	Kontenbezeichnung	Summenbilanz		Saldenbilanz	
		Soll	Haben	Soll	Haben
0300	Gebäude	124.050,00		124.050,00	
0600	Betriebs- und Geschäftsausstattung	67.080,00		67.080,00	
0620	Büromaschinen, EDV-Anlagen	34.335,00		34.335,00	
0630	Pkw und Kombis	18.375,00		18.375,00	
1600	Handelswarenvorrat	136.875,00		136.875,00	
2000	Lieferforderungen				
2500	Vorsteuer				
2700	Kassa				
2800	Bank				
3300	Lieferverbindlichkeiten				
3500	Umsatzsteuer				
3520	USt-Zahllast				
4000	Handelswarenerlöse				
4410	Kundenskonti				
5000	Handelswareneinsatz				
Kl. 6	Personalaufwand	302.175,00		302.175,00	
7270	Stromverbrauch				
7320	Pkw- und Kombi-Betriebsaufwand				
7600	Büromaterial				
Kl. 7	Sonstige Aufwände	104.296,72		104.296,72	
9000	Kapital	154.213,50	703.069,50		548.856,00
9600	Privat	154.213,50	154.213,50		

Nach Addition der Soll- und Habenspalten ergibt sich eine **Soll-Haben-Gleichheit der Summenbilanz** bzw. **der Saldenbilanz.**

Bilanz, Gewinn- und Verlustrechnung zur Bearbeitung der Aufgabenstellung e)

Schlussbilanz zum 31. Dez.

Gewinn- und Verlustrechnung zum 31. Dez.

Sichern

SbX ID: 7113

SbX ID: 7113

Im SbX finden Sie eine Sammelmappe mit Zusammenfassungen zu allen Kapiteln und Lerneinheiten sowie eine Bildschirmpräsentation.

Wissen

SbX ID: 7114

A B C D E

SbX ID: 7114

Möglichkeiten zur Kompetenzüberprüfung im SbX

Wiederholungsfragen | Aufgaben mit automatischer Aufgabenkontrolle | MUSTERUNTERNEHMEN

Ein kurzer Kompetenz-Check, bevor's weitergeht!

Kompetenz-Check

	☺	😐	☹
Ich kann den Begriff „Jahresabschluss" erläutern.			
Ich kann die Aufgaben des Jahresabschlusses nennen.			
Ich kann den Begriff „Bilanzierung" erläutern.			
Ich kann beschreiben, was man unter der GuV-Rechnung bzw. der Bilanz versteht.			
Ich kann die Abschluss-(Bilanzierungs-)Arbeiten aufzählen.			
Ich kann den Unterschied zwischen einer Inventur und einem Inventar erläutern.			
Ich kann beschreiben, worin das Schwergewicht der Arbeit bei der Durchführung der Inventur liegt.			
Ich kann den Zeitraum nennen, in dem eine Inventur meist durchgeführt wird.			

Lerneinheit 2

Einführung in die Bewertung

SbX
Alle SbX-Inhalte zu dieser Lerneinheit finden Sie unter der ID: 7120.

Im Rahmen der Bewertung stellt sich die Frage, wie viel das Vermögen wert ist bzw. wie hoch die Schulden sind. Um dies zu ermitteln, müssen verschiedene Bewertungsvorschriften, Bewertungsgrundsätze und Wertmaßstäbe berücksichtigt werden.

Lernen

A B C D E

1 Bewertungsvorschriften, Bewertungsgrundsätze und Wertmaßstäbe

Markieren Sie im nachfolgenden Text die Antworten auf folgende Fragen:
- **Was versteht man unter „bewerten"?**
- **Welche Bewertungsvorschriften und Bewertungsgrundsätze sind zu beachten?**
- **Welche Wertmaßstäbe werden verwendet?**

Bewerten

Bewerten heißt, den **Wert eines Wirtschaftsgutes, einer Leistung** etc. **in Geldeinheiten** ausdrücken.

Bewerten – Wert eines Wirtschaftsgutes feststellen

Erfolgsermittlung durch Vermögensvergleich

	Summe der Aktiva
–	Summe des Fremdkapitals
	Eigenkapital per 31.12.
–	Eigenkapital per 1.1.
	Gewinn (Verlust)

Um den **Gewinn (Verlust)** durch **Vermögensvergleich** ermitteln zu können, ist es u. a. notwendig, zum **Abschlussstichtag** das **Vermögen** und die **Schulden festzustellen und zu bewerten.** Dabei ergeben sich u. a. folgende Fragen:

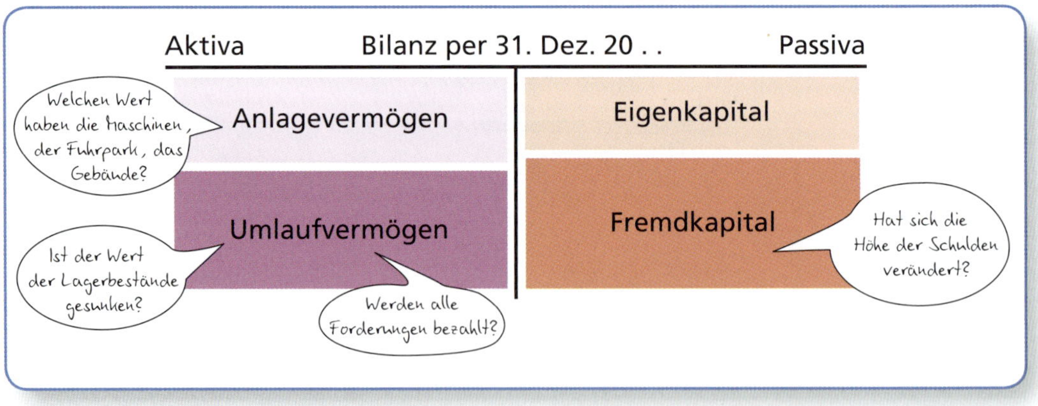

Bewertungsvorschriften

Bewertungsvorschriften ↓ **Unternehmensgesetzbuch** ↓ **Einkommensteuergesetz**

Die für die Bilanzierung bzw. Erfolgsermittlung maßgebenden **Bewertungsvorschriften** sind im **Unternehmensgesetzbuch (UGB)** und im **Einkommensteuergesetz (EStG)** enthalten.

Für **Unternehmen,** die nach den Bestimmungen des Unternehmensgesetzbuches der **Rechnungslegungspflicht** unterliegen, sind **primär** die **Bestimmungen des Unternehmensgesetzbuches zur Bewertung** maßgebend. Daneben sind auch die **Vorschriften des Einkommensteuergesetzes** zu beachten.

Beispiel

Rechnungslegungspflichtige Unternehmen

Kapitalgesellschaften, Einzelunternehmen (mit Zusatz **e. U.** für im Firmenbuch eingetragene Unternehmen) und Personengesellschaften mit Umsatzerlösen von mehr als € 700.000,– pro Geschäftsjahr.

Unterliegen **Unternehmen nicht der Rechnungslegungspflicht laut UGB,** sind nur die **steuerlichen Bewertungsvorschriften des EStG** zu beachten. Diese gelten z. B. für Unternehmen mit Umsatzerlösen von weniger als € 700.000,– pro Geschäftsjahr, Angehörige freier Berufe, Land- und Forstwirte.

Bewertungsgrundsätze

Bewertungsgrundsätze

Bei **rechnungslegungspflichtigen Unternehmen** sind bei der **Bewertung** u. a. folgende **allgemeine Bewertungsgrundsätze** anzuwenden:

● Grundsatz der Einzelbewertung	**Vermögensgegenstände** und **Schulden** sind **einzeln** zu bewerten.
● Grundsatz der Vorsicht	Die **Vermögens- und Schuldensituation** eines Unternehmens darf durch die Bewertung **nicht besser dargestellt** werden, **als sie tatsächlich ist** – „Der Unternehmer darf sich nicht reicher machen, als er ist".
● Grundsatz der Periodenrichtigkeit	**Aufwendungen und Erträge** sind unabhängig vom Zahlungszeitpunkt in dem **Geschäftsjahr** (Periode) **zu berücksichtigen,** zu dem sie **wirtschaftlich gehören.**
● Grundsatz der Unternehmensfortführung	Bei der Bewertung ist von der **Fortführung des Unternehmens** (Going-concern-Prinzip) auszugehen.
● Grundsatz der Bilanzidentität	Die **Eröffnungsbilanz** des Geschäftsjahres muss mit der **Schlussbilanz** des vorhergehenden Geschäftsjahres **übereinstimmen.**
● Grundsatz der Bewertungsstetigkeit	Die auf den **vorhergehenden Jahresabschluss angewendeten Bilanzierungs- und Bewertungsmethoden** sind **beizubehalten**.
● Grundsatz der verlässlichen Schätzung	Ist die **Bestimmung eines Wertes** nur durch **Schätzung** möglich, ist diese auf **Basis einer objektiven Grundlage** zu erstellen. Erfahrungen in ähnlichen Geschäftsfällen oder Berichte unabhängiger Experten sind miteinzubeziehen.

Wertmaßstäbe

Wertmaßstäbe

Zur Ermittlung der **Werte von Vermögensgegenständen und Schulden am Abschlussstichtag** werden in der Praxis im Allgemeinen

- die **Anschaffungs- und Herstellungskosten,**
- der **Wert am Abschlussstichtag** (beizulegender Wert, beizulegender Zeitwert),
- der **Erfüllungsbetrag** und
- der **Teilwert**

herangezogen.

Anschaffungskosten, Herstellungskosten (siehe Abschnitt 7.2)

Die **Anschaffungskosten** umfassen den Einkaufspreis des Anlagegegenstandes zuzüglich der Bezugskosten und der Aufstellungskosten, abzüglich Rabatte und Skonti. Die **Herstellungskosten** beinhalten alle Kosten, die bei selbst erzeugten (hergestellten) Vermögensgegenständen anfallen.

Wert am Abschlussstichtag

Die Bestimmungen des Unternehmensrechts legen für den **Wert am Abschlussstichtag** bei Vermögensgegenständen den **beizulegenden Wert** bzw. den **beizulegenden Zeitwert** fest.

Aus Vereinfachungsgründen werden bei der Bewertung von Vermögensgegenständen die Wertmaßstäbe beizulegender Wert bzw. beizulegender Zeitwert als **Wert am Abschlussstichtag** bezeichnet. Auf eine weitergehende Unterscheidung wird in diesem Kapitel verzichtet.

Erfüllungsbetrag

Der **Erfüllungsbetrag** ist die Summe, die der Schuldner zum **Ausgleich der Verbindlichkeit** zu zahlen hat.

Teilwert

Erfolgt die Bewertung von Vermögensgegenständen und Schulden nach dem Steuerrecht, gilt der **Teilwert.**

Im Einzelnen werden für die Bewertung des Vermögens und der Verbindlichkeiten die Wertmaßstäbe wie nachfolgend angeführt herangezogen.

<table>
<tr><th rowspan="2">Vermögen und Verbindlichkeiten</th><th colspan="3">Wertmaßstäbe am Abschlussstichtag</th></tr>
<tr><th colspan="2">Bewertung nach Unternehmensrecht</th><th>Bewertung nach Steuerrecht</th></tr>
<tr><td>Nicht abnutzbares Anlagevermögen
Abnutzbares Anlagevermögen</td><td>beizulegender Wert</td><td rowspan="2">Wert am Abschlussstichtag</td><td rowspan="3">Teilwert</td></tr>
<tr><td>Finanzanlagen
Umlaufvermögen</td><td>beizulegender Zeitwert</td></tr>
<tr><td>Verbindlichkeiten</td><td colspan="2">Erfüllungsbetrag</td></tr>
</table>

In dieser Lerneinheit wird die **Bewertung nach Unternehmensrecht** dargestellt.

Für die Ermittlung des **Wertes am Abschlussstichtag** werden in der Praxis folgende **Hilfswerte** herangezogen:

- bei **nicht abnutzbaren Wirtschaftsgütern des Anlagevermögens:** die tatsächlichen Anschaffungs- oder Herstellungskosten eines gleichartigen Wirtschaftsgutes zum Bewertungsstichtag;
- bei **abnutzbaren Wirtschaftsgütern des Anlagevermögens:** die tatsächlichen Anschaffungs- oder Herstellungskosten eines gleichartigen Wirtschaftsgutes zum Bewertungsstichtag (Wiederbeschaffungspreis) abzüglich der Abschreibung, die der bisherigen Nutzung entspricht;
- bei **Gütern des Umlaufvermögens:** der Wiederbeschaffungspreis zum Bewertungsstichtag.

Beispiel

Für die Franz Schumanig OG sind Damen-Lifestyle-Schuhe Handelswaren und damit Teil des **Umlaufvermögens.** Als Hilfswert zur Ermittlung des Wertes am Abschlussstichtag gilt der **Wiederbeschaffungspreis.**

Ermittlung des Wertes am Abschlussstichtag – Umlaufvermögen

Das Unternehmen Franz Schumanig OG hat 40 Paar Damen-Lifestyle-Schuhe mit einem Einstandspreis von € 25,– pro Paar auf Lager. Der Wiederbeschaffungspreis für ein Paar Damen-Schuhe beträgt am 31. Dez. 20 . . :

Variante a) € 20,–
Variante b) € 24,–
Variante c) € 18,–

Lösung:

Einstandspreis	Wiederbeschaffungspreis (31. Dez. 20 . .)	Lagerbestand		Wert am Abschlussstichtag (31. Dez. 20 . .)
€ 25,00	Variante a) € 20,00	40 Paar	→	Variante a) **€ 800,00**
	Variante b) € 24,00		→	Variante b) **€ 960,00**
	Variante c) € 18,00		→	Variante c) **€ 720,00**

20 · 40 = € 800,00
24 · 40 = € 960,00
18 · 40 = € 720,00

2 Bewertungsregeln – Übersicht

Markieren Sie im nachfolgenden Text die Antwort auf folgende Frage:

- **Welche Bewertungsregeln sind zu beachten?**

Für die einzelnen Bilanzpositionen gelten **unterschiedliche Bewertungsvorschriften.** Im Allgemeinen sind jedoch die Gegenstände des **Anlage- und Umlaufvermögens** im Rahmen von Bewertungsmaßnahmen **abzuwerten (↓), Fremdkapital (Verbindlichkeiten) aufzuwerten (↑).**

Bewertungsregeln

Darstellung: Bewertungsregeln – Übersicht

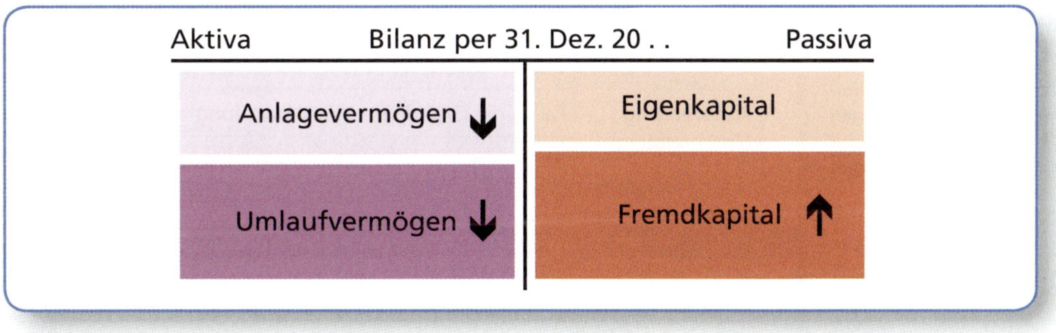

3 Bewertung des Anlagevermögens

Markieren Sie im nachfolgenden Text die Antworten auf folgende Fragen:

- **Welchen Wertminderungen unterliegt das nicht abnutzbare bzw. abnutzbare Anlagevermögen?**
- **Wie wird das nicht abnutzbare Anlagevermögen bewertet?**
- **Wie erfolgt die Bewertung des abnutzbaren Anlagevermögens?**
- **Welche Buchungen ergeben sich aus der Bewertung des Anlagevermögens?**

Zum **Anlagevermögen** siehe Abschnitt 7.2 Anlagenbewertung.

Das Anlagevermögen wird in

- **nicht abnutzbares Anlagevermögen** (z. B. Grundstücke) und
- **abnutzbares Anlagevermögen** (z. B. Gebäude, Maschinen)

unterteilt.

Während das **nicht abnutzbare Anlagevermögen** einer **außerordentlichen Wertminderung** unterliegt, gilt für das **abnutzbare Anlagevermögen** sowohl eine **ordentliche** als auch eine **außerordentliche Wertminderung.**

Eine **außerordentliche Wertminderung** kann z. B. infolge des technischen Fortschrittes (Flachbildschirme statt Röhrenbildschirme) oder durch Nachfrageverschiebungen (vermehrter Bedarf an spritsparenden Pkw) verursacht werden. Die **ordentliche Wertminderung** entsteht durch die übliche Nutzung (Verwendung) des Wirtschaftsgutes.

Darstellung: Anlagevermögen, Wertminderung und Abschreibung

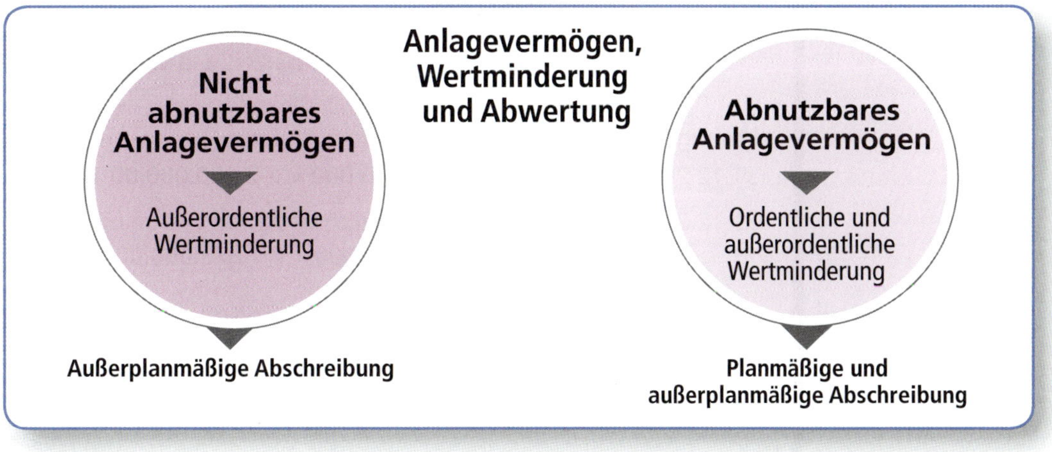

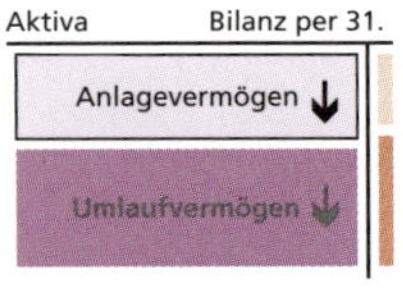

Neue Konten
7040 Teilwertabschreibungen
8200 Abschreibungen auf Beteiligungen

Neue Konten
4660 Erträge aus der Zuschreibung zum Anlagevermögen
8170 Erträge aus der Zuschreibung zu Finanzanlagen

Nicht abnutzbares Anlagevermögen

Ausgangswert	Das nicht abnutzbare Anlagevermögen (z. B. Grundstücke) ist mit den **Anschaffungs-** oder **Herstellungskosten** anzusetzen.	
Abwertung (Abschreibung)	Bei einer voraussichtlich **dauernden** (d. h. nicht nur vorübergehenden) **Wertminderung muss** der **niedrigere Wert am Abschlussstichtag** angesetzt werden **(gemildertes Niederstwertprinzip).** Bei **Finanzanlagen** (z. B. Beteiligungen an anderen Unternehmen) dürfen solche Abwertungen auch vorgenommen werden, **wenn es keine dauernde Wertminderung ist (gemildertes Niederstwertprinzip).**	
	Buchungssatz	. . . . Aufwandskonto / 0 . . . Nicht abnutzbares Anlagevermögen
Aufwertung (Zuschreibung)	Fallen die Gründe für eine Abwertung weg, ist eine **Aufwertung vorzunehmen.**	
	Buchungssatz	0 . . . Nicht abnutzbares Anlagevermögen / . . . . Ertragskonto

Lehrbeispiel

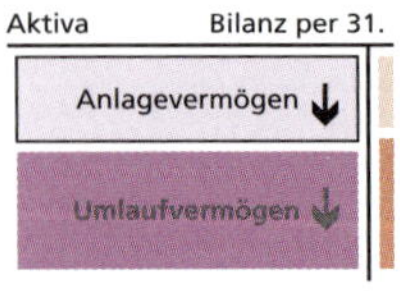

L 7.01: Bewertung von nicht abnutzbarem Anlagevermögen

Die Hotel-Planungs- und Bau-GmbH kauft im März 2015 ein Grundstück im Gesamtausmaß von 25.000 m² zu € 86,–/m² zum Bau eines Wellness-Hotels.

Auszug aus dem Anlagenverzeichnis vom 31. Dez. 2015:

Anlagenverzeichnis
per 31.12.2015

Inv.-Nr. / Konto / Inbetr.datum	Bezeichnung / GND / RND	Ansch.wert	Hist. Stand Anf. / Zugang	AfA / kum. AfA Ende / BW Ende
0201	Grundstück			
	0	2.150.000,00		
12.03.2015	0		2.150.000,00	2.150.000,00

Die GND (= Gesamtnutzungsdauer) und die RND (= Restnutzungsdauer) sind bei Grundstücken Null, da diese im Allgemeinen nicht abnutzbar sind.

Jahr 2016:
Anfang des Jahres 2016 wird bekannt, dass in unmittelbarer Nähe mit einer Schottergewinnung begonnen werden soll. Der Grundstückspreis sinkt dadurch auf € 75,–/m².

Jahr 2017:
Im Frühjahr 2017 stehen die Pläne für den Bau eines Autobahnzubringers zur Diskussion, der dem Fremdenverkehrsort insgesamt großen Schaden zufügen würde. Der Bau des Wellness-Hotels wird im Jahr 2017 überhaupt infrage gestellt. Das Grundstück wird in der Bilanz per 31. Dez. 2017 auf € 65,–/m² abgewertet.

Jahr 2018:
Nach heftigen Bürgerprotesten wird der Autobahnzubringer nicht gebaut und von der geplanten Schottergewinnung wird mangels ausreichender Verkehrsanbindung Abstand genommen. Ende des Jahres 2018 beträgt der Preis dieses Grundstückes € 90,–/m².

Aufgabe: Mit welchem Betrag ist das Grundstück in den Bilanzen 2015 bis 2018 der Hotel-Planungs- und Bau-GmbH anzusetzen und wie lauten die erforderlichen Buchungen per 31. Dez. 2016, 31. Dez. 2017 und 31. Dez. 2018? C

Lösung:

31.12.2015: **Bilanzansatz** = 86 · 25.000 = € **2.150.000,00**

31.12.2016: Es liegt eine voraussichtlich dauernde Wertminderung vor. Daher:
Bilanzansatz = 75 · 25.000 = € **1.875.000,00** (= niedrigerer Wert am Abschlussstichtag)
Die Wertminderung von € 275.000,– ist abzuschreiben.
Buchung:
7040 Teilwertabschreibungen / 0200 Unbebaute Grundstücke 275.000,00

	€ 1.875.000,00
–	€ 2.150.000,00
–	€ **275.000,00**

31.12.2017: Es liegt ebenfalls eine voraussichtlich dauernde Wertminderung vor. Daher:
Bilanzansatz = 65 · 25.000 = € **1.625.000,00** (= niedrigerer Wert am Abschlussstichtag)
Die weitere Wertminderung von € 250.000,– ist abzuschreiben.
Buchung:
7040 Teilwertabschreibungen / 0200 Unbebaute Grundstücke 250.000,00

	€ 1.625.000,00
–	€ 1.875.000,00
–	**€ 250.000,00**

31.12.2018: Eine Aufwertung auf € 86,–/m² ist vorzunehmen, nicht jedoch über den Anschaffungswert auf € 90,–/m². Daher:
Bilanzansatz = 86 · 25.000 = € **2.150.000,00**
Die Aufwertung von € 525.000,– ist zuzuschreiben.
Buchung:
0200 Unbebaute Grundstücke / 4660 Erträge a. d. Zuschreibung zum Anlagevermögen 525.000,00

	€ 2.150.000,00
–	€ 1.625.000,00
+	**€ 525.000,00**

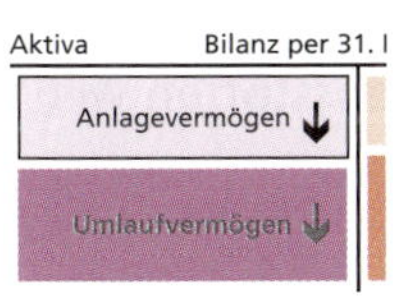

Beispiele dazu im Abschnitt 7.2 Anlagenbewertung

Abnutzbares Anlagevermögen

Ausgangswert	Das abnutzbare Anlagevermögen (z. B. Gebäude, Maschinen) ist mit den **Anschaffungs-** oder **Herstellungskosten vermindert um die planmäßige Abschreibung** anzusetzen.	
Abwertung (Abschreibung)	Bei einer voraussichtlich **dauernden** (d. h. nicht nur vorübergehenden) **Wertminderung muss** der **niedrigere Wert am Abschlussstichtag** angesetzt werden **(gemildertes Niederstwertprinzip)**.	
	Buchungssatz	. . . . Aufwandskonto / 0 . . . Abnutzbares Anlagevermögen
Aufwertung (Zuschreibung)	Fallen die Gründe für eine Abwertung weg, ist eine **Aufwertung vorzunehmen.**	
	Buchungssatz	0 . . . Abnutzbares Anlagevermögen / . . . . Ertragskonto

Zu den **Konten** siehe die Hinweise auf der Vorseite unter **Nicht abnutzbares Anlagevermögen.**

Darstellung: Bewertung nicht abnutzbares und abnutzbares Anlagevermögen

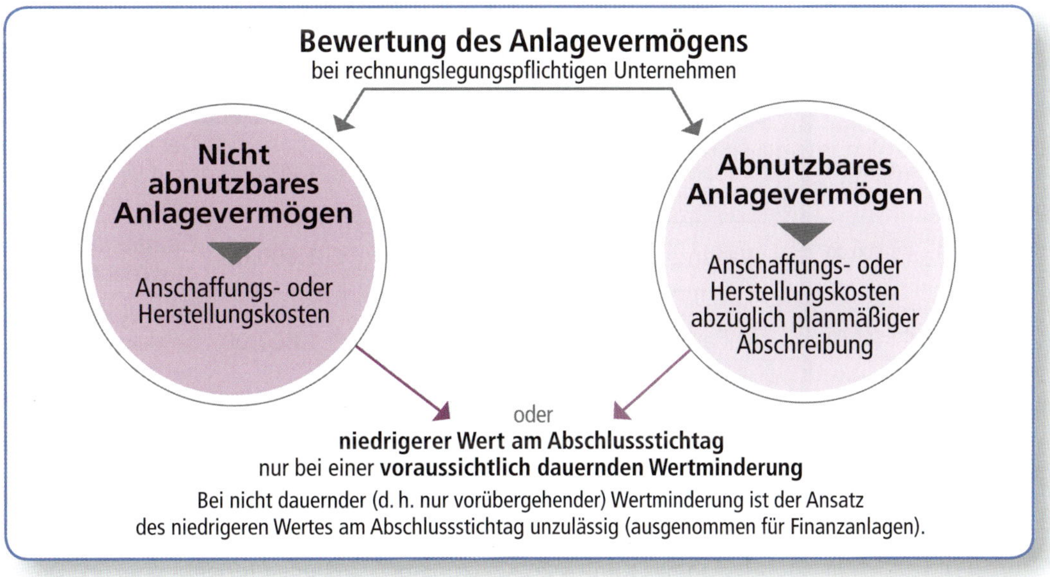

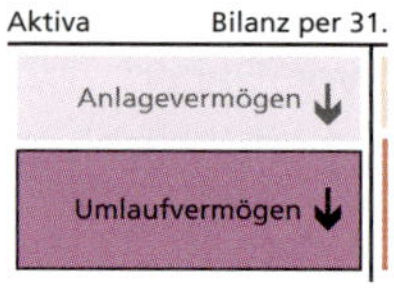

Neue Konten

7800 Abschreibungen von Vorräten
780 . Abschreibungen von Forderungen
8271 Abschreibungen auf Wertpapiere des Umlaufvermögens

Neues Konto

8180 Erträge aus der Zuschreibung zu Wertpapieren des Umlaufvermögens

Beispiele zur **Bewertung von Forderungen** sind in Band 2, Abschnitt 1.1, zu finden.

4 Bewertung des Umlaufvermögens

Markieren Sie im nachfolgenden Text die Antworten auf folgende Fragen:

- **Wie wird das Umlaufvermögen bewertet?**
- **Welche Buchungen sind bei der Bewertung des Umlaufvermögens vorzunehmen?**

Ausgangswert	Das Umlaufvermögen (z. B. Warenvorrat, Wertpapiere) ist mit den **Anschaffungs-** oder **Herstellungskosten** anzusetzen.	
Abwertung (Abschreibung)	Ist der **Wert am Abschlussstichtag niedriger,** so **muss** dieser angesetzt werden **(strenges Niederstwertprinzip).**	
	Buchungssatz	. . . . Aufwandskonto / . . . . Umlaufvermögen
Aufwertung (Zuschreibung)	Fallen die Gründe für eine Abwertung weg, ist eine **Aufwertung vorzunehmen.**	
	Buchungssatz	. . . . Umlaufvermögen / . . . . Ertragskonto

Die **Bewertung von Vorräten an Handelswaren, Roh-, Hilfs- und Betriebsstoffen** wird im Abschnitt 7.3 näher dargestellt.

Lehrbeispiele

L 7.02: Bewertung Warenvorrat

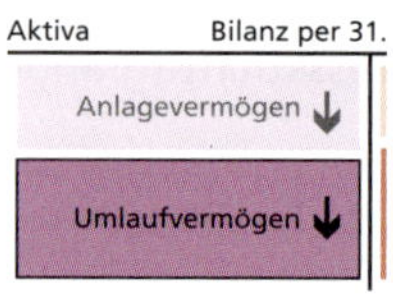

Am 4. Dez. 20 . . wurden zehn Fernsehapparate um € 360,– je Stück angeschafft.
Am 31. Dez. 20 . . sind davon noch fünf Fernsehapparate vorrätig, der Wiederbeschaffungspreis beträgt zu diesem Zeitpunkt je Fernsehapparat:

Variante a) € 360,–
Variante b) € 320,–
Variante c) € 390,–

Aufgabe: Führen Sie die Bewertung durch. C

Für die fünf auf Lager befindlichen Fernsehapparate sind am Abschlussstichtag folgende Werte anzusetzen:

	Wiederbeschaffungspreis/Stück	Wert am Abschlussstichtag	Bilanzansatz	Anmerkung
5 · 360 = € 1.800,00	Variante a) € 360,00	€ 1.800,00	**€ 1.800,00**	Der Wert am Abschlussstichtag entspricht dem Einstandspreis; der Bilanzansatz ist daher in derselben Höhe anzusetzen.
5 · 320 = € 1.600,00	Variante b) € 320,00	€ 1.600,00	**€ 1.600,00**	Gemäß dem strengen Niederstwertprinzip muss der niedrigere Wert angesetzt werden.
5 · 390 = € 1.950,00	Variante c) € 390,00	€ 1.950,00	**€ 1.800,00**	Es ist eine Aufwertung bis zu den Anschaffungskosten von € 360,– je Stück vorzunehmen.

L 7.03: Bewertung von Wertpapieren des Umlaufvermögens

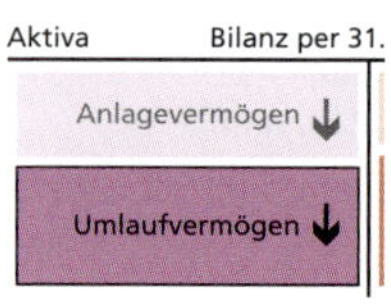

Anschaffung von 100 Stück Chemie AG-Aktien am 29. Mai 2015 aus spekulativen Gründen zum Kurs von € 40,–

Auszug des Kontos 2620 Aktien des Umlaufvermögens vom 31. Dez. 2015:

Buch.-Nr. = Buchungsnummer

Kontoblatt				Seite 1	Datum 31.12.2015	
			Aktien des Umlaufvermögens			2620
Buch.-Nr.	Datum	Beleg-Nr.	Text	Gegenkonto	Soll	Haben
15.132	29.05.2015	S 1820	Chemie AG-Aktien	2800	4.000,00	

Kursverlauf der Chemie AG-Aktien

Wertpapiere, die zu Spekulationszwecken angeschafft werden, sind im Allgemeinen dem Umlaufvermögen zuzuordnen.

Der Kurs des Wertpapiers lautet am jeweiligen Abschlussstichtag:

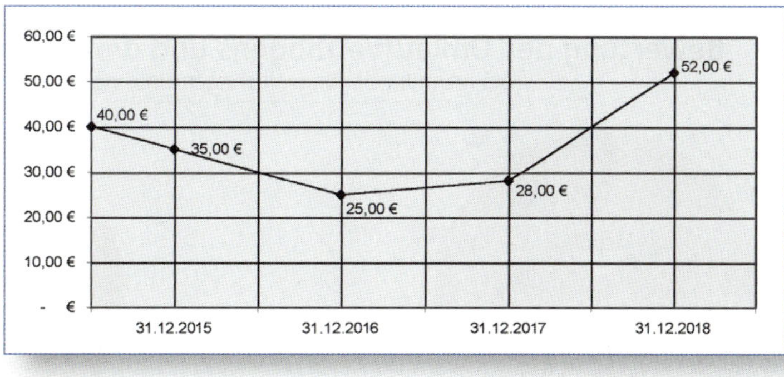

31. Dez. 2015, Kurs 35,00
31. Dez. 2016, Kurs 25,00
31. Dez. 2017, Kurs 28,00
31. Dez. 2018, Kurs 52,00

Aufgabe: a) Ermitteln Sie den Wert am Abschlussstichtag und den Bilanzansatz. C
b) Stellen Sie die Buchungen zum jeweiligen Abschlussstichtag auf. C

Lösung:

a), b)

Abschluss-stichtag	Kurs	Wert am Abschluss-stichtag	Bilanz-ansatz	Buchungssatz
31.12.2015	€ 35,00	€ 3.500,00	**€ 3.500,00**	8271 Abschr. auf WP des UV / 2620 Aktien des Umlaufverm. 500,00[1]
31.12.2016	€ 25,00	€ 2.500,00	**€ 2.500,00**	8271 Abschr. auf WP des UV / 2620 Aktien des Umlaufverm. 1.000,00[2]
31.12.2017	€ 28,00	€ 2.800,00	**€ 2.800,00**	2620 Aktien des Umlaufverm. / 8180 Ertr. a. d. Zuschr. zu WP des UV 300,00[3]
31.12.2018	€ 52,00	€ 5.200,00	**€ 4.000,00**	2620 Aktien des Umlaufverm. / 8180 Ertr. a. d. Zuschr. zu WP des UV 1.200,00[4]

1 Bilanzansatz per 31.12.2015 € 3.500,00 – Anschaffungswert € 4.000,00 = Abwertung € 500,00

2 Bilanzansatz per 31.12.2016 € 2.500,00 – Bilanzansatz per 31.12.2015 = € 3.500,00 = Abwertung € 1.000,00

3 Bilanzansatz per 31.12.2017 € 2.800,00 – Bilanzansatz per 31.12.2016 € 2.500,00 = Aufwertung € 300,00

4 Eine Aufwertung bis zum Anschaffungswert ist vorzunehmen. Bilanzansatz 31.12.2017 € 2.800,00 – – Anschaffungswert € 4.000,00 = Aufwertung € 1.200,00

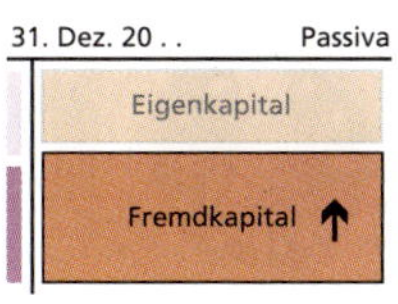

5 Bewertung der Verbindlichkeiten

Markieren Sie im nachfolgenden Text die Antworten auf folgende Fragen:

- **Mit welchem Wert sind Verbindlichkeiten anzusetzen?**
- **Welche Buchungen sind bei der Bewertung von Verbindlichkeiten vorzunehmen?**

Ausgangswert	Verbindlichkeiten sind mit dem **Erfüllungsbetrag** zum **Entstehungszeitpunkt** (Entstehungswert) anzusetzen.	
Aufwertung (Zuschreibung)	Ist der **Erfüllungsbetrag am Abschlussstichtag höher,** so **muss** dieser angesetzt werden **(strenges Höchstwertprinzip).**	
	Buchungssatz	. . . . Aufwandskonto / . . . . Verbindlichkeiten
Abwertung (Abschreibung)	Der **letzte Bilanzansatz darf unterschritten werden,** nicht jedoch der Entstehungswert.	
	Buchungssatz	. . . . Verbindlichkeiten / . . . . Ertragskonto

Beispiele zur Bewertung von **Verbindlichkeiten in ausländischer Währung** sind in Band 2, Abschnitt 1.1, zu finden.

Diese Bewertungsbestimmungen sind vor allem bei **Verbindlichkeiten in ausländischer Währung** von Bedeutung.

Darstellung: Bewertung des Umlaufvermögens und der Verbindlichkeiten

6 Bewertung der Privatentnahmen und Privateinlagen

Markieren Sie im nachfolgenden Text die Antworten auf folgende Fragen:

- **Mit welchem Wert sind Privatentnahmen anzusetzen?**
- **Mit welchem Wert sind Privateinlagen zu bewerten?**
- **Wie lauten die Buchungen bei der Bewertung von Privatentnahmen bzw. Privateinlagen?**

Teilwert

Privatentnahmen und Privateinlagen sind mit dem **Teilwert** zu bewerten. Dies ist der Betrag, den der Käufer des Betriebes im **Rahmen des Gesamtkaufpreises für das einzelne Wirtschaftsgut** ansetzen würde. Bei der Ermittlung des Teilwertes geht man davon aus, dass der Betrieb weitergeführt wird.

Privatentnahmen

Teilwert zum Zeitpunkt der Entnahme

Entnahmen sind unabhängig von den Anschaffungs- oder Herstellungskosten mit dem **Teilwert zum Zeitpunkt der Entnahme** zu bewerten. Bei Waren ist der Teilwert normalerweise der Einkaufspreis zum Zeitpunkt der Entnahme **(= Wiederbeschaffungspreis).**

Lehrbeispiel

L 7.04: Bewertung einer privaten Warenentnahme

Der Juwelier Kuno Trimmel e. U., Oberpullendorf, entnimmt am 17. März d. J. aus seinem Unternehmen für private Zwecke eine Armbanduhr mit einem Einkaufspreis (= Einstandspreis) von € 100,–.

Der Wiederbeschaffungspreis der Armbanduhr beträgt am 17. März:

Variante a) € 100,–
Variante b) € 90,–
Variante c) € 110,–

Der Teilwert ist mit dem Wiederbeschaffungspreis identisch.

Aufgabe: Ermitteln Sie den Teilwert per 17. März und nehmen Sie die Verbuchung der Privatentnahme vor. C

Lösung:

Einstandspreis	Wiederbeschaffungspreis (17. März)	Teilwert (17. März)	Buchungssatz
€ 100,00	Variante a) € 100,00	**€ 100,00** (+ € 20,00 USt = € 120,00)	9600 Privat 120,00 an 4900 Eigenverbrauch 20 % 100,00 an 3500 USt 20,00
	Variante b) € 90,00	**€ 90,00** (+ € 18,00 USt = € 108,00)	9600 Privat 108,00 an 4900 Eigenverbrauch 20 % 90,00 an 3500 USt 18,00
	Variante c) € 110,00	**€ 110,00** (+ € 22,00 USt = € 132,00)	9600 Privat 132,00 an 4900 Eigenverbrauch 20 % 110,00 an 3500 USt 22,00

Privateinlagen

Teilwert zum Zeitpunkt der Zuführung (Einlage)

Einlagen sind mit dem **Teilwert** anzusetzen, der ihnen **zum Zeitpunkt der Zuführung (Einlage)** beizumessen ist.

7 Bewertung der unfertigen und fertigen Erzeugnisse

Die Bewertung dieser Vermögensteile wird in Band 2, Teil 2, behandelt.

Üben

SbX ID: 7122

A B C D E

SbX
Excel Buchungstrainer ID: 7122

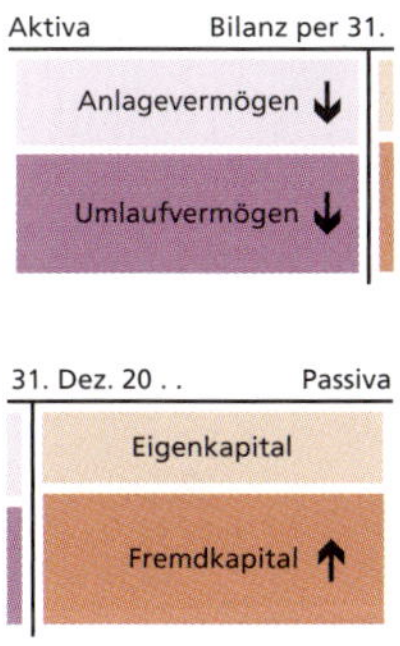

Ü 7.02: Bewertung

Im Bauunternehmen Harald Gruber e.U., Feldkirchen, ergeben sich u.a. nachfolgende Sachverhalte:

	per	Wertansatz €	Buchungssatz (Kontierung)
1. Am 10. März 2017 werden als Finanzanlage 1.000 Stück Aktien zum Kurs von € 50,– von der Bau AG erworben.	10. 3.17		
Am 31. Dez. 2017 beträgt infolge des allgemeinen Kursverfalles der Kurs € 40,–. Eine Erholung des Kurses ist nicht absehbar.	31.12.17		
Am 31. Dez. 2018 beträgt der Kurs € 52,–.	31.12.18		
2. Herr Harald Gruber plant für das Jahr 2019 den Bau einer zusätzlichen Lagerhalle. Am 18. April 2017 kauft er zu diesem Zweck ein Grundstück im Ausmaß von 10.000 m² zu € 79,–/m².	18. 4.17		
Das Grundstück ist am 31. Dez. 2017 am Konto 0200 Unbebaute Grundstücke mit € 790.000,– auszuweisen.	31.12.17		
Ende des Jahres 2018 beträgt der Grundstückspreis infolge der Errichtung einer Abwasserkläranlage in direkter Nachbarschaft € 69,–/m².	31.12.18		
3. Harald Gruber kauft 500 Stück Aktien des Umlaufvermögens, Anschaffungskurs € 20,– je Aktie	22. 8.17		
Kurs 31. Dez. 2017 € 21,–	31.12.17		
Kurs 31. Dez. 2018 € 15,–	31.12.18		
4. Private Entnahme von Baustoffen (Ziegel, Zement) am 20. Dez. 2017; Einstandspreis der Baustoffe € 250,–, Wiederbeschaffungspreis am 20. Dez. € 300,–, Verkaufspreis exklusive USt am 20. Dez. € 375,–	20.12.17		

Aufgabe: Ermitteln Sie zu den vorstehenden Fällen den zugehörigen Wertansatz und stellen Sie die Buchungssätze (Kontierung) auf. C

SbX
Excel Buchungstrainer ID: 7122

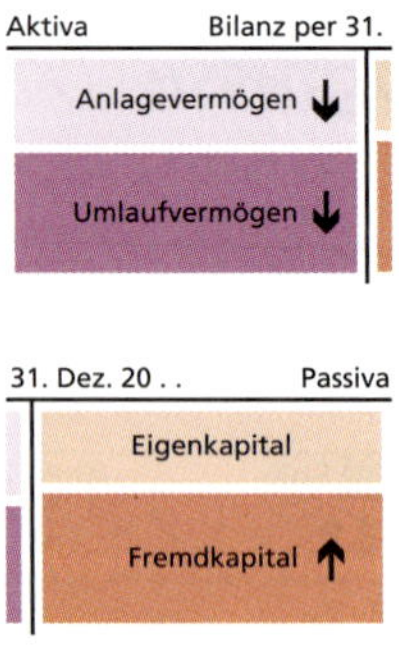

Ü 7.03: **Bewertung**

In der Tina Schlief GmbH, Computer Projects Unlimited, Amstetten, ergeben sich u. a. die folgenden Tatbestände:

	per	Wertansatz €	Buchungssatz (Kontierung)
1. Am 3. April 2017 werden als Finanzanlage 2.000 Stück Aktien zum Kurs von je € 30,– von der Computer AG erworben.	3. 4.17		
Am 31. Dez. 2017 beträgt der Kurs € 35,– je Aktie.	31.12.17		
Am 31. Dez. 2018 beträgt der Kurs infolge eines allgemeinen Kursverfalles € 22,– je Aktie. Eine Erholung des Kurses ist nicht abzusehen.	31.12.18		
Am 31. Dez. 2019 beträgt der Kurs € 28,– je Aktie.	31.12.19		
2. Am 28. November 2017 wurden zwölf Blu-Ray-Laufwerke (Handelsware) um € 26,– je Stück angeschafft.	28.11.17		
Am 31. Dezember 2017 sind noch sechs Blu-Ray-Laufwerke auf Lager. Der Wiederbeschaffungspreis beträgt zu diesem Zeitpunkt je Stück:			
Variante a) € 26,–	31.12.17		
Variante b) € 23,–	31.12.17		
Variante c) € 29,–	31.12.17		
3. 700 Stück Aktien des Umlaufvermögens, Anschaffungskurs € 17,– je Aktie	24. 5.17		
Kurs 31. Dez. 2017 € 19,– je Aktie	31.12.17		
Kurs 31. Dez. 2018 € 14,– je Aktie	31.12.18		
Kurs 31. Dez. 2019 € 18,– je Aktie	31.12.19		
4. Private Warenentnahme eines Laptops 21. Aug. 2017; Einstandspreis des Laptops € 1.300,–, Wiederbeschaffungspreis am 21. Aug. € 1.210,–, Verkaufspreis exklusive USt am 21. Aug. € 1.570,–	21. 8.17		

Aufgabe: Ermitteln Sie zu den vorstehenden Fällen den zugehörigen Wertansatz und führen Sie die Verbuchung (Kontierung) durch. C

Ein weiteres Übungsbeispiel finden Sie im Anhang.

Sichern

SbX ID: 7123

SbX
ID: 7123

Im SbX finden Sie eine Sammelmappe mit Zusammenfassungen zu allen Kapiteln und Lerneinheiten sowie eine Bildschirmpräsentation.

Wissen

SbX ID: 7124

A B C D E

SbX
ID: 7124

Möglichkeiten zur Kompetenzüberprüfung im SbX

Wiederholungsfragen | Aufgaben mit automatischer Aufgabenkontrolle | $H_2Ö$ MUSTERUNTERNEHMEN

Kompetenz-Check

Ein kurzer Kompetenz-Check, bevor's weitergeht!

	☺	😐	☹
Ich kann den Begriff „bewerten" erklären.			
Ich kann die allgemeinen Bewertungsgrundsätze erläutern.			
Ich kann die Wertmaßstäbe nennen.			
Ich kann die Bewertungsregeln anwenden.			
Ich kann das nicht abnutzbare Anlagevermögen bewerten und die erforderlichen Buchungen vornehmen.			
Ich kann das abnutzbare Anlagevermögen bewerten und die erforderlichen Buchungen vornehmen.			
Ich kann das Umlaufvermögen bewerten und die erforderlichen Buchungen vornehmen.			
Ich kann die Verbindlichkeiten bewerten und die erforderlichen Buchungen vornehmen.			
Ich kann Privatentnahmen und Privateinlagen bewerten und die erforderlichen Buchungen vornehmen.			

7.2 ANLAGENBEWERTUNG

Worum geht's in diesem Abschnitt?

Für die Zuordnung von Vermögensgegenständen zum Anlagevermögen ist einerseits deren Zweckbestimmung, andererseits die Dauer der Nutzung maßgebend.

So gehören z. B. Pkw in einem Bäckereiunternehmen, welches seine Kunden mit Gebäck beliefert, zum Anlagevermögen, während Pkw bei einem Autohändler Handelsware darstellen und damit im Umlaufvermögen auszuweisen sind. Gegenstände des Anlagevermögens werden auch nicht sofort verbraucht oder verkauft, sondern stehen länger als ein Jahr dem Unternehmen zur Verfügung.

Durch den Einsatz im betrieblichen Leistungsprozess erfahren die Anlagegüter eine ständige Wertminderung, welche im Rahmen der Bewertung zu berücksichtigen ist.

Wegen des bedeutenden Anteils am Gesamtvermögen kommt der sorgfältigen und detaillierten Verrechnung der Anlagegüter besondere Bedeutung zu.

Kompetenzen, die Sie erwerben

Mit der Bearbeitung dieses Abschnitts erwerben Sie die **Kompetenzen** für den **Bereich Anlagenbewertung.** Sie können

- den Zugang von Anlagegütern in der Buchführung erfassen,
- die Abschreibung berechnen und die erforderlichen Buchungen vornehmen,
- weitere Zugänge des Anlagevermögens in der Buchführung erfassen,
- die Verbuchung von Aufwendungen für Instandhaltung und Instandsetzung sowie für den Umbau und die Erweiterung von Anlagen vornehmen,
- das Ausscheiden von Anlagegütern verbuchen,
- die Auswirkung der Anlagenbewertung auf Bilanz sowie Gewinn- und Verlustrechnung ermitteln und
- Zugänge, Abgänge und die Abschreibung in der Anlagenbuchführung erfassen.

A B C D E

In diesem Abschnitt finden Sie Übungsbeispiele und Aufgaben zum Kompetenzerwerb und zur Kompetenzüberprüfung auf den Handlungsebenen **A Wiedergeben, B Verstehen, C Anwenden** und **D Analysieren & Interpretieren.**

Dieser Abschnitt umfasst folgende Lerneinheiten:

1 Ermittlung und Verbuchung der Abschreibung

2 Weitere Zugänge im Anlagevermögen

3 Instandhaltung, Instandsetzung, Umbau und Erweiterung von Gegenständen des Anlagevermögens

4 Ausscheiden von Gegenständen des Anlagevermögens

Lerneinheit 1

Ermittlung und Verbuchung der Abschreibung

SbX
Alle SbX-Inhalte zu dieser Lerneinheit finden Sie unter der ID: 7210.

Die Anschaffung von Anlagegegenständen zählt zu den regelmäßigen Geschäftsfällen eines Unternehmens. Die entsprechenden Anschaffungswerte sind auf den jeweiligen Anlagekonten zu verbuchen. Diese Buchungen wirken sich jedoch nicht auf den Gewinn bzw. Verlust aus. Erst durch die Abschreibung (die Wertminderung des Anlagegegenstandes infolge der Nutzung) wird das Unternehmensergebnis verändert.

Lernen

SbX ID: 7211

A B C D E

1 Anlagevermögen

Markieren Sie im nachfolgenden Text die Antworten auf folgende Fragen:

- **Was versteht man unter Anlagevermögen?**
- **Unter welcher Position wird das Anlagevermögen in der Bilanz ausgewiesen?**
- **Wie wird das Anlagevermögen gegliedert?**

Anlagevermögen

Unter **Anlagevermögen** versteht man alle **Wirtschaftsgüter,** die bestimmt sind, **dauernd** (länger als ein Jahr) **dem Geschäftsbetrieb zu dienen,** wie Grundstücke, Gebäude, Maschinen.

Anlagevermögen – dient dauernd dem Geschäftsbetrieb

Das **Anlagevermögen** wird auf der **Aktivseite** (Vermögensseite) **der Bilanz** ausgewiesen.

Darstellung: Anlagevermögen in der Bilanz

Aktiva Bilanz von myschuh zum 31. Dez. 20 . .	Passiva
Anlagevermögen	Eigenkapital
Umlaufvermögen	Rückstellungen
Rechnungsabgrenzungsposten	Verbindlichkeiten
	Rechnungsabgrenzungsposten

Im **Österreichischen Einheitskontenrahmen** ist für die **Posten des Anlagevermögens** die **Kontenklasse 0** vorgesehen.

Nach den Bestimmungen des Unternehmensgesetzbuches (UGB) zur **Bilanzgliederung** wird das Anlagevermögen in **immaterielle Vermögensgegenstände, Sachanlagen und Finanzanlagen** unterteilt.

Die **Bewertungsvorschriften** des Unternehmensgesetzbuches sowie anderer gesetzlicher Vorschriften (z. B. des Einkommensteuergesetzes) gliedern das Anlagevermögen in **verschiedene Gruppen von Anlagegütern,** z. B. abnutzbares und nicht abnutzbares Anlagevermögen.

Ein **Patent** ist das Recht der alleinigen Nutzung einer Erfindung.

Marken sind Zeichen, die bestimmte Waren oder Warengruppen von anderen gleichartigen Waren unterscheiden.

Lizenzen sind ein vom Patentinhaber erteiltes Recht zur Nutzung einer fremden Erfindung.

Darstellung: Gliederung des Anlagevermögens

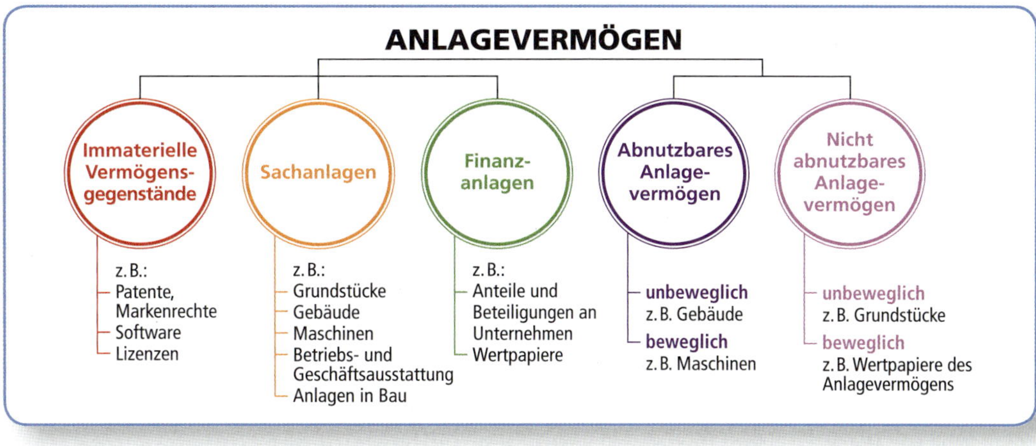

Beim **abnutzbaren Anlagevermögen** sind die sich während der Nutzungsdauer ergebenden **Wertminderungen in Form von Abschreibungen** zu berücksichtigen.

2 Anlagenverzeichnis, Anschaffungswert, Anlagenabschreibung

Markieren Sie im nachfolgenden Text die Antworten auf folgende Fragen:

- **Was versteht man unter dem Anschaffungswert?**
- **Wie wird der Anschaffungswert ermittelt und verbucht?**
- **Was gibt die Anlagenabschreibung an?**
- **Welcher Zeitpunkt ist für den Beginn der Abschreibung maßgebend?**
- **Wie ist im Jahr der Inbetriebnahme die Abschreibung aufgrund der Halbjahresregel zu berechnen?**
- **Was ist der Erinnerungseuro?**
- **Was versteht man unter dem Nachholverbot der Abschreibung?**
- **Wie lautet der Buchungssatz für die Verbuchung der Abschreibung?**

Im Anlagenverzeichnis (in der Anlagendatei) werden sämtliche Anlagegüter des Unternehmens erfasst.

Anlagenverzeichnis

Lfd. Nr.	Inventar Nr.	Gegenstand	Beleg Nr.	Anschaffungsdatum			Lieferant Name und Anschrift	Anschaffungswert	Datum Inbetriebnahme			Anschaffungsjahr				Abschreibungsbetrag	Buchwert 20..	Abschreibungsbetrag	Buchwert 20..
				T	M	J			T	M	J	Nutzungsdauer	%	Abschreibungsbetrag	Buchwert 20..				
1	2	3	4	5			6	①	8			②	10	③ 11	④	13	14	15	16

Nachfolgend werden dazu die Bestandteile ① bis ④ des Anlagenverzeichnisses näher erläutert:

① Anschaffungswert

Anschaffungswert
Anstelle von **Anschaffungswert** wird vielfach der Begriff **Anschaffungskosten** verwendet.

Der **Anschaffungswert** umfasst jene **Ausgaben,** die geleistet werden, um einen **Vermögensgegenstand zu erwerben** und **betriebsbereit** zu machen. Zum Anschaffungswert gehören auch die **Nebenkosten; Preisminderungen** sind abzuziehen.

Kaufpreis des Anlagegegenstandes
+ Nebenkosten
– Preisminderungen
Anschaffungswert

7.2 Anlagenbewertung

Der Anschaffungswert setzt sich zusammen aus:

Die **Einfuhrumsatzsteuer** zählt nur dann zu den Bezugskosten, wenn das Unternehmen nicht vorsteuerabzugsberechtigt ist.

Subventionen und Zuschüsse sind nicht rückzahlbare Unterstützungen, die Gemeinden, das Bundesland bzw. der Bund (Staat) gewähren.

	Kaufpreis (d. i. der um Rabatte und sonstige Nachlässe verminderte Wert, in der Regel ohne Vorsteuer)	**Kaufpreis**
+	sämtliche Bezugskosten (z. B. Transportkosten, Versicherung, Provision, bei Import aus Drittländern der Zoll, nicht jedoch die Einfuhrumsatzsteuer)	**+ Nebenkosten**
+	Steuern (z. B. Grunderwerbsteuer) und sonstige Abgaben, Notariats-, Gerichts- und Registrierkosten	
+	Kosten der Aufstellung und Inbetriebnahme der Anlage	
+	Kosten der Überprüfung der Anlage	
–	Anschaffungspreisminderungen (z. B. nachträglich gewährte Rabatte, Skonti, Subventionen, Zuschüsse)	**– Preisminderungen**
	Anschaffungswert bzw. Anschaffungskosten	

Pkw, Kombis und Motorräder – **NoVA** und **USt** werden jeweils **vom Nettobetrag** berechnet.

Bei **Personenkraftwagen, Kombinationskraftwagen und Motorrädern** setzt sich der **Anschaffungswert** aus dem **Kaufpreis,** der **Normverbrauchsabgabe (NoVA)** und der **Umsatzsteuer** (Vorsteuer) zusammen.

Der Begriff **Herstellungskosten** (Herstellungswert) wird in Band 2, Teil 2, ausführlich behandelt.

Anlagegüter, die im Betrieb selbst erzeugt werden, sind mit ihren **Herstellungskosten** (Herstellungswert) im Anlagevermögen zu erfassen.

Es ist zu beachten, dass **Finanzierungskosten,** wie die Kosten der Kreditbeschaffung und die Zinsen des Kredites, **nicht zu den Anschaffungskosten gehören;** sie dürfen daher nicht berücksichtigt werden.

Herstellungswert (Herstellungskosten)

Anlagegüter, die **im Betrieb selbst erzeugt werden,** sind mit den **Herstellungskosten** im Anlagevermögen zu erfassen.

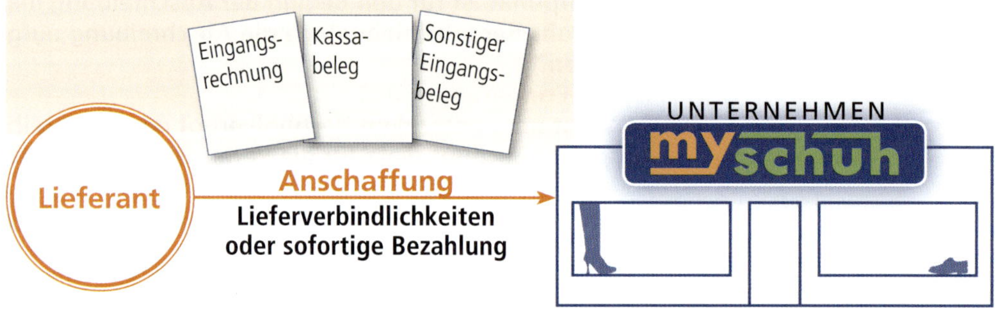

Die **Anschaffungskosten** müssen **aktiviert werden,** d. h. sie sind in der **Kontenklasse 0** zu erfassen. Dabei ergeben sich folgende Buchungen:

Verbuchung

	Soll	Haben
• des **Kaufpreises**	0 . . . Anlagenkonto 2500 Vorsteuer	33 . . . Lieferantenkonto (2800 Bank etc.)
• der **Nebenkosten**	0 . . . Anlagenkonto 2500 Vorsteuer	33 . . . Lieferantenkonto (2800 Bank etc.)
• der **Preisminderungen**	33 . . . Lieferantenkonto (2800 Bank etc.)	0 . . . Anlagenkonto 2500 Vorsteuer

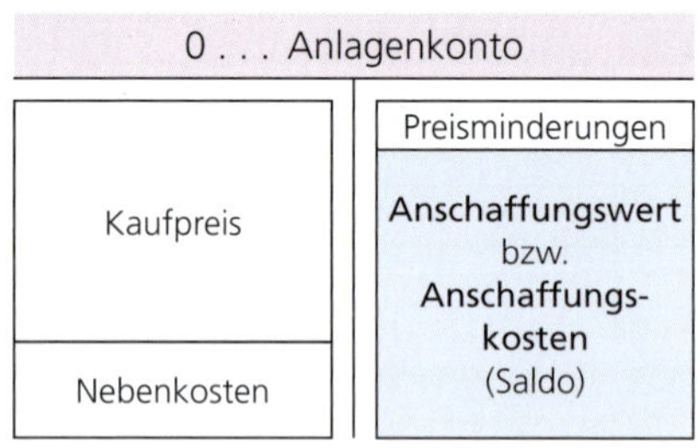

Der **Saldo des Anlagenkontos** ergibt den **Anschaffungswert** (die Anschaffungskosten).

Lehrbeispiel

L 7.05: Berechnung des Anschaffungswertes

22.6.20 . .	E 618	Kauf eines Einbauschrankes von der Tischlerei Ing. Kurt Huber e. U. um € 12.400,– + € 2.480,– USt = € 14.880,–; zahlbar innerhalb von acht Tagen mit 2 % Skonto, 30 Tage ohne Abzug
25.6.20 . .	K 1914	Für den Einbau des Schrankes werden € 460,– + € 92,– USt = € 552,– bezahlt.
27.6.20 . .	B 110	Ausgleich der E 618 mit € 14.582,40 = € 14.880,– – € 297,60 Skonto (€ 248,– netto + € 49,60 USt)

Aufgabe: Errechnen Sie den Anschaffungswert. C

Lösung:

	Einkaufspreis	€ 12.400,00	Beträge exklusive Umsatzsteuer (Vorsteuer) → **netto!**
+	Aufstellungskosten	+ € 460,00	
–	Skonto	– € 248,00	
	Anschaffungswert	**€ 12.612,00**	

Übungsbeispiel

Ü 7.04: Berechnung des Anschaffungswertes

Der Zimmereibetrieb Pamina Pollanz, Ybbs an der Donau, kauft am 10. Aug. 20 . . eine Holzbearbeitungsmaschine von der Gerhard Wegner Maschinenproduktion OG, Linz.

14.8.20 . .	E 1043	Rechnungsbetrag € 18.180,– + Fracht € 1.220,– = = € 19.400,– + € 3.880,– USt = € 23.280,–; Zahlungskondition: Bei Zahlung innerhalb von 14 Tagen 3 % Skonto, innerhalb von 30 Tagen ohne Abzug
27.8.20 . .	B 102	Bankausgang € 22.581,60; Ausgleich der E 1043 € 23.280,– abzüglich € 698,40 Skonto (€ ______ netto + € ______ USt)
5.9.20 . .	K 449	Die Gerhard Wegner Maschinenproduktion OG stellt für die im Rahmen der Aufstellung und Inbetriebnahme der Anlage angefallenen Arbeiten (z. B. Erstellung der Stromzuleitung) eine Rechnung über € 1.738,– + + € 347,60 USt = € 2.085,60. Der Ausgleich der Rechnung erfolgt, nach Arbeitsdurchführung, bar.

Inbetriebnahme der Anlage am 20. Sep. 20 . .

Aufgabe: Errechnen Sie den Anschaffungswert. C

② Betriebsgewöhnliche Nutzungsdauer

Nutzungsdauer

Unter der **betriebsgewöhnlichen Nutzungsdauer** versteht man **jene Anzahl von Jahren,** in der eine **Anlage** im Betrieb **voraussichtlich genutzt werden kann.**

Die betriebsgewöhnliche Nutzungsdauer ist in der Regel **kürzer als die technische Lebensdauer der Anlage.** Sie muss geschätzt werden, wobei die bisher gemachten Erfahrungen, die von den Herstellungsbetrieben gelieferten Angaben sowie die von der Finanzbehörde üblicherweise anerkannten Nutzungszeiten zu beachten sind.

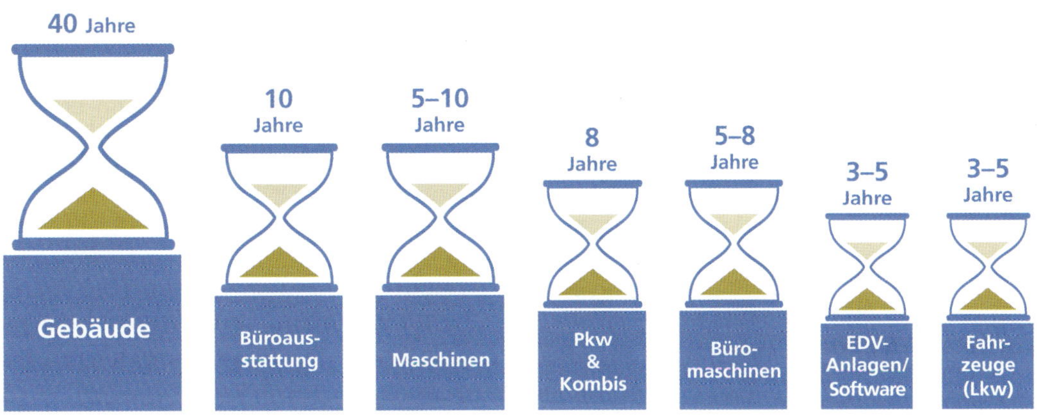

③ Anlagenabschreibung, Abschreibungssatz, Abschreibungsbetrag, Beginn der Abschreibung

Anlagenabschreibung (Abschreibung)

Die **Anlagenabschreibung** gibt an, um wie viel sich der **Wert eines Anlagegegenstandes** in einem bestimmten Zeitraum durch **Nutzung** (= Einsatz im Betrieb) oder **Zeitablauf verringert.** Durch die Anlagenabschreibung wird der **Anschaffungswert einer Anlage** auf die **voraussichtliche Nutzungsdauer** verteilt und **jährlich als Aufwand** berücksichtigt.

Anlagenabschreibung – Wertminderung eines Anlagegutes pro Jahr

Wertminderung, Bewertung

Diese **Wertminderung** wird **in der Buchführung** durch die **Abschreibung** erfasst. Im Steuerrecht wird die Anlagenabschreibung als **Absetzung für Abnutzung (AfA)** bezeichnet.

Mit der **Abschreibung** erfolgt eine **Abwertung der Vermögensgegenstände** auf den **Wert am Abschlussstichtag.**

Nachholverbot!

Abschreibungen sind **verpflichtend vorzunehmen,** unterlassene Abschreibungen können **nicht** nachgeholt werden.

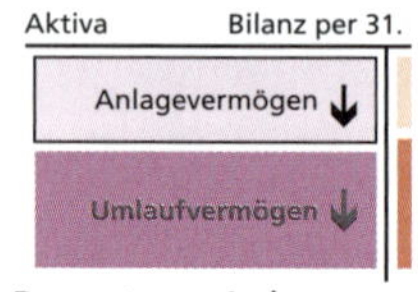

Bewertung Anlagevermögen → **Abwertung**

Abschreibungssatz

Der **Abschreibungssatz** gibt die **Höhe der Anlagenabschreibung in Prozent** an und ist von der Nutzungsdauer abhängig.

Nutzungsdauer **5 Jahre** → Abschreibungssatz **20 %** (100 : 5)

$$\textbf{Abschreibungssatz} = \frac{100}{\text{Nutzungsdauer}}$$

Abschreibungsbetrag

Unter dem **Abschreibungsbetrag** versteht man jenen **Betrag,** der **in einem Geschäftsjahr** (Wirtschaftsjahr) **abgeschrieben** wird.

$$\textbf{Abschreibungsbetrag} = \text{Anschaffungswert} \cdot \text{Abschreibungssatz oder } \frac{\text{Anschaffungswert}}{\text{Nutzungsdauer}}$$

Beispiel

Ein Handelsunternehmen schafft für die Lagerung von Gefrierprodukten eine große Kühlvitrine um € 20.000,– exkl. 20 % USt an (= Anschaffungswert). Die Kühlvitrine soll zehn Jahre genutzt werden (= Nutzungsdauer).

Durch den Einsatz im Betrieb kommt es zu einer laufenden Wertminderung der Kühlvitrine. Diese Wertminderung wird durch die Abschreibung erfasst. Sie beträgt pro Jahr € 2.000,– (Anschaffungswert € 20.000,– : 10 Jahre = Abschreibung € 2.000,–). Das heißt, der Wert der Kühlvitrine verringert sich pro Jahr um € 2.000,–; dies wird in jedem Jahr als Betriebsausgabe erfasst.

In den Aufzeichnungen ist die Kühlvitrine damit nach dem ersten Jahr der Nutzung noch € 18.000,– wert, nach dem zweiten Jahr € 16.000,–, nach dem dritten Jahr € 14.000,– usw. Nach zehn Jahren ist die Anlage „abgeschrieben"; sie ist dann in der Anlagenbuchführung € 0,– wert.

Beginn der Abschreibung

ab dem **Zeitpunkt der Inbetriebnahme**

Halbjahresregel – Inbetriebnahme von Anlagen

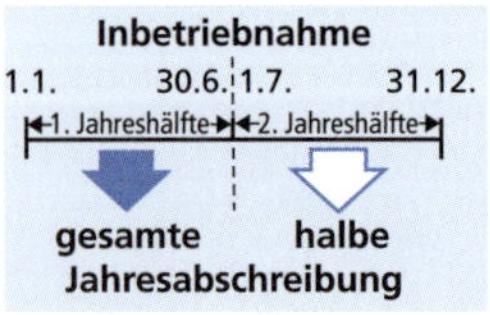

Für den **Beginn der Abschreibung** ist nicht der Zeitpunkt der Anschaffung (Herstellung) des Anlagegutes, sondern der **Zeitpunkt seiner Inbetriebnahme** maßgebend.

Wird das Anlagegut **in der ersten Jahreshälfte des Geschäftsjahres in Betrieb genommen,** ist die **gesamte Jahresabschreibung** zu berücksichtigen.

Erfolgt die **Inbetriebnahme in der zweiten Jahreshälfte des Geschäftsjahres,** ist im Jahr der Anschaffung die **Hälfte der Jahresabschreibung** anzusetzen.

④ Buchwert

Buchwert

Anschaffungswert
– Abschreibungsbetrag
Buchwert

Der Buchwert ist die **Differenz zwischen dem Anschaffungswert** und der **Summe der** bereits vorgenommenen **Abschreibungsbeträge.**

Scheidet die Anlage am Ende der Nutzungsdauer aus dem Betrieb **aus,** beträgt der **Buchwert null,** das heißt, die Anlage ist „abgeschrieben".

Erinnerungseuro

Verbleibt die **Anlage weiterhin im Betrieb,** erfolgt eine **Abschreibung auf den Erinnerungseuro.** Dabei wird der **Abschreibungsbetrag des letzten Jahres** der Nutzungsdauer **um einen Euro gekürzt** (vermindert), der Buchwert beträgt einen Euro. Der Erinnerungseuro bleibt **so lange im Anlagenverzeichnis** stehen, **bis die Anlage ausscheidet.** Dann wird auch der Erinnerungseuro abgeschrieben und der **Buchwert** beträgt **null.**

Lehrbeispiel

L 7.06: Berechnung der Abschreibungsbeträge und der Buchwerte mit Erinnerungseuro

13.1.2017 Peter Gaber, Keramik Gaber, Gmunden, kauft einen Brennofen von der Maschinenbau AG Linz. Die Rechnung lautet auf € 8.000,– + € 1.600,– USt = = € 9.600,–.

23.1.2017 E 28 Der Brennofen wird geliefert, aufgestellt und sofort in Betrieb genommen; Nutzungsdauer fünf Jahre; Abschreibung auf € 1,– (Erinnerungseuro).

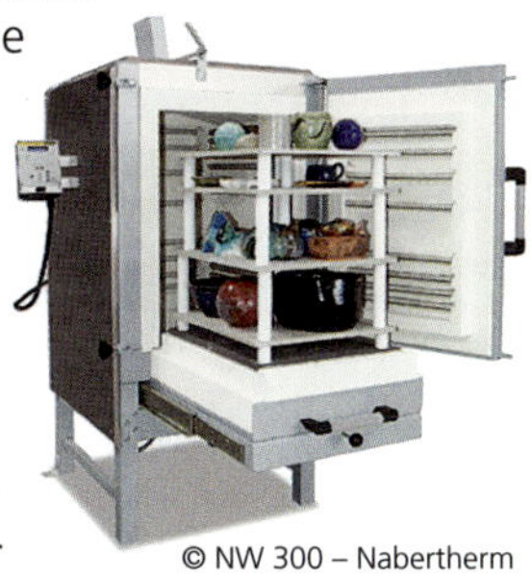

© NW 300 – Nabertherm

Aufgabe: Berechnen und erfassen Sie die Abschreibungsbeträge und die Buchwerte für die gesamte Nutzungsdauer in einer Tabelle. C

Lösung:

Abschreibungssatz: $\frac{100}{\text{Nutzungsdauer}} = \frac{100}{5} = \mathbf{20\,\%\ p.a.}$

Abschreibungsbetrag: $\text{Anschaffungswert} \cdot \text{Abschreibungssatz} = \frac{8.000 \cdot 20}{100} = \mathbf{€\ 1.600{,}00}$

oder

$\frac{\text{Anschaffungswert}}{\text{Nutzungsdauer}} = \frac{8.000}{5} = \mathbf{€\ 1.600{,}00}$

Kreuzen Sie an, welche Variante zutrifft!

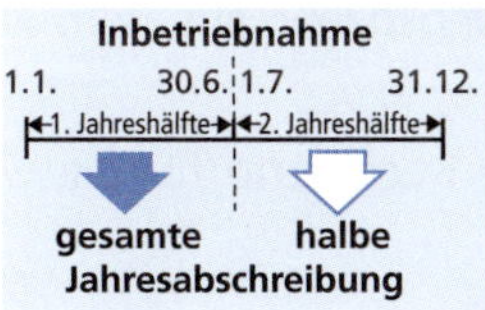

Die **Inbetriebnahme** des Brennofens erfolgt in der **ersten Jahreshälfte** (23. Jan. 2017). Es ist daher **im ersten Jahr** der auf ein **gesamtes Jahr entfallende Abschreibungsbetrag** anzusetzen.

Die **Anlage bleibt** nach dem Ende der Nutzungsdauer **weiterhin im Betrieb.** Der **Abschreibungsbetrag des letzten Jahres** der Nutzungsdauer ist **um den Erinnerungseuro zu kürzen;** € 1.600,– – € 1,– = **€ 1.599,–.**

Anschaffungswert (Buchwert 1.1.)
– Abschreibungsbetrag
Buchwert (31.12.)

Der **Buchwert am 31.12.** entspricht dem **Buchwert am 1.1. des folgenden Geschäftsjahres.**

Datum	2017	2018	2019	2020	2021
Anschaffungswert Buchwert (1.1.)	8.000,00	6.400,00	4.800,00	3.200,00	1.600,00
Abschreibungssatz	20 %	20 %	20 %	20 %	20 %
Abschreibungsbetrag	1.600,00	1.600,00	1.600,00	1.600,00	1.599,00
Buchwert (31.12.)	6.400,00	4.800,00	3.200,00	1.600,00	1,00

Übungsbeispiel

SbX Excel ID: 7211

Ü 7.05: Berechnung der Abschreibungsbeträge und der Buchwerte mit Erinnerungseuro

29.5.2017 E 114 Die Schlosserei Willibald Knapp, Wolfsberg, kauft eine Drehbank um € 8.320,– + € 1.664,– USt = = € 9.984,–; sofortige Inbetriebnahme, Nutzungsdauer vier Jahre, Abschreibung auf den Erinnerungseuro.

Aufgabe: Berechnen und erfassen Sie die Abschreibungsbeträge und die Buchwerte für die gesamte Nutzungsdauer in einer Tabelle. C

Lösung:

Kreuzen Sie an, welche Variante zutrifft!

Inbetriebnahme: 1.1. – 30.6. | 1.7. – 31.12.; 1. Jahreshälfte: gesamte Jahresabschreibung; 2. Jahreshälfte: halbe Jahresabschreibung

Datum	2017	2018	2019	2020
Anschaffungswert Buchwert (1.1.)				
Abschreibungssatz				
Abschreibungsbetrag				
Buchwert (31.12.)				

Lehrbeispiel

L 7.07: Berechnung der Abschreibungsbeträge und der Buchwerte ohne Erinnerungseuro

16.6.2017 Rudolf Windholz, Eisenstadt, kauft einen gebrauchten Klein-Lkw um € 8.920,– + € 1.784,– USt = € 10.704,–.

22.9.2017 E 435 Das Fahrzeug wird geliefert und sofort in Betrieb genommen, Nutzungsdauer vier Jahre. Es scheidet nach Ablauf der Nutzungsdauer aus dem Betrieb aus.

Aufgabe: Berechnen und erfassen Sie die Abschreibungsbeträge und die Buchwerte für die gesamte Nutzungsdauer in einer Tabelle. C

Lösung:

Kreuzen Sie an, welche Variante zutrifft!

Inbetriebnahme: 1.1. – 30.6. | 1.7. – 31.12.; 1. Jahreshälfte: gesamte Jahresabschreibung; 2. Jahreshälfte: halbe Jahresabschreibung – X

Datum	2017	2018	2019	2020	2021
Anschaffungswert Buchwert (1.1.)	8.920,00	7.805,00	5.575,00	3.345,00	1.115,00
Abschreibungssatz	12,5 %	25 %	25 %	25 %	12,5 %
Abschreibungsbetrag	1.115,00	2.230,00	2.230,00	2.230,00	1.115,00
Buchwert (31.12.)	7.805,00	5.575,00	3.345,00	1.115,00	0,00

Das Fahrzeug wird **in der zweiten Jahreshälfte,** am 22. Sep. 2017, **in Betrieb genommen.** Es ist daher **im ersten Jahr die Hälfte des Abschreibungsbetrages pro Jahr** anzusetzen.

Der **Abschreibungsbetrag** für das erste Jahr wird errechnet:
Abschreibung pro Jahr = 25 % von € 8.920,– = € 2.230,–
davon für ½ Jahr (Halbjahresabschreibung) € 2.230,– : 2 = € **1.115,–**

Die **Anlage scheidet** mit dem **Ende der Nutzungsdauer** aus dem Betrieb **aus.** Der **Abschreibungsbetrag des letzten Jahres** beträgt daher € 1.115,– (ohne Erinnerungseuro).

Übungsbeispiel

SbX Excel ID: 7211

Ü 7.06: Berechnung der Abschreibungsbeträge und der Buchwerte ohne Erinnerungseuro

18.9.2017 E 371 Der Betreiber der Modeboutique Young 4 You, Franz Boguly, Dornbirn, erneuert seine Geschäftsausstattung um € 19.000,– + € 3.800,– USt = € 22.800,–; sofortige Inbetriebnahme, Nutzungsdauer vier Jahre; die Möbelstücke werden am Ende des Jahres 2021 gegen neue ausgetauscht.

Aufgabe: Berechnen und erfassen Sie die Abschreibungsbeträge und die Buchwerte für die gesamte Nutzungsdauer in einer Tabelle. C

Lösung:

Kreuzen Sie an, welche Variante zutrifft!

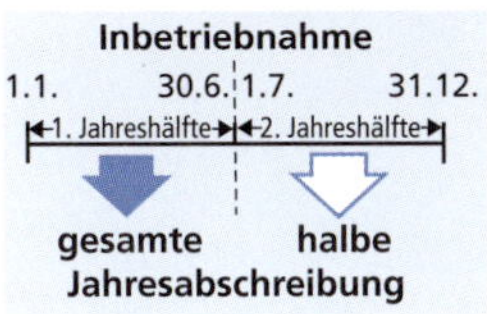

Datum	2017	2018	2019	2020	2021
Anschaffungswert Buchwert (1.1.)					
Abschreibungssatz					
Abschreibungsbetrag					
Buchwert (31.12.)					

Lehrbeispiel

L 7.08: Anlagenverzeichnis

Letzte Inventarnummer: 74

9. 1.2017 E 4 Kauf von drei Verkaufsregalen von der Weinert OG, 1070 Wien, Zieglergasse 78, insgesamt € 3.000,– + € 600,– USt = € 3.600,–; Nutzungsbeginn 9. Jan. 2017; Nutzungsdauer zehn Jahre

6.11.2017 E 321 Kauf eines Laserdruckers von der Doha Computersysteme KG, 1010 Wien, Singerstraße 18, € 1.360,– + € 272,– USt = € 1.632,–; Inbetriebnahme 6. Nov. 2017; Nutzungsdauer vier Jahre

Aufgabe: Arbeiten Sie das Anlagenverzeichnis für 2017, 2018 und 2019 aus. C

Lösung:

Anlagenverzeichnis

Lfd. Nr.	Inventar Nr.	Gegenstand	Beleg Nr.	Anschaffungsdatum			Lieferant Name und Anschrift	Anschaffungswert	Datum Inbetriebnahme			Anschaffungsjahr				Abschreibungsbetrag	Buchwert 2018	Abschreibungsbetrag	Buchwert 2019
				T	M	J			T	M	J	Nutzungsdauer	%	Abschreibungsbetrag	Buchwert 2017				
1	2	3	4	5			6	7	8			9	10	11	12	13	14	15	16
1	75	Verkaufsregale	E 4	9	1	17	Weinert OG, 1070 Wien, Zieglergasse 78	3.000 00	9	1	17	10	10	300 00	2.700 00	300 00	2.400 00	300 00	2.100 00
2	76	Laserdrucker	E 321	6	11	17	Doha Computersysteme KG, 1010 Wien, Singerstr. 18	1.360 00	6	11	17	4	25	170 00	1.190 00	340 00	850 00	340 00	510 00
								4.360 00						470 00	3.890 00	640 00	3.250 00	640 00	2.610 00

Übungsbeispiel

SbX
Formular Excel ID: 7211

Mit einer **Frankiermaschine** werden Poststücke automatisiert mit einem Wertaufdruck versehen und so für den Versand mit dem nötigen Porto freigemacht.

Ü 7.07: Anlagenverzeichnis

Im Fitnessstudio Michaela Mayrhuber, Wien, werden verschiedene Büromaschinen angeschafft.

Letzte Inventarnummer: 119

6. 3.2017	E 128	Kauf einer Frankiermaschine € 780,– + € 156,– USt = € 936,–; Lieferant: Adolf Schuss e. U., 1070 Wien, Kirchengasse 18; Nutzungsbeginn: 6. März 2017; Nutzungsdauer zehn Jahre
15. 5.2017	E 304	Kauf eines Aktenvernichters um € 2.000,– + € 400,– USt = € 2.400,–; Lieferant: Ing. Kugler e. U., 1150 Wien, Märzstraße 18; Inbetriebnahme: 15. Mai 2017; Nutzungsdauer fünf Jahre
5.12.2017	E 584	Kauf eines Laptops € 820,– + € 164,– USt = € 984,–; Lieferant: Rudolf Bauer KG, 1030 Wien, Wassergasse 10; Inbetriebnahme: 7. Dez. 2017; Nutzungsdauer vier Jahre

Aufgabe: Arbeiten Sie das Anlagenverzeichnis für 2017, 2018 und 2019 aus. C

Lösung:

Anlagenverzeichnis

Lfd. Nr.	Inventar Nr.	Gegenstand	Beleg Nr.	Anschaffungsdatum			Lieferant Name und Anschrift
				T	M	J	
1	2	3	4	5			6
1							
2							
3							
4							

Anschaffungswert	Datum Inbetriebnahme			Anschaffungsjahr				Abschreibungsbetrag	Buchwert 2018	Abschreibungsbetrag	Buchwert 2019
	T	M	J	Nutzungsdauer	%	Abschreibungsbetrag	Buchwert 2017				
7	8			9	10	11	12	13	14	15	16

Verbuchung der Abschreibung

Verbuchung der Abschreibung

Bei Vornahme der **Abschreibung** werden die **Abschreibungsbeträge vom jeweiligen Anlagenkonto** (Kontenklasse 0) **abgebucht** (Habenbuchung). Die Sollbuchung erfolgt auf dem Konto **7010 Abschreibungen von Sachanlagen.**

Verbuchung – 7010/0...

Neues Konto
7010 Abschreibungen von Sachanlagen

Die **Anlagegegenstände** werden **jährlich abgeschrieben.** Die **Berechnung der Abschreibungsbeträge** und deren **Verbuchung** erfolgt im **Rahmen der Abschlussarbeiten** (Bilanzierung) **zum Abschlussstichtag** (in der Regel zum 31. Dezember des Abschlussjahres). Dabei ergeben sich folgende Arbeitsschritte:

BEREITS DURCHGEFÜHRTE BERECHNUNGEN BZW. BUCHUNGEN	AM ABSCHLUSSSTICHTAG DURCHZUFÜHRENDE BERECHNUNGEN BZW. BUCHUNGEN
Ermittlung des Anschaffungswertes Kaufpreis + Nebenkosten – Preisminderungen Anschaffungswert	● **Berechnung des Abschreibungsbetrages** Anschaffungswert · Abschreibungssatz oder $\frac{\text{Anschaffungswert}}{\text{Nutzungsdauer}}$
Erfassung auf dem Anlagenkonto (im Jahr der Anschaffung) 0 ... Anlagenkonto / 33 ... Lieferantenkonto 2500 Vorsteuer / (2800 Bank etc.) →	● **Verbuchung der Abschreibung** 7010 Abschreibungen v. Sachanlagen / 0 ... Anlagenkonto ● **Verbuchung des Erinnerungseuros im Jahr des Ausscheidens der Anlage** 7010 Abschreibungen v. Sachanlagen / 0 ... Anlagenkonto 1,00

Die **Verbuchung von Anlagenzugängen** wurde in Abschnitt 4.1 Buchungen im Zusammenhang mit Einkäufen und Verkäufen dargestellt.

Lehrbeispiel

L 7.09: Verbuchung der Anschaffung, Berechnung und Verbuchung der Abschreibung

12. 1.2017		Die Großbäckerei Ströck GmbH in Wien kauft einen Backofen von der Maschinenbau AG Linz (33120).
23. 1.2017	E 28	Der Backofen wird geliefert, aufgestellt und sofort in Betrieb genommen. Die Rechnung lautet auf € 79.500,– + € 15.900,– USt = = € 95.400,–.
24. 1.2017	K 88	Für die Aufstellung werden € 2.090,– + € 418,– USt = € 2.508,– an das Installationsunternehmen Margret Huber OG bezahlt.
30. 1.2017	B 8	Überweisung an die Maschinenbau AG Linz € 95.400,– – € 1.908,– Skonto (€ 1.590,– + € 318,– USt) = € 93.492,–
31.12.2017		Nutzungsdauer des Backofens fünf Jahre; Abschreibung auf € 1,– (Erinnerungseuro)

Unter der **Nutzungsdauer** versteht man jene **Anzahl von Jahren,** in der eine **Anlage** im Betrieb **voraussichtlich genutzt werden kann**.

Aufgabe:
a) Verbuchen Sie die Anschaffung des Backofens. C
b) Berechnen Sie den Anschaffungswert. C
c) Berechnen und erfassen Sie die Abschreibung und die Buchwerte für die gesamte Nutzungsdauer in einer Tabelle. C
d) Verbuchen Sie die Abschreibung für 2017, 2020 und 2021. C

Lösung:

a)

23.1.2017 0400 Maschinen 79.500,00 / 33120 Maschinenbau AG 95.400,00
2500 Vorsteuer 15.900,00 /

24.1.2017 0400 Maschinen 2.090,00 / 2700 Kassa 2.508,00
2500 Vorsteuer 418,00 /

30.1.2017 33120 Maschinenbau AG / 2800 Bank 93.492,00
33120 Maschinenbau AG 1.908,00 / 0400 Maschinen 1.590,00
/ 2500 Vorsteuer 318,00

b)

Kaufpreis (ohne Vorsteuer)	€ 79.500,00
+ Aufstellungskosten (ohne Vorsteuer)	€ 2.090,00
– Skonto (ohne Vorsteuer)	€ 1.590,00
Anschaffungswert (Anschaffungskosten)	**€ 80.000,00**

Der **Abschreibungssatz** gibt die **Höhe der Abschreibung in Prozent** an.

Der **Abschreibungbetrag** ist der **Betrag,** der in **einem Geschäftsjahr abgeschrieben** und als **Aufwand** verbucht wird.

Kreuzen Sie an, welche Variante zutrifft!

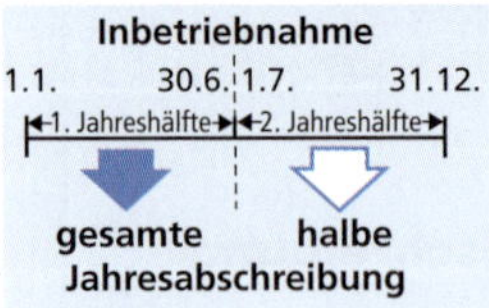

Der **Buchwert** ist die **Differenz zwischen dem Anschaffungswert** und der **Summe der** bereits vorgenommenen **Abschreibungsbeträge.**

Anschaffungswert (Buchwert 1.1.)
– Abschreibungsbetrag
Buchwert (31.12.)

Der **Buchwert am 31.12.** entspricht dem **Buchwert am 1.1. des folgenden Geschäftsjahres.**

c)

Abschreibungssatz: $\frac{100}{\text{Nutzungsdauer}} = \frac{100}{5} = 20\,\%$ p.a.

Abschreibungsbetrag: Anschaffungswert · Abschreibungssatz = $\frac{80.000 \cdot 20}{100}$ = **€ 16.000,00**
oder
$\frac{\text{Anschaffungswert}}{\text{Nutzungsdauer}} = \frac{80.000}{5}$ = **€ 16.000,00**

Die Inbetriebnahme des Backofens erfolgt in der **ersten Jahreshälfte** (23. Jan. 2017). Es ist daher **im ersten Jahr** der auf ein **gesamtes Jahr entfallende Abschreibungsbetrag** anzusetzen.

Die **Anlage bleibt** nach dem Ende der Nutzungsdauer **weiterhin im Betrieb.** Der **Abschreibungsbetrag des letzten Jahres** der Nutzungsdauer ist **um den Erinnerungseuro zu kürzen;** € 16.000,– – € 1,– = **€ 15.999,–.**

Datum	2017	2018	2019	2020	2021
Anschaffungswert Buchwert (1.1.)	80.000,00	64.000,00	48.000,00	32.000,00	16.000,00
Abschreibungssatz	20 %	20 %	20 %	20 %	20 %
Abschreibungsbetrag	16.000,00	16.000,00	16.000,00	16.000,00	15.999,00
Buchwert (31.12.)	64.000,00	48.000,00	32.000,00	16.000,00	1,00

d)

31.12.2017	7010 Abschreibungen von Sachanlagen / 0400 Maschinen	16.000,00
31.12.2020	7010 Abschreibungen von Sachanlagen / 0400 Maschinen	16.000,00
31.12.2021	7010 Abschreibungen von Sachanlagen / 0400 Maschinen	15.999,00

Üben

SbX ID: 7212

A B C D E

SbX
Excel
Buchungstrainer
ID: 7212

Ü 7.08: Berechnung des Anschaffungswertes

Am 20. Okt. 20.. bestellt Mag. Theo Rainer, Sofortdruck, in Voitsberg bei der Ing. Klaus Reiter e.U., Druckereimaschinen in Graz, einen Hochleistungsdrucker, Modell RICOH. Am 13. Nov. 20.. wird der Drucker geliefert.

E 974

Ing. Klaus Reiter e.U.
Druckereimaschinen
8010 Graz, Elisabethstraße 20
Telefon + 43 316 463 746, FAX +43 316 463 746-4
E-Mail: druck@reiterdruck.at
Website: www.reiterdruck.at

Mag. Theo Rainer
Sofortdruck
Hauptstraße 52
8570 Voitsberg

Rechnung Nr. 614504 Datum: 15.11.20..

Pos.	Art.Nr.	Bezeichnung	Preis €	Betrag €
1	R 001471	RICOH DDP 184 Hochleistungsdrucker	13.600,00	13.600,00
		– 20 % Rabatt		2.720,00
				10.880,00
		+ 20 % MwSt		2.176,00
				13.056,00
		Zahlungskondition: 30 Tage netto oder innerhalb von acht Tagen mit 2 % Skonto		

21.11.20 . . B 201 Ausgleich der E 974 mit € 12.794,88 = € 13.056,– – € 261,12 Skonto (€ ________ netto + € ________ USt)

23.11.20 . . B 202 Bankausgang € 540,–; Überweisung an den Spediteur Braun & Sohn OG für Bezugskosten € 450,– + € 90,– USt = € 540,–

Aufgabe: Errechnen Sie den Anschaffungswert. C

Ü 7.09: Berechnung des Anschaffungswertes

Verena Müller, Web- & Marketingagentur Hasendesign, Wien, kauft im Oktober vom Fotohändler Hubert Bayer, Wien, eine Profikamera von Canon.

22.10.20 . . E 777 Rechnungsbetrag € 2.600,– + € 520,– USt = = € 3.120,–

Zusätzlich wird auch ein Weitwinkel-Objektiv und eine Tasche für die neue Kamera gekauft; Gesamtwert € 950,– – € 47,50 Rabatt = € 902,50 + + € 180,50 USt = € 1.083,–.

Zahlungsbedingungen: Bei Zahlung innerhalb von zehn Tagen 2 % Skonto, innerhalb von 30 Tagen ohne Abzug

4.203 · 2 % = € 84,06 Skonto (€ 70,05 netto + € 14,01 USt)

27.10.20 . . B 398 Überweisung von € 4.118,94; Ausgleich der E 777 (€ 3.120,– + € 1.083,– = = € 4.203,– – € 84,06 Skonto = € 4.118,94)

Aufgabe: Errechnen Sie den Anschaffungswert. C

7.2 Anlagenbewertung

SbX
Excel
ID: 7212

Ü 7.10: Berechnung der Abschreibungsbeträge und der Buchwerte mit Erinnerungseuro

Die Spedition Manuel Kirchner, Eferding, kauft im Jahr 2017 nachstehende Anlagen:

10.4.2017 E 186 Farblaserdrucker um € 1.400,– + € 280,– USt = € 1.680,–; sofortige Inbetriebnahme, Nutzungsdauer fünf Jahre; Abschreibung auf den Erinnerungseuro

Aufgabe: Berechnen und erfassen Sie die Abschreibungsbeträge und die Buchwerte für die gesamte Nutzungsdauer in einer Tabelle. C

Lösung:

Kreuzen Sie an, welche Variante zutrifft!

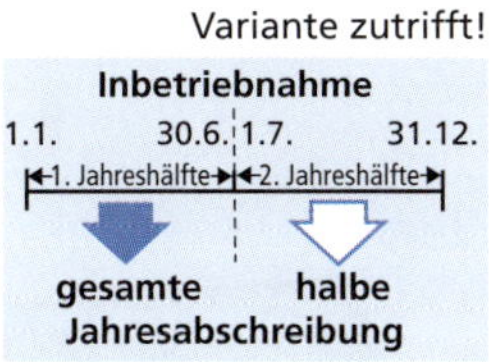

Datum	2017	2018	2019	2020	2021
Anschaffungswert Buchwert (1.1.)					
Abschreibungssatz					
Abschreibungsbetrag					
Buchwert (31.12.)					

8.9.2017 E 615 Klein-Lkw um € 35.000,– + € 7.000,– USt = € 42.000,–; der Lkw wird am 15. September 2017 in Betrieb genommen, Nutzungsdauer vier Jahre, Abschreibung auf den Erinnerungseuro.

Aufgabe: Berechnen und erfassen Sie die Abschreibungsbeträge und die Buchwerte für die gesamte Nutzungsdauer in einer Tabelle. C

Lösung:

Kreuzen Sie an, welche Variante zutrifft!

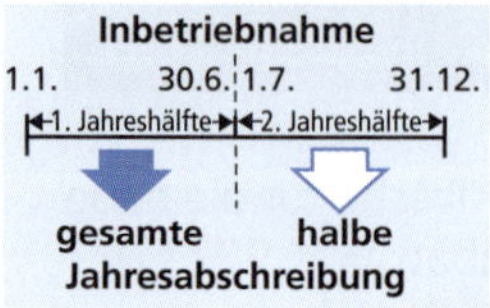

Datum	2017	2018	2019	2020	2021
Anschaffungswert Buchwert (1.1.)					
Abschreibungssatz					
Abschreibungsbetrag					
Buchwert (31.12.)					

SbX Excel ID: 7212

Ü 7.11: Berechnung der Abschreibungsbeträge und der Buchwerte ohne Erinnerungseuro

28.7.2017 E 743 Der von Hans Gruber, Sanitär- und Heizungshandel, Innsbruck, gekaufte Klein-Lkw, Anschaffungswert € 36.000,– + € 7.200,– USt = € 43.200,– wird geliefert und sofort in Betrieb genommen, Nutzungsdauer vier Jahre. Der Klein-Lkw scheidet nach Ablauf der Nutzungsdauer aus dem Betrieb aus.

Aufgabe: Berechnen und erfassen Sie die Abschreibungsbeträge und die Buchwerte für die gesamte Nutzungsdauer in einer Tabelle. C

Lösung:

Kreuzen Sie an, welche Variante zutrifft!

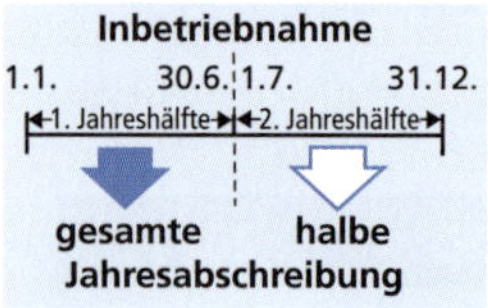

Datum	2017	2018	2019	2020	2021
Anschaffungswert Buchwert (1.1.)					
Abschreibungssatz					
Abschreibungsbetrag					
Buchwert (31.12.)					

SbX Formular Excel ID: 7212

Ü 7.12: Anlagenverzeichnis

Im Eissalon Isabella Bergmann, Wien, werden nachstehende Anlagegüter angeschafft.

Letzte Inventarnummer: 69

7. 4.2017 E 282 Kauf einer Computerkasse € 1.800,– + € 360,– USt = = € 2.160,–; Lieferant: Robert Streit e.U., 1140 Wien, Scheringgasse 3; Nutzungsbeginn 7. Apr. 2017; Nutzungsdauer fünf Jahre

29. 5.2017 K 509 Kauf eines Netbooks um € 420,– + € 84,– USt = € 504,–; Lieferant: Ascom Austria GmbH, 1120 Wien, Hohenbergstraße 22; Inbetriebnahme 29. Mai 2017; Nutzungsdauer vier Jahre

6.11.2017 E 854 Kauf einer Eiscreme-Truhe € 3.200,– + € 640,– USt = € 3.840,–; Lieferant: Linde Kältetechnik GmbH, 1230 Wien, Altwirthgasse 6–10; Inbetriebnahme 7. Nov. 2017; Nutzungsdauer fünf Jahre

Aufgabe: Arbeiten Sie das Anlagenverzeichnis für 2017, 2018 und 2019 aus. C

Lösung:

Anlagenverzeichnis

Lfd. Nr.	Inventar Nr.	Gegenstand	Beleg Nr.	Anschaffungsdatum			Lieferant Name und Anschrift
				T	M	J	
1	2	3	4	5			6
1							
2							
3							
4							

Anschaffungswert	Datum Inbetriebnahme			Anschaffungsjahr				Abschreibungsbetrag	Buchwert 2018	Abschreibungsbetrag	Buchwert 2019
	T	M	J	Nutzungsdauer	%	Abschreibungsbetrag	Buchwert 2017				
7	8			9	10	11	12	13	14	15	16

SbX
Formular Excel ID: 7212

Ü 7.13: Anlagenverzeichnis

Die Tischlerei Ing. Franz Prodinger, Tulln, kauft im Jahr 2017 nachstehende Anlagegüter.
Letzte Inventarnummer: 81

2. 6.2017 E 117 Schleifmaschine € 4.760,– + € 952,– USt = € 5.712,–; Lieferant: Zöger GmbH, 1030 Wien, Baumgasse 129; Inbetriebnahme 6. Juni 2017; Nutzungsdauer zehn Jahre

22. 6.2017 E 139 Furnierpresse € 5.270,– + € 1.054,– USt = € 6.324,–; Lieferant: Emco Vertriebs-GmbH, 2351 Wiener Neudorf, Brown-Boveri-Straße 12; Inbetriebnahme 29. Juni 2017; Nutzungsdauer zehn Jahre

3.11.2017 E 369 Kreissäge € 1.785,– + € 357,– USt = € 2.142,–; Lieferant: Rudolf Steiner KG, 3430 Tulln, Lagerstraße 6; Inbetriebnahme 6. November 2017; Nutzungsdauer fünf Jahre

Aufgabe: Arbeiten Sie das Anlagenverzeichnis für 2017, 2018 und 2019 aus. C

Lösung:

Anlagenverzeichnis

Lfd. Nr.	Inventar Nr.	Gegenstand	Beleg Nr.	Anschaffungsdatum T	M	J	Lieferant Name und Anschrift
1	2	3	4	5			6
1							
2							
3							
4							

Anschaffungswert	Datum Inbetriebnahme T	M	J	Anschaffungsjahr: Nutzungsdauer	%	Abschreibungsbetrag	Buchwert 2017	Abschreibungsbetrag	Buchwert 2018	Abschreibungsbetrag	Buchwert 2019
7	8			9	10	11	12	13	14	15	16

SbX Excel Buchungstrainer ID: 7212

Ü 7.14: Verbuchung der Anschaffung, Berechnung und Verbuchung der Abschreibung

Die Haus & Heim-Baumarkt OG in Wiener Neustadt kauft im Jahr 2017 unter anderem nachstehende Anlagegegenstände:

5.5.2017 Kauf eines Empfangspults für den Eingangsbereich von der Speigner GmbH (33104) laut abgebildeter Rechnung, sofortige Inbetriebnahme, Nutzungsdauer zehn Jahre, Abschreibung auf den Erinnerungseuro

Kreuzen Sie an, welche Variante zutrifft!

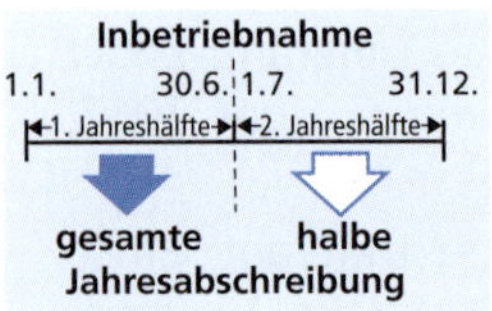

K914

SPEIGNER
Thinking about tomorrow.

Speigner GmbH, Altenberger Straße 22 • 4040 Linz • Tel.: +43 732 25 18 27 • E-Mail: office@speigner.at • Web: www.speigner.at

Haus & Heim-Baumarkt OG
Günser Straße 50
2700 Wiener Neustadt

BARZAHLUNG 05. 05. 2017

Rechnung: 1520/2017
Ihre UID-Nr.: ATU26506901

Unsere UID-Nr.: ATU54459802 Lieferdatum: 3. Mai 2017 Datum: 5. Mai 2017

Anzahl	Artikelbezeichnung	Preis/Sack	Gesamtpreis
1	Empfangspult PUNTA	1.600,00 €	1.600,00 €
	Nettobetrag		1.600,00 €
	+ 20 % Umsatzsteuer		320,00 €
	Rechnungsbetrag		1.920,00 €

Zahlungsvereinbarung:
Zehn Tage ohne Abzug

Kreuzen Sie an, welche Variante zutrifft!

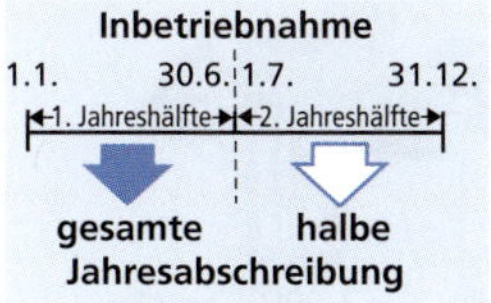

4.9.2017 E 745 Kauf eines Elektro-Staplers von der Claudia Wallner GmbH (33180) um € 10.300,– + € 2.060,– USt = € 12.360,–; der Stapler wird am 11. Sep. 2017 in Betrieb genommen, Nutzungsdauer zehn Jahre, Abschreibung auf den Erinnerungseuro.

11.9.2017 E 768 Die Spedition Dietrich & Dietrich GmbH (33550) stellt für die Anlieferung des Elektro-Staplers € 179,– + € 35,80 USt = € 214,80 in Rechnung; zahlbar innerhalb von zehn Tagen ohne Abzug.

18.9.2017 B 178 Überweisung € 11.989,20 (€ 12.360,– – 3 % Skonto) an die Claudia Wallner GmbH

Aufgabe:
a) Verbuchen Sie die Anschaffung der beiden Anlagegegenstände. C
b) Berechnen Sie die Abschreibung und die Buchwerte für die gesamte Nutzungsdauer des Empfangspults. Erfassen Sie die Werte der ersten fünf Jahre in der nachstehenden Tabelle. C
c) Verbuchen Sie die Abschreibung des Empfangspults für die ersten beiden Jahre und das letzte Jahr der Nutzungsdauer. C
d) Berechnen Sie den Anschaffungswert des Elektro-Staplers. C
e) Berechnen und verbuchen Sie die Abschreibung des Elektro-Staplers für die ersten beiden Jahre und das letzte Jahr der Nutzungsdauer. C
f) Geben Sie neben den gebildeten Buchungssätzen in Klammer an, ob sich durch den Geschäftsfall der Gewinn erhöht (↑), vermindert (↓) oder ob es sich um eine erfolgsneutrale Buchung (∅) handelt. D

Lösung:

Datum	2017	2018	2019	2020	2021
Anschaffungswert Buchwert (1.1.)					
Abschreibungssatz					
Abschreibungsbetrag					
Buchwert (31.12.)					

SbX
Excel Buchungstrainer ID: 7212

Ü 7.15: Verbuchung der Anschaffung, Berechnung und Verbuchung der Abschreibung

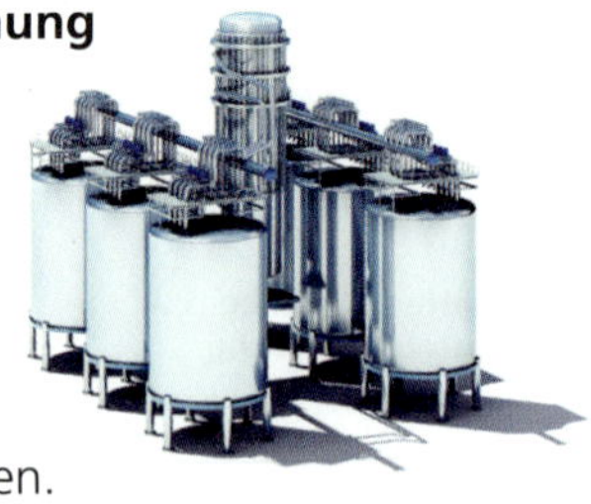

Die Winzergenossenschaft Rust im Burgenland bestellt am 25. April 2017 Edelstahltanks zur Lagerung von Weinen von der Maschinenfabrik Schmidinger GmbH (33082), St. Pölten, um € 33.200,– + + € 6.640,– USt = € 39.840,–.

2. 5.2017	E 389	Die Edelstahltanks werden frei Haus geliefert, installiert und am 15. Mai 2017 in Betrieb genommen.
3. 5.2017	E 471	Rechnung der Techno Cornelia Huber GmbH (33210) über die Installation der Edelstahltanks € 2.450,– + € 490,– USt = € 2.940,–
5. 5.2017	K 723	Barzahlung der Maurerarbeiten über € 1.615,20 (inkl. 20 % USt), welche im Rahmen der Aufstellung der Edelstahltanks erforderlich waren
16. 5.2017	B 25	Überweisung € 38.644,80 an die Maschinenfabrik Schmidinger GmbH zum Ausgleich der E 389 abzüglich 3 % Skonto
22. 5.2017	B 28	Ausgleich der E 471 der Techno Cornelia Huber GmbH € 2.940,– durch Banküberweisung
31.12.2017		Die Nutzungsdauer der Edelstahltanks beträgt fünf Jahre. Am 31. Dez. 2021 sind die Edelstahltanks weiterhin voll gebrauchsfähig; Abschreibung auf den Erinnerungseuro. Sie scheiden am Ende des Jahres 2022 aus dem Betrieb aus.

Aufgabe:
a) Verbuchen Sie die Anschaffung der Edelstahltanks. C
b) Berechnen Sie den Anschaffungswert. C
c) Berechnen und erfassen Sie die fehlenden Werte laut nachstehender Tabelle. C
d) Verbuchen Sie die Abschreibung für 2017, 2021 und 2022. C
e) Sind die Verbuchung der Anschaffung und der Abschreibung erfolgserhöhend (↑), erfolgsmindernd (↓) oder erfolgsneutral (∅)? Setzen Sie die entsprechenden Vermerke neben die Buchungssätze. D

Lösung:

Kreuzen Sie an, welche Variante zutrifft!

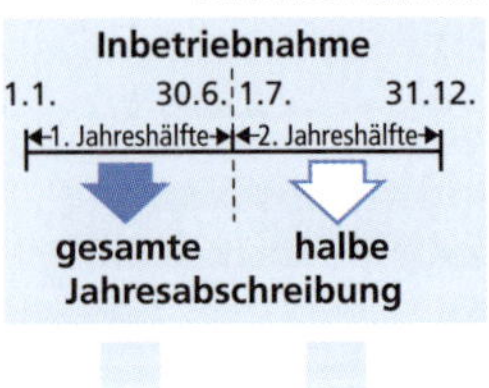

Datum	2017	2018	2019	2020	2021	2022
Anschaffungswert Buchwert (1.1.)	36.000,00	28.800,00		14.400,00		
Abschreibungssatz						
Abschreibungsbetrag			7.200,00			
Buchwert (31.12.)	28.800,00				1,00	0,00

Weitere Übungsbeispiele finden Sie im Anhang.

Sichern

SbX ID: 7213

SbX ID: 7213

Im SbX finden Sie eine Sammelmappe mit Zusammenfassungen zu allen Kapiteln und Lerneinheiten sowie eine Bildschirmpräsentation.

Wissen

SbX ID: 7214

A B C D E

SbX ID: 7214

Möglichkeiten zur Kompetenzüberprüfung im SbX

Wiederholungsfragen | Aufgaben mit automatischer Aufgabenkontrolle | H2Ö MUSTERUNTERNEHMEN

Ein kurzer Kompetenz-Check, bevor's weitergeht!

Kompetenz-Check

	☺	😐	☹
Ich kann beschreiben, was unter dem Anlagevermögen zu verstehen ist.			
Ich kann das Anlagevermögen der entsprechenden Bilanzposition zuordnen.			
Ich kann das Anlagevermögen untergliedern.			
Ich kann den Anschaffungswert berechnen.			
Ich kann die Anschaffungskosten verbuchen.			
Ich kann den Begriff betriebsgewöhnliche Nutzungsdauer erläutern.			
Ich kann den Begriff der Anlagenabschreibung erläutern.			
Ich kann den jährlichen Abschreibungsbetrag berechnen.			
Ich kann den Zeitpunkt für den Beginn der Abschreibung nennen und die Halbjahresregel anwenden.			
Ich kann den jährlichen Abschreibungssatz, den jährlichen Abschreibungsbetrag und den Buchwert ermitteln.			
Ich kann ein Anlagenverzeichnis führen.			
Ich kann die Abschreibung verbuchen.			

Lerneinheit 2

Weitere Zugänge im Anlagevermögen

SbX Alle SbX-Inhalte zu dieser Lerneinheit finden Sie unter der ID: 7220.

Anlagegüter werden sowohl bei der Gründung des Unternehmens, als auch während der gesamten Betriebstätigkeit angeschafft. Die Investition in Anlagen bedeutet eine langfristige Kapitalbindung, die den Produktions- und Absatzerfordernissen entsprechen muss. Die Anlagen sind in der Buchführung (Anlagenbuchführung) zu erfassen und deren Wertminderung wird durch die Abschreibung dargestellt.

Lernen

A B C D E

1 Kauf von Anlagegegenständen

Markieren Sie im nachfolgenden Text die Antworten auf folgende Fragen:

- **Auf welchen Konten werden die Zugänge von Anlagegegenständen erfasst?**
- **Was versteht man unter geringwertigen Wirtschaftsgütern?**
- **Welche Möglichkeiten für die Verbuchung geringwertiger Wirtschaftsgüter gibt es?**

Der **Zugang von Anlagegegenständen** (Anlagegüter, Anlagen) ist auf den entsprechenden **Anlagenkonten der Kontenklasse 0** mit dem **Anschaffungswert** zu verbuchen.

Die entsprechenden Buchungen lauten:

Kauf z. B. eines Computers

0620 Büromaschinen, EDV-Anlagen / 33 . . . Lieferantenkonto (2700 Kassa etc.)
2500 Vorsteuer

Kauf eines Pkw (keine Vorsteuerbuchung!)

0630 Pkw und Kombis / 33 . . . Lieferantenkonto (2800 Bank etc.)

2 Geringwertige Wirtschaftsgüter

In der Regel sind Anlagegegenstände auf den entsprechenden Anlagenkonten zu erfassen. Die jährliche Wertmindertung ist als Abschreibung zu verbuchen.

Jedoch können nach den Bestimmungen des Einkommensteuergesetzes (EStG) **bestimmte abnutzbare Anlagegüter** wie nachfolgend dargestellt behandelt werden.

Geringwertige Wirtschaftsgüter (GWG)

Abnutzbare Anlagegüter bis zu einem Anschaffungswert von € 400,– (ohne USt) gelten als **geringwertige Wirtschaftsgüter (GWG)**. Sie **können** (Wahlrecht!) im Jahr der Anschaffung **mit dem vollen Betrag als Aufwand verbucht und damit abgeschrieben werden.**

GWG sind abnutzbare Anlagegüter bis € 400,– (ohne USt).

Bei der Beurteilung, ob ein Anlagegegenstand ein geringwertiges Wirtschaftsgut darstellt, ist zu beachten, dass Anlagegegenstände, die **nach dem wirtschaftlichen Zweck** oder **nach der Verkehrsauffassung eine Einheit** bilden, **nicht getrennt als geringwertige Wirtschaftsgüter** verbucht werden können.

Beispiele

Eine Sitzgarnitur besteht aus einem Tisch und mehreren Sesseln. Nach dem Verwendungszweck stellt dies eine Einheit dar. Die Sessel und der Tisch können daher nicht einzeln als geringwertige Wirtschaftsgüter erfasst werden.

Ein Werkzeugkasten, welcher aus Teilen besteht, gilt als eine Einheit. Mehrere Vorhänge in einem Raum stellen eine Einheit dar.

Beim Kauf eines PC können jedoch z.B. der Monitor oder die Tastatur als geringwertige Wirtschaftsgüter erfasst werden, wenn die Anschaffungswerte jeweils nicht mehr als € 400,– (ohne USt) betragen.

Für die Verbuchung geringwertiger Wirtschaftsgüter gibt es zwei Möglichkeiten:

- **Verbuchung der Anschaffung** auf Konten in der **Kontenklasse 0,** Umbuchung des Anschaffungswertes am Jahresende
- **Sofortige Verbuchung** auf dem **Konto 7060 Abschreibungen geringwertiger Wirtschaftsgüter**

Verbuchung bei der Anschaffung auf einem der nachstehenden Konten der Kontenklasse 0, Umbuchung des Anschaffungswertes am Jahresende

Konten der Kontenklasse 0 für geringwertige Wirtschaftsgüter:

Neue Konten

In Kleinbetrieben erfolgt die Verbuchung oft gleich auf dem **entsprechenden Anlagenkonto** (z.B. 0400 Maschinen).

0121	Geringwertige Datenverarbeitungsprogramme	0550	Geringwertige Werkzeuge
0480	Geringwertige Maschinen	0670	Geringwertige Betriebs- und Geschäftsausstattung
		0672	Geringwertige Büromaschinen, EDV-Anlagen

- **Buchung beim Kauf:**

Buchung beim Kauf in der **Kontenklasse 0**

Soll	Haben
0 . . . Geringwertige . . . 2500 Vorsteuer	2700 Kassa (2800 Bank etc.)

- **Umbuchung des Anschaffungswertes am Jahresende:**

  Mit der Umbuchung des **Anschaffungswertes** wird dieser **als Aufwand erfasst** und damit das **Anlagegut voll abgeschrieben.**

Neues Konto

7060 Abschreibungen geringwertiger Wirtschaftsgüter

7060 Abschreibungen geringwertiger Wirtschaftsgüter / 0 . . . Geringwertige . . .

Sofortige Verbuchung auf dem Konto 7060

Die Verbuchung auf dem Konto 7060 Abschreibungen geringwertiger Wirtschaftsgüter bewirkt, dass der **Anschaffungswert als Aufwand erfasst** wird. Das Anlagegut wird **voll abgeschrieben.**

Buchung beim Kauf als **Aufwand** in der **Kontenklasse 7**

Soll	Haben
7060 Abschreibungen geringwertiger Wirtschaftsgüter 2500 Vorsteuer	2700 Kassa (2800 Bank etc.)

Lehrbeispiel

L 7.10: Verbuchung von geringwertigen Wirtschaftsgütern, Gewinnauswirkung

22.10.20 . . Beleg über den Kauf einer Heckenschere

K 2478

OBI Markt A003
OBI Markt GmbH
9020 Klagenfurt a. W.,St.Jakoberstr.2
Tel. +43 463/336 94 Fax: +43 463/336 94/99 03
Lieferscheindatum=Kassenbondatum

01003 02 4281 0005 22.10.20 . . 17:22:38

4007430116468 E-Heckenschere
1 ST B 210,00

Endsumme in €

210,00

Bar 210,00

Die Endsumme enthält an MwSt
20.00 % Mwst B 175,00 35,00

USt-IdNr.: ATU 27004309

*
Vielen Dank für Ihren Einkauf!
*

Die Heckenschere soll als geringwertiges Wirtschaftsgut im Jahr der Anschaffung verbucht werden.

Aufgabe: a) Stellen Sie die Buchungssätze bei Verbuchung des Einkaufes auf dem Konto 0550 sowie am Jahresende dar. C

b) Stellen Sie den Buchungssatz bei sofortiger Verbuchung des Einkaufes auf dem Konto 7060 dar. C

c) Sind die Buchungen erfolgserhöhend (↑), erfolgsmindernd (↓) oder erfolgsneutral (Ø)? Setzen Sie die entsprechenden Vermerke neben die Buchungssätze. D

Lösung:

a), c) Buchungssätze bei Verbuchung auf dem Konto 0550, Umbuchung am Jahresende:

Datum	Buchungssatz	Soll	Haben	
22.10.20 . .	0550 Geringwertige Werkzeuge	175,00		(Ø)
	2500 Vorsteuer	35,00		
	an 2700 Kassa		210,00	
31.12.20 . .	7060 Abschreibungen geringw. Wirtschaftsgüter		175,00	(↓)
	an 0550 Geringwertige Werkzeuge		175,00	

b), c) Buchungssatz bei sofortiger Verbuchung auf dem Konto 7060:

Datum	Buchungssatz	Soll	Haben	
22.10.20 . .	7060 Abschreibungen geringw. Wirtschaftsgüter		175,00	(↓)
	2500 Vorsteuer	35,00		
	an 2700 Kassa		210,00	

3 Verbuchung von selbst erstellten Anlagen

Markieren Sie im nachfolgenden Text die Antworten auf folgende Fragen:

- **Was versteht man unter einer selbst erstellten Anlage?**
- **Wie werden selbst erstellte Anlagen verbucht?**

Selbst erstellte Anlagen – Eigenleistung des Unternehmens

Selbst erstellte Anlagen

Erzeugt ein Unternehmen **zur eigenen Verwendung eine Anlage,** spricht man von **selbst erstellten Anlagen.**

Viele Unternehmen besitzen das technische und/oder fachliche Know-how, um betriebliche Anlagen (z. B. Maschinen, Gebäude) selbst zu erstellen. Sie müssen nicht fremde Unternehmen beauftragen, sondern nutzen hierfür eigene Arbeitnehmer und eigenes Material – **Eigenleistung des Unternehmens.**

Die im Rahmen des Erzeugungsprozesses anfallenden **Aufwendungen** (Rohstoffe und sonstige Materialien, Löhne, Energie usw.) werden auf den **entsprechenden Aufwandskonten** verbucht.

Die Berechnung der Herstellungskosten wird in Band 2, Teil 2, behandelt.

Nach **Fertigstellung ist die Anlage mit ihren Herstellungskosten** auf dem **entsprechenden Anlagenkonto** (Kontenklasse 0) **im Soll zu verbuchen.** Durch die Habenbuchung auf dem Konto **4580 Aktivierte Eigenleistungen** werden die auf den verschiedensten Konten verbuchten **Aufwendungen neutralisiert,** d. h., sie werden ausgeglichen und wirken sich **nicht mehr gewinnmindernd** aus.

Neues Konto **4580 Aktivierte Eigenleistungen**

Buchungssatz für die Erfassung einer selbst erstellten Anlage:

0 . . . Anlagenkonto / 4580 Aktivierte Eigenleistungen

Beispiel

Das Bauunternehmen Ing. Stefan Halbritter KG, Wiener Neustadt, errichtet für eigene Zwecke eine Lagerhalle. Es entstehen nachstehende Aufwände (vereinfachte Darstellung):

Herstellungskosten
€ 70.000,00
€ 120.000,00
€ 60.000,00
€ 250.000,00

Neutralisierung der **Aufwendungen**

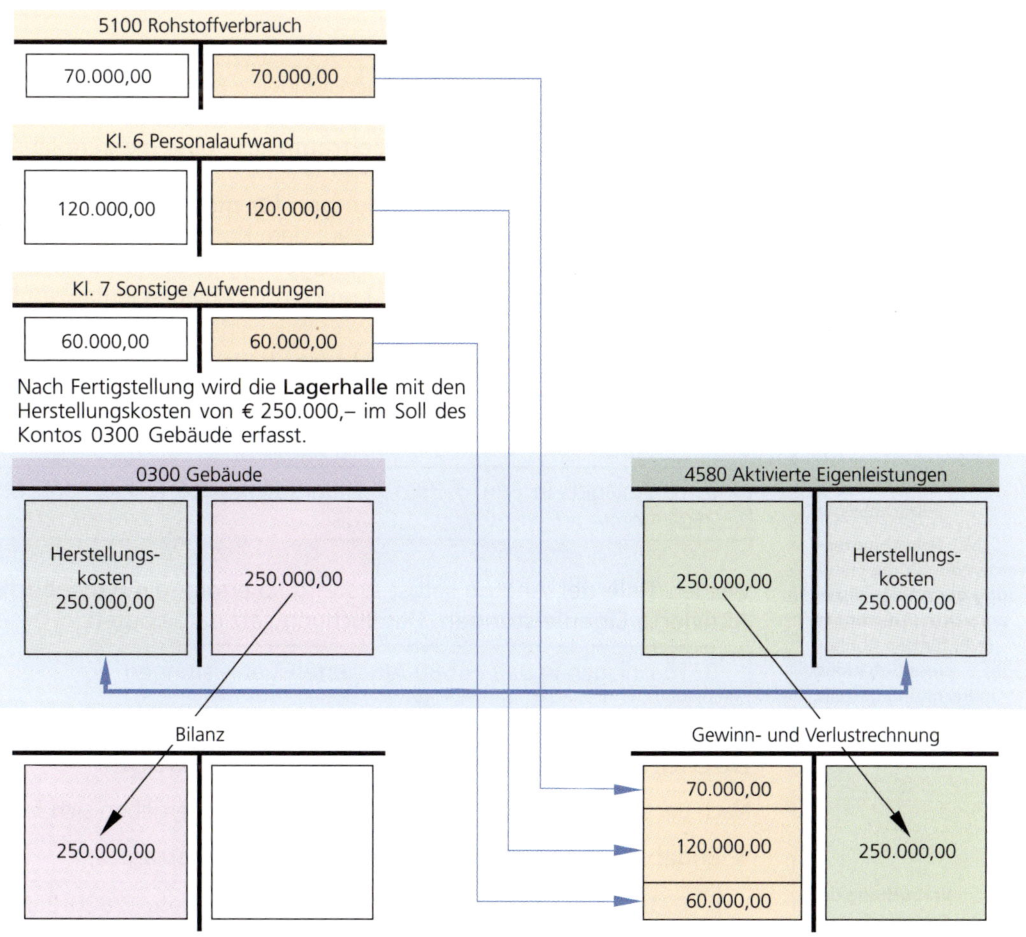

7.2 Anlagenbewertung

Durch die Buchung **0300 Gebäude / 4580 Aktivierte Eigenleistungen 250.000,–** ist die Lagerhalle als Anlagevermögen auf dem Gebäudekonto erfasst und die Aufwendungen sind durch die Habenbuchung auf dem Konto 4580 neutralisiert. (Siehe die sich ergebende Summengleichheit dieser Zahlen in der Gewinn- und Verlustrechnung.)

Lehrbeispiel

L 7.11: Verbuchung selbst erstellter Anlagen

Die Maschinen- und Anlagenbau GmbH nimmt am 30. Juli 20 . . eine selbst hergestellte Maschine in Betrieb. Die Herstellungskosten wurden mit € 46.000,– errechnet; Nutzungsdauer acht Jahre.

Aufgabe: Stellen Sie die Buchungssätze (Erfassung und Abschreibung der Anlage) auf. C

Lösung:

		Soll	Haben
30. 7.	0400 Maschinen	46.000,00	
	an 4580 Aktivierte Eigenleistungen		46.000,00
31.12.	Abschreibung: 46.000 : 8 : 2 = € 2.875,00		
	7010 Abschreibungen von Sachanlagen	2.875,00	
	an 0400 Maschinen		2.875,00

4 Verbuchung von in Bau befindlichen Anlagen

Markieren Sie im nachfolgenden Text die Antworten auf folgende Fragen:

- **Was versteht man unter Anlagen in Bau?**
- **Wie werden Teilrechnungen verbucht?**
- **Wie lautet der Buchungssatz zur Erfassung der Endabrechnung?**
- **Was geschieht mit dem Konto Anlagen in Bau nach Fertigstellung der Anlage?**

In Bau befindliche Anlagen

Anlagen in Bau sind Anlagengegenstände, z. B. eine Montagehalle, die **zum Abschlussstichtag nicht fertiggestellt** sind. Ihre Herstellung erstreckt sich über einen **größeren Zeitraum,** z. B. über mehrere Jahre.

In Bau befindliche Anlagen – Anlagen befinden sich im Fertigstellungsprozess

In der Praxis ist es üblich, **Aufwendungen für nicht fertiggestellte Anlagen** während des Herstellungszeitraumes auf dem Konto **0710 Anlagen in Bau** auszuweisen. Nach **Fertigstellung** der **Anlage** erfolgt die Umbuchung auf das **entsprechende Sachanlagenkonto,** wodurch das Konto 0710 Anlagen in Bau aufgelöst wird.

Buchungen während der Herstellung der Anlage

Neues Konto **0710 Anlagen in Bau**

Verbuchung der **Teilrechnungen**

Mit **Teilrechnungen** werden die für die Erstellung der Anlage **bisher erbrachten Leistungen** (z. B. für den Rohbau eines Gebäudes) in Rechnung gestellt.

Werden **Abschlagszahlungen** (Teilzahlungen) aufgrund von Teilrechnungen geleistet, so wird gebucht:

> 0710 Anlagen in Bau / 33 . . . Lieferantenkonto (2800 Bank etc.)
> 2500 Vorsteuer

Werden **Teile der Anlage selbst erstellt,** so erfolgt die Habenbuchung auf dem Konto **4580 Aktivierte Eigenleistungen.** Der Buchungssatz dafür lautet:

> 0710 Anlagen in Bau / 4580 Aktivierte Eigenleistungen

Buchungen nach Fertigstellung der Anlage

Nach **Fertigstellung der Anlage** (Endabrechnung) ergeben sich folgende Buchungen:

- **Endabrechnung** über den **noch offenen Restbetrag:**

Verbuchung der **Endabrechnung (Restbetrag)**

> 0710 Anlagen in Bau / 33 . . . Lieferantenkonto (2800 Bank etc.)
> 2500 Vorsteuer

Umbuchung der **Gesamtherstellungskosten**

- **Umbuchung** der auf dem Konto **0710 Anlagen in Bau** erfassten **Gesamtherstellungskosten** auf das entsprechende **Anlagenkonto:**

0 . . . Anlagenkonto / 0710 Anlagen in Bau

Bei **Anzahlungen** wird **ein Teil des Kaufpreises** vor der Lieferung bzw. Leistung bezahlt.

Gemäß dem Umsatzsteuergesetz sind **Anzahlungen** (Abschlagszahlungen, Teilzahlungen) im Allgemeinen **umsatzsteuerpflichtig.** Der Leistungsempfänger ist zum Vorsteuerabzug berechtigt, wenn eine vorsteuergerechte Rechnung vorliegt und die Zahlung geleistet wurde.

Abschreibung ab **Inbetriebnahme**

Mit der Vornahme der **planmäßigen Abschreibung** darf erst mit dem **Zeitpunkt der Inbetriebnahme** begonnen werden.

Lehrbeispiel

L 7.12: Verbuchung von in Bau befindlichen Anlagen

Die Textilfabrik Schramm GmbH, Telfs, errichtet in den Jahren 2016 und 2017 ein Betriebsgebäude (Produktionshalle). Im Jahr 2016 wird der Rohbau fertiggestellt, wofür an den Baumeister Ing. Kurt Zeiler GmbH (33998) aufgrund von zwei Teilrechnungen Teilzahlungen geleistet werden, und zwar:

21. 6.2016 B 95 Überweisung € 70.000,– + € 14.000,– USt = € 84.000,–

18.10.2016 P 132 Überweisung € 200.000,– + € 40.000,– USt = € 240.000,–

Am 13. Juni 2017 wird das fertige Gebäude dem Bauherrn übergeben und in Nutzung genommen.

20. 6.2017 E 1260 Endabrechnung des Baumeisters:

Gesamtherstellungskosten	€ 620.000,00
– Teilzahlungen	€ 270.000,00
	€ 350.000,00
+ 20 % Umsatzsteuer	€ 70.000,00
Restbetrag	€ 420.000,00

18. 7.2017 B 110 Ausgleich des Restbetrages durch Banküberweisung

Aufgabe: Stellen Sie die erforderlichen Buchungsanweisungen für 2016 und 2017 auf; Abschreibung des Gebäudes, 2,5 % p. a. C

Lösung:

2016

21. 6. 0710 Anlagen in Bau 70.000,00 / 2800 Bank 84.000,00
2500 Vorsteuer 14.000,00 /

18.10. 0710 Anlagen in Bau 200.000,00 / 2810 PSK 240.000,00
2500 Vorsteuer 40.000,00 /

2017

20. 6. 0710 Anlagen in Bau 350.000,00 / 33998 Ing. Kurt Zeiler GmbH 420.000,00
2500 Vorsteuer 70.000,00 /
0300 Gebäude / 0710 Anlagen in Bau 620.000,00

18. 7. 33998 Ing. Kurt Zeiler GmbH / 2800 Bank 420.000,00

31.12. 2,5 % Abschreibung von € 620.000,00 = € 15.500,00
7010 Abschreibungen von Sachanlagen / 0300 Gebäude 15.500,00

0710 Anlagen in Bau	
21. 6. 70.000,00	20.6. **620.000,00**
18.10. 200.000,00	
20. 6. 350.000,00	
620.000,00	620.000,00

Das Konto 0710 Anlagen in Bau wird mit der Umbuchung vom 20.6. auf das Anlagenkonto ausgeglichen (aufgelöst).

Üben

SbX ID: 7222

A B C D E

SbX
Buchungstrainer
ID: 7222

Eine Kreissäge unter einem Anschaffungswert von € 400,– (ohne USt) ist ein **geringwertiges Wirtschaftsgut.**

Ü 7.16: Verbuchung von Anlagenzugängen, Gewinnauswirkung

Im Jahr 20 . . werden in der Möbeltischlerei Christian Simhandl OG, Baden, folgende Anlagen angeschafft:

15.3. K 813 Kreissäge € 328,– + € 65,60 USt = € 393,60

16.7. Fräs- und Bohrmaschine laut nebenstehender Rechnung, sofortige Inbetriebnahme, Nutzungsdauer acht Jahre, Kontonummer des Lieferanten Zgonc Handelsges.m.b.H. 33820

4.10. E 865 Kauf eines Schreibtisches für das Büro von Christian Simhandl € 1.890,– + + € 378,– USt = € 2.268,– von der Büroeinrichtungs-Gesellschaft mbH (33406)

25.10. K 1972 Bohrmaschinenständer € 270,– + € 54,– USt = € 324,– von der Maschinenhandels-Gesellschaft mbH gegen Barzahlung

ZGONC

Mindestens 5 Jahre ZGONC GARANTIE
auf alle Artikel

E 624

ZGONC Handelsges.m.b.H.
1030 Wien, Modecenterstraße 3
Telefon: +43 1 740 60-0 Serie
FN 928135, Handelsgericht Wien
UID-Nummer: ATU16388102

Möbeltischlerei
Christian Simhandl OG
Gymnasiumstraße 12
2500 Baden
ATU52880994

Bon 232046 /112	16.07.20 . .	11:08:41
1 EMCO Werkzeugfräs-Bohrmaschine Type FB-1		8.640,00A
Summe EUR		8.640,00
Summe EUR		8.640,00
A=Mwst 20 %	7.200,00 Netto	1.440,00A

Aufgabe: a) Stellen Sie die Buchungssätze für die laufenden Buchungen auf. Die geringwertigen Wirtschaftsgüter sind während des Jahres auf dem Konto 0480 Geringwertige Maschinen zu verbuchen und per 31. Dez. auf das Konto 7060 Abschreibungen geringwertiger Wirtschaftsgüter umzubuchen. C

b) Sind die Buchungen erfolgserhöhend (↑), erfolgsmindernd (↓) oder erfolgsneutral (Ø)? Setzen Sie die entsprechenden Vermerke neben die Buchungssätze. D

SbX
Excel
Buchungstrainer
ID: 7222

Ü 7.17: Verbuchung von Anlagenzugängen

Im Skateshop Skates24 e. U., einem Onlinehändler für Skateboards, Inlineskates und Zubehör, ergeben sich im Geschäftsjahr 2017 u. a. folgende Geschäftsfälle:

16. 3.2017 E 432 Kauf einer Verpackungsmaschine „easy" für das Lager, Anschaffungswert € 8.500,– + € 1.700,– USt = € 10.200,–, von der Lindner GmbH (33812), 6020 Innsbruck, Innrain 115, Inbetriebnahme am 20. März 2017; Nutzungsdauer zehn Jahre

27. 3.2017 B 39 Überweisung an die Lindner GmbH zum Ausgleich der E 432

20. 4.2017 Kauf eines zusätzlichen Servers von der EDV-Service Berger GmbH (33112), um die steigenden Datenmengen besser bewältigen zu können (Konto 0620 Büromaschinen, EDV-Anlagen)

E 448

EDV-Service Berger GmbH

Schöndorferplatz 15 – 5400 Hallein | Telefon & Fax: +43 6245 80 21 44 | E-Mail: office@berger-edv.at | www.berger-edv.at

Skateshop Skates24 e. U.
Gadollaplatz 2
8010 Graz

Datum: 20.04.2017
Kunden-Nr.: 20462
Ihre UID-Nr.: ATU31565455

Rechnung 1612 | **Lieferung vom 19.04.2017**

Pos.	Artikelbezeichnung	Menge	USt-Satz	Preis	Gesamt
1	Dell PowerEdge T430 Intel® Xeon® E5-2609 v3 1.9GHz, 15M Cache, 6.40GT/s QPI, No Turbo, No HT, 6C/6T (85W) Max Mem 1600MHz	1	20 %	2.320,00	2.320,00 €
	Rechnungsbetrag exkl. USt				2.320,00 €
	+ 20 % USt				464,00 €
	Rechnungsbetrag inkl. USt				**2.784,00 €**

Bankverbindung:
UniCredit Bank Austria AG, Hallein
IBAN: AT89 1100 0002 2401 1685, BIC: BKAUATWW

Zahlungsbedingungen:
10 Tage netto

UID-Nr.: ATU12573366
DVR-Nr.: 2112060

Die Inbetriebnahme erfolgte am 24. April 2017; Nutzungsdauer des Servers vier Jahre.

24. 4.2017 B 48 Überweisung an die EDV-Service Berger GmbH zum Ausgleich der E 448, entsprechend der Zahlungskondition laut Rechnung

13.10.2017 K 189 Kauf eines Ventilators für die Verwaltung € 399,– (inkl. 20 % USt)

20.10.2017 E 720 Kauf eines Wandtresors „Wächter" von der Aga Securetechnik GmbH (33612), Franz-Josef-Straße 4, 5700 Zell am See, € 1.400,– + € 280,– USt = € 1.680,–. Die Inbetriebnahme erfolgt am 27. Oktober 2017; Nutzungsdauer zehn Jahre.

27.10.2017 B 102 Bankausgang € 1.646,40; Überweisung an die Aga Securetechnik GmbH zum Ausgleich der E 720, abzüglich 2 % Skonto

3.11.2017 K 915 Kauf eines Samsung-Tablets um € 479,– (inkl. 20 % USt)

Aufgabe: a) Stellen Sie die Buchungssätze für die durchzuführenden Buchungen (einschließlich der vorzunehmenden Abschreibung per 31. Dez.) auf. Die geringwertigen Wirtschaftsgüter sind auf dem Konto 7060 Abschreibungen geringwertiger Wirtschaftsgüter zu erfassen. C

b) Tragen Sie die Anlagen in das Anlagenverzeichnis (Maschinen – letzte Inventar-Nr. 4042, Betriebs- und Geschäftsausstattung – letzte Inventar-Nr. 6022, EDV-Anlagen – letzte Inventar-Nr. 6217) ein und erfassen Sie die Abschreibungsbeträge und Buchwerte bis 31. Dez. 2019. C

Lösung:

Anlagenverzeichnis – Maschinen

Lfd. Nr.	Inventar Nr.	Gegenstand	Beleg Nr.	Anschaffungsdatum			Lieferant Name und Anschrift	Anschaffungswert	Datum Inbetriebnahme			Anschaffungsjahr				Abschreibungsbetrag	Buchwert 2018	Abschreibungsbetrag	Buchwert 2019
				T	M	J			T	M	J	Nutzungsdauer	%	Abschreibungsbetrag	Buchwert 2017				
1	2	3	4	5			6	7	8			9	10	11	12	13	14	15	16
1																			

Anlagenverzeichnis – Betriebs- und Geschäftsausstattung

Lfd. Nr.	Inventar Nr.	Gegenstand	Beleg Nr.	Anschaffungsdatum			Lieferant Name und Anschrift	Anschaffungswert	Datum Inbetriebnahme			Anschaffungsjahr				Abschreibungsbetrag	Buchwert 2018	Abschreibungsbetrag	Buchwert 2019
				T	M	J			T	M	J	Nutzungsdauer	%	Abschreibungsbetrag	Buchwert 2017				
1	2	3	4	5			6	7	8			9	10	11	12	13	14	15	16
1																			

Anlagenverzeichnis – EDV-Anlagen

Lfd. Nr.	Inventar Nr.	Gegenstand	Beleg Nr.	Anschaffungsdatum			Lieferant Name und Anschrift	Anschaffungswert	Datum Inbetriebnahme			Anschaffungsjahr				Abschreibungsbetrag	Buchwert 2018	Abschreibungsbetrag	Buchwert 2019
				T	M	J			T	M	J	Nutzungsdauer	%	Abschreibungsbetrag	Buchwert 2017				
1	2	3	4	5			6	7	8			9	10	11	12	13	14	15	16
1																			

SbX
Buchungstrainer ID: 7222

Ü 7.18: Verbuchung selbst erstellter Anlagen

Am 4. Oktober 20 . . wird ein im eigenen Betrieb hergestellter Baukran in Verwendung genommen. Herstellungskosten € 61.400,–, Nutzungsdauer zehn Jahre

Aufgabe: Wie lauten die Buchungssätze für die Erfassung und Abschreibung der Anlage? C

Lösung:

4.10. Erfassung des Baukranes:

31.12. Abschreibung des Baukranes:

SbX
Buchungstrainer ID: 7222

Photovoltaik ist die Technik, mit deren Hilfe **Sonnenenergie** durch Solarzellen **in elektrische Energie** (Strom) umgewandelt wird.

Ü 7.19: Verbuchung selbst erstellter Anlagen

Das Unternehmen Daniel Bichler e. U., St. Veit an der Glan, Produzent von Photovoltaikanlagen, erzeugt im eigenen Betrieb mehrere Photovoltaikmodule mit dem erforderlichen Zubehör zur Erzeugung von elektrischer Energie für seine Produktionsanlagen.

Inbetriebnahme der Anlage am 3. April 20 . . ; Herstellungskosten € 125.000,–, Nutzungsdauer 20 Jahre

Aufgabe: Stellen Sie die Buchungssätze für die Erfassung (Konto 0400 Maschinen) und die Abschreibung der Anlage im ersten Jahr der Nutzung auf. C

SbX
Buchungstrainer
ID: 7222

Ü 7.20: Verbuchung von in Bau befindlichen Anlagen

Die Karl Bauer GmbH, Autohandel und -reparatur, Lienz, beginnt im Jahr 2016 mit dem Bau einer modernen Reparaturhalle. Im Jahr 2016 werden aufgrund von Teilrechnungen, die dem jeweiligen Baufortschritt entsprechen, folgende Abschlagszahlungen an den Baumeister Peter Bruck OG (33998) geleistet: € 40.000,– + € 8.000,– USt = € 48.000,– am 16. August (P 52) und am 21. Dezember € 70.000,– + € 14.000,– USt = € 84.000,– (P 104).

Im Jahr 2017 wird die Halle weitergebaut und fertiggestellt. Eine weitere Abschlagszahlung (für die 3. Teilrechnung) wird am 20. Juni 2017 in Höhe von € 50.000,– + € 10.000,– USt = = € 60.000,– (P 103) geleistet.

Am 19. Sep. 2017 wird die Reparaturhalle übernommen und in Verwendung genommen. Die Endabrechnung wird am 29. Sep. 2017 durch den Baumeister gelegt. Der entsprechende Auszug davon zeigt folgendes Bild (E 2160):

	Reparaturhalle laut Plan		€ 324.000,00
–	Teilrechnungen:		
	16. Aug. 2016	€ 40.000,00	
	21. Dez. 2016	€ 70.000,00	
	20. Juni 2017	€ 50.000,00	€ 160.000,00
			€ 164.000,00
+	20 % USt		€ 32.800,00
	Restbetrag		€ 196.800,00

Der Ausgleich des Restbetrages erfolgt am 17. Okt. 2017 durch Banküberweisung (B 171).

Aufgabe: Stellen Sie die erforderlichen Buchungsanweisungen für 2016 und 2017 auf. Die Halle wird mit 2,5 % p. a. abgeschrieben. C

SbX
Buchungstrainer
ID: 7222

Ü 7.21: Verbuchung von in Bau befindlichen Anlagen

Die Memoplast-Kunststoffbearbeitungs-GmbH, Horn, errichtet ein neues Geschäftsgebäude. Mit dem Bau wird Mitte des Jahres 2016 begonnen. Eine Teilfaktura (Rechnungsdatum 15. Nov. 2016) des Baumeisters Peter Ebster & Sohn OG (33997), der als Generalunternehmer das Gebäude errichtet, in Höhe von € 500.000,– + € 100.000,– USt = = € 600.000,– wird am 29. November 2016 (P 127) ausgeglichen.

Im Jahr 2017 wird das Geschäftsgebäude fertiggestellt und am 3. Oktober der Memoplast-Kunststoffbearbeitungs-GmbH übergeben und in Betrieb genommen. Der Auszug der Endabrechnung (E 1314) mit Datum 20. Oktober 2017 zeigt folgendes Bild:

	Geschäftsgebäude laut Plan	€ 920.000,00
–	Teilrechnung vom 15. Nov. 2016	€ 500.000,00
		€ 420.000,00
+	20 % USt	€ 84.000,00
	Restbetrag	€ 504.000,00

Am 24. Oktober 2017 erfolgt eine weitere Zahlung in Höhe von € 252.000,– (B 179), der Rest bleibt offen.

Nutzungsdauer 40 Jahre

Aufgabe: Stellen Sie die erforderlichen Buchungen in den Jahren 2016 und 2017 auf. C

7.2 Anlagenbewertung

SbX Excel Buchungstrainer ID: 7222

Ü 7.22: Kontierung von Abschlussbuchungen

Auszug aus der Saldenbilanz der Celina Hofer e. U., Handelsagentur für Sportartikel, Hartberg, per 31. Dezember 2017:

Konto-Nr.	Kontenbezeichnung	a) Saldenbilanz		b) Saldenbilanz	
		Soll	Haben	Soll	Haben
0300	Gebäude (nur bei a)	380.130,00			
0400	Maschinen (nur bei a)	19.120,00			
0600	Betriebs- und Geschäftsausstattung (nur bei b)			42.180,00	
0630	Pkw (nur bei b)			31.573,00	
0710	Anlagen in Bau (nur bei a)	20.000,00			

Abschlussangaben zu a):

1. Am 7. Dez. des Abschlussjahres wurde die von der Bauunternehmung Lorenz GmbH (33450) erstellte Garage in Nutzung genommen. Eine Teilzahlung wurde am 3. Okt. 2017 geleistet und auf dem Konto 0710 verbucht. Die Endabrechnung lautet wie folgt:

E 1269

Bauunternehmung Lorenz GmbH

Bauunternehmung Lorenz GmbH
5101 Bergheim – Plainstraße 4
Telefon & Fax: +43 662 45 43 22
E-Mail: office@lorenz.at | www.lorenz.at

Celina Hofer e. U.
Ferdinand-Leihs-Straße 5
8230 Hartberg

Rechnungsnr.: 4202
Rechnungsdatum: 07.12.2017
Kunden-Nummer: 20455
Ihre UID-Nr.: ATU21565483

Artikel/Dienstleistung		Gesamt
Errichtung Garage lt. Einreichplan		48.000,00 €
abzüglich Teilzahlung vom 3. Oktober 2017		- 20.000,00 €
Nettobetrag	20,00 % USt	28.000,00 €
28.000,00 €	5.600,00 €	**Restbetrag** **33.600,00 €**

Zahlbar innerhalb von acht Tagen netto

Die Verbuchung der Endabrechnung ist noch nicht erfolgt.

Nutzungsdauer der Garage 40 Jahre (2,5 % p.a.); Abschreibung der übrigen Gebäude € 23.240,– lt. Anlagenverzeichnis

2. Im Abschlussjahr wurden zwei Maschinen angeschafft und ordnungsgemäß auf dem Konto 0400 Maschinen verbucht.

   13. 3. 2017 Bespannungsmaschine „Joker" für Tennisschläger, Anschaffungswert netto € 2.240,–; Lieferant: Tennispoint Posch GmbH (33741, E 219), 4600 Wels, Wallerer Straße 20, Inbetriebnahme 16. März, Nutzungsdauer zehn Jahre

   25.10.2017 Kantenschleifmaschine „Jet" für Ski und Snowboards, Anschaffungswert netto € 4.200,–; Lieferant: Wintersteiger GmbH (33456, E 998), 4910 Ried, Johann-Michael-Dimmelstraße 9, Inbetriebnahme 2. November, Nutzungsdauer zehn Jahre

   Abschreibung der übrigen Maschinen € 3.471,– lt. Anlagenverzeichnis

3. Während des Jahres wurden ein Wachseisen und ein Akkuschrauber für die Montage der Skibindungen im Gesamtwert von € 730,– (netto) auf dem Konto 0400 Maschinen verbucht. Die Einzelpreise liegen jeweils unter € 400,– (netto); sie sind als geringwertige Wirtschaftsgüter im Abschlussjahr voll abzuschreiben.

Aufgabe: a) Tragen Sie die beiden Maschinen in das Anlagenverzeichnis (letzte Inventar-Nr. 4065) ein und ermitteln Sie die erforderlichen Werte bis 2019. Die Spalten Anschaffungswert, Abschreibungsbetrag und Buchwert sind zu summieren. C

b) Stellen Sie die Buchungsanweisungen für die Vornahme der Um- und Nachbuchungen per 31.12.2017 auf. Die Um- und Nachbuchungen sind zu nummerieren: U1, U2 etc. C

Lösung zu Ü 7.22 a):

Anlagenverzeichnis – Maschinen

Lfd. Nr.	Inventar Nr.	Gegenstand	Beleg Nr.	Anschaffungsdatum			Lieferant Name und Anschrift	Anschaffungswert	Datum Inbetriebnahme			Anschaffungsjahr				Abschreibungsbetrag	Buchwert 2018	Abschreibungsbetrag	Buchwert 2019
				T	M	J			T	M	J	Nutzungsdauer	%	Abschreibungsbetrag	Buchwert 2017				
1	2	3	4	5			6	7	8			9	10	11	12	13	14	15	16

Abschlussangaben zu b):

1. Für den Verkaufs- und Ausstellungsraum wurden verschiedene Einrichtungsgegenstände gekauft. Die einzelnen Positionen wurden ordnungsgemäß auf dem Konto 0600 Betriebs- und Geschäftsausstattung verbucht und in das Anlagenverzeichnis (siehe nachfolgend) eingetragen.

   Die Nutzungsdauer beträgt für

Anlagegegenstand	Nutzungsdauer (Jahre)
Gesprächstisch mit sechs Stühlen	10
Präsentationsregal	10
Laserdrucker	4
Bürosessel	8
LED-Projektor	4
LED-Eingangsmonitor	4

   Die Abschreibung der übrigen Betriebs- und Geschäftsausstattung beträgt laut Anlagenverzeichnis € 6.240,–.

2. Ein Designregal für das Büro wurde selbst hergestellt. Die Herstellungskosten betragen € 1.200,– und wurden noch nicht verbucht. Nutzungsbeginn 4. Dez. 2017, Nutzungsdauer zehn Jahre

3. Im Abschlussjahr wurden zwei Pkw für die Außendienstmitarbeiter angeschafft:

15. 2.2017	E 70	VW Golf TDI, Anschaffungswert (inkl. NoVA und 20 % USt) € 23.200,–; Lieferant: Volkswagen Weiß GmbH, 8230 Hartberg, Ressavarstraße 15, Inbetriebnahme 17. Februar
18. 8.2017	E 188	VW Golf Variant TDI, Anschaffungswert (inkl. NoVA und 20 % USt) € 24.320,–; Lieferant: Volkswagen Weiß GmbH, 8230 Hartberg, Ressavarstraße 15, Inbetriebnahme 21. August

Die Fahrzeuge wurden ordnungsgemäß auf dem Konto 0630 Pkw verbucht und im Anlagenverzeichnis erfasst. Die Nutzungsdauer beträgt jeweils acht Jahre.

Abschreibung der weiteren Fahrzeuge (Pkw) lt. Anlagenverzeichnis € 6.360,–

Aufgabe: a) Ergänzen Sie das nachfolgend abgebildete Anlagenverzeichnis. Berechnen Sie die Abschreibungen und die Buchwerte bis 2019 und bilden Sie die Summe der Spalten Anschaffungswert, Abschreibungsbetrag und Buchwert. C

b) Stellen Sie die Buchungsanweisungen für die Vornahme der Um- und Nachbuchungen auf. Die Um- und Nachbuchungen sind zu nummerieren: U1, U2 etc. C

Lösung zu Ü 7.22 b):

Anlagenverzeichnis – Betriebs- und Geschäftsausstattung

Lfd. Nr.	Inventar Nr.	Gegenstand	Beleg Nr.	Anschaffungsdatum			Lieferant Name und Anschrift	Anschaffungswert	Datum Inbetriebnahme			Anschaffungsjahr				Abschreibungsbetrag	Buchwert 2018	Abschreibungsbetrag	Buchwert 2019
				T	M	J			T	M	J	Nutzungsdauer	%	Abschreibungsbetrag	Buchwert 2017				
1	2	3	4	5			6	7	8			9	10	11	12	13	14	15	16
1	6061	Gesprächstisch mit sechs Stühlen	E 298	15	3	17	Möbel Federspieler OG, 1070 Wien, Lerchenfelder Straße 5	3.220,00	15	3	17								
2	6062	Präsentationsregal	E 415	18	4	17	Möbel Federspieler OG, 1070 Wien, Lerchenfelder Straße 5	840,00	18	4	17								
3	6063	Laserdrucker	E 649	8	5	17	EDV-Lösungen Hübner GmbH, 1090 Wien, Währinger Straße 10	520,00	8	5	17								
4	6064	Bürosessel	E 968	2	8	17	Büromöbel Juricevic GmbH, 8230 Hartberg, Wiener Straße 20	440,00	2	8	17								
5	6065	LED-Projektor	E 1025	14	8	17	EDV-Lösungen Hübner GmbH, 1090 Wien, Währinger Straße 10	490,00	16	8	17								
6	6066	LED-Eingangsmonitor	E 1199	16	10	17	Elektro Radacher e. U., 8230 Hartberg, Habersdorfer Straße 15	1.840,00	17	10	17								
		Summe																	

Weitere Übungsbeispiele finden Sie im Anhang.

Sichern

SbX ID: 7223

SbX ID: 7223

Im SbX finden Sie eine Sammelmappe mit Zusammenfassungen zu allen Kapiteln und Lerneinheiten sowie eine Bildschirmpräsentation.

Wissen

SbX ID: 7224

A B C D E

SbX
ID: 7224

Möglichkeiten zur Kompetenzüberprüfung im SbX

Wiederholungsfragen | Aufgaben mit automatischer Aufgabenkontrolle | H₂Ö MUSTERUNTERNEHMEN

Ein kurzer Kompetenz-Check, bevor's weitergeht!

Kompetenz-Check

	☺	😐	☹
Ich kann einen Anlagenkauf verbuchen.			
Ich kann den Begriff „geringwertige Wirtschaftsgüter" erklären.			
Ich kann geringwertige Wirtschaftsgüter verbuchen.			
Ich kann den Begriff „selbst erstellte Anlagen" erläutern.			
Ich kann Buchungen von selbst erstellten Anlagen vornehmen.			
Ich kann den Begriff „in Bau befindliche Anlagen" erklären.			
Ich kann die Verbuchung von in Bau befindlichen Anlagen durchführen.			

Lerneinheit 3

Instandhaltung, Instandsetzung, Umbau und Erweiterung von Gegenständen des Anlagevermögens

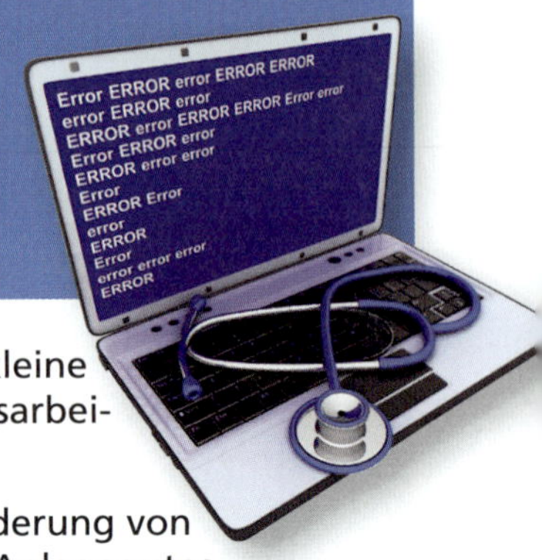

SbX
Alle SbX-Inhalte zu dieser Lerneinheit finden Sie unter der ID: 7230.

Zum Erhalt der Funktionsfähigkeit von Anlagen sind laufend kleine oder auch größere Instandhaltungsmaßnahmen wie Wartungsarbeiten und Reparaturen erforderlich.

Investitionen, die darüber hinausgehen, führen zu einer Veränderung von Anlagen durch z. B. eine Umgestaltung oder den Ausbau eines Anlagegutes.

Lernen

A B C D E

Markieren Sie im nachfolgenden Text die Antworten auf folgende Fragen:

- **Was ist der Unterschied zwischen Instandhaltung und Instandsetzung?**
- **Auf welchem Konto werden Instandhaltungen und Instandsetzungen verbucht?**
- **Wie sind Aufwendungen für den Umbau und die Erweiterung von Anlagen in der Buchführung zu erfassen?**

1 Aufwendungen für Instandhaltung und Instandsetzung von Anlagen

Aufwendungen für Instandhaltung und Instandsetzung

Aufwendungen für die Instandhaltung und Instandsetzung von Anlagen (Erhaltungsaufwand) werden zur Erhaltung der Betriebsfähigkeit der Anlagen getätigt. Während es sich bei der **Instandhaltung** um kleinere Reparaturen, Wartungen, Servicearbeiten etc. handelt, stellen **Instandsetzungen** größere Reparaturen dar.

Instandhaltung und Instandsetzung – Erhalten der Betriebsfähigkeit der Anlagen

Instandhaltung → **kleinere** Reparaturen
Instandsetzung → **größere** Reparaturen
= Aufwand

Aufwendungen für Instandhaltungen und Instandsetzungen sind **im Jahr der Aufwendung voll absetzbar,** d. h., sie sind auf dem Aufwandskonto **7200 Instandhaltung durch Dritte** mit dem Buchungssatz

Neues Konto **7200 Instandhaltung durch Dritte**

Soll	Haben
7200 Instandhaltung durch Dritte 2500 Vorsteuer	2800 Bank (2700 Kassa etc.)

zu erfassen. Der Unternehmer ist in der Regel berechtigt, die in den Eingangsbelegen enthaltene Umsatzsteuer als Vorsteuer zu verbuchen.

Der **Instandhaltungsaufwand für Pkw, Kombis und Motorräder** wurde in der Lerneinheit Verbuchung von Kraftfahrzeug-Betriebskosten, Abschnitt 4.3 Verbuchung weiterer Geschäftsfälle, behandelt.

Beispiele

Voll absetzbarer Instandhaltungs- und Instandsetzungsaufwand (Erhaltungsaufwand)

- Maschinenwartungen
- Einbau eines Austauschmotors
- Umdeckung des Daches des Betriebsgebäudes
- Ausbesserung bzw. Erneuerung der Dachrinne oder des Mauerwerkes
- Erneuerung des Verputzes und des Anstriches

- Instandsetzung von Fenstern und Türen
- Reparatur der sanitären Anlagen bzw. von Elektroanlagen
- Austausch einer Gasofeneinzelheizung durch eine Gasetagenheizung
- Erneuerung einer bereits bestehenden Kanalleitung
- Kanalisationsbeiträge für den Anschluss an die öffentliche Kanalisationsanlage (anstelle der hauseigenen Senkgrube)
- Asphaltierung (Pflasterung eines Weges)
- Umfriedung eines Grundstückes durch einen Eisenzaun (anstelle des provisorischen Holzzaunes)

Die Verwendung von besserem Material oder eine modernere Ausführung beeinträchtigen nicht den Charakter des Erhaltungsaufwandes.

Im Zweifelsfall gelten Aufwendungen immer dann als **absetzbare Instandhaltung** bzw. **Instandsetzung,** wenn sie dazu dienen, einen Vermögensgegenstand

- in **ordnungsgemäßem Zustand** zu **erhalten** und wenn dadurch
- die **Wesensart** des Vermögensgegenstandes **nicht verändert** wird.

2 Aufwendungen für den Umbau und die Erweiterung von Anlagen

Aufwendungen für Umbau und Erweiterung

Aufwendungen für den Umbau und die Erweiterung von Anlagen (Herstellungsaufwand) sind auf dem entsprechenden **Anlagenkonto** in der Kontenklasse 0 **zu verbuchen** (zu aktivieren) und im Allgemeinen auf die **Restnutzungsdauer des Anlagegutes verteilt abzuschreiben.**

Umbau und Erweiterung – bauliche Veränderung bestehender Anlagen bzw. Errichten von Neubauten

Aktivierungspflicht!

Aufwendungen führen dann zu einer **Aktivierungspflicht,** wenn mindestens eine der folgenden **Voraussetzungen** erfüllt ist:

Umbau →
Erweiterung →
= Anlagegüter

- Das Anlagegut wird durch die Aufwendungen **in seiner Substanz vermehrt** oder
- die **Gebrauchsmöglichkeit** der Anlage **wird wesentlich verändert.**

Buchungssatz:

0 . . . Anlagenkonto 2500 Vorsteuer	/ 2800 Bank (2700 Kassa etc.)

Beispiele

Aufwendungen für den Umbau und die Erweiterung von Anlagen (Herstellungsaufwand)

- Anbau oder Umbau von Gebäuden
- Gebäudeaufstockungen
- Ausbau des Dachbodens zu Betriebsräumen (z. B. Büroräumen)
- Erstmaliger Einbau einer Zentralheizungsanlage (Etagenheizung) oder eines Aufzuges
- Aufbau eines Kranes bei einem Lkw

Restnutzungsdauer

Unter der **Restnutzungsdauer (RND) von Anlagen** versteht man die **Anzahl von Jahren,** in denen die Anlagen **noch wirtschaftlich genutzt werden.** Die Restnutzungsdauer einer Anlage wird wie folgt berechnet:

	Gesamte Nutzungsdauer
–	Bisherige Nutzungsdauer
	Restnutzungsdauer (in Jahren)

Beispiel

Berechnung der Restnutzungsdauer

Eine Lagerhalle wird am 5. September 2007 in Betrieb genommen; Nutzungsdauer 40 Jahre.

Im Jahr 2017 wird die Lagerhalle um einen Zubau erweitert. Dieser ist auf die Restnutzungsdauer der Lagerhalle abzuschreiben. Die Inbetriebnahme des Zubaues erfolgt am 2. August 2017.

Aufgabe: Berechnen Sie die Restnutzungsdauer des Zubaues. C

Lösung:

Ermittlung der bisherigen Nutzungsdauer:

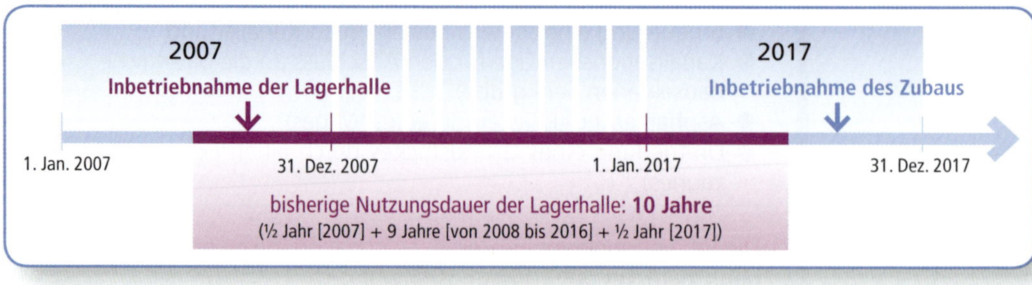

	Gesamte Nutzungsdauer der Lagerhalle	40 Jahre
–	Bisherige Nutzungsdauer der Lagerhalle	10 Jahre
	Restnutzungsdauer der Lagerhalle	**30 Jahre**

Darstellung: Instandhaltung und Instandsetzung, Umbau und Erweiterung von Anlagen

VERBUCHUNG VON

Aufwendungen für die **Instandhaltung und Instandsetzung von Anlagen**	Aufwendungen für den **Umbau,** die **Erweiterung von Anlagen**
= Erhaltungsaufwand	**= Herstellungsaufwand**

Reparaturen, Wartung, Service	Zubau, Anbau, Ausbau, Erweiterung
als Aufwand absetzbar	**aktivierungspflichtig**
Konto z. B. 7200 Instandhaltung durch Dritte	Konto z. B. 0300 Gebäude
Buchungssatz	Buchungssatz
7200 Instandh. d. Dr. / 2800 Bank (2700 etc.) 2500 Vorsteuer	0300 Gebäude / 2800 Bank (2700 etc.) 2500 Vorsteuer

Lehrbeispiel

L 7.13: Instandhaltung und Erweiterung eines Gebäudes

Die Garten- und Landschaftsbau Lischka GmbH in Zwettl lässt vom Bauunternehmen Kurt Steindl OG im Jahr 2017 das Betriebs- und Verwaltungsgebäude renovieren und den Dachboden zu Büroräumen umbauen.

Daten des Betriebs- und Verwaltungsgebäudes laut Anlagendatei:

AW € 1.054.000,–, Inbetriebnahme Juni 2001, Abschreibung 2,5 % p. a., BW am 1. Jan. 2017 € 632.400,–

Es ergeben sich in diesem Zusammenhang folgende Geschäftsfälle:

28. 8.2017	E 678	Abrechnung des Bauunternehmens Kurt Steindl OG (33899) über die Renovierungsarbeiten € 94.800,– + € 18.960,– USt = € 113.760,–
6. 9.2017	B 145	Ausgleich der E 678 durch Banküberweisung
29.11.2017	E 854	Abrechnung des Bauunternehmens Kurt Steindl OG über den Umbau des Dachbodens: € 154.000,– + € 30.800,– USt = € 184.800,–; Nutzungsbeginn 17. Nov.
6.12.2017	B 208	Ausgleich der E 854

Bisherige Nutzungsdauer:
16 Jahre (1.1.2001 bis 31.12.2016)
0,5 Jahre (1.1.2017 bis 30.6.2017)
16,5 Jahre

Aufgabe: Stellen Sie die erforderlichen Buchungsanweisungen auf (auf € genau). C
Die Kosten des Umbaues sind auf die Restnutzungsdauer des Gebäudes, d.s. ab Mitte 2017 23,5 Jahre (Gesamtnutzungsdauer 40 – bisherige Nutzungsdauer 16,5), verteilt abzuschreiben; Berechnungen auf € genau.

Lösung:

28. 8.17 Renovierungen sind Instandhaltungen und Instandsetzungen und damit als Aufwand absetzbar.

Datum	Buchung	Soll	Haben
28. 8.17	7200 Instandhaltung durch Dritte	94.800,00	
	2500 Vorsteuer	18.960,00	
	an 33899 Kurt Steindl OG		113.760,00
6. 9.17	33899 Kurt Steindl OG	113.760,00	
	an 2800 Bank		113.760,00

29.11.17 Der Umbau des Dachbodens ist als Erweiterung von Anlagen aktivierungspflichtig.

Datum	Buchung	Soll	Haben
29.11.17	0300 Gebäude	154.000,00	
	2500 Vorsteuer	30.800,00	
	an 33899 Kurt Steindl OG		184.800,00
6.12.17	33899 Kurt Steindl OG	184.800,00	
	an 2800 Bank		184.800,00

31.12.17

	Abschreibung Gebäude für ein ganzes Jahr: 1.054.000 · 2,5 %	€ 26.350,00
+	Umbaukosten, verteilt auf die Restnutzungsdauer des Gebäudes: 154.000 : 23,5 : 2	€ 3.277,00 (gerundet)
	Gesamtabschreibung	€ 29.627,00

Die **Inbetriebnahme** des umgebauten Dachbodens erfolgt in der **zweiten Jahreshälfte.**

Buchung	Soll	Haben
7010 Abschreibungen von Sachanlagen	29.627,00	
an 0300 Gebäude		29.627,00

Üben

SbX ID: 7232

A B C D E
SbX
Buchungstrainer
ID: 7232

Ü 7.23: Instandhaltung und Erweiterung eines Gebäudes

Nachstehende Konten der Klimo-Leuchtstudio GmbH, Eisenstadt, zeigen per 1. Jänner 2017 folgende Werte (Auszug aus der Saldenbilanz):

Konto-Nr.	Kontenbezeichnung	Saldenbilanz Soll	Saldenbilanz Haben
0210	Bebaute Grundstücke	100.000,00	
0300	Gebäude	502.250,00	

7.2 Anlagenbewertung

Im Zusammenhang mit dem Betriebsgebäude ergeben sich im Jahr 2017 folgende Geschäftsfälle:

16. 5.2017 Fassadenerneuerung durch die Baumeister Ing. Helmut Kotzian GmbH (33299)

HELMUT KOTZIAN GMBH
ING. BAUMEISTER

BAUMEISTER
BETON & KIES

7111 PARNDORF, NEUDORFER STR. 8
TEL. +43 2166 631 18 • FAX +43 2166 646 18
website: www.kotzian.com
e-mail: baumeister@kotzian.com
FB-Nr. 43.502 - Handelsgericht Wien

E 481

Klimo-Leuchtstudio GmbH
Ruster Straße 15
7000 Eisenstadt

Datum: Parndorf, 16.05.2017

Rechnung 0132/17

Für diverse Baumeisterarbeiten gemäß Angebot vom 21.11.2016.

Pos.Nr.	*Bezeichnung*	*Menge EH*	*Preis in EUR*	*Betrag in EUR*
01	**Fassadenerneuerung laut Kostenvoranschlag**			
			LEISTUNGSSUMME	€ 17.750,00
			+ 20,00 % Umsatzsteuer	€ 3.550,00
			RECHNUNGSSUMME	**€ 21.300,00**

5. 6.2017 B 91 Ausgleich der E 481

19. 7.2017 E 593 Im Zuge der Renovierungsarbeiten werden leerstehende Räume zu einer Garage umgebaut und im Juli 2017 in Betrieb genommen.
Abrechnung des Baumeisters Ing. Helmut Kotzian GmbH über die Errichtung der Garage € 50.800,– + € 10.160,– USt = € 60.960,–

21. 8.2017 B 109 Ausgleich der E 593

31.12.2017 AW des Gebäudes € 980.000,–, Nutzungsdauer 40 Jahre, bis 1. Jan. 2017 19,5 Jahre genutzt; die Garage ist auf die Restnutzungsdauer des Gebäudes verteilt abzuschreiben.

Aufgabe: Stellen Sie die erforderlichen Buchungsanweisungen auf (inkl. 31. Dez.). C

SbX
Buchungstrainer ID: 7232

Ü 7.24: Instandhaltung und Erweiterung eines Gebäudes

Die angeführten Konten der Bäckerei Franz Mann KG, Gmunden, zeigen per 1. Jänner 2017 folgende Beträge (Auszug aus der Saldenbilanz):

Konto-Nr.	Kontenbezeichnung	Saldenbilanz Soll	Saldenbilanz Haben
0210	Bebaute Grundstücke	50.000,00	
0300	Gebäude	258.300,00	

Abschreibung des Gebäudes 2,5 % p. a., Anschaffungswert € 861.000,–

Im Jahr 2017 wird beim Betriebsgebäude die Fassade renoviert und der Dachboden in Büroräume umgebaut. In diesem Zusammenhang ergeben sich nachstehende Geschäftsfälle:

27. 4.2017 E 371 Abrechnung des Baumeisters Franz Pelzmann KG (33290) über die Fassadenrenovierung € 19.000,– + € 3.800,– USt = € 22.800,–

3. 5.2017 B 61 Bankausgang € 22.800,–; Ausgleich der E 371

11.12.2017 E 1020 Abrechnung über die Umbauarbeiten des Dachbodens in Büroräume durch den Baumeister Franz Pelzmann KG € 166.000,– + € 33.200,– USt = € 199.200,–. Die Büroräume wurden mit 4. Dezember in Betrieb genommen.

20.12.2017 B 113 Bankausgang € 99.200,–; Teilausgleich der E 1020

Aufgabe: Erstellen Sie die im Jahr 2017 erforderlichen Buchungen (inkl. der Abschreibung per 31. Dez.); Abschreibung der Umbauarbeiten auf die Restnutzungsdauer des Gebäudes, bisherige Nutzungsdauer bis Mitte 2017 28,5 Jahre (Berechnungen auf € genau). C

Weitere Übungsbeispiele finden Sie im Anhang.

Sichern

SbX ID: 7233

SbX ID: 7233

Im SbX finden Sie eine Sammelmappe mit Zusammenfassungen zu allen Kapiteln und Lerneinheiten sowie eine Bildschirmpräsentation.

Wissen

SbX ID: 7234

A B C D E

SbX ID: 7234

Möglichkeiten zur Kompetenzüberprüfung im SbX

Wiederholungsfragen | Aufgaben mit automatischer Aufgabenkontrolle | $H_2Ö$ MUSTERUNTERNEHMEN

Ein kurzer Kompetenz-Check, bevor's weitergeht!

Kompetenz-Check

	☺	☺	☺
Ich kann den Unterschied zwischen Instandhaltung und Instandsetzung erläutern.			
Ich kann Instandhaltungen und Instandsetzungen auf den entsprechenden Konten verbuchen.			
Ich kann den Begriff „Aufwendungen für den Umbau und die Erweiterung von Anlagen" erläutern.			
Ich kann Aufwendungen für den Umbau und die Erweiterung von Anlagen verbuchen.			
Ich kann die Restnutzungsdauer von Anlagen ermitteln, die entsprechende Abschreibung berechnen und die erforderlichen Buchungen vornehmen.			

Lerneinheit 4

Ausscheiden von Gegenständen des Anlagevermögens

SbX
Alle SbX-Inhalte zu dieser Lerneinheit finden Sie unter der ID: 7240.

Die Abnutzung durch den Einsatz im Unternehmen, die wirtschaftlich bedingte Wertminderung aufgrund des technischen Fortschrittes, Nachfrageverschiebungen und vieles mehr sind die Ursache für das Ausscheiden von Anlagegütern.

Lernen

A B C D E

1 Möglichkeiten des Ausscheidens von Anlagen

Markieren Sie im nachfolgenden Text die Antwort auf folgende Frage:

- **Wie können Anlagegegenstände aus dem Unternehmen ausscheiden?**

Anlagegegenstände können entweder **gegen Entgelt oder ohne Entgelt** aus dem Betriebsvermögen ausscheiden.

Ausscheiden eines Anlagegegenstandes gegen Entgelt:
- Der Anlagegegenstand wird verkauft,
- der Anlagegegenstand wird bei Kauf einer neuen Anlage in Zahlung gegeben,
- der Anlagegegenstand wird durch einen Unfall, durch Brand, höhere Gewalt etc. zerstört und scheidet aus; die Versicherung leistet Schadenersatz.

Ausscheiden eines Anlagegegenstandes ohne Entgelt:
- Der Anlagegegenstand wird durch einen Unfall, durch Brand, höhere Gewalt etc. zerstört und scheidet ohne Schadenersatz aus (Die Anlage war z. B. nicht versichert.),
- der Anlagegegenstand scheidet als unbrauchbar und wertlos aus.

2 Verbuchung von Anlagenverkäufen

Markieren Sie im nachfolgenden Text die Antworten auf folgende Fragen:

- **Welche Arbeitsschritte ergeben sich bei einem Verkauf von Anlagegegenständen?**
- **Wie wird der Erlös eines Anlagenverkaufs verbucht?**
- **Welche Buchungen sind für die Ausbuchung der Anlage aus dem Betriebsvermögen erforderlich?**
- **Wie ist bei Ausscheiden von Anlagen die Abschreibung aufgrund der Halbjahresregel zu berechnen?**
- **Was sagt der Saldo zwischen dem Verkaufserlös und dem Buchwert der Anlage aus?**
- **Welche Saldierungsbuchungen sind, nach der Saldoermittlung aus dem Anlagenverkauf, vorzunehmen?**

Beim Verkauf eines Anlagegegenstandes besteht die **Leistung des Verkäufers** in der Hingabe der Anlage, die **Gegenleistung des Käufers** in der Bezahlung des vereinbarten Kaufpreises.

Darstellung: Verkauf eines Lkw

Verkauf der Anlage durch **Verkäufer**

Bezahlung der Anlage durch **Käufer**

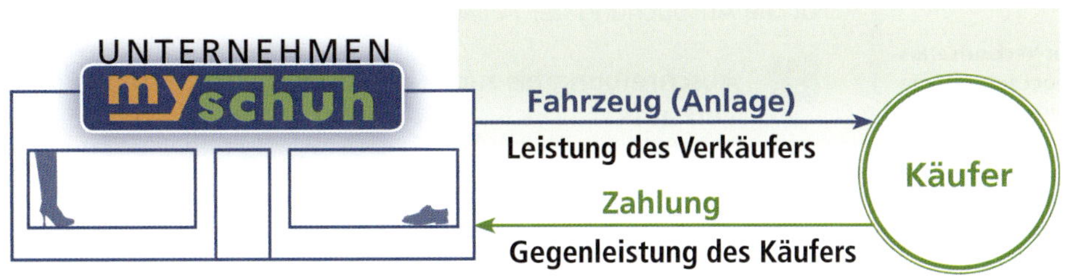

Der **Verkäufer** muss den **Verkaufserlös** (Geldbetrag) **einbuchen** und die **Anlage ausbuchen.** Das Fahrzeug scheidet aus seinem Betrieb aus!

Bei einem Verkauf von Anlagegegenständen ergeben sich im Allgemeinen folgende Arbeitsschritte:

BEREITS DURCHGEFÜHRTE BUCHUNGEN	DURCHZUFÜHRENDE BERECHNUNGEN BZW. BUCHUNGEN
Erfassung auf dem Anlagenkonto (im Jahr der Anschaffung) 0 ... Anlagenkonto / 33 ... Lieferantenkonto 2500 Vorsteuer / (2800 Bank etc.)	● **Zum Verkaufszeitpunkt** Verbuchung des Verkaufserlöses
Verbuchung der Abschreibung 7010 Abschreibungen von Sachanlagen / 0 ... Anlagenkonto	● **Am Abschlussstichtag** ○ Ausbuchung der Anlage aus dem Betriebsvermögen ○ Ermittlung des Saldos aus dem Anlagenverkauf ○ Durchführung der Saldierungsbuchungen

Verbuchung des Verkaufserlöses

Neue Konten
4600 Erlöse aus dem Abgang von Anlagen 20 %
4601 Erlöse aus dem Abgang von Anlagen 0 %

1 Verbuchung des Verkaufserlöses	2800 Bank (2700 Kassa etc.) an 4600 Erlöse a. d. Abgang von Anl. 20 % an 3500 Umsatzsteuer

Scheidet eine **Anlage ohne Entgelt** aus, dann **entfällt die Erlösbuchung.**

Anlagenverkäufe stellen umsatzsteuerrechtlich sogenannte **Hilfsgeschäfte** dar, weil sie neben den eigentlichen Geschäften (Grundgeschäften) im Rahmen des Unternehmens getätigt werden. Der **Erlös** aus diesen Hilfsgeschäften **ist steuerbar** und unterliegt in der Regel dem **Steuersatz von 20 %.**

Pkw, Kombis, Motorräder

Erlöse aus dem Verkauf von **Personenkraftwagen, Kombis oder Motorrädern** unterliegen nicht der Umsatzsteuer. Sie werden auf dem Konto **4601 Erlöse aus dem Abgang von Anlagen 0 %** verbucht.

Darstellung: Verkauf eines Lkw – Verbuchung des Verkaufserlöses

Verbuchung des **Verkaufserlöses**

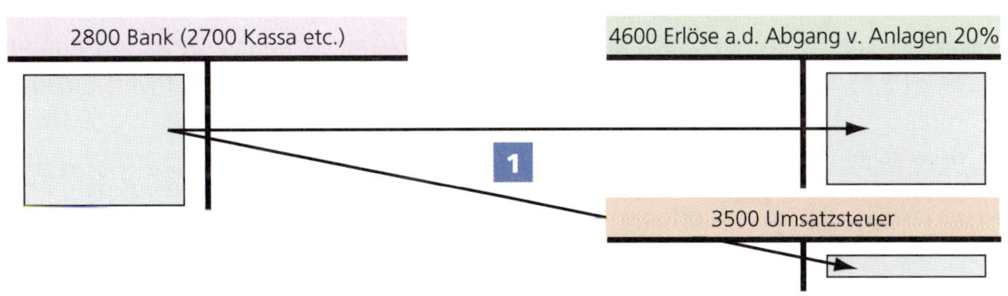

Ausbuchung der Anlage aus dem Betriebsvermögen

Während der **Verkaufserlös** in der Regel **sofort beim Verkauf** verbucht werden muss (Bankgutschrift, Kassabuchung), erfolgt die **Ausbuchung der Anlage** meist erst **am Jahresende.**

Für die Ausbuchung der Anlage ergeben sich folgende Buchungen:

2 **Abschreibung** bis zum **Zeitpunkt des Verkaufes**	7010 Abschreibungen von Sachanlagen an 0 . . . Anlagenkonto
3 **Ausbuchung** des **Buchwertes**	7820 Buchwert abgegangener Anlagen an 0 . . . Anlagenkonto

Da der **Buchwert zum Zeitpunkt des Ausscheidens** maßgebend ist, muss vorerst die **Anlage abgeschrieben werden** (Punkt **2**).

Halbjahresregel – Ausscheiden von Anlagen

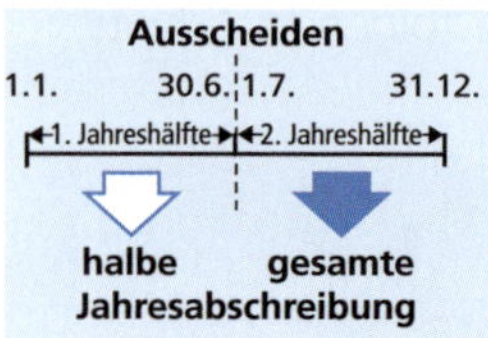

Scheidet das Anlagegut **in der ersten Jahreshälfte des Geschäftsjahres aus,** ist die **Hälfte der Jahresabschreibung abzusetzen,** ansonsten die **gesamte Jahresabschreibung.**

Neues Konto **7820 Buchwert abgegangener Anlagen**

Der **Buchwert** der Anlage zum Zeitpunkt des Ausscheidens wird **auf das Aufwandskonto 7820 Buchwert abgegangener Anlagen umgebucht** (Punkt **3**).

Ausbuchung der Anlage
- **Abschreibung** bis zum **Verkaufszeitpunkt**
- **Ausbuchung** des **Buchwertes**

Darstellung: Ausbuchung des Lkw – Fortsetzung der Darstellung

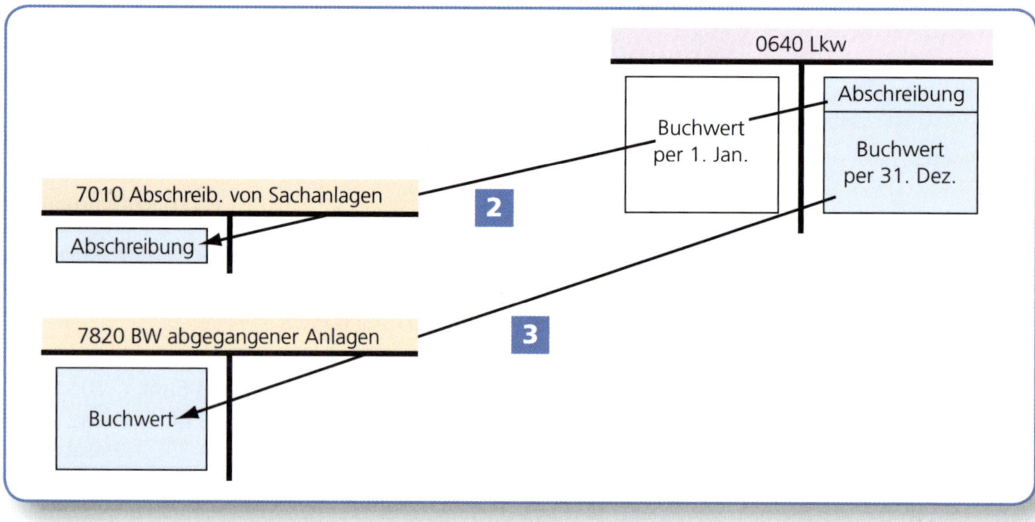

Ermittlung des Saldos aus dem Anlagenverkauf, Durchführung der Saldierungsbuchungen

Saldo

Der **Saldo** (buchmäßiger Gewinn oder Verlust) wird zwischen dem **Verkaufserlös und dem Buchwert** ermittelt.

Saldoermittlung	Verkaufserlös – Buchwert **Saldo**

- **Positiver Saldo** oder **Saldo = 0**

Ist der **Saldo positiv** (der Verkaufserlös ist größer als der Buchwert) oder **Null** (Verkaufserlös = = Buchwert), werden der Verkaufserlös und der Buchwert auf das Konto **4630 Erträge aus dem Abgang von Anlagen** umgebucht.

Neues Konto **4630 Erträge aus dem Abgang von Anlagen**

4 **Umbuchung** des **Verkaufserlöses**	4600 Erlöse aus dem Abgang von Anlagen 20 % an 4630 Erträge aus dem Abgang von Anlagen
5 **Umbuchung** des **Buchwertes**	4630 Erträge aus dem Abgang von Anlagen an 7820 Buchwert abgegangener Anlagen

Darstellung: Umbuchung des Verkaufserlöses und des Buchwertes bei positivem Saldo oder Saldo = 0 – Fortsetzung der Darstellung

Saldierungsbuchungen
Umbuchung des **Verkaufserlöses**
Umbuchung des **Buchwertes**

Verkaufserlös > Buchwert → Gewinn

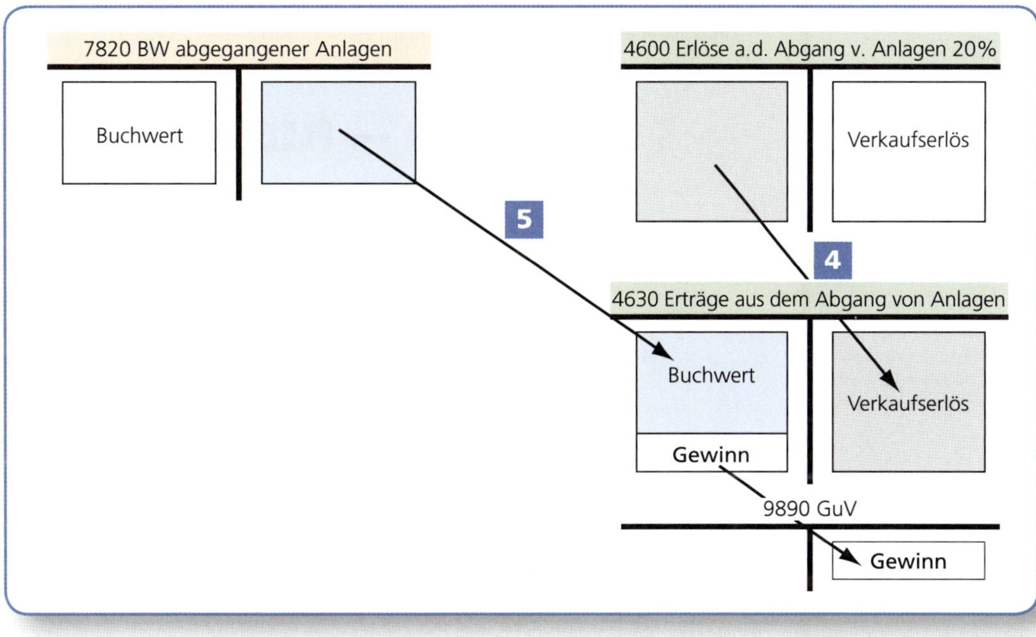

Negativer Saldo

Ist der **Saldo negativ** (der Verkaufserlös ist kleiner als der Buchwert), werden der Verkaufserlös und der Buchwert auf das Konto **7830 Verluste aus dem Abgang von Anlagen** umgebucht.

Neues Konto
7830 Verluste aus dem Abgang von Anlagen

4	**Umbuchung** des **Verkaufserlöses**	4600 Erlöse aus dem Abgang von Anlagen 20 % an 7830 Verluste aus dem Abgang von Anlagen
5	**Umbuchung** des **Buchwertes**	7830 Verluste aus dem Abgang von Anlagen an 7820 Buchwert abgegangener Anlagen

Darstellung: Umbuchung des Verkaufserlöses und des Buchwertes bei negativem Saldo – Fortsetzung der Darstellung

Saldierungsbuchungen
Umbuchung des **Verkaufserlöses**
Umbuchung des **Buchwertes**

Verkaufserlös < Buchwert → Verlust

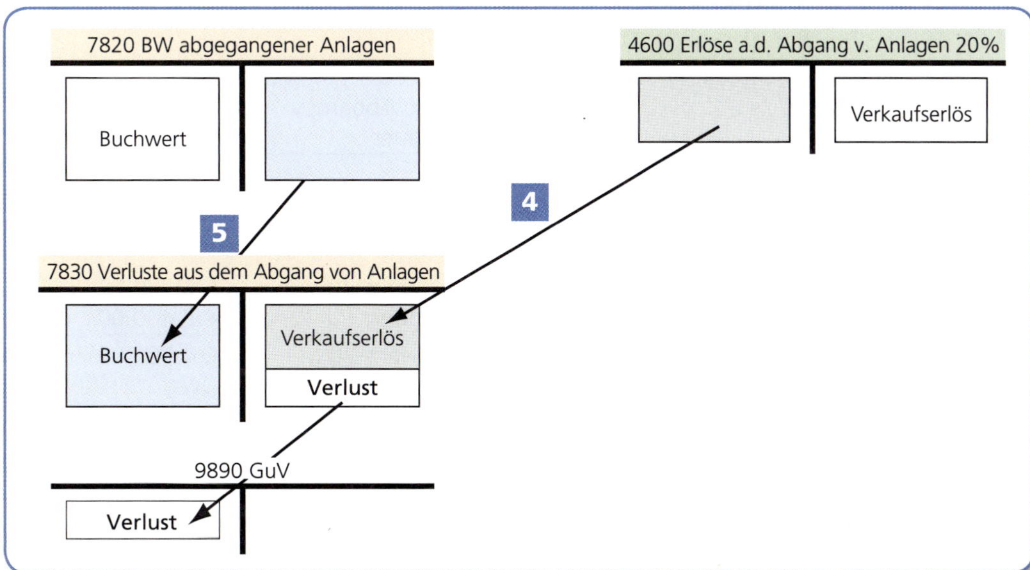

Die **Saldierung der Verkaufserlöse und der Buchwerte aus Anlagenverkäufen** ist **nur bei Kapitalgesellschaften,** die hinsichtlich der Gliederung der Bilanz und der GuV-Rechnung den Bestimmungen des Unternehmensgesetzbuches (UGB) unterliegen, **vorgeschrieben.**

In den **folgenden Beispielen** sind die **Saldierungsbuchungen** nur durchzuführen, **wenn dies in der Aufgabenstellung ausdrücklich gefordert ist.**

Lehrbeispiel

L 7.14: Anlagenverkauf

Die Bauer-Fleischverarbeitungs-GmbH, Wels, verkauft Karl Nöbauer e. U. (20106), Fleischhauerei in Ried im Innkreis, eine gebrauchte Kühlanlage.

15. 3.20 . . Die Anlage wird geliefert und in Rechnung gestellt.

B A U E R — FLEISCHVERARBEITUNGS-GmbH
4600 Wels, Bahnhofstraße 12
Tel. +43 7242 596-0 Fax +43 7242 596-10 Mail: bauer.fleisch@aon.at

Karl Nöbauer e. U.
Fleischhauerei
Hauptplatz 2
4910 Ried / Innkreis

Rechnung Nr. 312/20 . . 15. März 20 . .

Menge	Bezeichnung	Preis
1 Stk.	Linde-Kühlanlage, Type Irios mit Standardverglasung Länge 2630 mm, gebraucht	€ 5.200,00
	+ 20 % Umsatzsteuer	€ 1.040,00
		€ 6.240,00
	Zahlbar innerhalb von 14 Tagen ohne Abzug	

31. 3.20 . . B 52 Gutschrift € 6.240,–; Karl Nöbauer e. U. hat die Kühlanlage bezahlt.

31.12.20 . . Ausbuchung der Kühlanlage
Daten laut Anlagenbuchführung: AW € 24.000,–, Buchwert am 1. Jänner 20 . . € 7.200,–, Nutzungsdauer fünf Jahre

Aufgabe: a) Verbuchen Sie die Ausgangsrechnung und den Bankeingang. C
b) Stellen Sie die Buchungen für die Ausbuchung der Anlage dar. C
c) Ermitteln Sie den Saldo. Nehmen Sie die Umbuchung des Verkaufserlöses und des Buchwertes (Saldierungsbuchungen) vor. C

Lösung:

a)

Verbuchung des Verkaufserlöses

Datum	Buchungssatz	Soll	Haben
15. 3.	20106 Karl Nöbauer e. U.	6.240,00	
	an 4600 Erlöse a. d. Abgang v. Anlagen 20 %		5.200,00
	an 3500 Umsatzsteuer		1.040,00
31. 3.	2800 Bank	6.240,00	
	an 20106 Karl Nöbauer e. U.		6.240,00

b)

Kreuzen Sie an, welche Variante zutrifft!

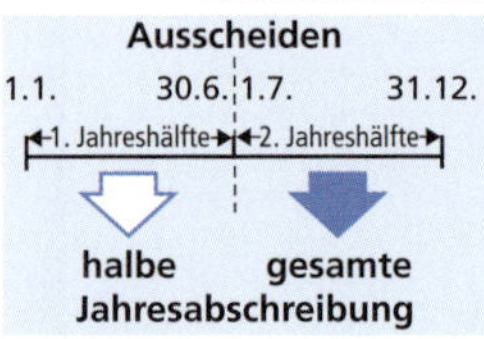

X (halbe Jahresabschreibung)

Ausbuchung der Anlage aus dem Betriebsvermögen

31.12.

Buchwert 1. Jänner 20 . .	€ 7.200,00
– 20 % Abschreibung für ½ Jahr	€ 2.400,00
Buchwert 15. März 20 . .	€ 4.800,00

Abschreibung bis zum Verkaufszeitpunkt / Ausbuchung des Buchwertes

Buchungssatz	Soll	Haben
7010 Abschreibungen von Sachanlagen	2.400,00	
an 0600 Geschäftsausstattung		2.400,00
7820 Buchwert abgegangener Anlagen	4.800,00	
an 0600 Geschäftsausstattung		4.800,00

c)

Ermittlung des Saldos

31.12.

Verkaufserlös	€ 5.200,00
– Buchwert	€ 4.800,00
positiver Saldo	+ € 400,00

Saldierungsbuchungen

Umbuchung des Verkaufserlöses / Umbuchung des Buchwertes

Buchungssatz	Soll	Haben
4600 Erlöse a. d. Abgang von Anlagen 20 %	5.200,00	
an 4630 Erträge aus dem Abgang v. Anlagen		5.200,00
4630 Erträge aus dem Abgang von Anlagen	4.800,00	
an 7820 Buchwert abgegangener Anlagen		4.800,00

7.2 Anlagenbewertung

3 Verbuchung von in Zahlung gegebenen Gegenständen des Anlagevermögens

Markieren Sie im nachfolgenden Text die Antworten auf folgende Fragen:

- **Welche Buchungen ergeben sich, wenn beim Kauf einer neuen Anlage eine alte Anlage in Zahlung gegeben wird?**
- **Welche Buchungen sind bei einem „Zug um Zug"-Geschäft bei in Zahlung gegebenen Anlagen vorzunehmen?**

In Zahlung gegebene Anlagegegenstände (Anlagentausch)

In Zahlung gegebene Anlagen – Kauf neuer Anlage mit Eintausch gebrauchter Anlage

Bei **Anschaffung eines neuen Anlagegegenstandes** nimmt häufig der Lieferant den **alten Anlagegegenstand** gegen einen **angemessenen Betrag in Zahlung.** Der **Käufer zahlt** dann **nur die Differenz** zwischen dem Anschaffungswert der neuen Anlage und der Gutschrift für die eingetauschte alte Anlage.

Während des Abschlussjahres ergeben sich im Allgemeinen folgende Arbeitsschritte:

Verbuchung des **neuen Anlagegegenstandes**

1 **Einbuchung** des **neuen Anlagegegenstandes** mit dem vollen Anschaffungswert	0 . . . Anlagenkonto 2500 Vorsteuer / 33 . . . Lieferantenkonto

Der Wert, mit dem der Lieferant den alten Anlagegegenstand in Zahlung nimmt, stellt den **Erlös aus dem Anlagentausch** dar und **vermindert die Verbindlichkeit** bzw. den **zu zahlenden Betrag** gegenüber dem Lieferanten. Meist wird dafür vom Lieferanten eine von der Rechnung getrennte **Gutschrift** erstellt.

Verbuchung des **Verkaufserlöses**

2 **Verbuchung** des **Erlöses** für den in Zahlung gegebenen alten Anlagegegenstand	33 . . . Lieferantenkonto / 4600 Erlöse aus dem Abgang von Anlagen 20 % 3500 Umsatzsteuer

Erfolgt das Geschäft **„Zug um Zug"**, d.h. **sofortige Hingabe der alten Anlage bei Erhalt der neuen Anlage,** so kann folgender zusammengesetzter Buchungssatz gebildet werden:

Verbuchung bei einem **„Zug um Zug"-Geschäft**

0 . . . Anlagenkonto 2500 Vorsteuer	/ 4600 Erlöse aus dem Abgang von Anlagen 20 % 3500 Umsatzsteuer 33 . . . Lieferantenkonto (2800 Bank, 2700 Kassa etc.)

Überweisung der **restlichen Verbindlichkeit**

3 **Verbuchung** der **Zahlung** des **Restbetrages**	33 . . . Lieferantenkonto / 2800 Bank (2700 Kassa etc.)

Am **Abschlussstichtag** sind folgende Buchungen vorzunehmen:

BEREITS DURCHGEFÜHRTE BUCHUNGEN	DURCHZUFÜHRENDE BERECHNUNGEN BZW. BUCHUNGEN
Erfassung auf dem Anlagenkonto **0 . . . Anlagenkonto / 33 . . Lieferantenkonto** **2500 Vorsteuer** **Verbuchung des Verkaufserlöses** **33 . . Lieferantenkonto / 4600 Erlöse aus dem Abgang von Anlagen 20 %** **3500 Umsatzsteuer** **Überweisung der restlichen Verbindlichkeiten** **33 . . Lieferantenkonto / 2800 Bank (2700 Kassa etc.)**	• **Ausbuchung der Anlage aus dem Betriebsvermögen** • **Ermittlung des Saldos aus dem Anlagenverkauf** • **Durchführung der Saldierungsbuchungen** • **Verbuchung der Abschreibung des neuen Anlagegegenstandes**

Lehrbeispiel

L 7.15: Verbuchung einer in Zahlung gegebenen Anlage

16. 1.2017 Das Bauunternehmen Gerhild Katzenberger GmbH, Völkermarkt, schließt mit der Autohof Handels und Service GmbH (33991), Klagenfurt am Wörthersee, einen Kaufvertrag über die Lieferung eines Tranporters Renault MASTER L1H1, zum Kaufpreis von € 33.600,– (inkl. 20 % USt) ab. Die Übernahme eines alten Lkw wird vereinbart; Liefertermin Anfang März 2017.

13. 3.2017 Frau Gerhild Katzenberger übernimmt den neuen Lkw und übergibt den alten Lkw.
Rechnung und Gutschrift der Autohof Handels und Service GmbH (siehe nächste Seite)

27. 3.2017 Bankausgang € 28.200,–; Überweisung des restlichen Kaufpreises an die Autohof Handels und Service GmbH

31.12.2017 Daten des alten Lkw, laut Anlagendatei:
AW € 23.000,–, Buchwert am 1. Jan. des Jahres € 6.900,–; Abschreibung 20 % p.a.
Neuer Lkw: Nutzungsdauer fünf Jahre

Aufgabe: Stellen Sie die sich ergebenden Buchungen vom Standpunkt der Gerhild Katzenberger GmbH auf, und zwar für den Anlagenkauf, für die Gutschrift des alten Lkw, für die Überweisung des restlichen Kaufpreises, für die Abschreibung und Ausbuchung des alten Lkw (inklusive der Saldierungsbuchungen) und für die Abschreibung des neuen Lkw per 31. Dez. 2017. C

Lösung:

*Verbuchung des **neuen Anlagegegenstandes***

13. 3. Verbuchung der Eingangsrechnung (E 284):
0640 Lkw 28.000,00 / 33991 Autohof Handels und Service GmbH 33.600,00
2500 Vorsteuer 5.600,00 /

*Verbuchung des **Erlöses** des in Zahlung gegebenen Anlagegegenstandes*

Verbuchung der Gutschrift (S 64):
33991 Autohof Handels und Service GmbH 5.400,00 / 4600 Erlöse aus dem Abgang von Anlagen 20 % 4.500,00
/ 3500 Umsatzsteuer 900,00

Anmerkung: Die angegebenen Buchungssätze können auch zu nachstehendem Buchungssatz zusammengefasst werden:
0640 Lkw 28.000,00 / 4600 Erlöse a. d. Abgang von Anlagen 20 % 4.500,00
2500 Vorsteuer 5.600,00 / 3500 Umsatzsteuer 900,00
/ 33991 Autohof Handels und Service GmbH 28.200,00

*Verbuchung der **Zahlung des Restbetrages***

27. 3. 33991 Autohof Handels und Service GmbH / 2800 Bank 28.200,00

***Ausbuchung der Anlage** aus dem Betriebsvermögen*

31.12. Ausbuchung des alten Lkw:

Buchwert am 1. Jan 2017	€ 6.900,00
– 20 % Abschreibung für ½ Jahr	€ 2.300,00
Buchwert am 13. März 2017	€ 4.600,00

*Verbuchung der **Abschreibung***

7010 Abschreibungen von Sachanlagen / 0640 Lkw 2.300,00

*Ausbuchung des **Buchwertes***

7820 Buchwert abgegangener Anlagen / 0640 Lkw 4.600,00

Ermittlung des Saldos

Verkaufserlös	€ 4.500,00
– Buchwert	€ 4.600,00
negativer Saldo	– € 100,00

Saldierungsbuchungen: *Umbuchung des Verkaufserlöses*

4600 Erlöse aus dem Abgang von Anlagen 20 % / 7830 Verluste aus dem Abgang von Anlagen 4.500,00

Umbuchung des Buchwertes

7830 Verluste aus dem Abgang von Anlagen / 7820 Buchwert abgegangener Anlagen 4.600,00

*Verbuchung der **Abschreibung der neuen Anlage***

Abschreibung des neuen Lkw: 20 % Abschreibung von € 28.000,– = € 5.600,00
7010 Abschreibungen von Sachanlagen / 0640 Lkw 5.600,00

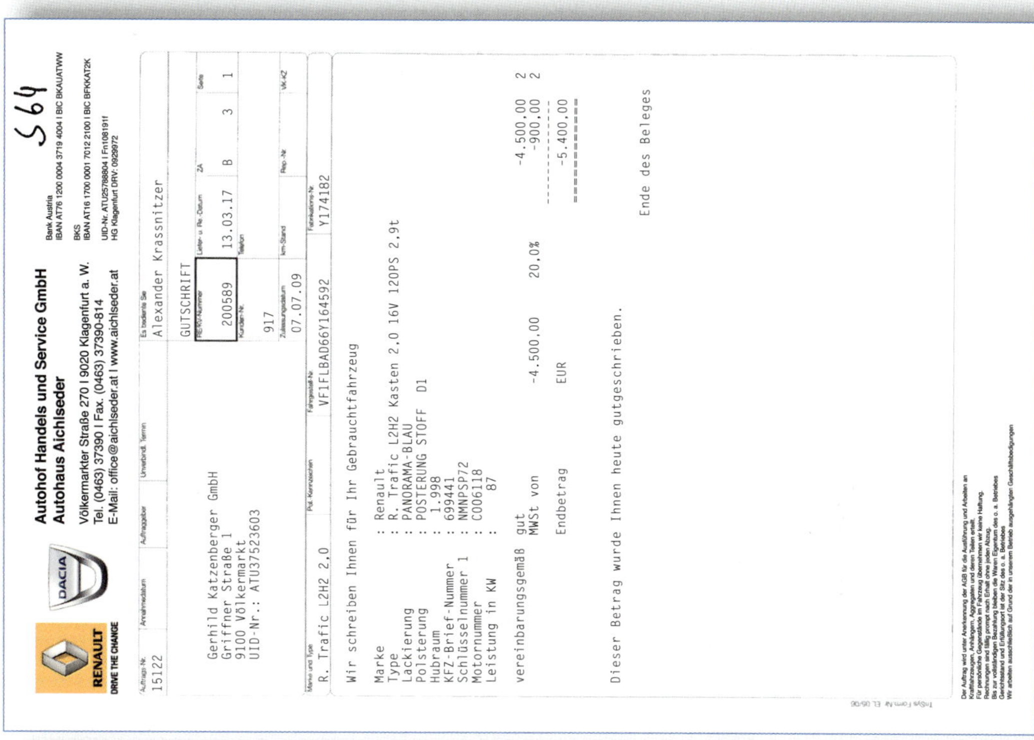

Autohof Handels und Service GmbH
Autohaus Aichlseder
Völkermarkter Straße 270 I 9020 Klagenfurt a. W.
Tel. (0463) 37390 I Fax. (0463) 37390-814
E-Mail: office@aichlseder.at I www.aichlseder.at

S 64

Auftrags-Nr. 15122 | Es bediente Sie: Alexander Krassnitzer

Gerhild Katzenberger GmbH
Griffner Straße 1
9100 Völkermarkt
UID-Nr.: ATU37523603

GUTSCHRIFT | 200589 | 13.03.17 | B | 3 | 1
Kunden-Nr. 917 | Zulassungsdatum 07.07.09
R. Trafic L2H2 2,0 | VF1FLBAD66Y164592 | Y174182

Wir schreiben Ihnen für Ihr Gebrauchtfahrzeug

Marke	: Renault			
Type	: R. Trafic L2H2 Kasten 2,0 16V 120PS 2,9t			
Lackierung	: PANORAMA-BLAU			
Polsterung	: POSTERUNG STOFF D1			
Hubraum	: 1.998			
KFZ-Brief-Nummer	: 699441			
Schlüsselnummer 1	: NMNPSP72			
Motornummer	: C006118			
Leistung in KW	: 87			
vereinbarungsgemäß gut				-4.500,00
MWSt von	-4.500,00	20,0%		-900,00
Endbetrag	EUR			-5.400,00

Dieser Betrag wurde Ihnen heute gutgeschrieben.

Ende des Beleges

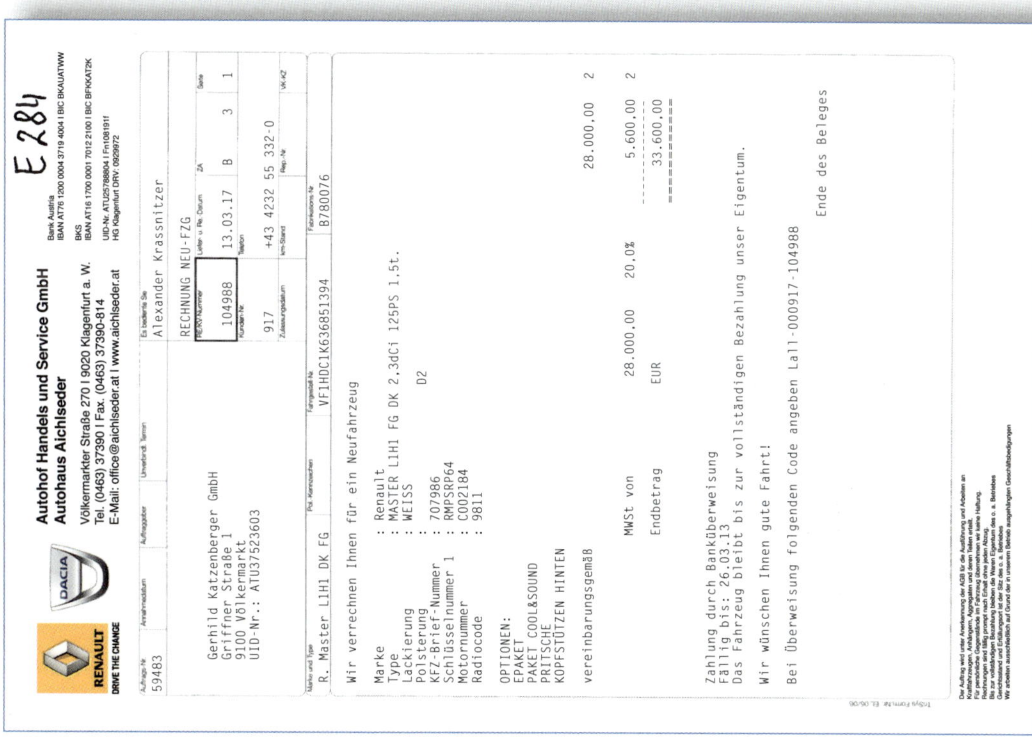

Autohof Handels und Service GmbH
Autohaus Aichlseder
Völkermarkter Straße 270 I 9020 Klagenfurt a. W.
Tel. (0463) 37390 I Fax. (0463) 37390-814
E-Mail: office@aichlseder.at I www.aichlseder.at

E 284

Auftrags-Nr. 59483 | Es bediente Sie: Alexander Krassnitzer

Gerhild Katzenberger GmbH
Griffner Straße 1
9100 Völkermarkt
UID-Nr.: ATU37523603

RECHNUNG NEU-FZG | 104988 | 13.03.17 | B | 3 | 1
Kunden-Nr. 917 | Telefon +43 4232 55 332-0
R. Master L1H1 DK FG | VF1HDC1K636851394 | B780076

Wir verrechnen Ihnen für ein Neufahrzeug

Marke	: Renault			
Type	: MASTER L1H1 FG DK 2.3dCi 125PS 3,5t.			
Lackierung	: WEISS			
Polsterung	:	D2		
KFZ-Brief-Nummer	: 707986			
Schlüsselnummer 1	: RMPSRP64			
Motornummer	: C002184			
Radiocode	: 9811			

OPTIONEN:
EPAKET
PAKET COOL&SOUND
PRITSCHE
KOPFSTÜTZEN HINTEN

vereinbarungsgemäß			28.000,00
MWSt von	28.000,00	20,0%	5.600,00
Endbetrag	EUR		33.600,00

Zahlung durch Banküberweisung
Fällig bis: 26.03.13
Das Fahrzeug bleibt bis zur vollständigen Bezahlung unser Eigentum.

Wir wünschen Ihnen gute Fahrt!

Bei Überweisung folgenden Code angeben La11-000917-104988

Ende des Beleges

4 Ausscheiden von Anlagen infolge eines Schadensfalles

Markieren Sie im nachfolgenden Text die Antworten auf folgende Fragen:

- **Wie ist die Versicherungsentschädigung zu verbuchen?**
- **Welche Buchungen sind beim Ausbuchen des unbrauchbaren Anlagegegenstandes vorzunehmen?**
- **Wie wird der Saldo bei Anlagen ermittelt, die aufgrund eines Schadensfalles ausgeschieden werden?**
- **Wie lauten die Saldierungsbuchungen bei einem positiven bzw. negativen Saldo?**

Wird ein Anlagegegenstand wegen eines **eingetretenen Schadensfalles** (z. B. das Betriebsgebäude brennt ab, Totalschaden eines Lkw während einer Betriebsfahrt) **für das Unternehmen unbrauchbar,** dann ergeben sich folgende Buchungsvorgänge:

BEREITS DURCHGEFÜHRTE BUCHUNGEN	DURCHZUFÜHRENDE BERECHNUNGEN BZW. BUCHUNGEN
Erfassung auf dem Anlagenkonto (im Jahr der Anschaffung) 0 . . . Anlagenkonto / 33 . . . Lieferantenkonto 2500 Vorsteuer / (2800 Bank etc.) **Verbuchung der Abschreibung** 7010 Abschreibungen von Sachanlagen / 0 . . . Anlagenkonto	• **Zum Zeitpunkt des Ausscheidens** Verbuchung der Versicherungsentschädigung, sofern die Anlage versichert war • **Am Abschlussstichtag** ○ Ausbuchung der Anlage aus dem Betriebsvermögen ○ Ermittlung des Saldos aus dem Schadensfall ○ Durchführung der Saldierungsbuchungen

Verbuchung der Versicherungsentschädigung

Erträge aus Versicherungszahlungen werden auf dem Konto **4610 Versicherungsentschädigungen für Anlagenabgänge** verbucht.

Neues Konto
4610 Versicherungsentschädigungen für Anlagenabgänge

1 **Verbuchung** der **Versicherungsentschädigung**	2800 Bank (2300 Sonstige Forderungen, 2700 Kassa etc.) an 4610 Versicherungsentschädigungen für Anlagenabgänge

Versicherungsentschädigungen für Anlagenabgänge stellen meist einen **echten Schadenersatz** dar (kein Leistungsaustausch) und sind **nicht umsatzsteuerbar** (daher keine Umsatzsteuer).

Scheidet eine Anlage **ohne Erhalt einer Versicherungsentschädigung aus** (die Anlage war nicht versichert), so **entfällt die Buchung.**

Ausbuchung der Anlage aus dem Betriebsvermögen

In weiterer Folge ist der **unbrauchbare Anlagegegenstand auszubuchen.** Dabei ergeben sich folgende Buchungen:

Ausbuchung der Anlage

Neues Konto
7819 Sonstige Schadensfälle

2 **Abschreibung** bis zum **Zeitpunkt des Ausscheidens**	7010 Abschreibungen von Sachanlagen an 0 . . . Anlagenkonto
3 **Ausbuchung** des **Schadens** (Buchwertes)	7819 Sonstige Schadensfälle an 0 . . . Anlagenkonto

Anstelle des Kontos 7820 Buchwert abgegangener Anlagen bei Anlagenverkäufen tritt bei eingetretenen Schadensfällen das Konto **7819 Sonstige Schadensfälle.**

Ermittlung des Saldos aus dem Schadensfall, Durchführung der Saldierungsbuchungen

Saldierungsbuchungen sind nur **bei Kapitalgesellschaften** zwingend **vorgeschrieben.**

Sind **Saldierungsbuchungen** erforderlich, so ist wie folgt vorzugehen:

Saldo

Saldoermittlung	Versicherungsentschädigung – Schaden (Buchwert) **Saldo**

• **Positiver Saldo** oder **Saldo = 0**

4 **Umbuchung** der **Versicherungsentschädigung**	4610 Versicherungsentsch. für Anlagenabgänge an 4630 Erträge aus dem Abgang von Anlagen
5 **Umbuchung** des **Schadens** (Buchwertes)	4630 Erträge aus dem Abgang von Anlagen an 7819 Sonstige Schadensfälle

● **Negativer Saldo**

4 **Umbuchung** der **Versicherungsentschädigung**	4610 Versicherungsentsch. für Anlagenabgänge an 7830 Verluste aus dem Abgang von Anlagen
5 **Umbuchung** des **Schadens** (Buchwertes)	7830 Verluste aus dem Abgang von Anlagen an 7819 Sonstige Schadensfälle

Bei **Ausscheiden ohne Versicherungsentschädigung** entfällt die Umbuchung der Versicherungsentschädigung. Es ist nur die Umbuchung des Schadens vorzunehmen:

Ausscheiden ohne Versicherungsentschädigung

Umbuchung des **Schadens**	7830 Verluste aus dem Abgang von Anlagen an 7819 Sonstige Schadensfälle

Lehrbeispiel

L 7.16: Ausscheiden einer Anlage durch Schadensfall

Bei der Aquaterm GmbH, Wasser- und Abwassertechnik, Salzburg, ergeben sich im Zusammenhang mit einem Lkw-Unfall folgende Geschäftsfälle:

27. 6.20 . .		Durch einen von einem Mitarbeiter verschuldeten Unfall erleidet ein Lkw einen Totalschaden. Das Wrack wird zum Autohändler abgeschleppt.
6. 8.20 . .	S 124	Die Helvetia Versicherungen Österreich AG (2300 Sonstige Forderungen) anerkennt in einem Schreiben den Schaden in Höhe von € 16.000,– (Vollkaskoversicherung!).
10. 9.20 . .	B 181	Überweisung durch die Helvetia Versicherungen Österreich AG € 16.000,–
16. 9.20 . .		Abschluss eines Kaufvertrages über die Anschaffung eines neuen Lkw mit dem Autohändler Zeppetzauer Nutzfahrzeughandel-GmbH, Kaufpreis € 81.440,– + € 16.288,– USt = € 97.728,–, Liefertermin für den neuen Lkw Jänner nächsten Jahres
31.12.20 . .		Daten laut Anlagenbuchführung: Anschaffungswert des Unfall-Lkw € 76.800,–, Buchwert am 1. Jan. d. J. € 23.040,–, Nutzungsdauer fünf Jahre

Kreuzen Sie an, welche Variante zutrifft!

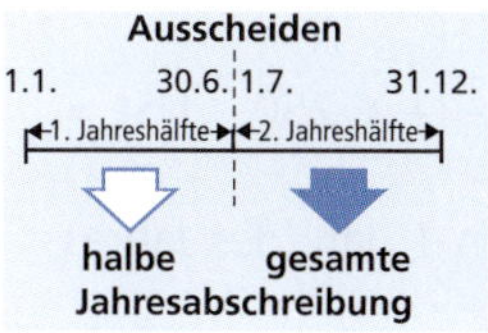

X

Aufgabe: Stellen Sie die Buchungssätze inklusive Umbuchung der Versicherungsentschädigung und des Schadens (Saldierungsbuchungen) auf. C

Lösung:

Verbuchung der Versicherungsentschädigung

		Soll	Haben
6. 8.	2300 Sonstige Forderungen	16.000,00	
	an 4610 Versicherungsentsch. f. Anlagenabg.		16.000,00
10. 9.	2800 Bank	16.000,00	
	an 2300 Sonstige Forderungen		16.000,00

Ausbuchung der Anlage aus dem Betriebsvermögen

31.12.	Buchwert am 1. Jan.	€ 23.040,00
	– 20 % Abschreibung von € 76.800,00 für ½ Jahr	€ 7.680,00
	Schaden (Buchwert) per 27. Juni	€ 15.360,00

Abschreibung bis zum Zeitpunkt des Ausscheidens

	Soll	Haben
7010 Abschreibungen von Sachanlagen	7.680,00	
an 0640 Lkw		7.680,00

Ausbuchung des Schadens

	Soll	Haben
7819 Sonstige Schadensfälle	15.360,00	
an 0640 Lkw		15.360,00

Ermittlung des Saldos

Versicherungsentschädigung	€ 16.000,00
– Schaden (Buchwert)	€ 15.360,00
positiver Saldo	+ € 640,00

Saldierungsbuchungen

Umbuchung der Versicherungsentschädigung

	Soll	Haben
4610 Versicherungsentsch. f. Anlagenabgänge	16.000,00	
an 4630 Erträge aus dem Abg. von Anlagen		16.000,00

Umbuchung des Schadens

	Soll	Haben
4630 Erträge aus dem Abg. von Anlagen	15.360,00	
an 7819 Sonstige Schadensfälle		15.360,00

5 Ausscheiden voll abgeschriebener Anlagen

Markieren Sie im nachfolgenden Text die Antwort auf folgende Frage:

- **Mit welcher Buchung sind voll abgeschriebene Anlagegüter aus der Buchführung auszuscheiden?**

Scheiden **voll abgeschriebene Gegenstände** des Anlagevermögens **unbrauchbar** und **wertlos** aus dem Betriebsvermögen aus, so ist der **auf dem Anlagenkonto verbliebene Erinnerungseuro abzuschreiben.**

BEREITS DURCHGEFÜHRTE BUCHUNGEN	AM ABSCHLUSSSTICHTAG DURCHZUFÜHRENDE BERECHNUNGEN BZW. BUCHUNGEN
Erfassung auf dem Anlagenkonto (im Jahr der Anschaffung) 0 … Anlagenkonto / 33 … Lieferantenkonto 2500 Vorsteuer / (2800 Bank etc.) **Verbuchung der Abschreibung** 7010 Abschreibungen von Sachanlagen / 0 … Anlagenkonto	**Abschreibung des Erinnerungseuros** 7010 Abschreibungen von Sachanlagen / 0 … Anlagenkonto 1,00

Üben

SbX ID: 7242

A B C D E

SbX
Buchungstrainer ID: 7242

Kreuzen Sie an, welche Variante zutrifft!

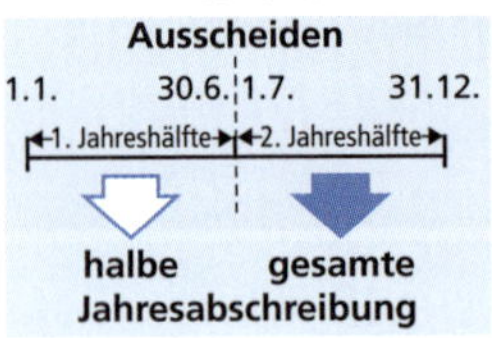

Ü 7.25: Anlagenverkauf

Die Obstgroßhandels-GmbH Johann Sittinger, Hartberg, verkauft im Jahr 20 . . ihre gebrauchte Computerkasse.

15. 5.20 . .	K 1248	Verkauf einer gebrauchten Computerkasse € 1.250,– + € 250,– USt = = € 1.500,–
31.12.20 . .		Ausbuchung der Anlage: AW € 3.000,–, Buchwert am 1. Jan. des Jahres € 1.125,–, Nutzungsdauer acht Jahre

Aufgabe: Erstellen Sie die Buchungsanweisungen für die
a) Verbuchung des Verkaufserlöses, C
b) Ausbuchung der Anlage, C
c) Umbuchung des Erlöses und des Buchwertes (Saldierung). C

SbX
Buchungstrainer ID: 7242

Die **Erfassungsmaske** stammt aus dem **WINLine-Programmpaket** der Mesonic GmbH.

Kreuzen Sie an, welche Variante zutrifft!

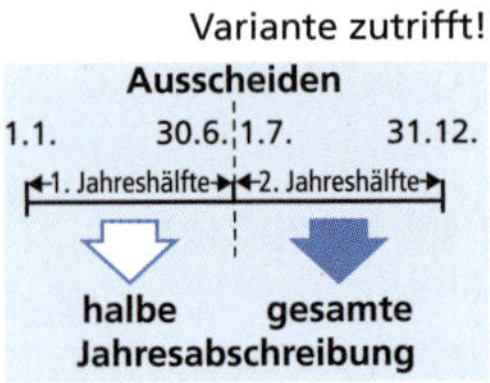

Ü 7.26: Anlagenverkauf

Die Karl Schweiger GmbH, Süßwarengroßhandel in Neunkirchen, verkauft im Jahr 2017 einen gebrauchten Lkw.

29.3.2017 A 2018 Verkauf eines Lkw um € 18.400,– + € 3.680,– USt = € 22.080,– an die Konrad Stoiber OG (20095). Die Erfassungsmaske der Anlagenbuchführung zeigt folgendes Bild:

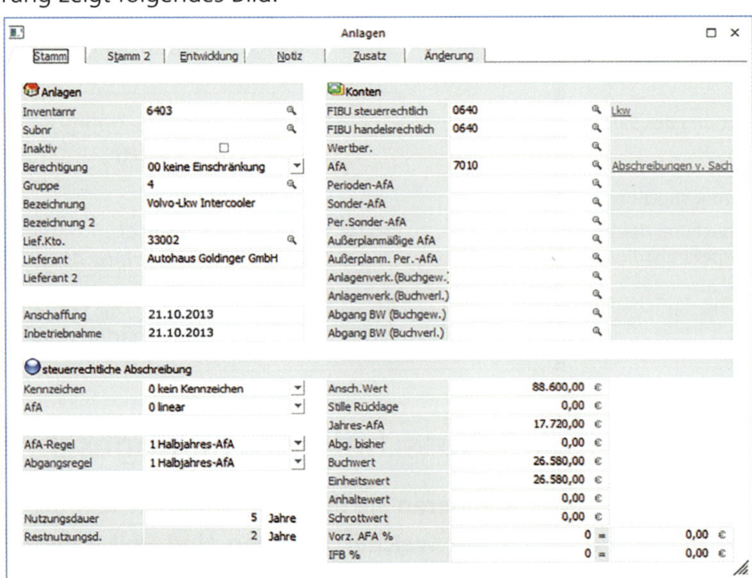
Anlagen
Stamm | Stamm 2 | Entwicklung | Notiz | Zusatz | Änderung

Anlagen		Konten		
Inventarnr	6403	FIBU steuerrechtlich	0640	Lkw
Subnr		FIBU handelsrechtlich	0640	
Inaktiv	☐	Wertber.		
Berechtigung	00 keine Einschränkung	AfA	7010	Abschreibungen v. Sach
Gruppe	4	Perioden-AfA		
Bezeichnung	Volvo-Lkw Intercooler	Sonder-AfA		
Bezeichnung 2		Per.Sonder-AfA		
Lief.Kto.	33002	Außerplanmäßige AfA		
Lieferant	Autohaus Goldinger GmbH	Außerplanm. Per.-AfA		
Lieferant 2		Anlagenverk.(Buchgew.)		
		Anlagenverk.(Buchverl.)		
Anschaffung	21.10.2013	Abgang BW (Buchgew.)		
Inbetriebnahme	21.10.2013	Abgang BW (Buchverl.)		

steuerrechtliche Abschreibung				
Kennzeichen	0 kein Kennzeichen	Ansch.Wert	88.600,00 €	
AfA	0 linear	Stille Rücklage	0,00 €	
		Jahres-AfA	17.720,00 €	
AfA-Regel	1 Halbjahres-AfA	Abg. bisher	0,00 €	
Abgangsregel	1 Halbjahres-AfA	Buchwert	26.580,00 €	
		Einheitswert	26.580,00 €	
		Anhaltewert	0,00 €	
Nutzungsdauer	5 Jahre	Schrottwert	0,00 €	
Restnutzungsd.	2 Jahre	Vorz. AFA %	0 =	0,00 €
		IFB %	0 =	0,00 €

17.4.2017 B 92 Der Käufer hat € 12.080,– überwiesen. Der Rest bleibt offen.

Aufgabe: a) Stellen Sie die Buchungssätze für den Verkauf des Lkw auf. C
b) Stellen Sie die Buchungssätze für die Ausbuchung des Lkw per 31. Dez. 2017 einschließlich der Saldierungsbuchungen auf. C

SbX Buchungstrainer ID: 7242

Ü 7.27: Verbuchung einer in Zahlung gegebenen Anlage

Die Klara Macht OG, Wien, bestellt am 26. Februar 20 . . bei der Müller Bürotechnik GmbH, Wien (33185), einen Office Colour Printer, Modell CANON. Der alte Kopierer wird in Zahlung genommen. Die neue Büromaschine wird am 12. März 20 . . geliefert und das alte Modell übergeben. Am 17. März erhält die Klara Macht OG folgende Rechnung:

Canon Kopierer – Telefax – Laserdrucker –
Büromaterial – EDV-Zubehör
HP – Hewlett Packard

E124

MÜLLER Bürotechnik
1160 Wien, Wiesberggasse 4

Tel.: +43 1 419 97 95, Fax: +43 1 912 915-1
E-Mail: office@mueller-edv.at
Website: www.mueller-edv.at
UID: ATU19735302, ARA-LNr.: 10435
Firmenbuch: HG Wien, FN 144477t
DVR: 0627521

Klara Macht OG
Windmühlgasse 16
1060 Wien

RECHNUNG Nr. 02783 — 15. März 20..

Bestellnr.	Bestelldatum	Lieferschein Nr.	Lieferdatum	Ihre UID-Nummer	Kundennr.
Fr. Müller	26.02.20..	DHL	12.03.20..	ATU27004309	20814

Menge	EH	Art. Nr.	Artikelbezeichnung	Einzelpreis in EUR	Gesamtpreis in EUR
1,00		18371	Canon Office Colour Printer	14.600,00	14.600,00
			- 10 % Rabatt		1.460,00
					13.140,00
			+ 20 % USt		2.628,00
					15.768,00
			In Zahlung genommener Kopierer		
			Altgerät, Type Canon S/W	EUR 650,00	
			+ 20 % USt	EUR 130,00	- 780,00
					14.988,00

Zahlbar: Zehn Tage 2 % Skonto, 30 Tage netto
Netto bis zum 15.04... EUR 14.988,00
2 % bis zum 25.03... EUR 14.688,24

Gerichtsstand Wien
Die Ware bleibt bis zur vollständigen Bezahlung unser Eigentum.
Bei Zahlungsverzug werden die banküblichen Verzugszinsen berechnet.
Bankverbindung: UniCredit Bank Austria AG, IBAN AT35 1200 0003 6720 0415, BIC BKAUATWW

Aufgabe: a) Stellen Sie die Buchungsanweisungen für diesen Beleg auf. C
b) Stellen Sie die Buchungen für den Verkauf der alten Anlage und für die Abschreibung der neuen Anlage per 31. Dezember 20 . . auf. (Alte Anlage: AW € 3.920,–, BW am 1. Jan. 20 . . € 1.176,–, Nutzungsdauer für beide Anlagen fünf Jahre) C

SbX
Buchungstrainer
ID: 7242

Ü 7.28: Verbuchung einer in Zahlung gegebenen Anlage

Konten der Mag. Carmen Perchtaler KG, Bludenz, per 1. Jänner 20 . . (Auszug aus der Saldenbilanz des Vorjahres):

Konto-Nr.	Kontenbezeichnung	Saldenbilanz	
		Soll	Haben
0640	Lkw	27.856,00	

4. 3.20 . . S 48 Anschaffung eines City-Transporters, Ford Transit Connect TDCi, um € 12.990,– + € 2.598,– USt = € 15.588,–. Der Autohändler nimmt den alten Transporter, Fiat Ducato, mit € 1.440,– (€ 1.200,– + € 240,– USt) in Zahlung. Der Restbetrag wird mit der Firmen-Bankomatkarte bezahlt.

31.12.20 . . Ausbuchung des alten Transporters: AW € 9.200,–, Nutzungsdauer fünf Jahre, bis 1. Jan. des Jahres € 7.360,– abgeschrieben.
Abschreibung des neuen City-Transporters, Nutzungsdauer fünf Jahre
Abschreibung der übrigen Fahrzeuge laut Anlagendatei € 13.008,–

Aufgabe: Stellen Sie die Buchungsanweisungen für 20 . . auf. C

SbX
Buchungstrainer
ID: 7242

Ü 7.29: Anlagenabschreibung (inkl. Verkauf und Kauf von Anlagegegenständen)

Im Jahr 2017 ergeben sich bei der Claudia Luttenbauer Druck- und Verlags-GmbH, Wiener Neustadt, nachstehende Veränderungen beim Anlagevermögen:

1. Geschäftsausstattung

Am 10. April 2017 wurde ein Farbkopiergerät um € 1.450,– + € 290,– USt = € 1.740,– gegen Barzahlung verkauft.

Abschreibung der Geschäftsausstattung und Ausbuchung des verkauften Kopiergerätes laut nachstehend abgebildetem Ausdruck der Anlagendatei:

Kreuzen Sie an, welche Variante zutrifft!

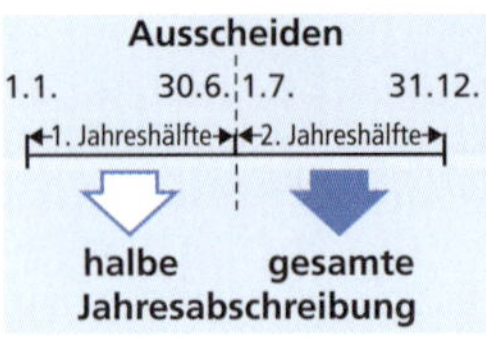

Anlagenverzeichnis vom 31.12.2017 Seite 1

Inv. Nr.	Bezeichnung der Anlage Lieferant	Ansch.-D. Inb.-D.	Abg.-D.	Ansch.-Wert	ND J %	BW Beginn	Abschreib.	BW Ende BW abg. Anl.
. . .	Diverse Gegenstände Diverse	. . . . . .		132.900,00	10 10	76.320,00	13.290,00	63.030,00
6006	Kopiergerät Koch OG, 1030 Wien	09.07.14 09.07.14	10.04.17	4.400,00	5 20	2.200,00		
	Summen			137.300,00		78.520,00		63.030,00

2. Fahrzeuge

Kauf eines neuen Lkw am 9. Okt. 2017 um € 37.400,– + € 7.480,– USt = € 44.880,– bei der Anna Steiner GmbH (33790), E 1440

Abschreibung der Fahrzeuge laut nachstehender Abbildung des Ausdruckes der Anlagendatei:

Anlagenverzeichnis vom 31.12.2017 Seite 1

Inv. Nr.	Bezeichnung der Anlage Lieferant	Ansch.-D. Inb.-D.	Abg.-D.	Ansch.-Wert	ND J %	BW Beginn	Abschreib.	BW Ende BW abg. Anl.
6407	Mercedes-Benz Sprinter-Kastenwagen Type 210 CDI Anna Steiner GmbH	09.12.13 12.12.13		30.400,00	4 25	3.800,00	3.799,00	1,00
6408	Lkw Citroën Jumper Schindler OG	18.06.14 18.06.14		42.800,00	5 20	17.120,00	8.560,00	8.560,00
6409	Mercedes-Benz Sprinter-Kombi Type 313 CDI Anna Steiner GmbH	09.10.17 09.10.17		37.400,00	5 20			
	Summen			110.600,00		20.920,00		

Aufgabe: a) Stellen Sie die Buchungssätze für den Verkauf des Kopierers und für den Kauf des neuen Lkw auf. C

b) Vervollständigen Sie die Anlagendatei Geschäftsausstattung und Fahrzeuge und stellen Sie die Buchungssätze per 31. Dez. 2017 (Abschreibung und Saldierungsbuchungen) zur Geschäftsausstattung und zu den Fahrzeugen auf. C

SbX Buchungstrainer ID: 7242

Kreuzen Sie an, welche Variante zutrifft!

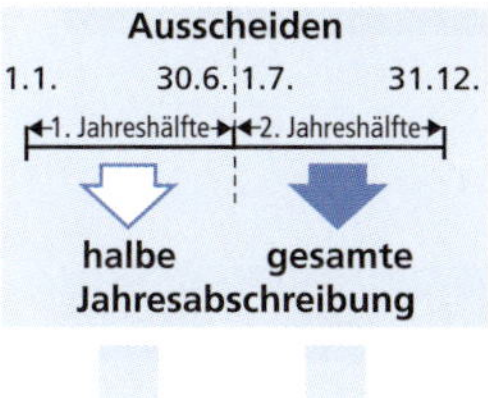

Ü 7.30: Ausscheiden einer Anlage durch Schadensfall

Durch einen Wasserrohrbruch mit anschließendem Brand, aufgrund eines Kurzschlusses, wurde in der Bäckerei Viennareuter GmbH, Wien, ein Elektro-Backofen zerstört. Es ergeben sich dabei folgende Geschäftsfälle:

18. 8.20 . .		Rohrbruch, Brand mit Zerstörung des Backofens
10.10.20 . .	S 814	Anerkennung des Schadens von € 4.800,– durch die Allianz Elementar Versicherungs-AG (2300 Sonstige Forderungen)
28.10.20 . .	B 155	Die Allianz Elementar Versicherungs-AG hat zur Schadensabdeckung € 4.800,– überwiesen.
31.12.20 . .		Ausbuchung des zerstörten Backofens; Anschaffungswert laut Anlagendatei € 15.800,–, Abschreibungssatz 10 % p. a., bis zum 1. Jan. des Abschlussjahres wurde die Anlage 6,5 Jahre genutzt. Abschreibung der restlichen Maschinen laut Anlagendatei € 12.520,–

Aufgabe: Stellen Sie die Buchungssätze zum 10. Okt., 28. Okt. und 31. Dez. 20 . . einschließlich der Saldierungsbuchungen auf. C

SbX Buchungstrainer ID: 7242

Kreuzen Sie an, welche Variante zutrifft!

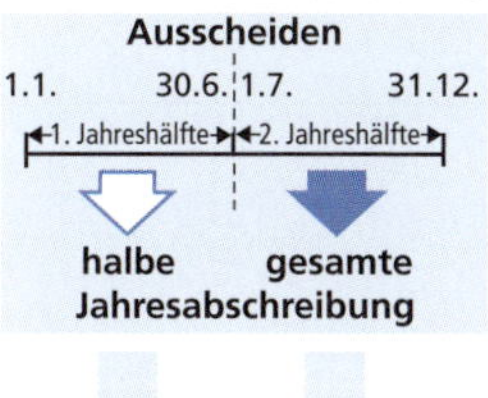

Ü 7.31: Ausscheiden einer Anlage durch Schadensfall

Im Jahr 20 . . ergeben sich im Zusammenhang mit einem Maschinenbrand bei der Brantner & Sohn GmbH, Maschinenfabrik in Leibnitz, folgende Geschäftsfälle:

3. 4.20 . .		Durch einen Brand wird eine computergesteuerte Fräsmaschine total zerstört. Daten laut Anlagendatei: Anschaffungswert € 67.200,–, Buchwert am 1. Jan. d. J. € 33.600,–, Nutzungsdauer acht Jahre **Hinweis:** Die Ausbuchung der zerstörten Maschine erfolgt am Jahresende.
22. 5.20 . .	S 210	Die Interunfall-Versicherung hat den Schaden über € 24.000,– anerkannt (2300 Sonstige Forderungen).
14. 6.20 . .	P 61	PSK-Eingang € 24.000,–; Überweisung der Interunfall-Versicherung für den Maschinenschaden
31.12.20 . .		Ausbuchung der zerstörten Fräsmaschine Abschreibung der übrigen Maschinen laut Anlagendatei € 16.750,–

Aufgabe: Stellen Sie die in diesem Zusammenhang sich im Jahr 20 . . ergebenden Buchungssätze (Saldierungsbuchungen) auf. C

Weitere Übungsbeispiele finden Sie im Anhang.

Sichern

SbX ID: 7243

SbX ID: 7243

Im SbX finden Sie eine Sammelmappe mit Zusammenfassungen zu allen Kapiteln und Lerneinheiten sowie eine Bildschirmpräsentation.

Wissen

SbX ID: 7244

A B C D E

SbX
ID: 7244

Ein kurzer Kompetenz-Check, bevor's weitergeht!

Möglichkeiten zur Kompetenzüberprüfung im SbX

Wiederholungsfragen | Aufgaben mit automatischer Aufgabenkontrolle | $H_2Ö$ MUSTERUNTERNEHMEN

Kompetenz-Check

	☺	😐	☹
Ich kann die Ursachen für das Ausscheiden von Anlagen nennen.			
Ich kann den Erlös aus einem Anlagenverkauf verbuchen.			
Ich kann im Jahr des Ausscheidens die Abschreibung unter Anwendung der Halbjahresregel berechnen.			
Ich kann eine Anlage, welche durch einen Verkauf aus dem Betriebsvermögen ausscheidet, ausbuchen.			
Ich kann den Saldo zwischen Verkaufserlös und Buchwert ermitteln.			
Ich kann die Saldierungsbuchungen, welche sich durch das Ausscheiden ergeben, vornehmen.			
Ich kann die im Abschlussjahr erforderlichen Buchungen bei einem Anlagentausch vornehmen.			
Ich kann bei einem Anlagentausch die am Abschlussstichtag erforderlichen Buchungen durchführen.			
Ich kann den Ertrag aus der Versicherungsentschädigung aufgrund eines Schadensfalles verbuchen.			
Ich kann im Jahr des Schadensfalles die Abschreibung unter Anwendung der Halbjahresregel berechnen.			
Ich kann eine Anlage, welche durch einen Schadensfall aus dem Betriebsvermögen ausscheidet, ausbuchen.			
Ich kann den Saldo zwischen Versicherungsentschädigung und Schaden ermitteln.			
Ich kann die Saldierungsbuchungen, welche sich durch das Ausscheiden aufgrund des Schadensfalles ergeben, vornehmen.			
Ich kann das Ausscheiden voll abgeschriebener Anlagegüter verbuchen.			

7.3 WAREN- UND MATERIALBEWERTUNG

Worum geht's in diesem Abschnitt?

Die Ermittlung des Verbrauches und die Bewertung des Vorrates an Handelswaren, Roh-, Hilfs- und Betriebsstoffen erfolgen in mehreren Arbeitsschritten:

- Durchführung der Inventur zur Feststellung des mengenmäßigen Endbestandes (siehe Abschnitt 7.1)
- Ermittlung des Verbrauches (Einsatzes)
- Bewertung des Vorrates der Vermögensgegenstände

Kompetenzen, die Sie erwerben

Mit der Bearbeitung dieses Abschnitts erwerben Sie die **Kompetenzen** für den **Bereich Waren- und Materialbewertung.** Sie können

- Methoden der Verbrauchsermittlung einsetzen,
- Bewertungsverfahren anwenden,
- daraus resultierende Verbuchungen vornehmen,
- die Auswirkung der Waren- und Materialbewertung auf Bilanz sowie Gewinn- und Verlustrechnung erkennen.

A B C D E

In diesem Abschnitt finden Sie Übungsbeispiele und Aufgaben zum Kompetenzerwerb und zur Kompetenzüberprüfung auf den Handlungsebenen A **Wiedergeben,** B **Verstehen,** C **Anwenden** und D **Analysieren & Interpretieren.**

Dieser Abschnitt umfasst folgende Lerneinheiten:

1 Methoden der Verbrauchsermittlung

2 Bewertung des Vorrates an Handelswaren, Roh-, Hilfs- und Betriebsstoffen

Lerneinheit 1

Methoden der Verbrauchsermittlung

SbX
Alle SbX-Inhalte zu dieser Lerneinheit finden Sie unter der ID: 7310.

Eine der wertmäßig wichtigsten Arbeiten bei der Erstellung des Jahresabschlusses ist die Ermittlung des Verbrauches von Handelswaren, Roh-, Hilfs- und Betriebsstoffen.

Lernen

A B C D E

Markieren Sie im nachfolgenden Text die Antworten auf folgende Fragen:

- **Was versteht man unter Vorräten?**
- **Unter welcher Position werden Vorräte in der Bilanz ausgewiesen?**
- **Wie werden Vorräte untergliedert?**
- **Wie werden der Verbrauch (Einsatz) und gegebenenfalls der Verlust (Schwund) von Handelswaren, Roh-, Hilfs- und Betriebsstoffen ermittelt?**
- **Welche Voraussetzungen müssen für die Verwendung der jeweiligen Methode gegeben sein?**

1 Umlaufvermögen und Vorräte

Vorräte – Gegenstände auf Lager (für Produktion/ Verkauf)

Vorräte

Zu den **Vorräten** gehören **auf Lager liegende Gegenstände,** die entweder **im Produktionsprozess noch be- und verarbeitet** werden sollen oder bereits für den **Absatz bestimmt** sind.

Vorräte sind **Teil des Umlaufvermögens** und werden nach den Bestimmungen des UGB in

- **Roh-**, **Hilfs-** und **Betriebsstoffe,**
- **unfertige** und **fertige Erzeugnisse,**
- **Waren,**
- **noch nicht abrechenbare Leistungen** und
- **geleistete Anzahlungen**

untergliedert.

Noch nicht abrechenbare Leistungen wurden zum Abschlussstichtag begonnen, aber noch nicht abgeschlossen.

Darstellung: Vorräte in der Bilanz

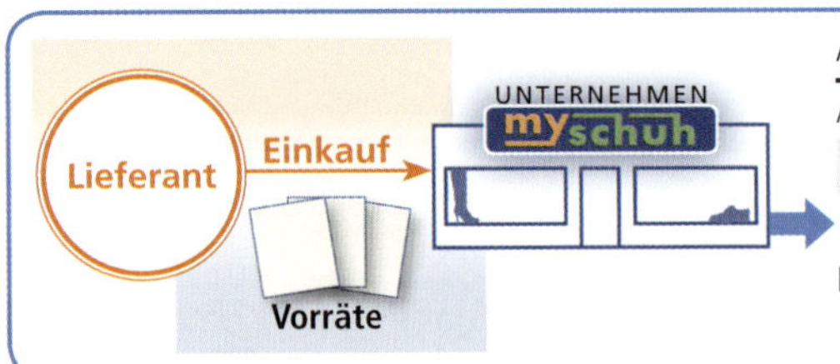

Aktiva	Bilanz von myschuh zum 31. Dez. 20 . . Passiva
Anlagevermögen	Eigenkapital
Vorräte	Rückstellungen
…	Verbindlichkeiten
Rechnungsabgrenzungsposten	Rechnungsabgrenzungsposten

Zur **Inventur** siehe Abschnitt 7.1 Grundlagen des Jahresabschlusses.

Mithilfe der Inventur wird der mengenmäßige **Endbestand von Vorräten** festgestellt. Ausgehend von den Inventurwerten kommt es zur **Ermittlung des Verbrauches** und der **Bewertung der Endbestände.**

Die **Verbrauchs-(Einsatz-)Ermittlung** von Handelswaren, Roh-, Hilfs- und Betriebsstoffen wird auf zwei Arten durchgeführt:

- **direkte Ermittlung**
- **indirekte Ermittlung**

2 Direkte Ermittlung des Verbrauches (Fortschreibung)

Lagerbuchführung! In **Supermärkten** werden die Entnahmen z. B. mithilfe von **Scannerkassen** festgehalten.

Diese Methode setzt eine **Lagerbuchführung** voraus, bei der die **Entnahmen (Abfassungen)** aus dem Lager (aufgrund von Entnahmescheinen) mengen- und wertmäßig **erfasst** werden. Die Bewertung erfolgt zum **Einstandspreis.** Die Erfassung erfolgt im Allgemeinen softwareunterstützt.

Neues Konto **7800 Abschreibungen von Vorräten**

Durch die **Gegenüberstellung** des **Soll-Endbestandes** laut Lagerbuchführung mit dem **Ist-Endbestand** laut Inventur können die **Verluste,** bedingt durch Schwund, Bruch, Diebstahl oder Preisrückgang, **ermittelt** werden. Diese Verluste werden auf das Aufwandskonto **7800 Abschreibungen von Vorräten** umgebucht.

Ermittlung des Verlustes (Schwundes):

Rechenschema – Direkte Ermittlung des Verbrauches

	Anfangsbestand
+	Zukäufe (+ Bezugsspesen – Retourwaren etc.)
	Zwischensumme
–	**Verbrauch** (Einsatz) **aufgrund von Entnahmescheinen**
	Soll-Endbestand
–	Ist-Endbestand (aufgrund der Inventur)
	Verlust (Schwund)

Der Verlust (Schwund) wird wie folgt erfasst:

Verbuchung **Verlust (Schwund)**

> 7800 Abschreibungen von Vorräten / 5000 HW-Einsatz

Wenn es die Betriebsorganisation ermöglicht, ist der **direkten Methode der Verbrauchsermittlung der Vorzug zu geben!**

3 Indirekte Ermittlung des Verbrauches (Rückrechnung)

Keine Lagerbuchführung!

Steht **keine Lagerbuchführung** zur Verfügung, wird der **Verbrauch nach der indirekten Methode** mithilfe einer **Rückrechnung** ermittelt:

Rechenschema – Indirekte Ermittlung des Verbrauches

	Anfangsbestand
+	Zukäufe (+ Bezugsspesen – Retourwaren etc.)
	Zwischensumme
–	Endbestand (aufgrund der Inventur)
	Verbrauch (Einsatz)

Nachteil der **indirekten Ermittlung**

Der **Nachteil dieser Verbrauchsermittlung** besteht darin, dass Verluste durch Schwund, Bruch, Diebstahl oder Preisrückgang nicht gesondert ausgewiesen werden, sondern im Verbrauch enthalten sind.

Lehrbeispiel

Die Verbuchung von **Wareneinkäufen und Warenrücksendungen an Lieferanten** erfolgt in den Lehr- und Übungsbeispielen auf **Konten in der Kontenklasse 5.**

L 7.17: Direkte Verbrauchsermittlung

In der Matthias Nagl e. U., Großhandel mit Elektrogeräten, Ybbs an der Donau, ergeben sich per 31. Dezember 20 . . auf den Konten 1600 HW-Vorrat und 5000 HW-Einsatz folgende Werte: Anfangsbestand am 1. Jänner 20 . . € 76.532,–, Zukäufe während des Jahres € 419.250,–, Verbrauch (Wareneinsatz) aufgrund von Entnahmescheinen € 425.650,–, Endbestand aufgrund der Inventur € 69.692,–

Aufgabe:
a) Berechnen Sie den Verlust (Schwund). C
b) Ermitteln Sie den Differenzbetrag zwischen Endbestand (Bilanzansatz) und Anfangsbestand. C
c) Stellen Sie die Buchungsanweisungen per 31. Dez. auf. C

AB = Anfangsbestand
EB = Endbestand

Lösung:

a)

	Anfangsbestand (Konto 1600 HW-Vorrat)	€ 76.532,00
+	Zukäufe (Konto 5000 HW-Einsatz)	€ 419.250,00
	Zwischensumme	€ 495.782,00
–	Verbrauch (Wareneinsatz)	€ 425.650,00
	Soll-Endbestand	€ 70.132,00
–	Ist-Endbestand	€ 69.692,00
	Verlust (Schwund)	€ 440,00

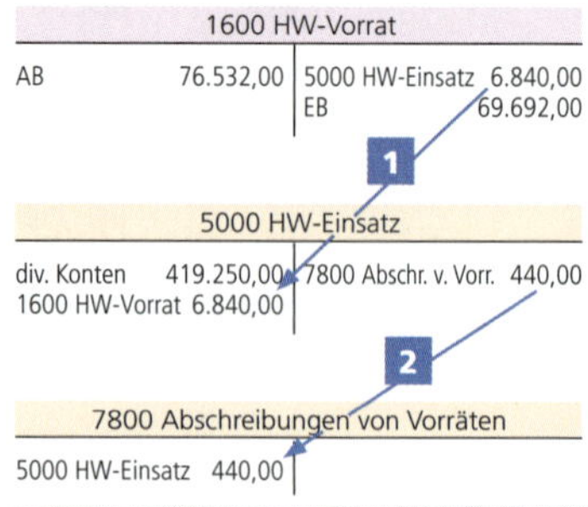

b)

	Endbestand laut Inventur (Bilanzansatz)	€ 69.692,00
–	Anfangsbestand (Konto 1600 HW-Vorrat)	€ 76.532,00
	Differenz (Bestandsverminderung)	– € 6.840,00

c)

Verbuchung der **Differenz**

1 5000 HW-Einsatz / 1600 HW-Vorrat 6.840,00

Verbuchung des **Verlustes**

2 7800 Abschreibungen von Vorräten / 5000 HW-Einsatz 440,00

Üben

SbX ID: 7312

A B C D E

SbX
Buchungstrainer ID: 7312

Ü 7.32: Direkte Verbrauchsermittlung

In einem Modegeschäft ergeben sich per 31. Dez. 20 . . auf den Konten 1600 HW-Vorrat und 5000 HW-Einsatz folgende Werte: Anfangsbestand am 1. Jänner 20 . . € 29.212,–, Zukäufe während des Jahres € 247.181,–, Verbrauch (Wareneinsatz) aufgrund von Entnahmescheinen € 245.728,–, Endbestand aufgrund der Inventur € 30.425,–

Aufgabe: a) Berechnen Sie den Verlust (Schwund). C
b) Ermitteln Sie den Differenzbetrag zwischen Endbestand (Bilanzansatz) und Anfangsbestand. C
c) Stellen Sie die Buchungsanweisungen per 31. Dez. auf. C

SbX
Buchungstrainer ID: 7312

Ü 7.33: Direkte Verbrauchsermittlung

Die Konten Fertigungsmaterialvorrat und Fertigungsmaterialverbrauch eines Tischlereibetriebes weisen per 31. Dez. 20 . . folgende Werte auf:

Buch.-Nr. = Buchungsnummer
EB = Eröffnungsbuchung

Fertigungsmaterialvorrat						1100
Buch.-Nr.	Datum	Beleg-Nr.	Text	Gegenkonto	Soll	Haben
10	01.01.20 . .	EB 35	EB lt. Vorjahresbilanz		150.440,00	

Fertigungsmaterialverbrauch						5100
Buch.-Nr.	Datum	Beleg-Nr.	Text	Gegenkonto	Soll	Haben
...	...	...	Summen per 31. Dez.	33 . . .	466.439,00	

Weitere Daten:
Fertigungsmaterialverbrauch laut Entnahmescheinen € 472.119,–
Endbestand Fertigungsmaterial laut Inventur € 143.975,–

Aufgabe: a) Berechnen Sie den Verlust (Schwund). C
b) Ermitteln Sie den Differenzbetrag zwischen Endbestand (Bilanzansatz) und Anfangsbestand. C
c) Stellen Sie die Buchungsanweisungen per 31. Dez. auf. C

Sichern

SbX ID: 7313

SbX ID: 7313

Im SbX finden Sie eine Sammelmappe mit Zusammenfassungen zu allen Kapiteln und Lerneinheiten sowie eine Bildschirmpräsentation.

Wissen

SbX ID: 7314

A B C D E

SbX ID: 7314

Möglichkeiten zur Kompetenzüberprüfung im SbX

Wiederholungsfragen | Aufgaben mit automatischer Aufgabenkontrolle | $H_2Ö$ MUSTERUNTERNEHMEN

Ein kurzer Kompetenz-Check, bevor's weitergeht!

Kompetenz-Check

	☺	😐	☹
Ich kann den Begriff „Vorräte" erklären und die Untergliederung der Vorräte aufzählen.			
Ich kann Vorräte der entsprechenden Bilanzposition zuordnen.			
Ich kann den Verbrauch (Einsatz) und den Verlust von Handelswaren, Roh-, Hilfs- und Betriebsstoffen direkt ermitteln und die entsprechenden Buchungen aufstellen.			
Ich kann den Verbrauch (Einsatz) von Handelswaren, Roh-, Hilfs- und Betriebsstoffen indirekt ermitteln und die erforderlichen Buchungen vornehmen.			

Lerneinheit 2

Bewertung des Vorrates an Handelswaren, Roh-, Hilfs- und Betriebsstoffen

SbX
Alle SbX-Inhalte zu dieser Lerneinheit finden Sie unter der ID: 7320.

Nach der direkten bzw. indirekten Ermittlung des Verbrauches ist die Bewertung des Vorrates an Handelswaren, Roh-, Hilfs- und Betriebsstoffen vorzunehmen. In der Praxis werden für die Verbrauchsermittlung und die Bewertung verschiedene Verfahren eingesetzt.

Lernen

A B C D E

Markieren Sie im nachfolgenden Text die Antworten auf folgende Fragen:

- **Welche Bewertungsverfahren stehen für die Ermittlung des Verbrauches und für die Bewertung des Vorrates (Bilanzansatzes) zur Verfügung?**
- **Welche Voraussetzung muss gegeben sein, damit das Identitätspreisverfahren anwendbar ist?**
- **Mit welchem Preis werden die Abfassungen und der Endbestand beim Fifo-Verfahren bewertet?**
- **Wie erfolgt die Bewertung beim gleitenden Durchschnittspreisverfahren?**

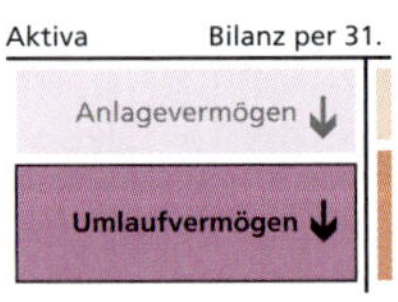

Bewertung Umlaufvermögen ➜ **strenges Niederstwertprinzip**

1 Bewertungsverfahren

Für die Bewertung der Vorräte an Handelswaren, Roh-, Hilfs- und Betriebsstoffen und der sonstigen Vorräte (z. B. von Verpackungsmaterial) gelten die für das **Umlaufvermögen** angeführten **Bewertungsbestimmungen.** Es ist somit das **strenge Niederstwertprinzip** anzuwenden.

In der Praxis werden im Allgemeinen folgende **Bewertungsverfahren** angewendet:

Identitätspreisverfahren ➜ **tatsächlicher Einstandspreis**

Identitätspreisverfahren	Bei diesem Verfahren erfolgt die Ermittlung des Verbrauches (und Schwundes) sowie die Bewertung des Endbestandes mit dem **tatsächlichen** (identischen) **Einstandspreis** der einzelnen Gegenstände. Voraussetzung ist, dass bekannt ist, **wie sich der Verbrauch (und der Schwund)** bzw. **der Endbestand** aus Anfangsbestand und Zukäufen **zusammensetzt.** Bei gleichartigen Gütern müssen diese **getrennt gelagert** oder **besonders gekennzeichnet** werden (z. B. Motornummer, Seriennummer). Zur Bewertung des Endbestandes ist der **Preis am Abschlussstichtag** mit dem **jeweiligen Einstandspreis zu vergleichen** und der **jeweils niedrigere Preis anzusetzen.**
	Das Identitätspreisverfahren ist immer dann einzusetzen, wenn es anwendbar ist!

Fifo-Verfahren ➜ **ältester Einstandspreis**

Fifo-Verfahren

Fifo bedeutet **„first in – first out"**, d.h., die zuerst angeschafften Güter werden als erste wieder verkauft. Die **Abfassungen (Lagerabgänge) werden daher mit dem jeweils ältesten Einstandspreis bewertet.**

Ein allfälliger **Schwund** ist mit dem **Einstandspreis des Zukaufes** zu bewerten, von dem nach der letzten Abfassung **noch ein Bestand auf Lager** ist.

Der Endbestand wird mit dem **Einstandspreis des letzten Zukaufes** bzw. **der letzten Zukäufe** ermittelt. Der jeweilige **Einstandspreis** ist **mit dem Preis am Abschlussstichtag zu vergleichen;** davon ist **der niedrigere Preis anzusetzen.**

Gleitendes Durchschnittspreisverfahren **➜ neuer Durchschnittspreis nach jedem Zukauf**

Gleitendes Durchschnittspreisverfahren

Bei diesem Verfahren muss die **zeitliche Reihenfolge der Zugänge und Abfassungen** bekannt sein. **Nach jedem Zukauf wird ein neuer Durchschnittspreis** aus bisherigem Bestand und Zugang **errechnet** und die nächsten **Abfassungen** (Lagerabgänge) werden **mit diesem neuen Durchschnittspreis bewertet.**

Ein eventueller **Schwund** ist mit dem **zuletzt ermittelten Durchschnittspreis** zu bewerten.

Der **zuletzt ermittelte Durchschnittspreis** wird der **Bewertung des Endbestandes** zugrunde gelegt. Ist der **Preis am Abschlussstichtag niedriger,** so ist entsprechend **abzuwerten.**

Das gleitende Durchschnittspreisverfahren wird im Allgemeinen bei einer **Lagerbuchführung mittels eines Softwarepaketes** angewandt.

Reihenfolge der Anwendung
Identitätspreisverfahren
↓
Fifo-Verfahren
↓
Gleitendes Durchschnittspreisverfahren

Eine vergleichende Gegenüberstellung der einzelnen Bewertungsverfahren zeigt, dass diese zu unterschiedlichen Ergebnissen und damit zu unterschiedlichen Gewinnen (Verlusten) führen. Der Unternehmer kann aber nicht das für ihn günstigste Bewertungsverfahren wählen, sondern er muss, sofern dies möglich ist, nach dem **Identitätspreisverfahren** bewerten. Ist dieses Verfahren nicht anwendbar, so sind das **Fifo-Verfahren** bzw. das **gleitende Durchschnittspreisverfahren** anzuwenden.

In der Praxis ist der Methode der **direkten Verbrauchsermittlung der Vorzug** zu geben.

2 Direkte Ermittlung des Verbrauches und Bewertung des Vorrates

Die direkte Verbrauchsermittlung besteht in der **unmittelbaren Erfassung jeder Entnahme (Abfassung)** aus dem Lager. Dadurch lässt sich ein allfälliger **Schwund von Vorräten** ermitteln.

Lehrbeispiele

L 7.18: Identitätspreisverfahren

In der Vinothek Vinova GmbH, Leibnitz, ergeben sich im Jahr 20 . . für den Artikel „Korkenzieher Screwpull" folgende Werte:

Anfangsbestand, Zukäufe Datum	Menge	Preis	Abfassungen (Entnahmen) Datum	Menge	Ist-Endbestand laut Inventur
Anfangsbestand	100 Stk.	€ 50,–	6. 2. 9. 5.	50 Stk. 40 Stk.	9 Stk.
13.3.	300 Stk.	€ 60,–	10. 4. 20.10.	90 Stk. 150 Stk.	58 Stk.
20.9.	150 Stk.	€ 40,–	10.12.	50 Stk.	100 Stk.

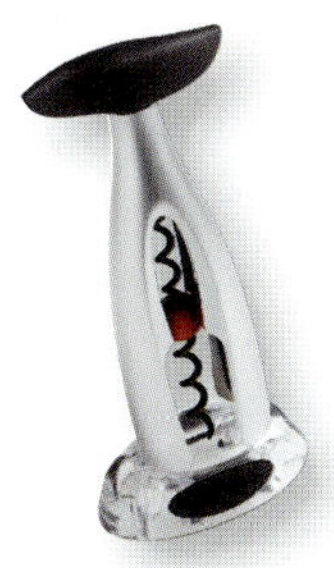

Preis am Abschlussstichtag: € 44,–/Stk.

Aufgabe:
a) Berechnen Sie den Bilanzansatz und den Wareneinsatz (= Summe der Abfassungen). C
b) Ermitteln Sie den Differenzbetrag zwischen Endbestand (Bilanzansatz) und Anfangsbestand. C
c) Stellen Sie die Buchungsanweisungen per 31. Dez. auf. C
d) Sind die Buchungen vom 31. Dez. erfolgserhöhend (↑), erfolgsmindernd (↓) oder erfolgsneutral (Ø)? Setzen Sie entsprechenden Vermerke neben die Buchungssätze. D

Abwertung
9 Stk. · 6,00 (50 – 44) = € 54,00
58 Stk. · 16,00 (60 – 44) = € 928,00
€ 982,00

Strenges Niederstwertprinzip, daher **€ 44,–** statt € 50,– bzw. € 60,–

Lösung:

a)

Datum	Text	Menge (Stk.)	Preis €	€	Betrag €	
1. 1.	Anfangsbestand	100	50,00		5.000,00	
13. 3.	Zukauf	300	60,00		18.000,00	
20. 9.	Zukauf	150	40,00		6.000,00	
		550			29.000,00	
	Abfassungen	– 90	50,00	4.500,00		
		– 240	60,00	14.400,00		
		– 50	40,00	2.000,00	– **20.900,00**	(Wareneinsatz)
31.12.	Soll-Endbestand	170			8.100,00	
31.12.	Schwund	– 1	50,00	50,00		
		– 2	60,00	120,00	– 170,00	
31.12.	Ist-Endbestand	167			7.930,00	
31.12.	Abwertung	—			– 982,00	
31.12.	Bilanzansatz	9	44,00	396,00		
		58	44,00	2.552,00		
		100	40,00	4.000,00	**6.948,00**	

b)

	Endbestand (Bilanzansatz)	€ 6.948,00
–	Anfangsbestand	€ 5.000,00
	Differenz (Bestandsvermehrung)	+ € 1.948,00

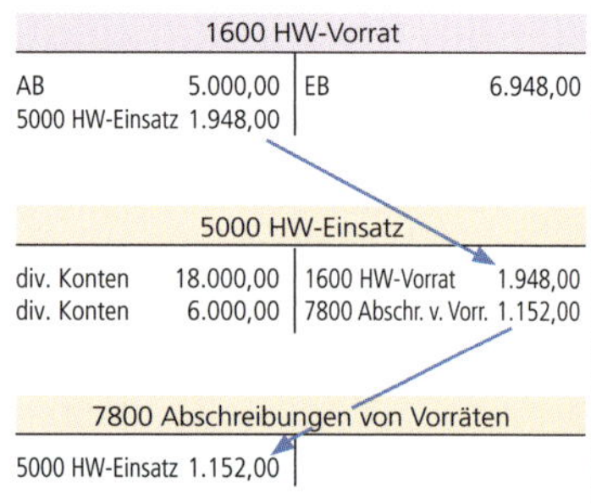

c), d)

1600 HW-Vorrat / 5000 HW-Einsatz 1.948,00 (↑)

7800 Abschreibungen von Vorräten / 5000 HW-Einsatz 1.152,00* (Ø)

* € 170,00 Schwund + € 982,00 Abwertung = € 1.152,00

L 7.19: Fifo-Verfahren

Anna Peter e. U., Neunkirchen, handelt mit Autoreifen für Pkw in den verschiedensten Dimensionen. Für den Ganzjahresreifen „Eagle" ergeben sich im Jahr 20 . . folgende Werte:

Anfangsbestand	150 Stk. à € 50,–	Abfassungen laut Lagerbuchführung:	430 Stk.
Zukäufe: 13.3.	300 Stk. à € 60,–	Ist-Endbestand laut Inventur:	168 Stk.
20.9.	150 Stk. à € 40,–	Preis am Abschlussstichtag:	€ 44,–/Stk.

Aufgabe:
a) Berechnen Sie den Bilanzansatz und den Wareneinsatz (= Summe der Abfassungen). C
b) Ermitteln Sie den Differenzbetrag zwischen Endbestand (Bilanzansatz) und Anfangsbestand. C
c) Stellen Sie die Buchungsanweisungen per 31. Dez. auf. C
d) Sind die Buchungen vom 31. Dez. erfolgserhöhend (↑), erfolgsmindernd (↓) oder erfolgsneutral (Ø)? Setzen Sie die entsprechenden Vermerke neben die Buchungssätze. D

Abwertung
18 Stk. · 16,00 (60 – 44) = **€ 288,00**
Strenges Niederstwertprinzip, daher **€ 44,–** statt € 60,–

Lösung:

a)

Datum	Text	Menge (Stk.)	Preis €	€	Betrag €	
1. 1.	Anfangsbestand	150	50,00		7.500,00	
13. 3.	Zukauf	300	60,00		18.000,00	
20. 9.	Zukauf	150	40,00		6.000,00	
		600			31.500,00	
	Abfassungen	– 150	50,00	7.500,00		
		– 280	60,00	16.800,00	– **24.300,00**	(Wareneinsatz)
31.12.	Soll-Endbestand	170			7.200,00	
31.12.	Schwund	– 2	60,00		– 120,00	
31.12.	Ist-Endbestand	168			7.080,00	
31.12.	Abwertung	—			– 288,00	
31.12.	Bilanzansatz	18	44,00	792,00		
		150	40,00	6.000,00	**6.792,00**	

b)

	Endbestand (Bilanzansatz)	€ 6.792,00
–	Anfangsbestand	€ 7.500,00
	Differenz (Bestandsverminderung)	– € 708,00

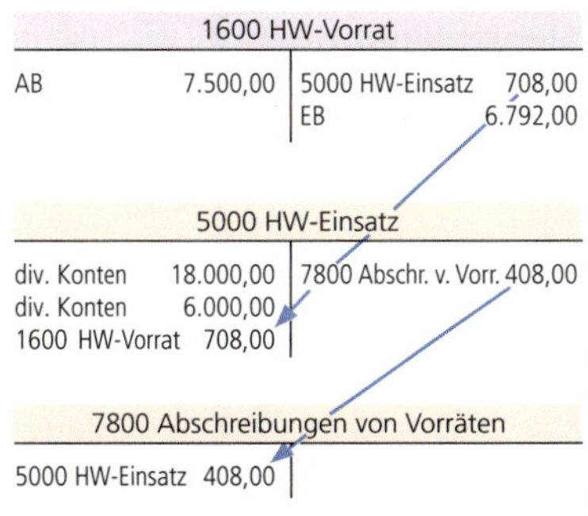

c), d)

5000 HW-Einsatz / 1600 HW-Vorrat 708,00 (↓)

7800 Abschreibungen von Vorräten / 5000 HW-Einsatz 408,00* (Ø)

* € 120,00 Schwund + € 288,00 Abwertung = € 408,00

L 7.20: Gleitendes Durchschnittspreisverfahren

In der Bau- und Hobby-Markt GmbH, Linz, ergeben sich im Jahr 20 . . für die Heckenschere „Thujenstar" folgende Werte:

Anfangsbestand		100 Stk. à € 50,–
Zukäufe:	13.3.	300 Stk. à € 60,–
	20.9.	150 Stk. à € 40,–

Abfassungen (lt. Lagerbuchführung):	6. 2.	50 Stk.
	10. 4.	90 Stk.
	9. 5.	40 Stk.
	20.10.	150 Stk.
	10.12.	50 Stk.

Ist-Endbestand laut Inventur: 168 Stk.
Preis am Abschlussstichtag: € 44,–/Stk.

Aufgabe:
a) Berechnen Sie den Bilanzansatz und den Wareneinsatz (= Summe der Abfassungen). C
b) Ermitteln Sie den Differenzbetrag zwischen Endbestand (Bilanzansatz) und Anfangsbestand. C
c) Stellen Sie die Buchungsanweisungen per 31. Dez. auf. C
d) Sind die Buchungen vom 31. Dez. erfolgserhöhend (↑), erfolgsmindernd (↓) oder erfolgsneutral (Ø)? Setzen Sie die entsprechenden Vermerke neben die Buchungssätze. D

Lösung:

a)

Datum	Text	Menge (Stk.)	Preis €	€	Verbrauch €	
1. 1.	Anfangsbestand	100	50,00	5.000,00		
6. 2.	Abfassung	– 50	50,00	– 2.500,00	2.500,00	
		50	50,00	2.500,00		
13. 3.	Zukauf	300	60,00	18.000,00		
		350	58,57	20.500,00		
10. 4.	Abfassung	– 90	58,57	– 5.271,30	5.271,30	
9. 5.	Abfassung	– 40	58,57	– 2.342,80	2.342,80	
		220		12.885,90		
20. 9.	Zukauf	150	40,00	6.000,00		
		370	51,04	18.885,90		
20.10.	Abfassung	–150	51,04	– 7.656,00	7.656,00	
10.12.	Abfassung	– 50	51,04	– 2.552,00	2.552,00	
31.12.	Soll-Endbestand	170		8.677,90	**20.322,10**	(Wareneinsatz)
31.12.	Schwund	– 2	51,04	– 102,08		
31.12.	Ist-Endbestand	168		8.575,82		
31.12.	Abwertung	—		– 1.183,82		
31.12.	Bilanzansatz	168	44,00	**7.392,00**		

Strenges Niederstwertprinzip, daher **€ 44,–** statt € 51,04

b)

	Endbestand (Bilanzansatz)	€ 7.392,00
–	Anfangsbestand	€ 5.000,00
	Differenz (Bestandsvermehrung)	+ € 2.392,00

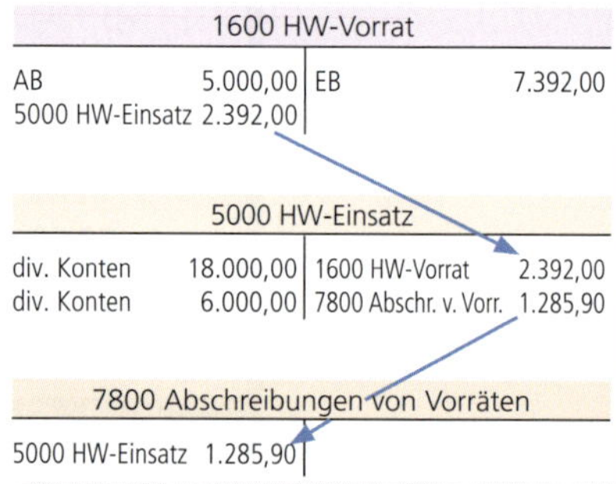

c), d)

1600 HW-Vorrat / 5000 HW-Einsatz 2.392,00 (↑)

7800 Abschreibungen von Vorräten / 5000 HW-Einsatz 1.285,90* (Ø)

* € 102,08 Schwund + € 1.183,82 Abwertung = € 1.285,90

3 Indirekte Ermittlung des Verbrauches und Bewertung des Vorrates

Der Verbrauch wird über den Umweg der Inventur **indirekt** ermittelt. Ein allfälliger **Schwund** von Vorräten kann mit dieser Methode **nicht festgestellt werden.**

Lehrbeispiele

L 7.21: Identitätspreisverfahren

Die Maschinen GmbH betreibt in Innsbruck einen Handel mit Maschinen für die holzverarbeitende Industrie. Für die Maschinen der Type XL ergeben sich im Jahr 20 . . folgende Werte:

Anfangsbestand am 1. Jan.: € 38.400,–
Zukäufe während des Jahres: € 307.270,–

Vorrat (laut Inventur) am 31. Dez.:
2 Maschinen zum Einstandspreis von je € 6.100,–
3 " " " " " € 6.800,–

Am 31. Dez. beträgt der Einkaufspreis (= Einstandspreis) € 6.600,–.

Aufgabe: a) Berechnen Sie den Bilanzansatz und den Wareneinsatz. C
b) Ermitteln Sie den Differenzbetrag zwischen Endbestand (Bilanzansatz) und Anfangsbestand. C
c) Stellen Sie die Buchungsanweisungen per 31. Dez. auf. C
d) Wie wirken sich die Buchungen vom 31. Dez. auf den Erfolg aus? Sind diese erfolgserhöhend (↑), erfolgsmindernd (↓) oder erfolgsneutral (Ø)? Setzen Sie die entsprechenden Vermerke neben die Buchungssätze. D

Lösung:

a)

Anfangsbestand				€ 38.400,00
Zukäufe				€ 307.270,00
				€ 345.670,00
Bilanzansatz:	2 Maschinen	à € 6.100,00	€ 12.200,00	
	3 "	à € 6.600,00	€ 19.800,00	– € **32.000,00**
Abwertung:	3 Maschinen	à € 200,00		– € 600,00
Wareneinsatz				**€ 313.070,00**

Strenges Niederstwertprinzip, daher **€ 6.600,–** statt € 6.800,–

b)

Endbestand (Bilanzansatz)	€ 32.000,00
– Anfangsbestand	€ 38.400,00
Differenz (Bestandsverminderung)	– € 6.400,00

1600 HW-Vorrat

Soll		Haben	
AB	38.400,00	5000 HW-Einsatz	6.400,00
		EB	32.000,00

5000 HW-Einsatz

Soll		Haben	
div. Konten	307.270,00	7800 Abschr. v. Vorr.	600,00
1600 HW-Vorrat	6.400,00		

7800 Abschreibungen von Vorräten

Soll		Haben	
5000 HW-Einsatz	600,00		

c), d)

5000 HW-Einsatz / 1600 HW-Vorrat 6.400,00 (↓)

7800 Abschreibungen von Vorräten / 5000 HW-Einsatz 600,00 (∅)

L 7.22: Fifo-Verfahren

Die Roland Springsits e. U., Mattersburg, ist ein Fachgeschäft für Drehstrom-Elektromotoren. Für den Elektromotor 400 V ergeben sich im Jahr 20 . . die nachfolgenden Werte:

Anfangsbestand am 1. Jan.: € 5.800,–
Zukäufe während des Jahres: € 56.780,–

Letzte Zukäufe: 10. Okt. 30 Motoren à € 330,–
20. Nov. 20 " à € 300,–

Endbestand laut Inventur 22 Motoren
Preis (Einstandspreis) am 31. Dez.: € 310,–

Aufgabe:
a) Berechnen Sie den Bilanzansatz und den Wareneinsatz. C
b) Ermitteln Sie den Differenzbetrag zwischen Endbestand (Bilanzansatz) und Anfangsbestand. C
c) Stellen Sie die Buchungsanweisungen per 31. Dez. auf. C
d) Wie wirken sich die Buchungen vom 31. Dez. auf den Erfolg aus? Sind diese erfolgserhöhend (↑), erfolgsmindernd (↓) oder erfolgsneutral (∅)? Setzen Sie die entsprechenden Vermerke neben die Buchungssätze. D

Lösung:

a)

Anfangsbestand				€ 5.800,00
Zukäufe				€ 56.780,00
				€ 62.580,00
Bilanzansatz:	20 Motoren	à € 300,00	€ 6.000,00	
	2 "	à € 310,00	€ 620,00	– € **6.620,00**
Abwertung:	2 Motoren	à € 20,00		– € 40,00
Wareneinsatz				**€ 55.920,00**

Strenges Niederstwertprinzip, daher **€ 310,–** statt € 330,–

b)

	Endbestand (Bilanzansatz)	€ 6.620,00
–	Anfangsbestand	€ 5.800,00
	Differenz Bestandsvermehrung	+ € 820,00

c), d)

1600 HW-Vorrat / 5000 HW-Einsatz 820,00 (↑)

7800 Abschreibungen von Vorräten / 5000 HW-Einsatz 40,00 (∅)

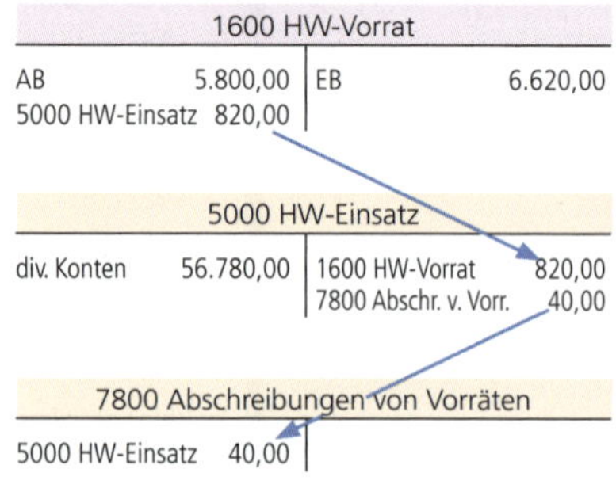

Üben

SbX ID: 7322

A B C D E

SbX Excel Buchungstrainer ID: 7322

Ü 7.34: Identitätspreisverfahren

Die Josef Barth e. U., Baumarkt, Eisenstadt, ist ein Fachmarkt für Heimwerker. Für den Hochdruckreiniger „Cleanstar" ergeben sich im Jahr 20 . . folgende Werte:

Anfangsbestand		4 Stk. à € 200,–
Zukäufe:	15.3.	22 Stk. à € 220,–
	20.8.	30 Stk. à € 250,–

Abfassungen (lt. Lagerbuchführung):

vom Anfangsbestand	2 Stk.
vom 1. Zukauf	20 Stk.
vom 2. Zukauf	25 Stk.

Schadensfälle: Vom Anfangsbestand ist ein Stück bei einem Betriebsunfall zerstört worden.
Preis am Abschlussstichtag: € 240,–/Stk.

Aufgabe: a) Berechnen Sie den Bilanzansatz und den Wareneinsatz (= Summe der Abfassungen). C

b) Ermitteln Sie den Differenzbetrag zwischen Endbestand (Bilanzansatz) und Anfangsbestand. C

c) Stellen Sie die Buchungsanweisungen per 31. Dez. auf. C

d) Sind die Buchungen vom 31. Dez. erfolgserhöhend (↑), erfolgsmindernd (↓) oder erfolgsneutral (∅)? Setzen Sie entsprechenden Vermerke neben die Buchungssätze. D

SbX Excel Buchungstrainer ID: 7322

Ü 7.35: Identitätspreisverfahren

In der Josef Bürger e. U., Einzelhandel für Kfz-Zubehör, Tamsweg, ergeben sich im Jahr 20 . . für die Handelsware Motorenöl „ViscoStar" folgende Werte:

Anfangsbestand		6.000 l à € 1,–
Zukäufe:	1.4.	25.000 l à € 1,20
	19.7.	40.000 l à € 1,30

Verkäufe (lt. Lagerbuchführung):	vom Anfangsbestand	5.000 l
	vom 1. Zukauf	24.000 l
	vom 2. Zukauf	38.000 l

Endbestand (lt. Inventur):	vom Anfangsbestand	900 l
	vom 1. Zukauf	1.000 l
	vom 2. Zukauf	1.900 l

Preis am Abschlussstichtag: € 1,10/l

Aufgabe: a) Berechnen Sie den Bilanzansatz und den Wareneinsatz (= Summe der Abfassungen). C

b) Ermitteln Sie den Differenzbetrag zwischen Endbestand (Bilanzansatz) und Anfangsbestand. C

c) Stellen Sie die Buchungsanweisungen per 31. Dez. auf. C

d) Sind die Buchungen vom 31. Dez. erfolgserhöhend (↑), erfolgsmindernd (↓) oder erfolgsneutral (∅)? Setzen Sie die entsprechenden Vermerke neben die Buchungssätze. D

SbX
Excel Buchungstrainer ID: 7322

Ü 7.36: Fifo-Verfahren

Die Hannelore Kamper KG, Steyr, ist ein metallverarbeitender Betrieb. Für die Lackierung von Stahl wird ein wetterbeständiger Acryl-Lack verwendet, der wasserverdünnbar und schadstoffarm ist. Im Jahr 20 . . ergeben sich für diesen Lack die nachfolgenden Werte. Die Rohstoffe werden auf den Konten 1100 bzw. 5100 verbucht.

Anfangsbestand		18.000 kg à € 8,–
Zukäufe:	12.4.	30.000 kg à € 10,–
	18.9.	10.000 kg à € 12,–

Abfassungen lt. Lagerbuchführung: 46.000 kg
Ist-Endbestand lt. Inventur: 11.900 kg
Preis am Abschlussstichtag: € 11,20/kg

Aufgabe: a) Berechnen Sie den Bilanzansatz und den Rohstoffeinsatz (= Summe der Abfassungen). C
b) Ermitteln Sie den Differenzbetrag zwischen Endbestand (Bilanzansatz) und Anfangsbestand. C
c) Stellen Sie die Buchungsanweisungen per 31. Dez. auf. C
d) Sind die Buchungen vom 31. Dez. erfolgserhöhend (↑), erfolgsmindernd (↓) oder erfolgsneutral (∅)? Setzen Sie die entsprechenden Vermerke neben die Buchungssätze. D

SbX
Excel Buchungstrainer ID: 7322

Ü 7.37: Fifo-Verfahren

Die Tischlerei Kartner & Schneider OG, Liezen, produziert Küchenmöbel in Einzelfertigung. Für die hauptsächlich verwendeten Messinggriffe ergeben sich im Jahr 20 . . die nachfolgenden Werte. Die Messinggriffe werden auf den Konten 1100 bzw. 5100 verbucht.

Anfangsbestand		50 Stk. à € 6,–
Zukäufe:	20.5.	80 Stk. à € 6,50
	17.9.	70 Stk. à € 5,80

Verbrauch lt. Lagerbuchführung: 120 Stk.
Ist-Endbestand lt. Inventur: 79 Stk.

Preis am Abschlussstichtag: € 6,–/Stk.

Aufgabe: a) Berechnen Sie den Bilanzansatz und den Rohstoffeinsatz (= Summe der Abfassungen). C
b) Ermitteln Sie den Differenzbetrag zwischen Endbestand (Bilanzansatz) und Anfangsbestand. C
c) Stellen Sie die Buchungsanweisungen per 31. Dez. auf. C
d) Sind die Buchungen vom 31. Dez. erfolgserhöhend (↑), erfolgsmindernd (↓) oder erfolgsneutral (∅)? Setzen Sie die entsprechenden Vermerke neben die Buchungssätze. D

SbX
Excel Buchungstrainer ID: 7322

Ü 7.38: Gleitendes Durchschnittspreisverfahren

In der Computerhandels GmbH, Bregenz, ergeben sich im Jahr 20 . . für den Bestandteil Grafikkarte die nachfolgenden Werte:

Anfangsbestand		50 Stk. à € 12,–
Zukäufe:	20. 3.	80 Stk. à € 14,–
	17.10.	60 Stk. à € 15,–

Abfassungen lt. Lagerbuchführung:	5. 4.	100 Stk.
	20.11.	60 Stk.
Ist-Endbestand lt. Inventur:		29 Stk.

Der Schwund ist nicht aufklärbar.
Preis am Abschlussstichtag: € 14,–/Stk.

Aufgabe: a) Berechnen Sie den Bilanzansatz und den Verbrauch (= Summe der Abfassungen). C
b) Ermitteln Sie den Differenzbetrag zwischen Endbestand (Bilanzansatz) und Anfangsbestand. C
c) Stellen Sie die Buchungsanweisungen per 31. Dez. auf. C
d) Sind die Buchungen vom 31. Dez. erfolgserhöhend (↑), erfolgsmindernd (↓) oder erfolgsneutral (∅)? Setzen Sie die entsprechenden Vermerke neben die Buchungssätze. D

7.3 Waren- und Materialbewertung

SbX
Excel
Buchungstrainer
ID: 7322

Ü 7.39: Gleitendes Durchschnittspreisverfahren, betriebswirtschaftliche Aufgabenstellung

Im Malereifachhandel Karl Lackner e.U., Stegersbach, ergeben sich für die Malerfarbe in Kübel nachfolgende Werte:

Anfangsbestand		200 Kübel à € 11,–
Zukäufe:	30.3.	400 Kübel à € 14,–
	18.6.	300 Kübel à € 13,–

Abfassungen lt. Lagerbuchführung:	17.4.	100 Kübel
	25.8.	600 Kübel
Ist-Endbestand lt. Inventur:		195 Kübel

Der Schwund ist nicht aufklärbar.
Preis am Abschlussstichtag: € 12,–/Kübel

Aufgabe:
a) Berechnen Sie den Bilanzansatz und den Verbrauch (= Summe der Abfassungen). C
b) Ermitteln Sie den Differenzbetrag zwischen Endbestand (Bilanzansatz) und Anfangsbestand. C
c) Stellen Sie die Buchungsanweisungen per 31. Dez. auf. C
d) Sind die Buchungen vom 31. Dez. erfolgserhöhend (↑), erfolgsmindernd (↓) oder erfolgsneutral (Ø)? Setzen Sie die entsprechenden Vermerke neben die Buchungssätze. D
e) In Handelsbetrieben entfallen bis zu 75 % der Gesamtkosten auf die zugekauften Waren und Materialien. Eine optimale Gestaltung der Materialwirtschaft ist daher sehr wichtig. Geben Sie eine Übersicht über die Kosten der Materialwirtschaft am Beispiel des Malereifachgeschäftes Karl Lackner e.U. D

SbX
Buchungstrainer
ID: 7322

Ü 7.40: Identitätspreisverfahren

Die Reisemobil GmbH, Vöcklabruck, handelt mit Wohnwagen und Wohnmobilen. Für den Wohnwagen „Eriba-Touring" ergeben sich im Jahr 20 . . die folgenden Werte:

Anfangsbestand am 1. Jan.:	€ 51.020,–
Zukäufe während des Jahres:	€ 533.516,–

Endbestand (lt. Inventur):	5 Stück	à € 10.300,–,	Einstandspreis am 31. Dez.	€ 9.800,–
	8 "	à € 13.600,–,	" " 31. Dez.	€ 14.300,–

Aufgabe:
a) Berechnen Sie den Bilanzansatz und den Wareneinsatz. C
b) Ermitteln Sie den Differenzbetrag zwischen Endbestand (Bilanzansatz) und Anfangsbestand. C
c) Stellen Sie die Buchungsanweisungen per 31. Dez. auf. C
d) Wie wirken sich die Buchungen vom 31. Dez. auf den Erfolg aus? Sind diese erfolgserhöhend (↑), erfolgsmindernd (↓) oder erfolgsneutral (Ø)? Setzen Sie die entsprechenden Vermerke neben die Buchungssätze. D

SbX
Buchungstrainer
ID: 7322

Ü 7.41: Fifo-Verfahren

Die Dreh & Schmeck OG, Villach, hat sich auf den Handel mit Grillmotoren spezialisiert. Im Jahr 20 . . ergeben sich folgende Werte:

Anfangsbestand der Grillmotoren am 1. Jan.:	€ 10.563,–
Zukäufe während des Jahres:	€ 73.153,–

Letzte Zukäufe:	28. Okt.	50 Grillmotoren	à € 122,–
	20. Dez.	40 "	à € 130,–

Endbestand laut Inventur 79 Grillmotoren
Preis (Einstandspreis) am 31. Dez.: € 125,–

Aufgabe:
a) Berechnen Sie den Bilanzansatz und den Wareneinsatz. C
b) Ermitteln Sie den Differenzbetrag zwischen Endbestand (Bilanzansatz) und Anfangsbestand. C
c) Stellen Sie die Buchungsanweisungen per 31. Dez. auf. C
d) Wie wirken sich die Buchungen vom 31. Dez. auf den Erfolg aus? Sind diese erfolgserhöhend (↑), erfolgsmindernd (↓) oder erfolgsneutral (Ø)? Setzen Sie die entsprechenden Vermerke neben die Buchungssätze. D

Weitere Übungsbeispiele finden Sie im Anhang.

Sichern

SbX ID: 7323

SbX ID: 7323

Im SbX finden Sie eine Sammelmappe mit Zusammenfassungen zu allen Kapiteln und Lerneinheiten sowie eine Bildschirmpräsentation.

Wissen

SbX ID: 7324

A B C D E

SbX ID: 7324

Möglichkeiten zur Kompetenzüberprüfung im SbX

Wiederholungsfragen | Aufgaben mit automatischer Aufgabenkontrolle | H2Ö MUSTERUNTERNEHMEN

Ein kurzer Kompetenz-Check, bevor's weitergeht!

Kompetenz-Check

	☺	😐	☹
Ich kann Bewertungsverfahren zur Verbrauchsermittlung und Vorratsbewertung beschreiben.			
Ich kann mit dem Identitätspreisverfahren den Verbrauch (und Schwund) direkt ermitteln, die Bewertung des Vorrates durchführen und die entsprechenden Buchungen vornehmen.			
Ich kann den Verbrauch mithilfe des Fifo-Verfahrens direkt ermitteln, den Schwund sowie den Endbestand bewerten und die erforderlichen Buchungen aufstellen.			
Ich kann die Verbrauchsermittlung mithilfe des gleitenden Durchschnittspreisverfahrens direkt vornehmen, die Bewertung des Schwundes sowie des Endbestandes durchführen und die jeweiligen Buchungssätze bilden.			
Ich kann mit dem Identitätspreisverfahren den Verbrauch indirekt ermitteln, die Bewertung des Vorrates vornehmen und die entsprechenden Buchungen aufstellen.			
Ich kann den Verbrauch mithilfe des Fifo-Verfahrens indirekt ermitteln, den Endbestand bewerten und die erforderlichen Buchungen vornehmen.			

ANHANG

SbX
Alle SbX-Inhalte zum Anhang finden Sie unter der ID: 9900.

Der Anhang enthält

- weitere gesetzliche Bestimmungen zum Umsatzsteuerrecht,
- zusätzliche Übungsbeispiele zu den Kapiteln des Buches,
- Kopiervorlagen verschiedener Formulare,
- ein Verzeichnis über die verwendeten Konten – Kontenplan und
- einen Bildnachweis.

Der Anhang umfasst folgende Inhalte:

Grundzüge des Umsatzsteuerrechts SbX

Zusätzliche Übungsbeispiele SbX

Formulare – Kopiervorlagen SbX

Verzeichnis der verwendeten Konten – Kontenplan

Bildnachweis

Verzeichnis der im Schülerbuch verwendeten Konten – Kontenplan

SbX Kontenplan ID: 9940

Klasse 0

0120 Datenverarbeitungsprogramme
0121 Geringwertige Datenverarbeitungsprogramme
0180 Geleistete Anzahlungen auf immaterielle Vermögensgegenstände des Anlagevermögens
0200 Unbebaute Grundstücke
0210 Bebaute Grundstücke (Grundwert)
0300 Gebäude
0400 Maschinen
0480 Geringwertige Maschinen
0500 Werkzeuge
0550 Geringwertige Werkzeuge
0600 Betriebs- und Geschäftsausstattung
0620 Büromaschinen, EDV-Anlagen
0630 Pkw und Kombis
0640 Lkw
0670 Geringwertige Betriebs- und Geschäftsausstattung
0672 Geringwertige Büromaschinen, EDV-Anlagen
0700 Geleistete Anzahlungen auf Sachanlagen 20 %
0710 Anlagen in Bau
0800 Beteiligungen
0930 Festverzinsliche Wertpapiere des Anlagevermögens

Klasse 1

1000 Bezugsverrechnung
1100 Rohstoffvorrat
1300 Hilfsstoffvorrat
1340 Vorrat Verpackungsmaterial
1350 Vorrat Betriebsstoffe
1360 Vorrat Heizöl
1365 Vorrat Schmiermittel
1370 Vorrat Reinigungsmaterial
1390 Vorrat Büromaterial
1400 Unfertige Erzeugnisse
1500 Fertige Erzeugnisse
1600 Handelswarenvorrat
1800 Geleistete Anzahlungen auf Vorräte 20 %
1801 Geleistete Anzahlungen auf Vorräte 10 %
1802 Geleistete Anzahlungen auf Vorräte 13 %

Klasse 2

2000 Lieferforderungen (Forderungen aus Lieferungen und Leistungen Inland, Kundensammelkonto)
2100 Lieferforderungen Währungsunion
2150 Lieferforderungen sonstiges Ausland (Nicht-Währungsunion)
2300 Sonstige Forderungen
2320 Gegebene Darlehen
2330 Forderungen aus Darlehenszinsen
2380 Guthaben bei Lieferanten (nicht aus Anzahlungen)
2400 Lohn- und Gehaltsvorschüsse
2500 Vorsteuer
2510 Vorsteuer aus innergemeinschaftlichen Erwerben
2620 Aktien des Umlaufvermögens
2700 Kassa
2800 Bank (Guthaben bei Kreditinstituten)
2810 PSK
2870 Barverkehr mit Banken
2880 Forderungen Kreditkartenunternehmen
2885 Forderungen Bankomatkarten
2890 Schwebende Geldbewegungen

Klasse 3

3120 Bank (Bankschuld, Verbindlichkeiten gegenüber Kreditinstituten)
3130 Barverkehr mit Banken
3150 Darlehen (von einer Bank)
3160 Verbindlichkeiten aus Darlehenszinsen (zu 3150)
3180 Verbindlichkeiten Kreditkartenunternehmen
3190 Verbindlichkeiten Bankomatkarten
3300 Lieferverbindlichkeiten (Verbindlichkeiten aus Lieferungen und Leistungen Inland, Lieferantensammelkonto)
3360 Lieferverbindlichkeiten Währungsunion
3370 Lieferverbindlichkeiten sonstiges Ausland (Nicht-Währungsunion)
3500 Umsatzsteuer
3510 Erwerbsteuer (Umsatzsteuer aus innergemeinschaftlichen Erwerben)
3520 USt-Zahllast
3540 Verbindlichkeiten Finanzamt (Verrechnungskonto Finanzamt)
3600 Verbindlichkeiten Krankenkasse
3610 Verbindlichkeiten Gemeinde (Stadtkasse)
3800 Sonstige Verbindlichkeiten
3850 Verbindlichkeiten gegen Mitarbeiter aus der Bezugsverrechnung

Klasse 4

4000 Handelswarenerlöse 20 % (Fertigerzeugniserlöse oder andere Erlöse oder Erträge aus der Hauptleistung des Unternehmens)
4001 Handelswarenerlöse 10 %
4002 Handelswarenerlöse 13 %
4010 Erlöse aus innergemeinschaftlichen Lieferungen
4015 Exporterlöse
4100 Fertigerzeugniserlöse 20 %
4101 Fertigerzeugniserlöse 10 %
4400 Erlösberichtigungen 20 %
4401 Erlösberichtigungen 10 %
4402 Erlösberichtigungen 13 %
4405 Erlösberichtigungen innergemeinschaftliche Lieferungen
4406 Erlösberichtigungen Export
4410 Kundenskonti 20 %
4411 Kundenskonti 10 %
4412 Kundenskonti 13 %
4415 Kundenskonti aus innergemeinschaftlichen Lieferungen
4416 Kundenskonti Export
4580 Aktivierte Eigenleistungen
4600 Erlöse aus dem Abgang von Anlagen 20 %
4601 Erlöse aus dem Abgang von Anlagen 0 %
4610 Versicherungsentschädigungen für Anlagenabgänge
4630 Erträge aus dem Abgang von Anlagen
4660 Erträge aus der Zuschreibung zum Anlagevermögen
4810 Mieterträge (Pachterträge)*
4820 Provisionserträge*
4840 Fremdwährungskursgewinne
4860 Versicherungsentschädigungen (sonstige)
4880 Übrige betriebliche Erträge 20 %
4881 Übrige betriebliche Erträge 10 %
4882 Übrige betriebliche Erträge 0 %
4890 Mahnspesenvergütungen
4900 Eigenverbrauch 20 %
4901 Eigenverbrauch 10 %
4902 Eigenverbrauch 13 %
4903 Eigenverbrauch 0 %

Klasse 5

5000 Handelswareneinsatz
5100 Rohstoffverbrauch (-einsatz)
5300 Hilfsstoffverbrauch
5340 Verpackungsmaterialverbrauch
5400 Betriebsstoffverbrauch
5410 Schmiermittelverbrauch
5420 Reparaturmaterialverbrauch
5450 Reinigungsmaterialverbrauch
5500 Verbrauch von Werkzeugen, Erzeugungshilfsmitteln
5510 Ersatzteileverbrauch
5600 Bezugskosten
5880 Lieferantenskonti auf Wareneinkauf (Materialaufwand) 20 %
5881 Lieferantenskonti auf Wareneinkauf (Materialaufwand) 10 %
5882 Lieferantenskonti auf Wareneinkauf (Materialaufwand) 13 %
5884 Lieferantenskonti Anlagenkäufe
5885 Lieferantenskonti aus innergemeinschaftlichen Erwerben
5886 Lieferantenskonti Import
5890 Umsatzbonus auf Wareneinkauf 20 %
5891 Umsatzbonus auf Wareneinkauf 10 %
5892 Umsatzbonus auf Wareneinkauf 13 %

* Wenn es sich um Nebenerträge handelt.

Klasse 6

6000 Fertigungslöhne
6010 Hilfslöhne
6100 Lehrlingsentschädigungen Arbeiter
6200 Gehälter
6250 Remunerationen, Tantiemen, Prämien
6300 Lehrlingsentschädigungen Angestellte
6400 Abfertigungsaufwand Arbeiter
6420 Abfertigungsaufwand Angestellte
6500 Gesetzlicher Sozialaufwand Arbeiter
6560 Gesetzlicher Sozialaufwand Angestellte
6600 Dienstgeberbeitrag Arbeiter
6610 Zuschlag zum DB Arbeiter
6620 Kommunalsteuer Arbeiter
6630 Wiener Dienstgeberabgabe Arbeiter
6660 Dienstgeberbeitrag Angestellte
6670 Zuschlag zum DB Angestellte
6680 Kommunalsteuer Angestellte
6690 Wiener Dienstgeberabgabe Angestellte
6700 Freiwilliger Sozialaufwand

Klasse 7

7010 Abschreibungen von Sachanlagen (Absetzung für Abnutzung, AfA)
7040 Außerplanmäßige Abschreibungen Anlagevermögen (Teilwertabschreibungen, ausgenommen Finanzanlagen)
7060 Abschreibungen geringwertiger Wirtschaftsgüter
7100 Grundsteuer
7180 Gebühren
7190 Sonstige Abgaben
7200 Instandhaltung durch Dritte
7210 Reinigung durch Dritte
7220 Entsorgungsaufwand
7240 Heizölverbrauch
7250 Treibstoffverbrauch
7260 Gasverbrauch
7270 Stromverbrauch
7280 Heizmaterialverbrauch (feste Brennstoffe)
7300 Ausgangsfrachten 20 % (Transporte durch Dritte)
7301 Ausgangsfrachten 0 %
7310 Paketgebühren 20 %
7311 Paketgebühren 0 %
7320 Pkw- und Kombi-Betriebsaufwand
7321 Motorbezogene Versicherungssteuer Pkw und Kombis
7325 Versicherungsaufwand Pkw und Kombis
7326 Parkgebühren, Straßenmaut Pkw und Kombis
7330 Lkw-Betriebsaufwand
7331 Motorbezogene Versicherungssteuer Lkw
7332 Kraftfahrzeugsteuer Lkw
7335 Versicherungsaufwand Lkw
7336 Parkgebühren, Straßenmaut Lkw
7380 Telefongebühren (Telefaxgebühren)
7381 Internetgebühren
7385 Portogebühren
7400 Mietaufwand (Pachtaufwand)
7600 Büromaterial (Büroaufwand, Bürobedarf)
7610 Kopien und sonstige Druckkosten
7630 Fachliteratur und Zeitungen
7650 Werbeaufwand
7700 Versicherungsaufwand
7710 Haftpflichtversicherungen (ohne Kraftfahrzeuge)
7740 Versicherungsbeiträge an die Sozialversicherungsanstalt der gewerblichen Wirtschaft
7750 Rechts- und Beratungsaufwand
7780 Kammerumlage
7790 Spesen des Geldverkehrs
7791 Sonstige Bankspesen
7792 Provisionen, Gebühren Kredit- und Bankomatkarten
7800 Abschreibungen von Vorräten
7815 Fremdwährungskursverluste
7819 Sonstige Schadensfälle
7820 Buchwert abgegangener Anlagen
7830 Verluste aus dem Abgang von Anlagen
7850 Übrige betriebl. Aufwendungen 20 %
7851 Übrige betriebl. Aufwendungen 10 %
7852 Übrige betriebl. Aufwendungen 0 %
7880 Lieferantenskonti auf sonstige betriebliche Aufwendungen

Klasse 8

8050 Zinsenerträge aus Bankguthaben
8051 Zinsenerträge aus gewährten Darlehen
8052 Zinsenerträge für Wertpapiere des Umlaufvermögens
8055 Verzugszinsenerträge
8056 Sonstige Zinsenerträge 20 %
8057 Sonstige Zinsenerträge 10 %
8170 Erträge aus der Zuschreibung zu Finanzanlagen
8180 Erträge aus der Zuschreibung zu Wertpapieren des Umlaufvermögens
8200 Abschreibungen auf Beteiligungen
8271 Abschreibungen auf Wertpapiere des Umlaufvermögens
8310 Zinsenaufwand für Bankkredite
8311 Sonstiger Aufwand für Bankkredite (z. B. Bereitstellungsprovision, Überziehungsprovision)
8315 Zinsenaufwand für Darlehen
8320 Verzugszinsenaufwand
8321 Mahnspesen

Klasse 9

9000 Kapital (Stammkapital, Grundkapital)
9600 Privat
9610 Privatsteuern
9800 Eröffnungsbilanzkonto (EBK)
9850 Schlussbilanzkonto (SBK)
9890 Gewinn- und Verlustkonto (GuV)

Bildnachweis

Seite 1: Sifo Cracho/Shutterstock
Seite 2: AP Photo/Paul Sakuma
Seite 3: MANZ'sche Verlags- und Universitätsbuchhandlung GmbH
Seite 7: RapidEye/iStock
Seite 9: Wikipedia
Seite 10: Kristina Afanasyeva/iStock (1. Bild), Uwe Annas/Fotolia (2. Bild), Jonas Glaubitz/Fotolia (3. Bild)
Seite 13: Andrey Kiselev/Fotolia (1. Bild), dispicture/Fotolia (2. Bild)
Seite 14: Scanrail/Fotolia (1. Bild), Denis Junker/Fotolia (2. Bild), GlobalStock/iStock (3. Bild)
Seite 15: Pico/Fotolia (1. Bild), bluedesign/Fotolia (2. Bild)
Seite 16: K.-U. Häßler/Fotolia (1. Bild), Anatoly Maslennikov/Fotolia (2. Bild)
Seite 17: Dimitry Naumov/Fotolia
Seite 18: vege/Fotolia (1. Bild), w3-media.de/Fotolia (2. Bild)
Seite 20: vege/Fotolia
Seite 21: ag visuell/Fotolia (1. Bild), DOC RABE Media/Fotolia (2. Bild)
Seite 23: Scanrail/Fotolia
Seite 24: magraphics.eu/Fotolia (1. Bild), babimu/Fotolia (2. Bild)
Seite 25: Siepmann GbR/Fotolia (1. Bild), Gebrüder Hepp (2. Bild)
Seite 26: Vectrom Systems AG
Seite 28: auremar/Fotolia
Seite 30: Schwoab/Fotolia
Seite 32: Weimar/Fotolia
Seite 34: Jeanette Dietl/Fotolia
Seite 37: macgyverhh/Fotolia (1. Bild), K.-U. Häßler/Fotolia (2. Bild)
Seite 38: Blende40/Fotolia (1. Bild), K.-U. Häßler/Fotolia
Seite 39: Marina Lohrbach/Fotolia (1. Bild), Kzenon/Fotolia (2. Bild)
Seite 40: Detailblick/Fotolia
Seite 44: Ruslan Dashinsky/iStock
Seite 45: NJ/Fotolia (1. Bild), Stephanie Eckgold/Fotolia (2. Bild)
Seite 46: bene AG (3 Bilder)
Seite 52: Andrey Banurenko/Fotolia
Seite 57: Suzifoo/iStock
Seite 59: RapidEye/iStock
Seite 62: makar/Fotolia
Seite 73: Ppart/iStock
Seite 76: Slavoljub Pantelic/Shutterstock
Seite 82: Maxim_Kazmin/Fotolia
Seite 85: Don Nichols/iStock
Seite 86: Kraft Food Österreich
Seite 99: Marco Rullkötter/Fotolia
Seite 106: PIKSEL/iStock (1. Bild), tesa GmbH (2. Bild)
Seite 107: monkeybusinessimages/iStock
Seite 115: totti/Fotolia
Seite 116: M.R. Swadzba/Fotolia
Seite 121: teracreonte/Fotolia
Seite 122: Hewlett-Packard Ges.m.b.H.
Seite: 123: Henry Schmitt/Fotolia
Seite 125: pico/Fotolia
Seite 126: Schlierner/Fotolia
Seite 125: Visual Concepts/Fotolia
Seite 136: Rail Cargo Austria AG
Seite 139: Bianka Hagge/Fotolia
Seite 140: Spectral-Design/Fotolia
Seite 144: bluedesign/Fotolia
Seite 145: Sony Europe Ltd. (1. und 2. Bild), AndrewJShearer/iStock (3. Bild)
Seite 147: Dron/Fotolia
Seite 148: TAlexTech/Fotolia
Seite 150: Beboy/Fotolia
Seite 151: Scanrail/Fotolia
Seite 155: Borys Shevchuk/Fotolia
Seite 156: lovemiya/Fotolia
Seite 157: Odua Images/Fotolia
Seite 159: RTImages.com/iStock
Seite 162: VRD/Fotolia (1. Bild), Harald Biebl/Fotolia (2. Bild), photo25th/Fotolia (3. Bild), Oleksandr Chub/Fotolia (4. Bild)
Seite 164: Canoneer/Fotolia
Seite 165: 79mtk/Shutterstock
Seite 167: Hotel Sacher Wien
Seite 168: Robert Kenschke/Fotolia
170: Hewlett-Packard Ges.m.b.H.
Seite 172: Jörg Lantelme/Fotolia (1. Bild), Jag_cz/Fotolia (2. Bild), Ignat Lednev/Fotolia (3. Bild)
Seite 173: Toltek/iStock
Seite 178: daboost/Fotolia (1. Bild), card complete Service Bank AG (2. Bild), Erste Group Bank AG (3. Bild), SIX Payment Services (Austria) GmbH (4. Bild)
Seite 179: polarica/iStock
Seite 181: Maridav/iStock
Seite 183: Taffi/Fotolia
Seite 184: Eisenhans/Fotolia
Seite 186: braverabbit/Fotolia
Seite 187: DonNichols/iStock
Seite 189: pictafolio/iStock
Seite 191: rodho/iStock
Seite: 194: luckylight/Fotolia
Seite 196: hainichfoto/Fotolia
Seite 203: Autoren
Seite 204: K.-U. Hasler/Fotolia (1. Bild), DNY59/iStock (2. Bild), macroworld/iStock (3. Bild), iStock (4. Bild), ilkay Muratoglu/iStock (5. Bild), Kenneth Cheung/iStock (6. Bild), nil/iStock (7. Bild), RNK-Events/iStock (8. Bild)
Seite 207: Asfinag
Seite 210: svort/Fotolia
Seite 213: arahan/Fotolia
Seite 217: auremar/Fotolia (1. Bild), WMF AG (2. Bild)
Seite 221: K.-U. Hasler/Fotolia
Seite 226: Richard Villalon/Fotolia
Seite 227: Ben Chams/Fotolia
Seite 228: alexandre zveiger/Fotolia
Seite 231: Fotolia
Seite 231/1: Spectral-Design/Fotolia
Seite 231/30: makar/Fotolia
Seite 231/36: Cobalt/Fotolia
Seite 233: onfilm/iStock (1. Bild), Mary Marin/iStock (2. Bild), iStock (3. und 4. Bild, rechts)
Seite 235: Fotolia
Seite 244: eliferen/Fotolia (1. Bild), VRD/Fotolia (2. Bild), tavi/Fotolia (3. Bild)
Seite 248: iStock (1. Bild), dicogm/Shutterstock (2. Bild)
Seite 250: urbanbuzz/Shutterstock 1. Bild), 3Dstock/Shutterstock (2. Bild)
Seite 252: Shutterstock (1. Bild), 3Dstock/Shutterstock (2. Bild), aldorado/Shutterstock (3. Bild)
Seite 253: Tashatuvango/Shutterstock
Seite 254: aldorado/Shutterstock (1., 3. und 6. Bild), Tashatuvango/Shutterstock (2. Bild), Shutterstock (4. Bild), 3Dstock/Shutterstock (5. Bild)
Seite 255: Nattika/Shutterstock
Seite 258: desk006/Shutterstock
Seite 260: desk006/Shutterstock (1. Bild), Lightspring/Shutterstock (2. Bild)
Seite 261: Tashatuvango/Shutterstock (1. Bild), Sabine Naumann/Fotolia (2. Bild)
Seite 262: Seite 185: aldorado/Shutterstock (1. und 6. Bild), Tashatuvango/Shutterstock (2. Bild), Daboost/Shutterstock (3. Bild), Shutterstock (4. Bild), Lightspring/Shutterstock (5. Bild)
Seite 263: Rolf Nachbar Fotografie/Wood IQ GmbH Lohmeyer (1. Bild), aldorado/Shutterstock (2. und 4. Bild), Tashatuvango/Shutterstock (3. Bild)
Seite 264: Yulia Glam/Shutterstock
Seite 267: Edyta Pawlowska/Fotolia
Seite 268: Neudoerfler Office Systems GmbH
Seite 269: Neudoerfler Office Systems GmbH
Seite 271: khorixas/Fotolia
Seite 273: Marcio Eugenio/Shutterstock
Seite 274: fotomek/Fotolia
Seite 278: Mike McDonald/Shutterstock
Seite 286: THesIMPLIFY/Fotolia
Seite 288: Sunnybeach/iStock
Seite 290: Roberto Robuffo/Fotolia
Seite 292: Samsung Electronics Austria GmbH (1. Bild), tom/Fotolia (2. Bild)
Seite 294: Fotolia

Seite 295: Scanrail/Fotolia
Seite 299: XtravaganT/Fotolia
Seite 303: maxrosoftig/Fotolia
Seite 305: Nabertherm
Seite 306: ehrenberg-bilder/Fotolia
Seite 307: fancy123/Fotolia (1. Bild), Hewlett-Packard Ges.m.b.H.
Seite 308: Pressefoto Hersteller
Seite 309: contrastwerkstatt/Fotolia
Seite 311: xuxmedia/Fotolia (1. Bild), Joachim Wendler/Fotolia (2. Bild)
Seite 312: Mechanik/Shutterstock (1. Bild), sweetym/iStock (2. Bild)
Seite 313: uchar/iStock
Seite 316: Egorov Artem/Shutterstock
Seite 318: Frank Boston/Fotolia
Seite 320: Fotodesign Märzinger/Fotolia
Seite 323: Yamaç Beyter/iStock
Seite 324: Thomas Wohrle/Fotolia
Seite 325: Mikhail Grachikov/Shutterstock
Seite 326: Alexander Potapov/Fotolia (1. Bild), Marina Lohrbach/Fotolia (2. Bild)
Seite 327: Turi/Fotolia (1. Bild), dedi/Fotolia (2. Bild)
Seite 332: Vladislav Kochelaevs/Fotolia
Seite 334: Dmitry Kalinovsky/Shutterstock (1. Bild), hans engbers/Shutterstock (2. Bild), khorixas/Fotolia (3. Bild)
Seite 336: Angelika Bentin/Fotolia
Seite 338: valdis torms/Fotolia
Seite 342: contrastwerkstatt/Fotolia
Seite 350: Urheber unbekannt
Seite 351: Ljupco Smokovski/Shutterstock
Seite 353: Torbz/Fotolia
Seite 354: Jojje/Shutterstock
Seite 355: pizuttipics/Fotolia
Seite 356: Meeting/Fotolia
Seite 358: tashka2000/Fotolia
Seite 359: Alfred Knapp/Fotolia (1. Bild), Fotolia (2. Bild), Pressebild Hersteller (3. Bild)
Seite 360: Igor Tarasov/Fotolia
Seite 361: Fotolia
Seite 362: Daryl Marquardt/Fotolia
Seite 363: mladn61/iStock
Seite 364: Markus Bormann/Fotolia (1. Bild), Jürgen Fälchle/Fotolia (2. Bild)
Seite 365: Claudia Paulussen/Fotolia (1. Bild), Branislav/iStock (2. Bild), Fotolia (3. Bild)
Seite 366: rockpix/Fotolia (1. Bild), gilles lougassi/Fotolia (2. Bild), Urheber unbekannt (3. Bild)
Seite 369: jd-photodesign/Fotolia

Infografiken:

Seite 5, 35, 36, 44, 78, 89, 100, 126, 128, 129, 135, 137, 147, 148, 168, 179, 186: Noa Croitoru-Weissman